The Confessions

The Confessions

Jean-Jacques Rousseau

·世·界·文·学·名·著·典·藏·

The Confessions

忏悔录

Jean-Jacques Rousseau

[法]让·雅克·卢梭 著

唐祥勇 吴 剑 刘 慧 熊芬兰 译

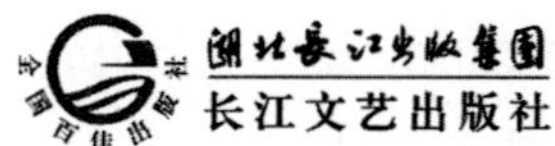

图书在版编目（CIP）数据

忏悔录 / （法）让·雅克·卢梭著：唐祥勇等译.--
武汉 : 长江文艺出版社， 2011.6（2022.1 重印）
ISBN 978-7-5354-5041-8

Ⅰ. ①忏… Ⅱ. ①让… ②唐… Ⅲ. ①自传—
法国—近代 Ⅳ. ①I565.44

中国版本图书馆 CIP 数据核字(2011)第 037363 号

责任编辑：曾　莉
美术编辑：徐慧芳　　责任校对：毛　娟
封面设计：异一设计　　责任印制：邱　莉　胡丽平

出版：长江出版传媒 | 长江文艺出版社
地址：武汉市雄楚大街 268 号　　邮编：430070
发行：长江文艺出版社
http://www.cjlap.com
印刷：三河百盛印装有限公司

开本：880 毫米×1230 毫米　1/32　印张：16.625　插页：4 页
版次：2016 年 3 月第 1 版　　2022 年 1 月第 3 次印刷
字数：496 千字

定价：75.00 元

目　录

导　读

让·雅克·卢梭（Jean-Jacques Rousseau）（1712—1778），十八世纪法国伟大的启蒙思想家、哲学家、教育家、文学家，法国大革命的思想先驱，启蒙运动最卓越的代表人物之一。主要著作有《论人类不平等的起源和基础》、《社会契约论》、《新爱洛依丝》、《爱弥儿》、《忏悔录》等。他的遗体于法国大革命五年后的1794年以隆重的仪式移葬巴黎先贤祠。

自传并不在卢梭原有的写作计划中。1762年《爱弥儿》出版，触怒了贵族和教会。年届知命的卢梭被诬为"疯子"、"野蛮人"，遭到连续的迫害，被迫四处逃亡。两年后，一本题为《公民们的感情》的小册子对卢梭的个人生活和人格进行了攻击。让卢梭倍感痛苦的是，它的作者居然是旧日朋友。内外夹击之下，卢梭面临千夫所指，万劫不复的境地，不得不为自己辩护，于是他流浪途中怀着悲愤开始写作《忏悔录》。

毫无疑问，《忏悔录》是卢梭对自己一生的回顾和总结，但他并不因此而对自己已往的行为文过饰非。他说："过去写自传的人总是要把自己乔装打扮一番，名为自述，实为自赞，把自己写成他所希望的那样，而不是他实际上的那样。"所以，"我希望能在世人面前揭露一个人全部的真实面目。这个人就是我。"事实上，他在书中对自己内心的揭示和丑恶的暴露是足以让人感到瞠目结舌的，特别是在那个时代，面对着种种攻击陷害，这是需要绝大勇气的。《圣经》中说，一个有罪的妇人被带到耶稣面前，众人说要依据律法用石头打死她。耶稣说："你们中间谁是没有罪的，谁就可以先拿石头打她。"众人听了这话，就一个一个地都出去了。卢梭也断定，在现实的泥坑里滚爬的人，没有谁敢于在"至高无上的审判者面前"说："我比这个人好！"他被众人指为有罪，成为受审者。但在《忏悔录》中，他又是辩护者，同时也担当起自我的审判者。这几重角色的兼任，使这部作品中存在矛盾，但同时也形成了了一种强大的思想张力。正是在他对自己的剖析、批判和自省中，启蒙思想家显示了对具有鲜明独特个性的个体存在价值的信心。

《社会契约论》开篇说："人是生而自由的，但却无往不在枷锁之中，自以为是其它一切的主人，反而比其他一切更是奴隶。"卢梭贫寒的出身，学徒、流浪汉、仆役、随从、寄食者的人生经历，以及与上流社会生活巨大的反差，使他在个人人格修养方面比别人要面对更多的危险。他时常走在悬崖边上，一失足就可能堕入万劫不复的境地，可幸的是，他走过去了。他有过荒谬和罪行，仿佛是在悬崖边上的滑步，对此他深怀内疚，但堕落的恐怖由此而生。作为一个卑微的普通人，现实不断地将他推向堕落，但他的良知和信仰使他得以摆脱危险，获得了自我拯救。在这种深刻的忏悔和反省中，他将自己一切都暴露于光天化日之下，他心灵中所承受的那些巨大的社会压力得以化解，他自己也因此得到了赦免。

《忏悔录》一共十二章，分上下两卷，前六章叙述的是卢梭一七一二年至一七四二年到巴黎之前的经历。后六卷写的是作者到巴黎至一七六六年被迫离开圣皮埃尔岛的经历。前六卷在他去世后四年即1782年出版，1789年出版了全文本。

卢梭大胆的自我暴露，与虚伪血肉相搏的坦诚，个性解放，与自我勇敢交锋以达到人格升华的追求，自五四以来就成为中国知识分子的精神源泉。《忏悔录》对现代中国影响深远。

唐祥勇

第一章
【1712—1719】

我现在从事的是一项艰巨工作，这工作既无先行者，以后也不会有模仿者的。我希望能在世人面前揭露一个人全部的真实面目。这个人就是我。

我是独一无二的。我感受到自己的内心，也了解别人。我不同于我所见到的任何人；我敢说，这世界还找不出一个和我类似的人。即使我不比别人好，也至少和他们不同。大自然塑造了我之后，就把所用的模子打碎了，这事是对是错，只有读了我这本书以后才能判定。

不管末日审判的号角什么时候吹响，我都会拿着这本书，在至高无上的审判者面前，大胆地说："这就是我所做过的，这就是我所想过的，这就是我。不论善恶，我都同样坦诚以言。我既不隐瞒任何恶，也不夸饰任何善；假如在某些地方作了一些无关紧要的修饰，那也只是为了填补记性不足而留下的空白。有些事我可能因为相信它是真的，就当真的说了，但决没有故意把假的说成是真的。我曾经是什么样的人，我就把自己写成什么样的人：我曾经卑鄙下流，也曾经善良仁慈，道德高尚，一如我当时所表现的那样。万能的上帝啊！我揭去了我内心的一切伪饰，和你亲眼看到的完全一样。请你把我无数的同类众生召唤到我跟前来吧，让他们听听我的忏悔，让他们为我的种种堕落而叹息，让他们为我的种种缺陷而羞惭。然后，让他们每一个人在您的宝座前面，同样真诚地袒露自己的心灵中的秘密，看谁有勇气说："我比这个人好！"

1712年，我出生在日内瓦，是公民伊萨克·卢梭和苏萨娜·伯纳尔的儿子。一份中等的遗产十五等分到我父亲名下，几乎是一无所有。他惟一养家口的手段是他的钟表匠手艺，作为一个钟表匠他确实是十分出色的。我的母亲是伯纳德牧师的女儿，家境优裕。她聪明美丽，我父亲好不容易才和她成婚。他们几乎是一生下来就相爱了。八岁的时候，他们就每天傍晚在特内依广场散步；十岁的时候，他们已是难舍难分了。相互同情和心灵的相通使他们在亲密接触中产生的感情不断加强着。他们的情感都十分敏感，都希望能在对方那里找到有同样的感受的那一刻，并且，可以说，这样的机会也在等待他们。当他们感受到对方的情感的时候，他们的心灵完全沉迷了。命运要阻止他们的热恋，却反而激发起他们的恋情。年轻的情人由于得不到他的情人而憔悴，痛苦万分。她劝他去旅行，努力把她忘掉。他去了，却没有结果，回来时反而更爱她了。他发现他热恋的人仍那样忠诚而真挚。经过这一番爱的波折，他们能做的只能是相爱终生了。他们对此立下了誓约，上天也保证了他们的誓言。

我的舅舅嘉伯利·伯纳尔爱上了我的一个姑母。她是惟一支持我父亲恋情的人。她提出条件，只有她的兄弟能娶他的姐姐，她才同意嫁给他。爱情赢得了一切，两场婚礼安排在同一天举行。这样，我的舅舅成了我姑父，他们的孩子成了我双重的表兄弟。一年以后，两家各生下了一个孩子。这以后不久，他们又不得不分离了。

伯纳尔舅舅是个工程师。他在帝国和匈牙利服务，供职于欧仁亲王处。他在贝尔格莱德战役中扬名一时。我的父亲在我惟一的哥哥出生以后，应聘到君士坦丁堡去做了苏丹的宫廷钟表师。我父亲不在家的时候，我母亲由于她的美丽、聪慧和才华而招来了无数仰慕者向她大献殷勤，其中法国公使德·拉·克洛苏尔先生是最热烈的一个。他那时一定是热情蓬勃，三十年以后，我见到他的时候，他仍对我深情地谈及她。我母亲的品德使她足以抵挡这些诱惑：她深深地爱着自己的丈夫。她催他赶紧回来。他扔下一切回来了。我就是他这次回家的一个不幸的果实。十个月以后，我这个孱弱多病的孩子出生了。母亲为我的出生付出了生命，我的出生就成了我无数不幸中的第一个。

我从未听说过我父亲是如何熬过丧偶之痛的，但我知道，他从未减除过痛苦。他相信在我身上能看到他的妻子，可是又不能忘却正是我夺走了她的生命。每次他拥抱我的时候，都深深地叹息着，痉挛般地把我紧紧地贴在他的胸口上，对我的抚爱混杂着遗憾和伤痛，这使他对我更加温情。他对我说：“让雅克，让我们来谈谈你妈妈吧。”我通常都回答说：“好吧，爸爸，我们又要哭一场了。”——仅仅这些话已经足以使他落泪了。“唉!”他忧伤地说，“把她还给我吧，安慰一下我失去她的痛苦吧，把她在我灵魂中留下的空虚填补起来吧。如果仅仅是因为你是我的儿子，我会这样爱你吗?”失去她四十年后，他死在他第二任妻子的怀抱中，但他口中念着的是前妻的名字，心里存留的是前妻的影像。

我的父母就是这样的人。上天给予了他们诸多美德，他们敏感多情的心灵是惟一留给我的。然而，这在他们是幸福的源泉，在我却是生活中不幸的根源。

我来到这世上时奄奄一息，把我救活的希望微乎其微。我与生俱来的病根随着时日的延续而加重，有时有所缓解，也好像只是为了让我换种方式承受更大的痛苦。我的一个姑母，一位温柔善良的年轻女士，精心照料我，正是她挽救了我的生命。现在我写作的时候，她仍活着，已经八十高龄了，在照料着比自己年轻却因纵酒伤害了身体的丈夫。亲爱的姑母啊，我无法埋怨你救活了我的生命，我深深遗憾的是，在你岁月的终点，我却不能像你在我生命起始的时候竭力照顾我一样来回报你。我亲爱的老乳母雅克琳娜也还健在，身体结实。那双在我出生时拨开我双眼的手，还可能在我死时再合上我的双眼吧。

我先有感觉后有思考：这是人类共有的命运。这一点我比别人体验得更深。我直到五六岁时才知道我在做什么。我不知道我是如何学会阅读的；我只记得我最早的读物，以及它给我的影响；从那时起，我记下了我对自己连续的认识。我母亲遗留下一些小说，我父亲和我在晚餐后阅读它们。开始的时候，只是为了借助于这些有趣的书来练习阅读，但过了不久，我就变得兴趣盎然，我们常常轮流不停地读，一册在手，不读完就放不下来。有时父亲听见燕子在晨光中叫了，很不好意思地说：“我们去睡吧，我都比你还像个孩子了。”

在很短的时间内，我通过这种危险的方法，不仅在阅读和理解方面获得了娴熟的技巧，而且得到了其他像我这样年龄的孩子所没有的情欲方面的知识。我对它们本身并没有什么自觉的概念。我说不上懂什么，却感觉到了。这些接二连三扑面而来的杂乱激情，当然并没有扰乱我的理智，因为那时我还不曾拥有理智。但是，它们对我留下了一种特殊的印记，给了我关于人生奇特而浪漫的观念，生活经验和反思都没有使之改变。

【1719—1723】

那些小说在1719年夏末读完了。接下来的冬天又有了别的书。母亲的藏书读完了以后，我们又找来了外祖父留给母亲的书来读。幸运的是，里面的好书不少；事实上，这并不奇怪，因为这些书是一位牧师所收藏的，在那时，牧师通常是博学的，况且外祖父又是一个富有情趣和才华的人。勒苏厄尔著的《教会与帝国历史》、包许埃的《世界通史讲话》、普鲁塔克的《名人传》、那尼的《威尼斯历史》、奥维德的《变形记》、拉勃吕耶的著作、封得奈尔的《宇宙万象解说》和《死人对话录》，还有莫里哀的几部著作，都被搬到我父亲的房间里，他工作的时候，我就挑一些读给他听。我从中感到了少有的，在我这样年龄的人也许有些奇特的兴趣。普鲁塔克成了我最喜爱的作家。我对他反复的阅读中所感到的乐趣多少改变了我对小说的兴趣。不久以后，比之欧隆达特、阿泰门和攸巴，我更愿意读阿格西拉斯、布鲁图斯、阿里斯提德。这些有趣的读物，和我们父子之间关于这些读物的交谈，培养了我的自由和共和精神，以及我傲岸不羁，不能忍受束缚和奴役的性格。在我的一生中，我都会因为这种性格受到压抑而痛苦。我总是梦想着罗马和希腊，好像就生活在那些伟人中间。我是个天生的共和国公民，我父亲富于爱国主义精神，作为他的儿子，我以他为榜样；我认为我是一个希腊人或罗马人；我在读一个英雄人物的传记的时候，我觉得自己就是那个英雄。朗读时，一个人物坚忍和无畏的品质，会完全抓住我的注意力，这使我双眼闪亮，声音高亢。有一天，我在饭桌上讲起西伏拉的历史，为了模仿他的行为，把手伸到了火盆上，把大家吓了一大跳。

我有一个比我大七岁的哥哥，那时在学父亲的手艺。家人对我过分的关心难免使他受到冷落，对此我并不以为然。这种冷落的结果又使他的教育受到影响。他还不到放荡的年纪就胡作非为起来。他被送到别的师傅那里，但仍像在家里一样偷偷溜了出去。我几乎见不到他。很难说我了解他，但是我一直对他抱有温爱，他也像一个小混混爱别人一样爱我。我记得有一次，我父亲在愤怒中痛打他，我急忙冲到他们中间，紧紧地抱住他。我就这样用自己的身体遮护着他，挨了本来是打他的好多拳头。我一动不动地保持着这种姿式，可能是因为我连哭带喊，或者怕我吃到比哥哥更大的苦头吧。最后，我哥哥完全堕落，离家出走，失踪了。过了一段时间，听说他在德国。他从未给我们写过信。从那以后，就再也没有听到过他的消息。这样一来，我成了家中的独子了。

如果说这个可怜的孩子没有受到细心的教养的话，他的兄弟就不一样了。就是王子也不会得到比我小时候更多的照顾——身边的人无不对我呵护备至，和一般情况完全不同的是，我受到了宠爱，却没有被溺爱。直到离开家，我还从来没有被允许和别的孩子一起在街上闲逛过，也没有被放纵或者压抑我那些出于自然的古怪而又反复无常的天性，但实际上却是教育的结果。我有我年龄上的缺点：我嘴多，嘴馋，有时还撒谎。我偷过果子，糖果和其他吃的东西。但我从没有在伤害别人、毁坏事物、非难他人、虐待可怜的小动物中感到过快乐。我记得，我曾经趁邻居克罗特太太上教堂时，在她的锅里撒了一泡尿。说真的，这事想来还是觉得可笑，因为克罗特太太在其他方面是值得尊敬的好人，却是我所认识的人中最唠叨的。这是我小时候所做过的简短而真实的故事。

我眼前都是善良的榜样，他们无不是世上最好的人，我又怎么可能变坏呢？我的父亲，我的姑母，我的乳母，我的亲戚，我的朋友，我的邻居，所有周围的人，从不对我一味顺从，这是事实，但他们都爱我，我也同样爱他们。我的心愿不会受到刺激，也不会受到压制，所以我也就没有什么心愿。我可以发誓，直到我受到老师管制，我还从不知道幻想是什么。除了在父亲的陪伴下读书写字，或者我乳母带我去散步，我总是和我姑母在一起，坐或站在她身边，看她绣花或者唱歌，我心里十分快乐。她的快活、温柔，还有她好看的脸庞在我心底里留下了深刻而又鲜活的记忆，至今仍好像能看见她的习惯、容貌和姿态。我记得她富于感染力的笑声：我能形容出她穿的衣服和梳的发式，也记得她两鬓上卷起的两个黑发小鬟，那是当时流行的式样。

我确信正是她的影响，我才会在很久以后有了对于音乐的兴趣或者说是爱好。她知道很多好听的小调和歌曲，她常用轻轻细细的声音咏唱。这位优秀的女性心灵中的快乐驱散了她自己和她周围的人的惆怅和忧郁。她的歌声对我的魅力是这样的大，不仅她的一些歌曲一直留在我的记忆中，直到今天，她已经不在，我也变老了，许多本来完全忘记了的童年时代的歌曲，又带着难以描述的魔力，在我脑海中重现。谁能相信，像我这样一个饱受焦虑和烦恼折磨，年老昏聩的人用颤抖的破嗓子哼唱起这些小调时，竟然像一个孩子一样流泪呢？特别是其中的一支，我已经清楚地回忆起它的调子来了，可是它后半部分的歌词，虽然我还模糊地记得它的韵脚，却总是想不起来。它的开头和所能记得的部分是这样的：

我真没有胆量啊，狄西！
再到那棵榆树下，
倾听你的牧笛。
因为我们小村里，
已经有人窃窃私语。
………………
……一个牧童，
……一往情深，
……无所畏惧。
玫瑰花哪有不带刺的。

我想问的是，我的心在这支歌曲中所发现的令人着迷的感动究竟是什么？这是我无法想明白的奇怪事情。但是，我怎么也不可能在被眼泪打断之前把这支歌唱完。我无数次想写信到巴黎去，请人把它的歌词补全，假如碰巧有人知道的话。但是，我几乎可以肯定，如果被证明除了我可怜的苏森姑母之外还有人唱过的话，我在回忆它时感到的快乐会失去一部分的。

这是我在生命之初最早的情感。这样的开始造成了是我心灵既高傲又软弱，性格既怯懦无力又傲然不屈，摇摆于软弱和勇敢、脆弱和坚强之间，使得我一生充满矛盾，从而导致节制与享受、纵情与慎重都没有被我把握住。

这种教育被一桩意外的事故打断了，其结果对我的一生造成了影响。我父亲和一个叫高济埃的法军上尉发生了纠纷，这个高济埃先生和一些议员有关系，为人既粗野又怯懦（他的鼻子碰巧在争吵中流血了），为了报复，指控我父亲在城里向他持剑行凶，企图把我父亲送入监狱。我父亲坚持说，按照法律，原告自己也应当入狱。这一要求被驳回了。我父亲宁愿离开日内瓦，在背井离乡中度过余生也不愿意妥协，他认为妥协有伤他的荣誉和自由。

我记得当时在日内瓦要塞供职的伯纳尔舅舅成了我的监护人。他的长女死了，但他还有个和我同年的儿子。我们被一起送到了包塞，在新教朗拜尔西埃牧师家里学习，除了拉丁文之外，还有在教育的名义下的一堆东西。

在山村中度过的两年时间一定程度上使我那种罗马人的刚硬性格有所弱化，使我又成了一个孩子。在日内瓦的时候，没有加在我头上的任务，我喜欢读书和学习，那是我惟一的乐趣。在包塞，学习任务使我喜欢上了可以起调剂作用的游戏。乡村对我来说是新奇的，我一直享受着它。我对乡村产生了以后再没消退过的深厚情感。在我一生中，在那里度过的幸福生活的记忆使我对乡村中的快乐充满惆怅之感，直到我又重新回到它的怀抱。朗拜尔西埃牧师是个十分聪明的人，他从不放松对我们的教育，不过也不给我们派额外的学习任务。事实是，尽管我不喜欢受管束，但从未以不快的心情回忆那段学习的时光。同时，即便我没有从他那里学习到多少东西，我也不费什么力气地学到了我所应学的东西，并且从不忘记。这就足以证明他在教育方面的安排很好。

淳朴的乡村生活对我有着不可估量的价值，它打开了我心灵中朝向友情的那扇窗子。在那以前，我只有一些崇高却空洞的情感。宁静的生活使我和表兄伯纳尔日渐亲密。在很短的时间内，我对他的情感就比我以前对哥哥的情感更深，并且这种情感再没有消失过。他是一个瘦高、体弱的男孩。如同他的身体一样，他的性情也是温和的，从不利用他是我监护人的儿子的身份来对待我。我们的功课，我们的游戏，我们的趣味都是一样的：我们是孤独的，我们是一样的年龄，互相都需要伙伴，分离对我们来说简直就是一场毁灭。虽然我们很少有机会表现我们彼此的关系，我们的友情是伟大的。我们不仅不能有短暂的分离，也不能想象有一天会分开。我们都会为一点温情折服，只要没有强制，我们会在任何事情上情投意合。如果说管教我们的人有所偏爱的话，在他们的眼中，他某些方面强于我，但是，当我们单独在一起的时候，我又有强于他的地方，这样我们就扯平了。谈到我们的功课，我会在他犹疑的时候提示他，我完成了我的作业，就会帮助他。我们游戏的时候，我更机灵的头脑可以起着引导的作用。总之，我们两个人有完美的默契，友情把我们联接得如此亲密，在包塞和日内瓦的五年多时间里，我们几乎是形影不离。虽然我也要承认，我们常常打架，却从不可能分开，谁也不会使争斗超过一刻钟，谁也不会去告对方的状。这些可能在你看来都是小孩子的事，但这也许在有孩子以来也是个特例。

我在包塞的生活非常适合我，要是能持续更长的时间，可能会完全铸就我的性格。亲切、挚爱和温柔构成了它的生活基础。我相信，没有人在本性上比我更加远离虚荣了。我在冲动中会变得慷慨激昂，但很快就会回到我柔弱的天性中。我最大的愿望是让所有接近我的人都爱我。我是平和的，我的表兄和我们的保护人也是一样。在整整两年中，我既没有见过谁生气，也没有成为任何暴力的对象。一切都让我来自天性的秉赋得以健康地生长。我懂得，没有什么比看到整个世界都对我满意，也对一切我满意更令人感到幸福的了。我永远不会忘记，要是我在教堂回答问题时支支吾吾的话，最怕的就是看到朗拜尔西埃小姐脸上不安和不满的神情。在大庭广众之下回答不出问题固然令人感到丢脸，但是朗拜尔西埃小姐的表现更叫人难受。这对我有非常大的影响：我虽然对表扬不以为意，但也不希望感到羞愧。可以说，我害怕朗拜尔西埃小姐难过的程度远甚于怕她的责备。

她或者她的兄弟在必要的时候也是会相当严厉的。但是，由于这种严厉总是合理的，而且从不过分，所以虽然令我苦恼，我却不会不顺从。使别人不快比自己受处罚更让我难过，别人不满的神情比我自己受处罚更不好受。把自己说清楚是一件麻烦的事，但是无论如何我都必须这样做。如果他们清楚地认识到，常用的那种不加考虑地对待年轻人的方法会产生长远的影响，他们采取的方法就会有多么大的不同。这一重大而又源于普通事例的教训使我不能不谈到它。

朗拜尔西埃小姐对我们不仅有母亲一样的爱，她也对我们具有母亲一样的权威。有时如果我们必须接受惩罚了，她也会惩罚我们。有时她只是满足于用惩罚来恐吓。这种新奇的惩罚式恐吓对我很有效果。但是接受过惩罚之后，我发现实际上远不如想象的可怕。而且让人感到奇怪的是，我受惩罚后反而更爱施加惩罚的她了，只是由于爱的力量和我温顺的天性，我才克制自己不要反复去犯本来很容易犯的同样过错，因为我发现，疼痛甚至是耻辱，还有夹杂的情欲都使我不但不害怕，反而更渴望受到她的责打。毫无疑问，有一点早熟的性本能混杂在这种感觉中，因为同样的惩罚如果来自于她的哥哥，就不会使我产生什么快意。不过，以他的脾气而言，我并不怕他替他妹妹动手。惟有害怕朗拜尔西埃小姐生气才能阻止我犯错误。好感在我身上发挥着威力，甚至源于肉感的好感所产生的力量，通常在我的心中支配着肉感。

我不害怕却又努力避免的过错还是发生了，那不是由于我的错，也就是说，是如我所愿的，这样我就可以心安理得地从中享受它的好处了。但这第二次也就是最后一次，朗拜尔西埃小姐无疑看出了这种惩罚并不能达到预期的效果，她觉得太累了，她得放弃这种方式。直到那时，我们都睡在她房间里，冬天的时候甚至是睡在她床上。过了两天，我们就搬到另一个房间去睡了。我从此得到了她把我看成是大男孩的荣誉，虽然我宁愿放弃它。

谁能相信，一个三十岁的女人对一个年仅八岁的我所施加的孩子气惩罚，竟然会以违反自然结果的方式，影响到我的趣味、欲望和爱好，乃至于整个的人生呢？我的感觉被激发起来，我的欲望却迷途了，它们局限于我已经感受到的事物，而不再费力去寻求别的。虽然我的血液中从我出生起就燃着情欲之火，但直到最冷静，最稳定的气性成熟之前，我都克制着，使自己远离一切污秽。很长时间里，不知道为了什么，我一直都在痛苦中以发亮的眼睛盯着我所遇见的漂亮女人。我不停地回想她们，但也仅仅是在想象中，将她们一个个变成朗拜尔西埃小姐。

甚至到了我成熟的年龄，这种奇异的爱好，虽然在我身上持续着，驱使我堕落甚至疯狂，但我还是保持了我的道德，尽管这种道德感早应失去了。如果真有什么朴素谦虚的教育，那么我所接受的就是这一种。我的三位姑母不仅是贤德的典范，而且她们所具有的典雅谨慎也是很难在一般女性身上看到的。我的父亲是一个快乐的人，但他又是一个旧派的人，即便是在他所爱的女人面前，也从不会说一句可能会使处女脸红的话。我从未见过像我家里和我面前那样对孩子的尊重得到这样认真坚持的。我发现朗拜尔西埃先生对这种尊重同样是小心在意的，一个很不错的仆人就因为在我们面前说话略微有点放肆，就被辞退了。在我成年以前，我不仅对两性结合没有清晰的概念，就是那一点朦胧的认识也是使我觉得丑陋不堪，令人厌恶的。我对娼妓有着不可磨灭的恶感。看到淫棍我心中总是充满了蔑视甚至是恐怖。有一天我走过一条低洼的小路到小萨果内克斯去，我看到路两边有一些地洞，有人告诉我说有些家伙在里面交合。从那时直到现在，我对淫乱行为的厌恶就格外强烈。一想起这种人，我就会想起狗的交配，这使我感到极其恶心。

这种倾向源于教育的本身有助于延缓那种易于燃起欲火的气质最初的爆发，像我已说过的那样，它曾引导过发生在我身上的色欲。尽管血液有着令人不快不安的躁动，但我只是把我的想象放在我曾实际感受过的事物上，我懂得如何把我的欲望转向我熟悉的快乐，而不是那些使我嫌恶的一切，我丝毫也没有想到，这两种快感是相互紧密关联的。在我愚妄的幻想中，在我色情的狂想里，以及被这些胡思乱想有时被诱导的放纵行为中，我想象着求助于异性，但除了我渴求的目的，我从未想过她们还有其他什么作用。

就这样，虽然我具有热情、好色和早熟的气质，我还是安然度过了青春期。除了朗拜尔西埃小姐在完全无意中给我的肉体观念，我没有欲望，甚至还不知道其他的肉体快感。然后，随着时日的迁延，我成人了，但原本可以毁灭了我的东西又保护了我。旧有的童年趣味没有去除，反而与其他的趣味结合在一起，我不可能把它从我源自于感官的欲望中清除掉。这种怪癖，再加上天性中的羞怯，使我在女性面前也缺乏冒险精神，没有勇气说出一切，也没有能力做到一切。原来我认为另外那种享乐对我而言不过是享乐的终点，这种享乐，男人心里想要却得不到，女人可以给却又令人无从猜想。在我最爱的女人面前，我也说不出一句话来，我就这样浑浑噩噩地度过一生。我既然羞怯于表达自己的癖好，就只好满足于用一些有关于这种癖好的事物来自我安慰。俯伏于一个专横的情妇脚下，遵从她的命令，乞求她的宽恕，这对我来说是一种甜蜜的享受。躁热的想象越是在我的血液中燃烧，我就越是表现得像个羞怯的情人。这就不难想象，这种恋爱的方式不会有什么迅速的进展，对于恋爱对象的贞操也不会有什么多大的危险。所以，我在恋爱中所获不多，但是这并不影响用我自己的方式来得到享受，也就是说，是在想象中。就这样，我的情欲与我羞怯的性格和浪漫的精神彼此融洽，使我保持了感情纯洁和德行的清白；假使我再无耻一点，同样的癖好也许会把我抛入最粗鄙的淫欲之中。

在这座黑暗而肮脏的迷宫中，我已经走出了坦白之路上最初也是最艰难的一步。最让人难以开口的不是罪恶，而是那些荒谬和使人羞耻的事。我现在对自己有了确信，大胆说出了这么多以后，我不用再逃避什么了。人们可以从我坦承的事实中断定，在我一生中，我狂热地爱过，她们使我失去视力和听觉，剥夺了我的感官，使我全身痉挛颤抖，但我从来没有向她们说过我的怪癖。即使是在最亲密的情况下，我也没有请求她们给予我所渴望的专一宠爱。只在我小时候，有一次和一个与我同年的女孩子有过，那也是她先提出来的。

追寻我最初的精神生活的踪迹，我发现有一些因素有时候是朴素矛盾的，然而却又有力地结合在一起，形成简单而同一的效果。我又发现其他的因素虽然明显是相同的，但由于与不同环境相配合，它们形成的结合竟然如此不同，以致人们无法想象，这些因素会产生什么联系。比如，谁能相信我灵魂中最强大的一种力量与我深入骨髓的色欲和软弱在同一股泉水中淬过火？下面要提到的并没有离开我刚才的主题，却可以提供完全不同的印象。

有一天，我一个人在厨房隔壁的房间里学习功课。女仆把朗拜尔西埃小姐的几把梳子放在壁炉前面烤干。她回来取梳子的时候发现有一把梳子的齿全断了。是谁弄坏的？除了我没有别人进入过这个房间。在被查问时我否认碰过那把梳子。朗拜尔西埃先生和朗拜尔西埃小姐都训诫我，对我施压，还威胁我。我坚持说我真的没有碰过那把梳子。可是证据是这样有力，足以压倒我所有的抗议，尽管这是我第一次被认为这样胆大地公然撒谎。这事被看得很严重，事实上也确实应当这样。恶作剧、撒谎、死不认错都应该受罚，可是这一次却不是由朗拜尔西埃小姐自己动手。伯纳尔舅舅接到他们写的信后就来了。我可怜的表兄也面临一个同样严重的问题，我们受到了相同的处罚。这真是可怕的事。他们希望能找到一个彻底疗救我的恶行，防止我堕落的方法，他们不能做得比这更好了，很长时间内，我的欲望都风平浪静。

他们没能如愿得到我的承认，虽然我被他们审问过好多次，弄得有点狼狈，我还是没有屈服。我宁愿死，并下了这样的决心。暴力在一个“倔强得像个魔鬼一样”——他们这样说我——的孩子面前服了输。最后，我从这次残酷的审讯中解脱出来，虽然被折磨得几乎崩溃，但毕竟是胜利了。

这个事件的发生到现在近五十年了，我再也没有为了同样的事情而受到惩罚的恐惧。那么，让我在上帝面前声明吧，在这件事上我是清白无辜的，我没有弄坏也没有去碰过那把梳子，我根本没有接近过壁炉，甚至连想也没有想过要这样做。问我这事是怎么发生的一点用也没有：我不知道，也不明白。我可以肯定的是，这事与我完全无关。

想想一个孩子吧，平日里他是害羞、顺从，但是一旦激情爆发出来，他就变得那样的激烈、高傲和不可驯服。一个孩子总是受理性的引导，总是受到温和、公正和体谅的对待，他甚至连不公正的概念也没有，现在却第一次带着恐惧面对来自他最为爱戴和尊敬的人给予的不公正。他的思想颠覆了，他的情感错乱了。他的心里，他的脑海里，他整个的小小的理智和精神世界将会发生怎样翻天覆地的变化！如果可能的话，想想这样的境况吧。至于我自己当时内心是什么样的，我已经无从理清和细说了。

那时我还没有足够的能力去领会为什么这么多的表面现象都证明我有错，也不会设身处地去为别人着想。我站在自己的立场上觉得我并没有犯下什么错，却要承受这样严厉的惩罚，真是太残酷了。肉体上的痛苦虽然沉重，但是我觉得并不算什么，我感觉到的只是气愤、激怒和绝望。我的表兄和我的遭遇几乎和我一模一样，他无意中犯了一个错，却被人当成是蓄谋已久的行为，他像我一样陷入了愤怒之中，他和我作出了同样的反应。我们倒在一张床上，激动得全身发抖。我们紧紧拥抱在一起，连气都出来不了。终于，当我们幼小的心平静一点，我们能够发泄愤怒了，我们直挺挺地坐在床上，用尽全身的力气不停地喊叫：刽子手！刽子手！刽子手！

写这些话的时候，我感觉到自己的脉搏跳动得快了起来，那些场景，即使活上十万年，也会历历在目。这种本来只与我个人相关的感受，自身变得十分强烈，完全脱离了所有的个人利益，每当我看到或者听到有任何的不公正，不论受害者是谁，也不论它发生在哪里，我的心都会被愤怒点燃，感同身受。我在书中读到凶残暴君的恶行，邪恶僧侣的阴谋，我都恨不得冲上前去把利剑刺入这些家伙的心口，为此我百死不辞。我常常满头大汗地去追赶，或者用石头砸一只公鸡、一头公牛、一只狗，或者是其他仅仅是自以为比别人强壮有力就欺负别人的动物。这种冲动对我来说是出于天性，我相信这是与生俱来的，但是，我第一次所受到的不公正待遇给我留下的深刻印象如此长久而有力，与我的天性相连在一起，使之更得到了加强。

伴随着这个事件，我宁静的童年生活结束了。从那以后，我就再也没有享受到纯洁的幸福，直到今天，我仍觉得我的童年的快乐在那里结束了。我们在包塞还住了几个月。我们在那里，就如亚当向我们展示的那样，虽然还身处在地上乐园，但我们不再能享受它了。表面上，我们的生活还是照旧，实际上却是完全不同了。热爱、尊重、亲密和信任的关系在学生和他们的教导者之间已经荡然无存。我们不再把他们当作能理解我们心灵的神；我们对于错误不再感到羞耻，不再害怕有人告发；我们开始伪装、还嘴、撒谎。我们那个年龄的人所能有的恶行败坏了我们的纯洁，丑化了我们的游戏。甚至田园生活也失去了那种令人心动的宁静和淳朴，它展示给我们的是孤寂和阴暗。似乎它上面遮上了一层帷幕，挡住了它的美丽。我们不再经管我们的小花园，以及各种植物和花卉，我们不再去轻轻刨开土地，或者看到我们播下的种子发芽而欢呼。我们厌倦了这种生活，别人也厌倦了我们。我舅舅把我们带走了，我们离开了朗拜尔西埃先生和朗拜尔西埃小姐。我们都彼此腻烦对方，所以分别时并没有多少离别之情。

离开包塞的近三十年，我在回想那里的生活时，没有感到有什么快乐，觉得那里没有什么值得留恋。但现在，我的青春已去，行将进入暮年的时候，许多的记忆都消散了，但是包塞的生活却带着鲜明的印记在我的脑海里像泉水一样涌出来，越来越迷人，越来越有力，好像是感觉到生命在流逝，这回忆成了一个仪式，我努力想通过它去找回消散的岁月。最细小的事也让我感到快乐，就因为它属于过去的那段时光。我能回想起有关那些地方、人物和时间的所有细节。我看见男女仆人在房间里忙碌着，燕子从窗口飞进来，我背书的时候，一只苍蝇落在我手上。我看见他们曾住过的房间里所有的陈设，朗拜尔西埃先生的书房在右边，墙上挂着一张历代教皇的铜版画，一只晴雨表，一个大日历。这房子的背后是一座地势很高的花园，长满了悬钩子树丛，它们的枝条遮住了窗户，有时还从窗户伸进来。我清楚，读者并不想知道这些。但我还是想要告诉你们。过去的细枝末节让我回想起来时激动得发抖，我为什么不鼓起勇气用这种方式来说呢？特别是有五六件事，——还是打点折扣吧，我将略去五件，但是我还是想告诉你一件事，就一件。要是你同意我尽可能详细说的话，我会有更多的快乐的。

如果只是为了讨你们的欢喜，我应当选择说说朗拜尔西埃小姐屁股的事。她不幸在草地边上摔倒了，结果整个屁股被碰巧从那里路过的撒丁王看了个一清二楚。可是这件事我还只是个看客，土台上的胡桃树有趣的故事中，我却是个参与者。并且，朗拜尔西埃小姐的事情虽然本身可笑，可是她是我像热爱母亲一样热爱的人，甚至比爱母亲还深些。

好奇的读者们啊，听听土台上胡桃树的可怕悲剧吧，请克制着不要颤抖。

在院门外左侧的进口，有一个土台，我们常常在下午的时候到那里去坐坐。因为那里一点阴凉也没有，朗拜尔西埃先生便叫人种上了一棵胡桃树。整个种树的过程进行得十分庄重。我们两个寄宿生做了它的教父。往坑里填土的时候，我们两个人手扶着树，唱起了凯歌。为了给它浇水，还在树根边围了一个水池。我和表兄每天都热心地来看人们灌溉它。我们都天真地坚信，在土台上种一棵树是比在敌人防线的突破口上插上旗帜还要好得多的事。我们决心要自己赢得这份光荣而不能与别人同享。

为此，我们从一棵小柳树上砍下了嫩枝，插在土台上离那棵令人敬畏的胡桃树八到十英尺的地方。我们也没有忘记围着我们的树挖上同样的水坑。困难的是如何往坑里浇水，因为水在很远的地方，而我们又没有得到许可去取水。但对于我们的柳树来说，水又是必须的。最初的几天，我们想方设法用各种器具弄了些水，我们很成功，因为我们看到它发芽了，长出新叶来。我们过上个把小时就去量一量它的生长速度，相信它虽然现在还不到一英尺高，但很快就会给我们阴凉的。

这棵树吸引了我们全部的注意，我们像有神经病一样，别的什么也不关心，学习也耽误了。我们的监护者们不知道发生了什么事，只好把我们管束得更严了。我们看到我们没有水浇树，极为伤心地想，要眼睁睁地看着我们的树旱死了。这真是一件要命的事。最后我们终于想出办法来了，这办法可以让我们免除伤心，也可以把那棵树从死亡中拯救出来。办法就是，挖一条地下水道，偷偷地把给胡桃树浇的水引一部分到我们的柳树这里来。这一计划开始并不成功，虽然我们很卖力气。我们把那条斜沟做得很粗糙，水根本不流。下落的泥土把水道给堵住了，进口上满是泥浆，事情进行得并不顺利。但是我们一点也不灰心。Labor omnia vincit improbus。我们把沟挖深了，让水可以顺畅地流过。我们把木箱底劈成小木条，把一些木条一条条铺在沟底，另外一些以一定的角度放在两边，这样就构成了一条三角形的管道。在进口处，我们塞了一些小木块，稍远一些的地方，还设置了栅栏，可以挡住泥石，却不会阻住水流。我们仔细地把我们的工程用土盖好，再用脚小心地踏平。一切都弄好了，我们怀着希望和恐惧造成的极度的兴奋等待浇水的一刻。好像过了几个世纪，那一刻终于来了，朗拜尔西埃先生像平日一样来了。他浇水的时候，我们都站在他身后，以便遮挡住我们的树，很幸运的是，他背对着我们。

第一桶水刚浇下去，我们就看到有一部分水流到我们树下的水坑里了。看到这种情形，我们一下子忘记了要小心，发出了欢呼声，这一下就让朗拜尔西埃先生转过身来了。这下可就糟糕了，朗拜尔西埃先生本来看到水消得很快，还以为胡桃树下的土质好，心里正在高兴。当他惊异地看到水流进了两个坑，也叫了起来。他细看了看，发现了我们的阴谋，叫人拿了一把镐来，只挖了一下，就把我们的木条挖出了两三块。然后大嚷着："一条暗沟，一条暗沟！"他毫不留情地把一切都挖掉了，每一下都挖在我们心上。一瞬间，木条、水沟、水坑都被毁掉了，小柳树也被连根刨起。在进行这可怕的破坏的时候，他一句话也没有说，只是不停地重复着："一条暗沟！"他一边挥动着镐头，一边喊："一条暗沟！一条暗沟！"

你自然会想，这会给小建筑师们招来麻烦。那你就想错了。这事就这样过去了。朗拜尔西埃先生一个责备我们的字也没有说，一个不高兴的眼神也没有，从来不提什么。不久，我们甚至还听到他和他妹妹哈哈大笑，笑声传得很远。使我们奇怪的是，最初的惊恐过去以后，我们就没有再为之烦恼。我们又在别处种了一棵树，还经常回忆起第一次种树发生的灾难，我们重复叫着："一条暗沟！一条暗沟！"以前我以阿里斯提德或布鲁图斯自居的时候，还只是时不时地骄傲，这以后我就深受虚荣心所支配了。能够用我们自己的双手修建一条暗沟，能砍下一根树枝种上和大树竞争，对我来说是无上光荣的事。十岁的时候，我在这方面的认识就可以和恺撒三十岁时相比了。

这棵胡桃树和关于它的小故事依然生动地留在我的记忆中。这是给了我最大欢乐的一棵树。1754 年我到日内瓦旅行，我想去包塞看看这棵成为了我童年生活纪念物的胡桃树，那时应有三分之一个世纪的年龄了。可是那时我一直太忙，身不由己，总是抽不出空来满足自己的愿望。以后就更是少有机会了，但是我心里一直存着这个念头。几乎可以肯定，如果我能回到我热爱的地方，看到我亲爱的胡桃树还活着，我一定会用我的眼泪来浇灌它的。

回到日内瓦后，我在我舅父家住了两三年，一直等到我的朋友们把我的事情安排好。舅父想要他的儿子当一个工程师，他教了他一些制图知识和欧几里德几何学。我也和他一起学了这些课程，并对之产生了兴趣，特别是制图。这时候，他们在争论我该成为一个钟表匠、律师还是牧师。我自己的选择是后者，我觉得传道是一件有意思的事情。但是，从我母亲那里继承下来的遗产，由我哥哥和我一分，就不够我读书用。考虑到我的年龄还小，不急于选择职业，我就继续留在我舅父家里，几乎是虚度时光，同时还要支付一笔虽然公平，但总数却不小的膳食费用。我舅父和我父亲一样是个喜欢玩乐的人，同时也像我父亲一样不喜欢为义务所束缚，不大管我们。我舅母是一个有点像虔信派教徒，宁愿去唱诗，也不愿多关心我们的教育。我们几乎是绝对自由的，但我们也从不放纵自己。我们形影不离，满足于我们的小世界，我们也没有去和街上和我们同龄的孩子交往的愿望，所以也就没有沾上像这种无所事事的生活可能传染给我们的浪荡习气。说我们无所事事是不对的，因为我们生活中从来没有过无所事事的时候。最幸运的是我们有那么多种好玩的游戏，忙得我们自己都找不着方向了，我们留在屋里，连出门上街的愿望都没有。我们做鸟笼、笛子、羽毛球、鼓、房子、做水枪、弩弓。我们在学慈爱的老外公做钟表时，把他的工具都弄坏了。我们还有一个浪费纸张的爱好，用水彩涂抹，糟蹋颜料。一个叫刚巴·科塔的意大利江湖艺人来到了日内瓦。我们去看过他一次，以后就再也不想去了。他有牵线木偶戏，我们也就做起木偶来。他用木偶演喜剧，我们也为我们的木偶编喜剧。没有变声哨，我们就自己模仿有趣的声音来表演有趣的喜剧。这些喜剧只有我们可爱可敬的亲人们有耐心坐下来观看。有一天，我伯纳尔舅舅在家里朗读了一篇他自己写的优美的布道文，于是我们又扔下了喜剧开始写起布道文来。我承认这些细节没有多大的意思，但它们说明，我们早年的教育需要多么良好的指导，才能使我们这样幼小的年纪就自己掌控时间，自己管理自己的人很少去滥用这种机会。我们没有结交伙伴的需要，甚至有这样的机会都不在意。出去散步的时候，我们看到过他们的游戏，可是我们走过的时候，却一点也不羡慕，连参加的想法也没有。我们的友情完全占据了我们的心灵。我们在一起做最简单的游戏，就已经觉得够快乐了。

由于我们总是形影不离，人们开始注意起我们来了，并且我表兄个子很高而我身材矮小，我们组成了让人很奇怪的一对。他身材又高又瘦，他小小的脸像只水煮过的苹果，他轻柔神情，懒散的步伐招来了孩子们的嘲笑。人们用当地的方言给他起了一个绰号“笨驴”。每次我们出门，我们只听见周围都是一片叫“笨驴”的声音。他对此的忍受能力比我强多了。我发火想打人。这正像是这些小流氓们所希望的。我跟他们打起来，也挨了打。我可怜的表兄尽可能地帮助我。但是他太虚弱了，别人一拳就可以把他打倒在地。我气得要疯了。不过，我虽然挨了不少拳头，但我并不是真正的攻击对象，他们要打的是“笨驴”。我倔强的愤怒把事情弄得更糟。后来，我们也只在上课的时候才冒险出门，因为害怕受到嘲骂和追逐。

我现在成了一个打抱不平的骑士了！为了像个骑士，我得有个情人。

我有两个情人。我时常到尼翁去看我父亲，这是伏沃州的一个小镇，他就定居在那里。他的人缘很好，这样他的儿子也跟着沾光。在我住在他那里的短时间内，他的朋友们争相对我表示欢迎。有个德·瓦尔松太太尤其如此，对我万般抚爱。更有甚者，她的女儿把我当作她的情人。这当然不难明白，一个十一岁的男孩子给一个二十二岁的姑娘当情人是怎么回事。那些鬼精灵的姑娘们乐意把小玩偶放在前面以掩盖后面的大玩偶，她们懂得如何在游戏中展现魅力，以吸引那些大玩偶。至于我，一点也没有看出我们之间有什么不协调的地方，正经地当起回事来。我心醉神迷，简直还把头脑也用在上面了。我真的是爱上她了，虽然我的激动、兴奋和疯癫演出了不少令人捧腹的戏剧场面。

我熟悉两种完全不同而又非常真实的爱情，它们一般少有共同性，但都非常炽热。它们也不同于亲密的友情。我的整个一生都被分置于这两种有天壤之别的爱情中了，甚至我还同时体验过它们。例如，在我上面说到过的那段时间里，我公开地占据了德·瓦尔松小姐，专横到不容别的男人接近她的地步。我曾和一个叫戈登的小姑娘有过几次短暂而热烈的约会。约会时，她屈尊扮演老师的角色，仅此而已。但是这些对我来说是真实的，这就是万分幸福了。我已经感觉到了秘密的价值，虽然我还只是像一个孩子那样运用它，但是当我发现德·瓦尔松小姐只是为了利用我以掩盖她和别人的关系时，我给了她以牙还牙的报复，这是她始料不及的。遗憾的是，我的秘密被揭穿了，也就是说，我的小老师并没有像我一样保守秘密。我们不久就分手了。过了不久，我回到日内瓦，经过康坦斯时，我听见有些小姑娘压低嗓子喊道：“戈登和卢梭闹翻了！”

这位戈登小姐确实是不同寻常的人，她长得并不漂亮，但她的脸庞却令人难忘。我现在还想着她，对一个老傻瓜来说这些柔情是有点过分了。她的身材，她的气质，特别是她的眼睛，都与她的年龄不相称。她的神气高傲，咄咄逼人，这正适合她所扮演的角色，而这种神气也让人首先想起这种角色。使人难以理解的怪事是她居然将轻率和端庄合为一体。她对我为所欲为，而我却对她不能有丝毫的随意。她把我完全当成了个孩子，这使我相信，她要么不再是个孩子，要么相反，她就仍是个什么也不明白的孩子，只顾做游戏，却看不到面临的危险。

对她们两个人我都钟情。也就是说，我想着其中的一个人时，是全身心的，决没有去想另一个。另一方面，她们在我身上所激发的感情没有丝毫相似之处。就算是我和德·瓦尔松小姐度过一生，我也不会想着要离开她。但我靠近她的时候，我的喜悦是平静的，并不激动。我对她的爱超乎流俗，无论是说俏皮话，开玩笑，还是争风吃醋都使我觉得难分难舍，津津有味。她对我那些成年的情敌表现出蔑视的神情，却对我格外垂青，我觉得又骄傲又自豪。我受着煎熬，却甘愿忍受这种煎熬。掌声、鼓励和欢笑使我感到温暖，精神振奋。我激情勃发，妙语连珠。在公开场合，我爱得发狂，可是私下面对的时候，却拘束、冷淡，可能还有些厌烦。然而，我是那样关心着她，她生病的时候我痛苦不安，我宁愿用自己的健康来换取她的康复。要知道按照我的经验，我是十分了解病痛和健康的意义的。离开她的时候，我想着她，思念她。当我在她身边，她的爱抚所达的是我的心灵而不是肉体，我在与她的亲密中有一种安宁的感觉。她给予我的我已经觉得满足了，不需要更多，然而我不能忍受的是她对别人跟对我一样。我对她同她的骨肉兄弟一般挚爱，如情人一样的善嫉。

一想到戈登小姐待别人也像待我，我就嫉妒得如同土耳其人、疯子和老虎一样，因为即使我想在她那里得到一点恩惠，不跪下双膝也办不到。我在靠近德·瓦尔松小姐时只有真实的欢乐，却没有激情，要是看到戈登小姐，我就什么也看不到了，我整个人都神魂颠倒了。对于前者，我是亲近却没有放肆，相反，后者一出现，虽然彼此都十分熟悉，我却兴奋得害羞。我相信，要是我和她待得时间长一些，我会死去的，我的心跳使我要窒息了。我一样害怕失去她们的爱，但我对一个更多的是体贴关心，对另一个则是唯命是从。给我什么我也不愿让德·瓦尔松小姐不高兴，但要是戈登小姐命令我跳火坑，我相信我会毫不犹豫地遵从。

关于我的谣传，或者说我和戈登小姐的约会，只持续了很短的一段时间，我们都从中感到幸福。我和德·瓦尔松小姐的关系没有同样的危险，但是时间稍长，也不能免除灾祸。这种关系的结局通常是有点浪漫，也给人提供了一个感伤的机会。我和德·瓦尔松小姐的关系并不热烈，但也许更加亲近。我们没有一次分别的时候不流泪，一离开她，我就感到自己完全陷入到空虚之中。我所谈到的，想到的全是她，我的伤痛真切实在。但我也相信，说到底，这种英雄泪也不全是为她而洒的。我自己没有觉察到的是，游戏消遣在这中间起了重要作用，她只是在游戏中占据了中心罢了。为了排遣离别的伤心，我们互相写信，写得连铁石心肠的人也会为之动容。最后，我胜利了，她不能再忍受了，跑到日内瓦来看我。这一下我就完全晕了，她呆在那里的两天里，我如醉如狂。她离开时我想等她一走就去投水自杀，空气中回荡着我的哀号声。八天后她送了我糖果和手套。要不是我那时已经知道她结婚了，她那次来看我只是置办嫁妆时顺道，我一定会认为这是了不得的信物。可以想象，我当时的愤怒无法形容。在我高贵的怒火中，我发誓不再见这个无情的东西。我想象不出对她还有什么比这更可怕的惩罚了。然而她并没有因此而死去。二十年以后，我去看我父亲，和他在湖里划船的时候，我问他离我们不远的那只船上的女士是谁。"什么!"我父亲笑着说，"你的心没有告诉你吗？这是你的老情人，那是德·瓦尔松小姐，现在是克里斯蒂太太。"我为这个几乎已经忘记了的名字吃了一惊，但我叫船夫改了方向。虽然那一刻我有很好的机会报复，但不想为此去破坏我的誓言，和一个四十岁的女人为二十年前的事再次争吵。

【1723—1728】

在我未来事业得以确定以前，我最宝贵的少年时代就这样浪费在这些蠢事上了。根据我的天性作了长久考虑后，我被选择去从事一个最无趣的职业。我被送到镇上的法院书记官马塞隆先生那里跟他学习做"承揽诉讼人"。我对这个名称极其厌恶。以肮脏的手段去获得利益，对我来说是伤害尊严的事。我对这职业既厌烦又难以忍受。没完没了的事情，奴才一般的感觉，让我厌透了。我没有一次不是带着憎恶之情去上班的，而且这感觉日渐增长。马塞隆先生对我很不满意，还蔑视我，不停地责备我懒惰愚蠢。每天都在我耳边絮絮不止地说我舅舅说我能干，其实我什么也不会，说我是一个聪明的小伙子，其实却送来了一个傻瓜。最后我终于从事务所给赶走了。马塞隆先生的职员们说我除了拿锉刀，一无所用。

我的职业经过这样评定以后，就只好去当学徒了，不过不是当钟表匠，而是当雕工。我被马塞隆先生弄得没了脾气，变得十分卑微，我毫无怨言地服从了。我的新师傅杜康姆先生是个粗暴的年轻人，在很短时间里就磨掉了我童年时代的光华，使我多情而活泼的天性麻木了，我在精神上和生活上都变成了一个真正的学徒。我的拉丁文，我的古典文学，我的历史都被我远远地抛到脑后去了。我甚至不记得这世上还有罗马人。我去看我父亲的时候，他也不再能在我身上找到他的幻觉了。在女士们看来，我也不再是那个讨人喜欢的让雅克了。我确信朗拜尔西埃兄妹也不再会认我是他们的学生，所以我就不去拜访他们了，从那以后再没有见过他们。简朴的娱乐被最下流的趣味和最低级的街头流氓习气代替，我把它们忘得连想也想不起来了。虽然我受过最好的教育，但我必定有一种很强的堕落倾向，所有的变化都毫不费力地飞快发生了，就算是早熟的恺撒堕落成拉里东时也没有这么快。

这手艺本身我并不讨厌。我对图样有兴趣，而且也喜欢使用雕刻工具。在钟表制造这一行里，刻工的技艺不难掌握，我有希望做得完美。如果不是我师傅的粗暴和苛刻使我对工作厌恶的话，我也许早就做到了。我偷偷地在工作时间里做了一些和工作类似的事，不过对我来说有着自由的乐趣。我为我自己和我的同伴们雕了一些骑士勋章。我师傅发现了我做的违禁活儿，把我痛打了一顿，说我在练习制造硬币，因为我雕的勋章上有共和国的国徽。我能发誓，我根本就不懂得什么伪币，对真币也只略有所知。我对怎么制造罗马“阿斯”所知道的比我们的三苏硬币要多得多。

我师傅的横暴终于使我对本来十分喜欢的工作不能忍受，而且使我养成了我原来痛恨的种种恶习，如撒谎、懒惰、偷窃。对我在那段生活中发生的变化的回忆比什么都能更好地告诉我，在家里当儿女和外出当奴隶的区别。我生性怕羞胆小，有再多的缺点也不会厚颜无耻。但是，我以前所享有的自由还只是一点点地缩小，现在却终于都没有了。我在父亲面前无所顾忌，在朗拜尔西埃先生那里自由自在，在我舅舅那里我谨慎克制，在我师傅那里，我变得胆小如鼠了，那时我完全不像个孩子。我已经习惯了和长辈完全平等地相交，没有什么好玩的游戏我不能参加，没有什么好吃的我不能分享，没有什么愿望我不能表达，怎么想我就怎么说。不难判断，我现在被束缚成什么样了，我不敢冒险张嘴说什么，饭吃到一半我就得离开，除了被捆绑在没完没了的工作上，我没有别的事可做，看着别人玩乐，自己却不能。我师傅和狐朋狗友的逍遥自在更加重了我的受奴役感。即使是争论我最熟悉的事情，我也不敢开口。总之，在那里我是见到什么就羡慕什么，这都是因为我被剥夺了一切。从那时起，我的安逸，我的欢乐，我以前犯了错帮助我逃脱惩罚的动听的话，都成了过去。我想起有一天晚上在我父亲那里，因为犯了个错，我被罚不准吃饭就要上床睡觉。我有点郁闷地拿着一块面包从厨房经过，我看见一大块肉在烤着，我还闻到了香味。家人们都围着炉子站着，我经过的时候不得不和每个人道晚安。道完晚安后，我向烤肉瞄了一眼，它看上去多美味啊，我忍不住向它也鞠了一躬，用悲伤的声调说："晚安，烤肉!"这句天真的俏皮话让他们都笑了，于是他们叫我留下来吃晚饭了。想起这事，还真叫人忍俊不禁。在我师傅家，这样的话也许有同样的效果，但是，它恐怕不会跳到我嘴边了。即使想到了，我也没有勇气说出来。

就这样，我学会了贪心、做假、撒谎，最后发展到盗窃，这些念头在那以前从来没有进入我的思想中，可自从那以后，我就再也没有根治过这些毛病。是贪婪和脆弱将人引向这个方向。这就能解释为什么所有的仆人都是流氓，所有的学徒也是一样。但是后者如果在一个平和与平等的条件下，他们的要求能得到满足的话，随着他们的成长，他们还是会纠正这种可耻倾向的。但我没有得到这样的条件，我也就没能得到这样的结果。

孩子的本性总是好的，是邪恶的指导规则将他们一步步地引向罪恶。我在师傅家呆了一年多，虽然一直手头拮据，而且又有不断的诱惑，但我却没有去偷过任何东西，甚至是吃的。我第一次做小偷是为了帮助别人，但是这为另外几次偷盗开了先例，这几次偷盗的动机就没有什么值得说的了。

我师傅有一个期满的学徒，叫维拉特先生，他的房子就在附近。不远处有一个园子，种着名贵的芦笋。维拉特先生手头不宽裕，想出了个主意，从他母亲那里偷些嫩芦笋去卖了换几顿好饭吃。他自己不愿去冒这个风险，而且他手脚也不够灵便，他选了我去干这差事。他先是给了一阵甜言蜜语的恭维，我没有看出他的意图，很轻易就中了他的圈套。我本来很不情愿，他却一直坚持。我抗不过他的百般奉承，于是就答应了。每天早晨，我都去割些最好的芦笋，拿到茂拉尔市场去。那里在个好女人，发现我的芦笋是偷来的，于是就当面这样说我，好低价买下。我做贼心虚，只好听顺她给几个算几个，然后把钱交给维拉特。这钱马上就变成了一顿饭，操办的人是我，吃的却是他和他的另一个同伴。我分得一杯羹就很满意了，至于酒杯可是从没碰过。

这事我干了好几天，想也没想过要偷一下偷盗者，从盗卖的芦笋中抽点“什一税”。我忠诚不贰地扮演着我的角色，惟一的动机就是讨得驱使我的人的欢心。但是，要是我被捉住了，拳头、辱骂和残忍的对待都会是我所要忍受的。人们会相信那个骗我的混蛋，我却会因为诬蔑他而要遭受双重的惩罚。要知道他已经学徒期满了，而我却还是一个学徒啊！走遍天下，都是有罪的强者能逍遥法外，而让无辜的弱者为之付出代价。

经过这件事，我知道盗窃远没有我原来想象的那么可怕，很快我就把这一发现运用自如，我想要的东西，只要能弄到手，没有一件能逃脱的。我吃的还不算极差，之所以节食困难，是因为看到我师傅的吃相。他惯常在好吃的东西送到桌上时就把年轻人赶走。在我看来这是最容易使他们成为馋鬼和小偷的。在很短的时间内，我就身兼两任了，一般我都得心应手，只是偶然被捉住挨顿痛打而已。

想到有一次偷苹果被抓住让我付出很大代价的事，我觉得又可怕又可笑。那些苹果放在储藏室的最里面，从厨房的一个很高的窗栏透过来的阳光可以照进去。有一天，我一个人在屋子里，我爬上案板去窥视“赫斯珀里得斯苹果园”中我可望不可及的美味。我拿了一把烤肉用的铁叉，看是否够得上，但还是太短了。为了把它接长，我在上面绑了另一把小叉子。这是我师傅打猎用的，他喜欢打猎。我投了几次都没有成功，最后，我感觉扎中一只苹果了，好不高兴。我小心翼翼地往上提，苹果接近窗栏了，我正准备抓住它，但是，怎么说清我当时的烦恼呢？苹果太大，窗栏太窄，拿不出来！我不知试了多少种方法把它拿出来。我只好把叉子固定住，用一把长刀子把它切成两半，希望能一块一块地取出来。可是我刚把它切开，两块都掉到储藏室里面去了。富于同情心的读者啊，为我分担苦恼吧！

我没有失去勇气。但我浪费了不少时间。我怕不小心被人抓住，只好等第二天再去试试运气。我尽量装得没事人一样溜回去继续工作。却没想到，储藏室里面还有两个不会保密的证据。

第二天，找了一个适合的时机，我又去进行了新的尝试。我爬上案板，接长了叉子，对准了苹果，正准备去刺……然而，不幸的是，那条护宝龙并没有睡着。储藏室的门一下子打开了，我师傅走了出来，抱着双臂瞪着我，说：“胆子不小啊！”……写到这里，笔都从我手里掉下来了。

由于经常挨打，我很快就把它看成是家常便饭了。我把它当作对盗窃行为的补偿，给了我继续偷盗的权力。我不回头看我受惩罚的时候，而是向前看，想着如何复仇。我想，既然把我当作小偷来处罚，那我就可以像一个小偷那样行动了。我发现偷盗和挨打结合在一起，构成了一种交易，我做到了我的那一份就安心了，师傅要做什么都由他好了。有了这个念头，我开始偷得更多了。我对自己说："结果会怎么样？我会挨打的。有什么好怕的。我生来就是挨打的。"

我好吃，但并不贪吃，好色，却不淫乱。其他的爱好太多，把两种欲望冲淡了。除非闲着无聊，我不会去想着口腹之欲，而我一生中又少有空闲，这样我也就没有什么时间去考虑美食的问题。因为这个原因，我没有把我偷窃的对象局限在吃的东西上，很快就转向了引诱我的一切。如果要说我没有成为一个惯贼的原因，那是因为金钱从未对我产生太大的吸引力。作坊的一头有我师傅的一个房间，门老是锁着。我想了法子神不知鬼不觉地进去再把门关好。里面有他最好的工具、图样和样品，凡是我喜欢的和他不给我的，我都当作贡品拿走了。不过，这种偷盗可算是无罪的，因为偷来的东西还是用于为他干的活上了。不过，能掌握运用这些小东西，我还是狂喜不已。我觉得在偷了他的东西的同时，把他的技术也偷出来了。另外，我发现箱子里有金银碎片、小饰物、贵重物品和钱币。那时我口袋里有四五个苏我就觉得很有钱了，所以那些东西我动都没动，我记得我连看也没有多看一眼。我看它们的时候，恐惧远重于喜欢。我相信对偷钱和贵重物品的恐惧多半是教育的结果。而且，我一起这个念头，丢脸、坐牢、判刑和绞刑架，这些考虑就在我心中翻腾，叫我不寒而栗。反之，我做的那些坏事不过是一些小小的恶作剧罢了，事实上它们也算不得什么。顶多会引来我师傅的一顿痛打而已，我在事先早就有所准备了。

不过，我要重复的是，我从未认为我到了需要悬崖勒马的境地，我没什么大不了的事。对我来说，一张漂亮图画比足以买一令纸的钱吸引力要大得多。这种怪癖与我的性格特点相关，它深深地影响了我的行为，所以值得在这里解释一下。

我是个很有激情的人，我一激动起来，没有什么可以与我的狂热相比。我会失去判断力，恭敬、畏惧、庄重，什么都不管不顾了。我会变得愤世嫉俗，厚颜无耻，狂暴凶猛，无所畏惧。羞耻拦不住我，危险吓不倒我。我渴望的东西就是我整个的世界，其他什么也不存在。但这一切只会持续一会儿，接下来，我就会完全陷入空虚之中。我平静的时候懒散而怯懦，什么都会让我心怀畏惧，灰心丧气。一只苍蝇嗡嗡飞过也会惊吓着我，必须要说的话，必须要做的手势，我都不想说，不想做。畏惧和羞耻沉重地压迫着我，让我只想逃到没人的地方去。必须要做的事，我不知道怎么做好。必须要说的话，我也不知道怎么说好。要是有人注视我，我会觉得无地自容。我在情绪高的时候会说出些漂亮的言辞，但在平常的谈话中，我却什么也说不出来。而我免不了要说话，所以我遇到日常谈话就苦不堪言了。

不仅如此，没有什么在我这里起支配作用的趣味是可以用金钱收买的。我要的只是纯粹的快乐，金钱却会对之造成损害。比如，我喜欢美食，但我不能忍受上等社会的拘束，也不能忍受小酒馆里的滥饮，我只能与一个朋友分享。我也不能一个人就餐，因为如果这样的话，我会胡思乱想，吃起来就味同嚼蜡了。如果我渴望女人，那么能激动我的心的更多的仍然是爱情。凡是可以用钱买来的女人我都会觉得兴味索然。我甚至会怀疑是不是需要这种女人。我发现凡是可以轻易到手的快乐都是如此。需要花钱的东西都是一样无味。我热爱的是这些只属于最先懂得如何享受它的人的快乐。

我从来不像世人那样看待金钱，不仅如此，我从不把它看成是能给我带来多大便利的东西。它本身并没有什么用处，在享受它之前就要把它换成别的东西。购买、讨价还价、经常性的受骗，付出得多，得到得少。我本想得到一件质量上乘的东西，用钱去买，得到的必定是一件劣品。我付了高价买鲜蛋，得到的却是臭蛋；付了高价买水果，得到的是生涩的；出高价找个少女，结果得到的是个堕落的。我喜欢美酒，但我到哪里去寻找？找酒商吗？无论我怎么做，得到的酒必定伤身。要是我真的想得到良好的服务，我得蒙受多少麻烦和困窘！我必须结识朋友、代理商，付佣金，写信，到处奔走，等待，最后还是经常受骗！金钱给我带来多少麻烦！我对之产生的恐惧远大于对美酒的喜好。

在我当学徒的前后，我不知多少回想去买些好吃的。走到点心铺里，我看到一些女人站在柜台边，我觉得她们正在嘲笑来了一个小馋虫。我走到一家水果店，看着鲜美的梨子，它们发出诱人的气味，两三个小伙子在一旁打量我。有个认识我的人正站在他的店门前。我看见一个姑娘从远处走来，她是不是这家的女仆？我的近视眼把这一切都弄得像幻觉一样。所有的路人都被我当成了熟人。走到哪里都让我觉得胆怯，都让我畏难。我越是怕羞，对美食的渴望就越是强烈，最后，我像个傻瓜一样回到家里，对美食的渴望却没有实现。我口袋里的钱足以实现这个愿望，却没有勇气去买任何东西。

说到我自己和别人怎么花我的钱，我就得描述我常常经历的种种窘迫、羞惭、厌恶、烦琐和恼怒，这样我就得进入一本毫无趣味可言的流水账了。对读者而言，了解我的生活过程，就熟悉了我的真性情，他会明白这一切的，用不着我费心来说这些。

明白了这些，就容易理解我身上一个明显的矛盾——对金钱无比的贪婪和对金钱的极端蔑视合为一体。金钱是我很少能找到合用之处的东西。没钱的时候，我从不挖空心思地去获取；有钱的时候，我把它放在一边很长时间也不会去用它，因为不知道怎样花掉才会让我自己高兴。而一旦有了合适的用场，我把钱包掏空了还不知道。不要希望在我身上能找到财迷的怪癖——把花钱当作摆阔。相反，我花钱总是偷偷的，是为了得到快乐。我不会以大把花钱的方式来炫耀自己，而是会尽量隐藏。我强烈地感觉到金钱对我并无用处，有钱让我感到的是羞耻，更不要说是使用它了。要是我有一笔足够的收入可以过上舒适的生活，我肯定不会成为守财奴的。我会把它用光，而不会想着要让它生息。可我不稳定的处境让我小心翼翼。我崇尚自由，憎恶束缚、繁琐和依附。要口袋里有钱，才能保证我的自由，减轻我去找生活费用这种让我感到害怕的麻烦。但是，囊空如洗让我恐惧，所以我总小心地积蓄金钱。一个人所拥有的金钱是获得自由的手段，而我们急切地追求的金钱却是使我们受奴役的工具。因此，我对自己所有的金钱抓得很紧，而对没到手的却无所谓。有钱的快乐抵不上赚钱时的苦恼。所以说，我的淡泊只是由于懒散罢了。同样，我的挥霍也是出于懒散。既然有了花得痛快的机会，也就不必斤斤计较了。金钱对我的诱惑小于物对我的诱惑，因为金钱在希望得到的享受和物之间只是一个中间物，而在物本身和享受之间却是没有什么阻隔的。如果我看到的是物，它会诱惑我，但如果我看到的只是获取物的手段，却不会有什么诱惑。因为这个原因，我做过小偷，就是现在，有时我也会去偷一些诱惑我的小玩意，我宁愿偷拿也不愿问人要。但是，不论是我小时候还是长大成人，我记得我都没有偷过别人一个小钱。只有一次，那是在十五年前，我偷了七个里弗零十个苏。这个事件之所以值得回想，是因为它包含混杂着最大的愚蠢和无耻，要是这事不是发生在我自己而是别人身上，我肯定不会相信的。

这事发生在巴黎。大约是五点钟的时候，我正和德·弗兰格耶先生在“王宫”散步，他掏出表来看了看说：“我们去剧院吧。”我同意了。我们就去剧院。他买了两张票，给了我一张，他拿着一张走在前面。我跟着他，他进去了。他进去后，我发现门口十分拥挤。我看了看，大家都站着。我想这样很容易把自己给挤丢的，德·弗兰格耶肯定也会认为我挤丢了。我就走了出去，退了票，拿了钱，然后就走开了。没想到的是，我刚到大门口，人们都找到位子坐下了。德·弗兰格耶能很清楚地看到我不在那里。

没有什么行为比这更与我的天性相违了，我提起它是为了说明，人们会有精神半疯半痴的时候的，这时他们不能由其行动来判别。我确实没有想要偷这钱，我偷走的是这钱的用处。越说不是做贼，越显得厚颜无耻。

如果要我把我在学徒时代从崇高的英雄主义堕落成一个卑鄙的下流坯过程中的细节都交代清楚，那我就永远说不完了。然而，虽然我染上了我那个地位的人都有的恶习，但我并没有对之沉迷。我厌倦了我同伴们的那些娱乐。过分的束缚使工作变得不可忍受，我对一切都产生了厌烦。这就使我对扔下很久的书本重新感起兴趣来。我因为读书而耽误了工作，这又成了我一个受惩罚的罪名。束缚激发出我读书的激情，不久这激情就变成了狂热。一个叫拉·特里布的租书人为我提供了各种各样的文学作品。不论好坏，我都一样喜欢。我不加选择，一样贪婪地阅读。我在工作台上读，在外出办事的时候读；在储衣室里读；一连几小时完全沉醉其中。我因为读书而弄得头昏脑涨，什么事也做不下去了。我师傅监视我，对我的行为莫名其妙，他打我，把我的书抢走。不知有多少本书被撕毁、烧毁，被扔出窗外。也不知道拉·特里布的藏书里有多少本是残缺不全的。我没有钱付给她的时候，就把我的衬衫、领带和衣物给她。每个星期天，我都把我三个苏的零花钱全拿给她。

好吧，说到这里，你就要说了，钱还是必需的。确实如此。但也只有在我对读书的激情使我顾不上其他的事的时候才是如此。我完全投入到我新的爱好里了，我什么也不做，只是读书，不再偷东西了。这是我的特点，只要一点点小事的转移作用，就能改变我，把我的注意力引到已经成了我的生活形式的习惯中去，最后成为激情。于是我就忘记了世上的一切，除了我专注的新对象，我什么也不想。我翻开我口袋里的新书时，心会激动得直跳。只要有我一个人独处的机会，我就会把书掏出来，再也不想去我师傅的房间里翻箱倒柜了。我相信无论我有什么奢侈的爱好，我都绝不会为了它去偷钱的。我总被眼前的事所局限，从没想过要为将来做些什么。拉·特里布给我赊账，要价也低。我只要有一册在手，就把一切都忘了。到我手中的钱都无一例外地用同样的方式交给了这个女人。她向我催款的时，我最简单的方法就是拿我的财物去抵偿。只有深谋远虑的人才会去偷钱，我想也没想过要偷钱还债。

吵架、斗殴，再加上偷阅不适当的书，我的性情变得凶暴而又沉默寡言。我的思想变得反常，生活得像个厌世者。不过，我的趣味使人远离了那些愚蠢无聊的书，我的运气也使我和那些淫秽放荡的书隔开了。倒不是拉·特里布这个八面玲珑的女人在将它们借给我的时候心有所忌，而是因为她为了夸大它们的价值，对我提及它们时总是一种神秘的口气。这种口气恰恰使我产生了一种又羞耻，又厌恶的感觉，于是我就拒绝了。我生性腼腆，再加上机缘，在三十岁以前还没有看到过一本这种危险的书。这种书是会让一个上流社会的女士感到不便的，因为她们只能躲着一个人读。

不到一年，我就把拉·特里布那一点点书都读完了。闲下来的时候，对书的渴望让我心里发疼。我已经用读书的方式治好了我幼稚无赖的毛病。在我所读的书中虽然有因为选择不当而经常有些坏书，但它们还是使我的心灵充溢着比我的生活环境所给我的要高贵得多的感情。我伸手可及的一切都让我厌烦，而能引诱我的又离我太远，我看不到任何可以使我的心灵得到满足的东西。我兴奋起来的肉欲渴望快乐，但我却想象不出如何满足。我已经远离快乐了，仿佛是个无性的人。我成年以后，有时回想起我的狂热，却想不出更多来。在这种奇怪的情况下，我无休止的想象填补了我的空虚，把我从自己手中拯救出来，平息了我日益滋长的情欲。我通过想象我读过的书中曾使我感兴趣的情境来自我满足，我回想它们，改变它们，对它们重新组合，使它们变得十分真切，我成了其中一个曾满足过我想象的人物，总是看到自己处在一个融洽的环境里。最后，我完全把自己置身于玄想之中，忘掉了让我极不舒心的现实情形。我喜欢幻想，沉醉其中，结果厌恶起我身边的一切来，并使我一生孤独。这种性格似乎会引出种种奇怪的结果，及其阴郁、厌世。但实际上这一切却来自一颗充满了温情，充满了爱的敏感的心，只是在现实中找不到知音，它只好在幻想中求得滋润。在这里，我只是想解释我之所以好幻想的根源，和改变了我激情的原因。幻想通过它自己限制了自己，而太多的欲念使我总是拙于行动。

就这样，我到十六岁了。我心神不定，对我自己不满，也对一切不满，自己生活的环境毫无趣味，自己的年龄也不能让我高兴，沉迷于自己也茫然无知的目标的向往之中，莫名其妙地流泪、叹息。总之，看不到周围有什么值得留恋的，我就更加着迷于冥思遐想。每个星期天，我一起当学徒的伙伴做完礼拜，就来找我和他们一起去散散心。只要有可能，我总是避开他们。但一旦我投入到他们的游戏中，我就会比谁都兴奋，跑得比谁都远。让我动起来不容易，让我停止也不容易，我总是这个脾气。我们在城外散步，我总是走得比谁都远。怎么回来，我想也没想过，除非别人替我想到了。我有两次在关城门前没有及时赶回去，第二天我的遭遇可想而知。第二次，我答应师傅不再重犯了，所以下决心不再去冒险。然而，令人恐惧的第三次还是降临了。可恶的米努托里队长关城门总是比别人早半个钟头，我的小心变得毫无用处。我和两个伙伴一起回城，在离城半里格的时候我听见关城门的号声响了。我两步并作一步走。我听见鼓声敲响了，赶忙拼命跑，跑得上气不接下气，浑身湿透，心脏跳得怦怦作响。我远远地看见士兵们站到他们的岗位上了。我冲上前去嘶哑着嗓子拼命喊，但还是太迟了！在距前哨二十步远的地方，我看见第一道吊桥已经升起来了。听着那些可怕的号声在空气中回荡，我的心不禁哆嗦起来。命运凶险的恶兆在那一瞬间向我露出了面容。

我在万分悲伤中扑倒在斜堤上，嘴啃着泥。我的同伴为他们的不幸笑起来，马上就决定了怎么办。我也一样作了决定，但我的决定和他们的不同。我当场发誓不再回师傅那里去了。第二天清晨，他们等城门开了就进城去，我和他们永远道别了。我只请求他们把我的决定偷偷地告诉我的表兄伯纳尔，还有可以再见我一面的地方。

自从我当了学徒之后，我就很少看到他。有一段时间我们常常在星期天见面，但慢慢地我们都有了别的习惯，见面的机会就更少了。我相信他母亲对这变化起了很大的作用。他是一个上城区的孩子，我是一个来自圣一日维尔的穷学徒。虽然我们有亲戚关系，但是我们之间不再平等了。和我交往对他来说是一件有失体面的事。不过，亲戚关系在我们之间并没有完全破裂，因为他是一个天性淳朴的人，有时还是依照他自己的意愿而不是他母亲的教训行事。知道了我的决定后，他赶紧来看我。他没有劝阻我，也没有打算和我一起跑，而是送了我一些东西帮助我出走，因为以我自己的盘缠我是走不了多远的。他送我的东西中还有一把短剑。这把短剑我十分喜欢，我一直把它带到都灵。在那里，我穷得实在没法才把它卖了，卖的时候我好像在割自己的肉一样。我越想他在我关键时候的行为，我就越是相信那是他听了他母亲，也许还有他父亲的话的缘故。因为要是由着他自己，他不会不劝我回去，或者跟我一起走，但是他没有！与其说他是在劝阻我，还不如说是他在鼓励我按计划行事。看到我下定了决心，跟我道别的时候，也没有掉几滴眼泪。从那以后，我们之后再没有通信，也没有见过面。这真是令人遗憾的事！他的性格从本质上说是好的，我们相互之间的感情很深。

在我把自己抛入命运的赌场上之前，让我思索一下，假如我遇上一个好师傅，我的命运将会是怎样的呢？当一个安闲平稳，默默无闻的手艺人，特别是在某个行业，比如说日内瓦的雕刻行中当一个工匠，这比什么都适合我的性格，从而会带给我更多的幸福。这样的地位足以维持舒适的生活，但不会使人发财。它会在我未来的日子里限制我的野心，留给我充分的闲暇来适度发展我的爱好。它会让我生活在自己的世界里，而不会给我机会让我远走高飞。我的想象力丰富得足以使我以狂乱的幻想来美化所有的欲望，强大得足以将我随心所欲地从一个幻想飘到另一个幻想。这样，我实际所处的地位怎么样，我并不关注。从我所处之地到我的空中楼阁，并不是遥远的距离，我很容易沉迷于虚幻。由此可知，天下最简单的职业，麻烦和焦虑也最少，允许有最大的精神自由，是最适合我的。而这原来恰恰就是我的职业。我本来可以遵从我的性格，我信仰的宗教，在我的故乡，我的家庭，我的朋友中，从事适合我趣味的单调工作，在符合我心意的社会中，过着适合性格的平静安逸的生活；我本来可以成为一个虔诚的基督徒，一个好公民，一个家中的好父亲，一个好朋友的；我本来是热爱自己的职业的，也许还能成为这一行业中的光荣；并且我本来可以在度过简单平庸，但安宁的一生后，得以寿终正寝。虽然我无疑会很快被遗忘，但在有人记起我时，我会得到哀悼追念的。

但事与愿违。我将描绘出一幅什么样的图卷来？先还是不要急于诉说我生活中的悲哀吧，这个让人感到辛酸的话题，我将会占用读者们很多时间的。

第二章

当我出于恐惧决定远走高飞的时候，心中充满了忧伤，但是当我将这一决定付诸实施时，心中却觉得轻快起来。我还是一个孩子，就离开了家乡，离开了亲人，离开了所有的依靠，离开了生活来源。我的手艺还只学到一半，没有足够的谋生之道。我把自己抛入欲望的惊涛骇浪中，却无从自救。我以无知而又柔弱年纪去面对邪恶的诱惑和绝望，去寻求痛苦、错误、陷阱、奴役和死亡，忍受我以前所不能忍受的重得多的束缚。这是我当时所要做的，也是我当时展望前途所要看到的，但是我的想象描绘的全然不是这样的图景。我相信我已经独立了，这是惟一能让我心情激动的。自由了，做自己的主人，我相信我什么事也能做，什么事也能做成。只要投身空际，我就能飞越长天。我走进这个浩茫的世界，心里没有一丝不安。那里有的是我想要的功业声名，每一步我都能得到宴席、财富和奇遇，朋友们准备为我效劳，情人急于向我取悦。我一现身，整个世界就归我所有了。不过我不要整个世界，只要够我支配的那一部分就够了，用不着那么多。有些可爱的朋友就行，其余的事我就不操心了。因为我的谦逊，我把自己限制在一个小小的，但却是让我满意的圈子里。这个圈子保证我至高无上的地位。一座城堡就是我全部的雄心了。能受到领主和领主夫人的恩宠，能成为领主小姐的情人，公子的朋友，邻居的保护人，我就心满意足，不想再要其他的了。

怀着对未来并不高远的期望，我在郊外浪荡了几天，住在我认识的农人家里，他们的招待比任何一个城里人都要亲切得多。他们收留我，供我食宿，不求回报。这不叫施舍，因为他们做着这一切的时候并不是一副高高在上的神气。

我就这样漫游着到了萨瓦地区的康菲农，距离日内瓦两里约远。那一教区的助理牧师叫做德·庞特瓦先生。这个在共和国历史上响当当的大名引起了我的注意。我带着好奇心去看汤匙武士的后代到底是什么样的。

我去拜访了德·庞特瓦先生。他非常和蔼地接待了我，和我谈起日内瓦的异教、圣母教会的权威，并请我吃晚餐。对于这样结束谈话，我没有什么可说的，助理牧师的晚餐至少比得上我们那里的主教。尽管德·庞特瓦先生出身高贵，我懂得的肯定要比他多，但是我宁愿当一个好客人而不是当一个神学家。他的醇美的弗朗基葡萄酒就让他在争论中占尽上风了，我不好意思弄得这样一位可敬的主人哑口无言。我让步了，至少没有正面反驳。看到我小心翼翼的表现，别人会说我虚伪的，但那是不对的。我只是按照一般的礼节行事而已，那是肯定的。奉承，或者说是谦虚不见得总是罪恶，它更多的还是美德，特别对于年轻人来说更是这样。别人对我们盛情的款待使得他与我们亲密，我们对他让点步，不是为了滥用他们的好意，而是为了不让他扫兴，或者不以怨报德而已。德·庞特瓦先生热情地接待了我，试图说服我，这对他又有什么好处？我年轻的心告诉我，他只是为我好。我对好心的神父充满了感激和尊敬。我感觉到了自己的高明之处，但我不想以此压倒他来回报他的款待。这种态度一点也不是什么伪善。我从来也没有想过要改变我的宗教信仰，我不会这么快就有这种念头，而且想想就让人觉得可怕，很长一段时间内我都让自己远离这种想法。为了不拂人家的好意，我总是避免使这些企图说服我改变信仰的人苦恼，我希望能培养他们对人的善意，所以表现得不是那样坚决，留给他们一丝成功的希望。我在那方面的错误和那些可敬的女人撒娇差不多，她们有时为了达到目的，有时候什么事也不允许或者承诺，却能激发起别人的希望，而这希望总比她们能兑现的要大。

理智、怜悯和对体统的尊重，都要求人们反对我愚蠢的行为，把我从我正在走着的毁灭之路上拯救出来，把我送回家去。这是任何一个品德高尚的人都会做或者试图去做的事。但是，虽然德·庞特瓦先生是个好人，却肯定不是一个有德行的人。相反，他是一个除了崇拜偶像就不知道还有其他德行的狂热分子。除了写一些小册子来反对日内瓦的牧师外，他想不出还有别的办法来维护他的信仰，他就是这样的一种教士。他根本没有想过要送我回家，反而利用我想远离家乡的念头，使得我即使想回家也不可能。可能他是要使我身处贫困的境地或者成为一个无用的流氓，但他看到的决不是这样的，他看到的是一个灵魂从异教那里得救了，回到了教堂。只要我去做弥撒，做个正直的人还是一个流氓，那有什么当紧的呢？你不要以为只有基督教是特别的，所有专断的宗教都是这样。信仰，而不是行为被认为是首要的。“上帝召唤你，”德·庞特瓦先生说，“到安讷西去吧，那里你会找到一位好心仁慈的夫人，她受到了国王的恩惠，被从错误中拯救出来，现在她会从同样的错误中拯救别人。”这里所说的夫人就是德·华伦夫人，一位新的天主教皈依者。实际上她是受神父们强迫与前来出卖信仰的混混们一起分享撒丁国王给她的一笔两千法郎年金。要请求这样一位好心而又仁慈的夫人帮助，我觉得十分可耻。我很希望有人供给我生活，但不愿接受救济，而且一位信徒对我来说也没有多大的吸引力。但是，德·庞特瓦先生的催促，加上饥饿的压力，同时也想，作一次有明确目的地的旅行也是一个不错的主意，虽然有一些困难，我还是下定了决心，动身前往安讷西。我本可以一天之内很容易走到的，但是因为我不急于赶路，足足走了三天。我觉得奇遇一定会在那里等着我，所以看到路边的城堡，就想去寻找，可是什么也没有发生。我天性怕羞，既不敢走进城堡，也不敢去敲门，但我会在从外面看来最有希望的窗户下面唱歌，但是让我奇怪的是我不断地唱，唱得肺都痛了，也没有小姐或夫人被我优美的歌声和歌唱的热情吸引出来。要知道我从同伴那里学来的歌曲都十分优美，而且我唱得也同样是极好的。

终于我到了安讷西，见到了华伦夫人。对于在我一生中决定我性格的这个时期，我不能轻描淡写，一笔带过。我那时十六岁半。我不是什么美少年，但是，我发育很好，腿脚匀称纤细，神态潇洒，容貌清秀，嘴小而可爱，头发和眉毛乌黑发亮，富有生气的眼睛小而微陷，闪烁着可以点燃我热血的光芒。可惜的是，我对此一无所知，在我的一生中我从来没想起来要利用我的容貌，到我想起来的时候已经迟了，我不能再从中获取什么好处了。我的胆怯既是因为我的年龄，还因为我太多情，总是怕别人不快而心存疑惧。此外，虽然我的心智得到还算不错的培养，但我从未没见过世面，在社交礼貌上完全不懂，我的知识不但没能弥补这一缺陷，相反，由于感觉到我在这方面的缺陷有多么严重，我越发觉得胆怯了。

因为怕德·华伦夫人对我的初次亮相产生偏见，我采取了别的对策。我写了一封雄辩风格的信，信中把书中抄来的名句和学徒语言混在一起，我展示了我全部的修辞能力以博取她的好感。我把德·庞特瓦先生的信封在给德·华伦夫人的信里，战战兢兢地前去作这次拜访。德·华伦夫人不在家。别人告诉我说她刚去教堂了。这天正是1728年的圣枝节。我去追赶她。我看见她，赶上她了，和她说了话。我应当永远记住那个地方。那以后，我常常泪水打湿了那个地方，我的亲吻印在那个地方。我真想用金栏杆把那个幸福的地方围起来。我真想让全世界的人都带着敬意来瞻仰它。谁对人类得救的纪念物有崇高的敬意，他就应当膝行到它的面前。

这是在她屋后的一条过道。过道的右边，一条小溪把房子和花园隔开了，左边是院墙，有一道黑色的门通往方济各会的教堂。德·华伦夫人正要进门，听见我的喊声回转身来。我一看就惊呆了！我原先想象她是一个苍老阴冷的宗教狂，在我看来，德·庞特瓦先生所说的虔诚的夫人只能是这个样子。然而，我看到的却是一张富于魅力的脸，一双美丽的蓝眼睛洋溢着温柔，皮肤闪着光彩，线条迷人的胸脯。什么也逃不过年轻的改信仰者的一瞥，就在那一瞬间，我被她完全征服了。我相信要是这样的使徒来传教，一定能把人引入天堂。我哆嗦着把信递给她，她微笑着接过去拆开，看了一眼德·庞特瓦先生的信，就来读我的。要不是她的仆人提醒她到了该进去的时间了，她还会再读一遍的。“唉，孩子，”她用令我颤抖的声音对我说，“你在这样的年纪就四处漂泊，真是可怜。”然后，不等我回答，她又说，“回去等着我，告诉他们给你准备早餐，做完弥撒我来和你谈谈。”

路易丝·爱丽欧诺尔·德·华伦是伏沃州佛威市的古老而高贵的拉图尔·德·比勒家族的小姐。她很年轻的时候就和洛桑市罗华家的威拉尔丹先生的长子华伦先生结婚。这桩婚姻没能生养子女，并不幸福。德·华伦夫人为了逃避家庭烦恼，趁国王维克多·阿马德斯到艾维安来的机会，渡过湖来拜倒在这位国王脚下。就这样，在多少有点轻率中，她抛弃了丈夫、家庭和故乡，这和我倒有点相似之处。而且还和我一样的是，她也有充分的时间来懊悔。喜欢装作是热心的天主教徒的国王，收留了她，把她置于他的保护之下，还给了她一笔一千五百皮埃蒙特里弗的年金。对于平日比较节俭的国王来说，这是一笔相当可观的款子了。后来，当听有人说他爱上了她才有收留之举时，国王派了一队卫兵把她送到了安讷西。在这里，她由日内瓦名誉主教米歇尔·加俾厄尔·德·贝尔奈主持，在圣母访问会女修道院里发誓放弃新教，皈依了天主教。

我到安讷西时，她已经在这里过了六年了。她二十八岁了，是本世纪的同龄人。她的美是可以持久的那一种，与其说是表现在她的容貌上，还不如说是在神态上，她还保留着少女时代的光辉。她有亲切妩媚的气质，温柔的目光，天使般的微笑，她的嘴和我的一样，灰色的头发少见的美丽，她随意的一梳，显出她的一点调皮的神情。她的个子不高，甚至说还有点矮小，显得有点矮胖，但是没有一点不相称的地方。比她更美的面容和胸部，更美的手和胳膊，看也没看见过。

她的教育十分奇特。像我一样，她一出生就失去了母亲。她胡乱地接受了随意地提供给她的教育。她从她的家庭女教师那里学一点，从她父亲那里学一点，从她学校的教师那里学一点。她从她的情人那里学会了不少东西，特别是从一位叫德·达维尔先生的那里学习的更多，这位先生是一个风雅而博学的人，他以自己的优秀为自己爱的对象增添了光彩。但是，这么多不同的教育是会相互矛盾的。因为她的学习没有任何条理化和系统化，所以并没有促进她天赋智力的发展。虽然她懂得一些哲学和物理学原理，但她又保留了她父亲对经验医学和炼金术的爱好。她制造过各种液体配剂、酊剂、芥香剂与所谓的灵丹妙药。她还自称掌握了一些秘密药物。一些江湖骗子便利用她的这一弱点控制了她，纠缠她，弄得她破产。她在药炉和药剂中耗尽了她的智力、天赋和魅力。本来她的这些品质是可以在上流社会得到极大的欢迎的。

但是，虽然那些可鄙的无赖利用了她入了歧途的教育，迷惑了她的心智，但她高贵的心灵却从来没有受到影响。她多情而温柔的本性，她对于不幸者的同情，她无限的仁爱，她乐观、坦率而开朗的性格，始终未变。甚至是到了晚年，遭受了贫困、病痛和种种不幸，她美丽的心灵仍使她保存着最幸福的时候的欢乐，直到生命的终点。

她一些错误根源于她总是想利用她那取之不尽的精力来从事各种事情。她不像别的女人那样热衷于与人私通，而是主持创办一些实业，她是生来想做大事业的人。隆格威尔夫人要是处在她这种地位，只能是一个迷惑人的荡妇，而她要是处在隆格威尔夫人的地位，一定会治理国家。她怀才不遇，要是她处在一个更高的位置，她会得到更大的名声，可是她在现实生活中的位置，却把她毁了。在她的智力所能及的每件事上，她总是好高骛远，好大喜功，结果是弄得有心无力。她由于别人的错误而失败，而当她的计划失败时，她自己受到灭顶之灾，可是别人却毫发无损。这种事业心虽然给她带来许多伤害，但至少在她退居修道院的时候，让她放弃了在那里度过余生的想法。刻板而单调的修女生活，小客室里无聊的谈话，不可能让一个脑筋灵活的人满足的，她每天有新的计划，需要有自由来完成这些计划。那位仁慈的贝尔奈主教虽然不如弗朗索瓦·德·撒勒那样富于智慧，却与德·撒勒有不少相似之点，他把华伦夫人称作他的女儿。华伦夫人和尚达尔夫人在很多地方都相似，要不是她觉得修道院的闲淡生活太乏味，继续隐居的话就更像了。刚皈依教会的女教徒在主教指导下做一些虔诚修行的细微事情，是应该的，但这个性情温柔的女人如果不这样，也决不能说她缺乏虔诚。不论是什么样的动机使她改变了她的宗教，她对她曾经信奉过的宗教肯定是虔诚的。她可能为她走出的这一步后悔，但是她又决不希望重走一次。她不仅死的时候是一位很好的天主教徒，她用一生证明了她的信仰。我相信自己已经懂得了她最深的内心世界，我敢断言，她只是因为讨厌装模作样才从不公开表示虔诚的。她的信仰非常坚定，用不着表演。不过这里不是讨论她信仰的地方，我将在别处来谈这个问题。

那些否定心灵感应的人，要是你们能够做到的话，请解释一下吧，为什么从第一次见面，第一次交谈，第一次凝视起，华伦夫人就不仅激发了我对她的无限衷情，而且使我产生了对她永远不变的完全依赖。要是我对她的感情是真正的爱情，那么了解我们关系史的人是会生疑的。因为一开始伴随着这情感的就是内心的安宁、平静、愉快、信心和信任，而这与爱情没有多少关联。一位和蔼、端庄、令人眩惑的美丽女人，一位我从未接触过的地位比我高的贵妇，一位能以她的兴趣决定我的命运的夫人，为什么我第一次接近，——再说一遍，虽然有上面提到的那一切——立刻就有了自由感，完全放松，好像我有十足的把握能取悦于她？为什么我一点也没有感觉到窘迫、羞怯、拘束呢？我一个天性怕羞，遇事手足无措，从没见过世面的人，为什么从第一天，第一刻起，我就能与她举止随便、言谈温柔和语调亲昵，好像是相交十年后形成的亲昵使之自然而然？我不谈没有欲望的爱情，我是有欲望的，世上能有不嫉妒的爱情吗？人不是想知道他所爱的人是不是也爱自己吗？但在我的生活中，我不问她这个问题，我只问自己是不是爱她。她对我也从不表现出什么好奇心。我对这个迷人的女人的情感中肯定有独特的东西。读者们会在我的叙述中发现一些意料之外的奇事。

这里要说的是我的前途问题，为了更从容地讨论我的未来，她留我午餐。这是我平生第一次没有食欲。侍候我们进餐的女仆说，我是她所见过的我这样年龄和阶层的来客中第一个出现这种情况的人。这话并没有损害我在她的女主人心目中的形象，倒是让一个和我们共同进餐的胖子有点难堪，他正在狼吞虎咽，一个人就吃了六个人的饭。至于我，正处在心神不定的状态，吃不下什么。我的心被一种新的情感所占据，什么事也不想做了。

华伦夫人想知道我短暂的历史中的细节，在向她讲述的时候，我恢复了我在学徒生活中失去的热情和活泼。我越是想激起这个优秀的心灵对我的同情，她就越是对我想要诉说的不幸命运表示哀伤。她不敢劝我回日内瓦，就她的地位而言，那样做是对天主教的背叛。她知道她现在是如何被监视，她说话是如何受注意。但是她对我说到我父亲痛苦时的表情，很容易看出她是赞成我回去安慰我父亲。她没有想到，她这样不知不觉中说出来的话，对她自己是多么的不利。我想我已经说过我打定主意了。她越是说得动人，就越是打动我的心，越是让我不能下决心离开她。我感到回日内瓦就等于在她和我之间筑起了一堵几乎不可逾越的障碍，除非我再一次走我现在已经走过的路，这样的话还不如把这当作最后一次坚持下来。我留下来了。华伦夫人看到她的努力没有起作用，就不再坚持。但她用怜悯的目光看着我，对我说："可怜的孩子，你必须到上帝召唤你的地方去，但是你长大以后，会想到我的。"我相信，她自己也没有想到，这句预言竟然残酷地应验了。

困难是巨大的。我这样一个年少的人远离了家乡，如何生存呢？我的学徒期才过了一半，离精通手艺还差得远。即使我学会了那门手艺，我也不能凭它在萨瓦谋生，这个地方太穷了，养活不了手艺人。那个替我们吃午餐的胖子停下来让他的下巴休息一下，提了一个他声称来自天堂的建议，但从它的效果来看，不如说是来自相反的地方。他建议我到都灵去，那里有一个为新教徒创立的教养院，要是我受到教会的接纳，我就会在教友们的好心和仁慈的关照下找到一个适当的工作。"至于路费，"我的这位朋友又开始吃起来，"要是夫人把这个神圣的事情向主教提出来，他一定会毫不犹豫地答应提供的。况且，男爵夫人，"他一边用心于盘子，一边补充说，"是仁慈的，也一定会慷慨解囊。"我发现这个仁慈的主意实在无趣，心里很不舒服，就一言不发。华伦夫人并没有像提出者那样热心地接受这个主意，只是说每个人做好事要尽力而为，她可以去和主教说说。但是我这位讨人厌的朋友，因为在这件事上有他的一点小利益，惟恐华伦夫人不按他的愿望去说，急急地通知了教堂的施赈人员，并且很聪明地和好心的神父们说好了。华伦夫人不放心我的旅行，想同主教说这事的时候，发现所有的事都已定好了，主教很快就把我这次旅行要用的一笔钱交给了她。她不敢坚持要我留下，因为我已经到了一个年轻的妇女不便留在自己身边的年龄了。

我的旅程就这样被照顾我的人安排好了，我只能服从，服从的时候也没有什么不情愿。虽然都灵比日内瓦远，但我认定，作为首都，它和安讷西的联系总比其他不同宗教和国家的城市要紧密些，况且我是听从华伦夫人才去的，我觉得我还是在她的指导下生活，这比生活在她周围还好些。并且作长途旅行也正符合我漫游的爱好，这一念头在我心中早已跃跃欲试了。在我这样的年龄穿越高山是件了不起的事，我可以在阿尔卑斯山上俯瞰我的朋辈。游历不同的国家对日内瓦人来说有着不可抗拒的诱惑力。于是我就同意了。那个胖子想在两天以后同他妻子一起动身，我被托付给他们照顾。华伦夫人给我添加的旅费，也一起交给了他们。她又私下地给了我一点零花钱，还细心地嘱咐了一番。复活节前的星期三，我们开始了我们的旅程。

我离开的第二天，我父亲来到了安讷西，他是跟他的朋友里瓦尔先生来找我的。里瓦尔先生跟我父亲一样是个钟表匠，他很有天赋，甚至可以说是一个机智风趣的人。他的诗写得比拉莫特还好，口才也与之不相上下，并且他还是一个非常正直的人。但他的文学才能被埋没了，结果只是把他的一个儿子培养成了喜剧演员。

他们两位见到了华伦夫人。因为他们骑马，而我是步行，要追上我是很容易的事情，但他们并没有追，只是对我的命运悲叹了一番。我伯纳尔舅舅也是一样。他曾到过康菲农，听说我在安讷西以后，就回日内瓦去了。我的亲人们似乎和我的灾星串通一气，把我交给在等待我的命运。我哥哥就是因为同样的被疏忽而出走的，到现在也不知道他到底怎么样了。

我父亲是个讲求名誉的人，也是一个正直的人，他有一颗可以造就伟大美德的坚强的心。并且他还是一个好父亲，特别是对我更是如此。他非常爱我，但他自己也喜欢玩乐，自从我远离了他以后，其他的爱好使他对我的爱多少有点淡漠了。他在尼翁再婚了，虽然继母已经到了不能再为我增加兄弟的年龄，但她有亲属。这样就有了另一个家，有了别的生活目的，过起了新的日子，所以父亲就不再常常想起我了。父亲老了，没有生活依靠。我哥哥和我有从母亲那里继承下来的一点遗产，我们不在的时候，其收益应该归父亲所有。父亲自己并没有直接提出过这个要求，也决没有放弃做父亲的责任，但这个念头无形中产生了他自己也没有察觉的影响，有时淡化了他的热情，要不然他会更爱我的。我相信那就是他已经到安讷西，发现我走了，却不到尚贝里去找我的原因。本来到那里他是一定能找到我的。出于同样的原因，出走后我每次去看他，我还是能得到父亲的爱抚，却得不到认真的挽留。

我对父亲的慈爱和正直十分了解，他这种行为使我反省自己，这对我保持我的心理健康起到了不小的作用。从这里我得到了一个巨大的道德教训，也许仅仅是一个很有实用价值的教训，也就是说要避免我们的责任和利益相冲突这种情况在生活中发生，不要把我们的幸福建立在别人的痛苦之上。否则，不论我们是多么的诚挚高尚，我们肯定会或迟或早地颓丧，不论我们的内心是多么的正直善良，也肯定会在行为上变得不义和邪恶。这个教训深深地印在我的心底，虽然有些迟，但切实地规范了我整个的行为。这个教训使得我在世人，特别是在亲友的眼中显得古怪和愚蠢的原因之一。我被指责为标新立异，与众不同。实际上，我从来没有想要使自己的行为和别人一样，也没有想要使自己和别人不一样。我诚心想要做的只是正确的事。当我和别人发生利益冲突时，我会不自觉地产生一种伤害别人的不可告人的心愿，对此我会尽力避免发生。

两年前，元帅大人要把我的名字列在他的遗嘱里，我坚决拒绝了。我对他说，无论如何我都不愿意让自己的名字列在谁的遗嘱里，更不想列在他的遗嘱里。他听从我了，但又坚持要给我一笔终身年金，对此我没有反对。有人说这样我就更合算了。那可能是真的，但我知道，我的父亲，我的恩人啊，要是我不幸死在你之后，失去你我就失去一切了，会一无所获的。

在我看来，这就是真正的哲学，惟一真正合乎人心的哲学。我日益体会到这一哲理的深刻之处，所以我在最近的著作中从不同方面进行了阐述，但是那些目光短浅的人却不能领会这一点。要是我完成了这部著作后我的余年还足以让我着手另一部作品，我将在《爱弥儿》的续作中写一个关于这一哲理的非常生动迷人的实例，肯定会引起我的读者注意的。但是对于一个漂泊者而言，反省已经够了，现在是该上路的时候了。

我感到旅途比原来想象的要愉快多了。那个胖子并不像他表面那样粗鲁。他是个中年人，花白的黑发编成了一条辫子，看上去像个精干的士兵。他嗓门粗大，十分活跃，能走更能吃，干过很多行当，却行行一窍不通。我记得他曾建议在安讷西建个什么手工工场，华伦夫人也赞同。去都灵是为了取得大臣的同意，当然也就不用自己掏腰包。这人很善于钻营，总能得到神父们的好感，装出一副热心为他们效劳的样子。他从他们那里学会了一套表示虔诚的行话，不断地使用，自吹是个伟大的预言家。他甚至还学会了一段拉丁文的圣经。因为他一天无数次地重复，看起来他好像懂得一千段似的。他知道别人的口袋里有钱了，他就很少缺钱花。与其说他是个骗子，还不如说他是个聪明人。他以招募新兵的军官的腔调喋喋不休，好像是隐士彼得手执宝剑鼓吹十字军一样。

至于他妻子沙布朗太太倒是个好人。她白天比晚上安静。我一直和他们睡在一个房间里，她晚上没有睡着时发出的声音经常把我弄醒来。要是我知道那是怎么一回事，我一定会更加睡不着的，但我那时一点也没有想到。我在这方面的愚昧只有留给本能来启迪了。

我跟着我虔诚的向导和他活泼的伴侣行进在我的旅途中，没有什么意外来打扰。在肉体和精神上，我都感到了我生平所没有的快乐。我年轻，精力充沛，身体完全健康，无忧无虑，对我自己和别人都充满了信心。我正享受着人生中短暂而宝贵的时光，身心都舒展着，生活的魅力把眼前的一切都美化了。我兴奋不安的情绪受到了一个对象的约束，同时这对象也使我的想象不再飘摇不定。我把自己看成是华伦夫人的作品、学生、朋友，甚至是情人。她对我所说的亲切的言语，她给予我的温柔的爱抚，她对我的体贴入微和她温暖的注视，似乎都对我充满了爱，因为它们让我激起那种感情——所有的这一切在旅途中占据了我整个的内心世界，我沉浸在美妙的幻想之中，对前途的恐惧和怀疑丝毫也没有惊扰过我。我想他们把我送到都灵去，是为了让我有一个安身之地，找到一个适合我的位置。我觉得用不着为自己想得太多，别人会为我负责的。没有了这个重担，我一路上脚步轻快。青春的心愿，迷人的希望和美妙的前景充满了我的心灵。我所看到的一切都保证了我即将得到幸福。在房屋里，我想象着乡村的宴会；在草地上，我想象着尽情的游戏；在河堤上，我想象着在那里洗浴、散步和垂钓；在树林里，我想象着甜美的果实，树阴下男女在幽会；在山上，我想象着满桶的牛奶和乳酪，惬意的闲暇，宁静淳朴，我可以在那里漫步。总之，我见到的一切无不使我的心感到陶醉。雄伟多姿而又真实的美使我有充分的理由沉醉其中，也使我的虚荣心滋长起来。我这么年轻就去了意大利，看到了这么大的世界，追随汉尼拔的脚步翻越了阿尔卑斯山，对我来说是超越了年龄局限的光荣。况且，我们常常在一些很不错的驿站打尖歇息。充足的食物可以满足我的好胃口，我实在用不着客气，因为比起沙布朗先生，我的食量算不了什么。

在我的一生中，我记不得还有比这七八天的旅行更加无忧无虑的日子了。沙布朗太太走得慢，我们只好等她，整个旅程就像是一次长途散步。这使我对这次旅程中一切相关的事，特别是那些山岭和徒步旅行的记忆特别地鲜活。我只在年轻的时候徒步旅行过，那种旅行总是极其快乐的事。不久以后，我就被各种使命、事务和行李所拖累，不得不装成绅士乘车了。担惊受怕、心烦意乱的感觉一路伴着我，不再像以前那样在旅途中快快乐乐，只想快点到达目的地。我在巴黎的时候，曾在很长时间里想找两个和我志趣相投的人花五十个路易和一年时间，和我一起徒步环游意大利，只带一个仆人背行囊。不少人来谈过，但实际上只是把这当作异想天开的事，只宜说说，不能付诸行动的。我记得有一次兴致勃勃地跟狄德罗和格里姆谈过这个想法，最后他们也怦然心动。我一度以为事情说妥了，但他们终究还是只想作一次纸上旅行。格里姆觉得最有趣的事是让狄德罗在旅途中犯下一堆反宗教的罪，而让我去代他受过进宗教裁判所。

这么快就到了都灵，真让我遗憾。不过看到这么大的一座城市我心里十分兴奋，我希望很快就能出人头地，这野心很快就充满了我的头脑，所以那点遗憾很快就消散了。我觉得自己的身份已经大大地超出了原来一个学徒的境地，却根本没有想到，过不了多久我连学徒也远远不如了。

在继续说下去之前，我要请求读者原谅，或者说是为自己辩解一下，我已经说及的和我马上就要涉及的琐屑细节，读者可能毫无兴趣。但我要把我自己全无保留地展示在众人面前，所有与我相关的事都不能含混或隐瞒。我要始终让自己暴露在读者眼前，读者可以看到我心中的每一个错误，我生活中每一个秘密的角落，让他们的眼光一刻也不离开我。我怕的是，如果他们发现我的叙述出现了一个小小的间隙或空白，他们就会问：他这段时间干什么去了？好像是指责我不愿把一切和盘托出。我通过对自己的叙述充分暴露了人的邪恶，不想因为我的沉默而让邪恶更多。

我那一点点零花钱用光了。我说漏了嘴，我的向导马上就从我的轻率中得利了。沙布朗太太想着法子拿走了我所有的东西，甚至还夺走了华伦夫人送给我系在短剑上的一条小小的银丝带，这是让我比失去什么都心疼的。要不是我死命争夺，连短剑也会落在他们手里的。一路上他们倒是老老实实地替我付了账，但是他们什么也没有留给我。我到了都灵，没有衣服，没有钱，连换洗的衣服也没有。我两手空空，只好去碰运气了。

我把我带着的几封信交给了收信人，马上就被带到初学教理者收容所，接受我所卖身的那个宗教的教育。我一到那里就看到一扇大铁栅门，我刚走进去，这大门就在我身后用两道铁锁锁住了。这样的开始让我感觉到的是受骗而不是愉快。我被带到一间相当大的屋子里的时候，就开始思索起来。屋子的尽头有一个木制的祭台，上面有一个大十字架，祭台前面放着四五把椅子，也是木的，看上去像是打过蜡，实际上却是因为长期使用被磨光了。这就是这屋子里的全部摆设。在这个大厅里有四五个凶汉，他们是我的学友，可是看来更像是魔鬼的巡官而不是有志于做基督的信徒的人。这帮混蛋中有两个是斯洛文尼亚人，自称是犹太人和摩尔人。他们坦率地对我说，他们一直在西班牙和意大利流浪，哪里有利可图，就在哪里接受天主教，领受洗礼。另一扇位于朝向庭院的阳台中间的铁门打开了，和我们一起新入教的姐妹们进来了。她们同我一样，不是通过洗礼，而是通过庄严的发誓断绝她们的信仰来获得新生的。她们都是玷污上帝的羊圈的荡妇中最无耻的。只有一个看上去还漂亮诱人，她大约和我是同样的年纪，也许大我两三岁。她有一双狡黠的眼睛，有时还和我四目相对。这使我想去结识她。她已经在这里呆了三个月了。我到了以后的两个月里，想要和她说上话绝不可能。我们那位年老的女监管把她看得牢牢的，那位神圣的传教士也盯得她滴水不漏，以超乎平常的热情努力要让她改教。她必定是非常愚蠢，虽然看起来并不像，因为从没有对谁的训导时间有对她那么长。那位神圣的人总是觉得她还没有达到宣誓的程度，可是她对禁锢的生活厌烦了，声称她想出去，基督不基督的无关紧要。他们只好在她表示愿意当一个天主教徒的时候照着她的话去做，因为怕她反抗起来，连天主教也不愿意接受了。

小团体集合起来欢迎我这个新来者。有人对我们作一个简短的训话，劝告我不要辜负了上帝赐予我的恩惠，并要其他人为我祈祷，以他们为榜样来启发我。做完这些之后，我们的贞女们回到她们的隐居的地方去了，我才有时间带着惊异随心顺意地想想我的处境。

第二天早晨，我们又集合起来接受训话，这时我开始思考我将要采取的下一步行动，以及引我如此的这个环境。

我曾说，现在重复说，也许将来还要再重复说的是，我日益相信，如果说有一个孩子接受了合理的教育，那就是我。我属于一个习惯不同于一般人的家庭，我所接受的都是明智的教育，我眼前生活着的都是光荣的榜样。我父亲虽然热衷于玩乐，但他不仅非常正直，而且具有很强的宗教观念。他外表是个风流人物，而内心却是一个基督徒。他很早就把他的情感灌输给了我。我的三位姑母全都端庄贤德，大姑母和二姑母是虔诚的信徒，三姑母是一位优雅的女子，才华横溢，品位脱俗，虽然她很少表现，但也许比大姑母和二姑母更加虔诚。我从这个值得尊重的家庭到朗拜尔西埃先生家，朗拜尔西埃先生是教会的人，又是个传教士，他是真正的信仰者，言行也基本上可以做到一致。他和他妹妹通过温和而合理的教育，培育他们发现的在我心灵中虔诚的天性。这两位可敬的人为了达到这一目标，用了如此真诚、谨慎、理智的方法，使我一点也不厌烦他们的讲道。我总是被深深地感动，决心要照着他们所讲的去做。我的伯纳尔舅母的虔诚却让我有点厌恶，因为她把虔诚当成是一桩交易。我当学徒的时候很少想到宗教，但我的观点没有改变。我从没有遇上过引我堕落的少年。我浪荡，却不放荡。

所以我对宗教的信仰完全是我那样年龄的孩子可能的样子。我的信仰甚至还要多些。我为什么要隐瞒我的思想呢？我的童年不像童年，我总是像个成人那样去感受，去思考。只有在我长大后我才重新进入普通人的行列。作为一个孩子的我不是普通人。读者见我把自己当成一个神童一定会觉得好笑。要笑就笑吧，等笑够了，看他能不能再找到这样一个孩子，六岁的时候就迷上了小说，兴趣盎然，还被感动得流泪。要找得到，我就认为我虚荣得可笑，承认自己错了。

要想让孩子将来信仰宗教，就不要同他们谈论宗教，他们不能像我们那样去了解上帝。我是根据自己的观察而不是自己的经验得出这个结论的，因为从我的经验中得出的结论不适合于别人。要是能找到几个像让雅克·卢梭那样的六岁孩子，在他们七岁的时候和他们谈论上帝，我保证你没有任何风险。

我认为，对于一个孩子，甚至对一个成人，所谓有信仰，就是生在哪个宗教就信仰哪个宗教。信仰有时会削弱，但很少会加强。信仰教义是教育的结果之一。除了这一般的道理使我热衷于先辈的宗教外，我对天主教有一种深深的厌恶，这种厌恶之情是我故乡城市里的人所特有的。他们对我说天主教是一种极端的偶像崇拜，并把天主教教士描绘成极其可怕的人物。起初，我一看到教堂里面，一遇见穿着白色法衣的神父，一听到迎神的钟声，我就惊恐得全身发抖。过了一段时间，我在城里没有这种感觉了，但我到了乡下教区，这种感觉又经常出现在我身上，因为这里的教堂和我第一次产生这种感觉的教堂太相似了。我对教堂的这种印象与日内瓦附近的神父们对城里孩子们的爱抚，确实形成了奇特的对比。送临终圣体的钟声固然使我恐惧，教堂里做弥撒和做晚祷的钟声却使我想到午餐和午后点心、鲜奶油、水果和奶酪。德·庞特瓦先生家的盛宴又曾对我产生过巨大的影响。这样一来，我就很容易地麻醉了自己。我只是将罗马天主教与娱乐和美食联系在一起，觉得自己可以适应这里的生活，至于正式加入天主教这个念头只在我脑海里一闪而过，我认为那是很遥远的事。可是现在我没法自己欺骗自己了。我对自己作出的承诺极其厌恶，可这又是一个不可避免的结果。我周围这些未来的新入教者又不能给我树个榜样来支持我的勇气。我无法自欺的是我未来的神圣事业不过是些流氓行径，对此我无法装模作样。我虽然年轻，却已经感觉到了，不论哪种宗教是真正的宗教，我都要出卖我自己的宗教了。即使我作了正确的选择，我还是在心底里欺骗了圣灵，将会受到人们的鄙视。我想得越多，越是对自己愤恨，抱怨命运把我置于这种地步，好像这命运不是我自己造成的一样。有时这样的想法特别强烈，如果那时大门敞开的话，我一定会逃走的，可是这是不可能的，我的想法也没有维持多久。有太多隐秘的愿望在搏斗，要战胜我的心。除此之外，我不回日内瓦的决心——怕回去后没脸见人——再次翻山越岭的艰难，远离家乡，举目无亲，生活无着的窘境，这一切都使我感到，我良心上的谴责已经是太迟的悔恨。我为以前做过的事自责，目的却是为将来要做的事寻找借口。我夸大以前的错误，只是为了把将来的事当作过去的必然结果。我不是对自己说：“一切都还没有发生过，只要你愿意，你还可以成为清白的人。”相反，我对自己说：“为那些已经使你成为罪犯的罪行哀叹吧，这是你还将不得不犯的。”

事实上，像我这样年龄的人，要推翻自己做出过的诺言，或放弃人们对我的希望，挣脱加在自己身上的枷锁，勇敢地宣布要不惜一切代价坚持先辈的信仰，将需要多么强大的意志啊。这样的勇气不是我这样年龄的人所自然拥有的，成功的可能性很小。事情已经到了无法挽回的地步了，我越是抵抗得厉害，人们就越是会想出这样或那样的办法来制服我。

一般而言，绝大多数人只有在运用力量已经太迟的情况下，才抱怨力量不够。这是诡辩，也是让我毁灭之处。勇气在我们犯了错误时才可贵，要是我们始终谨慎从事，我们就很少需要勇气。并不难以克服的倾向对我们有着不可抗拒的吸引力，我们向轻微的诱惑投降了，而它的危险我们却不以为然。我们在不知不觉中陷入险境，这本来是很容易避免的。可是，一旦陷进去了，没有惊人的勇气不能解脱。最后，我们跌落深渊了，就责怪上帝，“为什么你把我造得如此软弱?”但是，不管我们如何，上帝都会对着我们的良心回答说：“我是把你造得太软弱了，以至于你不能从深渊里爬出来，因为我本来已经把你造得够坚强了，你不至于掉入深渊的。”

我还没有决心成为天主教徒。因为看到期限还远，我可以慢慢地让自己接受这个想法，同时，我期望有什么意外可以把我从困境中解脱出来。为了赢得时间，我决定尽我所能作最有效的抵抗。但不久我的虚荣心让我淡化了改信天主教的决定。当我看到有几次想说服我的人被我难倒以后，我觉得不费吹灰之力就可以把他们驳倒。我甚至在这件事上表现了可笑的热情。当他们试图开导我的时候，我也想开导他。我真的相信只要我把他们说服了，他们就会改信新教的。

结果，他们发现我无论是在知识或是意志都不如他们想象的那样容易对付。新教徒一般受的教育比天主教徒好，这是必然的。新教的教义需要论证，天主教的教义则只要求服从。天主教徒只要接受别人的判断，新教徒却必须学会自己判断，这是众所周知的。但他们没有料到以我这样的年龄和地位竟会给他们这些阅历丰富的人带来这么大的麻烦。此外，他们还知道，我没有拜过圣体，也没有受过与之相关的教育。可是他们却不知道，我在朗拜尔西埃先生那里受过的很好的教育，足以弥补了。此外，我还有一间让这些先生们头痛的小仓库——《教会与帝国历史》。我和父亲在一起的时候，我几乎把它背了下来，虽然后来差不多全忘记了，但现在随着争论的激化，我又想起来了。

有个矮小而有点严肃的老神父首先把我们都召集起来布道。这样的布道会对于我的学友们来说与其说是讨论，还不如说是一次教义问答，他更多的是传授知识而不是解答问题。但对我来说就不同了，我对每一点都不放过，并且把我能提出的难题全都抛了出来。这样就把布道会拉长了，使参加的人都十分厌倦。老神父说了很多，说得急躁起来，就顾左右而言他，最后他声称自己不懂法语，脱身走了。第二天，因为担心我轻率的反驳会影响我的学友，我被安排到另一间房子里和另一个神父一起。这个神父年轻健谈，也就是说，善于编织精美的句子。他自以为是，真把自己当成了一个圣师。但我没有被他装腔作势的样子吓倒，我想，不管怎样，我该怎么办就怎么办好了。我充分自信地回答他的问题，并且尽我所能给他施加压力。他想用圣奥古斯丁、圣格列高利以及其他圣人来压服我，但是他惊奇地发现，我引用先辈的熟练程度不亚于他。像他一样，我也没有读过这些人的著作，但我记住了勒苏厄尔作品中的一些段落。他刚引用了一段，我不加以反驳，马上引用同一位先辈著作中的另一段来回敬他。这常弄得他十分尴尬。不过，他最终取得了胜利。这有两个原因。首先，他居高临下，让我觉得自己受他所制。尽管我年轻，但我还是很明白，不能把他逼狠了，因为我看得很清楚，那个小个的老神父对我本人或我的知识都没有好感。其次，那个年轻的神父是受过专门训练的，而我却没有。这使他能够运用他自己的论证方法，我没法听懂。并且他一受到意外的反驳，他就把问题推到第二天，说我跑题了。有时他甚至硬说我的引文不对，然后主动去为我找书，说我找不到原文。他觉得那样做不用冒什么风险，以我那点并不扎实的知识，我是不会查书的，况且我的拉丁文不精熟，在大部头著作中根本找不到要找的文段，即便我确信就在里面也没用。我甚至怀疑，他用了用以指责牧师的不诚实的手段，杜撰一些引文来摆脱困境。

这种鸡毛蒜皮的小争论持续着，时间就在争论、祈祷和无所事事中打发过去。不久一个令人恶心的小事让我碰上了，差点给我带来非常严重的后果。

不论一个人的灵魂有多么的丑恶，心有多么粗野，他总会有爱恋的时候。自称是摩尔人的两个恶汉中的一个看上我了。他总想接近我，对我胡言乱语，向我献些小殷勤，有时还把他的食物分给我一点，还时常充满情欲地吻我，弄得我非常难受。他那香料面包似的脸上缀着一条长长的伤疤，火辣辣的眼睛流露出来的不是柔情而是狂怒。我虽然对他有自然畏惧之感，但我还是忍受着他的亲吻，我对自己说："这可怜的家伙对人十分友爱，拒绝他是不对的。"他开始逐步放肆起来，有时向我提出一些奇怪的要求，我觉得他简直是疯了。有一天晚上，他想和我一起睡。我拒绝了，说我的床太小了。他就催我到他床上睡，但我还是拒绝了。这家伙脏得要命，还散发着嚼过的烟草刺鼻的气味，让我觉得恶心。

第二天清早，就我们两个人在大厅里，他又对我动手动脚，动作更粗野了。我觉得十分可怕。最后，他竟然想和我干最丑恶的狎昵事来。他抓住我的手，要我也同他一样做。我大叫一声，向后跳开，挣开了他。但我没有气愤或恼怒，因为我还不知道那是怎么一回事。我非常坚决地向他表示惊愕和厌恶。最后他把我放开了。他自己折腾了一阵以后，我看见一种黏糊糊的白色东西朝着壁炉射去，落在地上。我恶心透了，冲到阳台上去，我一辈子也没有那样激动，那样慌张，那样恐怖，差点儿晕了过去。

我不明白这家伙到底是怎么了。我相信他一定是得了癫痫病，或者是其他更可怕的疯病。我不知道，对于一个冷静的人来说，还有什么比看到这种肮脏污秽的事更觉得丑恶了。我从未看见过别的男人这样子。要是我们在女人面前也是这个样子，除非是魔鬼遮住了她们的眼睛，她们才不厌恶我们。

我慌忙跑去把刚才发生在我身上的事告诉大家。我们的老女总管叫我住嘴，但我看得出我的事让她不安了，我听见她在咕哝：Can maledet! brutta bestia!

我不明白为什么不让我说，所以虽有她的禁令，我还是到处说。结果，第二天一大早有个管理员来找我了，把我严厉地训斥了一通，责怪我小题大做，损坏了圣院的名声。

他训斥了我，向我解释了许多我不明白的事，但他并不认为他是在教我，因为他相信我不是不知道那个摩尔人要对我干什么，只是我不愿意才反抗的。他告诉我说，这样的事是和淫荡一样被禁止的，但是这种意愿对于被当作对象的那个人来说算不上是什么侮辱，被人认为值得爱没有什么可恼怒的。他平静地对我说，他年轻的时候也得到过同样的荣耀，由于来得突然，他没来得及反抗，他没有觉得这有什么特别的痛苦。他恬不知耻地使用着那些赤裸裸的语言，推想我反抗的原因是怕痛，说其实我大可不必惊慌，根本不是那样的。

听着这家伙的话，我越来越感到惊讶。他居然没有为自己辩护，还好像是为了我好。似乎这种事对他来说是再寻常不过的，用不着背着人说。我们说话时还有另外一个人，是个教士，他也认为这没有什么大惊小怪的。他们泰然自若的神情把我蒙住了，于是我相信了，这是世上司空见惯的事，只是我没有机会及早见识罢了。这使我听他说的时候不再生气，但心里却不无厌恶。我所遭遇的，特别是我所看见的场景，深深地留在我的脑海里，一想起来仍然觉得非常恶心。不知道是为什么，我把对这件事本身的憎恶迁延到它的辩护者身上去了，我没法不让他看到他这番教训带来的恶果。他恶狠狠地瞪了我一眼，从此就挖空心思要让我在教养院的日子不好过。他做得很成功，我要离开教养院只有一条路可行，于是我像过去想逃避这条路一样急切地走上了这条路。

这次遭遇使我从此不再受同性恋者的诱惑。我一看见可能是同性恋者的人，就会想起那个可怕的摩尔人的神情举止，心里就会产生难以抹去的厌憎。相反的是，与男人相比，女性大大赢得我的心。我应该用柔情和敬意来弥补对她们的冒犯。我一想到那个假非洲人，就觉得最丑的娼妓也是值得尊敬的对象。

至于那个假非洲人，我不知道大家怎么去说他。好像除了洛伦莎太太，别人都一如既往地对待他。但他不再接近我，也不再跟我说话了。八天后，他穿着一身象征重生灵魂纯洁的白衣，十分庄严地受洗了。第二天，他就离开了教养院，从此以后我再也没有见过他。

一个月后才轮到我。我是难以驯服的人，要得到使我皈依的荣誉是需要这么一段时间的。他们让我把所有的信条都复习了一遍，以便夸耀我完全地顺从。

最后，经过充分的教育和准备，我的教师们都满意了。我被庄严的游行队伍引向圣约翰大教堂，公开宣誓脱离新教，并参加洗礼的辅助仪式。虽然我没有正式受洗，但仪式几乎是一样的，这是为了让人相信，新教徒并不是基督徒。我穿着一件镶有白边的灰色长袍，这是这种场合专用的。我前面和后面各有一个人，端着铜盘，用钥匙敲打着。每个人都根据自己对天主教会的虔诚和对新入教者的关切程度向铜盘里布施。总之，天主教所有的繁琐仪式一样也没有少。这种仪式的演示是对人们的启示，但是对我来说更多的却是羞辱。白色长袍对我有用，我非常想要，但他们却没有像给摩尔人那样给我，我没有得到犹太人的荣幸。

这还不算完。我下一步还得到宗教裁判所去，接受对异教徒的赦罪，再参加一个与亨利四世的代表所举行的一样的仪式，重回天主教的怀抱。那位可敬的裁判神父的举止和神态消除不了我一进来就感觉到的内心恐慌。问了我几个关于我的信仰、职业和家庭的问题之后，他突然问我母亲是不是下了地狱。恐惧压倒了我最初一刹那间的愤怒，但我不想太委屈自己，就壮着胆子回答说：我希望她没有，上帝的光辉可能在最后时刻照亮了她。神父没有做声，但他的表情显示了他对我的回答不满意。

一切结束了。我正在希望能如愿得到一个位置时，被逐出了门外。他们给了我二十几法郎的零钱，那是给我的布施。他们嘱咐我要活得像个好基督徒，不要辜负上帝的恩惠。他们祝我好运，关上了大门，然后我就再也见不到他们了。

在一瞬间，我所有的伟大愿望就化成了泡影。我为个人利益所采取苟且钻营的行动，得到的结果却成了既是变节者又是受骗者。不难想象，当我从飞黄腾达的美梦跌落到穷困潦倒的境地，早晨还在为我将要入住的宫殿挑三拣四，晚上却要露宿街头的时候，我的精神经历了一场怎样的巨变。人们会想象，当时我一定是陷入了绝望之中，为自己所犯的错误悔恨不已，怨恨自己的不幸都是自己一手造成的。但事实全然不是如此。在我的一生中，这是第一次被幽禁了两个多月。我的第一个感觉是重获自由的快乐。当了很长一段时间的奴隶后，现在又成了我自己的主人，又可以自由行动了。我身处于一座大城市，这里有的是财富，有的是优秀卓越的人，只要我的天赋和才华得到了赏识，还怕不受欢迎吗？况且我有的是时间来等待。我口袋里还有二十法郎，对我来说就像是一座取之不尽的宝库。我可以随意地使用，不必向谁报账。我是第一次这么阔绰。因此我并没有灰心丧气，泪水涟涟，我只是改变了我的希望，自尊心一点也没有受到损伤。我从来也没有这样自信和镇定过。我觉得自己的好运已经到了，而且这样的好事全是靠我自己得来的。

我做的第一件满足我的好奇心的事就是逛遍全城，享受一下自由的甜美。我去看士兵上岗，因为我特别喜欢军乐。我跟着迎圣体的行列走，因为我爱听神父们唱的圣歌。我去看王宫，战战兢兢地走近去，但看到别人往里走，我也跟着进去，没有人阻拦我。这也许是因为我胳膊下夹了个小包的缘故吧。不管怎么说，当我身处宫中的时候，我觉得自己很了不起，我把自己当作是住在王宫中的人了。终于，我走来走去的走累了。我饿了。天很热，我走进一家牛奶铺，我买了些奶糕、酸奶和两片美味的皮埃蒙特棒形面包，那是我最喜欢吃的。我只花了五六个苏，这是我有生以来吃得最好的一顿。

我得找到栖身的地方。我学会的皮埃蒙特语足以让人明白我的意思，我很快就找到了一个住处。我很小心地按照我的财力而不是意愿去找地方。有人告诉我波河街有个士兵的妻子为失业的仆人提供住宿，一晚只要一个苏。她有一张空床，我就住下来了。她还年轻，刚结婚不久，虽然她已经有五六个孩子了。我们睡在一个房间里，母亲、孩子，还有住客。我住在她那里的时候一直这样。不管怎么说，她是一个好女人。她骂起人来像个车夫，敞胸露怀，头发蓬乱，但心地善良，很愿意帮人忙，对我很关心。

我在自由的快乐和好奇中忘乎所以了好几天。我城里城外到处乱逛，探看每一件使我感到新奇的东西。对于一个初出茅庐的从未到过京城的人来说，哪样东西不是新奇的呢？我特别喜欢去王宫，每天都去参加王室的弥撒。跟王子和他的随从在一个礼拜堂里，我感觉是一件美妙的事情。但我对音乐的热爱，这时也开始显露出来了。比起宫中的豪华，对音乐的热爱越来越成为我经常去王宫的原因。

我对王宫的华丽壮观不久就习以为常了，失去了新奇感。那时撒丁王拥有全欧洲最好的交响乐队，索密士、黛雅丹、贝佐斯接连为之增添光彩。这对于一个只需要把粗劣的乐器演奏好就心花怒放的年轻人来说，这一切都太奢侈了。王宫的富丽堂皇虽然炫目，但我并没有什么感觉，也没有生出什么羡慕。我在华贵的宫廷中，只想看是不是有个值得尊敬的年轻公主，好和她浪漫风流一场。

我差点干了一件风流事，不过是在不那么豪华的场合。但我如果要是做了的话，我会从中发现万分的愉悦的。

虽然我过着最节俭的生活，我的钱袋还是渐渐地空了。我的节俭不是出于谨慎小心，而是由于简单的饮食习惯，这种习惯到今天仍然没有因为盛宴佳肴而发生多大的改变。我以前不知道，现在也不知道还有什么比乡村中的家常便饭更好的饭食。谁要招待我，只要有奶制品、鸡蛋、蔬菜、奶酪、黑面包和一般的葡萄酒就能让我非常满意了，其余的事就交给我的好胃口吧。只是不要让膳食总管和仆人围着我，他们那种讨厌的过分殷勤总是叫我不舒服。那时我花六七个苏吃一顿饭，比以后花六七法郎还要好得多。我有节制是因为我没有受到诱惑，但要说我吝啬也不对，因为我那时也是尽量享点口福的。吃上梨子、奶糕、奶酪、面包片、几杯调制得法的蒙斐拉葡萄酒，我就成了最快乐的美食家了。但是，虽然我如此节俭，我那二十法郎也所剩无几了。我一天比一天清楚这一点，虽然我少不更事，但对前途艰难的担忧很快就变成了惊慌。所有的幻想都破灭了，找到谋生之道才是当务之急，而这又绝非易事。我想到了我的老本行，虽然我手艺不精，不知道哪个师傅会要我，况且在都灵，这一行的师傅也不多。于是我一边等待好机会，一边一家铺子一家铺子地上门自荐，在银器上雕刻花纹或徽记，随便他们给几个是几个，希望以廉价的方式来吸引主顾。这种方法并不见效。我通常是被拒绝，即使有人雇用也所得甚微，还不足以换得两顿或三顿饭食。但有一天，我一大早从孔特拉诺瓦街走过，透过一家商店的橱窗，我看见一个神情温柔、容貌动人的年轻妇女，虽然我对女性很害羞，但我还是毫不犹豫地走了进去，向她介绍了我并不高明的技能。她不但没有拒绝我，还叫我坐下，听我讲我的简单经历，她同情我，要我振作起来，因为好的基督徒肯定是不会丢下我的。然后她叫人去隔壁的金匠那里借我要的工具，自己亲自到厨房里去给我拿早餐。这个开头看来是个好兆头，结果也正是这样。她似乎对我的那点小手艺很满意，对我稍稍放松以后的闲聊更满意。她穿得华丽漂亮，因此尽管她态度亲切，她的风采却使我非常拘谨。但她盛情的招待，同情的语调和亲切温柔的举止，很快就使我轻松起来。我觉得自己成功了，而且我还会得到更大的成功。虽然她是意大利人，并且漂亮得难免有点妖冶，可是她还是稳重的。我又这么怕羞，想要有进一步的发展确实有点困难。我们还来不及成就这桩奇遇。我记得我在她身边的短暂时间里，我整个身心都充满了欢快，可以说，我尝到了初恋般最甜蜜最纯洁的欢乐。

她是一个特别懂风情的女人。她漂亮的脸上显现的美好天性使她格外活泼动人。她名叫巴西勒太太，她丈夫年纪比她大，有点爱吃醋，外出的时候，就把她托付给一个伙计照管。这伙计很不讨人喜欢，他自己也有那么一点贼心，可是只会用坏脾气来表达。他笛子吹得非常好，我很喜欢听，但他对我却很不客气。这个新的埃癸斯托斯看见我进了他女主人的店铺，嘴里就咕哝起来。他以蔑视的态度对待我，他的女主人就毫不留情地回敬他。好像是为了折磨他，她当着他的面高高兴兴地关心我。这种报复的方式当然正中我下怀，要是能和她单独在一起，那就更好了。但是她却没有使情况向那个方向发展，至少没有这样的行动。要么是她觉得我太小，要么是她不知道怎样采取主动，要么是她确实想做个贤德的女人，她那里表现出的矜持，虽然不是拒人千里之外，却使怯懦的我不知所措。我对她没有像对华伦夫人那样真实而充满柔情的尊重，但我对她却更加胆怯，不敢亲近。我局促不安，心神不定。我不敢看她，好像呼吸都要停滞了，但要我离开她，那简直比死还难受。我躲开她的眼光，贪婪地注视着我所能看到的一切：她衣服上的花，她漂亮的脚尖，她雪白丰满的手臂，还有她脖子和围巾间时隐时现的胸脯。这使我对没看见的部分浮想联翩。我盯着我所见到的，甚至我看不到的一切，两眼开始发花，胸闷气堵，我的呼吸越来越急促，几乎呼不出气来了。在我们一直保持的沉默中，我只有不断地作无声的叹息。幸运的是，我发现巴西勒太太忙于她的活计，没有注意到这一点。我有时看到她的胸脯在衣服下起伏，似乎和我有某种感应。这个危险的发现使我完全要失控了。正当我要听任我的激情迸发的时候，她平静地对我说了点什么，这使我头脑马上清醒过来。

我和她有很多次单独在一起时都是这样，没有一句话，一个手势，或者一个另有含义的眼神来表示我们之间哪怕一点点的知心。这种情况使我苦恼，却也使我非常甜蜜，我的心地还非常单纯，很难明白我为什么会这样苦恼。看来这样短暂的单独相处她也不讨厌，不管怎么说，她频繁地提供了这样的机会。当然，在她那里是无意的，她并没有利用这样的机会向我表示什么，也没有让我表示什么。

有一天，她厌烦了那个伙计愚蠢的唠叨，上楼回到自己房间里去了。我正在店铺后面的房子里，赶忙完成了手头的一点点工作，跟着她上去了。她的房门半开着，我进去的时候她没有看见。她背对着门，靠着窗口绣花。因为街上的马车的声音，她没有看见，也没有听见我进来。她总是穿得那么漂亮。那天，她的衣服简直是妖冶迷人。她神态安适，头微微低着，露出了她雪白的脖子。头发梳得很雅致，还插着些鲜花。她整个地散发着醉人的魅力。我呆呆地看着，失魂落魄。我在门口一下子就跪下去了，满怀激情地向她伸出双臂。我觉得她肯定不会听见我，也不会看见我的。但壁炉上方的一面镜子把我出卖了。我不知道我对她疯狂的冲动会造成什么样的结果。她没有看我，也没有说一句话，但她略微转过头来，轻轻地指了指她脚边的一块垫子。我哆嗦着，呼喊着，扑到她指定的地方——这些我只用了一个动作就完成了。但是，叫人难以相信的是，我在这个位置上却不敢再进一步。我没敢说一个字，没敢抬眼看她。我的姿态僵硬，不敢碰她一下，在她的膝上伏一下。我没有说什么，也没有做什么，但我内心却波涛汹涌。我全身上下都在流露着没有目标，没有对象的激动、欢乐、感激和强烈的欲望。这些情绪被怕唐突她的恐惧抑制住了，我年轻的心无法从容面对这种情境。

她表现出来的激动和羞怯一点也不比我少。她看见我在那里，心慌意乱。把我勾引过去以后，她不知所措，开始感觉到那个手势的严重后果。她做那个手势的时候无疑是没有经过什么考虑的，既不是要接受我也不是要拒绝我。她的眼光没有离开她的针线活，竭力假装没有看见我跪在她脚下。我虽然愚蠢，但也看得出她和我一样尴尬。也许她和我有一样的想法，但像我一样拘于羞怯。只是我明白这一点也无助于我克服胆怯。我想，她比我大五六岁，应当比我胆大些。我在心里说，她既然没有什么鼓动我的勇气，那就是她也不希望我有这样的勇气。直到现在，我仍然认为我是对的。以她的聪明一定能看出来，像我这样的一个毛头小子，不仅需要鼓励，而且还需要引导。

要不是受到惊扰，我还真不知道这出激动人心的哑剧怎么收场，也不知道我要在这滑稽而又美妙的状态下僵持多久。正在我激动如狂的时候，我听见隔壁厨房开门的声音。巴西勒太太语言和手势中都显出了惊慌，说："起来！罗吉娜来了。"我急忙站起来，抓住她伸向前的手，在上面印上了两个火热的吻。吻第二下的时候，我感觉这只迷人的手在我唇上轻轻按了按。我有生以来还没有享受过这样甜美的时刻。可是失去的机会不再来了，我青春的爱情就在那一刻止步了。

这也许就是这个可爱的女人在我心底里留下如此美好的印象的原因。随着我对世界和女人了解的增多，她在我心目中变得更加美丽了。要是她的经验稍微多一点，她就会改变行为方式以激励一个少年了。她的心软弱，但却是诚实的。她自然而然地向着使她大为感动的方向屈服了。从所有的表现来看，这都是她第一次对丈夫的不忠实，也许我要克服她的羞耻感比克服我自己的要困难得多。我们没有走多远，但我从她的表现中找到了难以描述的快乐。占有女人的感觉是绝对无法和我在她脚下度过的两分钟相比的，尽管那时我连她的衣服都没敢碰一下。是的，世上没有什么快乐可以与人们所爱着的一个有德行的女人所给予的快乐等同。和她在一起，什么都是那么亲切和幸福。她手指的一个示意，手在我嘴上轻轻的一按，这是我从巴西勒太太那里得到的仅有的恩宠。每当我想起来的时候，这些爱的细微象征仍使我醉心消魂。

随后的两天，我徒劳地寻找与她单独相处的机会。但这已经不可能了，我看不出她有半点安排这样的机会的意思。她的态度虽然没有变冷淡，但比平日更加小心了。我感觉到她在回避我的眼光，生怕不能完全控制自己。

那个该死的伙计比以前更讨人厌了。他甚至挖苦我说，我会在女人那里如鱼得水的。想到我不慎犯下的过错，我有点心惊肉跳。既然巴西勒太太和我已经心领神会，我希望能把这秘密保持到可以公开的那一天。这使我更加小心地寻找符合这一要求的机会。可是因为我太顾及安全，结果一次机会也没有找到。

我还有另一种现在还没有改过来的浪漫的傻念头，它和我天生的羞怯结合在一起，使那个伙计的预言明显地变成了谎言。我敢说，是我爱得太实诚，太彻底，所以我难以得到幸福。从来没有比我更强烈，更纯洁的激情，也从来没有比我更温柔，更真实，更无私的爱情。我可以为了我所爱着的人一千次牺牲我的幸福，她的名誉比我的生命更珍贵。我宁可放弃我所有的欢乐，也不愿意她的安宁受到片刻的打扰。这种感情使我在每一次行动时都格外的小心，格外的隐秘，格外的谨慎，以至于我一无所成。我在女人那里一再失败，原因正在于太爱她们了。

再来说说那个笛手埃癸斯托斯吧。这个怪物是个小人，他变得越发令人讨厌的同时，似乎变得更友善了。他的女主人从对我垂青的第一天起，就想要我在店里起点作用。我的算术相当好。她要那个伙计教我管账，但那个粗鄙的家伙却无礼地拒绝了，也许是因为他怕我取代他的位置。这样，我的全部工作除了雕刻以外，还包括抄写账目和账单，校正几本账簿，把几封意大利文的商业信函译成法文。那个伙计忽然间同意了他的女主人提出过而又被他拒绝的那个建议。他说要教我复式簿记，说他希望我能在巴西勒先生回来的时候为店铺服务。他的语气和神态中的那种虚伪、恶意和讽刺的成分，使我无法相信他。巴西勒太太不等我回答，就冷冷地对他说，我感谢他的好意。但是她希望我良好的品质最终能得到命运的的回报，我的天赋要是只当个小伙计那就太可惜了。

她不止一次地对我说，她想把我介绍给一个真正能帮助我的人。她很清楚我们该分手了。我们在星期四作了无言的告别。随后的星期天，她备了宴席，我参加了。赴宴的人中有一个相貌和善的多明我会的教士。她把我介绍给他了。他对我非常诚恳，祝贺我改教，还说了我的经历。这就证明，巴西勒太太已经把我的过去原原本本地告诉过他了。然后，他很友好地用手背在我脸颊上拍了拍，对我说，为人要正直，要有勇气。他要我去看他，我们可以从容地交谈一下。我从人们对他的尊敬来判断，他应当是个重要人物。再从他对巴西勒太太说话的那种慈祥的语气来看，他应当是个忏悔师。我记得他那种令人尊重的亲切中融合着对他的忏悔人的尊重。现在我对这一点的感动比那时更深，要是我再聪明一些，我一定会因为一个让她的忏悔师所尊重的女人为我动心而激动的。

我们人多，桌子显得小了些，于是又加了一张桌子。我就在那张小桌子上和那个伙计愉快地对坐了。至于受到的关心和菜肴的丰盛程度来说，我丝毫也没受损失。很多盘菜送到小桌上来了，当然这不是为他送的。直到这个时候，一切进行得很完美，女士们很高兴，男士们有殷勤。巴西勒太太风采迷人地招呼着客人。就在宴会进行到一半的时候，一辆马车停在门口，有人上楼来了。原来是巴西勒先生。我到现在还记得，他进来的时候穿着一件金纽扣的猩红大衣。从那一天起，我就对这种颜色厌恶起来。他个子很高，英俊潇洒。他脚步声很重，脸上的神情好像是要让客人们受惊，尽管在座的都是他的朋友。他妻子张开双臂抱住他的脖子，抚摸他的双手，对他百般柔情，但他却毫无反应。他向客人们打了个招呼，就坐下吃起来。客人们刚刚说起他的旅程，他的眼光就转向了我这张小桌，他用严厉的口气问坐在那边的小男孩是谁。巴西勒太太简单地把原委说了说。他问我是不是住在家里。听到否定的回答后，他很粗鲁地说："为什么不？既然他白天在这里，晚上自然也在。"教士开始发话了。他先赞扬了巴西勒太太的端庄和诚实，然后又说了我几句好话。他补充说，巴西勒先生不仅不应该责备他太太虔诚的慈善工作，自己还应当积极参加，因为这里没有一点过分之处。巴西勒先生生气地辩了几句，但碍于教士在场，他收住了。但是这已经足以让我明白，他听到了一点关于我的事情，那个伙计背后做了我手脚了。

宴会刚一结束，那个伙计就奉主人的命令，得意洋洋地进来了，叫我马上离开，并且永远不要再踏入这个大门一步。他在主人的话里添油加醋，使之变得冷酷无情，更具侮辱性。我一句话也没有说，离开了这个可爱的女人，我心里十分难过，但更难过的是只能听任她受丈夫的虐待。他不希望她不忠，这无疑是对的。她虽然聪明，又受过良好的教育，可她毕竟是意大利人，也就是说，多情而又好报复。在我看来，他对待她的方式是错了，因为这种方式最有可能给他招致他不愿意看到的噩运。

这就是我第一次爱情历险的结果。我两三次故意经过那条街道，希望至少能看到那个让我心中痛惜不已的女人。但我没有看见她，只看见她丈夫和那个该死的伙计。那伙计一看见我，就拿起尺子向我走来。与其说那样子是在欢迎我，不如说是在羞辱我。看到自己这样被人防范，我泄了气，再也不从那家店铺经过了。我本来还希望能去看看巴西勒太太为我引见的那位修士，不幸的是我连他的名字都不知道。我在修道院周围转了很多次，希望能遇见他，但没有结果。最后，其他的事情使我把巴西勒太太忘记了。总之，我把她忘得干干净净，我又像以前那样单纯，像以前那样幼稚十足，甚至漂亮女人也不能吸引我了。

不过，她的馈赠却多少充实了我的行囊，虽然不怎么丰厚，却显示了一个谨慎女人的预见性。她想得更多的是整洁而不是美观，希望我过得舒服而不虚浮。我从日内瓦带来的衣服还很好，可以再穿。她只给我添置了帽子和几件内衣。我没有袖套，虽然我非常想要几副，她却没有给我。她希望我穿得整洁干净。其实，只要我和她在一起，这是用不着来提醒我注意的。

这个不幸的事发生几天后，对我很好的那位女房东——我前面已经说过的，告诉我说她可能已经为我找到了一个位置。一位贵妇人想来看我。听了这话，我觉得自己又碰到一个流行的奇遇了，因为我总是在梦想着这种事。可是来看我的这位贵妇人，并不像我想象的那样卓越超群。我跟着一个把我介绍给她的仆人去看她。她向我提问，考查了我一番。我不讨她厌，于是马上在她那里当了差，不过不是作为她的宠儿，而是一个仆人。我穿上了她仆人的制服，不同的是他们的肩上有花结，而我的没有。由于她家的制服上没有饰带，看起来像是普通衣服。我辉煌的希望就这样出乎意料地破灭了。

我为之服务的维尔塞里斯伯爵夫人是个寡妇，没有孩子。她丈夫是皮埃蒙特人。我总把她当萨瓦人，因为我不相信皮埃蒙特人法语能讲得这么好，口音这么纯正。她正值中年，容貌不凡，很有才气，酷爱法国文学，对法国文学有广博的知识。她写过很多作品，而且总是用法语。她写的信札，有赛维尼夫人的特色，文采上也相差无几，有一些简直可以乱真。我的主要任务中的一项我很喜欢，她口述我记录。因为她有胃癌，非常痛苦，没法亲自写。

维尔塞里斯夫人不仅有极高的才华，还有坚强高尚的心灵。我陪她度过了她最后的时间。我看见她忍受痛苦，到死都没有流露出片刻的软弱。她没有显出努力控制自己的样子，没有失去女性的仪表，没有怀疑过她的行为是哲学的一个例子，——哲学是那时还没有流行的一个名词，她没有了解这个词今天所包含的意义。这种性格的力量有时甚至变得冷漠。我总觉得，她对别人，甚至是对她自己都无情。她为不幸的人做一点好事的时候，她也只是为了做好事而做好事，而不是天性的怜悯。我在她身边的三个月中，我对此多少有些感受。她对于一个经常在她眼前，前途有一定希望的年轻人抱有关心，这是很自然的事。并且，她会想到，她已经快走到生命的尽头了，这个年轻人在她死后需要得到帮助和支持。但是，也许她认为我不值得她关心，或者缠在她身边的人使得她只想着他们自己，她什么也没有为我做。

我清楚地记得，她曾对我的故事表现了一些好奇心。她有时问过我这方面的问题，她喜欢我给她看我写给华伦夫人的信，对我的感情还提出过看法。但是她了解我心事的方法确实不对，因为她从来没有向我透露她自己的内心世界。只要有人愿意倾听，我总是愿意打开我的心扉。可是她提问时冷漠干硬，对我的回答没有一点赞成或批评的表示，这使我无法信赖她。无论我的唠叨是讨人喜欢还是让人生厌，都没有一点反应，这使我总是无法安心。于是我努力少说些，以免把我的心思都流露出来，可能会对我自己不利的话，我就一句也不说。我通过观察发现，凡是以干巴巴地提问的方式来了解别人，是那些自以为聪明的女人惯用的伎俩。她们觉得，隐藏了自己的心思，她们就有可能更好地洞悉别人的心思。但她们没有想到，这样做会使别人失去把心思袒露给她们的勇气。一个被询问的男人，会因为那个原因而警惕起来，要是他认为向他提问的人并不是真的关心他，而只是想套他的话，他要么撒谎，要么闭口不说，要么备加小心，宁愿被当作傻瓜也不愿被别人的好奇心哄骗。总之，又想了解别人的心事，又想把自己的内心隐藏起来，那绝不是个好办法。

维尔塞里斯夫人从来没有对我说过一句表示感谢、同情或者亲切的话。她问得冷漠，我也答得拘谨。我怯怯的回答一定使她觉得平庸乏味。终于她不再问我什么了，除了给我命令，从不和我说话。她不是根据我是什么人，而是根据她想要我成为的那种人的标准来判断我。在她眼里我只是一个仆人而已，所以她也就不会把我当成是别的什么人了。

我觉得我从那时起，便对那种为了隐藏利己之心而使用的阴谋有所领教了，这种手段在我一生中都深受其害，所以，我对产生这种利己之心的事物本能地感到厌恶。维尔塞里斯夫人没有孩子，她的继承人是她的外甥德·拉·罗克伯爵。他只是不断地奉承她。她的心腹仆人见她不久于人世了，都没有忘记自己的利益。她身边围着一大群争着表达忠诚的奴仆，这就使她很难想到我。她家的总管人们称之为罗伦齐先生，是个精明人，他妻子比他还精明，博得了女主人的宠爱，她的地位与其说是花钱雇来的仆人，还不如说是女主人的朋友。她把自己的侄女推荐给女主人做了侍女。她侄女叫蓬塔尔小姐，狡黠得要命。她摆出一副贵妇人侍女的架式，帮着她姑母把女主人包围起来，以致她们的女主人只能通过她们的眼睛去看事，通过她们的双手去做事。我没有讨得这三个人欢喜的幸运。我服从她们，却不巴结她们。我不愿意在侍奉了主人之外还要做仆人的仆人。而且我是她们不放心的人。她们看得很清楚，我不是安于现状的人，她们生怕维尔塞里斯夫人也看出这一点，那样的话她就会把我放到适合我的位置上去，从而分走她们从主人那里得来的利益。这种人太贪婪，没有什么公正可言。她们似乎是把女主人遗嘱中留给别人的一切都视作对她们自己财产的窃取。于是她们串通了要把我从夫人面前赶走。她喜欢写信，在她当时的健康状况下，这是一种消遣。她们却想法让她打消这个念头，还叫医生说服她，说这太劳神了。她们借口我不会服侍，派了两个粗鲁的轿夫代替我。总之，她们确实是够精明的，维尔塞里斯夫人立遗嘱时，我有整整八天没有被允许进入她的房间。这以后，我倒是可以像以前一样到她房间去了。我对她的照顾比谁都要细心，因为这个可怜的女人忍受痛苦的样子让我心如刀绞。她在忍受痛苦时表现出来的坚强使我对她格外尊重和敬爱。我常在我自己的房间里为她流下真诚的泪水，却不让她或任何人知道。

我们终于失去了她。我亲眼看着她咽气。她的一生是一个富于聪明才智的女人的一生。她的死是一个哲人的死。我可以说，她一生坚持不懈，毫不虚伪地用她心灵的快乐实践了天主教的教义，从而激起了我对天主教的尊敬之情。她生性严肃，但在她病危的时候，她表现出一种和平常一样的轻松，这不是假装的，而是在理智的支配下与使人伤心的病况抗衡的结果。她只在最后两天才睡在床上，还一直平静地和大家说话。在最后时刻，她不再说什么了，陷入死亡的痛苦中。这时，她放了一个响屁。“好！”她回过头来说，“一个能放屁的女人还没有死。”这是她说的最后一句话。

她遗嘱给每个仆人一年的工资。我没有上她家的名册，所以什么也得不到。但是，德·拉·罗克伯爵吩咐给我三十里弗，还把我穿着的新制服给了我。本来罗伦齐先生是要把这制服要回去的。伯爵还答应给我找个工作的，要我去找他。我去了两三次，却没能和他说上话。我是个很容易泄气的人，就没有再去了。不久我就发现这是个错误。

我要把已经说起过的关于我在维尔塞里斯夫人家时候的事说完！虽然在表面上看我的境况还和原来一样，但我离开这座房子时心情和进入这座房子的时候并不一样。我带着对罪恶的长久记忆和懊悔的重负。四十年后，这重负仍然沉重地压在我的良心上。它造成的痛苦不仅没有消减，反而随着我年岁的增加而增加了。谁能相信我一个幼稚的错误竟然会有这样残酷的结果呢？想到这几种极其可能的结果，我的心无法安宁。也许我导致一个可爱而诚实，值得尊敬的姑娘，一个比我强得多的姑娘的毁灭，使她葬送在屈辱悲惨的命运中。

一个家庭的瓦解会导致一些混乱，这几乎是不可避免的事，最严重的是丢失东西。但是，由于仆人们的忠实和罗伦齐先生的警觉，造清单的时候，居然一样东西也没有少，只有蓬塔尔小姐丢失了一条红色和银色相间的旧丝带。其他许多更值钱的东西我都很容易拿，我偏偏就看上了这条丝带。我把它偷走了。因为我并没有费心去藏它，所以很快就被发现了。他们想弄清它是怎么到我手里的，我慌了，结结巴巴，满脸通红，最后我说是马里恩给我的。马里恩是个年轻的莫里昂讷姑娘。维尔塞里斯夫人不再请客了，就把自己的厨师辞退，让马里恩当了厨娘，因为她更需要的是好汤而不是精美的炖菜。马里恩不仅长得漂亮，而且有山里人特有的娇嫩肤色，尤其是她温柔端庄，见过她的人没有不喜欢她的。除此之外，她还是个善良、纯洁，绝对诚实的姑娘。我说出她的名字后，所有的人都惊呆了。我们都同样值得信任，而要在我们两个人中间查明谁是真正的小偷是十分要紧的事。她被叫过来了，许多人都围了上来，这中间有德·拉·罗克伯爵。等她来了，人们就把丝带拿出来给她看。我厚颜无耻地指控她，她懵了，一个字也说不出来。她看我的眼神连魔鬼也会屈服，但是我残忍的心还是在顽抗着。最后，她断然否定了，但是她没有愤怒。她认真地对我说，劝诫我要有良心，不要败坏一个从未伤害过我的清白姑娘的名声。可是我极其无耻地坚持我的说法，当面宣称她给过我丝带。这个可怜的姑娘哭起来，只是对我说：“啊！卢梭，我以为你是个好人，你把我坑了，可是我不会像你那样的。”当时全部的情况就是这样。她继续朴实而坚定地为自己辩护，却一点也没有责备我。她的克制，加上我与她相反的坚定的口气，使她居于下风。这真是不好猜想，一面是恶魔般的无耻，一面是天使般的温和。虽然表面上事情并没有完全解决，但大家还是偏向了我。在一片混乱中，他们没有花时间去弄清到底是怎么回事。德·拉·罗克伯爵把我们俩都开除了。他自我安慰说，罪人的良心一定会为清白者复仇的。他的预言实现了，我的良心没有一天安宁过。

我不知道被我诬陷的牺牲者后来怎么样了。但她可能以后是不容易找到好的职位了。她蒙受了不诚实的罪名，这罪名会使她到处碰壁的。虽然只是小东西，但毕竟是偷，更严重的是，偷了东西去诱惑一个年轻男人。总之，撒谎和死不认账，这么多的罪行集中在一个人身上，这个人是没有希望了。我甚至认为，贫穷和被遗弃还不是我带给她的最大危险，在她的年纪，谁知道极度的绝望和无端受辱会使她变成什么样的人呢？唉，如果我可能使她遭受不幸的懊悔让我难以忍受的话，那么你能想得到，当我想到我可能使她变得比我要糟的时候，我是什么样的感受吗？

这个残酷的记忆有时让我非常痛苦，心烦意乱。失眠的时候，我好像看到那个可怜的姑娘向我走来，斥责我的罪孽，似乎我在昨天刚犯下的一样。我生活平静时，这回忆还折磨得轻些，但我处于生活的风暴中的时候，它就会夺走我作为受害的无辜者的甜美安慰。它使我感觉到我在自己的一本书中所写到的："交好运时，我们的懊悔是睡着的，相反，它就会变得格外警醒。"可是，我从来没能把这件事向朋友彻底忏悔过，以减轻心灵的负担。对关系最亲密的人我也没有坦白过，甚至是对华伦夫人。我能做的就是坦白我必须要为我做过的一件残忍的事进行自我谴责，但我从未说出究竟是怎么一回事。至今这还是我良心上没有减轻的重负。我敢肯定，把我从中稍稍解脱的欲望，对我下决心要写这部《忏悔录》起了很大的作用。

在我刚才所作的忏悔中，我已经非常直率了，大家一定会感觉到我没有试图减轻我的罪行。但与此同时，要是我不把我的内心情感袒露出来，要是我因为真相的残酷而对自己的指责有所犹豫，那么我就无法实现这部书的写作目的了。在那个残忍的时刻，我并没有邪恶的主观意图。我指控那个不幸的姑娘时，原因正是出于我对她的友情。这很奇怪，但是真的。当时我正好在想着她，我就把罪行推到第一个出现在我脑海中的人了。我诬陷她做了我想要她做的事，就是她送条丝带给我，因为我想把丝带送给她。我后来看到她被叫来，我的心都碎了。可是到场的那么多人使我不敢改变我的说法了。我不怕受惩罚，我怕的是丢脸。我对丢脸的害怕胜过死，胜过罪孽，胜过世上的一切。当时要是大地突然裂开把我吞掉，让我窒息而死，我会欣喜万分的。对耻辱的无比恐惧胜过了一切，不要说我的无耻了。我越是有罪，就越是害怕承认，这种恐惧使我变得无所畏惧。我感觉到的只有被当面指为小偷并且公开宣布我是一个贼，一个撒谎者，一个诬陷者。完全的窘境剥夺了我其他所有的感觉。要是我有机会冷静一下，我肯定会袒露一切的。要是德·拉·罗克先生把我拉到一边对我说："不要毁了这个可怜的姑娘，要是你有罪，就对我坦白吧。"我马上就会跪倒在他脚下，这一点我完全可以肯定。但是，我需要鼓励时，他们却只是吓唬我。并且，到我的年龄也是应当考虑的。我只比一个孩子大一点点，或者说，我还是个孩子。对真正的罪行而言，年轻人犯了比大人犯了要严重得多。但要是年轻人仅仅出于软弱而犯罪，也不是什么大事，我所犯的也就是这么回事。当我回忆起这些事，折磨我的不是由于罪行本身，而是它所导致的不幸结果。这件事对我也有好处，在我以后的生活中，它常常使我想起犯过的这一罪行给我留下的深刻印象，保证了我永远不再会去做可以导致犯罪的事，并且我相信，对谎言家的厌恶的原因主要是我说谎以后产生的悔恨。要是可以赎罪的话，那么我可以说，我所犯下的罪，已经被我晚年所遭受的这么多磨难以及我在四十年的逆境里保持的诚实和正直所补偿了。可怜的马里恩在这世上有这么多代她复仇的人，不论我对她犯下过多重的罪，我也可以心安理得地面对死亡了。对这件事，我就说这些，请允许我以后不再提及了。

第三章

我离开维尔塞里斯夫人家的时候，和我去时几乎完全一样。我回到老房东那里呆了五六个星期。那时我年轻力壮，却无所事事，弄得我常常心烦意乱。我坐立不安，神思恍惚，像是在梦游一般。我流泪，叹气。我渴望幸福，却不知道什么是幸福，只是觉得自己生活中缺少了它。这种境况真是无法形容，而能想象得到的人也寥寥无几，因为大多数人对这种给人痛苦而又使人感觉甜美的丰厚生活早就有所预想，早就在奇异的幻想中享受过了。我沸腾的热血使我脑子里满是姑娘和女人，但又与性无关。我在想象中依照我的胡思乱想任意驱遣她们，却不知道她们还有没有别的用处。这些想法使我的感觉处在最难受的活跃状态，有幸的是这些想法还没有教我怎么让自己得到释放。要是我能在一刻钟内找到另一个戈登小姐，我死都愿意。但是，这不是小孩子那样任性地游戏的时候了。羞耻这个恶念的同伴已经随着年岁的增长而出现，它强化了我天性中的羞涩，使之达到难以控制的程度。不论是那时还是以后，除非女人主动挑逗，引我上钩，甚至我明知她是个很轻佻的人，只要我一句话就可以如愿，我都不会让自己产生非分之想。

我火气上升，自己的愿望不能得到满足，我就用最下流的办法去激发。我像个游魂一样徘徊在黑暗的小路和偏僻的隐秘的角落，我在那里可以对着女人展露我本想当着她们的面展露的情形。不过我让她们看到的不是淫秽的部分，这我想都没有想。她们看到的是我的屁股。我在她们面前展露的愚蠢的快乐真是无法描绘。我毫不怀疑，要是我有勇气等待的话，一定会有个勇敢的女人在过路的时候给我快乐的。我的这种荒唐事导致了一场喜剧性的灾难，只是对我来说并非称心惬意。

有一天，我来到一个院子里头，院子里有一眼水井，屋里的姑娘们习惯于到那里打水。那里一个小小的斜坡上有几条通道通到几个地窖。我在黑暗中察看了一下这些地下通道，发现它们又长又黑。我推想那里应该没有出口，要是万一我被发现了，人们要抓我，我还可以从中找到一个安全的藏身之地。我壮着胆子向来打水的姑娘们展示我那与其说是勾引还不如说是逗笑的怪相。老实的姑娘们装着什么也没看见，其他的人就大笑起来，还有些姑娘认为是受了侮辱，叫了起来。我赶紧逃跑。有人追上来了。我听见一个男人的声音，这是出乎我的意料的，真把我吓坏了。我不顾一切地跳进了地下通道。喧闹声，叫嚷声，还有那个男人的声音还是向我追过来。我原来一直想躲在黑暗中，不料看到了光亮。我吓得浑身发抖，向更黑暗的地方钻去。一道墙把我挡住了，前面没有去路了，我只好等待厄运降临。这时我被一个高个子男人抓住了，他长着大胡子，戴着一顶大帽子，带着一把长剑。他后面还跟着四五个老太婆，每个人手里都拿着一把扫帚，我看见那个揭发我的小坏丫头也在她们中间，她肯定是想当面看看我究竟是谁。

那个拿着剑的男人抓着我的胳膊，厉声问我在干什么。可以想见，我当时是一句话也说不出来。但在我绝望中镇定了一下，急中生智，想出了一个很浪漫而又奏效的办法来。我哀求他看在我的年龄和处境的份上放我一马。我说我是一个生于富贵人家的外乡人，脑子有点问题。因为他们要把我关起来，我就从家里跑出来了。要是他不肯饶恕我，我就完了。要是他放了我，我将来会报答他的恩情的。出乎意料的是，我的话和我的神情起了作用。那个样子凶恶的男人被打动了，责备了我几句以后，没有再问什么就让我走了。从那个姑娘和那几个老太婆看我的神情，我判断那个把我吓得要命的男人帮了我大忙了，要是我落到她们手里，我可不会这么容易脱身的。我听见她们在咕哝着什么，但没去注意，因为只要那个男人和他手中的剑不参与，我自信是可以凭我的敏捷和体力从她们的棍子下逃脱的。

过了几天，我和我的邻居，年轻的神父走在街上，我差点和一个带剑的男人迎头碰上了。他认出了我，用嘲笑的口气模仿我的腔调说：“我是王子，我是王子，我也是傻瓜，但是请殿下以后不要再到这儿来了!”他没再说什么，我也溜了，没敢抬头看，心里很感激他手下留情。我想一定是那些老太婆讥笑了他的轻信。不管怎么说，他虽然是个皮埃蒙特人，却是个好人，每次我想起他心里都充满了感激。因为这件事太可笑，要是换了别人，就为了取笑，也会羞辱我一番的。这次冒险虽然没有产生让我害怕的后果，但我还是小心了很长一段时间。

我在维尔塞里斯夫人家里的时候认识了一些人，我希望他们能帮助我。他们中有我常去拜访的萨瓦神父，叫盖姆先生。他是麦拉赖德伯爵家的孩子们的教师。他还年轻，很少有社交活动，但他很有理智，为人正直，富有才学，是我所认识的人中最高尚的一个。我到他那里去并不是为了什么利益，他还没有足够的能力为我谋得一个职位。但是，我从他那里却得到更为珍贵的东西，使我终身受益，那就是有益的道德教诲和彻底的理性原则。在我不断变化的爱好和思想中，我总是太高或太低，一会儿是阿喀琉斯，一会儿又是忒耳西忒斯，有时是英雄，有时又变成了无赖。盖姆先生教导我要安分守己，要正确地认识自己。对我既不姑息，也不使我灰心丧气。他对我的天赋做出了公正的评价，但也指出了其中的缺陷，这些缺陷会使我的天赋得不到最好的发挥。在他看来，我的天赋将使我不慕荣华，而不是帮助我实现富贵的阶梯。他在我眼前展开了一幅人生真正的图卷，以前我对此只有错误的认识。他告诉我，明智的人总是在逆境中追求幸福，迎着逆风航行以达到幸福的彼岸；没有审慎就没有真正的幸福，而审慎是生活的任何时候都需要的。他抑制了我对达官贵人的崇拜，阐述了统治者并不一定比被统治者更幸福，更聪明。我一直记得他告诉我的一句话。他说，要是每个人都能懂得别人的心思，那么愿意退隐的人一定会比想高攀的人要多。这话有震撼人心的真实，同时也没有夸张，这种反省极大地影响了我一生，使我对自己的处境心平气和。他第一次教会了我什么是真正的高尚，我原来只是极端地理解高尚。他让我懂得，崇高的激情在生活中是很少有机会表现的，一个人追求过高，就会有堕落的危险。在细小的事情上坚持不懈，所要付出的努力不亚于英雄事业。从这些细小的事情上，人们会得到更多的荣誉和幸福。始终受人尊敬比偶尔受人崇拜要好无数倍。

为了确定人类的种种义务，有必要去追溯本源。另外，我刚走出的一步——我现在的处境就是这一步的结果，使我不能不谈谈宗教。大家已经知道，正直的盖姆先生很大程度上就是我在《萨瓦副主教》中所写的副主教的原型人物。只是为谨慎起见，他说话都十分小心，所以在谈到具体问题的时候就不是那么坦率了。但在其他方面，他的箴言，他的想法，他的意见都是相同的，甚至他劝我回家的话也没有什么二致，一切都如我公开发表的一模一样。因此，我用不着多说他的谈话，他谈话的主旨是大家都能理解的。我想说的只有他的教诲，在开头的时候，这些教诲的明智产生不了什么影响，却会成为我心中美德和宗教的萌芽，只需要一只充满爱心的手来抚育，使之结出果实。

虽然那时我改教还不是很彻底，但我仍然很受感动。我不但不讨厌他的谈话，而且被他的谈话中的清晰简洁，特别是洋溢于其中的真心关怀吸引住了。我是个重感情的人，对那些希望我好的人比对实际为我做过好事的人还要依恋。对于后者，我的判断是极少出错的。我真诚地爱着盖姆先生，可以说，我是他的第二个学生。在当时，这就给了我不可估量的好处。那时我正因为无所事事而可能滑向罪恶，是他把我拉了回来。

有一天，完全出乎我的意外，罗克伯爵派人找我来了。我曾经多次去找过他，却没有机会和他说上话，我觉得有点烦，就没有再去找过他了。我以为他已经把我忘了，或者他对我有了坏印象。我弄错了。他不止一次地看到过，我高高兴兴地在他姑母那里工作。他还把这事对她说过。现在我自己都忘记了，他却又一次对我提起。他很亲切地接待了我，对我说，他不是对我空许了一个愿，而是一直在为我寻找工作，并且找到了。他要把我引到一条通向成功的道路上，至于其他的事就靠我自己了。他为我找定的那个人家有权有势，地位显赫，我不需要别的保护人来帮助我也能出头。虽然一开始我只能像现在这样得到仆人的待遇，但只要他们认为我的见识修养和行为举止配得上更好的位置，就一定会赏识和重用我的。这番谈话的结尾把开始时很鼓舞我的光明希望残酷地淹没了。“什么！老当仆人!”我心里说，觉得又苦涩又气恼。不过这情绪很快就被自信心抹去了，我觉得我不是为当仆人而生的，用不着害怕被置于这种地位。

他带我到德·古丰伯爵的家里。德·古丰伯爵是王后的首席掌马官，显赫的索拉尔家族的族长。这位可敬的老人的高贵气派使得他亲切的接待更让我感动。他很有兴趣地询问我，我诚实地回答了他。他对罗克伯爵说我相貌清秀，看来是很有才华。他觉得我不缺少才干，但这还不够，还要看看我在其他方面的表现。然后他对我说：“孩子，万事开头难，但对你来说，还不算太难。要小心谨慎，争取让大家都喜欢你，这是你现在要做的。其他的事，你要鼓起勇气，我们会照顾你的。”紧接着，他带我到他的儿媳布莱耶侯爵夫人那里，并把我介绍给她，然后又把我介绍给他儿子古丰神父。看来这个开端是个好兆头。凭我的经验，我知道仆人是不会得到这么多的礼数的。事实上，我没有被当成是一个仆人。我和管事人一起吃饭，也没有穿制服。年轻而又没有头脑的德·法弗里亚伯爵叫我站在他马车后面，他祖父却不准我站在任何人的马车后面，并且不准我随同任何人外出。可是我还是要侍候别人用餐，做的也几乎都是仆人们做的事。只是我做这些事相当自由，没有被指定专门侍候哪一个人。除了听口述写几封信，为法弗里亚伯爵剪些画片，我整天几乎都可以自由支配我的时间。我没有觉察到，这样的日子是非常危险的，甚至还有点不近人情，因为长期的懈怠会使我染上一些本来我不会沾染的恶习。

幸而这样的事并没有发生。盖姆先生的教诲已经印在我心里了，而且我非常喜欢他的话，有时我偷偷溜出去找他，好再听一听。我相信那些看见我溜出去的人是绝对猜不出我是去了什么地方的。再没有什么话比盖姆先生对我行为的忠告更入情入理的了。我的工作一开始就非常出色，我表现出来的勤勉、细心和热情使每个人都十分满意。盖姆神父谨慎地劝告我要适度地热情，他担心我以后会慢慢松懈，那样的话就可能会引起别人的注意。“你最初的表现，”他说，“会被人当作要求你的标准。你要计划着做得越来越好，但是千万不要做得越来越差。”

因为没有人注意我不多的才华，只是认为我天资聪颖。尽管德·古丰伯爵曾对我说到过，但没有人打算要使用我的长处。又因为别的事，我几乎被忘记了。古丰伯爵的儿子德·布莱耶侯爵那时在维也纳担任大使。宫廷中发生的事影响到这个家庭，好几个星期大家都心神不定，没有时间想到我。在那之前，我没有松懈过。这时发生的一件事，对我产生了既不利也有利的影响。有利的是让我远离了外面的诱惑，不利的是我对我的职责有点分心了。

德·布莱耶小姐很年轻，和我岁数相近，她体态优美，非常漂亮，皮肤娇嫩，头发漆黑。她虽然是个黑发女人，却有金发女郎所特有的温柔面容，这是我难以抗拒的。特别适合少女的宫廷服饰更显现了她迷人的身材，露出了她的胸脯和双肩。由于她那时正在服丧，她的肤色更是让人心醉神迷。有人会说，一个仆人是不应该留意这些的。我确实是不应该留意，但还是留意了。当时这样的人不止我一个。膳食总管和仆人们有时还在餐桌上很粗鄙地谈论她，使我非常难受。但是，我头脑并没有发昏，真的堕入情网。我没有忘记我是谁，我安守本分，甚至不让自己胡思乱想。

我喜欢看德·布莱耶小姐，喜欢听她说几句聪明、理智而端庄的话。我的野心只限于在侍候她的时候得到的快乐，从未越出自己的职权范围。在她用餐的时候，我总是留心找机会侍候她。要是她的仆人离开她一会儿，我立即上前接替。要不然我就站在她对面，盯着她的眼睛，看她需要什么，等着给她换盘子。只要是她赐予我命令，看我一眼，对我说一句话，我还有什么不肯为她做！但没有！我感到羞辱的是我在她眼里什么也不是，我站在那里，她根本就没有在意过。但她的兄弟有时在用餐时对我说点什么，有一次，他对我说了句有些不太礼貌的话，我给了他一个非常机智而又得体的回答。她注意到我了，看了我一眼。这短短的一瞥，让我心动神摇。第二天，让她再瞥我一眼的机会又来了，我充分抓住了。那天举行了一个盛大的宴会，我第一次看见总管戴着帽子，佩着剑，这使我十分惊奇。话题偶然到索拉尔家族绣在盾形纹徽上的题铭：Tel fiert qui ne tue Pas。因为皮埃蒙特人一般不精通法语，有人认为这句题铭在拼写上有一个错误，说在 fiert 这个单词中不应该有“t”的。

古丰老伯爵正要回答，碰巧看到了我，他见我微笑着，却不敢做声，就叫我说。于是我说：我不认为那个 t 是多余的，“Fiert”是个古法语词，不是源于“ferus”（自傲；威胁），而是源于“ferit”（他打击，他伤害），所以我认为这句题铭的意思，并不是“威而不杀”，而是“击而不杀”。

大家盯着我，张口结舌。我有生以来还没有见过有人这样惊讶的。但更让我得意的是我在德·布莱耶小姐脸上看到的异常兴奋的表情。这位高傲的小姐屈尊看了我第二眼，这一眼至少可以和第一眼相比。然后，她把眼光转向她祖父，显然她是有点急切地等待着我该得的夸奖。事实上，他的确大大地夸奖了我一番，在座的人也都带着满意的神情争先恐后地夸起我来。这一时刻虽然短暂，却每一方面都令人感觉妙不可言。这个难得的时刻恢复了事物本该的秩序，并且为我因时运不济而被遭贬抑的才华长出了一口恶气。过了一会，德·布莱耶小姐又抬眼看了我一下，用含羞而又温柔的声音要我给她拿点喝的。不用说，我是不会让她久等的。但等我走近她身边，却止不住地颤抖，而我又把杯子倒得太满了，我洒了些水到她盘子里，甚至还溅到她身上。她兄弟冒冒失失地说我为什么抖得这么厉害，这一问使我越发不安起来，德·布莱耶小姐脸红了，连她的眼睛都红了。

这故事到这里就结束了。可以看到，像和巴西勒太太一样，在我以后的生活中，我的恋情都没有幸福的结局。我徒劳地满怀着殷勤守候在布莱耶夫人的过厅里，却再也没有得到过她女儿的注意。她进进出出都对我视而不见，而我也不敢看她一眼。我是那样的愚蠢笨拙，有一天，她经过的时候手套掉了。我没有向我本来渴望亲吻的手套飞奔过去，连动都没敢动。眼睁睁地看着一个蠢笨的仆人把它拾起来了，我真想把他掐死。我发现我没有得到布莱耶夫人青睐的幸运，就更加惶恐不安。她不但从不叫我做什么，而且不接受我的服务。有两次，她看到我站在她的过厅里，冷冷地问我有没有事要做。我只好与这间可爱的过厅道别了。开始的时候，我觉得十分懊恼，但不久各种事情一搅扰，我也就不再想了。

虽然布莱耶夫人对我冷淡，但她的公公终于注意到了我的存在，他对我的好意安慰了我。在我前面提到过的那次宴会的晚上，他同我谈了半个小时。他对谈话很满意，我也很高兴。这个和善的老人虽然天赋比不上维尔塞里斯夫人，却比维尔塞里斯夫人热心得多，我跟着他会走得很顺的。他要我去跟古丰神父，古丰神父很喜欢我，要是我能好好地利用这种好感，会对我有好处，可以帮助我获得为担任别人提供给我的工作所需要而我还欠缺的东西。第二天清早，我就赶紧到神父那里去了。他没有把我当仆人看，而是要我坐在壁炉旁，非常温和地问我问题。他很快就发现，我在很多方面都懂得一些，却没有哪一样是学通的。他特别注意到我的拉丁文很差，就开始教我多学一点拉丁文。他要我每天上午到他那里去，我第二天就开始了。这样，我一生中经常遇到的奇事又出现了，我的实际处境高于我的地位，同时又低于我的地位——我在同一个人家中，既是弟子又是奴仆，我的家庭教师出身这样高贵，这原本只有国王的儿子才配享有的。

古丰神父是德·古丰伯爵的小儿子。因为家里打算要他做主教的，所以他的教育比他这个阶层中的一般子弟所受的教育还要高深些。他曾上过锡耶纳大学，在那里呆了七年。他在那里学到了相当精深的语言纯洁主义，这使他在都灵的地位与从前达茹神父在巴黎的地位几乎可以相提并论。

他对神学不感兴趣，就致力于文学。这在意大利训练当教士的人中是常见的事。他读过很多诗歌，能用拉丁语和意大利语写相当漂亮的诗。一句话，他有足够的趣味来培养我的趣味，能把充塞在我头脑中杂乱无章的东西整理出个条理来。但是，也许是我的谈论让他误以为我有多少学问，或者是他不能忍受初级拉丁文教材的索然无味，他一开始就教我太深的东西。刚让我翻译了几篇菲得洛斯的寓言，他就要我翻译维吉尔的作品，我对之几乎一窍不通。日后会看到，我命中注定要不断地重新学习拉丁文，而且永远也学不好。但我学习还是够认真的，而且神父慷慨地给予我的热情使我直到现在还感动不已。我绝大多数上午都跟着他，跟他学功课，也帮他做点事，——不是他的私事，他从不要我为他做私事的，我要做的是记录他口述的内容或是做点抄写。我做秘书工作比我学功课收益还要大些。通过做这些事，我不仅学到纯正的意大利语，还对文学发生了兴趣，并且从好书中学到了一些我原来在女租书人拉·特里布的书中学不到的知识。日后我自己从事写作的时候，这些对我有着非常大的帮助。

这是我一生中没有胡思乱想，最有希望实现成功的时期。神父对我非常满意，见人就会说我。他父亲对我特别器重。法弗里亚伯爵告诉我说，他曾在国王面前说到过我。布莱耶夫人也改变了对我轻蔑的做法。总之，我在他们家成了个红人，让其他仆人嫉妒得要命。他们看到我得到了受他们主人的儿子教育的荣幸，很清楚地知道我不会长期和他们混在一起了。

我从他们无意间透露出来的只言片语可以了解到别人对我的看法，经过思索，我觉得索拉家族是想谋取大使的位置，将来可能是想当上大臣，他们乐于事先培养一个可靠而又有才华的人。这个人完全依附于他们，可以得到他们的信任，忠心耿耿地为他们效劳。古丰伯爵的这个计划是高尚、明智而伟大的，而且仁慈有远见，不愧是一个大贵族。但是，我当时看不到这个计划的全部意义，我的理智也不足以理解它的道理，而且它需要我屈从的时间太长了。我愚蠢的野心只想通过奇遇来获得好运。那个计划中没有任何女人参与，对我来说意味着缓慢、乏味和沉闷。其实，越是没有女人参与，我就越应该觉得可贵和荣耀，因为女人们所保护的才能肯定是比不上大家认为我所具有的才能。

一切都进行得顺顺当当，我得到了几乎所有人的尊重。考验结束了，这家人普遍把我看成是一个大有希望而怀才不遇的青年，每个人都在期待着看我青云直上。但是我的位置不是一般人指给我的，而是注定要通过不同的途径才能取得。现在我要讲到我固有的一个特点了，这特点只要说出来就行了，用不着详述的。

虽然在都灵有好几个像我一样的新改教者，但我不喜欢他们，从未想要和他们中的任何人来往。可是我认识了几个不属于改教者的日内瓦人，他们中有一个叫穆沙尔的人，绰号歪嘴，是一个细工画匠，和我还沾点亲。他打听到我在古丰伯爵府中，就带着另一个叫巴克勒的日内瓦人来看我，巴克勒是我做学徒时候的伙伴，是个十分逗趣、活泼的小伙子。因为年轻，满嘴的机智俏皮话让人非常爱听。我一见面就喜欢上了他，觉得离不开他了。不久，他想回日内瓦去。这对我是多么大的损失啊！我觉得这损失实在是大。至少在他离开之前的这段时间里我要和他在一起，我没有离开他半步，或者说是他没有离开我半步。开始的时候，我还没有昏了头，不经允许就外出整天和他呆在一起，但不久，他们发现他时刻缠着我，就不准他进门了。我坐立不安，把一切都抛到九霄云外去了，只想着我的朋友巴克勒。我既不到神父那里去，也不到伯爵那里去，他们在家里连我的人影都找不到了。他们训斥我，我不做回应。他们威胁要开除我，这一威胁刚好把我毁了。因为这正好让我看到了和巴克勒一起走的可能性。从这一刻起，我再也看不到别的快乐、别的命运和别的幸福比得上这次简单的旅行。我只看到旅程中说不尽的快活，旅途完了以后，还有别的幸福，我可以去看看华伦夫人，尽管这是有点遥远的事。至于回日内瓦，我想也没想过。高山、草地、森林、溪流、村庄，带着新鲜的魅力在我眼前没完没了地闪过。这次旅行的幸福占据了我整个的生命。我兴奋地回想着我来都灵时那次旅行是多么的迷人。这次旅行，我是完全自由的，而且我还有更大的快乐，我有了一个朋友作为旅伴，他和我一样年纪，一样的爱好，性格随和，没有拘束，没有事务，没有压抑，只要我们高兴，想走就走，想停就停，这将使我的旅程多么美好！我想一个人要是为了一个迟缓、艰难，又不能肯定实现的野心勃勃的计划，牺牲了这样的一件好事，那他必定是疯了。就算那些野心有一天真实地实现了，它再辉煌也抵不上真正的快乐和青春的自由的一刻。

我心中充满了这样聪明的想法，用这样的方式，终于成功地达到了被开除的目的。说实在的，要被开除也不是那么容易的事。有天晚上，我刚回去，管家就通知我说伯爵把我开除了。这我正求之不得。不论怎样，我还是知道自己的行为是有点过分。为了原谅自己，我添上了些不讲道理，忘恩负义的借口。按照这样的想法，我就能归罪于别人，我自己什么也没有错，全是迫于无奈才走的。伯爵叫人对我说，要我第二天上午走之前到他那里去跟他说一声。他们看出我完全是鬼迷心窍了，很可能不会去，管家就告诉我说我去了之后，他会把准备给我的一笔钱发给我。这钱是我不该拿的，因为还没有打算让我做仆人，所以没有给我定薪金。

尽管法弗里亚伯爵年轻冒失，这次跟我谈话却完全入情入理。几乎可以说他的话是最亲切不过了。他用亲切感人的语调诚挚地对我说了他伯父对我的关怀和他祖父对我的期望。他尽力向我强调了我为了走向毁灭而要牺牲的种种有利条件，最后，他主动提出了和解，惟一的条件就是我不再和那个引我走上邪路的小坏蛋来往。很明显这些话不是他个人的意思，就算我是个瞎了眼的笨蛋，我也体会得到我的老主人对我的好意。我被感动了。但是，我可爱的旅行已经深深地印在我的想象中，什么也不能超过它的魅力了。我失去了理智，态度强横。我傲慢地回答说："既然我已经被开除，我接受就是了。现在再没有时间再来说这些。何况不论将来我生活中会遇到什么，我都绝不会让自己被同一家人开除两次。"这个年轻人真被激怒了，骂了该骂的几句话，抓住我的肩膀把我推出了他的房间，就在我身后把门关上了。我得意地走了出去，好像打了一个大胜仗一样。因为怕挨第二次骂，我没有感谢神父的关照就离开了，这是非常卑鄙的。

为了弄清我当时糊涂到什么地步，就要知道我的心是多么容易被一些微不足道的事物引发狂热，它陷入吸引我的事物时，会变得多么的暴烈，不论吸引着它的事物是多么虚幻，多么无价值。最离奇、最幼稚、最愚蠢的想法都会来诱惑我的，要我相信为之献身的合理性。你会相信，一个十九岁的人居然把他日后的生活都寄托在一个空瓶子上吗？还是听我说吧。

几星期前，古丰神父把一个精美而小巧的埃龙喷水器作为礼物送给我，我爱不释手。我和聪明的巴克勒经常是一边玩着这个人造喷泉，一边谈论我们的旅行，我们想，这个玩具可以让我们在路上多玩些日子。这世上还有比埃龙喷水器更好玩的东西吗？这个想法就成了我们建筑我们未来命运大厦的基础。我们只要把每个村子里的农夫集合到我们喷泉的周围，然后食物和各种酒菜就会源源不断地给我们送来的。我们都相信，这些东西对于种庄稼的人来说算不了什么，相反，要是他们不给过路的人吃饭，那完全就是他们没有良心。我们期望着到处都是婚礼和宴会，我们只要说几句话，费点喷泉的水，用不着别的花销，我们就可以去皮埃蒙特、萨瓦、法国，事实上整个世界都可以。我们对旅途制订了数不清的计划，我们决定首先去北方。这个决定与其说是因为我们一定要在什么地方停留，还不如说是为了翻越阿尔卑斯山的乐趣。

【1731—1732】

我就照着那个计划出发了。我没有遗憾地离开了我的保护人、我的老师、我的学业、我的希望和几乎肯定的幸运期待，开始了一种真正的流浪生活。再见了都城，再见了王宫，再见了野心、虚荣、爱情、美人，还有那些激动人心的奇遇，一年前，正是对奇遇的希望把我带到这里来的。我带着我的喷泉和朋友巴克勒出发了，钱包空空的，心里却充满了喜。我心里想到的只有享受这次漫游，我突然把我所有的宏伟计划都限定在这上面了。

这次代价高昂的旅行和预想的一样惬意，只是方式却不完全相同。虽然我们的喷泉在旅店里能博得女店主和女招待们一笑，我们走时却照样要付钱。但我们并不因此而有多少烦恼，我们想等我们的钱用完了，再好好地利用一下这个宝贝。一次意外把我们的那一点点烦恼都解除了。我们快到布拉芒的时候，喷泉摔坏了。我们觉得它摔得真是时候。虽然我们没有明说，但是我们早就腻烦它了。这个不幸让我们更高兴了，我们大笑起来，笑自己的愚蠢，忘记了我们的衣服和鞋子都要破了，竟然相信我们能靠这东西的表演来添置新的。我们还是和开始的时候一样高高兴兴地继续我们的旅程，只是我们选择更近一些的路走，因为我们的钱快用光了，要保证赶到目的地。

到了尚贝里，我就沉思起来。我不是在思考我刚刚做的蠢事，没有人能这样快，这样彻底地认清自己的过去的。我想的是华伦夫人会怎样接待我，因为我把她家看成自己的家了。我曾写信告诉她我到古丰伯爵府中了。她知道了我在那里的情况，祝贺了我，同时还给了我不少忠告，告诫我应该怎样报答别人给我的恩情。她把我的前途看成是确定的了，除非是我犯了错误自我毁灭。她看到我来了，会说什么？她肯定不会对我关上大门的，但我怕我会使她伤心。我宁可承受最深的痛苦，也不愿受她责备。我决定默不做声地忍受，尽我所能地安慰她。在这个世界上，我只有她一个人了，没有她的欢心，我是活不下去的。

最麻烦的是我的那个旅伴。我不愿给华伦夫人增加负担，又担心不容易摆脱他。在最后一天，我想和他分手，待他很冷淡。这精灵鬼明白了我的意思，他是个疯子却不是个傻瓜。我以为他看到我改变了态度会伤心的，我错了。我的朋友巴克勒一点也没有在意。我们一到安讷西，他就对我说：“你到家了。”他拥抱了我一下，说了声再见，转身就走了。以后我再没有听说过他的音讯。我们的相识和友情总共只延续了六个星期，但结果却影响了我一生。

走近华伦夫人家的时候，我的心跳得多么猛烈！我的腿在颤抖，我的双眼蒙上了一层纱幕。我什么也看不见，什么也听不见，谁也不认识。我只好停下来好几次来调整一下呼吸，让自己平静一点。是担心得不到我所需要的接济才这样忧虑的吗？难道我这样年纪的人还担心饿死，所以这样慌乱的吗？不！我可以真诚而自豪地说，我一辈子从来没有因为贫穷或富贵而悲叹或欢呼过。我这一生因为我个人境遇的起伏曲折而坎坷不平，令人难忘，经常居无定所，食不果腹，但我总是用相同的眼光去看待财富和贫困。不得已的时候，我会像别人一样去讨去偷，但从来没有惊慌到这种地步。很少有人在生活中像我这样叹息过这么多，流过这么多泪，但我却从未因为贫穷或害怕坠入贫穷而叹过一声气，洒过一滴泪。我饱受过命运的考验的灵魂除了不受命运支配的幸福和不幸之外，从不知道还有别的什么幸福和不幸。而且，我所想要的一切都已齐备的时候，我反会感到自己是最不幸的人。

我一来到华伦夫人面前，她的神情马上就让我安心了。她刚开口说话，我就颤抖起来。我一下子就扑倒在她脚下，狂喜不已地把嘴唇贴到她的手上。我不知道她有没有听到过我的消息，但她的脸上显出了一点惊讶却没有不悦。“可怜的孩子，”她用温柔的声音对我说，“你又回来了？我知道你还太年轻，不容易做这样的旅行。我真是很高兴，没有我担心的那样糟。”然后她要我说了说我的经历。这本来不长，我都诚实地诉说给她听了，虽然省略了一些细节，但我没有宽恕自己，也没有为自己找借口。

我的住处成了一个问题。她和她的侍女商量。她们商议的时候，我大气也不敢出。但当我听到让我就住在家里时，我几乎控制不住自己了。看到我小小的行李被搬进安排给我的房间里，我的感觉就跟圣—普乐看见自己的马车被带进沃尔玛夫人家的车篷时差不多。更让我高兴的是，我知道这个恩遇不是临时的。大家以为我正在想别的什么事的时候，我听见华伦夫人说：“他们爱怎么说就让他们说去吧。既然上帝又把他给我送了回来，我就不会抛弃他。”

这样，我最终还是住在她家里了。不过，这还不能算是我幸福时光的开端，只能说是一种准备。尽管使我们真实地享受我们自己的生活的这颗敏感的心是大自然的杰作，也许还是我们自身机体的产物，但它却需要一定的条件才能发展起来。没有这些发展的根据，就算是一个天性十分敏感的人也可能什么都感觉不到，也许到死都没能知道真正的自己是什么样的。在那之前，我就是这样一个人，或者说是近于这种人。要是我从不认识华伦夫人，或者即使认识了她，却没有和她生活够长的一段时间，没有体验到她用以激发我的那种温柔甜美的情感，我可能永远是那样的人了。我敢说，一个人仅仅感觉到爱情，他还没有感觉到生活中什么是最甜美的东西。我懂得了另一种情感，也许不是太强烈，却令人感觉比爱情愉悦一千倍，它有时与爱情相连，有时却又与爱情分离。这种感情也不仅仅是友谊，它比友情更浓烈，更温柔。我不认为它能产生在同性的人之间，我是一个很好交朋友的人，但我从未在我任何一个朋友身上找到过这种感情。这一点现在没有说得很清楚，但将来会清楚的，情感只有在它表现出来的时候才能说明白的。

华伦夫人住的是一栋老房子。房子很大，可以留一间漂亮的空房做客厅。我就住在这客厅里面。客厅连着我在前面说到过的那个过道，我们在那里第一次见面。在小溪和花园的那一面，可以看到田野。住在里面的年轻人不可能对这样的景色无动于衷的。自从我离开包塞之后，我还是第一次看到我窗外有绿色的景物。我总是被墙包围着，出现在我眼前的不是屋顶就是沉闷的灰色街道。这新奇的景色是多么迷人，多么令人动情啊！我把这迷人的景色看成是我的保护人施予我的另一种恩情，好像是她为我特意布置在那里的。我和她一起置身于这景色之中，心里充满了恬静。鲜花和绿叶之间，她无处不在。她的丰姿和春天的景色融为一体，不知不觉中就映入我的眼帘。我这颗一直压抑着的心，在这无拘无束的天地间舒展开来，我的呼吸在这果园中更加自由了。

华伦夫人家没有我在都灵看到的那种奢华，我看到的只有干净、整齐和与浮华虚骄无关的世家丰足。她没有多少银餐具，也没有瓷器，贮藏室里没有野味，地窖里没有外国美酒，但是她的厨房和地窖里有丰富的积贮，她用的是陶器，端上来的却是上等的咖啡。所有来拜访她的人都会被留下来用餐，或由她作陪，或独自享用。没有一个工人、邮差或过路人不吃不喝就离开她家的。她的佣人中有一个相当漂亮的侍女，是弗莱堡人，叫梅赛莱，一个贴身男仆，是她的同乡，叫克劳德·安奈。关于他，以后我还要说到。此外还有一个厨娘，两个她出门会客时要用到的轿夫，可是她极少出门。两千里弗的年金要应付这么一大笔开销是不容易的事。在一个土地肥沃，钱很值钱的地方，要是计划得好，她这一点钱还是够用的。但是，节俭从不是她推崇的品德。她借债打发开销，钱到手就花掉了，手里一个都不剩。

她持家的方式正是我想选择的方式。你可以想象我正乐得享受一下。惟一让我感到有点麻烦的是我要在饭桌上呆的时间太长了。她很难忍受汤和其他食物刚送上来时的那种气味。她一闻到这味道就几乎要晕倒，而且要恶心很长一阵。然后她才慢慢地缓过劲来，只说话，什么也不吃。半个小时以后，她才开始吃一点点。这段时间够我吃三顿了，经常是我吃完以后好久了她才开始。为了陪她，我常常又吃起来。这样，我就吃了双份。不过我从没觉得这有什么不好。总之，我在尽情地享受着那种舒适甜美的感觉，而这种感觉因为在她身边，不用我去担心如何维持。在了解她的家底以前，我还以为她家里的状况一直如此。我在她家一段时间后仍感到同样的舒适。但是，等我进一步了解她的实际情况，知道了她预支年金以后，我就再也不那么心安理得了。预想未来对我来说没有一点用处，我不知道如何去回避未来的结果。

从相识的第一天，我们之间就建立起了亲密的关系，这种关系在她的有生之年一直持续着。“孩子”是我的称呼，“妈妈”是她的称呼。甚至当流逝的岁月几乎完全湮没了我们之间的差距，我们相互的称呼依然没变。我觉得这两个称呼恰如其分地表达了我们关系的格调，我们交往方式的直率，特别是我们心灵的契合。对于我，她是温柔的母亲，追求的从不是自己的快乐，而是我的幸福；即使我对她的感情中掺入了感官成分，也改变不了这种感情的性质，只是使之更加迷人，并使我陶醉在一位年轻美丽的母亲的抚爱之中。我说的抚爱是就其严格的意义来说的，因为她从不吝给我亲吻和母亲般的亲密关怀，而且我也没有因此而胡思乱想。诚然，我们的关系后来有了不同性质，这我承认。但请稍等一会吧，我总不能一下子全说完。

我们第一次相会，是她真正使我激情满怀的时刻。而这一刻也是由于惊奇的结果。我的眼光从不敢偷窥她脖颈以下的肌肤，虽然这个遮掩得并不严密的丰腴之处很吸引我的注意。我在她身边没有觉得有冲动和欲念。

我平静地享受着一种说不清的快乐。我愿意这样度过一生，即使来世仍然如此，我也不会有丝毫的倦怠。只有和她交谈我才感到兴味盎然，不像是和别人说话那样是迫于无奈，似乎是一场折磨。我们在一起说话，与其说是谈话，不如说是一场没完没了的闲聊，要不是被打断，它总不会有终点。用得着的不是催我说话，而是让我沉默。她总是在思考她的计划，所以时常陷入幻想之中。好吧，我就让她去幻想。我不说什么，只看着她，我成了最幸福的人。我养成了一种奇怪的习惯，虽然我不能要求单独相处的恩遇，但我还是在不断地寻求。有了这样的机会我会欣喜若狂，而一旦有讨厌的来访者打扰，我就会气急败坏。无论来访的是男是女，我都会嘟囔着离开她的房间，因为我不能忍受我和她之间还有第三者在场。我在她的前厅里一分钟一分钟地数着时间，千百遍地诅咒着那赖着不走的来客。我无法想象他们怎么有这么多的话，我自己还有更多的话要对她说呢。

只有在看不到她的时候，我才知道自己有多么的爱她。看到她的时候，我只是觉得内心的满足。但她离开了，我就痛苦得坐卧不安。和她生活在一起的愿望使我柔情似水，常常催我落泪。我永远会记得，在一个盛大的节日里，她去参加晚祷了，我到郊外散步，我的胸中满是她的身影，燃烧着终身与她厮守的渴望。可我理智地意识到在目前这是不可能的，我如此沉迷的幸福只是短暂的。这使我心中平添了几分忧伤。但是，我并没有因此而颓丧，因为我心中涌起了一种令人欣慰的希望。那总使我心弦振动的钟声，鸟儿的歌唱，美丽的阳光，迷人的景色，还有散布在田野的房屋——我想象着我们共同的家就安放在那里，这一切都使我产生了一种鲜明、温馨、忧伤而感人的印象，我好像在狂喜中进入一个幸福的天地，在那里，我的心得到了它所有渴望的幸福，品味着难以言述的喜悦，却丝毫也没有情欲的成分。我不记得还有别的什么时候像那时一样以巨大的力量和幻想去憧憬未来。最使我惊异的是我当这个梦想实现之后，我回想时发现它与我当初想象的恰好一致。如果说一个清醒的人的梦想是一种预言的话，那一定是指我这个梦想而言的。我只是在想象延续的时间上出了错，我想象的是每天，每年，甚至是我们整个一生都在永远不变的宁静中度过。可实际上，这幸福仅仅延续了短短的一刻。唉！我永恒不变的幸福只属于梦境，在现实中，它刚一实现就终结了。

要是把这位亲爱的妈妈不在的时候我因为思念她而做的傻事详加描述的话，那我将永远也不会说完。有多少次我亲吻我的床，只因为她在上面睡过；有多少次我亲吻我房间里的窗帘、家具，因为它们是她的，她美丽的双手抚摸过它们；有多少次我仆伏在地板上，因为她在上面走过！有时我在她面前也不顾一切地放纵自己，那是只有在最强烈的爱情的激发下才会做出的举动。有一天在餐桌上，她刚把一块食物送到嘴里，我就说我看见上面有一根头发。她把食物吐到盘子上，我一把抓起来就吃了下去。一句话，在我和最热烈的恋人之间，只有一个区别了。但这个区别是最根本的，正是它使我的情况令人难以理解，也难以相信。

我从意大利回来和到意大利去的时候完全不一样了，但也许像我这样年龄的人没有回来的。我带回来的，不仅是精神和品德上的纯洁，还有童贞的肉体。随着一年年的长大，我躁动的性情终于显露出来了，它第一次偶然的爆发，使我对自己的身体产生了惊慌。这比什么都更能显示我在此之前生活的纯洁。不久，我从惊异中恢复过来，学会了一种危险而又有用的方法，这种方法欺骗了本性，也拯救了像我这样性情的年轻人，使他们免于放荡，也让他们付出健康、精力，有时甚至是生命作为代价。这种恶习不仅对那些怯懦和怕羞的人来说非常方便，而且对那些富于想象力的人来说同样有吸引力，他们可以任意支配所有的女性，对他们着迷的美人随心所欲，还用不着得到她们的同意。在这些致命的诱惑下，我拼命摧毁自然赐予我，而我又一直努力增强的良好身体。除了我这种习惯，还有我所在的环境。我和一位漂亮的女人生活在一起，她的形象珍藏在我心底，一天到晚看着她。到晚上，所有围绕着我的事物都在向我提示着她，睡在我明知道是她睡过的床上！有多少事物在刺激着我！许多读者想到这些，无疑会认为我已经半死不活了！但恰恰相反，那些本来会毁灭我的事物挽救了我，至少在暂时是这样。我陶醉在与她生活在一起的快乐中，满怀着和她永远生活在一起的渴望，不论她在不在，我总是把她看作是一位温柔的母亲，可爱的姐姐，快乐的朋友，却不是别的什么。我总是这样看她，永远不变，除了她，我心里从来没有别人。她的形象永远占据着我的心，再没有为别人腾出过地方。对于我来说，她是这世上惟一的女人。她在我心中激发起来的那种特别甜蜜的感情不允许我的感官有时间为别人而苏醒，这使我不仅对她，还对所有的女性都不会侵犯。总之，我是规矩的，因为我爱她。这件事我是无法说清了。至于我对她的依恋是什么性质，谁愿意说就让谁说去吧。至于我自己，我对此能说的就是，如果说这事现在就显得十分出奇的话，那么以后的事就更奇了。

我以极快乐的方式度过时光，可是我每天所做的事却是我最不感兴趣的，那就是草拟计划，誊写账目，还有抄写药方，选择草药，捣杵药材，照看蒸馏器。除了这些事，有时还要接待过路的客人、乞丐，以及各式各样的成群的拜访者，我们得同时和士兵、药剂师、教士、贵妇人、修道院的杂役打交道。我咒骂着，抱怨着，诅咒着，我恨不得这群家伙都被魔鬼抓了去。华伦夫人觉得这一切都有趣，见我生气的样子大笑起来，笑得眼泪都出来了。我越是生气，她就越是看得好笑，笑得我也忍俊不禁。我的嘟囔被打断的那一刻是非常有趣的。要是有个不速之客在这时候到来，她便故意延长他的拜访时间来从中求得开心，不时地瞟我一眼，气得我真想揍她。她禁不住大笑起来。看到我碍于礼节一忍再忍，生气地瞪着她，她才收住笑声。但在我心里还是不由得认为这真是有趣的事。

这一切我本来并不喜欢，但因为它构成了让我感到快乐的生存方式的一部分，所以我就觉得有趣了。发生在我周围的一切，我不得不做的一切，都不合我的口味，却都合我的心。要不是我的本性对医学的厌恶引发了那些使我们开心不已的场面的话，我终究不会喜欢上医学的。这也许是这门学科第一次产生这样的效果。我自吹可以凭味觉就能认出一本医学著作，可笑的是我很少出错。她要我尝最难闻的药剂，不论怎么逃离或怎么抵挡，都无济于事。虽然我苦着脸拒绝，虽然我咬着牙不愿意，但我一见到她沾着药的漂亮的指头伸到我嘴边，我最终还是乖乖地张开嘴舔尝。她把所有的制药器皿都堆在一间屋子里，人们听见我们又跑又叫又笑，一定会认为我们在演出闹剧，而不是在制作什么麻醉剂或兴奋剂。

不过，我也不是总在做这些傻事。我在我住的房间里发现了几本书：《旁观者》、普芬道夫的集子、圣埃弗尔蒙的集子和《拉·亨利亚德》。虽然我不再像以前那样爱书了，我还是在没事的时候读了一点。《旁观者》让我特别喜欢，使我很受教益。古丰神父曾教导我说，读书不要贪多，要多思考。这样，读书给了我更多的收获。我已经习惯于思索语言和文体，还有结构的精美了。我练习着分辨纯正的法语和我的方言土语。例如，我通过下面《亨利亚德》里的两行诗就纠正了像所有日内瓦人一样容易犯的一个拼写上的错误：

Soit qu’ un ancien respect pour le sang de leurs maitres
Parlat encore pour lui dans le coeur de ces traitres.

parlst 这个单词使我非常注意，它教会了我在动词虚拟式的第三人称中必须以“t”结尾，但以前不论是在书写或发音时，我都和直陈式的过去时一样地用 parla。

有时我跟妈妈谈起我所读的书，有时我读给她听，我都感到非常地兴奋。我努力读好些，而这对我也是有好处的。我已经说过，她是有教养的，那时正是她的才华巅峰时期。好几个文人都在向她献殷勤，想博得她的青睐，指点她鉴别优秀之作。如果我可以这样说的话，她的趣味还带有一点新教色彩。她爱谈论拜勒，对已经在法国去世一段时间的圣埃弗尔蒙评价很高。但这并不妨碍她熟悉优秀的文学作品，也不妨碍她机智地讨论文学。她出身于上流社会，年轻时就来到萨瓦。在和当地的贵族交往中，丢掉了故乡伏沃那种矫揉造作的情调。伏沃的妇女把俏皮话当作是上等社会的风度，所以只会说一些警句。

虽然她只偶然地看到过王宫，但那匆匆的一瞥已足以使她了解宫廷了。她在王宫中一直有朋友。尽管有人对她暗中嫉妒，尽管有人对她的行事和她的债务持有微词，但她始终没有失去年金。她有处世经验，也有善于思考，利用这些经验的能力。日常事务构成了她谈话的主要话题。对于我这样耽于空想的人而言，这种教诲正是我最需要的。我们一起读拉勃吕耶的作品。比起拉罗舍福果来说，她更喜欢拉勃吕耶。拉罗舍福果是一个忧伤而令人怅惘的作家，特别适合那些不喜欢按本来的面目看人的年轻人读。她谈起道德教化问题时难免不着边际，但我不时地吻吻她的唇或手，也就能听下去，不觉得她的话冗长烦人了。

这种生活是快乐的，可是不能延续多久。我感觉到了这一点，我一想到这种日子就要结束就心烦意乱，无法安享。妈妈一面和我开着玩笑，一面在研究我，观察我，询问我，为我的前途制定了许多计划，而这些计划对我来说是可有可无的。幸好，光了解我的倾向、趣味、能力还是不够，还有必要发现或创造利用它们的机会，这可不是短期内能完成的。这个可怜的女人对我的能力有了一种偏爱，所以她在方式的选择上很挑剔，这使得我的能力得到检验的时机大大地推迟了。总之，由于她对我的好印象，一切都在按照我的意愿在进行。但这种生活迟早是要结束的，到那个时候，就该同所有安宁的希望说再见了。她有一个叫奥博拉的亲戚来看她。奥博拉先生是个极其聪明而又有心计的人，像她一样是个天生制定计划的高手。但他够机灵，不会把自己搭进去，他是个冒险家一类的人物。他想促成红衣主教德·弗莱瑞实施一个复杂的彩票计划，但没有得到同意。他就把这个计划提交到都灵的王宫里去，结果得到批准而且实行了。他在安讷西呆了一段时间，爱上了执政官夫人。这位夫人是个可爱的女人，很对我的胃口。她是我在妈妈家里惟一愿意见到的女客。奥博拉先生看见我，华伦夫人就对他谈起我来。奥博拉先生决定先观察我一阵，看我适合做什么。要是发现我有什么长处，就想法给我找个职位。

华伦夫人连续两三个上午打发我到他那里去。她借口要我替她办事，没有告诉我事情的原委。他十分巧妙地引我说话，对我非常亲切，尽量让我放松。我们的话题无关紧要，却又漫无边际。这一切都似乎不是为了观察我，没有一点俗套，好像他觉得喜欢同我交往，想同我无拘无束地说说话。我被他迷住了。他观察我的结果是，虽然我仪表堂堂，很有精神，但我即使不笨，也是才气不够，没有思想，知识浅薄，总之，各方面能力都有限，最大的指望也就是在乡村里做个本堂神父罢了。这是他在华伦夫人面前对我的评价。我是第二次或第三次被人这么断定了。这不会是最后一次，因为马斯隆先生的评价经常被肯定。

这种评定与我的性格关系非常紧密，我不得不在这里作些解释。说句实在话，我不会对这种说法口服心服，这是大家都知道的。但我会尽可能地公正客观，虽然马斯隆先生、奥博拉先生，还有其他许多人都可能这样说了，但我不会抓住他们的话不放手的。

两个几乎不相容的东西以一种我自己也不明白的方式在我身上结合在一起，一方面是热情蓬勃的性格；另一方面是迟缓而混乱的思想，总要等事后才醒悟。可能会有人说我的心灵和思想不属于同一个人。情感比闪电还快地抓住我的灵魂却没有照亮它，反而使我激动，使我晕眩。我什么都感觉到了，却什么也看不清。我被自己的激情裹胁着，头晕目眩。为了能够思考，我必须冷静下来。只要有时间，我能拿出相当准确的，富于洞察力，甚至是很有技巧性的意见。从容的时候，我还能作精彩的即兴演说。但我从未在急促中说过什么值得注意的话，做过什么引人注目的事。就像有人说西班牙人下棋有高招一样，我在书信中会说出一些高明的话来。萨瓦大公走在路上，转过头喊着：“巴黎商人，当心你的小命。”我读到这个故事时说：“我就是这样子的。”

我不仅是在谈话时思想迟缓而情感活跃，我一个人独处和工作时也是这样子的。我想要把头脑中的思想整理清楚简直是不可能的事，它们在喧闹着飞转，它们在发酵，使我激动，使我狂热，使我的心狂跳不止。我在这样的激动中什么也看不清，一个字也写不了。我只好等待。慢慢地，这种躁动平息下来，混乱的局面开始清晰，一切都找到了自己最佳的位置，但这个过程是缓慢的，需要经过很长时间的混乱动荡。你看过意大利歌剧吗？在换场的时候，大剧院里让人心烦的混乱场面总要延续好长一段时间，所有的道具都混在一起，东西都堆得乱七八糟，叫人看着不舒服，给人的印象是一切都颠倒了。但秩序逐渐地恢复了，所有的东西都各归其位。你会惊奇地看到，精彩的演出在长时间的混乱后又重新开始了。这种过程和我想写作时发生在我头脑中的过程几乎相同。如果一开始我知道如何去等待，让出现在我头脑中的事物显现出它的美来，很少有作者能超过我。

这样，我的写作中一个特别困难的问题出现了。我的手稿经过不断的修改和涂抹，变得十分潦草，难以识别，见证了我为之付出的艰辛努力。在付印之前，我的手稿都经过四五次誊写。我拿着笔，坐在书桌前面对着稿子是写不了东西来的。我散步的时候，走在岩石和树林中，或晚上我躺在床上睡不着，我就在头脑中构思。大家可以想象，对于一个全然没有口头记忆力，一辈子也没有背下六行诗的人，写作是多么缓慢的事情。我有些段落总要在我头脑中翻来覆去地想五六个晚上，才把觉得适合的写在纸上。正因为这个原因，我那些需要付出努力的作品，比那些一挥而就的书信要好得多。书信这种文体我一直没有准确地抓住它的笔调，所以写作书信对我来说是一种折磨。我折腾几个小时，也写不好一封关于一些琐事的信。要是我把想到的事立即写下来，我就不知道该如何开始，也不知道如何结尾了。我的信又长又乱，读起来让人觉得不知所云。

我表达思想非常艰难，领悟思想也非常困难。我研究人，并且自认为是个相当机敏的观察者。但是，我对自己观察的对象看不清，看得清的只有我所记忆起来的东西，我只在回忆中显示出智慧。对别人所说的话，所做的事，所有呈现在我面前的一切，都视而不见，毫无感知。能给我留下印象的只有表面现象。但过后所有的一切我都会记起来：地点、时间、举止、眼神、手势，还有环境，什么也逃不开我。然后，从人们说的话，所做的事，我就知道他们在想些什么。我很少出错。

我独自面对自己的时候，我还这样把握不了自己的思想，可以想象，和别人谈话的时候，为了达到说话的目的，必须同时迅速想到无数种情况，我会是什么样的。想到说话时还有那么多要遵守的条条框框，而我又肯定会忘记几条，我就被吓住了。我不明白别人怎么敢在大庭广众下讲话，在那种场合下，为了每句话都不得罪人，说话的人要照顾在场所有的人，要熟悉他们的性格和历史。在这方面，那些一直混迹于社交界的人有很大的优势，因为他们比其他人更了解什么不应当说，他们对自己要说的更有信心，然而，就是他们也常常会说些令人尴尬或不合时宜的话。那么一个一无所知的人到了那种场合，又会如何面对呢？叫他说上一分钟话而不受指责都是不可能的事。在两个人交谈时，会有另一种更令人难受的麻烦，那就是要不断地说话。一个人对另一个人说话的时候，另一个人就得回答。对方不说话了，你还得没话找话，使谈话得以继续。就凭这令人难堪的强制就使我厌恶社交了。我觉得没有比被迫不断地说话更让人害怕的事了。我不知道这是不是与我极其厌恶任何一种约束有关，但被硬逼着说话确实是足以使人胡言乱语的。

我更致命的缺陷是无话可说的时候，不是缄口不语，而是像急着了债似的，发疯一样说。我结结巴巴地说出的这些前言不搭后语的话，要是真的没有什么意思，那倒是好事。可是我越是想藏拙，越是掩不住自己的愚蠢。我从众多的事例中选一个来说吧。那时我已经不年轻，在上流社会生活好几年了，只要可能，我总要摆出上流社会从容随意的口吻。有天晚上，我跟两位贵妇和一个绅士在一起。这位绅士的名字可以一提，他就是德·贡托公爵。房子里没有别人，我尽我所能说几句，至于说了些什么就只有天知道了。四个人谈话中，三个人肯定不需要我插嘴。女主人叫人给她送上一副鸦片剂，她胃不好，每天需服用两剂。另一位夫人看她苦着脸的样子，就笑着问道：“是特龙桑先生的鸦片吗？”“我想不是的。”女主人用同样的声调回答说。“我想这药也没什么用。”聪明的卢梭先生礼貌地加上一句。所有的人都愣住了，大家一声不吭，一丝笑容也没有。紧接着，话题就转到别的地方去了。这种蠢话要是说给别人听，可能只是打趣。但是说一位可爱到足以成为谈论对象的女人，结果也是糟糕的，虽然我绝对无意冒犯她。我想那两位夫人和绅士听了我的话，一定是好不容易才忍住笑的。这就是我在无话找话时泄露的天才闪光。我之所以难以忘记这个特殊的例子，不仅是因为它值得记录，而且它还经常让我想起它带来的结果。

我想这已经足以让人明白，为什么我不是傻瓜，却常被人当作傻瓜，甚至有些很有判别能力的人也这样看。尤其不幸的是，我的眼睛和相貌像是精明的样子，但人们对这一点希望的破灭使得我的愚蠢更加叫人吃惊。这样的小事虽然是在特殊情况下发生的，但对于理解以后的事不无作用。它包含了理解我所做过的许多与众不同的事情的答案。人们常把我做的那些事归结为我不合群的性格。要不是我认为我在社交场上会遭遇不利，而且还使我脱离本性的话，我也会像别人一样喜欢社交的。写作和离群索居恰好是适合我的生活。要是我出现在人前，我的能力就永远不会为人所知，甚至不会有人作这样的猜想。杜宾夫人就是这样的，虽然她是一个聪明的女人，我又在她家生活过好几年。从那以后，她自己就经常这样对我说。当然，也有一些例外，这一点我以后还会说到的。

我能力的大小就这样确定了，适合我的行当也这样定了下来，惟一的问题就是我怎么履行天职了。困难的是我受的教育少了些，所掌握的拉丁文当个神父还不够用。华伦夫人想让我到神学院学习一段时间。她去找院长商量。院长是个遣使会员，叫格罗先生。他矮小清瘦，相貌和善，长着一头白发，有一只眼睛几乎全瞎了。真的，说他是我所见过的最有才智，最没有学究气的遣使会员，并不过分。

他有时来看妈妈。妈妈对他很欢迎，很亲热，但也会戏弄他。有时要他替她系带子，他倒是非常愿意效劳。他系的时候，她从房间的这一头走到另一头，做了这个做那个。院长被带子牵着，嘴里不住地咕哝着叫道："夫人，请停一下呀！"这真是个有意思的场面。

格罗先生很爽快地答应了妈妈的要求。他只收很少的膳宿费，还要亲自教我。剩下的事只有等主教同意了。主教不仅同意了，而且给我提供膳宿费。他还允许我在通过测验达到预期的成绩之前，穿我世俗的衣服。

这个变化有多大啊！我只好同意了。我像赴刑场一样去了神学院。神学院真是个阴森可怕的去处，特别对于我这样刚从一个可爱的女人家里离开的人来说，更是如此。我只带了一本书去，这本书是我请求妈妈借给我的，它给了我极大的安慰。你猜不到这是一本什么书吧，这是本音乐书。在她所有的才能中，音乐没有被遗忘。她有很好的嗓音，歌唱得非常好，还会弹点钢琴。她很热心地教过我唱歌，她是从最基础的地方教起的，因为我连圣诗的乐谱都几乎完全不懂。一个女人断断续续地给我上了八到十次课，我连音符的四分之一都没有学会，更不可说视唱了。但我对这门艺术非常热爱，决心自己练习。我带去的乐谱不是最容易的，它是克莱朗波的合唱曲。我对变调和音节长短一无所知，居然把《阿尔菲和阿蕾土斯》

合唱曲的第一首宣叙调和第一首咏叹调的乐谱读了出来，我的顽强和专注可想而知。当然，这支曲子谱得非常准确，只要按照节拍诵读诗歌，自然就合拍了。

神学院有一个可恶的遣使会员，专跟我过不去，弄得我连他教的拉丁文也不愿学了。他有一头光滑而服帖的黑发，姜饼似的脸，水牛样的声音，猫头鹰似的眼睛，野猪鬃样的胡子。他皮笑肉不笑，行动起来像个木偶人。他那可恨的名字我忘记了，可他吓人而令人作呕的脸却忘不了，一想起他来我总是不寒而栗。我在走廊上碰到他的情景仿佛还在我眼前，他礼貌地挥动着他那顶脏乎乎的四方帽，示意请我到他房间里去。他那房间对我来说比监狱还可怕。你想想这样一位老师，在一个宫廷神父的学生那里会产生什么样的印象吧。

要是我还在这么一个怪物手下再呆上两个月，我一定会失去理性的。幸亏好心的格罗先生看出了我的沮丧。看到我吃不下东西，人也瘦了，他猜到了我苦闷的原因。这没有什么难的！他把我从那只野兽的爪下救了出来，而且把我交给了一个全然不同的温文尔雅的人。这是弗西尼的一个年轻教士，叫加迪埃。他是来进修大学课程的，他既是帮格罗先生的忙，也是出于仁爱之心，很愿意牺牲自己的学习时间来教我。我还没见过比加迪埃先生的容貌更动人的。他的头发金黄，胡子近乎棕色，他的风度和其他来自他家乡的人一样是大智若愚。但真正使他与众不同的是他的敏感、仁慈和热情，他大大的蓝眼睛里交织着亲切、温柔和忧伤，这使得看见他的人无不被他吸引。这个可怜的年轻人的眼神和举止似乎表明，他已经预见到了自己的命运，感觉到了与生俱来的不幸。

他的性格和他的相貌相合。他十分耐心，甚至像是请我帮助他，看上去不是他在教我，倒像是我们在一起学习。这就使我不能不喜欢他了。然而，虽然他为我费了不少时间，我们都很努力，他教的方法很得当，我也很刻苦，可是进步却不大。这是很奇怪的事，我的理解力并不差，可是除了我父亲和朗拜尔西埃先生，我从未从老师那里学到过什么东西。我的那一点点知识是我自学来的，这一点大家以后会看到的。我的思想不愿受任何束缚，不愿屈从于时间的约束。老是担心学不好，所以就不能集中精力。担心和我说话的人不耐烦，所以就假装懂了，结果他们以为我真懂了，我却什么也没明白。我的思想按照它自己的时间运转，不能顺从别人的安排。

接受圣职的时间到了，加迪埃先生回到了本省担任助祭。他带走了我的遗憾，我的依恋，我的感激。我为他祈祷，可这些祈祷像为我自己的祈祷一样没有成真。过了些年以后，我听说他在一个教区当副本堂神父的时候，和一个姑娘发生了关系，那是他敏感的心惟一爱过的姑娘。姑娘和他生了一个孩子，这在管理十分严格的教区是个可怕的丑闻。按照惯例，除非是和已婚的妇女，神父是不能有孩子的。他违反了教规，被关进监狱，身败名裂，职位也被剥夺了。我不知道以后他还能不能恢复圣职，但他的不幸深深地铭刻在我心里，我写《爱弥儿》的时候，又想起他。我把他和盖姆先生糅合在一起，把这两位可敬的神父作为萨瓦副主教的原型。让我感到欣慰的是，我的模仿没有损害原型。

我在神学院的时候，奥博拉先生被迫离开了安讷西。执政官认为和自己的妻子相爱是件令人气恼的事。但这就像是“园丁的狗”一样，古尔维奇太太虽然非常可爱，但他和她的关系却很不好。山外人的怪癖使他觉得她一无是处，他对她的粗暴使得分居问题也提出来了。奥博拉先生是个长相丑陋的家伙，邪恶得像只鼹鼠，狡猾得像只枭鸟，由于不断地滥用职权，他最终把自己给打发了。据说普罗旺斯人报复的方法是唱歌，奥博拉先生也写了一出喜剧向他的敌人复了仇。他送了一本给华伦夫人，华伦夫人给我看了。我很喜欢这个剧本，于是我也起了自己写一个剧本的念头，试试我是不是像这个剧本的作者所说的那样笨。不过，我一直等到了尚贝里才把这一想法付诸实现。我在那里写了《自恋的情人》。因此，我在序言中说我是在十八岁时写的，那是我瞒了几岁。

大约是这个时候，发生了一件事，这事本身很不起眼，但它影响到了我。并且在我自己已经忘记了的时候，社会上还在议论纷纷。我每个星期可以外出一次，不必说明去向。有个星期天，我和妈妈在一起，圣方济会的一栋房子突然起火了。这房子和妈妈的房屋相连，里面是他们的炉灶，堆满了干柴。很快整栋房子都陷入火海之中。妈妈的房子被风吹过来的火焰包围住了，十分危险。大家都拼命地搬家具，堆在花园里。这花园正对着我以前住过的房子的窗户，我提到过的那条小溪的对岸。我给吓慌了，不管三七二十一，抓住什么都往窗外扔，甚至一个平日我很难搬得动的石臼也被我扔出去了。要不是有人拦着，有面大镜子也会这样被我扔了。好心的主教正好来看妈妈，这时也没闲着。他把她拉到花园里，他和她还有在花园里的所有的人，都开始祈祷。我过了一会到那里，发现所有的人都跪在地上，我也跟着跪下了。就在这个圣人祈祷的时候，风向变了。这一变化发生得这样突然，而且就在火焰已经包围了房子，就要钻进窗户的时候，被吹到了院子的另一头，房子躲过了一劫。两年后，德·贝尔奈主教去世了。在布戴神父的热诚的请求下，我把我刚才说到的事作为见证补充进去，这里我是对的。但是，我把这个事实说成是奇迹，我却是错了。我看见过主教的祈祷，在他祈祷过程中，我也看见过风向的变化，而且是在那种危急关头。这是我能叙述和能证明的，但这两件事中一件是不是另一件的原因，这一点我却不能证明，因为这是我不可能知道的。可是，就我的记忆而言，那时我是个虔诚的天主教徒，因此，我也是个很好的信徒。对奇迹的爱好，对人心而言是自然的。我对那位德高望重的主教的敬仰，自己可能对这个奇迹有所贡献的隐秘的自豪之情，都使我偏离了正道。要是这个奇迹是热忱地祈祷的结果，我当然就有足够的理由声称自己也有一份功劳。三十年以后，我出版了我的《山中书简》，不知道弗雷隆先生怎么发掘出这一证据，并用于他的论文中。我得承认，这是一个幸运的发现，而且恰好是时候，这让我觉得真是件有意思的事。

我命中注定将一事无成。虽然加迪埃先生对我的进步作了最有利的报告，但是我的进步和我所付出的代价仍明显的不成比例，这就无法鼓励我再学习下去了。于是主教和院长也不想再为我做什么了，他们认为我不是当神父的材料，把我打发回华伦夫人那里去了。不过，他们也说，我是一个相当不错的小伙子，没有什么恶习。正是这个原因，虽然人们对我有许多令人丧气的偏见，华伦夫人却没有抛弃我。

我带着那本乐谱得意地回到华伦夫人那里，那本乐谱使我受益匪浅。《阿尔菲和阿蕾土斯》那首曲调基本上就是我在神学院学会的。我对这门艺术特别的爱好使她产生了把我培养成音乐家的想法，而且机缘凑巧，她家里至少每个星期都会举办一次音乐会，指挥这个小音乐会的教堂乐师也常去看她。这位乐师是巴黎人，叫勒·麦特尔，是一个优秀的作曲家。他活泼开朗，很年轻，长相非常英俊。他算不上才华横溢，但总的来说，是个很好的人。妈妈把我介绍给他。我喜欢他，他也不讨厌我，酬金谈了一下就妥了。简单地说，我要到他那里去过冬。让我高兴的是那里离妈妈家只有二十码远，我们一下子就能到她那里去了，还可以经常在她那里吃晚饭。

不难想象，在训练班，总是欢声笑语的，跟音乐家和唱诗班的孩子们在一起，比我在神学院和遣使会的神父们在一起，我快乐得不知到哪里去了。不过这种生活虽然自由些，却还是有规矩的。我生来就爱自由，却也不滥用自由。整整六个月，除了去看妈妈和上教堂，我一次也没有外出过，甚至都没有想过要出去。这是我最为平静，回忆起来最愉快的一段时间。在我所经历的各种情境中，有些是令人感到特别舒适的，一想起来，我就觉得自己仍身在其中一样。我不仅能回忆起时间、地点、人物，还有周围的一切，气温、味道、颜色，以及惟独在那里感觉到的印象，这种生动的记忆会唤醒我过去的喜悦。比如，在训练班反复练习曲子，唱诗班唱过的歌曲，那里发生的一切，教士们华丽而庄重的衣服，神父的十字褡，歌咏队员的四角帽，乐师的面容；一位吹低音巴松管的瘸腿老木匠，一位拉小提琴的小个子金发神父；勒·麦特尔先生放下佩剑后，在他的世俗服装上披上一件旧法衣，再穿上一件好看的小白衣到唱诗班去；我骄傲地拿着一支小小的六孔竖笛坐在乐池中，准备演奏勒·麦特尔先生特意为我作的一小段独奏曲，心里想着演出以后的盛宴，会餐时的那种好胃口。这种种事物，成百次生动地在我记忆中重现，使我像当初一样快乐，甚至还更快乐。我对于《美丽的繁星之神》一直保存着一份温爱，因为降临节的一个星期天，我天亮前在床上听到这首按那个教堂的习惯在台阶上演唱的赞美诗。妈妈的侍女麦尔赛莱小姐懂得一点音乐，我永远也忘不了勒·麦特尔先生叫我跟她一起唱的那首叫《请献礼》的小圣歌，妈妈非常高兴地听着。总之，所有的一切，包括被唱诗班的孩子惹得大光其火的好心的女仆佩琳娜，都经常引我重回纯真而快乐的时光，让我心醉，也让我感伤。

我在安讷西住了将近一年，没有受到一点责难，大家都对我十分满意。自从我离开都灵，我没做过蠢事，在妈妈的眼前，我也不会做蠢事。她引导着我，并且一直很好地引导着我。对她的依恋是我惟一的激情。我心灵表现了我的理智，证明了那不是无节制的激情。的确，这专一的情感可以说是汇集了我所有的才华，虽然我什么也没有学会，包括我尽心学习的音乐，但这不是我的过失，我是想竭尽全力去学习的。问题是我总是走神，心不在焉，时常唉声叹气。我又有什么办法呢？为了能取得进步，可以做的事我都做了。可是只要有人来引诱我一下，我又会做出新的蠢事。碰巧的是，这个人出现了。像后面要看到的一样，我愚蠢的头脑偏偏知道怎么去利用这样的机会。

二月的一个晚上，天气很冷，我们正围坐在火炉边，听到有人在敲街门。佩琳娜提着灯下去把门打开。回来时后面跟了一个年轻人。他走上楼梯，从容地作了自我介绍，向勒·麦特尔先生致以简洁而得体的问候，并且告诉我们说他是一个法国音乐家，希望能在教堂找点活干，挣些路费。听说是法国音乐家，勒·麦特尔先生的心就高兴得乱跳起来，他热爱他的祖国和他的职业。他接待了这个年轻的客人，留他住宿。客人正求之不得，没怎么客气就留下来了。他取暖闲聊和等待晚餐的时候我一直在仔细观察他。他个子不高，宽肩膀。他身体没有什么畸形，但总感觉不够匀称。他可以说是一个平肩的驼背人，腿有点瘸。他黑色的外衣并不旧，却破烂得快成一片片的了；他的衬衣是优质亚麻布缝制的，镶有花边，却脏得不成样子；他的腿套，每个都可以装进他的两条腿；他腋下还挟着一顶帽子，是用以防雪的。他这身古怪的打扮中有几分高贵，他的行为举止也显示了这一点。他的容貌清秀伶俐，口齿清晰敏锐，但很不庄重。他身上的一切都显示他是个受过很好的教育的浪荡子。他不像个讨饭的乞丐，倒像个做事不管不顾的人。他告诉我们说他名叫汪杜尔·德·维尔诺夫，他从巴黎来，迷了路。那一刻他忘记了他音乐家的身份。他又说他要到格勒诺布尔去看他一个当议员的亲戚。

晚餐时谈到音乐，他说得头头是道。他熟悉所有的名家，所有的名作，所有的男女演员，漂亮女人，所有的大贵族。大家提到的一切他都知道。可是一个话题刚提出，他就插科打诨，搅乱大家的讨论，把大家弄得哈哈大笑，忘记了刚才说什么。这天是星期六，第二天教堂要演奏音乐。勒·麦特尔先生建议他第二天参加演唱。“非常高兴。”他回答说。问及他唱哪个声部时，他答道：“男高音。”然后又说到别的事去了。去教堂之前，把他要唱的那部分歌谱交给他看看，他却瞄都不瞄一眼。这种目空一切的架式让勒·麦特尔先生吃了一惊。“你看吧，”他悄悄对我说，“他一个音符都不认识。”“我也很怕会是这样的。”我回答道。我心里七上八下地跟着他们进去了。歌唱开始时，我的心里直打鼓，因为我非常关心他。

很快我发现没有必要为他担心。他的两个独唱，不仅极其准确，而且韵味十足，更重要的是他的嗓音非常有魅力。我几乎还没有这样惊喜过。做完弥撒之后，他受到了教士和乐师们的极力恭维。他以惯有的风趣表示感谢，风度十分优雅。勒·麦特尔先生热忱地拥抱了他，我也一样。他看我非常高兴，自己似乎也十分高兴。

读者肯定会认为，既然巴克勒先生那样所言所行都不过是个粗人的人都会使我头脑发昏，那么可想而知，汪杜尔先生这样受过教育，有天分，有才智，又有处世经验的人，称得上讨人喜欢的浪荡子，我自然会着迷的。事实正是如此。我想，任何一个处在我的地位上的年轻人，都会这样的。一个人越是具有欣赏别人优点的能力，他就越是容易为那些优点所倾倒。毫无疑问，汪杜尔先生具有很多优点，并且有一种优点在与他同年纪的人身上是罕见的，那就是一点也不急于炫耀他的技艺。确实，他在许多他全不明白的事情上大肆吹嘘，但对他精通的事情——这样的事还真不少——他却一字不提。他等待着机会来展示他的学识，并且这样的机会一旦到来，他用不着费多大气力，就能充分地利用，达到良好的效果。他在每个话题上都只开个头就不往下说，别人永远也不会知道他学识的底细。风趣滑稽，精力无穷，谈笑风生，总是微笑却从不大笑。他会把最粗鲁的事用最文雅的话说出来，绝不给人以冒犯之感。就是最正经的女人也会惊讶于竟能对他的话听得下去。不必担心有人觉得他们会生气，他们生不起来。他所需要的是放荡的女人。我不认为他会弄些风流韵事，但他使那些搞风流韵事的人更快活了。在一个这种受人欢迎的才能受到看重和喜欢的地方，他是难于只做一个音乐家的。

我对汪杜尔先生的喜欢在动机上是很理智的，虽然这种感情比我对巴克勒先生的友情更热烈，更持久，却没有什么过分的结果。我喜欢看到他，喜欢听他说话。他做的每件事都使我着迷，他说的每句话对我来说都像是神谕，但我没有糊涂到离不开他的地步。我身边有个保障使我不会如此放纵。况且我认为他的妙语箴言对他很好，对我却没有什么用处。我想要的是另一种乐趣，这是他全不明白的。我甚至不敢跟他说这个，因为我觉得他肯定会笑话我的。然而，我非常想把这种新的感情和支配着我的感情结合起来。我带着激情对妈妈说起他。勒·麦特尔先生也在她面前给了他极高的赞美。妈妈同意把他引见给她，但见面却并不成功。他觉得她矫揉造作，她却觉得他放荡不羁，并且警觉到我交了这样不规矩的朋友。她不仅不准我再带他来，还苦口婆心地向我描述了和这样的年轻人交往的危险，于是我在和他交往时更加谨慎，不久以后我们就分开了，这对我的品行和思想都是万幸的事。

勒·麦特尔先生对自己的艺术很是钟情。他喜欢喝酒。虽然他在吃饭时很有节制，但在工作室里，他却非喝不可。他的女仆了解他，他铺开纸准备创作，大提琴拿到手上，酒壶和酒杯马上就送上来了，而且酒壶还添了一次又一次。他不会烂醉如泥，却总是迷迷糊糊的。这实在有点可惜，因为他本质上是个好人，十分风趣，连妈妈都常常叫他“小猫”。不幸的是他因为热爱自己的艺术，工作过于刻苦，而且酒喝得太多，这不仅影响了他的健康，最终还影响了他的性情。他有时太多疑，容易发火。他对任何人都不使蛮，不失礼，从不说粗话，甚至对合唱团的孩子也一样，但他也不容许谁对他失礼。这自然是公平的，可是他又不够聪明，分不清别人说话的语气和性质，所以常常无缘无故地发火。

过去那么多的王公和主教以能加入为荣的古老的日内瓦教士会，虽然在流亡中失去了它昔日的一部分光华，但仍保持着它的骄傲。要想加入，还必须是贵族或索邦的博士。如果说有什么值得原谅的骄傲，那么除了来自个人优点的骄傲外，还有来自出身的骄傲。再说，所有的教士对待他们所使用的俗人，按惯例都是傲慢自大的。教士们对待勒·麦特尔先生也是如此。特别是那位领唱的德·维多纳神父，他在别的地方非常有礼貌，可是他对自己的高贵出身太骄傲了，总是不能以与其才能相对应的尊重来对待勒·麦特尔先生，勒·麦特尔先生无法忍受他的轻蔑。这一年的受难周期间，主教照例请教士们午餐，这种午餐勒·麦特尔先生一直是受邀请的。席间，他们之间爆发了几次比平日更为激烈的争吵。领唱神父表示了他的轻视，并且说了些伤害对方的话。勒·麦特尔先生觉得忍无可忍，马上决定第二天晚上就离开，谁也劝阻不了。虽然他向华伦夫人道别时，华伦夫人尽力安慰他，但他不愿放弃报复对他施加压迫的人的快感。他要在最需要他的复活节期间离开，让他们陷入困境。但他最为难的是他想带走的乐谱。那不是件容易的事，因为乐谱装满了一箱子，重得他无法随身带走。

妈妈做了我处在她的位置会做而且下一次也会做的事。多次挽留未果，见他不论如何都铁了心要走，她尽可能地帮助他。我敢说，这也是她应当做的。勒·麦特尔先生可以说是尽心地为她效劳了。在他的艺术以及其他方面，他完全按照她的要求做了，而且他做事的热情赋予他的对她的要求的遵从以双重意义。因此，她在关键时刻为他所做的一切，只是对一个朋友在三四年时间里为她陆陆续续做的事情的报答。但是，她虽然是在报答他，却并不是只想着这仅是一种义务。她把我叫去，要我至少把勒·麦特尔先生送到里昂，只要他需要帮助，我就不能离开。她后来对我承认说，她做这些安排时，让我远离汪杜尔先生是她主要的考虑。她和她的心腹仆人克洛德·阿奈商量过如何搬运箱子。他的意见是如果我们在安讷西雇牲口驮运的话，肯定会被发现的。我们应当天黑后自己把箱子抬出一段路程后，再在村里雇头驴子一直驮到色赛尔。到那里我们就没有什么危险了，因为那里已经是法国境内。我们听从他的意见。当天晚上七点钟，我们出发了。妈妈借口给我路费，在可怜的"小猫"并不饱满的钱袋里放了一笔钱。这对他是非常有用的。园丁克洛德·阿奈和我使出吃奶的力气把箱子抬到附近的一个村子里，在那里雇了一头驴驮上箱子，当夜我们就到了色赛尔。

我想我已经说过，有时候我一点也不像自己，别人会把我看成与我的性格完全相反的另一个人。下面就是一个例子。色赛尔的本堂神父雷德莱是圣彼得修会的成员，所以认识勒·麦特尔。他应当是勒·麦特尔先生最要躲避的一个人。我的意见却相反，我认为我们应当去见他，找一个什么借口，要求他提供住宿的地方，好像我们到色赛尔来是得到教士会的同意的。勒·麦特尔先生喜欢这个主意，因为这使他的报复更有讽刺性，也更有趣。于是我们大摇大摆地来到雷德莱先生家里，受到了热情的接待。勒·麦特尔告诉他说我们是奉了主教的指令去贝莱指导复活节的唱诗的，过几天还要经过色赛尔。我为了支持这个谎言，满不在乎地编了一大套假话。雷德莱先生认为我是一个长相可爱的孩子，很喜欢我，用最友善的态度跟我说话。我们受到款待，住得也好。雷德莱先生简直不知道怎么招待我们才好。他把我们当作最好的朋友送走时，还约定我们回来的时候久住一阵。等到只剩下我们两个人，我们就忍不住大笑起来。到现在，我一想起来还是忍不住笑。因为实在想不出设计得比这更好的玩笑，或者更令人愉快的实施了。要不是勒·麦特尔不断地喝酒，满嘴胡言乱语，还发了几次毛病，我们会在整个旅程都心情愉快的。他那个毛病后来常常发作，好像是得了癫痫病，这把我吓着了。我开始考虑如何摆脱他了。

我们像对雷德莱先生说过的那样，在贝莱过复活节了。虽然我们是不速之客，但受到了乐队指挥和所有人的热烈欢迎。勒·麦特尔先生有名望，配得上这种欢迎。乐队指挥特意演奏了他最好的作品，竭力想得到这样一位富于经验的批评家的赞扬。因为勒·麦特尔不仅是个行家，而且为人公正，不嫉妒，也不奉承。他比所有的这些外省的乐队指挥要高明得多，他们自己也深知这一点，他们不是把他看作是一个同行，而是看作是他们的领袖。

在贝莱愉快地过了四五天，我们又动身继续我们的旅程。除了我刚才提及的危险，再也没有别的意外了。我们到达里昂后，住在圣母旅馆，等待箱子运来。我们撒了另一个谎，让好心的保护人雷德莱先生把它送到罗讷河上的船上去了。勒·麦特尔去看他的朋友，这其中有方济各会的加东神父，关于他我以后还会说到，有里昂的伯爵多尔坦神父，这两人都很好地接待了他，但是，随后就揭穿了他的谎言，这事马上就要看到的，他的好运在雷德莱先生那里走完了。

到达里昂后两天，我们走在离我们旅馆不远的一条小街上，勒·麦特尔的病又发作了，这一次发得十分厉害，把我吓坏了。我哭喊着求救，并且说出了他住的旅馆名，请求人们把他送到那里去。然后，正当人们聚拢过来，急切地帮助这个不省人事，口吐白沫倒在街心的人的时候，他惟一可以依靠的朋友，竟然把他抛弃了。我趁着没有人想到我的时候，转过街角逃得踪影全无。感谢上帝，我总算把这第三件叫人难以启齿的事坦白出来了。要是我还有更多这样的事要坦白，我只好放弃我已经开始的写作了。

到目前为止，我说到的所有的事件，都能在我住过的地方找到一些印迹。我在下一章里所要说到的事，几乎完全没有人知道。它们是我一生中最荒唐的事，幸运的是它们没有带来更严重的后果。但是我的头脑中响起了一种外来乐器的调子，完全脱离了原来的基调。它恢复到自己的常态，于是我不再做蠢事，或者至少只做比较合乎我的本性的蠢事。我青年时代的这一段，是我思想最混乱的时期。在这一段几乎没有发生过什么有意思的事使我对它保存鲜活的记忆。在这么多来来往往的不定的事物中，这么多接连不断的变化中，我不可避免地会发生一些时间和地点的顺序颠倒。我全凭记忆写作，没有笔记，也没有一点材料帮助我回忆。我生活中的有些事件在我心目中新鲜得好像刚刚发生过一样，但也有一些脱漏和空白，我只好用像我的记忆一样模糊的叙述把它填补起来。因此，我可能在有些时候有错误，并且我在不重要的事情上还可能犯错，直到我找到关于我自己的更翔实的材料为止。但是，在关键性的问题上，我所说的全是真的，我确信自己是准确而忠实的年代记编者，我将在每件事上竭尽全力做到。对于这一点，读者可以放心。

我一离开勒·麦特尔，就打定主意动身再回安讷西去。我们分离的原因和秘密，曾使我对我们的安全问题非常担心。这种担心完全占据了我的精神，好几天转移了我回去的想法。但我一感到安全，不再焦虑了，我原来最要紧的那个念头又占据了我的心神。什么也不能让我满意，什么也不能诱惑我，我惟一的愿望就是回到妈妈那里去。对她的感情是这样的温暖和柔和，使我在心里根除了所有的空想计划，所有愚蠢的野心。除了跟她生活在一起，我看不到别的幸福。我每远走一步就离这幸福远了一步，因此，只要有可能，我就要回到她那里去。我回去得这样匆忙，我的心是那样地慌乱，虽然我回忆其他的旅行时总有鲜明快乐的印迹，可是我对这一次回归却毫无记忆。除了我离开里昂和到达安讷西，我什么也想不起来了。我请读者们去想象一下，我对这最后一段时间的事情是不是可能忘得干干净净吧。我回来了，可是找不到华伦夫人，她动身去巴黎了。

我一直不知道她这次旅行的真正秘密。我相信，要是我逼她说，她一定会告诉我的。但是，没有人比我对朋友秘密的好奇心更小了。我的心被现在所占据，完全被它充满了，除了构成我今后惟一享受的那些过去的欢乐，我的心没有一个角落是为过去的事准备的。从她告诉过我的蛛丝马迹中，我猜想是由于撒丁王的退位在都灵引发的变动，她怕被人忘记而焦急，所以想利用奥博拉先生暗中的帮助，力图从法国宫廷中获得相同的利益。她经常对我说，她宁愿得到法国宫廷的资助，因为它有很多重要的事，不会总是那样令人不快地监视她。如果这是真的，这就令人惊讶了，因为她回来后，并没有受到什么冷遇，而且一直不断地领到年金。很多人相信，她是负有一项秘密的使命，不是受了主教的委托去法国宫廷办一件本该由他自己去办的事，就是受一个更有权势的人的委托，这个人能保证她回来能得到好的待遇。要是那样的话，她这个女使节是很好的人选，年轻漂亮的她拥有成功地完成谈判所必须的所有条件。

第四章
【1731—1732】

我回到了安讷西，在那里却没有见到她。可以想见我是多么惊讶，多么悲伤啊！这时，我开始后悔了，因为我如此怯懦地背弃了勒·麦特尔先生。当我听说他的不幸遭遇之后，那种感觉更加强烈了。他那个乐谱箱子装着他的全部财产，为了抢救这个宝贵的箱子，我们费了很大的劲。可是它刚被运到里昂，多尔当伯爵就命人把它扣留下来了，因为主教参事曾经写过一封信，告诉伯爵那个箱子是秘密潜逃所携之物。勒·麦特尔先生极力想讨回自己的财产，那是他的谋生之道，更是他一生辛勤努力的结晶。但一切都是徒劳。这只箱子的所有权问题仍然是有争议的，而且这个问题一直没有提到议事日程上来。要知道，整个事件取决于强者的法律。就这样，可怜的勒·麦特尔先生失去了他天才的果实、早年的心血和老年的经济来源。

那一次，我受到了前所未有的沉重打击。但是，当时那个年纪，任何打击也不会将我击垮。很快，我就找到了各种各样自我安慰的方法。尽管我不知道华伦夫人的住址，她也不知道我已经回来，我还是希望不久就可以听到她的消息。至于抛弃勒·麦特尔先生这件事，总而言之，我并不觉得自己应该为此受到谴责。在勒·麦特尔先生逃跑的路上，我曾经帮过他的忙，这是我所能做的惟一的一件事。即使我和他一起留在法国，我不但治不好他的病，也不能保住他的箱子，除了增加他的花销以外，我对他来说一点儿用处都没有。这就是当时我对这件事的全部观点，但是现在我的看法改变了。我们刚干完一件卑鄙的事情时，那一刻心里并不觉得难受。但是随着时间的流逝，当再次忆及此事的时候，我们的良心就会备受折磨。因为有关丑事的记忆永远不会消失。

为了得到妈妈的消息，我惟一能够做的，就是等待。巴黎那么大，我能到哪儿去找她呢？况且，寻找她的这笔花费从哪里来呢？迟早都要打听她的下落的，呆在安讷西是最稳妥的做法。所以我就留了下来，但我的表现却非常糟糕。我没去拜访那位曾经帮助过我、而且将来也将继续帮助我的主教。此时我的女保护人不在我身边，我怕他会训斥我私自逃走一事。我更没到修道院去，因为格罗先生已不在那里了。我没有去拜访任何一个熟人。其实，我很想去看望执政官夫人，但是我一直不敢去。比这些事做得更差劲的是，我再次找到了汪杜尔先生。虽然我非常欣赏他这个人，但是自从出走以来，我从来没有想起过他。别后重逢，他在安讷西已经是个声名显赫的大人物了，甚至还有贵妇们为他争风吃醋。他的成功彻底将我征服了。当时，我的脑海里只有汪杜尔先生，甚至连华伦夫人也抛到了脑后。为了便于向他求教，我提议和他住在一起，他同意了。他住在一个鞋匠家里，这个鞋匠是一个非常搞笑的家伙，常常能给人带来快乐。他用土话叫他妻子“小娼妇”，好像她只配这个称呼。他们俩经常吵架，每次汪杜尔先生看起来像是在劝架，实际上仿佛是竭尽全力让他们继续吵下去。他用那带有普罗旺斯口音的话语劝着他们，但是却收到恰恰相反的效果。这种情形一再发生，让人常常忍不住捧腹大笑。一上午的时间就这样不知不觉地过去了，到了二三点钟，我们简单地吃过午饭，然后汪杜尔便会去拜访他的朋友们，并和他们一起吃晚饭。而我则独自一人去外面散步。一想到他那杰出的才华，我就忍不住羡慕和嫉妒他那罕见的天赋，同时诅咒自己多舛的命运，为什么不让我也过上和他一样的幸福生活。在这方面，我简直一窍不通！如果我不这么愚蠢，而且懂得享受人生，我的生活将会比现在快乐百倍。

华伦夫人出门时只带走了仆人阿奈，将我前面谈过的那个使女麦尔赛莱留在家中，而且我发现她仍住在女主人的房间里。麦尔赛莱小姐比我年长那么一点儿，长得不怎么漂亮，不过还是非常惹人怜爱的。她是一个心地善良的弗莱堡人，除了偶尔不是很顺从女主人之外，我还没有发现她有什么缺点。我经常去看她。她和我很熟悉，而且我一看到她，就想起另外一个更加可爱的人儿，因此我也就爱上她了。她有几个女友，其中有一个叫吉萝小姐的日内瓦姑娘。我命中注定该遭此劫，她无可救药地爱上了我。她总是逼着麦尔赛莱带着我去见她。我之所以允许她这么做，是因为我喜欢她，而且那里还有其他几位年轻的令人赏心悦目的可人儿。吉萝小姐使出浑身解数挑逗我，我对她的厌恶简直无以复加。当她用她那干瘪而又被西班牙烟草薰黑了的嘴唇贴近我的脸时，我几乎忍不住要吐她一嘴唾沫。但我竭力忍住了。除此之外，我和所有的姑娘都玩得很尽兴，每一个人都是如此。她们也许是为了向吉萝小姐献殷勤，也许是为了我本人的缘故，总之都争相讨我的欢心。我把这所有的一切都看成了友谊。自那以后，我有时忍不住会想，一切都取决于我自己，她们当时或许是有超于友谊之上的深意。但是，我当时并没有这样想，甚至从没动过这样的念头。

再进一步说，女裁缝、使女、女店员都无法诱惑我。我想要的是年轻的贵族小姐。每个人都有自己的梦想，这就是我一直以来的梦想。就这一点和贺拉斯不同。然而，这绝对不是出于我对名誉以及地位等的艳羡心理。事实上，我喜欢保养得比较好的皮肤，美丽的双手，迷人的装扮，全身上下无处不散发着整洁优雅、超凡脱俗的气息，衣着和谈吐都要典雅大方，衣裙要剪裁得体，能够衬托出人的高雅气质，鞋子要精巧细致，缎带和蕾丝当然必不可少，再配上精心梳理的发型……这些对我来说简直就是致命的诱惑。一个女孩子，哪怕是长相差点儿都可以，只要穿着打扮得漂亮些，我就会喜欢上她的。我承认，有时自己也觉得这种偏爱十分荒谬，尽管如此，我在内心深处依然乐此不疲。

哎呀！这种美梦一样的时刻再次降临了，是否能够尽情享用则取决于我自己。我常常会突然满怀欣喜地重返那青年时期的黄金般的日子！那种感觉对我来说是那么甜蜜、那么短暂和珍贵，而这一切竟然得来全不费工夫！啊！这些美好的回忆将我带到一种澄明静谧的境界之中，我非常需要借此使自己重新鼓起勇气，同时也能够让我忍受有生之年的烦恼。

一天拂晓，看到晨曦格外美丽，我赶紧穿上衣服到郊外去欣赏日出。眼前迷人的景色让我无比陶醉。那是圣约翰节之后的一周，大地披上了最华美的盛装，树木葱茏，鲜花绽放。夜莺们似乎知道春天已经接近尾声了，啼叫得格外嘹亮。一时间，仿佛百鸟合鸣一般欢唱起来，它们要以此作别绚烂的春天，迎接缤纷夏日的到来。那是一个以我这样的年纪再也无法见到的美景，更是我现在居住的这块忧郁的土地上的人们闻所未闻的。

不知不觉中，我信步走到离市区很远的地方。天气越来越热，我独自沿着小溪边的树阴走着。身后突然传来了马蹄声和女孩们的声音，她们似乎遭遇了什么麻烦，但是，依然在尽情地欢笑着。我回过头来，听到有人喊我的名字。我走近一看，才发现是我认识的两位姑娘：葛莱芬莉小姐和加蕾小姐。她们不怎么会骑马，更不知道怎样让马趟过小溪。葛莱芬莉小姐是个十分和善的伯尔尼姑娘。因为犯下了一些年轻人易犯的错误，她被迫离开了家乡。此后，她便步了华伦夫人的后尘。我在华伦夫人家里见过她几次。尽管她没有赡养金，幸运的是，得到了加蕾小姐的青睐。加蕾小姐和她建立起了深厚的友谊，并极力说服了母亲同意在葛莱芬莉小姐没有找到工作之前可以和她做个伴儿。加蕾小姐比葛莱芬莉小姐小一岁，长得也更漂亮些，而且举手投足有一种典雅大方的气质；另外，她的身材非常匀称，发育得很好，这是一个少女所拥有的最大资本。她们彼此倾心相爱，而且，她们温柔善良的天性足以维系这段亲密的友谊，除非有一个仰慕者前来扰乱这一切。她们告诉我，她们要到图纳去，那里有一座属于加蕾夫人的古堡。因为她们无法让马儿趟过小溪，就请求我设法帮忙。我想用鞭子从后面赶马，但她们怕我被马踢着，又怕自己从马背上掉下来，于是我想到了另外一个办法，我牵住加蕾小姐所骑的马的缰绳，它自然就跟在我身后。趟过小溪的时候，溪水将我的衣服打湿了，特别是膝盖以下的部分。当然，另一匹马也毫不犹豫地就跟了过来。事毕，我想和两位小姐作别，然后像个白痴一样走开。但是，她们俩低声耳语了一阵子，葛莱芬莉小姐就转过身对我说："不，不行，你不能就这样离开我们。你为了帮我们，衣服都弄湿了，要是不看着你把衣服烘干，我们的良心会过意不去的。如果你乐意的话，你必须和我们一起走。你已经是我们的俘虏了。"我的心狂跳不已，眼睛紧紧地盯着加蕾小姐。"是的，是的，"她看到我惊恐不安的样子，笑着补充说："战俘，赶快坐到她的身后，我们要对这一切负责。""不，小姐，"我反对道："我不曾有幸认识您的母亲，她看到我会说什么呢?"葛莱芬莉小姐回答道："她的母亲不在古堡，就我们几个人。我们今天晚上回来，到时候你和我们一块回来。"

这几句话顿时发生了作用，简直比光电速度还快。我飞身爬上葛莱芬莉小姐所乘的马背时，高兴得浑身发抖。为了能够坐稳，我不得不用双臂搂住她的腰。这样一来，我的心跳得更加厉害了，她也觉察到了。她告诉我，她的心跳也很厉害，因为她害怕掉下去。就当时我身处的位置而言，这差不多是在邀请我验证一下：她的心是否也跳得很快。但我始终没勇气这么做。一路上，我的两条胳膊像腰带一样缠着她，当然缠得很紧，而且一刻也没有松过。很多女性读到这一节，肯定很想打我几个耳光，的确她们没错。

旅途非常愉快，少女们的喋喋不休让我也打开了话匣子。我们不停地说啊说啊，一直到晚上——事实上，只要我们在一起就没有片刻消停过。她们尽量让我不要太拘束，于是我的眼睛开始和舌头一样变得雄辩起来，尽管两者表达方式不一样。只有那么一会儿，当我和其中的一位姑娘独处的时候，谈话才显得有点儿别扭。不过，离开的那一位很快就会回来，时间根本不允许我们探究造成彼此窘迫的原因。

到达图纳以后，我首先烘干自己的衣服，随后我们吃了早餐。接下来，最重要的一件事就是准备午饭。两位小姐在做饭的时候，不时地亲吻佃农的孩子们。而我这个可怜的厨房帮手只好强掩心中的醋意，眼睁睁地看着这一幕。食物原材料早就从城里送来了，完全可以做一顿丰盛的午餐，点心更是妙不可言。但是，不幸的是她们忘记带酒过来。因为年轻的女士们都不喝酒，这一点不足为奇。但是，我却感到很遗憾，因为我还指望喝点儿酒壮壮胆呢。她们对此也很不快，或许出于和我一样的原因吧，但是我不敢这样想。她们如此活泼可爱，笑得如此灿烂，简直是天真无邪的化身。否则的话，她们俩和我之间还能发生什么事呢？她们四处派人到附近去找酒，但是一无所获，因为这个地方的农民非常纯朴，而且也很贫穷。她们对我表示抱歉，我告诉她们不必太在意，因为她们不需要酒就可以把我灌醉。这是那天我鼓起勇气向她们说的惟一一句恭维的话。但是，我相信这两个淘气的姑娘心里一定很明白，我的赞美是发自内心的。

我们在佃农的厨房里吃午饭，我的两位女伴儿坐在一张长桌子两端的凳子上，她们的客人坐在她们中间的一只三条腿的小圆凳上。那是怎样的一顿午餐啊！那是多么迷人的一段回忆啊！一个男人能够享受如此纯粹和真实的快乐，而且代价是那么小，他还有什么理由去追寻新的刺激呢？在巴黎的任何地方都不会吃到如此美味的午餐，我不是单单指它带来的欢乐与愉悦，同时还有感官上的享受。

吃完午饭，我们没有喝掉早餐留下的咖啡，而把咖啡跟她们带来的奶油和点心一起留着做下午茶。这是一种非常节俭的作法。为了让我们食欲大增，我们还到果园去采樱桃吃，以此来代替午餐后的甜点。我爬到树上，连枝带果地往下扔樱桃，她们则透过树枝用吃剩下的果核向我砸来。有一次，加蕾小姐张开她的围裙，头向后仰着。我感觉她整个儿人好像是个等着投射的靶子。我瞄得非常准，正好把一枝樱桃扔到她的乳房上。我们都哈哈大笑起来！我自己心里想：“那一串樱桃要是我的嘴唇就好了！如果我的嘴唇也能贴向同样的地方，那该有多么惬意啊！”

那一整天，我们都是在这种无拘无束的嬉笑玩乐中度过的，但却始终循规蹈矩，丝毫没有逾越界限。我们没说一句暧昧的双关语，也没开一句冒失的玩笑，而且我们这种得体的礼数决不是生硬勉强的，而是十分自然，我们的一言一行都是发自内心的。简而言之，我是如此羞怯拘谨——别人可能说这是愚蠢——以至于我情不自禁、放肆地亲吻了一次加蕾小姐的手。说实话，当时的情形恰好赋予这种小小的越轨行为一种特别的意义。房间里只有我们两个单独相处，我呼吸急促，她眼帘低垂，我的嘴没有说一句话，而是飞快地吻了她的手一下。之后，她就轻轻地把手缩了回去，眼睛望着我，眼神中没有一丝愠恼，当时我不知道该对她说些什么。突然，她的女伴进来了，她显得那样黯然失色，特别是在那一刹那。

最后，她们想起我们不该等天黑再往回走，我们还有足够的时间，借着天光回到家中，于是我们还是按照来时那样启程了。如果我再大胆一些，应该有机会变动一下原来的位子，因为加蕾小姐的那一眼已经深深地镌刻在我的心上。但是我什么话也不敢说，心里想，如果要有什么变动的话也要由她决定。在回来的路上，我们彼此都觉得很遗憾，这一天这么快就结束了。但是，我们根本不是抱怨时光飞逝，因为我们认为自己已经获得延长时光的秘密，那就是借助各种游戏消遣充实生命中的每一天。

我和她们在我们相遇的地方分手。分手的那一刻多么令人惆怅啊！我们是怀着怎样的喜悦相约来日重逢啊！我们在一起度过了十二个小时，但是对我们来说并不亚于几个世纪的亲密友情。对于今天的甜蜜回忆不会让这两个可爱的少女损失什么。我们三个人组成了一个温馨的团体，其中那种情感远远超乎生活中的种种乐趣，仿佛一切都不曾发生那样奇妙。我们彼此公开地、无愧于心地相爱着，而且，我们将永远这样相爱下去。纯洁本性给人带来一种特殊的欢愉，这种乐趣丝毫不亚于其他的快感，因为它不会懈怠，更不会停息。至于我，今天的回忆是如此美好，直抵我的内心深处，甚至超过了我有生以来享受过的欢乐的总和。我不清楚自己到底对这两个可爱的姑娘有什么样的渴求，但是她们的确引起了我的强烈兴趣。当然这并不是说，如果我遵循内心安排的话，她们在我的心中是平分秋色的。我在感情上有那么一点点倾斜。要是葛莱芬莉小姐是我的情人的话，我将感到无比幸福。然而，如果一切都由我做决定的话，我更宁愿将她当作我的密友。无论如何，在我和她们挥手作别的时候，我感觉自己离开她们中的哪一个都无法生活下去。可是，谁能够断言，我在此后的生涯中再也见不到她们了，谁又能说我们的“一日情”就此走向终点了呢？

看完我的爱情遭遇，读者们肯定会哑然失笑，还会做出如下评论：经过如此冗长的序曲之后，取得的最大进展居然是亲吻了一下手背，然后就戛然而止了。哦！读者们，请你们不要误会。也许，我在这种以吻一次手而告终的爱情里所得到的愉悦，比你们至少是以吻手开始的恋爱中所得到的乐趣还要多得多。

汪杜尔昨天晚上很晚才上床睡觉，我回来之后不久，他也回来了。这一次我并没有感到很高兴，也不像平时见到他那么欣喜。我谨小慎微，生怕自己谈起今天一整天的经过。那两个小姐谈到他的时候，好像有点儿蔑视的感觉，而当她们知道我和那样的人交往时，显得特别不高兴。这些自然大大降低了他在我心目中的地位。不论什么事，只要影响了我对这两位小姐的爱慕之情，肯定会让我感到厌恶的。可是，当他跟我谈起我目前的境况时，我立刻联想到了自身和他本人。眼看着我的生活就要过不下去了。尽管我的开支非常少，仅有的一点积蓄也几乎花光了，而我也没有别的经济来源。妈妈还是音信全无，我真不知道自己该怎么办，特别是看到加蕾小姐的朋友就要沦为乞丐了，我的心里像刀割一样痛苦。

汪杜尔告诉我，他向首席大法官先生谈了我的事，并打算第二天带我到法官那里去吃午饭。汪杜尔说，这位首席大法官可以通过他的朋友们来帮助我，再说，结识这样的一个人无论如何是令人高兴的事，他不仅聪明睿智，而且还很有学问，对朋友和善可亲，他自己很有才华，而且也很欣赏有才华的人。随后，像往常一样，他将最严肃的事和最无聊的事混在一起大谈特谈。汪杜尔把一首来自巴黎的叠句歌词拿给我看，并且谱上了当时最流行的穆雷歌剧里的曲调。西蒙（这是首席大法官的名字）先生非常喜欢这首歌词，甚至也想按照同一曲调和上一首。他要汪杜尔也写一首。而汪杜尔仿佛发疯了一样，也让我和上一曲。他说，如此一来，这些歌词第二天就会纷至沓来，就像《滑稽小说》里的马车一样络绎不绝。

晚上我不能睡觉，因为我得尽最大努力来填写歌词。虽然这是我生平第一次填写这类诗词，写得还差强人意，即使不是特别好，至少可以说很优美。要是让我前一天晚上写的话，根本不可能写得这样饶有情致，因为诗歌的主题是围绕一个甜蜜缱绻的场景，而我的那颗心早已沉醉其中。早上起来我把写好的歌词拿给汪杜尔看，他认为写得相当漂亮，然后就放进自己的口袋里，甚至没告诉我他的那一首是否写完。我们一同到西蒙先生家里去吃午饭，他热情地款待了我们。他们之间的谈话非常愉快，两个睿智而且博学的人谈起话来，肯定非常有意思。至于我，则是照例扮演着听众的角色，一言不发。他们俩谁也没有说起写歌词的事，我也只字未提，而且据我所知，我的歌词将永远不会被谈起。

西蒙先生看起来对我的举止还满意，这就是我在那一次会面中留给他惟一的印象。他在我妈妈家里见过我几次，但没有特别注意我。确切地说，通过这次共餐我们才相互认识。这次相识，虽然没有达到预期的目的，却使我日后得到了其他的一些益处，每次我想起他的时候，都觉得非常愉快。

我不能忘记要谈一谈他的身体和容貌。鉴于他显赫的法官身份和令他引以为豪的才华，人们是无法想象出他的外表是怎样的。他的身高显然不到三英尺。他的腿又直又细，简直长得令人难以忍受，如果他站直的话，他的两条腿会让他显得更长一些。然而他的两腿却是斜着叉开的，好像是一个大大张开的圆规。他不仅身子短小，而且很瘦，无论从哪方面来看都小得难以描述。如果他赤身裸体，一定看起来像个蝗虫。他头部的大小却和一般人一样，五官很端正，很有贵族气质，眼睛也很漂亮，整个儿看起来就像一个假脑袋装在一截树桩上一样。在衣着方面他完全无需破费，因为他那一头庞大的假发能把他从头到脚完全罩住。

他有两种截然不同的声调，当他谈话的时候，始终夹杂在一起，而且形成鲜明的对比：起初，让人听起来很有趣，然而不久就会感到厌烦。一种声音是庄重洪亮的，如果我可以这么说的话，那是他的头的声音；另一种声音是清晰而尖利刺耳的，那是他身体的声音。当他平静而谨慎地说话时，呼吸非常轻微，他就能一直用低音发声；但是一旦他激动起来，声音就会变得比较热烈起来，继而变成口哨一样尖锐的声调，想要让他再次恢复低音是非常困难的。

我所描绘他的外表一点儿也没有夸张。尽管如此，西蒙先生实际上是一个彬彬有礼的人，还很擅长辞令，服饰也颇为考究，甚至到了矫揉造作的地步。由于他极力想彰显自己的优点，甚至愿意躺在床上听取当事人的意见，这样一来人们就会看到枕头上的漂亮脑袋，谁也不会想象他的身体的其他部位。如此一来就会闹出笑话，我敢肯定，全安讷西的人至今都会记得那一幕。

一天早上，他正在等待接见某个诉讼当事人，确切地说，他当时躺在被窝里，头戴着一顶非常漂亮的白色的睡帽，上面还用粉红色的缎带打了两个大大的蝴蝶结。一个乡下人来了，敲他卧室的门。女仆刚好出去了。西蒙先生听见几声敲门声，就喊道："进来吧!"因为这几个字说得有些急，从他的嘴里出来的时候就显得特别尖锐。那乡下人进屋后，四处寻找这个女人的声音是从哪里传出来的，当他看到床上的人戴着女式睡帽和上面的蝴蝶结时，就连忙一边道歉，一边准备退出去。西蒙先生生气了，声音越发尖锐刺耳。那个乡下人更加坚定地相信床上躺着的是一个女人，并认为自己受到了侮辱，于是忍不住对法官先生破口大骂起来，说他只不过是一个贱货罢了，而且还说首席大法官在家里也不给别人做个好点儿的榜样。首席大法官勃然大怒，因为没有找到别的武器，就顺手抄起便盆，要向那个可怜的乡下人的脑袋砸过去。这时，他的女仆回来了。

这个侏儒一样的人，身体方面虽然受到大自然极度的亏欠，但是在才智方面却得到了相应补偿。他从小就特别聪明，加之后天又很注意锻炼提高自己的智力，据说，他是个十分优秀的法学家，但他却并不喜欢这个专业。他十分倾心于文学，并且颇有建树。他非常爱好文学，而且谙熟那些华丽雍容的辞藻，这些可以让他在说话的时候妙语如珠，特别是在女人中间颇受欢迎。他很用心地把《名人语录》一类书籍里的所有警句都背得滚瓜烂熟，而且他还有一门独特的艺术，可以将这些东西发挥到最大效用，甚至会把一件发生在六十年前的旧事，说得那样绘声绘色，就像是昨天才发生的一样。他还懂音乐，并会用他那男人的声音唱出迷人的歌声——简而言之，作为一个行政官员来说，他真是多才多艺。由于他不断谄媚安讷西的贵妇们，最后终于博得了她们的欢心。其实，在她们眼中，他只不过是像一只小猴子罢了。他甚至还得意忘形地讲述自己的一些艳遇，这让贵妇们听得十分过瘾。有位埃巴涅夫人曾说，对待像他那样的人，最大的恩惠就是允许他亲吻一下女人的膝盖。

因为他在文学方面造诣颇深，而且言谈之间很乐意表现这一点，因此他的谈话不仅让人听来饶有兴味，还很有启发性。后来在我潜心学习的时候，和他交往甚密，并且从中受益匪浅。有段时间，我住在尚贝里，偶尔会从那里前去看他，他对我的求知热望大加赞扬，而且还鼓励我继续学习，并在读书方面给了我一些宝贵的建议，这让我日后受益良多。不幸的是，这个孱弱的肉体却拥有一个非常敏感的灵魂。几年以后，不知什么烦恼缠上了他，让他悲伤不已，并且因此而逝去。这太遗憾了。他虽然个子不高，但的确是个好人，刚结识他的时候会觉得他可笑，交往久了就会喜欢上他的。虽然他的一生和我关系不大，但是我曾经从他的身上学到了很多东西，我想我应该怀着感激之情，在心灵深处缅怀他。

一旦我得了空闲，就会跑到加蕾小姐所住的那条街，满怀欣喜地观望或进或出的人，哪怕是看见一扇打开的窗户也会兴奋不已。可是，我在那里连一只猫也没看见。我等了很长时间，那座房屋依旧门窗紧闭，好像从来没有人住过似的。那条街非常狭窄，陌生的行人也不多，一个男人在那里徘徊很容易引起别人的注意。周围总是有人路过，左邻右舍的人也不时地进进出出。我站立在那里，感到手足无措。我似乎觉得人们已经猜到我为什么总是站在那里。这一想法不停地折磨着我。我想，自己不能一味地追寻快感，从而破坏了心上人的名誉和宁静的生活。

最后，我厌倦继续扮演这种西班牙式情人的角色，并且又没有吉他，只好决定写信给葛莱芬莉小姐。我应该直接写信给她的女伴，可是我不敢这么做。我觉得还是先写给葛莱芬莉小姐比较好，因为我先认识她，然后经她介绍才认识了另一位，而且我和她之间关系比较近。我写完信之后，就将信拿给吉萝小姐，这种联络办法是两位小姐在和我分手时提出来的，而且大家都同意了。吉萝小姐以刺绣为生，有时到加蕾夫人家里去干活儿，所以进出她家很方便。说实话，我认为这位信使并非最佳人选。但我又担心，如果我过于苛责，她们恐怕也找不到合适的人。我又不敢保证她不会对我有非分之想。如果她也像同性的两位女伴一样对我别有企图，至少在我眼里是这样，那我真是羞得无地自容了。最后，我想有这样一个信使总比没人的好，我只得冒险一搏了。

我还没说两个字，吉萝小姐就猜出了我的秘密。这再简单不过了。首先托人给一位年轻的小姐送信本身就很说明问题了，况且我脸上布满了愚蠢和尴尬的表情，这一切都出卖了我。可以想象，托她去办这样的事情，她并不会感到非常乐意。但她还是接下了这个差事，而且忠实地完成了任务。第二天上午，我跑到她的家里，得到了回信。我多么想马上跑到外面，去读这封信的内容，乃至发疯地吻这封信呀！这些都毋庸多言。但是值得一提的倒是吉萝小姐当时的态度，她所表现出来的安详与含蓄，大大超乎我的想象。她有足够的理性察觉这一切，以她三十七年的阅历，野兔一样的眼睛，齉鼻子，尖嗓门，还有黝黑的皮肤，显然和那两位如花似玉、优雅大方的贵族小姐形成了鲜明的对比。她既不想坏了她们的好事儿，但也不愿助她们一臂之力。她宁愿失去我，也不愿意帮她们俘获我。

【1732】

麦尔赛莱没有得到她女主人的任何消息，就打算回到弗莱堡。吉萝小姐促使她下定决心这么做。吉萝不仅劝她回弗莱堡，而且还建议她最好找个人把她送到父亲身边，并且提议我送她。可爱的麦尔赛莱并不讨厌我，欣然应允了。当天，她们俩就将这个既定事实通知了我，当然，我并没有为她们这样随意支配我感到不悦，很快也答应了，并且认为这一趟旅程最多花去一个星期的时间。吉萝小姐自有办法，将一切都安排妥当了。我不得不将自己的经济状况和盘托出。她们早有准备。麦尔赛莱答应负担我路上的花销，而且为了把这笔费用省出来，她还按照我的建议，将她的小包裹提前寄走，这样一路上我们就可以慢慢走。后来我们就是这样做的。

我满怀感激之情地提及这么多爱着我的少女，请原谅这一点。但是，我不能凭空捏造自己在这些风流韵事中得到什么甜头，但总可以毫无保留地讲出事情的真相。麦尔赛莱比吉萝年轻，又不像她那样会讨人欢心，也从来不会说一些肉麻的话。但是她却会模仿我说话的语调和口音，还会鹦鹉学舌般重复我的话，这一切都表明我应该对她加以特别的注意。而且，她由于生性胆小，总是小心翼翼地要求跟我睡在同一个房间里。一个二十岁的小伙子和一个二十五岁的姑娘同行而居于一室，他们之间鲜有不跨越雷池的。

但是，当时我们之间的确什么也没有发生。我当时就是那么单纯，要知道麦尔赛莱并不令人讨厌，可是整个旅途上，我的心中没有产生过什么非分之想。即使稍微有那么一丁点儿杂念，也由于当时我太傻了，根本不知道该怎样付诸实践。我从来没有想过一个年轻姑娘和一个小伙子怎样睡在一起。我相信要学会应付这类担惊受怕的事，我还得学习许多年。虽然可怜的麦尔赛莱答应担负我的旅费，但是我却没有给她相应的回报，她上当了。我们顺利地抵达了弗莱堡，一路上就像从安讷西动身时一样循规蹈矩。

当我们路过日内瓦的时候，我没有去看望任何人。但是当我站在桥上时，心里痛如刀绞。每当我见到这个幸福城市的城墙，或迈进市区的时候，内心没有一次不激动万分，简直无法自持。那种崇高的自由的象征让我的灵魂得到升华，同时，平等、团结、优雅等一些词汇也让我感动得流出了泪水，一种强烈的悔恨之情涌上心头，痛恨自己失去了这种种福祉。我犯下了怎样的错误啊，可是，这种错误是自然而然造成的！我曾经想过也会在祖国见到这一切，因为这些充盈着我的内心。

尼翁是我们必经之地。难道我能够过家门而不看望父亲吗？如果我真的这样做了，我肯定会遗憾终生的。我把麦尔赛莱留在旅店，冒着很大的风险去见我的父亲。唉！我以前害怕见他是多么地错误啊！我一来到他的身边，他满怀的爱子之情便一股脑儿地倾泻而出。在我们相互拥抱的时候，他是怎样地老泪纵横啊！一开始，他还以为我是永远回家来了。我告诉了他我的经历和打算。他无奈地劝了劝我，并指出我自己目前面临的危险，还告诉我不要费神去考虑那些荒唐事了。接下来，他并没有极力挽留我，至于这一点我想他是对的。没有人能够肯定他不曾竭尽全力挽留我，或许他坚持认为我不能再这样重蹈覆辙了，再或者，他也许不是很清楚该如何教育像我这样年纪的孩子。事后我才知道，他对我的旅伴有一种不公正的、完全错误的看法，但这也是自然的。我的继母人不错，但是她有点令人乏味，装出一副要留我吃晚饭的样子。我并没有留下，不过我对他们说，返回的时候我会和他们多住些日子的。我把由轮船寄来的一件小包裹寄存在他们那里，因为我觉得不知道该怎么处置。第二天一清早我便出发了，我很高兴自己有勇气去履行义务，见到了亲爱的父亲。

我们顺利抵达弗莱堡。当旅行即将结束时，我的同伴麦尔赛莱小姐对我就不像以前那么殷勤了。我们到达目的地后，她对我的态度完全就变得非常冷淡了。再者，她的父亲手头也不宽裕，并没有很好地款待我，我只好去住小旅馆。第二天我前去见他们，他们请我吃午饭，我接受了。分别的时候，我们并不觉得难过。当晚我回到小旅馆，两天之后就离开那个地方，我自己也不太清楚要到哪里去。

这一次，上帝再次赐予我一个绝佳的机会，从而让我尽情享受生活的幸福愉悦。麦尔赛莱是一个好姑娘，虽然貌不惊人，但是长得也不难看，性格不是很活泼，有时也使点儿小性子，但是掉几滴眼泪就完事了，从来不会不依不饶，人非常聪明。她的确对我情有独钟。娶她为妻对我来说易如反掌，而且还可以继承她父亲的家业。我对音乐的爱好也会使我乐于从事这份职业。从此我就可以在弗莱堡安居乐业。这个小城虽然并不漂亮，但居民都是生性淳朴。毫无疑问，我会因此失去很多乐趣，但我一定能够在此颐养天年，而且我应该比谁都清楚，对于这桩交易，我不应该有丝毫的犹豫。

回来的时候，我没去尼翁，而是到了洛桑。我很想看一眼那美丽的湖，看一看浩无边际的湖水。支配着我的隐秘动机大都无法用理性来解释。太过遥远的事情，没有足够的力量让我继续畅想下去。未来是不确定的，总是让我制定很多计划，但是需要很多时间来实践，就像诱饵之于傻瓜一样。我和其他人一样，爱沉浸在幻想之中，而且必须是那种不费吹灰之力就能实现的。如果需要长期艰苦卓绝的努力，我早就放弃了。所以，唾手可得的小小的快乐远远比天堂的幸福生活更加具有诱惑力。但是，我所说的并不包括那种伴随着痛苦而来的快乐，这种快乐诱惑不了我，因为我只喜爱那种纯粹的快乐，如果一个人知道将来肯定要后悔的话，那么快乐就不复存在了。

我急需找个落脚的地方，越近越好，因为我迷路了。晚上，我发现自己到了木顿，在那里，我把仅有的一点钱都花完了，只留下十个克勒蔡尔。第二天吃了一顿饭，那十个克勒蔡尔也光了。那天晚上，我到了离洛桑不远的一个小村庄。我走进一家小旅馆，当时我身上不名一文，甚至连一个铺位都付不起，也不知道该怎么办。因为太饿了，我故作镇定地要了晚餐，好像我能付得起账一样。完后，我上床睡觉了，什么也没有想，而且睡得很香。第二天早晨，吃过早饭以后，就让老板结账。当时，我想把我的短外套抵押下来，以支付七个布兹的花销。那个好心人拒绝了，他对我说，感谢上帝，他从来没有剥过人家的衣服，更不愿意为七个布兹破例，他让我留着外套，等有了钱时再来还账。他的仁慈感动了我，但是日后我再次回想此事的时候，觉得当时的感动实际上不够，而且也不如我其他的感动来得真切。不久，我就托一位可靠的人把钱给他送去，并向他表示感谢。可是，十五年以后，当我从意大利回来，路过洛桑的时候，我感到非常遗憾的是，我竟忘记了那个旅店和店主的名字。否则的话，我一定会去拜访他，让他回忆起自己的善行，对我来说这就是莫大的快乐，而且还会向他证明好心会有好报。毫无疑问，这种质朴而又毫不矫饰的义举，对我而言，远远比那些出于夸耀和虚荣心理的善行值得尊敬和感激，哪怕是帮的忙再小也是如此。

快要到达洛桑的时候，我不禁想起了自己身处的困境，以及怎样设法摆脱窘迫，同时又能避免让我的继母看到我这副惨相。经过一番长途跋涉之后，我将自己比作我的朋友——刚刚到达安讷西的汪杜尔。这个想法让我很兴奋，全然忘记自己既不像他那样举止文雅，也没有他那样的才华，硬着头皮要在洛桑做一个小汪杜尔，大言不惭地给别人上音乐课，其实自己对音乐一窍不通，毫无愧色地声称是从巴黎来的，但却根本没到过巴黎。在这里，没有一所音乐学校可以让我在那里做一个助教，而且我也不愿像个傻瓜一样混迹于那些专业的艺人之中；我开始着手实施我那完美的计划，首先四处打听哪里有住着舒适价格又便宜的小旅馆。有人告诉我，佩罗太先生家留宿过路客人。这个佩罗太真是世界上最好的人。他非常周到地招待了我。我把预先编好的谎言向他说了一遍。他答应替我找学生，并且还说在我赚到钱之前，他不会收我一分钱的。在他家留宿的膳宿费是五个埃居，包括所有的花销，但是对我来说价格不菲。他建议我一开始只入半伙，这意味着午餐只有一盘相当不错的浓汤，除此以外，什么也没有，到晚上可以吃一顿丰盛的晚餐。我答应了。这个可怜的佩罗太不计报酬地替我做了一切，他简直是世界上最热心的人，只要对我有利，他总是不遗余力地帮助我。

为什么我年轻的时候遇到了这么多好人，而到了晚年就很少遇见好人了？难道是这一类人绝种了吗？不，不是的，只是由于我如今身处的社会阶层已经不再需要好人了，不像我当年身处的阶层那样。在普通民众之间，只是偶尔流露出巨大的热情，更多的时候洋溢着一种自然的情感。在上流社会中，这种自然情感完全被窒息了，在他们含情脉脉的面纱之下，永远只有利益和虚荣。

我在洛桑给父亲回了一封信，他把我的小包裹寄来了，并附了一封信，其中的建议非常棒——我完全应该很好地采纳。我前面已经说过，有时候我会精神错乱，处于一种不可理喻的状态之中，仿佛变成另外一个人。下面，又是一个很好的例证。为了理解我究竟昏到什么地步，可以说，我是一个汪杜尔式的人，只要看看我当时干了多少荒唐事就够了。我连乐谱都不懂就当起音乐教师来了。虽然，我曾和勒·麦特尔一起呆过六个月，我受过这方面的熏陶，但这远远不够的。何况，我又是跟这样一位大师学的，根本无法认真学习。作为一个日内瓦的巴黎人，新教国家的天主教徒，我认为自己必须改名换姓，甚至连宗教和祖国都要换掉。我一直在尽最大努力模仿我的偶像。他的大名就是汪杜尔·德·维尔诺夫，于是我便把卢梭这名字改拼为福索尔，把自己叫做福索尔·德·维尔诺夫。汪杜尔知道怎样作曲，但却从不炫耀这一点。我根本不会作曲，却吹嘘自己的水平是世界一流的。我对于时下最流行的歌曲一窍不通，居然敢声称自己是作曲家。这还不够，有人把我介绍给一位法学教授特雷托伦先生，他喜欢音乐，在家里举行过音乐会。我必须给他一个样品，可以让我一展才华，于是我竟厚颜无耻地装出会作曲的样子，为他的音乐会作起曲来。为了这首优秀的作品，我孜孜不倦地工作了两个星期，誊清、划分小节、信心百倍地敲定音调，仿佛这真的是一部伟大的杰作。最后，说起来令人难以置信，可是的确如此，为了让这首杰作有一个漂亮收场，我在末尾加上了一段优美的小步舞曲，这首曲子曾在大街小巷被广为传唱。也许，每个人都会回忆起下面的一个片断：

多么善变！
多么不公平！
怎么！你的克拉丽丝
欺骗了你的爱情！……

是汪杜尔教给我这首配有低音的曲子的，其中有些歌词非常猥亵，正因为如此，我才记住了这个曲调。就这样，我将这首小步舞曲和低音部分加到我的作品的结尾，并删去了原来的歌词。我肆无忌惮地对月球上的居民说：整个曲子都是我写的。

大家聚集在一起，前来欣赏我的杰作。我向每个人说明了乐曲的快慢、演奏的风格、复调部分的标识，简直忙坏了。他们花费了大概五六分钟调试乐器和适应音调，但我感觉却像五、六个世纪那么漫长。最后，一切准备就绪，我站在指挥台上，手中拿着一个漂亮的纸卷敲了几下，意思是：注意！场上顿时安静下来。于是我郑重地打起拍子，演奏开始了……天啊，自法国歌剧诞生以来，谁也没有听见过这样难听的音乐！无论大家之前对我假装出来的艺术才华做何感想，演奏的效果却很糟糕，比人们想象的还要差劲。乐手们忍俊不禁笑了起来。听众睁大惊愕的眼睛，恨不得堵住他们的耳朵，但是却不知道怎么堵。演奏我的作品的乐手们，索性借机自娱自乐，使乐器发出刺耳的声音，甚至能将聋子的耳膜刺穿。我一直死撑着让演奏进行下去，大颗大颗的汗珠从额头滚落，羞愧之情让我无法逃离，特别是不能在这个危机时刻弃而不顾。我所得到的安慰，就是听到一些听众在低声交谈，或者是在对我说："真受不了！这音乐太疯狂了！简直就是魔鬼的聚会啊！"可怜的让雅克！在这残酷的情形下，你怎么也想不到，有一天，法兰西国王以及文武百官将会出席演奏会，你的音乐将会引起热烈的鼓掌和赞美，那些坐在包厢里的迷人的女人将会窃窃私语："多么迷人的音乐啊！多么动听的旋律啊！这些曲调真是直抵人灵魂深处啊！"

但是，使全场人捧腹大笑的那支小步舞曲刚刚演奏了几个小节，我就听到四周传来人们的哄笑声。每个人都来祝贺我，赞赏那别致的曲风。他们说这支舞曲肯定会让我从此而闻名的，我的作品将会被广为传唱。我无需叙述我的烦恼，只能承认一切都是咎由自取。

第二天，一个名叫路托尔的乐队队员前来找我，他为人非常诚恳，因此没有祝贺我取得的成就。这时，我已经深深地认识到自己的愚蠢，感到羞愧，也很后悔，对自己落到如此境地感到很绝望，我再也无法掩饰内心的悲伤，于是将这一切向他倾诉了。我的眼泪刷刷地往下流，我不但承认了自己对音乐的一无所知，而且还把所有的事情都告诉了他，并要求他保密，他也答应了，至于他是怎样遵守诺言的，大家可想而知。当天晚上，全洛桑的人都知道我是什么样的人了，但是令人惊讶的是，没有一个人表示自己知道这件事，就连那个好心的佩罗太也知道事情的真相，却没停止供应我食宿。

我依然在那儿生活着，但是却异常郁闷。我的第一次亮相以失败而告终，这让我无法在洛桑这个令人愉悦的地方继续住下去。学生没来几个，我也没招到一个女生来教，甚至也没有学生是本城的。我只有两三个笨拙的德国学生，他们的愚蠢和我的无知旗鼓相当。这几个学生快让我烦死了。在我的调教下，他们无论如何也不会成为音乐家的。只有一家人请我上门施教，那家有个聪明过人的小姑娘，故意拿出许多乐谱叫我看，但我连一个音调也看不懂，她却狡黠地当着老师的面唱了起来，似乎是在教老师如何演唱。对于乐谱，我知之甚少，就像在前面说过的那次辉煌的音乐会上一样。我根本跟不上乐曲的节奏，更不知道乐手们演奏到了哪里，而他们演奏的正是摆在我眼前的乐谱——我自己亲手谱写的乐曲。

在这种屈辱的生活环境中，我不时收到两位迷人小姐的消息，这不啻于是一种甜蜜的安慰。我向来善于从异性身上汲取力量，在我时运不济之时，除了一个可人儿的关心和同情之外，没有什么能够抚平我内心的伤痛。可是，这种通信不久就终止了，以后再也没有联系过，但那是我的过错。我换了住处以后，忘了把新的地址告诉她们，而且当时我不得不考虑切身的问题，很快就把她们抛到了九霄云外。

我很长时间没有提起我那位可怜的妈妈了，但是，如果有人据此认为我把她忘了，那就错了。我一刻也没有停止挂念她，并渴望再次找到她，这不仅是为了自己的生活，更是由于我心灵上的深层需求。我很爱她，那种爱非常真挚和深情，但这并不妨碍我爱别人，因为那是不同的爱。所有的女人都是因为姿色才博得我的垂幸，一旦年老色衰，我的爱也就随之消失了。妈妈也会变得又老又丑，但我依然会一如既往地爱她。如果说最初我对她的敬意源自她的年轻美丽，现在则是源于一种个人魅力。无论岁月怎样改变她的容颜，她依然是她，我对她的感情永远不变。我很清楚自己应该感激她，但实际上我并没有将这放在心上。不论她为我做了什么，或者没有做什么，对我而言都是一样的。我爱她既不是出于一种责任感，也不是为了自身的利益，更不是出于方便自己的考虑。我所以爱她，是因为我生来就爱她。当我爱上别的女人的时候，我承认自己会分散注意力，不会像以前那样想她。但是，每当我想到她，心中永远充满一种愉悦之情，不管我是否沉浸在恋爱之中都是如此。虽然我和她分开了，但是只要一想起她，我的心中就会体验到一种真正的幸福。

虽然我很久没有听到她的消息了，但我绝不相信永远地失去了她，也知道她决不可能忘记我。我告诉自己："迟早她都会知道我正在独自流浪，那时她就会给我一些信息的。这样我就会再次见到她，我可以肯定。"这个时候，能生活在她的故乡，穿行在她曾经走过的街道，走过她住过的房屋，这让我感到很快乐。然而，所有的一切只是我的臆想，这也是我的一个愚蠢的怪癖，除非绝对必要，我不会轻易打听她的事，甚至连她的名字都不敢提。我觉得一提她的名字，就会让我们之间的隐情暴露无遗，我的嘴巴无法替内心保守秘密，肯定会在某些方面给她带来不便。我甚至觉得这样做是出于警惕，害怕有人会说她的坏话。关于她出走的消息众所周知，而且人们饶有兴致地谈论她的品行。因为害怕他们说一些我不喜欢听的话，我根本不去听他们如何评价她。

因为学生们并没有占用我的太多时间，她的出生地离洛桑只有十二英里的样子，我就用了三四天的工夫到那里走了一趟，整个旅程当中，一种最愉快的情感始终萦绕在我的心间。看着日内瓦湖及其湖畔的旖旎风光，我的心里激荡着一种特别的难以言喻的惬意。这并不仅仅是因为景色迷人，而是有一种更有魅力的东西吸引着我，让我感动万分。每次我来到沃特这个地方，都会感慨万千，我就会不由自主地想起华伦夫人出生在这里，我父亲生活在这里，菲尔松小姐就在这里让我情窦初开，我幼年在这里有过几次愉快的旅行，除此以外，我相信还有别的比这些更加奇妙、更加强烈的原因让我如此激动。每当我的心中燃起对幸福宁静生活的热望，而现实生活却背道而驰的时候，我就会开始浮想联翩，幻想来到沃特这个湖滨小镇，沉浸在醉人的美景之中。在遐想之中，我觉得在湖畔一定要有一座果园，而不是在别处；我要有一位挚友，一个可爱的妻子，一头牛，还有一只小船。如果我不能拥有这一切，就是世界上至美的享受也无法让我幸福。为了寻找这种想象中的幸福，我曾经到过那个地方好多次，我觉得自己简单到了令人可笑的地步。我惊讶地发现当地居民很怪，特别是女性，性格和我设想的完全不一样。在我看来，那是多么矛盾啊！那个地方及其居民始终让我觉得不协调。

在我到佛威去的途中，我一面沿着美丽的湖岸漫步，一面沉浸在最甜蜜的忧伤之中。我的心充满了热望，完全激荡在无尽的纯粹的狂喜之中。那一霎，我百感交集，不由得叹了几口气，继而像孩子一样啜泣起来。数不清多少次，我停下脚步痛哭流涕，还坐在一大块石头上哭，看到眼泪滑落水中感觉很好笑。

在佛威，我投宿在“拉克莱”旅店，接下来的两天里谁也没去拜访；我对这座城市怀有一种特殊的感情，每次外出旅行都会牵挂着它，最终还将自己小说中的主人公安置在这里。我真想对每一个有品位也有激情的人说：“到佛威去，到那一带去游览，去欣赏美景吧，还能在湖上划划船，你们肯定不会认为，大自然是为了某个朱丽叶、某个克莱尔和某个圣普乐而创造如此美丽的地方；但是，别指望在那里能见到他们！”

我还是回过头来谈谈我的遭遇吧。

因为我是个天主教徒，而且对此毫不遮掩，我可以公开表示自己对所信奉宗教的虔诚，不会有半点犹豫。每逢星期日，只要天气晴好，我就到离洛桑两里远的亚森去做弥撒。通常，我和其他天主教徒一块儿去，特别是常和一个以刺绣为业的巴黎人一起，他的名字我记不得了。他不是像我这样的巴黎人，而是一个名副其实的来自巴黎的巴黎人，一个敬畏天主的典型的巴黎人，生性纯良，像个香槟省的孩子。他是如此热爱自己的故乡，以至于毫不怀疑我是否是巴黎人，惟恐失去和别人聊聊巴黎的机会。副司法行政长官库罗扎先生有一个园丁——他也是巴黎人，但是就没有这么淳朴——他认为一个人如果没有权利声称自己是巴黎人，假如他这样做了就会有损他的故乡的荣耀。他总是质问我，脸上带着看出了我的破绽的得意神情，然后就不怀好意笑了。有一次，他曾经问我 Neuf 杂货店最近有什么特别的东西。可以想象，我当时只好胡说了一通。现在，我在巴黎已经生活了二十年，这时理应对这个城市很熟悉。但是，如果今天有人问我类似的问题，我还会像当年那样说不出个所以然来，而且我会显得很尴尬，人们肯定会据此推断我没去过巴黎。在某种情形下，一个人即使说的是事实，也会让人觉得在撒谎，从而误导人们去怀疑他的诚实。

我也说不清楚自己在洛桑滞留了多长时间。这个城市没有给我留下非常美好的回忆。我只知道，由于无法继续生活下去，我就到讷沙泰尔去了，整个冬天都待在那里。在这个城市，我做的比以前成功，收了几个学生，挣到了不少钱，足以偿还我的好朋友佩罗太先生的债，虽然我欠了他一笔不小的钱，但他还是忠心耿耿地把我的小包裹邮寄过来了。

在教音乐的过程中，我也不知不觉学了点儿东西。当时，我的生活非常舒适，如果是一个聪明的人肯定会知足，但是，我那颗不安分的心，却在渴望着别的东西。星期日或其他节假日，我常跑到郊外，或者是附近的树林里，不停地徘徊、冥想和叹息。一旦出了城，我每次都是直到晚上才回来。有一天，在布德里，我走进一个小饭馆吃午饭。我看到一个留着长长的胡子的人，他身穿一件紫色的希腊长袍，头戴一顶皮帽，从他的外表和气质来看似乎是个贵族。因为他说的话晦涩难懂，好像是一种奇怪的语言，周围人都不知道他在说什么。听起来似乎很像意大利语，而不是别的语言。我几乎能够完全听懂他的话，而且也只有我一个人懂。他只好用手势向店主和当地人表达自己的意思。我对他说了几句意大利语，他完全听懂了，马上站起来给我来了一个热烈的拥抱。我们很快就成了朋友，从那一刻起，我便当起了他的翻译。他的午饭很丰盛，我的午饭却差强人意。他就请我同他一起吃饭，我没怎么客套就答应了。我们一边喝酒，一边聊天，很快就变得亲密无间。吃完饭以后，我们都有点儿依依不舍了。他对我说他是希腊的一个主教，耶路撒冷修道院院长。此次奉命前往欧洲各国募捐，目的是为了重修圣墓。他把俄国女沙皇和奥国皇帝颁发给他的精美证书给我看，还有其他几份是别的君主颁发给他的。他对自己已经取得的募捐成果很满意，但是在德国却遭到了前所未有的苦恼，因为他一句德语、拉丁语和法语都不会，在没有办法的时候，只好用自己的希腊语、土耳其语，甚至还有法兰克语。一开始他就出师不利，在这种情况下简直没办法开展工作。他提议要我跟着他，做他的秘书和翻译。当时我穿着一件新买的紫色外套，似乎和我的新职位很相称呢。因为我的样子不是很聪明，所以他认为劝我接受他的建议很容易，就这一点来说他是对的。我们很快就达成一致，我没有任何要求，他却承诺许多。既无担保人，也没签合同，对他更是一无所知，我就甘心听从他的差遣。第二天，我就向耶路撒冷进发了！

我们的旅程是从弗莱堡开始的，在那里，他收获甚少。他的主教身份不允许扮演乞丐的角色，也不允许他向私人募捐。我们只好向元老院讲述了他的任务，他们只给了他一些不太多的钱。其后我们到了伯尔尼，并住在一家名为“雄鹰”的豪华旅馆，那里住的都是上层社会的人物。客人熙熙攘攘的，餐桌上摆满了珍馐美味。我很久没有大快朵颐了，巴不得能好好补充一下能量。既然机会就在眼前，我一定不能轻易放过。尊敬的主教先生本人擅长交际，性情活泼，喜欢在饭桌上跟人谈天，和那些聊得来的人谈笑风生的。他知识丰富，似乎没有什么不懂的，还兴致勃勃地当众卖弄他渊博的希腊知识。一天，在吃饭后甜点的时候，他不小心用坚果刀把手指划了一个很深的口子，顿时血流如注。他伸出手指给周围的人看，还笑着用法语说：“先生们，看哪！这是佩拉斯吉的血！”

在伯尔尼时，我帮了他不小的忙，一切并不像我想象的那样糟糕。比起以前我为自己做事而言，这时的我不但果敢自信，而且还很有口才。但是，事情并不像在弗莱堡那么简单，必须和该郡的元首进行漫长而频繁的磋商，一天的时间连证件都审查不完。最后，一切都办妥之后，元老院才答应接见他。我作为翻译和他一同去了，而且还得奉命发言。我万万没有想到，元老们进行一通漫长的谈话之后，我还必须做一个总结陈词，就像刚才什么也没谈一样。可以想见，我当时多么尴尬啊！像我这样一个非常害羞的人，不仅要在公众之前，而且是在伯尔尼元老院里，连一分钟都没准备就要开始即席演讲，这真是太要命了。但是，当时我一点都不紧张。我简单清楚陈述了这位主教的神圣职责，还赞扬了那些已经捐助钱款的王公们的虔诚。为了激起元老院诸君竞相效仿之心，我说他们一贯是乐善好施的，这一次肯定不会甘居人后的。接着，我还竭力证明这一善举是值得赞赏的，对所有的基督徒来说都是如此，没有派系之分。在结束的时候，我说，上帝一定会保佑那些心怀善念的好人的。我不能说我的演讲给人留下了深刻的印象，不过，这番话肯定很适合听众的胃口。离开的时候，我的这位主教大人得到了一份巨额捐献。另外，他的秘书也因为出色的发挥深受表扬。如果能将这些称赞的话翻译出来，我肯定会非常开心，但是我却不敢逐字翻译给他听。这是我生平惟一一次在大庭广众之下发言，而且下面坐的都是达官贵人。也许，这也是我惟一一次出色而大胆的讲话。同一个人，在不同的情形中，具体表现是多么的不同啊！三年前，我曾到伊弗东去看我的老朋友罗甘先生。由于我曾经赠送该市图书馆一些图书，该市派一个代表团前来向我致谢。瑞士人是最喜夸夸其谈的。那些先生连篇累牍地感谢我。我觉得必须致答谢词，然而，当我准备这么做的时候，突然感到非常窘迫，脑袋乱成了一锅粥，一句话也说不出来，最后当然颜面尽失。虽然我生性羞怯，但年轻的时候也曾无所畏惧，成熟之后反而失去了那股子劲儿。我的社会阅历虽然逐年增加，但言谈和举止却没有见长。

离开伯尔尼，我们来到了索勒尔。主教大人打算再次借道德国，然后途经匈牙利或波兰返回祖国。这是一个漫长的旅程。但是，一路上，他的钱袋始终是鼓鼓的，而不是空空如也，他当然不怕绕远路。至于我，不管骑马还是步行，对我来说都没什么区别。如果今后的日子都能这样旅行下去，我当然别无他求。然而一切都是命中注定，我的生活不会这样继续下去。

到达索勒尔以后，我们所做的第一件事就是去拜见法国大使。对我的主教大人来说，非常不幸的是，这位大使就是曾任驻土耳其大使的德·包纳克侯爵，而且完全清楚有关圣墓的一切事情。主教的觐见不到十五分钟，也不允许我一同进去。因为这位大使懂得法兰克语，而且他的意大利语至少说得和我一样好。当那位希腊人出来后，我正要跟他一起走，但是却被拦住了。这次轮到我去拜见他了。我既然声称自己是巴黎人，就要和其他巴黎人一样，统统归大使管辖。大使问我到底是什么人，极力劝我说实话。我答应这么做，但是却要求和他进行私人谈话，他同意了。他把我带到他的书房里，并且关上了门。于是我立刻跪倒在他的脚下，按照承诺的那样向他坦白了。即使我没有许下什么诺言，我也会毫无保留地说出一切。因为我早就想将一切和盘托出，以至于那些话憋得我如鲠在喉，不吐不快。既然我能够向乐手路托尔畅所欲言，就决不想在包纳克侯爵面前守口如瓶。我简短地讲了我的经历，其间流露出来的坦诚让他非常满意。于是，他拉着我的手，将我引见给了他的夫人，并简单地向她讲了我的事情。德·包纳克夫人亲切地接待了我，说不应该让我再跟那个希腊教士到处乱跑。事情就这样定了：在他们没有把我安置妥当之前，我应该呆在旅馆。我想自己应该去向那个可怜的主教道别，毕竟我们之间关系很好，但他们不允许我这样做。他被告知我被扣留下来，十五分钟后，我那点小行李也有人给送来了。大使的秘书德·拉·马尔蒂尼埃先生看来好像是奉命前来照顾我的。他把我领到为我准备的房间里，说道："这间房子，隶属于德·吕克伯爵名下的时候，住过一个和你同姓的名人，你应该在各方面都向他看齐，这样的话，有那么一天，当人们说起你们时，得用卢梭第一、卢梭第二来区别。"当时，我知道自己赶得上他的希望非常渺茫，也根本没有那方面的野心。如果我早知道要为此付出沉重的代价，我肯定不会如此努力的。

拉·马尔蒂尼埃先生这番话激起了我的好奇心。我读了读以前住过这个房间的那人的杰作。因为以前别人夸过我几次，我就飘飘然，以为自己也会写诗了，作为练笔，我为包纳克夫人写了一首颂诗。我时不时地写上几首小诗。如果单单作为练习来看，这样做可以使文笔变得更加优美，措辞更加婉转。但是，我发现自己不是很喜欢法国诗歌，很快就半途而废了。

拉·马尔蒂尼埃先生打算看一看我的诗写得怎么样，要我把我向大使讲述遭遇的全部细节写给他看。我给他写了一封长信。我后来听说，这封信由德·马利扬纳先生保管，他当时在包纳克侯爵手下做事。在德·古尔代叶先生任大使的时候，马利扬纳先生还接任了拉·马尔蒂尼埃的职务。我曾请求德·马勒赛尔卜先生设法使我得到原信的一个抄件。如果我能从他或别人手里得到这封信的话，将会收入本《忏悔录》的书信集中。

我逐步获得一些经验之后，开始节制自己那些浪漫的、不切实际的想法。例如，我不仅没有爱上包纳克夫人，而且很快就意识到在她丈夫的麾下，我是不可能得到长足发展的。拉·马尔蒂尼埃先生是现任秘书，马利扬纳先生似乎正在等着补他的缺。我最大的希望就是当一个助理秘书，这对我是没有什么吸引力的。为此，每当有人问我愿意做什么的时候，我总是说非常想去巴黎。大使很赞成我这个想法，至少我这样做可以减少给他带来的麻烦。使馆的翻译秘书梅尔维叶先生告诉我，他的朋友高达尔先生在法国军队中服役，是一个瑞士籍上校。他正想为自己的侄子找一个伴儿，那孩子很年轻就到部队服役了。梅尔维叶先生认为我很合适。梅尔维叶先生不假思索地提出这个想法。我很快就采纳了这个建议，而且行程也确定下来了。对我而言，眼前只是一段旅行，而终点就是梦中的巴黎，这让我兴高采烈。他们交给我几封信和一百法郎的旅费，同时还给了我许多忠告，随后我就上路了。

这次旅行用去了两周时间，是我一生中最快乐的一段日子。当时，我还很年轻，身体健康，手头宽裕，而且对未来充满憧憬。加之，又是独自徒步旅行。此时，读者如果不了解我的性格的话，看到我乐此不疲，肯定会觉得很奇怪。我的心中始终萦绕着一些甜蜜的幻想，发热的头脑中从来没有想象出这么辉煌灿烂的图景。如果有人请我坐上他车子里面的一个空座，或者有人在途中和我交谈，从而打扰了我，让我无法在步行中继续幻想那些海市蜃楼的话，我一定会非常愤怒。我这一次所想的是军旅生涯。我要隶属于部队了，自己也要成为一个军人，因为人们已经决定让我作候补军官了。我仿佛看见自己一身戎装，军帽上还有个漂亮的白色羽饰。一想到自己威风凛凛的样子，我就不由得心花怒放。我懂一点儿几何学和防御工事，我有个舅舅是工程师，从这个意义来说，我是军官家庭出身。我的近视眼是一个很大的障碍，但我不用为此担心。因为，我想，借助冷静和勇敢的力量来弥补这一缺陷。我通过读书得知森贝尔格元帅的眼睛就非常近视，卢梭元帅为什么就不能近视呢？我沉浸在这些愚蠢的遐想之中，内心十分兴奋，以至我眼前所看到的只有军队、城防工事、堡垒和炮队，而我自己则置身于炮火与硝烟之中，手拿望远镜，镇定自若地发号施令。然而，当我路过风景如画的田野，看到树林和小溪的时候，这样的美景让我不由得叹息起来。于是，在我的辉煌的幻想中，我觉得自己的心不是很适应那种充满破坏性的混乱场面。不知道为什么，我发现自己又回到了心爱的田园牧歌之中，战神的功勋也渐行渐远。

快要到巴黎近郊的时候，我内心的这种感觉是如此地强烈！都灵给人的感觉很好，街道整洁漂亮，房屋鳞次栉比，装饰优雅大方，我没有理由设想巴黎会比这更差。在我的想象中，巴黎是一个雄伟的大都市，巍峨壮丽，无处不是繁华的街道和金碧辉煌的大理石宫殿。但当我从圣玛尔索郊区进城的时候，满眼看到的都是又脏又臭的小巷，黝黑难看的房屋，到处是乞丐、马车夫、补衣妇，以及沿街叫卖药茶和旧帽子的小贩。总而言之，一派贫穷破败之相。所有这一切，从第一刻开始，就强烈地震撼了我。即使日后我见到巴黎真正富丽堂皇的一面，也无法消除它留给我的第一印象。在内心深处，我一直有一个秘密，那就是厌恶在这个都市长久居住下去。后来，我在这里住过一段时间，坦白地说，我只不过是在暗中寻找出路，以便自己能够远远地离开这个地方。

过于活跃的想象经常带来这样的后果：它把人们所夸大的再加以夸大，让人总是期待看到更多的东西，远远超过别人告诉自己应该看到的。我听过人们浓墨重彩地描绘巴黎，以至于我把它想象为远古时代的巴比伦——即使我真的到了那里，也许我会大失所望的，因为它和我梦想中的完全不一样。到巴黎的第二天，我就迫不及待地去歌剧院了，情况果然不出我所料。后来我又去参观了凡尔赛宫，情形大抵相同。再以后，当我第一次见到大海时，竟然也是这样。只要是见到人们夸大其辞的任何事物，给我的感觉莫不如此。毕竟，要想超越人类瑰丽的想象实在太难了，不仅非人力所及，就连造物主也无能为力。

我开始拿着推荐信登门拜访，从那些人的表情来看，我的运气还不错。推荐人力荐我到苏贝克先生那里，但是他接待我的时候却不是很热情。他退役后，在巴黎过着怡然自得的舒适生活。我去那里去看过他几次，而他却连一杯水都没给我倒。使馆翻译秘书的弟妹梅尔维叶夫人很好地招待了我，他那位担任近卫军官的侄子对我也不错。母子两人不仅殷勤地接待了我，还叫我在他们家吃饭。在巴黎的那段日子，我没少麻烦他们。梅尔维叶夫人年轻的时候一定很美丽，她有一头又黑又长的秀发，前额还低垂着几缕旧式的鬈发。她给人的感觉风韵犹存，而且思维特别敏捷。她似乎很喜欢我，并且竭尽全力帮助我。但是没有一个人赞成她这么做，这些都是我不久以后才知道的，此前我还以为别人对我都很好呢。不过，我必须还法国人一个公道，他们并不像人们所说的那样只会花言巧语，他们给人的感觉总是很真诚。但是，他们往往对你表现出一种关心的态度，这比语言更具有迷惑性。瑞士人那套拙劣的奉承话只能欺骗傻子。而法国人的态度就比较有魅力，恰恰是因为他们更加单纯。他们不会轻易透露自己为你所做的一切，以便将来给你一个更大的惊喜。进而言之，他们表达感情方式并不矫情，他们只不过是生性乐于助人，待人接物非常热情友善。不管别人怎样说，他们比任何民族都更真诚。只是他们有些轻浮，而且变化莫测。他们向你表达的感情是非常真切的，但是，他们转眼就会将这一切抛在脑后。当你和他们谈话的时候，他们满心满眼都是你。一旦你走出了他的视野，他就会将你忘得一干二净。没有什么能够长久地停留在他们的心间，一切都会转瞬即逝。

因此，虽然别人说得天花乱坠，我依然没有得到实际的帮助。我被安排到高达尔上校的侄儿那里。这个上校是个可怕的老吝啬鬼，他虽然家财万贯，但是看到我当时那副倒霉样子，就想让我为他义务劳动。他想叫我在他侄子身边做一个不拿工资的男仆，而不是一个真正的家庭教师。长期做他侄子的随从，当然可以免服兵役。但我只能靠候补军官的薪水过生活。也就是说，我完全和小兵没什么两样。他勉强让人给我做了一套制服，其实很想就让我穿部队发的军装。梅尔维叶夫人对于他所提的条件十分愤慨，劝我不要答应他。她的儿子也持同样看法。大家四处为我找活儿干，但一无所获。这时，我开始感到经济拮据，那一百法郎的路费除了花掉的，所剩无几。幸运的是，大使又给我寄来一点钱，帮了我很大的忙。我当时甚至想，如果那时再多忍耐一下就好了，他并不会不管我的。但是，我再也等不下去了，一切渴望得到的东西似乎遥遥无期。我终于失去信心了，开始自暴自弃，这时一切都结束了。我没有忘掉我那可怜的妈妈，但怎么去找她呢？到哪里去找她呢？梅尔维叶夫人知道我的经历后，也帮我四处打听，但也没有什么收获。最后她告诉我，华伦夫人两个多月以前才离开巴黎，不知道她是去了萨瓦还是都灵。也有人说她回瑞士了。这点消息足够使我下定决心去追随她，因为我相信，不管她现在是在什么地方，我到外省去寻找，总比在巴黎到处打听要容易些。

动身之前，我给高达尔上校写了一封信，并借此展露了一下自己在诗歌方面的才华，在信中极尽嬉笑怒骂之能事。我把这篇涂鸦之作拿给梅尔维叶夫人看，她看了我那辛辣的讽刺挖苦，不仅没责备我，反而哈哈大笑，她的儿子大概不喜欢高达尔先生，也大笑起来。说老实话，高达尔上校决不是一个和蔼可亲的人。我打算把我写的这封讽刺诗式的信寄给他，他们也鼓励我这样做。于是我把信封好，写上了他的住址准备投寄。由于当时巴黎还没开展市内邮寄业务，我就把它放进衣袋里，在路过奥塞尔的时候才把它寄了出去。直到现在，我依然会想象得出来，当他在读到这封信的时候，一定会被信中“赞颂”的诗句气得七窍生烟，我想起来就觉得好笑。这首诗开头两句用法语写道：

听着，你这个老奸巨猾的家伙，你太疯狂了，甚至还想让我心甘情愿地辅导你的侄儿。

这首小诗——说老实话，虽然写得并不好，不过倒有点儿味道，也表现了我的讽刺才能——是我笔下的惟一讽刺作品。其实我并没有恶意，否则的话将写得更加辛辣出色。但是，我相信，明眼人自有公断，特别是从我为了自我防卫而写的几篇笔战文章辩护词来看，如果我生性好斗的话，对手将很少有机会占上风。

我生平最大的憾事就是没有写旅行日记，以至于很多生活中的细节都忘掉了。我完全可以这样说，我任何时候也没有像我独自徒步旅行时想得那样多，存在得那么真实，生活得那样有意义，展现出那样纯粹的自我。步行的时候，有一种东西在启迪和激励我的思想。而当我在静坐时，却几乎无法进行思考。为了使我的精神活跃起来，我的身体必须不停地四处活动。田野的风光，一连串赏心悦目的美景，清新的空气，一个好胃口，以及由于步行而带来的饱满精神，小酒馆自由自在的生活，远离那些使我感到难以舍弃的事物，所有的这一切让我神清气爽——我的心灵借此得以解放，并重拾大胆思考的勇气，可以说将我投身在形形色色事物组成的无边海洋之中，我可以随心所欲、无所顾忌地组织它们，选择它们，享受它们。我以主人的身份支配着整个大自然。我的心在事物之间漫游，遇到合我心意的东西便与之交融、浑然一体，种种美好的形象萦绕在脑海里，让我陶醉在妙不可言的感觉之中。如果要我自己将这一切定格下来，让这些稍纵即逝的记忆长留心间，那画面将会多么迷人，色彩将是多么的鲜艳，语言将是多么生动呀！有人说，即使是在我晚年的著作中，依然能够看到这一切。要是能看到我年轻时的作品，特别是在旅行中构思好的，但是最后却未能写出来的作品，那该多好啊！那么，会有人问我，为什么不写下来呢？我就会回答道，为什么一定要写？为什么我一定要舍弃那些美妙的感受，仅仅是为了告诉别人我曾经享受过？当我攀登上一座高峰的时候，读者，公众，甚至全世界，对我来说又算得了什么呢？再说，难道我要随身带着纸笔吗？如果老是惦记着这些，那样的感受就不复存在了。我预先也不知道自己会有什么灵感，灵感高兴什么时候来就什么时候来，不以我的意志为转移。有的时候，它们杳无音信，有的时候却纷至沓来，强度和数量大大超过了我的承受能力。哪怕是一天之内写十本书也写不完。我哪有时间来写这些呢？每到一个地方，我想的只是好好地吃一顿。当我离开的时候，眼前只有漫长的路，而且我觉得门外有一个新的天堂正在等着我，满脑子都是如何找到通往天堂的路。

只有在我现在所叙述的这次归途中，我才前所未有地强烈意识到了这一切。当我动身到巴黎去的时候，我心里想的全是和巴黎之行有关的事情。我如饥似渴地奔往我行将投身的职业，并怀着无比荣耀的心情完成了这段旅程。但是，这个职业并不符合我内心的需求，而且现实的人物远远没有臆想中的那么好。高达尔上校和他的侄儿并非完美无瑕的英雄，我自己也不是。感谢上帝！现在我总算摆脱了这些障碍，我又可以尽情遐想了，因为除此之外我别无他选。我就这样沉浸在无边无际的幻想之中，竟至有好几次走错了路。可是，如果前进道路的方向一直正确无误的话，我又会觉得怅然若失。特别是即将抵达里昂的时候，我知道自己又要重新面对现实了，那时我真想永远就这样在路上。

有一天，我为了到近处去观看一个地方，那里的风景似乎很优美，我就特意绕开了常走的路。我那天简直是太开心了，不知在那里转了多少个来回，最后完全迷了路。漫无目的走了好几个小时之后，我感到筋疲力尽，又饿又渴，简直快要死掉了。这时，我走进一个农民家里。那个农民房屋的外表看起来不怎么样，但是附近只看到这户人家。我以为这里也像在日内瓦或瑞士一样，所有的居民生活富足，并会热情款待路人。我乞求那位农民能让我吃顿饭，而且我愿意付钱。他给我拿来了除去奶皮的牛奶和粗糙的大麦面包，并且对我说，他只有这些吃的。我津津有味地喝着这样的牛奶，又狼吞虎咽地把面包吃了个精光，但是这点东西对一个疲乏至极的人是远远不够的。这位农民不住地观察我，从我的胃口来看，我刚才所说的不像是假话。于是他对我说，看来我是个正派的年轻人，到这里来不会出卖他的；说完，他打开了厨房旁边的一个小地窖，走了下去，几分钟后，他拿着一个漂亮的纯小麦面包、一块虽已切开但却非常诱人的火腿和一瓶葡萄酒上来了。这瓶酒比其他东西更让我心花怒放。此外他还添了一盘煎蛋卷。要不是这一次长途跋涉，我肯定吃不到这么好的午餐。当我付账的时候，他再一次显得特别慌张和警觉。他一分钱都不肯接，拒绝时神情惊慌失措。让我感兴趣的是，我想象不出来他为什么害怕要钱。最后，他战战兢兢地说出了“酷吏”和“酒耗子”这些可怕的字眼。他对我说，他之所以把酒和面包藏起来，是因为怕征收附加税。如果有人怀疑他还不至于饿死的话，他肯定会一无所有的。他跟我谈这些事之前，我一个字没听说过这类事情，因此给我留下了难以忘怀的深刻印象。就是从那时起，一种感情开始萌芽，那就是我内心对于不幸的人民遭受痛苦的同情，以及对压迫他们的人所抱的不可遏止的痛恨。这个人的家还是很殷实，但却不敢吃自己用汗水挣来的面包，而且只有装出和周围的人一样穷困，才能免于破产。我从他家里走出来，心中既愤懑又感慨，更是为这片富饶的土地感到悲伤，大自然慷慨地馈赠给农民一切，但又被一些贪官污吏以苛捐杂税的名义野蛮地掳掠一空。

这就是我在这次旅行中印象最深刻的惟一一件事。至于其他事情，我只记得快到里昂的时候，为了去看看里尼翁河岸，我特意拖延了一下时间。因为在我和父亲一起读过的小说中，我永远也忘不了《阿丝特莱》那部小说，小说里的情景频繁地浮现在我的脑海。我打听了去弗雷斯的道路，并和一个女店主聊了起来。她告诉我，当地非常适合工人做事，不但有很多铁匠铺，而且还有做不完的铁器活儿。她的这种赞扬浇熄了我心中以前那浪漫好奇的想法，我怎能在一群铁匠中间去寻找黛安娜和斯莉凡朵儿那类美女。这个好心女人那样鼓励我，无疑是把我看成一个锁匠学徒了。

我到里昂去并不是漫无目的的。我一到里昂，立刻就到沙佐特修会去见夏特莱小姐，她是华伦夫人的一位女友。以前我和勒·麦特尔先生一起到这里来的时候，我曾受华伦夫人之托，转交给她一封信，因此也算是熟人了。夏特莱小姐告诉我，她的女友的确曾从里昂经过，但是不知道她是不是一直到皮埃蒙特去了，而且在动身的时候，华伦夫人自己也没有肯定是不是要在萨瓦停留。夏特莱小姐还对我说，如果我愿意的话，她可以替我写信打听，而我最好是在里昂等候消息。我接受了她的建议，但是我不敢告诉夏特莱小姐说我急着等回音，更没敢透露如果再继续住下去，我马上就要不名一文了。我之所以不敢这样说，并不是因为怕她会对我冷淡。恰恰相反，她对我是非常亲切的，而且是那种完全平等的态度，这更使我没勇气把自己的实际情况告诉她，我不想使自己在她眼中由一个很体面的旧相识沦为一个可怜的乞丐。

我在这一章里所记述的一切情况，事情看起来前后连贯，条理清晰。但是，我还记得，大概就在那段时间里，我还去了一趟里昂。我记不清那是怎么回事，但是当时我的确非常困窘。这件事说起来有些怪异，但我永远也无法忘怀。一天晚上，我吃过一顿十分简单的晚饭以后，一个人坐在贝勒古尔广场上，心里盘算着怎样才能渡过难关。这时，一个戴着帽子的男人坐到我的身边。他看起来像个从事纺织业的，也就是里昂人所谓的织锦工。他向我搭话，我回答了他，我们就这样谈了大约一刻钟，接着他便向我建议同他一起玩玩，语调同样冷漠和毫无变化。我正等他告诉玩玩到底是什么意思的时候，他却一言不发，好像是要给我做一个示范动作。我们俩的身体挨得很近很近，夜色虽然漆黑一片，但是并不妨碍我看见他正要干什么。他没有要对我进行人身攻击，至少没有迹象表明他有这样的企图，而且这地方对他说来也不方便。正如他刚才跟我说的一样，他只不过是想让我们各玩儿各的。这种事对他来说再自然不过了，所以他竟认为我会和他一样看待此事。我被他这种令人恐怖的举止吓坏了，一句话也没说，撒腿就跑开了，心里一直害怕这个下流胚子会在后面追我。我当时简直吓傻了，没有回到我的住处，反而却向渡口方向跑去，一直跑到木桥边上才停下来。心中仿佛有一种深深的罪恶感，把我吓得浑身哆嗦。我自己本来也有这种恶习，但是有关这事的回忆让我在好长时间里摒弃了这种恶习。

在那次旅行中，我遇到了另一件差不多同样性质而且对我更加危险的怪事。眼看着我的钱就要花光了，我竭尽全力想保住那点儿可怜的钱。一开始，我不像从前那样常在旅店吃饭。不久，我就完全不在那里吃了，在小饭馆花五六个苏就能吃一顿，而在旅店得花二十五个苏。既然不在旅店吃饭，我也觉得没有必要在那里住宿，这倒不是因为我欠女店主很多债，而是因为我不好意思只住店不吃饭，让她赚不到什么钱。那段时间，气候很适宜。一天晚上，天气非常热，我决定在外面的广场上过夜，我在一张长凳上躺下以后，一个从旁经过的教士看见我躺在这里，就走上前来问我是不是没有地方睡觉。我向他坦承了一切，他对此深表同情，便在我的身边坐下来，和我聊起天来。他说的话让人听着很舒服，所谈的一切使他给我留下了很好的印象。当他看到我已经被他折服之后，就对我说，他的住处并不宽敞，只有一个房间，但他无论如何也不想让我在广场上过夜。而且，他说天色已晚，也不好找旅馆投宿，他愿意把自己的床铺让给我一半。我接受了他的美意，因为我想，结交这样一位朋友或许对自己有帮助。我们一同来到他的住所，他点上了灯。他的房间看起来很整洁。他很有礼貌地招待了我。他从柜子里拿出一个玻璃瓶，里面盛着白兰地浸泡的樱桃，我们每人吃了两枚就睡下了。

这个人和我们教养院的那个摩尔人有着同样的癖好，不过没有表现得那么粗暴。也许他害怕我一边嚷嚷着一边奋起还击，也许是他并没有下定决心实施计划，他没敢贸然向我提出那种非分要求，反而在不让我觉察的情况下挑逗我。鉴于上一次的经验教训，我立刻明白了他的意思，并且为此而战栗不安。我既不知道自己身在何处，也不知道落到了什么人手里，更不敢发出半点声响，生怕为此送了命。我故意装出不懂他对我正在做什么。但是，他的爱抚越来越让我感到厌烦，终于下定决心不让他更进一步骚扰我。我做得很好，他不得不收敛住自己。那时我尽可能地用最温柔和最坚决的话和他说话，极力掩饰对他的怀疑，我把过去所遇到的怪事向他讲了，表明这正是我方才不安的原因。我是用充满厌恶和憎恨的词句同他谈的，我相信我这么一说，他听着也会深感厌恶，终于不得不完全放弃了他那龌龊的企图。接下来我们相安无事，一夜无话。他甚至还向我谈了一些很好的和有道理的话。他虽然是个流氓，但人还是很聪明的。

早晨，这位教士不愿表现出不高兴的样子，提起了吃早饭的事，他请求女房东的一个女儿——一位漂亮的姑娘送点吃的来，她却回答说她没时间。他又转向这个姑娘的姐姐，但她根本没搭理他。我们一直等着，早饭却不见踪影。最后我们走进这两位姑娘的房里。她们似乎很不欢迎这位教士，至于我，那就更无法夸口说她们对我很客气。那位姐姐在转身的时候用她那尖尖的鞋后跟踩了一下我的脚尖——那个地方正好长了个鸡眼，痛得我不得不在鞋尖儿上开了个洞。另外那个姑娘，在我正要坐下的时候，猛地从后面把椅子抽走了。她们的母亲正在往窗外泼水，将水洒了我一脸。不管我在什么地方，她们总借口找东西叫我让开，我这一生中也没有遇到过这样的款待。她们那轻蔑和嘲弄的目光里有一种掩饰不住的愤怒，而我竟愚蠢得没有领会。我当时吓呆了，同时也很吃惊，还以为她们是魔鬼附了体。教士却充耳不闻，视而不见，最后看到不会有早饭吃了，便只好走了出去，我也赶紧尾随其后出了房间，暗自庆幸离开了那三个怪人。走在路上的时候，教士曾提议我们到咖啡馆去吃早点，我虽然很饿，却拒绝了他的邀请，他也没强迫我。然后，我们在第三个或是第四个拐角处分手了。我很高兴再也看不到和那个梦魇一样的房子有关的一切。我离开那所房子已经相当远了，而且也不易再把它认出来，我想他一定也非常高兴。在巴黎或在其他任何城市，再也没有发生过类似于这两件怪事的事情。因此，我对里昂人的印象非常糟糕，而且始终认为里昂是欧洲所有城市中最龌龊和淫乱的。

所有的切肤之痛，让我对这个城市没有留下美好的回忆。如果我也像别人那样，拥有在旅店赊账的本领，我也能轻而易举地渡过难关。但是这种事，我既做不来也讨厌这么做。要想知道我的这种秉性达到什么地步，有一个例子可以很好地说明问题。我的一生都是在穷困潦倒中度过的，有的时候甚至食不果腹，但只要别人向我催债，我没有一次不立刻偿还的。我从来没让别人再三催债，宁肯自己受罪也不愿欠债。

穷困到露宿街头的地步，那是相当的受罪，我这样的经历在里昂数不胜数。我宁肯不住旅店，也要省下点钱吃饭，毕竟人不会困死，但是却能饿死。在那样悲惨的境遇里，令人奇怪的是，我既不着急，也不发愁。对于未来，我没有丝毫的忧虑，一心等待着夏特莱小姐的回音，我知道她肯定会有消息的。每当夜晚，我就会在露天过夜，躺在地上或一条长凳上就如同躺在撒满玫瑰花瓣的床上那样舒服。特别是有一次，我记得是在郊外露宿，却不记得是在罗尼河畔还是在索纳河畔的小路上，反正那晚我睡得特别香甜。那条路的一边是垒成高台的小花园。那天白天非常热，晚上却让人感到很惬意：露水滋润着晒蔫的花草，夜色温柔，周围没有一丝风，空气很清新，也很凉爽。太阳刚刚下山，漫天云霞如火如荼，倒映在路边的水面上，在一片玫瑰色的粼粼波光中荡漾开来。高台花园灌木丛中，夜莺成群，它们的歌声此起彼伏。我仿佛置身仙境，漫步其中的时候，我忘我地尽情享受这一切。惟一感到遗憾的是，没人和我一起欣赏这绝世美景。我沉浸在梦幻般的感受之中，一直走到深夜也不知疲倦。最后，我还是感到累了。我高高兴兴地在高台花园边一个类似于壁龛的台上睡下了，那里也许是通往高台围墙的一个假门。浓密的树枝是我的床帐，头顶正好有只夜莺，我随着它的歌声进入了梦乡。我睡得很甜，醒来时觉得更加舒适。天色已经大亮了，我一睁开眼睛就看到河水清冽、草木葱茏，那种情景简直是太美了。我站立起来，拍了拍身上的土，觉得有点饿了，我愉快地向市内走去，并决心用我剩下的两个小银币好好地吃一顿早饭。我的兴致很好，一路上都在哼着小曲儿。我现在还记得当时唱的是巴迪斯坦一首歌儿，名叫《托梅利的温泉》，那时我完全会背诵那首歌的歌词。应该好好感谢好心的巴迪斯坦和他那首优美的小曲，他不仅使我吃到了一顿比我设想的要好得多的早餐，而且还使我吃了一顿同样没有料到的精美午餐。

我兴高采烈地边走边唱，忽然听见身后好像有人，回头一看，只见一位安多尼会的教士跟着我，似乎他在饶有兴致地听我唱歌。他走到我跟前，向我打了招呼，接着就问我是否懂音乐，我回答说："会一点儿!"言外之意就是我很精通。他继续询问我，我便向他讲了我的部分经历。他问我是否抄过乐谱。我对他说："经常抄。"此言不虚，我就是通过抄写乐谱才懂了音乐。于是他对我说："跟我来吧，有个活儿可以让你干上几天。在此期间，你需要什么我都会提供，但是你必须答应我不要走出房间。"我当然很高兴，就跟他去了。

他名叫罗里松，喜欢音乐，而且也很懂音乐，并且常常在和朋友们举办的音乐会上演唱。这本身是一件简单而且光荣的爱好，但是，这种爱好很明显已发展成一种狂热的嗜好，他只好低调行事。他把我领到一间小屋里，在那里我看到很多他已抄好的乐谱。他叫我抄的是另一些乐谱，特别其中还有我刚才唱的那段歌曲，几天后他自己要演唱这一首歌。我在那里住了三四天，除了吃饭以外，我总是不分昼夜地抄啊抄。我一生中从来没有这样饿，也从来没有吃得这样香。他亲自从他们的厨房给我端饭过来，如果他们平时也吃和我一样的饭，他们的伙食肯定相当好。在我的一生，从来没有这么贪婪地吃饭，但也应该承认，这种免费饭食来得正是时候，因为我已经饿得前心贴着后背了。我干活就像吃饭一样尽心尽力，这样说似乎有点儿夸张。说实话，我是勤勉有余，心细不足。此后的某一天，罗里松先生在街上遇到我的时候对我说，我抄的乐谱害得他简直没办法唱，到处都是遗漏、重复、颠倒的地方。我不得不承认，我所选择的抄写乐谱的这个职业，对我是最不合适的。我书写得相当漂亮，而且也很整洁，但是长时间的伏案工作让我的精力无法集中，修改错漏的时间比抄写的时间还要多，除非我用最大的耐力来逐行认真抄写，否则抄下来的乐谱是无法演奏的。本来我想尽最大努力抄好乐谱，但是却做的很糟糕。本想尽快抄完，结果却错漏百出。这些都没改变罗里松先生对我的态度，直到最后他始终对我很好。在我离开的时候，他还给了我一个金币，我实在是受之有愧。这个金币又使我重新恢复了信心。几天以后，我得到了华伦夫人的消息，她正在尚贝里，同时还给了我一笔上她那里去的路费，听到这些我高兴极了。从那以后，我虽然还是时常感到拮据，但也没有到忍饥挨饿的地步。我始终以一颗感恩的心，铭记着生命中的这段宝贵时光，而且这也是我一生中最后一次遭受困厄。

我在里昂又多待了一个多星期，而夏特莱小姐则忙于妈妈托办的几件小事。在这期间，我去见夏特莱小姐的时间比以前多了，因为我喜欢和她一起聊聊她的女友，再也不用担心她会知道我的悲惨处境，说起话来也没什么顾忌了。夏特莱小姐既不年轻也不漂亮，但她却有不少讨人喜欢的地方：她为人非常和蔼，很有亲和力，而她的聪明更使这种亲切增色不少。她很喜欢从精神方面去观察一个人，并以此为依据探究人的性格。我之所以也有这方面的习惯，最初就是受她的影响。她爱读萨日的小说，特别喜欢他所写的《吉尔·布拉斯》。她曾经和我谈过这部小说，并借给我读过。我饶有兴致地读完了这本书，但那时我思想不够成熟，欣赏不了这类文学作品。当时我需要感情更加炽烈的小说。就这样，我的时光在和夏特莱小姐一起消遣中度过，和她这样一位知识丰富、性格又好的人在一起谈话，对一个青年人是很有益的，远远比那些仅仅通过书本获取一些迂腐学问的人强多了。我在沙索特修道院结识了其他几位寄宿的修女和她们的女友，其中有位名叫赛尔的十四岁的女孩。当时我对她并没有特别注意，但是八九年以后我却狂热地爱上了她，毫不奇怪，因为她确实是一个非常可爱的姑娘。

不久就要再次见到我那亲爱的妈妈了，我满怀欣喜地期待着这一天。既然实际的幸福就在前方等着我，我就暂时抛开了全部的幻想，更不用殚精竭虑地追寻那些不切实际的东西。我不仅再一次找到了她，而且在她的帮助下，我的境况肯定会马上好转起来的。她写信告诉我，她帮我就近找了个工作，她希望这个工作会合适我，而且也不会让我离她很远。我曾绞尽脑汁地猜测究竟是个怎样的工作，但只有预言家才能猜得出来。我有了足够的旅费，可以让我舒舒服服地走完这段旅程。夏特莱小姐希望我骑马去，我肯定不会这么做。这是对的，如果骑马的话，就会失去了我一生中最后一次徒步旅行的快乐了。以前住在莫蒂埃的时候，我虽然常去附近一带地方远足，但这不能称之为徒步旅行。

说来非常奇怪，如果我的境遇特别糟糕的话，我的幻想却处于无比惬意和兴奋的状态之中。反之，当我周围的一切都顺心如意的时候，想象反而枯燥无味了。这一顽固天性让我不会轻易屈服于现实。这样虽然不太好，但是却能激发人的创造力。现实在我的眼中并不重要，只不过是我浪漫想象的装饰物罢了。只有在严冬，我才能描绘出春天；只有面壁苦思，我才能画出美丽的风景。我曾说过多次，只有将我囚禁在巴士底狱，我才能真正理解自由的涵义。我从里昂动身的时候，眼中只有令人惬意的未来。我——有充分的理由说——是多么开心啊，而我离开巴黎的时候却是那么沮丧。此前的旅途上，我从来没有像这一次这么愉快。我简直太开心，这就足够了。我的心情越来越激动了，因为又要见到的最好的朋友。我仿佛已经看到自己和她在一起，并沐浴在那种欢乐之中，但我并不感到陶醉，因为这种情形我早就预料到了，所以并不觉得很突然。我为我将去做的工作感到很焦虑，好像那是一件让我颇费心思的事情一样。实际上，我的思想恬静而温和，但并不是天马行空、耽于幻想的。路边所有的东西都能吸引我的注意力，我贪婪地欣赏着周围的一切：树木、房屋、小溪，到了十字路口时，我非常谨慎地记下方向，生怕迷了路，事实上我的心里清楚得很。总之，我已不再身处云端，而是踏踏实实地向目的地进发，而不是别的地方。

叙述自己的旅行正如同在旅行中一样，我不知道如何停歇。一想到马上就要见到亲爱的妈妈了，我的心便激动不已，但是我没有因此而加快脚步。我喜欢随心所欲地走路，爱在哪儿停就在哪儿停。我想要的是一种率性的生活。天气这么好，周围的景致也很美，又有一个愉快的工作在旅程的终点等着我，这是我梦寐以求的一种生活方式，我为什么要匆匆忙忙赶路呢？大家也知道我喜欢什么样的风景。一个没有山峦起伏的地方，无论多么美丽，在我看来一点儿都不美丽。我所谓的美景指的是激流、岩石、挺拔的冷杉、浓密的森林、高山、崎岖蜿蜒的山路，以及使我感到胆战心惊的悬崖峭壁。在快到尚贝里的时候，我就曾深深地陶醉在这样令人快乐和迷人的风光之中。在崇山峻岭之中，有一个名叫厄歇勒的峡谷，脚下有一条穿凿在嶙峋怪石中间的大路，那个地方名叫夏耶，一条急湍的小瀑布从骇人的深谷中咆哮而下，仿佛经过了几十个世纪的努力，才为自己冲出了这千沟万壑般的道路。它的边上有一溜儿护栏，以防发生什么意外。这样我才敢尽情地往下看，谁知却让我头晕目眩。我爱极了峭壁陡崖，其中最有趣的就是，只要我处于安全的位置，我就非常喜欢峭壁带来的这种头晕目眩的感觉。我紧贴着栏杆上俯身下望，有的时候一呆就是好几个小时，一遍遍地看着那墨绿的涧水和白色的浪花，听着那激流汹涌澎湃的咆哮声，还有渡鸟和其他鸟儿在山岩树丛间互相追逐的尖叫声，而这些就在我脚下一百英寸的地方。在不是很陡的峭壁上，因为灌木丛很稀薄，露出了一些石头。我就走了过去，拣了很多我能搬得动的大石块，把它们放在栏杆上，然后一块一块地推下去。然后，望着它们滚动着、蹦跳着往下落，还没到谷底就已经摔得粉身碎骨，我感到非常开心。

在距尚贝里更近的地方，我见到了一幅类似的美景，但是风格迥异。这条路就在一条瀑布脚下，那瀑布是我一生所见过的最美丽的瀑布。由于山势非常峻急，湍流急转直下，形成了一个巨大的弓形，岩石和瀑布之间有一定的距离，可以让人从其间穿过而不被打湿。然而，如果不注意，是很容易上当的，就像我一样：因为瀑布的落差太大了，溅起一层雾濛濛的烟云，如果一个人靠得太近，一开始还没有什么感觉，可是不多久就会发现浑身上下已经湿透了。

我终于到了那个地方，再一次见到她。当时她不是独自一人。我进门的时候，宫廷事务总管正在她那里。她一句话也没说，就拉着我的手，以她那种会让所有人都折服的优雅姿态向他介绍道："先生，这就是我向您说过的那个可怜的年轻人，请您多多关照他吧，他值得您关照多久就关照他多久。这样，我今后就不用操心他的生活了。"然后她又向我说："我的孩子，今后你是国王的人了，感谢总管阁下吧，他给你找到了谋生之道。"我惊讶得瞪大了眼睛，一句话也说不出来，脑子里一片乱七八糟。那不断增长的事业心不停地冲击着我的头脑，我仿佛觉得自己就是国王的小事务官了。我的前程虽然不像我最初设想的那样辉煌灿烂，但是那一刻，我已经很满意了。要知道，对我而言，这一切绰绰有余。事情的经过大致是这样的：

经过了几次战争，考虑到从祖先那里继承来的疆土迟早要落到别人手里，国王维克多·亚梅德便开始不遗余力地搜刮民脂民膏。几年以前，为了让贵族纳税，国王下令进行一次全面的土地登记，这样计算土地税的时候将会更加公平。这项工作开始于他的父王时代，直到他继位之后才完成。二三百人参与了这项工作，所谓的几何学家就是土地测量员，文书就是登记员，妈妈给我谋到一个文书的职位。这份差使的薪水不多，但是却能让我在那里生活得很宽裕。美中不足的是这份工作是临时的，不过我可以通过它候补别的缺，再找别的工作也容易。妈妈竭力请求总管对我加以特别关照，那样的话，当我结束了这项工作以后，就可以有更长久的工作干了。

我到那儿不久就正式上班了。工作对我来说一点都不难，我很快就熟悉了。就这样，自从我离开日内瓦之后，经过了四五年的流浪生活之后，终于找到了一份体面的工作。

描绘了这么多关于我早年生活的细节，有人看了肯定会认为过于单纯，我对此感到很抱歉。虽然在某些方面，我生来仿佛很成熟，但在更多的方面我依然是个孩子。而且直到现在，我依然很幼稚。我从来没有承诺要向读者介绍一个伟大的灵魂，但是我保证会实事求是地展现自己的生活。而且，为了更好地了解我成年以后的情况，就必须对我的青年时代有一个深入的认识。一般来说，各种事物给我留下的印象远远不如回忆来得真切，而且我所有的思想都是建立在这些表象的基础上，因此，事物给我的第一印象永远发挥作用，至于后来更加深入的认识与其是说遮蔽了此前的印象，不如说是两者结合在了一起。我的精神和思想活动具有一种特殊的连续性，前面的思想感情必然会影响后来的。所以，如果想要正确地判断后者，必须对前者有所了解。我常常殚精竭虑地思忖第一感觉，这样就可以对此后发生的一切了然于心。我希望自己能把赤裸裸的灵魂呈现在读者眼前，也竭力从各个角度、以各种观点去阐述一切，想方设法让读者感受到我心灵每一次轻微的震颤，这样他们就可以自己去判断：这一切都是因何而产生？

如果我给自己做结论，并向读者说：我的性格就是这样！读者可能会认为，即使我没有对他们撒谎，至少也欺骗了自己。但是，如果我能够将我碰到的每一件事、每一个行动、每一个念头，哪怕是一丝感觉都详细地讲给他听，这样才不会误导他，除非我故意这样做。即使我想这么做，恐怕也办不到。将这些零散的要素整合起来，并且判断这样构成一个什么样的人，这都是读者自己的事情。得出什么样的结论也取决于他，如果他判断失误的话，所有的错都是他自己犯下的。如果要达到这个目的，真实地讲出一切是不够的，我的叙述还必须足够精确。我的任务不是判断事情是否重要，而是要将他们原原本本地讲出来，然后让读者自己去判断。迄今为止，这一直是我竭尽全力想达到的目的，而且今后我也会坚持这么做。但是，中年时代的回忆远远不如青年时代那样生动鲜明。所以一开始，我尽可能地利用青年时代的回忆。如果我的成年以后的回忆也是这么鲜活的话，也许，没有耐心的读者将会感到厌倦。但我自己对此将非常满意。我惟一担心的事情就是：不怕说得太多或撒谎，而怕没有说出全部事实，或是有意遮蔽真相。

第五章
【1732—1736】

我想那是在1732年间，正如我前面所说过的，我抵达了尚贝里，并开始为国王进行土地登记工作。当时，我的年龄将近二十一岁。以我这样的岁数来说，我的智力已经发育成熟，但判断力却并非如此，我急切需要遇到一些能够给我建议的人，进而学会怎样使自己的行为更加理智。这几年的经验教训并没有让我完全抛弃那些不切实际的想法。期间，尽管我吃了各种各样的苦，但对于人情世故还是不够练达。不过，我好像并没有因此付出什么代价。

我住在自己家里，也就是说和妈妈住在一起。但是，我再也找不到和安讷西的住处一样的地方了。这里没有花园，没有小溪，没有迷人的风景。她住的这所房子既阴暗又压抑，而我所住的房间又是其中最阴暗压抑的一间。窗户的对面是一堵墙，下面不是街道，而是一条死巷，屋里非常憋闷，光线不充足，空间也很狭小。还有蟋蟀、老鼠和腐朽的墙板——由这一切组成的住处，无论如何都不会很舒服。但是，我的确和她住在一起，就在她的身边。我要么是在办公室，要么就在她的房间里，根本不会注意到自己房间让人难受，而且我也根本没有时间去考虑这些。肯定会有人觉得很奇怪，她为什么一定要住在尚贝里，特别是住在这所破房子里。但是，这的确是一个明智之举，对此我一定要解释清楚。她非常不喜欢到都灵去，因为她觉得，最近这里经历了一系列变故，宫廷也非常不安定。对她来说，目前还不是去那里的最佳时机。但是，她的一些事情亟需她出面处理。她害怕被遗忘，或者是遭人诽谤，特别是她知道财政总监圣劳朗伯爵平常是不大帮她忙的，对她并不是很友好。这位伯爵在尚贝里有一处旧宅，建得很糟糕，位置也不太好，所以一直空着。妈妈把它租了下来，并且在那里定居下来。这个权宜之计当然比到都灵去强得多了。这样一来，她的年金不仅没有被取消，而且从那以后圣劳朗伯爵成为她最好的朋友之一。

我觉得她的家和以前的布置风格差不多，忠实的克洛德·阿奈始终和她在一起。我想我曾经谈起过他，他是一个来自蒙楚地区的农民，儿童时代就曾到汝拉山上采集草本植物来制作瑞士茶。正是由于他在草药方面的知识，她雇用了他，而且她认为有个懂得药材的男仆比较方便。他特别热爱研究植物，而她又极力鼓励他的这一兴趣爱好，使他有机会成为真正的植物学家。要不是英年早逝的话，他一定会成为植物学界的佼佼者，正如他作为一个诚实的人已经赢得的名声一样。作为一个过于严肃、而且年纪又比我大的人，他就像我的导师一样，教我避免了许多蠢事。因为他在我面前总是很有尊严，我不敢在他面前放肆。他对他的女主人都具有同样的影响，她了解他的品位、正直以及坚定不移的忠诚，并且也很好地回报了他。毫无疑问，克洛德·阿奈绝不是等闲之辈，而且是我见过的惟一一个这样的人。他给人的感觉沉着稳重，谨言慎行，态度客气，说话言简意赅。他的热情像熔岩一样滚烫猛烈，而他从来没表露出来过，但这些热情却在悄悄地啃噬着他的心灵，而且诱使他做下了这辈子惟一一件可怕的蠢事——他服毒了。这场悲剧是我到那里不久以后发生的，而且也让我知道了他和他的女主人之间的私情。要不是她亲口告诉我的话，我永远也不会怀疑会有这样的事情发生。如果说爱慕、热忱和忠贞应该得到这样报答的话，他理应得到这样的报答。事实上，他从来没有滥用她的信任去证明他完全配得上如此报答。他们很少发生争执，即使有也总是会和好如初的。但是有一次却闹得很不愉快。他的女主人正在气头上，说了一些伤害他自尊的话，这样的侮辱让他无法忍受。在绝望之中，他发现手边有一小瓶鸦片，就全吞了下去，然后就静静睡下，再也没有想过自己还能醒来。幸亏华伦夫人当时非常激动，心神不宁地在房子里踱来踱去，发现了那个小空瓶，猜出发生了什么事情。她尖叫了一声，然后连忙跑去救他，我听到声音不对也跑了过去。她向我坦白了一切，并求我帮助她。我好不容易才让他吐出吞下去的鸦片。此情此景让我为自己的愚蠢感到非常惊讶，在她亲口告诉我之前，我对他们之间的关系竟然丝毫没有觉察。也难怪，克洛德·阿奈为人十分谨慎，哪怕是比我更加敏锐的人或许也看不出来。自然而然地，他们二人和好如初了，这深深地感动了我。从那时起，我对他的好感中又增加了几分尊敬，而且我也变成了他的学生，无论如何这对我来说是件好事。

得知另外一个人和她的关系比我们之间的关系更加亲密之后，我没有丝毫的痛苦。虽然我也从来没有渴望过这个位置，但是一旦发现它被别人占据之后，我还是很难接受这一点的，毕竟这是人之常情。尽管他将她从我身边夺走，我的心中非但没有仇恨，事实上还将对她的爱延伸到他的身上。她的幸福是我的最高目的，既然她需要阿奈，我当然乐意看到他也过上幸福的生活。从他的角度来说，他完全符合他的女主人的要求，并用真诚的友谊来回报她对自己的信任。他从不利用地位所赋予他的权威，而是以超乎我之上的睿智来征服我。只要是他反对的事情，我一件也不敢做，因为他对坏事是毫不留情的。这样一来，我们一起过着幸福和睦的生活，这种局面只有死亡才能打破。这个可人儿的高尚品格的又一例佐证就是：她能使所有爱她的人也彼此相爱，即使妒嫉以及争风吃醋的念头也完全屈从于她所唤醒的高尚品德，我从没有发现她身边的人对彼此怀有恶念。听到这些颂扬之辞的时候，我希望读者们能够停下来，想一想自己周围是否也有这样的女人，如果她们能够担待得起这样的敬佩，那么我建议他们用真心去爱这些女人吧。

从我来到尚贝里起，一直到我于 1741 年到巴黎去为止，其间大概有八九年的时间，但这段时期却乏善可陈，因为我的生活简单而快乐。就我的性格塑造而言，这种单纯生活恰好是最为必要的。由于经常不断的纷扰，这一过程始终未能完成。就是在这段宝贵的时期里，我那杂乱无章和时断时续的教育开始稳定下来，才使我能够在日后所遇到的种种挫折中，始终坚守住自我的本色。这一发展过程是缓慢的，而且是不易觉察的，也没有多少值得一提的地方。但是，无论如何，它还是值得我一一道来。

一开始，我几乎全身心地投入到工作中。整日繁忙的伏案工作让我没有闲暇去考虑别的事情。只要有一点点的休息时间，我就会去我的好妈妈那里。我根本没有时间看书，甚至连这样的念头都没有。但是，当我的工作开始走上正轨之后，也不那么需要脑子的时候，我又开始感到百无聊赖。这时，读书的念头又重新袭来。这种热望仿佛总是在它难以得到满足的时候又重新燃起，如果不是其他事情让我的注意力转移开的话，我一定会再一次变成一个书呆子，就像我在当学徒的时候那样。

虽然我们的计算工作不需要十分高深的算术知识，但有时我也会遇到困难，最好是能够多学一点这方面的知识。为了克服困难，我买了几本算术书，我学得很好，而且我是一个人自学的。实用算术其实比人们想象的更加广泛，特别是在计算精确方面要求很苛刻。甚至我还有几次亲眼看到，一些非常复杂的计算让优秀的几何学家束手无策。思考与实用相结合，才能带来明确的思路，从而才能够找到捷径。这个过程能够大大增加一个人的自信心，而精确的计算结果则能让人感到身心愉悦，一切都会让原来枯燥无味的工作变得心旷神怡。我全身心地投入到其中，体会到了一种在数字方面所向披靡的乐趣。直到三十年后的现在，当我的所学所知在记忆中逐渐褪色的时候，只有关于算术方面的一部分知识依然是鲜活的。前几天，我去达温浦作客，房东的孩子正在做算术题。我居然把一个最复杂的习题做出来了，不但结果正确无误，而且整个过程我都感到一种令人难以置信的愉悦。我把答案写出来的时候，我仿佛又回到了尚贝里的那些快乐日子。那是多么遥远的回忆啊！

测量员们绘制地图的色彩唤醒了我对绘画的兴趣。我买了一些颜料，开始画起花卉和风景来。很遗憾的是，我发现自己在这方面并没有多少天分，但我依然喜爱绘画。我可以一连好几个月不出门，整日沉湎于画笔和铅笔之间。我完全迷上了这件事，必须强迫自己把它放下才行。只要我喜欢上了某种东西，总是遇到同样的情形。随着时间的递增，这一爱好逐渐变成了一种热情，很快就让我一叶障目，不见森林。我这种毛病并没有随着年龄增长而有所改变。甚至就在写这本书的时候，虽然我已经是个老朽了，却还热衷于研究另一门学问。这门学问对我来说毫无用处，而且自己又一窍不通，甚至很多人早在年轻时代开始学习，恰恰在我要开始的年纪被迫放弃了。

当时，这一爱好对我来说是适逢其时。机会很好，我毫不犹豫地利用了这个机会。当阿奈带着许多新的植物回来的时候，我看到他的眼中闪烁着喜悦的光芒，有两三次差一点儿要和他一起去到野外采集植物了。我几乎可以肯定，只要我和他去过一次，我就会上瘾的，也许现在我就成了一个著名的植物学家。因为我知道，这个世界上没有什么比研究植物更契合我的天性了。其实，我在乡下的十年时间，我几乎什么也没有干，就是不断地采集植物。当然，我没有什么目的性，也没有成就感，当时我不但对植物学一无所知，而且还非常蔑视——甚至是厌恶——它。对它惟一的想法就是，这似乎是药剂师做的事。妈妈虽然很喜爱植物，但是却没有很好地利用这一点。她仅仅采集来一些普通的植物，配制些简单的药品罢了。

就这样，植物学、化学和解剖学在我的脑子里混淆在一起，我把它们都归于医学名下，只能作为我插科打诨的笑料，并且一次次给我带来别人的赞誉。不过，另外一种不同的、甚至完全相反的爱好正逐渐形成，并且不久就压倒了其他一切爱好。我说的就是音乐。我一定是为这门艺术而生的，因为我从童年时代起就爱上了这门艺术，而且是我一生中惟一坚持下来的一门艺术。令人费解的是，我虽然可以说是为这种艺术而生的，可是学起来却是那么吃力，进步得又那么缓慢，即便我毕生都在辛苦练习，却始终都没有达到打开曲谱就能正确地唱出来的地步。我之所以对音乐有着特殊的兴趣，就是因为可以和妈妈在一起练习。在别的方面，我们找不到共同的兴趣，但是音乐将我们两个紧密地联系在了一起，这的确让我无比快乐。她也没有表示反对。当时，我在音乐方面的造诣差不多已经赶上她了。一支歌曲只要练上两三遍，我们就能完全记下它的旋律。有几次她正在药炉边忙来忙去，我对她说："妈妈，这里有一支非常好听的二重奏，依我看，您准会听得入了迷而把药熬糊的。""我以人格担保，"她对我说，"要是你让我把药熬糊了的话，我就叫你喝了它。"在我们这样斗嘴的时候，我把她拉到她的羽管键琴前，很快就忘记了别的事情。杜松和苦艾酒都熬成了黑炭，她便拿起来抹了我一脸的炭灰——当时是多么快乐啊！

可以想见，我的空闲时间虽然不多，我却利用它做了不少的事情。现在我又有了一种新的乐趣，这比其他一切乐趣更加让我高兴。

我们住的那个地方太憋闷了，简直像个地牢，我们不得不常常到外面去呼吸新鲜空气。阿奈曾说服妈妈在郊外租了一个花园，用来栽培植物。这个园子有一个相当纯朴可爱的小屋，我们在那里布置了一些家具，并且放了一张床。我们常到那里去吃饭，我有时就在那里过夜。渐渐地，我开始迷恋上这个小小的隐居之地。我带了几本书和不少的图画到那里，并花费了一些时间把小屋装饰了一番。为了给散步至此的妈妈带来意外惊喜，我特意精心准备了一下。有的时候，我虽然不在她的身边，但是我的心始终和她在一起，而且是怀着一种非常愉悦的感情。这是我的另一个奇思怪想，我既不想辩白，也不想多解释，我只把它说出来，因为事实就是如此。我记得有一次卢森堡公爵夫人略带打趣地对我说，有个人专为给情妇写信而离开自己的情妇。我对她说，我很可能也这样做，而且我应该进一步补充说，我已经做过几回这样的傻事了。然而，当我和妈妈在一起时，从未感到有离开她的必要，哪怕是为了更好地爱她。因为不管是我跟她单独在一起的时候，还是我独自一人，都是同样地感到自由自在，而我跟任何人在一起时都不会有这种感觉，不管他是男人还是女人，也不管我对他怀有怎样的深情厚谊。但是她常常被一些和我志趣不相投的人们所包围，那种愤怒与厌烦的心情迫使我躲到我的隐居之所去，在那里我可以随心所欲地想念她，丝毫不用担心那些令人讨厌的访问者会尾随而至。

就这样，我的时间被有序地分为工作、娱乐和学习三部分，我的生活非常平静甜蜜，而当时的欧洲却不像我的生活那样平静。法国向皇帝宣战。撒丁国王也参加了战争。法国军队经过皮埃蒙特向米兰边境进发。其中有一路纵队途经尚贝里，特利姆耶公爵指挥的香槟团就是这个纵队的一部分。有人将我引见给他，他向我承诺了许多事情。我可以肯定，他此后就再也没有想起过这些诺言。我们的小园子正处在郊区的制高点，因此当部队从那里经过的时候，我就可以一饱眼福了。我非常渴望战争能够取得胜利，好像这和我有很大的关系似的。在这以前，我不太关心国家大事，从那时起我开始第一次看报了，而且对法国特别偏爱，它取得的一点点儿胜利都会让我欣喜若狂，它一旦失利我就会忧心忡忡，好像这伤害到了我的切身利益一样。如果这种愚蠢偏执的感情仅仅是稍纵即逝，我也就不屑于谈它了。哪知这种感情在我心里根深蒂固，甚至当日后我在巴黎成为专制君主政体的反对者和坚定的共和派时，依然占据着我的脑海。对于这个我认为奴性十足的民族，对于我一贯非难的政府，我还抱着一种毫无来由的偏爱之情。可笑的是，由于我对心中违背自己原则的倾向感到可耻，因此我不但不敢向任何人说，甚至还为法国人的失败而装着揶揄他们，其实当时我的心里比所有的法国人都更难过。可以肯定的是，对于生活在自己受到厚待并为自己所崇拜的民族中间的人来说，我是惟一一个装作看不起他们的人。从我的角度来说，这种倾向是那么忘我、坚定而不可战胜，甚至在我离开法兰西王国以后，在政府、法官、作家联合在一起向我进行疯狂攻击，在对我大加诬蔑和诽谤已成为一种风尚的时候，我还是沉浸在这种愚妄的感情中无法自拔。我爱他们，甚于爱我自己，哪怕是他们曾经伤害过我。

我曾花费很长的时间去寻找这种偏爱的根源，最终在产生这种偏爱的环境里发现了原因。对文学日渐增长的兴趣让我对法国书籍、这些书的作者甚至这些作者的祖国产生了深厚的感情。就在法国军队从我眼前经过的时候，我正在读布朗多姆的《名将传》。当时我满脑子都是克利松、贝亚兹、劳特莱克、哥里尼、蒙莫朗西和特利姆瑞等人物，并且深深地爱着继承了他们的卓越功勋和勇敢美德的后裔们。每当一个联队走过，我就好像又看到了当年曾在皮埃蒙特立过赫赫战功的著名的黑旗部队。简而言之，我把从书本上看来的和眼前的情景混为一谈。我不断地读书，而且仅限于法国人写的，这又加深了我对法国的感情，最后这种感情变成了一种任何力量也不能改变的盲目狂热。我在后来的旅行中发现，饱含这种深情的人无独有偶，在所有的国家中，凡是爱好读书和喜欢文学的那一部分人或多或少都有一点，这恰好抵消了法国人的自高自大而招致的普遍憎恶。法国的小说赢得了全世界女人的芳心，这是法国男人不能望其项背的。法国的戏剧杰作也使年轻人对法国的戏剧产生了兴趣。巴黎剧院的名声吸引了一大批的外国人，直到他们回到家中仍然赞叹不已。总之，法国人在文学方面的超绝品位会让一切有头脑的人深深折服。哪怕是在那场惨败而归的战争中，法国的荣耀已经被士兵所玷污了，但我看到法国的作家和哲学家依然在固守着这一荣耀。

这时，我已经是一个充满激情的法国人了，这让我成了一个包打听。我随着一群傻头傻脑的人一起跑上街头，等待邮政人员的到来，比寓言里的驴子还要蠢，因为我急不可待地想知道将会成为哪一位主人的坐骑。当时盛传我们就要属于法国了，萨瓦要和米兰对换。不过应该承认，我的担心还是有一定道理的。要是这场战争的结果对盟国不利，妈妈的年金就很危险了。但是，我对我的好友们充满信心。这一次，虽然布洛勒伊元帅受到打击，幸赖撒丁国王给予了援助，使我的这种信心才没有落空，而撒丁王我却从来没有想到。

当意大利正在进行战争时，法国一片歌舞升平。拉莫的歌剧像雨后春笋一样发展起来，同时也让他那些含义晦涩的理论广为人知，尽管真正能够读得懂的人很少。一次，我凑巧听到有人提到他的《和声学》，我就为了买到这本书，忙了好长一阵子。其后因为另一个意外，我病倒了。这是一种炎症，来势很猛，尽管持续时间不长，但是休养的过程非常漫长和沉闷，整整一个月我都没有出门。在这期间，我如饥似渴地读起《和声学》来。可是，这本书是如此的冗长，而且写得太散，结构安排也不合理。我觉得要把它理解透彻，那将是一个漫长的过程。于是，我就将精力转向了音乐方面，这样我的眼睛也可以休息一下。当时我练习过的白尼耶的合唱曲始终在我的脑海挥之不去，有四、五个曲子我更是烂熟于心。其中就有

《沉睡的爱神》，尽管从那以后，我一直没有再看过，但是我差不多还完全记得。另外一支非常好听的克莱朗波的合唱曲《蜂螫的爱神》，也差不多是那个时候学会的。

为了培养我在这方面的热情，巴莱神父——一位年轻的风琴家，特地从瓦尔奥斯特来到这里。他为人和善，是一位优秀的音乐家和一流的演奏家。我刚刚和他结识，我们就立刻成了形影不离的好朋友。他曾经师从过意大利的一位有名的风琴家和教士。他和我谈了一些他的音乐见解，而且将他的理论完全和拉莫的理论进行了比较。当时，我的脑袋里充满了伴奏、谐音、和声。当务之急是需要锻炼我的听力。我建议妈妈每个月开一次小型音乐会，她同意了。于是我全身心地投入音乐会的筹备工作之中，没日没夜地干着，根本顾不上别的事情。实际上这类事非常耗费精力和时间，我既要挑选乐谱、邀请演奏者，还要找乐器、分配音部等等。妈妈负责唱歌，加东神父——我前面已经提到过，下面我还要再一次提到他——也负责唱歌。舞蹈明星罗舍和他的儿子拉小提琴。和我一起在土地登记处工作、以后在巴黎结了婚的皮埃蒙特音乐家卡纳瓦拉大提琴。巴莱神父弹羽管键琴。而我则有幸拿起指挥棒，担任音乐会总指挥。可以想见，场面将是多么壮丽啊！当然这比不上特雷托伦先生那里的音乐会，但是已经很接近了。

对于一般的信众而言，华伦夫人举行的小小音乐会只不过是一种新的娱乐方式，但是却触怒了那些对宗教格外虔诚的人。在这种情况下，大家猜不到我会让谁来作音乐会的主持人。那将会是一位教士，而且是一位有才能的、甚至可爱的教士，后来发生在他身上的不幸事件让我深受打击，和他在一起的回忆就像我往日的幸福生活一样，让我至今都无法忘怀。我所谈的就是加东神父。他是方济各会的会士，曾经和多尔当伯爵同谋在里昂扣留了可怜的“小猫”的乐谱，这是他的一生之中最不光彩的一页。他是索尔朋神学院的学士，在巴黎住过很久，时常出入上流社会，与当时的撒丁王国的大使安特勒蒙侯爵来往十分密切。他身材高大，体格健美，面如满月，眼睛外凸，乌黑的头发自然地在前额鬈曲着。他的举止优雅大方，同时又很谦和诚恳，总的来说给人的感觉质朴而令人愉快，既没有教士那种伪善或厚颜无耻的丑态，也没有时髦人物那种放荡不羁的态度，虽然他也是个时髦人物。他总是表现出正派人物才有的素养，不以身穿黑衣为耻，而且有着相当的自重，总是能够在上流社会中找到合适的位置。就学问来说，加东神父虽然没有达到博士的水平，但是在他那个圈子里，这些学问已经绰绰有余了。他从来不急于炫耀自己的学识，总是表现得恰到好处，所以显得更有学问了。长期以来的社交生活让他积累了丰富的经验，深知令人赞赏的技艺远比呆板的学问更加有用。他很有才气，诗写得很好，口才很不错，歌唱得更好，天生有一副好嗓子，还会弹一手风琴和羽管键琴。其实，要使人欢迎是用不着有这么多优点的，而他的确就是如此。但是，这丝毫没有让他对本职工作掉以轻心，所以，尽管他的竞争者十分嫉妒，他仍然被选为该省教区的代表，这是他们部门最重要的一个职位。

这位加东神父是在安特勒蒙侯爵家和妈妈认识的。他听到我们提起要举行音乐会的事，强烈表示要参加。他的确这样做了，并且使这个音乐会深受欢迎。不久，我们就由于共同的音乐爱好而成了朋友，我们都对音乐充满热情，但是有所不同的是：他是一位真正的音乐家，我不过是叶公好龙罢了。我和卡纳瓦拉，还有巴莱神父，常到他的房间去演奏音乐。节日里有时还在他教会的音乐堂里演奏音乐。吃饭的时候，我们常常分吃他的食物。因为——对一个教士来说，很奇怪——他豪爽，很高兴和别人分享，一点都不小气。在举行音乐会的那段日子，他便在妈妈那里吃晚饭。每逢他在妈妈家里吃晚饭的时候，我们随心所欲地聊天，唱上几支曲子，别提有多开心了。我更是如鱼得水，甚至还借机施展了一下自己的才华，嘴里不时冒出些俏皮话。加东神父和蔼可亲，妈妈招人喜欢，声音雄浑的巴莱神父更是成为大家取笑的对象。莽撞少年的甜蜜时刻啊，你为何一去不复返了！

既然我对这位可怜的加东神父再没有什么可谈的了，就让我用几句简单的话结束他悲惨的一生吧。其他的教士们很妒忌他，因为看到他博学多才、品行端正，丝毫不像一般的教士那样沉湎于酒色。他们对他充满了刻骨的仇恨，就是因为他不像他们那样腐化堕落，尤其让人感到可恨。几个有地位的教士联合起来反对他，并且煽动那些觊觎他的地位、同时又不敢正眼看他的年轻教士反对他。他们肆意诽谤了他以后，解除了他的职务，将他从那虽然朴素然而却布置得别具风格的房间赶了出去，不知把他驱逐到什么地方去了。最后，这群恶棍对他的凌辱和伤害太深了，他那高傲正直的、无可挑剔的灵魂实在无法忍受。于是，这个曾经给上流社交界增添过不少光彩的人物含恨死去，不知临终时是躺在哪个小监房或土牢肮脏的床上。所有认识他的正直人士都为他惋惜，为他流泪。除了他不该当教士之外，他们看不出他有任何缺点。

在这种生活环境中，我很快就完全沉浸在音乐里，根本不考虑其他任何事情。每一次我到办事处都非常不乐意，固定的上下班时间和长期的辛劳工作变成难以忍受的折磨，最终我下定决心辞职不干，并全身心地投入到音乐当中。可以想象得到，我这种荒谬的想法肯定会遭到反对的。仅仅为给一些尚且不太确定的学生上音乐课，而放弃一个体面的职位和一份可靠的薪水，这个计划简直愚蠢至极，妈妈肯定不会赞成的。即使将来我能够证明这一想象是伟大而正确的，纵使这辈子我能成为一个音乐家，这对我的野心来说也太有限了。妈妈对我的期望值非常高，而且也完全不理会奥博讷先生对我所下的评语，这次她看到我竟把所有的聪明才智用在一些毫无益处的雕虫小技上面，着实感到很难过。以前，她常常对我说一句外省的谚语，似乎在巴黎不是很合适，“能歌善舞，没有前途。”另一方面，她也看到我完全被一种不可抗力控制着，对音乐的爱好已经到了疯狂的地步，她很担心我因为工作不专心而受苦，甚至会遭到解雇，与其这样，还是自己先主动辞职比较好。而且，我还向她说，这个职务只是暂时的，我必须学会一门能谋生的基本技能，特别是能够在实践中把自己所喜欢的、也是妈妈为我选定的这一门技能学得更加精通，相对来说还是可靠些。与其依靠别人的怜悯过生活，不如去尝试一下别的东西，即使失败了也没什么。如果错过了最佳的学习年龄，那就彻底断了我的生路。我知道和她心平气和地讲道理是没用的，干脆使出死磨硬泡的招数，最后她不得不同意了。然后，我立即跑到土地登记处处长果克赛里先生那儿，好像是做了一件不得了的事情那样，骄傲地向他辞了职，既无原因，又无理由，更没有借口就自愿离开了我的职务，就像我在两年前就职时一样高兴，甚至比那时还要高兴许多倍。

这个举动虽然十分愚蠢，但却给我在地方上赢得了某种敬意，并给我带来了好处。有的人认定我有财产，其实我一无所有；另一些人看到我不顾牺牲一心投身于音乐，认为我在这方面的才华一定很惊人，看到我既然这么爱好音乐，就认为我在这方面造诣一定很深厚。本来，那个地方就没什么好老师，我自然就显得鹤立鸡群，正所谓：山中无老虎，猴子称霸王。其实，我在音乐方面的确有些才华，再加上我的年龄和外表等优势，不久我就有了不少女学生，挣的钱比我当秘书挣的薪水还要多。

显然，从生活方面的相关乐趣来说，如此迅速地从一个极端到另一个极端，没有几个人能够办得到。在土地登记处的时候，每天得干上八小时的讨厌工作，而且还要和一些更讨厌的人在一起，整天被关在给汗味和口臭薰得十分难闻的办公室里，他们大部分都是不讲卫生的脏家伙，我经常要同这些臭气、还有压抑、烦闷和厌倦的情绪作斗争，老是觉得头晕眼花。而今时今日，我突然置身于上层社会中，整日进出于名流望族之家，所到之处都是殷切的款待，一派节日的愉快气氛。衣着华丽的可爱的年轻小姐们等候着我的到来，其后又热情地招待着我。我所见到的只有美丽动人的事物，我所闻到的只有玫瑰和橘花的芳香，我的身边只有唱歌，聊天，笑声和欢乐。我离开这家，来到了另外一家，接受的是同样的礼遇。即使两种工作的报酬都一样，相信在二者的选择上是没有什么可犹豫的。因此，我对自己的抉择十分满意，从来没有后悔过，甚至就是现在，当我将一生的行为放在理性的天平上衡量时，特别是我已摆脱了那些曾经支配我一切行动的轻率动机之后，我也从来没有后悔过。

这恐怕是惟一的一次，我完全听凭内心爱好的支配，而且期待也没有落空的一次。当地居民友好的接待，和蔼的神情，平易的气质，使我感到和上流社会的人们交往十分愉快。这以至于让我形成了一种看法：如果我不喜欢社交活动，这是社交活动本身的过错，而不是我的过错。主要在别人而不在我。

不幸的是，萨瓦人都不太富有，或者也可以说，如果他们太有钱的话，那才让人觉得遗憾呢。正是因为他们不穷也不富，才使得他们成为我所见过的最善良、最适合交往的人。如果世界上真有那么一个小城，能够让人愉快而安全地交往，并充分享受生活之乐，那一定是尚贝里。聚集在那里的外省贵族，他们的财产只够维持生活，他们也没有飞黄腾达的财力，既然不能有什么更高的梦想，他们就不得不顺从西尼阿斯的劝告。年轻的时候去从军，年老的时候回家安度晚年。这种生活让他们的人生具有了光荣与理智的双重价值。女人们都很漂亮，其实她们根本不需要长得漂亮，因为她们拥有和美貌等价的一切德行，哪怕是有缺陷也能弥补。奇怪的是，因为职业的缘故，我接触过很多少女，印象中在尚贝里没有见到一个不妩媚动人的。或者有人会说，我认为她们很美只是我的主观看法，这样说也很有道理；但是，我完全不需要带上感情色彩。说真的，我一想起我那些年轻的女学生来，就不能不感到愉快。我在这里提到她们当中最可爱的几个人的时候，我真恨不得和她们一起回到我们幸福的从前，回到我们共同度过的那些纯洁而甜蜜的时刻！第一个是我的邻居麦拉赖德小姐，她是盖姆先生的学生的妹妹，是一位非常可爱的棕发姑娘，她活泼、温柔而且优雅，不流于浅薄。像她那个年龄的大多数女孩一样，她很瘦弱。但她有一双明亮的眼睛，身材也很苗条，再加上楚楚动人的气质，根本不需要用丰腴的体态来吸引人。我总是早上到她家里去，那时候她常常穿着便装，头发也是随意地披拂着，上面除了一朵花之外，没有其他的头饰。而我知道那朵花是她知道我要来的时候才戴上，而我走后她又摘下去的，因为她要开始梳妆了。这整个世界上，我最害怕看到穿着便装的漂亮女人，如果她修饰打扮完毕以后，我的这种惧怕就不知要减少多少了，正如孟顿小姐。下午，我前去她家拜访，她总是打扮得很齐整，也同样使我感到愉快，但是却给我留下了不同的印象：她长着一头很浅很浅的金发，是一个非常娇小、腼腆和白皙的姑娘。她的声音清脆得恰到好处，像银笛一般悦耳动听，但她不敢放开嗓音讲话。她胸间有一块疤痕，似乎是被开水烫伤的，蓝色的项巾并不能完全遮住。有时候，这块疤痕会引起我的注意，但是我很快就会忽略了那块疤痕。我还有另外一个邻居——莎乐小姐，她已是一个发育成熟的少女了，身材高大，比例匀称，体态略微有点儿丰腴；她是个漂亮的女人，但不能算是美人，不过她得体的举止、温和的脾气以及淳厚的天性还是值得一提的。她的姐姐莎丽夫人是尚贝里最漂亮的女人，已经不学音乐了，我只不过是给她的女儿上音乐课，她非常年幼，而且她那与日俱增的美可以让人断言，她将来一定不会亚于她的母亲，惟一有些遗憾的是她的头发是红黄色的。在圣母访问会女修道院有一位年轻的法国小姐，也是我的学生，她的名字我忘记了，但她应该在我心爱的学生中占有一席之地。她学会了修女们那种慢条斯理的说话语调，虽然听起来很风趣幽默，但是和她的仪态很不相称。另外，她还非常懒散，从来不肯费力将自己的聪明才智表现出来，要知道，并不是所有的人能够享受到这一优待的。我只给她上了一两个月的音乐课，她一直很懒惰，而且她总认为我应该更加精确准时，而我又无论如何也说服不了自己做到这一点。我很喜欢给别人上课，但是我不喜欢被迫去教课，更不喜欢受时间的约束。无论在什么事情上，我都不能忍受约束和屈从，这些只会让我厌恶欢乐本身。据说，在穆斯林中间，有人在黎明时分从大街上走过，命令丈夫们尽自己对妻子应尽的义务。那个时候，我一定不会是那个可怜的好土耳其人。

我在中产阶级中间也有几个女学生，其中有一个对我的某种关系的变化有间接影响。既然我应该什么都说出来，这点我也是要谈的。她是一个杂货铺老板的女儿，名叫拉尔小姐，是个标准的希腊雕像模特儿。如果真正的美可以没有生命和灵魂，那我一定要把她看成是我平生所见到的最美丽的姑娘了。她那种淡漠、冰冷和毫无感情的态度简直到了令人难以置信的地步。让她高兴或者是生气都是不可能的。我确信要是哪个男人想侵犯她的话，她一定会听之任之，当然这并不是因为她很乐意，一切源于她的愚蠢无知。她的母亲为了避免她碰到这样的危险，须臾不离她的身边。她母亲教她学唱歌，还给她延请了一位年轻教师，她是想尽一切办法唤起女儿的兴趣，但总是徒劳无功。在教师挑逗小姐时，母亲挑逗教师，二者都以失败告终。拉尔太太天性活泼，但是这股子活泼劲儿是女儿所应该具有但是却没有的。她是个活泼、漂亮的小个子女人，脸型却不是很标致，上面还有些麻子。她的眼睛很小，但却像火一样热情，看起来有点发红，因为她差不多总是在害眼病。每天上午，我一到她们家，就会发现奶油咖啡早预备好了。母亲每一次都是用一个发自内心的热吻来迎接我，我真想将这个吻还给她的女儿，因为我很好奇她会有什么反应。所有的一切都很自然简单，就是拉尔先生在场，也照样是爱抚和亲吻。他是一个好男人，而且是女儿真正的父亲，他的妻子从未欺骗他，而且也没必要欺骗他。

像以往一样，我愚蠢地接受了这些爱抚，认为这只不过是朋友之间的礼节罢了。然而，活泼的拉尔太太越来越频繁地行使她的权力，我渐渐感到不胜其烦。我白天从她的店铺前面经过，如果不进去坐一会儿的话，肯定会惹起一场麻烦的。所以，我有急事的时候，就不得不绕远走另一条街，因为我知道她的店铺进去容易出来难。

拉尔太太对我非常殷勤，但是我对她却毫无感觉。她的关怀使我非常感动。我将这一切告诉了妈妈，仿佛这不是什么秘密。即使我有秘密的话，我一样也会跟她谈的，因为不论什么事情，要我对她保守秘密是办不到的。我的心赤裸裸地摆在她的面前，如同摆在上帝的面前一样。我认为这些只不过是友谊的表示，她却认为这件事并不像我想象的那样简单，肯定是别有用意的。她断定，如果我仍然像刚开始那样是个不解风情的傻瓜，她一定不会轻易放开我的，哪怕是为了她自己的面子，她迟早会用种种方法让我明白她的深意。她认为一定要由她来开导她的学生，而不是别的女人。而且她有充足的理由保护我，不让我掉进我的年龄和职业可能会遇到的陷阱里面。就在那时，我的确面临着一个更危险的陷阱，虽然我终于逃脱了，但是她已经看出来有危险存在，而且一直在威胁着我。她认为必须采取她力所能及的一切预防措施来保护我。

孟顿伯爵夫人是我的一个女学生的母亲，她是一个非常聪明的女人，但是名声却很坏。据说她曾让许多家庭发生争吵，并曾给安特勒蒙家带来了悲惨的后果。妈妈和她过从甚密，所以非常了解她的性格。妈妈无意之中引起了孟顿夫人某个意中人的注意，后来既没有去找他也没有接受过他的邀请，但是一些表象却让孟顿夫人迁怒于妈妈。从那时起，孟顿夫人就使出了种种花招来对付她的对手，但是一次也没有得逞。我就来举一个最可笑的例子吧。一天，她们俩和附近的几位绅士一同到野外去了，其中也有我刚才提过的那位先生。孟顿夫人向这些先生中的一个人说，华伦夫人非常矫揉造作，没有品位，衣饰不整，而且像个老板娘似的，总是盖着自己的胸部。那位非常喜欢开玩笑的先生就回答道："至于后一点，她有她的理由，据我所知，她的胸上有一块疤痕，像一只令人讨厌的大老鼠那样，而且有的时候那只老鼠还像在跑动一样。"恨和爱一样，都容易使人轻信任何事情。孟顿夫人决心抓住这个把柄大做文章。有一天，妈妈正和孟顿夫人的那位不领情的情人一块玩纸牌，孟顿夫人趁机走到妈妈的背后，把她的椅子仰过来，飞快地揭开她的胸巾，但是，那位先生并没有看到大老鼠，却见到了完全不同的情形，想忘掉要比想看到还困难。这当然让那位夫人大失所望。

我并没有蓄意吸引孟顿夫人的注意力，她只不过喜欢身边围绕着一些雅士名流罢了。不过，她对我也多少有点注意，当然并不是由于我的外表，对这一点她丝毫不放在心上。而是因为人们认为我所有的那点才华，这于她或许有些用处。她对于讽刺有一种相当强烈的爱好。她爱用一些歌曲或诗句来讽刺她不喜欢的人。如果她发现我在诗歌方面的才华，而且还可以帮助她写几句美妙的讽刺诗的话，我十分乐意为她效劳，我们俩肯定会把尚贝里搅得鸡犬不宁。要是人们沿着这些诽谤文字追踪溯源的话，孟顿夫人肯定会出卖我的。鉴于在贵妇人面前卖弄才华的惨痛教训，我也许将被囚禁终生。

所幸的是，这类事情并没有发生。孟顿夫人为了和我谈话留我吃了两三次饭，她发现我不过是个傻瓜。我也感觉到这一点，并为此而暗自哀伤，恨自己没有我的朋友汪杜尔那样的才华。其实，我倒该感谢自己的愚蠢，因为它使我得以避免危险。我在孟顿夫人跟前只是仍旧做她女儿的音乐教师。我的生活很平静，而且我在尚贝里颇受人们的欢迎。这比我在她面前是一个才子，而在别人眼里是一条毒蛇要强得多。

尽管如此，妈妈已经意识到这一点了，为了使我摆脱青年时代的危险，妈妈认为应该把我当作成年人来看待了。她立刻这样做了，但她所采取的方式非常奇特，是任何女人在类似的情况下所想不出来的。我发觉她的态度比往常严肃了，她的谈话也比平日更有道德训诫的意味了。平日里，她的教导中经常夹杂一些令人愉快的玩笑话，现在被十分严肃的语气取而代之，既不亲切也不严厉，似乎是要做一番长篇大论。我一直在追问自己，她为什么会有这样的转变，但是一切都是徒劳无益的。最后我就开口问她，而这正是她所期待的。她建议第二天到郊外的小园子里去散一次步。第二天一清早，我们去了那里。她事先作了准备，整天时间只有我们两人在一起，没有任何人来打搅。整整一天的时间，她都在劝说我接受她的恩情和关怀，但是她不像别的女人，也没有用计谋和煽情来达到目的，而是恰到好处地晓之以理，动之以情。她说的那些话，与其说是对我进行诱惑，不如说是在开导我，不仅让我有所感触，而是深深地撼动了我的灵魂。但是，无论她说的那番话多么令人钦佩和有益处，而且既不冰冷也不忧伤，但我怎么也无法集中精力聆听，更没有把这些放在心上，就像以前一样。谈话一开始，她那种预先准备好的神态已使我感到烦躁了。当她开口说话的时候，我就心不在焉地沉思起来。我根本没有专心听她在说些什么，而是在琢磨她到底想干什么。最后，我终于明白了她的意图，要知道这一点是多么不容易啊。以前我和她在一起生活的时候，她从来没有这种新奇的主意。此时此刻，我完全被吸引住了，再也无法聚精会神听她所说的话。我只是一味在想她，根本没有听她在说什么。

大多数的教育者很容易犯错，我在《爱弥儿》中也未能避免犯下此类错误：为了让年轻人注意听取教训，先给他们暗示一下他们非常感兴趣的目标。年轻人都是这样：一旦被目标所吸引后，他们就一门心思在想这个目标，恨不得插上翅膀飞奔到目的地，不再去听你为了使他们达到这个目标所作的序幕式的谈话了，因为他不喜欢你那种慢条斯理的谈话方式。如果要让他们注意听讲，一定不要事先告诉他们你的目的，妈妈这一次错就错在这里。她的性格很奇怪，而且思维也总是循着一种有系统的惯性，因此她总是费尽心思来说明她的条件。一旦我看穿她的企图，就不再听她唠叨了，恨不得什么都答应。我不相信世界上会有哪个正直的男人在这种情况下还有讨价还价的勇气，如果他这样做了，也不会得到那个女人的原谅。接着，依然是出于她的古怪天性，她和我达成协议之前还没忘记那套最郑重的手续，给了我八天的考虑时间，而我又故意向她说我不需要这个期限。其实，整个事件非常奇怪，我倒是很乐意她的这一提议。这些新奇想法刺激了我，而且我自己的思想也杂乱无章，非常需要时间整理一下思绪。

肯定会有人认为，这八天对我真像八个世纪那么漫长。恰恰相反，我倒希望这八天真能成为八个世纪。我不知道怎样描绘我当时的处境，内心非常恐惧烦躁，既渴望又害怕渴望的事情真的发生，有时心里甚至想找个什么妥当办法避开这种已经允诺的幸福。大家可以设想一下，我那热情奔放的气质和充满肉欲的幻想，还有沸腾的血液，燃烧的心，充沛的精力，强壮的体魄，我的年龄。请记住，当时我非常渴望异性之爱，而且还没有接触过任何一个女人。想象、欲求、虚荣、好奇，全都交织在一起，使我欲火中烧，急切地要做一个男人，证明自己是个男人。加之，其中最重要的是——这一点一定不能被忽略——我对她那种真挚而热烈的爱恋一刻也没有熄灭过，而且一天比一天加深了，我只有在她身旁才感到快乐。哪怕有时会离开她，那也是为了更好地想她。我的心完全被她占据了，不仅是她的恩情和可爱性格，而且因为她的性别、容貌、身体，一句话，就是整个的她，所有的这些都综合在一起，让我感到自己简直无法离开她。不要以为她比我大十到十二岁，不要以为她会年老色衰的，哪怕我自己也是这么认为的。自从五六年前我见她的第一眼，我就深深地迷恋上了她，从那以后，她实际改变得很少，在我的眼里，她的容颜一点也未曾改变。对我而言，她始终是迷人的，而当时大家也都认为她这样。只是她的身材有些发胖了。其他方面完全和过去一样，同样的眼睛，同样的皮肤，同样的胸部，同样的容貌，同样美丽的淡黄色头发，同样的快乐活泼，甚至声音也是同样的。她青春时代那银铃般的声音给我留下的印象太深刻了，直到今天，我每次听到一个少女类似的悦耳嗓音，还不能不为之怦然心动。

在等待拥有自己的心仪对象期间，我的心情是多么忐忑啊！一方面，自然渴望她早日来临，但是又害怕无法控制住自己的欲望和想象。日后大家能够看到，当我年龄稍大一些的时候，只要一想到有个自己所爱的女人正在等候我，我的血液也会立刻沸腾起来，以至于想要让我和她分开一会儿都是不可能的，因为我不能忍受分离的痛苦。究竟是怎么回事，正当我在花样年华的时候，为什么不像别人那样渴望青春的初始欢愉呢？为什么那一瞬间临近的时候，我看到的是痛苦而不是快乐呢？我本应尽情陶醉在欢乐之中，但却会感到厌恶和恐惧呢？这一切都是为什么？毫无疑问，如果我能够很体面地远离这种幸福的话，我一定会心甘情愿这么做。我曾经说过，我对她的情感历程中有许多稀奇古怪的东西。大家肯定想不到会如此奇怪。

毫无疑问，已经有些愤怒的读者会认为，她已经隶属于另一个男人，必然会影响到对我的宠爱，因此她在我心目中的分量也随之降低了，甚至我还会因为鄙视她而减少对她的爱慕。这完全是错误的。她的心有所属的确使我非常痛苦，在这方面的敏感是很自然的，我也确实觉察到这种事于我们二人都是不利的。但是，这丝毫不会影响我对她的感情，而且我可以发誓，我对她的爱从来没有如此强烈，哪怕是与我不大想占有她的时候相比。我非常了解她那纯洁的心和超然的气质，用不着怎么想也能明白，她之所以这样献身是和肉欲的快乐没有关系的。我完全相信，她只是急于想让我摆脱掉那些几乎不可避免的危险，使我能够保全自己和守住本分，才不惜违背了她自己的原则。在这一点上，她和其他女人的看法是不一样的，下面我将要说到。我既怜悯她，也同情我自己。我很想对她说："不，妈妈，不需要这样做。即使不这样，我也会很好地报答你的。"但是，我不敢这样说——首先，这件事不该说，其次，说实话，我感到不太真实，事实上，只有她一个女人能使我免于落入其他女人手中，只有她能使我经得起诱惑。我虽然不想占有她，却很高兴她能使我免去占有其他女人的欲望，因为我把一切能使我和她疏远的事情都看作是不幸的。我们长期过着天真无邪的生活，却不曾削弱我对她的感情，甚至反而转向了相反的方向。我对她的感情更加强烈了，甚至更加温柔了，但性的成分却更加少了。长期以来，我总是称她为妈妈，而且总是享受那种和她亲密无间的母子关系，时间一长，我真的把自己当作她的儿子了。我想这就是我为什么那样爱慕她，却是丝毫没有非分之想的真正原因。我记得很清楚，最初我对她的感情不太强烈，更多的是一些肉欲。在安讷西的时候，我曾经为她如醉如痴，到了尚贝里，我却不那样了。我依然前所未有地热恋着她，可是我爱她主要是为了她而不是为了我，至少我在她身边所追求到的是幸福而不是享受。她对我来说，不仅仅是姐姐、母亲、朋友，也胜似情妇，正因为这样，她才不是我的情妇。总之，我太爱她了，反而并不渴望占有她，这就是当时我脑海里的主导思想。

与其说渴望不如说是畏惧，那一天终于到来了。我既然一切都答应了，也一定要信守承诺。我一心想着要实践诺言，压根儿没想到要回报。不过，我却得到了报答。于是，我第一次投入了一个女人的怀抱，而且这个女人是我所崇拜的。我幸福吗？不，我只是得到了肉体的欢愉。有一种难以克制的忧伤玷污了这种美好的感觉。我觉得自己好像犯下了一桩乱伦罪似的。有两三次，我紧紧地把她搂在怀里的时候，我的泪水打湿了她的胸脯。她却恰恰相反，既不忧伤，也不兴奋，只是更加温柔宁静了。因为她根本不是一个放荡的女人，从来不追求这方面的满足，因此她既不欣喜若狂，也不为此感到良心不安。

我再说一次，她的一切过失应归咎于她的谬见，而不是她的情欲。她出身名门，心地纯洁，性情正直善良，喜欢得体的礼节，趣味也相当高雅。她本应该成为一个优雅完美的女人，正如她自己所喜欢的那样，但她没能很好地完成任务，因为她没有听从一向把她引上正路的感情，而是遵从了常常误导她的理性。后者当然用错误的理论将她引入歧途，她的感觉很正确，并且一直在抵抗那些错误的理论。可惜的是，她喜欢炫耀自己的哲学，由此还演绎出了不少的道德戒律，就是这些让她内心的正确指令溃不成军。

达维尔先生，是她的第一个情人，也是她的哲学教师。他以为自己灌输给她的那些理论都是必要的，实际上无非是为了诱惑她罢了。他发现她对自己的丈夫和职责忠贞不贰，而且态度始终非常冷淡，她是一个非常理性的人。所以，从感情方面是无法攻破的，于是就用一些诡辩术来向她进攻。他成功地说服了她，让她相信她所遵守的妇道完全是问答教学法中哄小孩子的把戏。两性的结合，这个行为本身是无足轻重的。夫妻之间的忠贞不渝只是一种表象，它的道德内核只不过是碍于公众舆论罢了。使丈夫安心是做妻子的惟一的责任，因此，隐瞒自己的不忠行为，对丈夫和自己的良心来说，都是一件好事。总而言之，他说服了她，使她相信不忠本身没什么，只有东窗事发时才成为一桩丑闻。每一个女人只要能装出贤良淑德的样子，那她就是那样一个人。就这样，这个恶棍达到了他的目的，他败坏了一个纯洁女人的理念，他没有能败坏她的心灵。但是，最后他却为此付出了代价，并受到了嫉妒烈焰的炙烤，因为他相信她在以其人之道还治其人之身。在这一点上，我不知道他是否错了。贝莱牧师被认为是他的继任者。就我所知，这个年轻女人的冷漠天性本应使她拒绝接受这套理论，但恰恰相反，这刚好让她日后无法抛弃这套理论。她始终不明白，人们为什么那么重视她认为毫无意义的小事。要知道，在她的眼里，贞节这种小事似乎根本和美德扯不上关系。

她从来没有为了自己的缘故滥用这个错误的理论，但却为了别人滥用它，原因在于这种同样谬误的理论和她那颗善良的心是那么地契合。她始终相信，没有什么比占有更能让一个男人倾心于一个女人，虽然她对朋友的爱只是友谊，这是一种十分脆弱的友谊，她用尽所有的手段，只是为了让他们更紧密地依恋她。而最令人感到惊奇的是她几乎每次都能成功。她真的非常可爱，一个人和她相处得越密切，就会更多地发现她的可爱之处。另外有一点值得一提的是，就是在她第一次失足之后，从来只垂青于那些身处不幸的人，而那些达官显贵的追逐只能是徒劳无功。但是，一旦她对一个男人产生了同情，最后却又没有爱上他，那一定是因为他不值得她爱。如果她选择的对象配不上她，这决不是因为她那高尚的心灵有了什么改变，而是由于她的性格太过慷慨、善良和敏感，而且同情心过重罢了，以至于让她总是无法很好地控制自己。

要不是这些错误的原则把她引上歧途的话，如果她能够坚持不懈地谨遵妇道的话，她该拥有多少值得赞许的美德啊！如果这些错误能够被称作缺点的话，她已用多少美德弥补了这些缺点啊！何况其中几乎没有什么肉欲的成分！同样一个人，在某一点上欺骗了她，然而也在更多的方面会出色地指导她。她很少因情欲而失控，只要她不在诡辩的道路上越走越远，就能够理智地判断一切。也许她会做错事情，但是她的动机是值得表扬的，哪怕是出错也是情有可原。但是，她绝对没有什么坏心眼儿。她对一切欺骗和撒谎的行径深恶痛绝。她为人正直，真诚，仁慈，无私；她信守承诺，忠于朋友，忠于自己认为应该遵守的责任。她既不会报复别人，也不会憎恨别人，她甚至从来没有想过，宽恕怎么会成为一种了不起的美德。最后，就拿她那最不可原谅的行为来说，她根本不知道如何估量她所付出的爱心，更不会将这作为一种交易的手段。她毫不吝啬地挥洒自己的爱心，但是决不出卖爱心，哪怕是她为了生计问题已经焦头烂额。而且我敢大胆地说，如果苏格拉底能够尊敬阿斯帕西雅，他也一定能够尊敬华伦夫人的。

我早料到了，当我说她既敏感多情又冷漠孤傲，人们一定会和往常一样，毫不留情地指出我的自相矛盾。也许这是大自然的过错，这种矛盾的统一体根本就不该存在。但我只知道事情的确如此。认识华伦夫人的人今天还有不少人健在，他们都能证明她确实是这样的人。此外，我甚至敢说，除了让她所爱的人幸福快乐，她不知道还有什么是真正的快乐。人们尽可以对此随便评论，哪怕是用高明的论断证明这不是事实。我的责任就是说出真实情况，并不一定要人们相信。

日后，经过进一步的交谈和接触，我才渐渐地领会到我方才所说的这些，这让我感到无比欣喜。她原来希望她的宠爱会对我有所帮助，她是正确的。的确，我也从她的指导中受益匪浅。此前，她总是将我当成孩子，仅仅和我谈些我自己的事情。现在，她开始把我看成了一个成年男子，开始将她自己的事说给我听。她所说的一切是那么的有趣，同时又让我非常感动，从而不能不暗自反思。从她的信任中，我受到的益处比从她的教导中获得的更多。当真正感觉到彼此说的都是肺腑之言的时候，我们自己也会敞开心扉，仔细聆听另一个人的心声。一个教育家的全部箴言也赶不上一个聪明女人的绵绵情话，尤其是你所爱怜的女人。

我们之间的亲密关系让她对我的评价比以前更高了。虽然我的举止很拙笨，但她认定我是一个可堪造就之材，如果将来有机会的话，我一定会在上流社会占有一席之地。据此，她认为不仅要培养我的判断能力，修饰一下我的外表，在礼仪方面也要多加学习。总之，她要使我变成一个既和蔼可亲又令人尊敬的人。如果说美德是在上流社会中取得成功的必要条件的话——我是不相信这一点的——至少我确信，要想取得成功的话，除了她所采取的那个教育途径外，是没有别的办法的。华伦夫人深谙人性，而且懂得人情世故，在待人接物方面修炼出了一套艺术。她与人交往既不虚伪，又不怠慢，既不欺骗人，也不冒犯别人。但是，她所教的这门艺术与其说是课程，不如说是她的性格使然。就这门艺术而言，她在实践方面远远比讲授方面更加高明，而我又是世界上最不会学习这门艺术的人。所以，她虽然竭尽全力教我，但是一切都是徒劳无功，就连她请教师教我跳舞和击剑也一样。我的身材很好，而且柔韧性也很强，却连一个小步舞都学不会。由于我脚上有鸡眼，我习惯于用脚后跟走路，即使用罗谢尔盐治疗，也没法改过来。虽然我看起来很机敏，但却连一个普通的小沟都跳不过去。在击剑练习室就更糟糕了，学了三个月，我还是在学习如何避开击来的剑，始终不会用剑突袭。而且我的手腕不太灵活，胳膊也不够有劲，当我的教练要击落我的剑时，它总是应声而落。不仅如此，我很厌恶这种运动和教练。我怎么也不明白，为什么有的人会为一门杀人的技术而感到骄傲。为了让我易于理解他所向披靡的天才，教练总是用他根本一窍不通的音乐理论来打比方。他认为，剑术中的第三和第四姿势，和音乐中的第三和第四音节有很明显的相似之处。如果他要作一次佯攻，他告诉我要注意这个升半音符号，因为在古代音乐中的升半音符号和剑术中的佯攻是同一个词。当他把我手中的剑打掉的时候，就笑着对我说，这是一个休止符。总之，我这辈子从来没有见过像他这样的家伙：头盔上插着羽毛、胸前带着皮革护甲、自以为多才多艺，实际上令人难以忍受。

因此，我在剑术方面进步很小。出于一种极度的厌恶心理，我很快就放弃剑术训练了。但是，我却在一门更加有用的艺术方面取得了长足的进步——那就是乐天知命，不再渴望更多的荣耀，因为我开始认识到自己不是天才。我一心希望妈妈生活得愉快，和她在一起总让我感觉到更加幸福。当我不得不离开她，急忙赶往城中时候，尽管我非常热爱音乐，依然觉得不胜其烦。

我不知道克洛德·阿奈是否觉察到我们之间的亲密关系。但我有理由相信这事肯定逃不出他的眼睛。他这个人不但绝顶聪明，而且还非常审慎。他从来不说违心的话，但也并不总是把心里所想的都讲出来。他一点也不透露他已经知道了我们的事情，只是从他的行动上看，他似乎是知道了。他的这些举止当然不是出于地位卑下的原因，事实上他赞成他的女主人的处事原则，如果她遵照这些去行动的话，他没有理由表示反对。虽然他们两个年纪相仿，但他却看起来更加老成持重，甚至还会把我们俩看成两个应该纵容的孩子，而我们则把他看成一个可敬的人，而且他也值得我们这样尊重他。我只有在发现了他的女主人对他不忠后，才了解到她对他的爱是如何深沉。由于她知道我的感情、思想乃至生命都是围绕着她，所以向我说明了她是如何爱他，以便让我也能同样爱他。其中，她并没有过多地强调对他的爱，让我觉得他们之间只是友谊，这种感情是我所乐意分享的。她还常常说，我们俩对她的幸福都是必不可少的。不记得有多少次，我们两个人感动得抱头痛哭起来。希望那些女士读到这一段的时候，不要不怀好意地取笑她。既然她生性如此，就不要怀疑这样做的动机，一切都是出于心灵的需要。

就这样，我们三个人组成了一个特殊的小团体，这或许是世界上绝无仅有的。我们所希望的，所关心的和所感受到的都是一致的，没有什么能超出我们的小圈子之外。我们渐渐习惯了三个人在一起的生活，哪怕是吃饭也是如此，如果三个人缺了一个，或者是有第四个人到来的话，一切似乎都乱了套。尽管我们三人关系很亲密，但我们却总觉得两个人远远不如三个人在一起那么开心。我们之间之所以没有烦恼，是因为我们彼此非常信任，之所以不会感到厌倦，是因为我们平常的生活很充实。妈妈总是不断地制定和实施自己的计划，绝对不允许我们两人闲着没事儿干，再加上我们都有自己的事要做，时间很容易就被占满了。依照我的观点，无所事事和孤苦无依一样，是造成社会苦难的根源。有什么能使人的思想变得更加狭隘，让人更容易惹事生非呢——那就是人们都呆在一间房子里，喋喋不休地东拉西扯，勾心斗角，因为他们除了闲聊之外无事可做——时间一长，他们之间的谈话就由聊天升级到了争吵和撒谎的地步，传播流言蜚语更是家常便饭。如果每个人都在忙碌着，除非有事要说，谁也不说话。可是当大家没什么事情做的话，他们绝对会强迫自己无休止地说下去，这是最讨厌和最危险的事情。我甚至还敢进一步说，为了使一个集体真正和谐快乐，我主张每个人不仅都应当做点事，而且一定要做能够吸引注意力的事。织毛衣就不行，等于什么都没干。织毛衣的女人和交叉着双臂、闲着没事可做的女人一样会招来麻烦。刺绣就完全不同了。因为刺绣需要聚精会神，根本没心思和时间去瞎扯。特别让人感到讨厌和可笑的是，与此同时，她要是看见眼前有十多个游手好闲的人，不停地起来坐下，四处转来转去，穷极无聊地用脚后跟来回打转，把壁炉上的瓷器转来转去看个没完没了，并且还绞尽脑汁地思索着，想方设法维持他们无休止的闲谈——真是一桩美妙的事儿！这样的人，无论他们干什么，总会给他们自己或者别人带来麻烦。我在莫蒂埃的时候，常到女邻居家去编丝带。一旦我回到了上流社会，我会经常在口袋里装上一个小转球，整天没事就拿来转着玩，这样就避免了我无话可说的时候没话找话说。要是每个人都这样做，人们就不会变得那么坏，互相之间的交往也会更加安全可靠。而且我认为，也会更愉快些。总之，哪个聪明人要是觉得这可笑，那就让他们笑吧，我却坚持认为，小转球原则是适用于现在这个时代的惟一道德。

再者，我们自己也用不着为了摆脱厌烦而没事找事做。那些不受欢迎的客人总是让我们感到不胜其烦，而且也使我们无法尽情享受三人世界的自由自在。以前，这些客人也曾经让我感到特别不耐烦。这时，这种情绪并没有消失，不同的是我没有那么多的时间去抱怨。可怜的妈妈丝毫没有摒弃她的老毛病：那就是对自己的事业和计划爱作种种幻想。恰恰相反，家里的生计越困难，她就越是沉浸在虚无缥缈的梦想之中，仿佛这样就能解决问题。眼前的生活环境越来越糟糕，她的幻想就愈加瑰丽无比。随着年龄的增长，她的这种老毛病反而愈演愈烈。当她渐渐失去社交的乐趣和青春的欢乐时，她就狂躁不安地用民间秘方和所谓的计划来弥补这方面的缺憾。家里总是络绎不绝地迎来一些江湖游医、制药商、炼金术士以及形形色色的骗子，他们吹嘘自己有家财万贯，却连一块银币也不会放过，而且没有一个人空着手离开她的家。有一件事我始终不明白，我不知道她怎么应付得了那笔惊人的开销，既没有耗尽她的财产，也没有使她的债主前来逼债。

我现在所说的那个时期里，有一个计划她非常热衷，当然这个计划不是她所有的计划中最不合理的一个，那就是在尚贝里建一所皇家植物园，而且还要聘请一位技师。人们一定能够猜到，技师的人选早已经内定了。这座城市位于阿尔卑斯山脉中部，很适于进行植物学研究。妈妈总是一个接一个地实现自己的计划，接着她又要创立一个药剂研究所。这似乎在贫瘠的山村非常有用。在那里，药剂师也就相当于医生。国王维克多逝世以后，御医格洛希退休后来到了尚贝里。这个消息让她十分兴奋，或许她早就知道，才酝酿了整个计划的。不管怎么样，事已至此，她开始拉拢起格洛希来，但这似乎不是一件很容易的事情。因为他是我见过的最刻薄最野蛮的人。下面我就举两三个例子吧，相信读者看后自有公断。

一天，他和其他的医生会诊一个病人，其中有一位医生是从安讷西请来的，以前经常给那个病人看病。这位青年人不像其他医生那么圆滑，居然胆敢不同意格洛希的意见。格洛希并不回应他的异议，反问他什么时候回去，经过哪一条路，乘坐什么样的马车。年轻的医生回答了格洛希的问题后，又问有什么事情需要他代办的。格洛希说："没事，没什么事，我只是想，在你走的时候，我希望能够坐到楼上的窗户边上看看一头驴坐在马车里的蠢样儿。"除了富得流油和是个冷血动物之外，他还是一只铁公鸡。有一次他的一个朋友向他借钱，并且有最可靠的担保，他却紧握着他朋友的手，咬牙切齿地说："朋友，如果是圣彼得从天堂下来，用三位一体担保向我借一百法郎，我也不借给他。”有一天，萨瓦地方的长官、一位非常虔诚的伯爵比贡先生请他吃饭，他提前很早就到了，那位长官大人正在忙着祈祷，就请他一同祈祷。他不知道如何作答，就做了一个可怕的鬼脸跪下了。但是，刚刚念了两句“万福玛利亚”，他就再也受不了了，猛地站起来，拿起手杖，一句话没说就走了。比贡伯爵追着对他说：“格洛希先生！格洛希先生！停下，您停下啊，烧烤架上还有一只美味无比的红鹧鸪呢！”他扭过头来回答道：“伯爵先生！您就是给我烤一个天使我也不会留下的。”御医格洛希先生就是这样一个人。妈妈很想拉拢格洛希先生，最终她成功了。虽然他特别繁忙，但还是经常来看望妈妈，而且和阿奈建立起深厚的友谊。他很重视阿奈的学识，并且还用赞赏的口吻谈论阿奈。没有一个人能够猜到，像他这样一个鲁莽的人，为了消除过去的坏印象，居然向阿奈表示了特别的敬意。虽然阿奈早已不是仆人了，但是众所周知，他过去的确是个仆人。可是，御医带有某种权威性质的敬意让人们不再像以前那样怠慢阿奈了。克洛德·阿奈身穿黑色上衣，假发梳得整整齐齐，态度严肃而令人尊敬，行动明智谨慎，而且在医学和植物学方面造诣很深，再加上医学界领袖人物青眼有加，照理来说，如果成立皇家植物园的计划能够实现的话，他很有希望担任皇家技师一职。实际上，格洛希很欣赏这个计划，而且也采纳了这一提议，目前正在等待适当时机向宫廷提出。只要局面和平稳定，并且允许进行公益建设的话，就可以考虑实施计划所需的经费等问题了。

如果这个计划顺利实现，我很有可能会投身到植物学上去，因为我似乎生来就是要干这门学科的。但是，一件意外的事情发生了，导致这个计划全盘失败，虽然这个计划是那么地周密完美。似乎是命中注定的，我要承担人类的所有苦难。上帝仿佛是故意要叫我经受这种种艰难困苦，即使有拯救我于水深火热之中的人和事，也被他用手轻轻拨开了。有一次，阿奈外出到山顶上去寻找一种名叫 Genipi 的草药。这是只有在阿尔卑斯山上才有的一种稀有植物，格洛希先生当时正需要它，这个可怜的青年可能是由于又累又热，得了肋膜炎。据说，他所采的药材正是治这种病的特效药，但也救不了他的命。尽管御医格洛希先生医术高明（他当然相当聪明），尽管有善良的女主人和我无微不至的照料，他还是在五天之后死在了我的怀中。临终前，他饱受病痛的折磨，而且只有我劝慰过他，我的心情是那样痛苦和真诚，如果他当时神智清醒，一定能够了解我的意思，也会得到一些安慰的。就这样，我失去了一生中最忠实的朋友。他是一位罕见的、值得尊敬的人物，他的天分完全可以弥补教育的缺失，虽然他的身份卑微，仅仅是一个仆人，却具有伟大人物的一切美德。如果他能够活得更长，同时又有一个合适的职位的话，他一定会成为举世罕见的大人物。

第二天，我怀着异常真挚的沉痛心情向妈妈谈起了他。突然之间，我在说话的过程中产生了一种卑鄙可耻而且不应该有的念头：我想自己应该接下他生前穿过的几件衣服，特别是那件曾引起我无限幻想的漂亮的黑色上衣。我的心里是这样想的，就这样说出来了，因为在她的面前，我总是心里想什么就说什么的。这个卑鄙可憎的念头之外，没有什么更让她感受到失去这个人对她来说是多么惨重的损失，特别是死者生前有一颗高贵无私的灵魂，而且具有世界上最优秀的诸多品质。这个可怜的女人，一句话也没有说，就扭过头去哭了起来。多么可爱而又珍贵的眼泪啊！我明白这眼泪的意义，每一颗泪珠都流到我的心里了，把我心里所有卑鄙肮脏的东西全部冲刷干净了。从那以后，我再也没有产生过类似的念头。

阿奈的死不但让妈妈悲恸不已，也让她蒙受了物质上的损失。从此以后，她的事业也是随之江河日下。阿奈是一个精明而谨慎的青年，把女主人的家管理得井井有条。大家都害怕他那双锐利的眼睛，而不敢过于铺张浪费。就是妈妈本人也惟恐受到他的指责，而竭力控制自己的花销。对她来说，单单他的爱是不够的，她还要保持住他的尊敬和避免他的正当指责。因为不管她是在滥用别人钱财还是挥霍自己的家产时，他偶尔也敢于责备她。我和他的想法一样，甚至也提出同样的忠告。但是，我在她身上没有什么影响力，我的话也不像他的话那样起作用。他既然不在了，我就必须挺身而出，哪怕是我没有这方面的能力，也没兴趣。后来，我果然做得很糟糕。我本来就不细心，又生性怯懦，虽然我也会小声嘀咕几句，但是事情该怎么样还是怎么样。再说，固然我获得了和阿奈同样的信任，却没有他那样的威严。我看到家里乱七八糟的，只有无奈地叹息和抱怨，因为没有一个人听我的话。我太年轻气盛，根本不会办事。每当我要行使自己职责的时候，妈妈总是亲热地轻轻拍打着我的脸蛋儿，嘴里叫着“我的小管家!”这又逼得我不得不回到原点上去。

她那种毫无节制的铺张浪费给我留下了深刻的印象，而且我也深知这早晚会让她跌入困境的。特别是现在我开始替她管理家务，亲眼看到她的经济状况入不敷出的时候，这种感觉更加强烈了。从那时起，我开始养成了吝啬的生活习惯，虽然以前也有类似想法，但觉得没有必要那么做。除了偶尔会傻乎乎地大肆挥霍之外，我平时还是很节省的。在此之前，我从来没有为钱伤过脑筋，不管是多也好少也好。从现在开始，我要精打细算过日子了，而且我要看好自己的钱袋。在这种崇高动机的支配下，我变得越来越吝啬了。实际上，我只不过是已经预见到将要发生的危机，想给妈妈攒一点钱，以备不时之需。我担心她的债主将会扣下她的年金，或者是年金将完全被取消。以我短浅的目光来看，我攒的那点儿钱或许会帮上她很大的忙。但是，为了节省钱，而且能够存下来，我必须偷偷地瞒着她。因为当她东挪西借，四处借钱的时候，要是知道我有私房钱的话，这似乎不太合适。于是我就处心积虑地到处找地方，希望能够将那几个金路易藏好，并且还计划时不时地增加一点儿，直到有一天一股脑儿全部交给她为止。但是，我太笨了，居然连这么一点儿钱都藏不好，她总是能够发现我藏钱的地方。接着，她为了让我知道她已经发觉这个秘密，就把我所藏的金币全部拿走，然后换上了更大数目的别的钱币。于是，我只得很不好意思地把我那点儿钱充公了。她总是又用这些钱为我购置一些衣服或是其他用品，例如银剑、怀表等等之类的东西。

这让我确信攒钱是永远不会成功的，即使能够攒下一点儿钱，对她说来也是杯水车薪。最后，为了避免我所担心的不幸发生，以防她无力供给我饭吃而她自己也缺衣少食的情况出现，我必须谋取一个职位，以便能够给她提供最基本的生活保障。除此之外，没有别的出路。不幸的是，我将这一计划建立在自己兴趣爱好的基础上，愚蠢地想要在音乐方面碰碰运气。当时，我觉得自己的脑子里充斥着形形色色的主题和旋律，只要能找到合适的机会对它们加以利用，我肯定会成为一代宗师的，一个当代的俄耳浦斯，我那优美的歌声可以把全秘鲁的银子都吸引过来。现在，识谱对我来说是一件很容易的事情，问题是我怎样才能学会作曲。最大的困难就是找不到教我作曲的人。我认为单单靠拉莫所著的那本《和声学》，我是无论如何也学不会的。且自从勒·麦特尔先生走了以后，在萨瓦便没有懂和声学的人了。

在这时，大家又可以看到我这一生中不断发生的南辕北辙之类的事情了，很多事情往往不以我的意志为转移，恰恰往相反方向去发展，甚至就在我快要达到目的地的时候也是如此。汪杜尔时常和我谈起关于布朗沙尔神父的事，他是汪杜尔的作曲老师，是一个才华横溢的天才人物，当时他在贝尚松大教堂担任音乐指挥，现在在凡尔赛的小礼拜堂当音乐指挥。于是我便打算到贝尚松去，想跟着布朗沙尔神父学习音乐。我认为这个想法非常明智，并且成功地说服了妈妈，让她也赞成这个想法。很快，她开始以她那一以贯之的铺张手法给我准备起行装来了。本来我的目的是防止她破产，以便能够弥补由于她的挥霍而欠下的亏空。可是这样一来，刚刚着手执行计划，就又让她破费了八百法郎。我本来是为了防止她破产的，实际上反而加速了她的破产。虽然我们的举止很荒唐，但我的心中却充满了对未来的憧憬，妈妈也是这样。我们彼此深信——我，纯粹是为她着想的；而她则深信我所做的一切对我自己有帮助。

我原以为汪杜尔还在安讷西，就想求他写一封推荐信给布朗沙尔神父，但他已不在那里了。没有推荐信，我只好带上汪杜尔留给我的一篇四声部的弥撒曲，这是他的作品，也是他亲笔抄写的。拿着这封特殊的推荐信，我向贝尚松进发了，路过日内瓦的时候，我看望了几位亲戚，经过尼翁的时候，我去探望了父亲，他和往常一样接待了我，并且答应把我的行李寄到贝尚松，因为我骑着马，行李随后才能到达。我终于来到了贝尚松，布朗沙尔神父很友好地接待了我，答应教我音乐，并且表示将会尽全力照顾我。在我们准备开始的时候，父亲寄来了一封信，说我的行李在鲁斯被扣留并没收了，那是瑞士边境的一个法国关卡。这消息把我吓坏了，我赶紧托贝尚松刚认识的几个熟人打听一下没收的原因，因为我知道里面没有违禁品，也想象不出他们有什么理由没收。最后，我知道了原因。这件事很奇怪，我必须介绍一下。

在尚贝里，我认识了一位上了年纪的里昂人，他名叫杜维叶，是一个非常可敬的人。他在摄政时代的签证处做过事，后来急于谋一个差事，便来到土地登记处工作。他曾经和上流社会人士打过交道。他不仅有才能，而且有学问，不但为人热忱，还彬彬有礼，而他也懂得音乐。我们两人当时在一个办公室工作，在那些粗俗不堪的人们中间，我们俩的趣味格外相投。他和巴黎方面有一些老交情，经常给他提供一些所谓的小报，上面刊登着昙花一现的新奇作品，这些作品也不知为什么就传播起来，但很快就会悄无声息地消失，要是没有人提起，永远不会有人再想到它们。我曾带他到妈妈这里来吃过几次饭，可能是他有意要和我交好，为了使自己博得我的欢心，他竭力使我也喜欢这些无聊的文章，其实我一向非常讨厌这些东西，这辈子根本就不会去读的。虽然内心很不快，我还是勉强收下了这些该死的纸片，并顺手把它们塞进一件上衣口袋里，那件新衣服我只穿过两三次，从来没想到会被边检人员发现。这是一篇戏拟之作，是让塞尼优斯模仿拉辛的悲剧《密特里达德》里最优美的一幕写成的。文字索然寡味，我连十行也没有读，其后也忘记从衣袋里拿出来。这就是此次我的行李被扣押的原因。边检的税务官把我的行李列了一个清单，前面还附有一篇洋洋洒洒的检验报告。该报告首先断定这份文件来自日内瓦，目的是准备到法国印刷和散发的。他们借机对上帝和教会的敌人加以猛烈的抨击，并厚颜无耻地对自己大肆赞扬吹嘘，说正是由于他们的警惕性高才粉碎了这桩罪恶的阴谋。毫无疑问，他们还发现我的衬衣有异教的气味。就是根据这张可怕的小纸片，他们把我所有的东西都没收了。我没有得到对此的任何解释，更不知道自己的行李是如何处理的。后来，我去找那些官吏们讨要说法的时候，又是证明，又是收据，又是备忘录的，把我弄得晕头转向。最后，我只好放弃了一切努力。我非常后悔没有把鲁斯关卡的那份检验报告留下来。要是能把它收入本书的附录里，一定会别具特色的。

这项损失让我立刻回到尚贝里，在布朗沙尔神父那里什么也没有学到。不管我做任何事情，无论是多么费尽心思，最后都会以失败而告终。我决定回到妈妈身边，全心全意和她一起生死患难，荣辱与共，从此再也不杞人忧天了，即便如此我也是无能为力的。她热烈欢迎我回到家中，就像欢迎载誉归来的英雄一样。渐渐地，她还把我的衣物添置起来。对我们两个来说，这次的损失不啻于一次重创，但我们很快就淡忘了这一切，就像它当初发生时一样快。

尽管这次的遭遇浇熄了我对音乐的热情，但我依然坚持不懈地研究拉莫的那本著作。由于长期的刻苦钻研，我终于弄懂了它的精妙处，还尝试着写了几首小曲，成功的喜悦让我深受鼓舞。奥古斯特王逝世以后，安特勒蒙侯爵的儿子贝勒加德伯爵就从德累斯顿回来了。他在巴黎住过很长时间，非常热爱音乐，特别是拉莫的音乐更让他似醉如狂。他的兄弟南济伯爵会拉小提琴，他们的妹妹拉尔杜尔伯爵夫人会唱几首歌。这一切使得音乐在尚贝里流行起来。他们将公开音乐会的风气引进当地，最初还打算请我担任指挥。然而不久，他们看出我不能胜任，就另请高明了。我仍然把我作的几支小曲拿去演奏，谁知其中有一支合唱曲竟大受欢迎。这支曲子其实很不成熟，但是却能给人带来一股清新的气息，谁也想不到会是我写的。这些先生们根本就不相信，我这个连乐谱还读不懂的人，竟能作出这么好听的曲子来，他们怀疑这肯定是别人的作品。为了澄清事实真相，有一天早晨，南济伯爵拿着克莱朗波的一支合唱曲来找我。他告诉我，为了使这个曲子便于演唱，他已经给它变了调，但是由于一变调，原来的伴奏部分就不适合演奏了，需要我再写一个低声部伴奏。我回答说，这是一项非常复杂的工作，不能一蹴而就。他以为我是在找借口，就逼着我写，还说至少要写一个吟诵调的低音部。我照做了，但是做得很糟糕，这一点毫无疑问。不论做什么事，我必须在毫不紧张的情况下从容不迫地去做，只有这样我才能做好。不过，这次我写得很合乎规范，而且是当着他的面做的。从那以后，他再也不怀疑我作曲的高超本领了。也正因为如此，我的那些女学生才一直追随着我，不过这让我的音乐的热情冷却了下来。因为我知道，即使没有我的参与，他们也可以成功地举办音乐会。

大概就在这个时候，局势稳定了下来，法国军队重新翻越了阿尔卑斯山。有许多军官来看望妈妈，其中有奥尔良团的团长劳特莱克伯爵，后来他当了驻日内瓦的全权大使，最后成了法兰西的元帅。妈妈把我引见给他。他听了妈妈说的一番介绍后，对我表现出极大的关心，还向我许下了不少诺言。可是，直到他临死的那一年，在我已不需要他的时候，他才想起了那些诺言。那时，年轻的桑奈克太尔侯爵也到达了尚贝里，他的父亲当时是驻都灵的大使。有一天，他在孟顿夫人家吃晚饭，正好我也在座。饭后大家谈起了他非常在行的音乐。当时《耶弗大》这个歌剧正十分流行，他便谈起了这个歌剧，并叫人把谱子拿来。他提议要和我合唱这个歌剧，这让我吓得浑身发抖。他打开曲谱，正翻到那段著名的二重唱那里：

人间，地狱，甚至天堂，
都要在上帝的面前战栗。

他问我："你愿意唱几个声部？我来唱这六个声部。"我还不习惯法国音乐中的那种急促的节奏，虽然我有时也会结结巴巴地唱上几节，但无法想象一个人怎么能够同时唱六个声部，就是同时唱两个声部也很难啊。在音乐中，使我最感头痛的就是迅速地从一个声部跳到另一声部，同时眼睛还要看着整个乐谱。看到我百般推诿的样子，桑奈克太尔先生显然怀疑我不懂音乐。也许就是为了验证我到底会不会，他故意要我把他打算献给孟顿小姐的一支曲子记下来。这我无法推辞。于是，他一边唱，我一边记，我没请他唱多少遍就记下来了。然后，他把我记的谱子看了一遍，认为我所记的完全正确。由于他刚才亲眼目睹了我的窘状，就对这件不足挂齿的小事大加赞扬起来。其实，事情很简单。总而言之，我很精通音乐，所缺乏的只是那种一看就会的聪明劲儿，我在任何方面都是如此。要想学好音乐，必须经过长期的艰苦练习。不管怎样，我非常感激他，难得他这么细心，竭力想让大家和我自己忘却刚才那点小小的不快。12 年或 15 年之后，在巴黎的不同场合里我又遇见了他，我曾多次想向他提起这件事，向他表明我一直没有忘记他。但是，他打那以后就失明了，我怕回忆当年那些事情会引起他的伤感，所以就忍住没说。

那个时候，我正处于一个关键时期，正在由过去的生活过渡到现在的生活。那时结识了一些朋友，直到今天依然和我关系很好，这对我说来是非常珍贵的。他们常常让我回忆起往日的那些美好时光，当时的那些朋友才是真正的朋友，都是爱我这个人而跟我交朋友。一切都是发自内心的真挚友谊，而不是出于能和一个名人过从甚密的虚荣心，更不会处心积虑地寻找更多的机会伤害他。

就是从那时候起，我认识了老朋友果弗古尔，尽管有人从中作梗，试图离间我们，他永远对我不离不弃。永远？哦，不！最近他永远地离开了我。但是，他对我的友爱在他有生之年一直延续着，而我们的友谊只是由于他的去世才画上了句号。果弗古尔先生是世界上绝无仅有的好人。凡是见到他的人没有不爱他的，和他一同生活，就一定会和他结下深厚的友谊。在我一生之中，我从来没有见过一个人比他更光明磊落，更和蔼可亲，更恬静淡泊，更聪明睿智，更能博得人们的信赖。不管多么拘谨的人也会和他一见如故，就像认识了二十年多年的老朋友那样。连我这样一个见到陌生人就局促不安的人，和他初次见面的时候竟然是那样的无拘无束。他的举止风度、说话腔调和言谈内容都和他的仪表完全一致。他的嗓音清脆、饱满、响亮，像雄壮有力的低音那样优美，不仅对耳朵来说是一种享受，而且直抵你的灵魂深处。很难想象，还会有人比他过得更加愉快，比他更加和蔼可亲，更不会有他那样的真诚朴实的风度，甚至也没有他那样既有纯朴的才华又有高尚的修养。除此而外，他还有一颗仁爱之心——有的时候会滥用这份爱心——他是这样一个人，随时随地准备帮助别人，不管对方是谁，当然对朋友更是格外热忱。他总能够和他所帮助的人交上朋友，而且还能一边满怀热情地帮助别人，同时又巧妙地将自己的事情安排妥当。果弗古尔是一个普通钟表匠的儿子，他也继承了父亲的衣钵。但是，他的风度和他的才华召唤他走向更适合他的社交圈子，而且他成功了。他结识了当时驻日内瓦的法国代表克洛苏尔先生之后，二人相交甚欢。克洛苏尔在巴黎给他介绍了一些对他很有帮助的朋友。他通过这些关系得以就任瓦莱州的盐商一职，每年有两万法郎的收入。他的运气非常好，在男人方面这些也足够了。但在女人方面，他简直应接不暇。他不得不从中遴选，作出最正确的选择。最令人惊讶和敬佩的是，他身边的人总是三教九流的，可是他无论到什么地方，人们都喜爱他，都欢迎他，他从来没有受过任何人的嫉妒和憎恨，我相信他这一辈子至死也没遇到过一个仇人。多么幸福的人啊！他每年都要到埃克司温泉浴场来，附近一带的社交名流都会聚集在那里。他和萨瓦的所有贵族关系都很近，他从埃克司到尚贝里来探望贝勒加德伯爵和伯爵的父亲安特勒蒙侯爵。妈妈就是在这位侯爵家和他相识并将我介绍给他的。这种一面之缘似乎注定我们不会有什么深交，其间又中断了多年，但是在我以后要叙述的一个场合中我们又见面了，并且成了莫逆之交。因此，我有充分的理由来谈谈这位挚友。但是，因为他是一个如此有吸引力和个人魅力的人，即使我不是出于任何私利而追念他，也会为了人类的荣耀而深切缅怀他。当然，他这么可爱的人也会有缺点，像其他人一样，这些读者以后可以看到。但是，话又说回来，他如果没有这些缺点，就不会这么可爱了。为了让他更加具有亲和力，有一些需要人们原谅的缺点也是应该的。

这个时期我还和另外一个人交往甚密，而且我们之间的来往一直没有停止过，这让我不断地追求世俗的幸福，一个人至死都难以抵抗这种诱惑。这个人就是孔济埃先生，萨瓦的绅士，当时既年轻又可爱，一时兴起想学音乐，更确切地说，要结识我这个音乐教师。他除了具有艺术天分与爱好以外，还有一种非常温柔可亲的性格，我很欣赏这样的人，我们很快就成了挚友。当时，文学和哲学的种子正在我的脑海中萌芽，只要有合适的土壤，再加上一点儿关心和鼓励，完全能破土而出。而他的出现适逢其时。孔济埃先生在音乐方面没有多少天赋，这对我说来却是一件好事。上课的时候，除了进行音阶练习之外，我们可以畅所欲言，非常随便。我们吃早点，闲谈，阅读新近的出版物，对音乐则只字未提。当时伏尔泰和普鲁士皇太子的通信正风靡一时，我们常常谈论这两位著名人物。后者不久就登基了，当时已经有很多迹象表明他日后将会成为什么样的人；另一位，当时正饱尝诋毁之苦，其程度一如今日所受到的赞颂，这使我们对他的不幸深感同情，要知道，在伟大人物的身上，这种痛苦和天才一样如影随形。早年的时候，普鲁士皇太子的生活不是很幸福，而伏尔泰终其一生都没有品尝过幸福的滋味。我们对这两个人都很感兴趣，以至于开始关心起和他们有关的一切。我们读过伏尔泰所有的著作，一篇也没有落下。我很喜欢读他的作品，并且产生了用他那样的优雅风格写文章的热望，甚至还竭力模仿这位作家绚丽多彩的文风，这些无一不让我心醉神迷。过了不久，他的《哲学书简》出版了，这并不是他最好的著作，然而正是这部书有力地吸引我去探求知识。从那时起，这种兴趣就持续增长，一直没有熄灭。

但是，当时我还没全身心地投入到知识的学习中。我始终没有定性，还是喜欢到处乱跑，只是这种个性开始由根深蒂固变得有所收敛了一些，但这时华伦夫人的生活方式却助长了这种癖好。她那里太嘈杂了，这对喜欢僻静的我来说不太合适。每天都有很多陌生人从四面八方来到她这里，我确信这些人无非是按照各自的方式来欺骗她罢了，这样的想法让我痛苦不堪。既然我取代了克洛德·阿奈的位置，也赢得了妈妈的信任，但是真正接手之后才发现她的情况实在太糟糕了。我曾无数次向她提出忠告，但是一切都没用，无论我怎样恳请、央求、发誓、许愿，一切都是徒劳的。我曾跪在她的脚下，竭尽全力说明有灾难正在威胁着她，哀求她务必要减少开支，并提议从我做起。我还说，年轻的时候吃点苦不算什么，总比老了之后债台高筑强。她似乎被我的良苦用心打动了，像我一样深切地认识到事情的重要性，并且发誓要按我说的去做。但是，只要来一个无赖汉，她什么都忘掉了。千百次的失败证明了我的苦口婆心是毫无用处的，除了转过头去不看那些我无力防止的灾难外，我还有什么办法呢？我既然看守不住家门，就只好离开这里去尼翁、日内瓦、里昂作一些短暂的旅行。这种旅行使我暂时忘却了内心的烦恼，但与此同时，花销的不断增加又滋生了新的烦恼。我可以发誓，如果妈妈真的能够从节俭中受益的话，再苦的生活我也能忍受。但是，我心里很明白，我千方百计省下来的那点儿钱迟早也会落入那些骗子手中，不如索性利用她慷慨大方的弱点和他们分享算了。我就好像一只从屠宰场出来的狗，既然保不住那块肉，就不如叼走我自己的那一份。

我向来能够找到外出旅行的借口，帮妈妈做事就是一个再好不过的借口。她的社会关系很多，有很多需要接洽和办理的事，肯定要委托一个稳妥可靠的人。她自然只乐意派我去。我正巴不得她这么做呢。这样一来，我就可以随心所欲地到各处去转转了。这些旅行使我得以结识一些有用的人，他们以后都成了我的良朋益友。在里昂，我认识了派里松先生，他对我表示了好感，现在我很后悔没有能继续和他交往下去。在格勒诺布尔，我认识了代邦夫人。她是德巴尔东南谢议长的夫人，非常有才华，如果我有机会能常去拜访她，她一定会对我产生好感的。在日内瓦，我认识了法国代表克洛苏尔先生，他常和我谈起我的母亲，虽然时光荏苒，她也已去世很久了，但往事仍在他的心间萦绕。另外我还结识了巴里约父子，那个父亲把我叫作他的孙儿，他是一个令人非常喜欢与之交往的人，也是我认识的人中最可尊敬的人物之一。在共和国的艰难时期，这两位公民参加到互相敌对的阵营当中：儿子参加了人民派，父亲加入了执政派。1737 年开火的时候，我恰巧正在日内瓦，亲眼看到他们父子二人全副武装地从同一幢房子里走出来，父亲前往市政厅去了，儿子则迈向自己的集会地点，他们心知肚明，两小时后他们将会当面对阵，说不定还会刺穿彼此的喉咙。这种可怕的情景给我留下了深刻的印象，于是我当即发誓：假如我恢复了公民权的话，我决不投入任何内战，并且永远不会在国内用武力捍卫自由，既不会参与其中，更不会投赞成票。我能够证明，我坚守了自己的诺言，即使是在极其艰难的情况下也是如此。人们将会发现——无论如何，我希望他们这样——我的这一做法是值得赞许的。

但是，当时我还没有意识到心中涌动的最初的爱国主义热忱，这是由日内瓦的武装斗争所激发的。后来发生了一件应该由我负责的十分严重的事情，读者可以从中判断出我离这种爱国热情还远着呢，这个事件我当时忘了谈它，现在却不应该忽略。

几年前，我的舅父贝纳尔前往卡罗林纳，目的是为了监督他所设计的查尔斯顿城建造计划的实施。但是，他刚到那里不久就去世了。我那可怜的表兄也为效忠普鲁士王而光荣殉职了，这样我的舅母就差不多同时失去了丈夫和儿子。这一惨痛的打击让她对自己幸存的至亲热情起来，这位至亲就是我。我到日内瓦去的时候便住在她家，闲来无事的时候，我就会翻阅舅父遗留下的书籍和文件。其中，我发现了书信等几样有趣的东西，这些东西的存在是别人料想不到的。我的舅母不是很看重这堆破烂儿，还说如果我需要的话，全部都可以拿走。我只看中了两三本由我的外祖父贝纳尔牧师批注过的书，其中有一本罗霍尔特的四开本遗著，这本书的空白边上写满了精彩绝伦的评论，这让我对数学产生了兴趣。这本书以后就一直放在华伦夫人的书库里，我很后悔没有将它收藏好。除了这些书籍外，我还拿了五六本手稿，一本印刷的书籍，是著名的米舍利·杜克莱所写的一份文件，他是一个博学多才的人，可惜思想过于激进了。日后，他遭到日内瓦官员们的残酷迫害，刚刚死在阿尔贝的城堡中，他被监禁在那里好多年。据说，他的罪名是参与了伯尔尼谋反事件。

这份文件是对筑城计划的一个非常明智的批评，那个大而无当的计划已经部分地在日内瓦付诸实施，一些专家由于不了解议会实行这个宏伟计划的隐秘目的，曾对该计划极力加以讽刺。米舍利先生指出了这个计划的致命弱点，并因此被筑城委员会开除了。然而他认为，即使不是作为二百人议会中的一员，哪怕是以公民的身份也有权利发表自己的意见。于是写了这个文件，并且轻率地印了出来，但没有公开发行。他只印了二百份，分发给议员。议会得到消息后，命令邮局将这些小册子全部扣留。我在舅父遗留的资料中发现了这份文件，以及他的意见书，我把这两份文件都拿走了。这次外出旅行是在我离开土地登记处以后不久，当时我和处长果克赛里律师交情不浅。以后不久，关税局长决意让我作他儿子的教父，并且请果克赛里夫人作教母。这种荣誉让我洋洋自得起来，同时也骄傲能同这位律师有如此亲近的交情。为了表示自己能够担当得起这样巨大的荣耀，我竭力装出一副很了不起的样子。

在这种想法的支配下，我认为最好让他看看米舍利先生的印刷文件——那的确是一份稀有的文件——藉此可以证明，我是知道政府机密的诸多日内瓦权贵之一。但是，由于某种难以解释的隐秘动机，我没有把舅父对这份文件的意见书拿给他，也许因为那是一份手稿，而且只有印刷品才是律师先生所需要的。于是，我竟然愚蠢地相信了他，而且还将那份文件交给了他，他也深知那份文件的重要价值。然而，从此我就没能收回它，也没有再见到它。后来，我深信无论怎么样努力都是徒劳的，不如送个顺水人情算了，把他强占的东西变成了一件馈赠品。这份文件虽然十分稀奇，但却没有多少实用价值。毫无疑问，他肯定会拿着它到都灵宫廷大肆吹嘘，也许还会漫天要价，好像他花了大价钱才获得了这份文件一样。所幸的是，在一切有可能发生的突发事件中，撒丁王围攻日内瓦是可能性最小，但也决不是绝对不可能的。否则的话，我肯定会后悔终生的，因为自己出于愚蠢的虚荣心而把这个城市的弱点透露给了它的宿敌。

我就这样消磨了两三年的时间，我的注意力也在音乐、医药、行行色色的计划和旅行之间徘徊，兴趣也是不断从这件事转向另一件事。我很想稳定下来，但是又不知道该干什么。但是，渐渐地，我对学问产生了兴趣，并开始和文人打起了交道，听他们谈论文学，有时自己还会斗胆插上几句话。其实我完全是在玩文字游戏，对其中的含义一窍不通。在我去日内瓦的时候，顺便探望了我亲爱的老友西蒙先生，他把自己从巴耶或是哥罗米埃斯得到的学术界的最新消息讲给我听，这大大鼓舞了我求知的热情。在尚贝里，我经常去拜访一位雅各宾派的修士，他是一位物理学教授，一个很和善的人，他的名字我现在已经忘记了。当时，他常常做一些使我感到非常有趣的小试验。有一次，在他的指导下，我决定借助奥扎南的《趣味数学》，制造一种密写墨水，我在玻璃瓶里装了多半瓶生石灰、硫化砷和水，用塞子拧紧。几乎是在同时，瓶内的液体剧烈地沸腾起来。我赶紧跑了过去，想打开瓶塞，但是已经来不及了。它像炸弹一样在我的面前爆炸了。我还咽了一口硫化砷和石灰的混合物，这差点儿要了我的命。从那以后的六个星期内，我什么也看不见。这次教训让我明白了，如果不懂实验的原理就千万不要去尝试。

这次的意外事件对我的身体健康可不是一件好事，因为最近一段时间以来，我的健康状况已经越来越糟糕了。我真不明白，我的体格本来就很健壮，又没有任何不良嗜好，为什么眼看着一天不如一天了呢？我的身体很强壮，胸部也很宽阔，呼吸本应是很顺畅的，然而我却经常感到气短，有的时候被压迫得简直喘不过气来，而且还伴有心悸和吐血。甚至我开始经常发烧，从那以后一直没有治好过。我的身体内部没有任何毛病，又没有做过任何有碍健康的事，为什么会在年轻的时候落得如此凄惨的境地呢？

俗话说：色字头上一把刀。这正是我的生动写照。我的激情让我活力四射，同时也伤害了我。或许有人会问：什么激情？一些不值一提的小事，一些最为幼稚的事，就是这些让我就像是要占有海伦，或者要登上统治世界的宝座那样激动起来。首当其冲的是——女人。当我占有一个女人后，感官虽然得到了满足，但我的心却无法平静下来。在肉欲的享受之中，我对爱情的需求依旧无法满足。我有了一个温柔的妈妈，一个亲爱的女友。但是我还需要一个情妇。于是，我就将妈妈想象成了情妇，甚至还千百次自欺欺人地变换她的形象。当我拥抱着她的时候，如果我知道是在妈妈怀里的话，即使我拥抱得同样有力，我的欲望也会熄灭。我肯定会被感动得热泪盈眶，但却并不觉得快乐。肉欲的快感啊！难道这是上帝给男人的宿命安排吗？即使我此生中只有一次尝到了爱情的全部欢乐，我相信我这个孱弱的身体根本经受不住的，我肯定会当场死去的。

就这样，我终日受着这种没有对象的爱情的煎熬。也许正是这种爱情才更耗费精力。一想到可怜的妈妈的境遇每况愈下，还有她那种不审慎的行为，以及必然破产的悲惨命运，我就感到心如刀绞。我的想象很灵验，那些不幸的事件总是接踵而至，其不幸程度和结局甚至比我想象的更加可怕。我已经预见到，自己将会为穷困所迫，而且必须离开我用全部真心相爱的、缺了她我就失去生活乐趣的那个女人。因此，我总是心神不宁，欲望和忧虑相互交替着吞噬我的心。

音乐是我的另一种激情，虽然没那么炽烈，但也同样消耗我的精力，因为我简直对它着了魔，因为我一直坚持拼命钻研拉莫的那些难懂的著作，因为即便我的记忆力已经不大好使了，我依然固执地加重它的负担，因为我为了教音乐课得不断地东奔西走，因为我还得夜以继日地编写和抄写大量的乐谱。但是，为什么要提到这些经常性的工作呢？这些傻事一直占据着我的脑海——那些短到只有一天的爱好、一次旅行、一次音乐会、一顿晚餐、一次散步、读一本小说、看一出喜剧，所有这些事情，无须事先考虑安排好就可以信手拈来，而且还可以从中享受到快乐。有的时候，这些对我说来还可以演变成不可遏制的激情。即使当它们变得滑稽可笑的时候，我也能感受到锥心的痛苦。我曾无数次疯狂地时断时续地阅读《克利弗兰》。我相信，虚构的克利弗兰的不幸比我的悲惨遭遇更让我难过。

在尚贝里，有一个名叫巴格莱的日内瓦人，曾在俄国彼得大帝的宫廷里做过事。他是我见过的最无耻最荒唐的人。他的脑袋里装满了和他自己一样疯狂的计划，百万巨款在他的口中就像毛毛雨一样平常，却不考虑自己根本就是不名一文。他有个纠纷要在元老院解决，所以到尚贝里来了，一来就缠上了妈妈，这是理所当然的，他慷慨地给妈妈拿出了许多一本万利的宝贵计划，而把妈妈仅有的那点银币一块一块地骗走了。我非常不喜欢这个人，这一点他也看出来了——对此我毫不掩饰，自然很容易看出来——他不惜用种种卑鄙手段来巴结我。他懂得一点棋艺，便提议教我下棋。我违心地试了一试。刚刚掌握了基本的要领之后，我的进步非常快，第一局快完时，我就用他开始时让我的堡垒将了他的军。这就足够了，我一下子迷上了下棋。我买棋盘棋子，还买一本勒·卡拉布华写的棋谱，一个人关在屋子里再也不出门了。我开始夜以继日地刻苦钻研，还用心记住所有的棋谱，实在记不住就一个劲儿往脑子里硬塞。我还废寝忘食地跟自己下起了棋。经过两三个月艰苦卓绝的训练，也付出了不可想象的努力之后，我就到咖啡馆一试身手去了。那时我又黑又瘦，简直像一个傻子。居然向巴格莱先生发起挑战。第一盘我输了，第二盘我又输了，一直输到二十盘。我脑袋里的那些棋谱全成了一锅粥，我的想象力也变迟钝了，眼前一片迷茫。每当我拿起菲里多尔或斯达马的棋谱，练习和研究各种布局时，同样的情形就再次出现了：由于极度疲劳而造成的心力衰竭，我的棋下得比以前更糟了。而且，就是我过上一段时间不下棋，或者是努力继续钻研，也总是和那第一次下棋一样，一点进步也没有。我的水平始终停留在第一次下棋的终局时刻。我就是再练习千百年，也不过是拿堡垒将巴格莱的军的水平而已，仅此而已。你一定会说，时间真好消磨！不错！我的确耗费了不少时间。我只是在自己的精力难以为继的时候，才会放下了最初的尝试。我从房间里出来时，简直像个活死人，要是继续这样下去，恐怕也是不久于人世的。人们不得不承认，特别像我这样一个正当年富力强的年轻人，要想保持健康确实是太困难的啊！

身体的日渐衰弱影响了我的情绪，这让我不再像以前那么热衷于想象了。由于感到体力不支，我变得比较安静和失落，再也不发疯般地渴望旅行了。我比以前更喜欢呆在家里，这时袭来的不是烦恼，而是忧郁。歇斯底里代替了激情，无精打采变成了悲伤欲绝。我时常无缘无故地叹息落泪。我还没享受到人生的乐趣，生命就要逝去，这怎能不让我悲叹！我那可怜的妈妈即将陷入破产的凄惨境地，这怎能不让我悲痛欲绝。我可以断言，我惟一感到难过的就是要离开她，使她的境遇更加凄凉孤独。最后，我完全病倒了。她用远胜过母亲对儿女的心肠来照料我，这对她本人说来，倒是一件好事，因为这不仅使她远离各式各样的计划，同时还可以避开那些拉赞助的人。如果我在那个时候断气的话，那该是多么幸福甜蜜呀！虽说我没享受到多少人生的乐趣，也没有遭遇到多少人生的不幸。我那静谧的灵魂将会在尚未体验到人世不公正的切肤之痛前安然离去，这种不公正使生与死都受到了玷污。聊以自慰的是，我比较好的那一半依然活着，这不能叫做死亡。如果我对她的命运没有什么忧虑的话，我死的时候就像睡着那样安然无忧。这些忧虑的本身又因这个温柔多情的对象，而减轻了不少痛苦。我对她说："我身家性命都在你的手中，你一定要让我幸福啊！"有两三次，在我病得最厉害的时候，我夜里挣扎着从床上爬起来，拖着病体摸到她的房间里，向她提出一些劝告。这些劝告，我敢说，都是非常正确和明智的，最重要的是一切都是出于对她的关爱。我坐在她身边的床沿上，握着她的双手泪流满面，泪水好像是我的食物和药品，让我的精神又恢复了过来。就在这样的彻夜长谈中，时间一小时一小时地逝去了，当我回到自己屋子的时候，我觉得比去的时候好了许多。带着她对我许下的诺言，给我的希望，我安然进入梦乡，内心十分宁静，仿佛一切都是上帝的安排。

既然我有这么多的理由厌恶生活，既然经历了这么多差点将我摧毁的风暴，现在生命对我说来简直成了一种负担，但愿宣告结束一切的死亡来临时，不要像当年那样痛苦！

由于她的百般照料、细心看护和令人难以置信的关怀，我终于被她救活了。可以肯定的是，只有她才能做到。我对医生们的诊治没什么信心，却非常相信一个朋友的真心。同我们的幸福休戚相关的事情总是有益身心健康的。如果说生活中真有快乐的话，那一定是我们现在所感到的恍如隔世的那种感觉。我们相互之间的爱恋并未增长，这是不可能的。但是在我们这种极为质朴的爱恋中，却产生了一种令人说不出来的更亲密、更刻骨铭心的感情。我完全成了她的作品，成了她的孩子，她甚至比我的生母还要亲。我们不知不觉地已经到了谁也离不开谁的地步了，我们的生命也仿佛融合在一起了，我们不仅感觉彼此之间是那么需要对方，而且还觉得只要两人在一起就什么都满足了。我们已经习惯于不再考虑我们身外的一切事物，而且我们的幸福和欲望也仅仅局限于两个人的互相占有中。这种占有可能是人世间绝无仅有的。这不是我前面说过的那种爱情层面的占有，而是某种更本真层面的占有，它和情欲、性、年龄、容貌无关，而是基于人之所以为人的一切，一旦这些不复存在的话，人也就失去了活着的意义。

为何这一转折会变成危机，而且也没有为她和我的此后余生带来长久的幸福呢？这不是我的过错。我深信这一点，并对此深感宽慰。这也决不是她的过错，至少她不是有意的。但是一切仿佛是注定的，我的不可制伏的本性又占了上风。不过，那不幸的结局并没有立刻发生。感谢上天的安排，还有一段间隔——多么短暂而宝贵的间隔——它没有因为我的全部过错而终止，我也不能怪自己没有很好地加以利用。

虽然我的大病痊愈了，但体力还没有完全复原。我的胸部还在隐隐作痛，有迹象表明高烧尚未退去，我浑身软弱无力。我只想在我所喜爱的女人身边了却残生，使她永远坚持自己所下的决心，叫她明白幸福生活的真谛，并尽我最大的努力使她幸福。除此以外，我对任何事情都不感兴趣。但是我知道，如果两个人整日枯坐在一所阴暗凄凉的房子里，最后也会感到愁闷的。改变这种状况的机会自己找上门来了。妈妈认为我应该喝牛奶，并且要我到乡下去喝。我答应了，但条件是她必须和我一块儿去。这一要求她马上就答应了，惟一的问题就是我们到哪里去。郊外的那个园子谈不上真正的乡下——四周很多房子和花园，丝毫没有乡居之所的魅力。再说，自从阿奈去世以后，出于经济上的考虑，我们已经不要这个园子了，我们也无心去料理园中的植物。由于我们还有许多其他的事情要做，对此我们一点儿也不觉得惋惜。

于是，我就抓住她对城市生活的厌倦心理，建议她索性离开城市，搬到幽静的地方去住，在那里找一所离城较远的小房子，让那些讨厌鬼找不到我们。如果她这样做了的话，肯定是我们俩的守护天使给我的启示，也许此后我们将过上幸福宁静的生活，只有死亡才能将我们分开。然而，我们注定享受不到这样的福分。上帝让似乎一定要过惯了豪华生活的妈妈遭受穷困和不幸带来的种种痛苦，这样才能让她不过分地留恋人间。至于我，遍尝了人世间的所有苦难之后，注定要留在社会上，以便有一天能给任何热爱公众幸福、热爱正义、不靠同伙支持、不靠党派庇佑、单凭自己的正直而敢于公开向人类说真话的人做个榜样。

一种对不幸的顾虑把她留住了。她怕得罪房主人，不敢离开她那所破房子。她对我说："你的隐居计划非常好，我也很喜欢。即使隐居起来，我们也需要活下去啊。如果放弃了我这所监牢般的房子，我们就有失去饭碗的危险，当我们在树林里找不到饭吃的时候，还得到城里来找。为了避免这种麻烦，我们最好不要完全离开城市。我们就继续给圣劳朗伯爵那点房租吧！这样他就不会停了我的年金。我们要设法找所小房子，它离城的距离可以使你享受生活的安静，又在必要时可以随时回城里来。"事情就这样决定了。找了一段时间之后，我们决定居住在沙尔麦特村属于孔济埃先生的一块土地上。这个地方就在尚贝里旁边，但是很僻静，仿佛离城有百里之遥。在两座相当高的山丘之间，有一个南北向的小山谷，山谷底部的乱石和灌木丛中有一道溪水，沿着这个山谷，在半山腰间稀稀落落地坐落着几所房子，任何一个喜欢在比较偏僻的荒野过隐居生活的人，对这里都会非常满意。我们看了两三处房子，最后选择了最漂亮的一所，这所房子的所有人是一位正在服役的贵族，名叫诺厄莱。房子很适于居住。前面是一座高台式的花园，上面是一片葡萄园。下面是果树，对面是一个小小的栗树林，不远的地方还有一处泉水。再上去一些，山上还有作牧场用的草地。总之，我们要过的田园生活所需要的一切这里应有尽有。如果我没记错的话，我们大概是在一七三六年的夏末住到那里去的。我们第一夜在那里睡下的时候，我真是快活极了。我拥抱着这位可爱的女友欣喜若狂地说：“哦，妈妈，这真是幸福和纯洁的所在啊。我们要是在这里找不到幸福和纯洁，那就不用到其他地方去找了。”

第六章
【1736】

我最大的梦想就是：一小块儿土地，一座美丽的花园，房前屋后有一条潺潺流动的小溪，周围再来上一小片儿森林。

我不能接着说

诸神的庇佑远远超过我所渴望的。

但是没关系。我没有更多的需求，甚至根本不需要任何身外之物。享受人生就足够了。我以前说过，而且也切身体会到：即使撇开丈夫和情夫间的区别，所有者和占有者也是截然不同的。

就是在这一时期，我开始了一生中最短暂的幸福时刻。那些转瞬即逝的美好时光使我有权利说：此生，我不曾虚度！那是多么宝贵而令人缅怀的时光呀！请再让我重温一下那令人愉悦的心路历程吧。如果可能的话，这一次请让我在回忆里走得慢些，不要像现实生活中那样飞快地溜走。我怎样才能按照我的意愿，延长这段动人而单纯的回忆的叙述呢？当我一遍遍地介绍自己的生活时，怎样反复叙述同一件事情，而不叫读者和我自己都感到厌烦呢？如果这一切都是真正存在过的事实、行为和话语，我还能够描写，而且还会用某种方式赋予它们意义。但是，如果这些既没有说过，也没有做过，甚至连想都没有想过，而只是享受过和感受过，而且我自己除了有一种纯粹的感觉之外，也说不出我感到幸福的其他原因，又怎么能够描述呢？清晨起床，我感到幸福；散步的时候，我感到幸福；看见妈妈的时候，我感到幸福；即使离开她一会儿，我也感到幸福；我在树林和小山间漫步，我在山谷中徘徊，我读书，我无所事事，我在园子里干活儿，采摘水果，帮助料理家务，幸福的感觉无处不在——幸福，并不是指向任何可以明确界定的对象中，而完全是萦绕在我的心间，一刻也不曾离开我。

在那段愉快的欢乐时光里，仿佛什么都没有发生，我什么也没有做，没有说，没有想，抑或我已将一切都遗忘了。关于此前和此后的回忆，有时会片断地浮现在我的脑海，而且即使想起来时，也是前后不一和杂乱无章的。只有这个时期的事情，我完全记得，往事历历在目。年轻的时候，我的幻想总是着眼未来，现在则是追忆往事，通过甜蜜的回忆填补我永远失去的希望。我看不出未来有什么地方可以诱惑我，只有回忆过去才能让我感到快乐。我谈到的这个时期的回忆是那样真实和鲜活，常常让我感到幸福，哪怕我曾经历过那么多不幸。

关于这些回忆，我只举一个例子，这样读者可以发现，它们是多么生动和真切。我们到沙尔麦特去过夜的第一天，妈妈是坐轿子去的，我跟在后面步行。山路有些峻峭，她担心自己太重，会累坏了轿夫，就在半路上下轿了，打算步行走完剩下的路程。在路上，她看见篱笆间有蓝色的东西，就对我说："瞧！长春花还开着呢！"我从来没有见过长春花，当时也没有弯下腰来好好看看，而我的眼睛又太近视了，站着根本看不清地上的植物。对于那棵花，我当时只是匆匆地瞥了它一眼，从那以后，差不多三十年过去了，我再也没有见过这种花，更不曾留意过这种花。一七六四年，我在克莱希耶和我的朋友贝鲁先生一同登山，山顶上有一个很漂亮的亭子，被他恰当地称作"美景亭"。那时我刚刚开始采集植物标本。在爬山的时候，我无意间向树丛里看了一眼，突然惊喜地叫了起来："啊！这儿有长春花！"那确实是长春花。贝鲁当时看出我非常激动，但是不知道是为了什么。我希望，日后的某一天，当他读到这段文字的时候，一定会明白的。读者通过这件小事给我留下的印象，也可以想见那个时期的一切事物对我来说是多么的刻骨铭心。

与此同时，乡间的空气没能让我的健康恢复到原来的程度。我的身体本来就有病，现在更糟糕了。我连牛奶也消受不了了，只好停止饮用。当时，水疗法特别流行，好像能够包治百病一样。我便不假思索地尝试起来，但是这种疗法不但未能治好我的病，反倒几乎送了我的命。我每天早晨一起床，就拿着一个大杯子到泉边去，我一边散步一边喝，一口气能喝上两大瓶泉水。甚至连餐后的饮酒习惯也放弃了。像大多数山泉一样，我所喝的泉水是硬水，不好消化。简单说，不到两个月，我就把我那一向消化良好的胃给喝坏了。当我吃什么都无法消化的时候，我确信再也没有痊愈的希望了。与此同时，我忽然得了一种怪病，无论病本身还是后果都是非常奇怪的，直到我死都没有治好。

一天早晨，我觉得身体状况并没有恶化。当我去搬一个小桌子的时候，一阵不可理喻的震颤突然向我的全身袭来。除了把它比作血液中的某种风暴之外，我想不出更好的比喻了。那一刻，我简直控制不住自己的四肢。静脉开始猛烈跳动起来，我不仅感觉到跳动，甚至还听得到它的声音，特别是颈部动脉。此外，两个耳朵嗡嗡直响，仿佛是三个，甚至四个声音一起作响。有沉重粗而浑厚的声音，有比较清晰的像流水一样的声音，有尖锐的口哨一样的声音，还有我刚才说过的那种跳动声。我不必搭在脉搏上，或是手按住身体，很容易就能数出脉搏跳动的次数。这种嘈杂的声音太大了，以至于损伤了我以前那种锐敏的听觉。我虽然没有完全变成聋子，但是从那以后，我的听觉就变得迟钝了。

可以想象，我当时多么惊慌和恐怖。我以为自己要死了，就躺到了床上。医生请来之后，我颤抖着向他说了我的情况，当时我以为自己没治了。我相信医生也是这样想的，但是他仍然恪尽职守。他劈头盖脑向我说了一大通，可是我一句也没听懂。阐述了他那一大套理论之后，他便欣欣然开始治疗了，根本不管我的性命是否能够挽回。这种疗法令人痛苦不堪，我简直难受到了极点，而且疗效甚微，不久我就厌倦了。过了几个星期，我看病情既没有好转，也没有恶化，就不顾脉搏的跳动和耳朵的轰鸣，索性下了病床，恢复了我往常的生活。实际上，也就是说，从那天起，在此后的三十年里，这些毛病时时刻刻伴随着我。

在此之前，我是个很能睡觉的人。这些毛病彻底摧毁了我的良好睡眠习惯，直到现在依然如此，以至于我确信自己将不久于人世。首先，这种想法让我不再对痊愈抱有希望。既然生命不能延长，我便决定最大限度地利用存活于人世的那点儿时间。感谢上帝的眷顾，即使我的境遇这么糟糕，它依旧豁免了我本应承受的生理痛苦，一切都是自然而然的。我虽然讨厌耳鸣，这却并不会让我格外痛苦。而且，除了失眠和经常感到气短之外，这些在耳边轰鸣的声音并未给我的日常生活带来任何不便。就是气短的毛病，也没有演变成哮喘，只是在我要跑动或稍微有点用力的时候才变得更加严重一些。

这一疾症本应击垮我的身体的，却只是浇熄了我的激情。我每天都在感谢上帝，因为这病竟在我的精神上产生了良好的效果。我可以断言，如果不是知道自己行将就木的话，我肯定不曾真正生活。只有这时，我才开始把心思用在一些更高尚的事情上，而这以前一直被我严重忽视了，此时才意识到，一定要在有生之年提前完成。表面上，我常常按照自己的理解讽刺宗教，实际上，我一刻也没有远离宗教，因此，我很容易就又转向了宗教，这在多数人看来是很可悲的，但对那些认为宗教可以给人安慰和希望的人们来说，一切都是那么甜蜜自然。在这个问题上，妈妈对我的教导比世界上所有的神学家的教导都更有用。

她对任何事物都有自己的一套看法，在宗教方面尤其如此。她关于宗教的看法有时极其不一致，其中有的非常正确，有的愚蠢至极，有的见解与她的性格有关，还有的则是源于她所受教育的偏见。一般说来，信徒们把上帝想象成和自己一样的人：善良的人认为上帝是善良的，邪恶的人认为上帝是邪恶的；心怀恶意和性情乖戾的人，眼中只有地狱，因为他们想让所有的人都下地狱；而充满爱心和生性善良的人，根本不相信有地狱存在。令我感到非常惊异的是，善良的菲内龙在他的《德勒马克》一书中关于地狱的言论，仿佛他真的相信地狱一说，但是，我希望他当时是在撒谎，因为不管多么诚实的人，有时被逼无奈也会撒谎——特别是当他做了主教之后。妈妈没有对我撒过谎。而且，她那恬静的灵魂从来没有动怒过，因此也不会把上帝想象成为复仇与愤怒之神。一般信徒所看到的只是正义和惩罚，而她在上帝身上则只是看到仁慈和怜悯。她常常对我说，既然上帝没有将我们塑造得很完美，就没有权利要求我们那样做，如果他以此来苛责我们，从他的角度来说就有失公允。奇怪的是，她虽不相信地狱的存在，却相信有炼狱。这是因为她不知道该拿恶人的灵魂怎么办。如果这些恶人继续作恶的话，她既不愿叫他们下地狱，也不愿让他们的灵魂和善人的灵魂在一起。实际上，我们不得不承认：无论是现世还是别的世界，恶人的事总是让人为难的。

下面是她另外一个奇怪的想法。很显然，根据这一理论，关于原罪和赎罪的全部教义就被推翻了，一般意义上的基督教的基础也被动摇了，无论如何，天主教也简直无法存在了。但是，妈妈是一个好的天主教徒，或者说她自称是个好的天主教徒，当然是十分虔诚的。她认为，人们对《圣经》的解释过于粗浅和拘泥于字面。在她看来，通过《圣经》，我们知道了永恒的苦难，但这带有恐吓或象征的意味。她还认为，耶稣之死是真正的上帝之爱的典范，它教人们要爱上帝，并且也要彼此相爱。一句话，她忠于自己所选择的信仰，也以全部的虔诚遵守教会的全部信条。但是，要是一条一条地和她讨论起来，那就会发现她的信仰和教会所倡导的完全不同，尽管她始终是服从教会的。在这个问题上，她表现出了无以伦比的纯朴和真诚，比那些学者们的论争更为雄辩有力，甚至常常让她的忏悔师很为难，哪怕她对忏悔师毫不隐瞒地说了一切。她曾经对他说过："我是个好天主教徒，而且将来永远会是一个好天主教徒。我要用我的整个心灵接受圣母教会的决定。我虽不能掌握自己的信仰，但能掌握自己的意志。我要毫无保留地强迫自己完全服从教会，我愿意相信一切。您还要我怎样呢?"

我相信，即使没有基督教道德的话，她也会遵奉它的原则的，因为这些和她的性格太吻合了。凡是教会规定的，她都去做；其实即使没有明确的规定，她也同样会做。在一些无关紧要的事情上，她总是乐意表示服从的。如果不是被允许，甚至命令她开斋的话，她会守斋一直守下去，这完全是为了取悦于上帝，丝毫不是出于谨慎小心的缘故。但是所有这些道德原则都是从属于达维尔先生的原则的，说得更准确些，她看不出二者任何互相抵触的地方。她可以问心无愧地每天和二十个男人睡觉，对此丝毫不感到自责，更不是出于情欲。我知道有不少虔诚的女人在这件事上并不比她多虑，但是她和她们之间的不同是：她们被情欲所诱惑，而妈妈则是被她那诡辩哲学所欺骗。在最令人感动的谈话中，我甚至敢说，在最富有教诲意义的谈话中，她可以平静地谈到这个问题，表情和谈话的声调一点儿没变，而且丝毫不认为有什么不妥的地方。如果当时有什么事情打断了她的谈话，接着她会以同样平静的态度继续说，因为她深信所有这些只不过是为了维护社会道德而定的，每个有见地的人都可以根据自己的理解去解释、奉行或回避，而不用担心会有冒犯上帝的危险。在这一点上，我并不认同她的观点，我承认我也不敢反驳她。如果一定强迫我反驳她的话，我会因自己的失礼而感到羞愧难当的。当然，我很想建立一项规则，别人必须遵守，而我自己又极力想跳出这项规则的约束之外。但是，我不但知道她的性格可以防止她滥用她那些信条，而且我还知道她并不是一个容易上当受骗的女人，如果我将自己算作例外的话，就不得不让她把她喜欢的其他一切人都算作例外。而且，我只是在提起她观念不一致的地方时顺带谈谈，这对她的实际行为并没有产生过多大影响，而在当时甚至一点影响都没有。但是，我曾答应要忠实地叙述一下她的信条，我要遵守我的诺言。现在我再来谈谈自己吧。

我发现她的这些信条正是我所需要的，可以使我的心灵摆脱对死亡及其后果的恐惧，于是我心安理得地尽量从中汲取养分。我比以前任何时候都更加依恋她，甚至想把自己行将就木的生命完全奉献给她。如此以来，我对她加倍依恋起来，也确信自己将不久于人世，面对未来的命运时也更加达观了，竟然还体味到一种习以为常的宁静——甚至是幸福——这大大缓和了那些使我们患得患失的一切激情，让我可以无忧无虑地享受那为数不多的日子。还有另外一件事能给我带来快乐，那就是我想方设法培养她对田园生活的兴趣。因为我一心一意要使她爱上她的花园、农场、鸽子、母牛，结果我自己也爱上了这一切。我整日忙于这些琐事，但并没有搅乱我的平静心态，这比喝牛奶和其他一切药物更有益于我那可怜的身体，甚至很有可能使我恢复健康。

收获葡萄和水果使我们愉快地度过了那一年的剩余时间，加之又生活在善良的人们中间，这使我们对田园生活逐渐产生了浓厚的感情。冬天即将来临，我们对此感到非常惋惜，并且不得不回到城中，好像被流放似的——尤其是我，因为我认为自己活不到下一个春天，而且相信这一次告别沙尔麦特就是永别。离开之前，我吻了吻那里的土地和树木，尽管已经走得很远，我还依依不舍地回过头来看了好几次。回家之后，由于我和我的女学生们已经分开很久了，而且也对城里的娱乐和社交失去了兴趣，我就没出过门，除了妈妈和萨洛蒙先生外，也没见过任何人。萨洛蒙最近成了我和妈妈的医生，他是个正直而有才气的人，而且对宇宙法则有相当明智的见解。他那些有趣而且富有教益的议论比他所有的处方对我更有效。我一向忍受不了一切愚蠢无聊的谈话，但却很喜欢听取有益的与充实的谈话，而且我从不拒绝这样的谈话。能和萨洛蒙先生谈话，对我来说是一大快事。和他在一起的时候，我觉得自己的心灵似乎已经摆脱了束缚，即将获取更高深的知识。我由于对他的好感进而发展到喜欢他所谈的话题，于是，我开始寻找那些能够帮助我更好地理解他的理论的书籍。那些能把科学与宗教信仰融合在一起的论著，特别是由奥拉托利会和波尔洛雅勒出版的著作，是最适合我的。我开始阅读这些书，更确切地说，我是在贪婪地读它们。我碰巧弄到了一本拉密神父写的《科学入门》，这是介绍科学论著的一种介绍性读物。我反复读了它上百遍，还拿这本书作为我的学习指南。最后，鉴于自己的身体状况欠佳，或者说正因为如此，我觉得有种不可抗拒的力量把我引上了研究学问的道路。对我来说，虽然每天都是末日，但我却更加怀着巨大的热情学习起来，就像自己能够永生似的。有人告诉我，这样用功学习对身体有害，我却认为它是有益的，不仅有益于我的心灵，而且有益于我的身体。因为这样专心读书的本身对我是如此的快乐，让我完全忘掉了那些不幸，痛苦也因此而减轻了很多。显而易见，没有什么能让我得到真正的宽慰。但是，因为我感觉不到剧烈的痛苦，对体弱多病的身体、失眠和用思考代替行动已经习以为常了。最后，我把自己生理机能的缓慢衰退看作是一个不可避免的过程，直到走向死亡的那一天。

这种想法不仅使我摆脱了对生活琐事的牵挂，也使我从一直被迫服用的形形色色的药品中解脱出来。萨洛蒙承认他的药不能治愈我的病，也就不强迫我继续吃那些药了，他只是开些无害的药来安慰可怜的妈妈，免得让她难过，这一方面不使病人感到悲观绝望，另一方面也可以保住医生的信誉。我放弃了严格的节食疗法，又开始喝酒了，而且在我体力允许的范围内，百无禁忌地过上了健康人的生活。我甚至又开始出门了，我去拜访我的朋友们，特别是那位我非常喜欢交往的孔济埃先生。总而言之，不论我认为努力学习到生命的最后一刻是件美好的事，还是我内心深处潜藏着还能继续活下去的希望，死亡的逼近不但没有削弱我研究学问的兴趣，反而似乎使我爆发出更大的热情来。我不顾一切地汲取知识，好像是要将它们带到另一个世界去，好像我深信知识是我惟一能带走的东西。我很喜欢去布沙尔的书店，一些文人学者经常到他那儿去。不久，由于春天——我曾经以为自己再也见不到春天了——快到了，我便在那个书店里选购了几本书，以便有幸能带回沙尔麦特去。

我的生活很幸福，我也尽情享受这种幸福的感觉。当我看到春天的第一朵鲜花时，心中的喜悦真是难以形容。对我来说，重新看到春天就像在天堂里复活一样美妙。积雪刚刚开始融化，我们就离开了那所监牢般的住宅，为了听夜莺的初啼，我们很早就到了沙尔麦特。从那时起，我再也没有想过死亡，说来也奇怪，我在乡间从来没有得过重病。我在那里也有不舒服的时候，但始终没有到卧病在床的地步。当我觉得身体比平时糟糕的时候，我就说：“你们看见我要死的时候，就把我抬到橡树的树阴下，我保证会在那里好转的。”尽管身体衰弱，我还是恢复了田间劳动，当然是干些力所能及的活儿。我为不能独自料理花园而深感苦恼。还没有锄五六下地，我就气喘吁吁，汗流如注，简直快要虚脱了。我一弯腰，心跳就加快，血液就猛地冲到头部，我不得不立即直起身子来。我只好干些不太累的活儿，比如照料鸽子等等，我十分喜爱这种工作，经常一干就是几个小时，一点儿也不觉得厌倦。鸽子非常胆小，而且难以驯养，最后，我成功地使我的鸽子非常信任我，甚至不论我到什么地方去，它们都跟着我，我随时随地都能捉住它们。只要我一去到园子里或到院子里，我的肩上和头上就会立刻落上两三只鸽子。虽然我很喜欢它们，但这样的前呼后拥却成了我最大的负担，我不得不让它们改掉对我的这种亲昵习惯。我一向特别喜爱驯养动物，尤其是驯养一些胆小的野性动物。我认为把它们驯养得服服帖帖的是一件很有趣的事。不过，我从来没有利用过它们对我的信任，更愿意叫它们毫无畏惧地喜爱我。

我在前面说过，我带来了几本书。但是当我读书的时候，所采用的读书方法很难使我得到益处，而只能增加我的疲劳。由于我对事物的理解是错误的，认为要从读一本书中受益，必须具备书中所涉及的一切知识，丝毫没考虑到哪怕是作者本人也没有那么多知识，他只是在需要的时候从其他书中借来一用的。在这种愚蠢想法的支配下，我只得时断时续地读书，经常得从这本书跳到那本书，甚至有时我所要读的书看了不到十页，就得查好几遍图书馆。因为死守这种极端费力的读法，我浪费了大量的时间，思想也越来越困惑，几乎到了什么也看不下去、什么也不能领会的地步。幸而我及时意识到自己走上了一条错误的道路，并且让我置身于一个漫无边际的迷宫里，于是赶紧趁着还没有完全迷失的时候就回头了。

一个人要是真正对学问感兴趣，在他开始钻研的时候，第一件事情就是要知道各门科学之间是相互联系的，这种联系使它们互相牵制、互相补充、互相阐明，哪一门也不能独自存在。虽然人的智力不能把所有的学问都掌握，而只能选择一门作为自己的主要研究对象，如果他对其他科学一窍不通的话，那他对自己所研究的那个分支学科也就不会有透彻的了解。我觉得我的思路是正确的，而且也是有用的，只是在方法上需要调整一下。我首先看的就是百科全书，我把它分成几个部分进行学习。不久，我又认为应当采取完全相反的方法：先对每一个门类单独加以研究，一直研究到使它们汇合到一起的那个点上。这样，我又回到一般的综合方法上来了。但是这个时候，我知道自己要做什么，要怎么做。在这方面，深思弥补了知识的不足，合情合理的思考帮助我走上了正确的道路。不论我是活在世上还是行将死去，我没有多余的光阴去浪费了。二十五岁的人了，一无所知，同时又想什么都学会，就必须好好利用时间。因为不知道什么时候命运或死亡可能打断我对知识的热忱，无论如何，我一定要先对一切东西有一个了解，一方面可以测试一下我的天资，另一方面也可以判断一下应该研究哪一门学科。

在执行这项计划的过程中，我发现了一个事先没有预料到的好处——那就是合理安排时间。应当承认，我本不是一个生来适合做学问的人，长时间的学习往往会使我感到疲倦，甚至我不能一连半小时集中精力于一个问题上，顺着别人的思路进行思考时尤其如此。有时，我顺着自己的思路进行思考，花费的时间可能会比较久，但却相当有成效。反之，如果要我用心去读一位作家的著作，刚读几页，我的思想就会游离开来，并且不知所至。即使我坚持下去，就会累得头晕眼花，脑子里一片空白。但是，如果我连续研究几个不同的问题，即使毫不间断，我也能轻松愉快地琢磨下去，这问题可以消除另一问题所带来的疲劳，根本用不着休息。我就在我的治学计划中充分利用我的最新发现，对一些问题交替进行研究，这样，即使我整天刻苦钻研也不觉得疲倦。说实话，田园里和家里的那些杂活儿是一种有益的消遣，但是，在我的求知欲日益高涨的时候，我很快便想出一种能从消遣中匀出时间学习，甚至还有同时做两件事的办法，丝毫不用担心哪一件也做不好。

其实，只有我自己对这些琐事感兴趣，读者往往会感到厌烦。不过，其中有个地方我没提到，如果我不向读者指出的话，你们也许连想都不会想到的。现在举一个例子，为了要尽可能做到既轻松愉快而又能得到益处，我在时间的分配上进行了种种不同的尝试，我一想起这点，就感到极为欣慰。两三个月的时光转瞬间就过去了。在那段隐居生涯中，虽然我的身体始终多病，却是我一生中最忙碌、最充实的时期。那时，我一方面试图判断自己的爱好，另一方面那是一年中最美丽的季节，那个地方又是如此令人心醉，人生最大的乐趣莫过于此——生活甜蜜快乐，无拘无束，如果再加上我获得知识后的愉悦，那真是一段神仙般的快乐生活。对我来说，我的努力似乎拥有了这一切，甚至超越这些之上，尤其是学习给了我莫大的幸福。

我应该对这一小小的尝试略而不提，虽然它是我全部快乐的源泉，但它们是那样平淡无奇，以致让我无法令人满意地表述出来。我反复说过，真正的幸福是不能用语言描绘的，它只能用心体会，感受越深就越无法描述，因为真正的幸福不是一系列事实的累积，而是一种状态的持续。虽然我总是这么说，但我还是会不厌其烦地讲述那些无法用语言描绘的往事。最后，在我那多变的生活有了一个大致的规律时，我的时间分配大致如下：

每天早晨日出以前起床，然后穿过邻近的果园，走上一条葡萄藤掩映着的美丽小径。我沿着这条山路一直走到尚贝里。一路上，我一边散步一边祈祷。我的祈祷并不是随便地咕哝几句就完事了，而是发自内心无比虔诚地感谢伟大的造物主，感谢他创造了我眼前至美的景色。我从来不喜欢在室内祈祷，我觉得墙壁和一些人为之物阻隔了我和上帝的交流。当我内心充满了对上帝的感念时，喜欢默念他的丰功伟绩。我可以说，我的祈祷是纯洁的，我敢说，正因为如此一定能得到上帝的嘉许。我别无他求，只要我自己和我永远为之祝福的那个女人能够过着没有邪恶、痛苦和穷困，只有纯洁和宁静的生活，我就死而无憾了。事实上，在我的这种祈祷中，赞美和欣赏多于祈求。因为我知道，在真正幸福的施予者面前，获得我们所需要的幸福的最好方法，是争取而不是祈求。我回来的时候，总要绕一个大圈子，满怀喜悦地凝视着周围田野里的那些景致，我的眼睛和我的心灵永远不会感到厌倦。我从远处探望妈妈是否醒来。如果她的百叶窗是开着的，我便高兴得跳起来，赶紧跑向她的房间。如果百叶窗还关着，我就到花园里转转，一边温习默念我昨天所读的书籍，或者干一些侍弄花草的杂活，一边等候她醒来。百叶窗一旦打开，我就赶忙跑到床前去拥抱她，她总是处于半梦半醒的状态之中。我们的拥抱既纯洁又温柔，那种纯真无邪的快乐和肉欲的快感丝毫无关。

我们的早餐通常是牛奶和咖啡。这时是我们一天中最安宁的时刻，也是我们最能随心所欲畅谈的时刻。早餐之后，我们经常还会聊上很久，以致使我对早餐总有一种强烈的兴趣。就这一点而言，我非常喜欢英国和瑞士的习惯，早上家庭的全部成员聚集在一起吃早餐，那才叫真正的早餐时间。我不喜欢法国的早餐，他们每人在自己的房间里独自用餐，甚至常常什么也不吃。闲谈一两个小时后，我就去书房看书，一直到吃午饭的时候才出来。我起先看一些哲学书籍，如波尔·洛雅勒出版的《逻辑学》，洛克的随笔，还有马勒伯朗士、莱布尼茨和笛卡儿等人的著作。不久我就发现这些学说很多地方都是互相矛盾的，于是我就产生了一个幼稚的想法，要把它们全部统一起来。这耗费了我不少精力，也浪费了不少时间，弄得自己头晕眼花，最后自然一无所获。最后，我放弃了这种方法，采取了另一种更加有效的方法。我的能力虽然很差，但我之所以能取得一些成果，应当完全归功于这个方法。因为毫无疑问，我在研究学问方面能力有限。我在读每一个人的著作时，下定决心完全接受并遵从作者本人的思想，既不掺入我自己的或他人的看法，也不打算和作者争论。我这样想：先在我的头脑中储备一些思想，不管是正确的还是错误的，只要观点明确就行，等我的头脑的知识足够多的时候，再加以比较和选择。我知道这种方法并不是完美无缺的，但是却能够很好地帮我储备知识。在此后的几年里，我只是跟着别人的思想走，自己从来不独立思考，几乎从不进行推理的。当拥有足够的知识储备之后，就完全可以独立思考而无需求助于他人了。在我旅行或办事而不能读书的时候，我就在脑子里复习和比较我所读过的东西，用理智的天平来衡量每一个问题，有时还会批判老师们的见解。虽然我开始进行独立思考未免晚了一些，但我并不认为它已失去了那股强劲的力量，因此，我出版了自己的著作之后，从来没有人说我是一个盲从的门徒，更没人说我只会重复前人的思想，只会附和前辈的言论。接着，我转学初级几何。以前，虽然我也坚持尝试过，可是始终没有多大进展，水平总是在原地打转。这一次，我下定决心要克服自己记忆力薄弱的缺陷，一定要把几何学好。我不喜欢欧几里德的几何学，因为他侧重的是一连串的证明，而不是概念的联系。我比较感兴趣的是拉密神父的几何学，从那时候起，那本书就成了我最爱读的一本书，直到现在我仍然会满怀欣喜地阅读。接下来，我便开始学习代数，同样也以拉密神父的著作为指南。在我取得了一些进步以后，我就开始读雷诺神父的《计算学》以及他的《直观解析》，后者我只是粗略地翻了一下。我一直没有深刻理解代数在几何应用方面的意义，而且也不喜欢这种不知自己在干什么的计算。在我看来，用方程式来分解几何题，就好像用手摇风琴演奏复杂的乐曲。当我第一次用数字正确计算出（a ＋ b）2 ＝a2＋ 2ab ＋ b2 的时候，我怎么也不相信这个结果，直到我作出图形后才肯相信。我并不是因为代数里只求未知量便对代数没有甚么兴趣，而是在应用到面积上时，我就必须根据图形才能进行计算，不然我就一点也不明白了。

此后，我学起了拉丁文。我发现，拉丁文是最难的一门课程，我在这方面一直没有太大的进步。我起初学习的是波尔·洛雅勒的拉丁文法，但是没有任何收获。那些乱七八糟的诗句确实叫我讨厌，我怎么也听不进去。我老是记不住那一大堆的文法规则，常常刚学了一条新的，就把以前的给忘了。一个人如果记忆力差的话，不适于学习语言。而我恰恰是为了强化自己的记忆力，才坚持不懈地学习拉丁文。当然最后，我不得不放弃了。那时，我对语法结构相当了解了，借助一本辞典，可以读一些浅显的著作。我坚持实施这一计划，取得了很大的成效。我强制自己翻译拉丁文，不是笔译，而是心译。经过不间断的训练，我终于能够毫不费劲地阅读拉丁文著作，但是我始终不能用这种语言说话和写作。特别是，当后来我得知自己不知为什么竟被放进学者行列时，时常感到尴尬万分。这种学习方法导致了另外一个弊端，那就是我一直没学会拉丁文音韵学，更谈不上作诗的种种规则了。但是，我很渴望能欣赏拉丁文在韵文和散文里的那种非常优美协调的韵味，并且在这方面费了不少力气。最终，我确信，要是没有老师的指导，那几乎是办不到的。当我学会了所有诗体中最容易的六音节诗的结构之后，曾经怀着极大的耐心仔细地阅读了维吉尔的全部诗歌，并且标出了音节和音量。后来，当我弄不清某个音是长音或短音的时候，就去查维吉尔的诗歌。当然，这样做让我犯了不少错，原因是我过于拘泥作诗的那些音韵规则。如果说自学有好处，那么我要说，它也有很大的缺陷，最主要的是非常吃力。关于这一点，我比任何人体会得更加深刻。

中午时分，我放下了书本，如果午饭还没有准备好，我就去看看那些已成为我的好友的鸽子们，或者在园子里干点杂活儿等候开饭。一听到有人叫我，我就迫不及待地跑到餐桌旁，而且食欲非常之好。这里也值得一提的是，不论病情如何，我的食欲从未减退。午饭时间非常愉快，在等妈妈正式吃饭前，我们先谈些家务事。如果天气好的话，每周有两三次，我们会坐到屋后一个树阴遮蔽的亭子，再喝上几口咖啡。我在亭子周围栽了一些喜欢攀援的蛇麻草，天气炎热的时候，到这里来乘凉非常舒服。我们会在这里消磨上一个来小时，欣赏一下周围的蔬菜和花草，谈谈我们的生活，内心激荡着一种莫大的幸福。在花园的另一端，还有另一个小家族——那就是蜜蜂。我经常去拜访它们，妈妈有时也和我一块儿去。我对于它们的劳动很感兴趣，经常全神贯注地看着它们满载而归，常常累得几乎要飞不动了。一开始，我由于过分好奇，不小心被它们蜇了两三次。但是后来我们渐渐熟识了，只要我愿意，无论靠得多近它们都不会伤害我的。蜂窝里的蜜蜂非常多，常常是成群结队的，几乎要把我的手和脸全部包围起来，但它们再也不蜇我了。所有动物都不信任人类，这是正确的。因为一旦它们确信人类无意于伤害它们的时候，就会变得过于信任人类，这种泛滥的信任只会让人变得比野蛮人更加野蛮。

下午我还是读书，不过期间的活动与其说是工作和学习，不如说是消遣和娱乐更为恰当。午饭后，我从来不关在屋里用功。一般来说，在一天最热的时候，任何劳动对我都是痛苦的。于是，我就放弃研究工作，只是随便看点儿书，几乎也没什么体系。我最常看的就是地理和历史，因为这两个科目并不需要集中精力，我那点可怜的记忆力能记住多少就收获多少。我试图研究佩托神父的著作，却又陷入纪年学的泥潭里。我讨厌那些错综复杂的批判部分，特别喜欢研究准确的计时和天体的运行。如果我有必需的仪器的话，我一定会对天文学发生兴趣。但是我没有这些仪器，只能满足于从书本上得到的一些基本知识，以及通过望远镜观察到的有关天体的粗略情况。由于我的眼睛近视，光靠肉眼是不可能清晰地分辨出星座的。谈到这个问题，我记得曾发生过一件趣事，这常常让我想起来就发笑。为了研究星座，我买了一个平面天体图，并把它钉在一个木框上。每逢夜空晴朗的时候，我便到园子里去，把木框放在四根和我一般高的柱子上。这个天体图的图面是向下的，同时也为了避免风吹灭照亮用的蜡烛，我在四根桩柱中间的地上摆了一个木桶，把蜡烛放在里面。然后，我一会儿借着烛光看天体图，一会儿用望远镜看天上的星座，就这样交替着练习识别星星和星座。我想我已说过，诺厄莱先生的花园是在一个高台上，无论在上面干什么，从大路上老远就可以看得见。一天夜晚，一些晚归的农民路过时，看见我举止怪异地捣鼓着什么。他们看到天体图底下的亮光，却看不到光是从哪里发出来的，因为蜡烛装在桶里，而桶又在四根支柱的正下方，上面是画满各种图形的大图纸，那个木框，还有我那来回转动的望远镜，这些东西一明一灭的，好像我在施展什么魔法似的，把他们吓了一大跳。

当时，我的那身装束也让他们觉得很诡异。我穿着妈妈强迫我穿的她那件睡袍，便帽上还加了一顶垂着两个帽耳朵的睡帽。在他们的眼里，我活像是一个真正的巫师。当时已将近午夜时分，他们毫不怀疑地认为这是要举行巫师集会了。他们没兴趣继续看下去了，一个个惊慌失措地跑开了，并且叫醒了他们的邻居，把见到的事讲给他们听。这件事传得非常快。第二天，附近的人都知道诺厄莱先生家的花园里举行了一次巫师集会。如果不是一个亲眼目睹我施展“魔法”的农民当天就向两个耶稣会士抱怨的话，我不知道这种谣言会产生多么严重的后果。这两个耶稣会士和我有来往，只是当时他们也不明真相，就随便搪塞过去了。后来，他们告诉了我这件事，我才向他们道明了原委，大家都哈哈大笑起来。为了避免将来再次发生类似事件，我决定以后再观察星座的时候不点蜡烛，回到屋里再看天体图。我希望读过我的《山中书简》的读者们，在看到我谈到的威尼斯幻术一节的时候，会发现我早就具有做巫师的天赋了。

这就是我在沙尔麦特的生活。那时没有什么田间工作可做，而我又特别喜欢做这些，只要是我力所能及的，我可以像一个农民那样卖力。但是，这一愿望是良好的，我的身体根本不允许我这么做。而且，由于我同时要做两种工作，结果哪样都没做好。我固执地认为增强记忆的方法就是硬塞，就是强迫自己尽量试着多背一些东西。为此，我常常随身携带着书本，一面干活儿，一面诵读和复习，那种意志力简直难以置信。我不知道为什么这样顽强的、不间断的、无益的努力居然没有把我变成傻子。维吉尔的牧歌，我学了不下二十遍，但是现在却一句都不会了。不论是到鸽舍、菜园、果园，我总是随身携带着书本，因此我丢失或弄破了不少书。每当干别的活计时，我就把书本随便放在树底下或篱笆上，因此到处都有我干完活忘记拿走的书，及至两星期后重新找到时，那些书不是已经发霉就是叫蚂蚁和蜗牛给咬坏了。这种读书的热情不久就成了一种怪癖，几乎把我变成了傻子，我干活的时候嘴里不断在嘟囔着一些什么。

波尔·洛雅勒和奥拉托利会出版的著作是我最常读的，结果使我成了半个让赛尼优斯教派的信徒，虽然我十二万分信仰上帝，但有时他们那种严酷的神学教义却让我感到恐怖。那令人梦魇一般的地狱，从来也没有让我感觉到畏惧，这时却渐渐让我心神不宁。如果不是妈妈让我安定，这种可怕的学说最后一定会让我精神错乱的。当时我的忏悔牧师也是她的忏悔牧师，他竭尽全力让我保持心神的宁静。这个人就是耶稣会士海麦神父，他是一位和善而聪明的老人。我一想起他，一种敬意便油然而生。他虽然是耶稣会士，但却有一颗赤子般的真心。他的道德观与其说是纵容，不如说是温厚，这些恰恰是我所需要的，刚好能够减轻让赛尼优斯教派强加给我的那种阴森可怕的印象。这位真诚的老人和他的同伴古皮埃神父常到沙尔麦特来看我们，虽然对他们那么大年纪的人来说，这条路很不好走而且又相当远。他们的拜访使我受益颇深，但愿上帝保佑他们的灵魂！当时他们的年纪已经很大了，我实在难以设想他们至今还会健在。在尚贝里的时候，我常去看望他们。在他们的家里，我感到很自在，而且还能随意在他们的图书馆看书。每当我回忆起这段幸福时光，也就会联想到耶稣会士，那是因为我喜欢前者的缘故。尽管我一向认为他们的教义很危险，但我始终对他们恨不起来。

我真想知道，别人心里是否也会像我这样，有时会产生如此幼稚可笑的想法。在我进行学术研究的时候，哪怕是过着一个完人所能过的幸福生活时，害怕地狱的心情仍在困扰着我。我经常问自己："我现在的情况怎么样呢？如果我立刻死去的话，会不会被贬下地狱呢？"按照我所理解的让赛尼优斯教派的教义，这是毫无疑问的，但是我的良心却告诉我，我不会下地狱。长期的惶恐不安和对不可知命运的畏惧让我采用了一个最可笑的方法。如果我看见另一个人也采用我这种方法，一定会把他当作疯子关起来的。有一天，我一面想着这个令人苦恼的问题，一面漫不经心地往树干上投掷石头取乐。按照我一贯的水平，我几乎是一棵也打不中的。在这有益的练习中，我忽然想起借此来占卜一下，或许能排遣我心中的忧虑。我对自己说："我要用这块石头砸对面的那棵树，如果击中了，说明我可以上天堂，反之，我就会下地狱。"我这样说过之后，心里怦怦直跳，手颤抖着把石块扔了出去。真是无巧不成书，石头正好砸在树干的正中央。其实这并不费劲，因为我特意选了一棵最粗最近的树。从那以后，我确信自己的灵魂一定能够得到救赎。当我回忆起这搞笑的一幕时，真不知道是该嘲笑自己，还是应该大哭一场。你们这些伟大的人物，肯定会为自己感到庆幸而哈哈大笑的，但是，请不要嘲笑我的可怜无知，我向你们发誓，我确实是深深意识到了。

不过，这些不安和恐惧或许是和我的虔诚信仰分不开的，而且也没有持续多久。一般来说，我的心情相当宁静，哪怕是明明知道死之将至，依然丝毫没有悲伤的感觉，反而有一种平静的幽思，甚至其中还有某种甜蜜的味道。我最近在故纸堆里找到了一篇自勉文，文中我庆幸自己在有足够的勇气面对死亡的年龄死去，因为在我这个人终其一生，都没有经历过什么痛苦，无论是肉体上或是精神上。我的这种判断多么正确啊！一种活下去就要受苦的预感使我感到恐惧。我仿佛已经预见到我晚年的命运了。我这辈子只有在那个欢乐时光才更接近于明智。对过去没有多少懊悔，对未来也毫不担心，当时我脑海里想的就是享受现在。通常来说，笃信上帝的人都有那么一点儿耽于享受，他们往往饶有兴味地沉浸在那些被允许的纯洁的欢乐之中。世俗的人们则认为这是一种犯罪，我不知道这是为什么——或者更确切地说，我很清楚：因为他们嫉妒别人享受那些自己已经失去的简单的快乐。我也有这种享乐的倾向，而且我觉得能够无愧于心地享受真是一大快事。那时，我的心还是纯洁无瑕的，对于任何事情都是报以孩童般的欢乐，甚至我还敢说，那颗心像天使一样纯洁。说实话，这种无忧无虑的生活像是在天堂一样幸福美妙。蒙塔纽勒的草地午餐，凉亭下的惬意，采摘水果，收获葡萄，在灯下和仆人们一起剥麻——所有这一切对我们来说就像节日一样快乐，妈妈同我一样感到非常愉快。二人单独散步更具有诱惑力，因为这样可以更自由地互吐心曲。在许多次这样的散步中，圣路易节那天的散步让我永远难以忘怀，那天正是妈妈的命名日。我们二人一清早就出门了。出门之前，我们先到离家不远的一个小教堂里去做弥撒，这场弥撒是在天刚刚亮时由一位圣衣会的神父来做的。做完了弥撒，我建议到对面山腰去转转，因为我们还没有去过那里。我们派人先把食物送到那里，因为这要花费一整天的时间。妈妈的身子虽然有些肥胖，但还是相当能走路的。我们翻过一个又一个的小山岗，穿过了一片又一片的小树林，有时是在太阳底下，多半时间是在清凉的树阴下面，累了就休息一下，几个小时不知不觉就过去了。我们边走边谈，谈我们自己，谈我们的结合，谈我们的幸福生活，还有就是祈祷这种生活能够长长久久，但是上帝似乎没有听到我们的祈祷。一切都仿佛是阴谋，即使是那天的幸福也是如此。此前刚好下过雨，地上没有一丝浮尘，小溪欢快地流淌着，清风轻拂树叶，空气清新宜人，天空万里无云，四周就像我们的内心一样静谧美好。我们的午餐被送到了一户农民家里，我们同他们在一起吃饭，那一家人真诚地为我们祝福。这些可怜的萨瓦人是多么善良啊！午饭后，我们来到大树的阴凉底下，我拾些为煮咖啡用的干树枝，妈妈则在灌木丛中兴高采烈地采集药草。她拿着我在路上给她采集的花束，向我讲起了关于花卉的构造等许多奇妙知识，这使我感到十分有趣。这本应该引起我对植物学的爱好的，但是时间不凑巧——当时我研究的东西太多了，一种莫名的情绪把我的心思从花草上转移开了。我当时的精神状态、我们那天所谈的、所做的以及周围的一切，都使我回忆起七八年前我在安讷西做的一场梦，这我已经在更为合适的地方讲过了。两者的情景是那样相似，以致我一想起，就感动得流下泪来。在满怀柔情的激动中，我拥抱着这位可爱的女友，满怀热情地向她说："妈妈，妈妈，这个日子是你好久以前就答应我的，除此之外，没有什么更能让我高兴了。感谢你，让我的幸福达到了顶点，但愿它永不衰退！但愿它能够像我感觉到的那样长久！但愿它永远不会消失，直到我生命结束的那一天。"

我就过着这样的幸福生活，而且也知道没有什么能够打扰它们，很可能会持续到我离开人世的那一天，这让我觉得更加幸福了。这并不是说我永远不会感觉到忧虑和厌倦，而是一旦我发现有这种趋势，就尽力把它引向有益的方面，以便从中找到补救的方法。妈妈自己是喜欢乡村的，和我在一起生活之后，她在这方面的兴味更浓了。渐渐地，她开始喜欢上了田园工作，还很乐意以此作为谋生的手段之一，她在这方面可以说是经验丰富，而且她自己也很高兴这样做。时间一长，她开始不满足于她所租的那所住宅周围的田地了，有时就会租上一块耕地，或是一块草地。既然她把全部的事业心都倾注在农场方面，我相信她很快就会成为一个大农场主，当然不愿意无所事事地呆在家里了。其实，我不愿意看见她扩大经营规模，就竭尽全力地劝阻她。因为我深知，她总有一天会大失所望的，再加上，她那种慷慨和挥霍的天性肯定会让开支大大超过收益。但是我只好这样安慰自己：这种收益也还不错，至少可以补贴一下她的生活。在她所制订的种种计划中，这个计划的危险性还算是最小的，而且我并不和她一样把这当作一件牟利的事业，而是把它当作一种持续某种状态的手段，这样就可以使她远离那些冒险家的计划和骗子的阴谋。出于这一原因，我急切地希望恢复体力和健康，以便帮她照料她的事业，做她的监工或管家。当然，这就常常让我不得不丢开书本，也没有时间考虑我的病情，这样我的身体自然就恢复了健康。

【1737—1741】

冬天来临的时候，巴里约从意大利回来，给我带来了几本书，其中有邦齐里神父所写的《消遣录》和所编的《音乐论文集》，这两本书使我对音乐史和这门美妙的艺术进行理论研究发生了兴趣。巴里约同我们一起住了几天。而且定好来年春天去日内瓦继承母亲的遗产，或者至少在得到我哥哥的确切消息前，先要回属于我本人的那一份。一切都是按计划行事：我去日内瓦的时候，父亲也去了那里和我作伴。他早就去过日内瓦，也没有人找他的麻烦，虽然对他所下的判决并未撤销。但是，由于人们钦佩他的勇敢和尊敬他的正直，便装作忘掉了他的事情；而政府官员们正在忙一个不久就要付诸实施的重大计划，不愿意过早地激怒市民，使他们在这个不恰当的时机回忆起官员们的愚忠。

我很怕有人会因改教的事而在继承问题上故意刁难我，结果没人这么做。日内瓦的法律不像伯尔尼的法律那么严厉。在伯尔尼，凡是改变宗教的人，不仅要失去他的地位，而且还会丧失他的财产。人们对我的继承权并没有异议，我也不知道为什么，反正是这样那样的原因，让我继承的财产变成了很小一笔数目。虽然我哥哥确实已经死亡，但没有法律证据证明这一点。我没有充分的理由获得他的那一份，我毫不惋惜地把他的那份财产留给了父亲，以便补贴他的生活。我父亲一直到去世前都在享用它。办妥法律手续之后，我很快就拿到了那笔钱，除了用一部分买了一些书外，我飞快地把其余的钱全部送到妈妈那里。在路上，我的心高兴得都快要跳出来了。当我把这笔钱交到她手里的时候，比自己得到这笔钱的时候还要高兴千百倍。她淡淡地接过这笔钱，这是具有高贵灵魂的人所共有的品性，他们不会对别人的这类举动感到惊讶，因为这些小事对他们来说不足为奇。后来，她以同样淡然的态度把这笔钱全部花在了我的身上。我认为，即使这笔钱是通过别的途径得来的，她也会这样花掉的。

与此同时，我的身体非但没有完全康复，反而眼看着一天天坏下去。那时，我苍白得像个死人，瘦得像副骷髅，脉搏跳得很恐怖，心跳的次数也更加频繁，并且经常感到呼吸困难。我甚至衰弱到连动一动都觉得很吃力的地步，稍微走快一点就喘不过气来，一低头就头晕，连最轻的东西也搬不动。像我这样一个好动的人，身体竟坏到什么也干不了的地步，真是最大的苦恼。无疑，所有这些情况很大程度上是神经过敏症的表现。我的这种病，正是幸福的人常得的一种病。我常常无缘无故地流泪，树叶的沙沙声或是鸟的叫声都会把我吓一大跳，即使是最安宁快乐的生活也会让我心绪不宁——所有这一切都表明我厌倦舒适的生活，或者说，正是幸福生活让我过于敏感和多愁善感。我们生来不是为了在世上享受幸福的，我们的灵魂与肉体都需要经受磨难，如果不是二者同时在受苦，也就是说其中一个在受苦的话，它的幸福就会深深地伤害另外一个。当我惬意地享受心灵的愉悦时，我那日益衰弱的身体却不允许我这样，而且没人能说出疾病的真正原因。后来，虽然我年事已高，并且真正患有重病的时候，我的身体却好像恢复了它应有的力量，仿佛是为了更真切地感受痛苦。现在，在我写这本书的时候，我年届六十，身体饱受各种病痛的折磨，已经衰弱不堪。但是，我却觉得自己的体力比真正幸福的青春时代更加充沛，精神也更加愉悦。

为了让自己完全放松，看完一些哲学书籍之后，我开始研究起了解剖学，而且对构成我身体的这部机器的许许多多零件及其功能也很好奇。没事的时候，我就一个劲儿地琢磨这些。我常常预感到身体某个部分要出现什么毛病了。觉得自己即将死去的时候，我并不觉得惊讶，令我感到奇怪的是为什么我居然还活着。我每读到一种疾病时，就认为自己得的就是这种病。我深信，即使我没有病的话，研究了这门致命的学问之后，我一定会变成一个病人的。由于我在每个病症中都发现有和我的病相同的症状，我就认为自己得了所有的这些病。除此以外，我又得了一种我原以为自己没有得，实际上却更为严重的病症——治病癖。凡是读医书的人，都难免罹患这种病。由于我不断研究、思考、比较，我得出了一个结论——我的病根是心脏上长了一个黏膜瘤，萨洛蒙似乎对我的这个想法感到很震惊。照理说，这一假设肯定会让我继续坚持以前所下的决心。事实并非如此。我绞尽脑汁想要把心脏上的这个黏膜瘤治好，并决定马上实施这一奇迹般的治疗。以前，当阿奈到蒙佩利尔去参观植物园时，探望了该园总技师索瓦热，听说费兹先生曾治好过这样一例黏膜瘤。妈妈想起了这件事，并且讲给我听。这足以激发我前去咨询费兹先生的念头。痊愈的希望让我鼓足了勇气，想起马上就要动身了，我浑身都是劲儿。从日内瓦带来的那笔钱正好可以用来给我做路费。妈妈不但没有劝阻我，反而鼓励我这样做。你看，我很快在前往蒙佩利尔的路上了。其实我用不着到那么远的地方去找我所需要的医生。由于骑马太累，我在格勒诺布尔雇了一辆马车。在莫朗，我的马车后面一连串有五六辆马车接踵而至。这真的像喜剧中马车队的故事了。这些马车大部分是前来送一位名叫科隆比埃夫人的新娘的。和她同行的另一个女人是拉尔纳热夫人，虽然不像科隆比埃夫人那么年轻，也不如她漂亮，但和她同样可爱。科隆比埃夫人到罗芒就要停下来，拉尔纳热夫人要从罗芒一直到圣灵桥附近的圣昂代奥勒镇。正如大家知道的那样，我是个很腼腆的人，大家一定认为我决不会很快就和这些体面的夫人以及她们的随从熟识起来的。但是，由于我们走的是同一条道，住的是同一家旅店，有时还不得不同桌进餐，我避免结识她们是不可能的。最终，我们熟识了。依照我的想法，这也未免太早了。因为所有那些乱糟糟的谈笑声，对于一个病人，尤其像我这样气质的病人，是很不合适的。然而，这些聪明乖巧的女人的好奇心非常强烈，为了结识一个男人，她们总是先把他搅得晕头转向。这种情况就发生在我的身上。科隆比埃夫人被她的那些美少年所包围，没有功夫来纠缠我，而且对她来说也没必要，因为我们眼看就要各奔东西了。至于拉尔纳热夫人，则没什么人纠缠她，而且她路上也需要有人解闷，因此便选中了我。从那一刻起，我就不得不向可怜的让·雅克先生说再见，或者说，向我的热症、歇斯底里和黏膜瘤说再见——我要向一切说再见，只要和她在一起，我就只剩下有点儿心跳的毛病，只有这个毛病她不愿意给我治好。我的病痛正是我们结识的导火索。大家知道我有病，而且也知道我是到蒙佩利尔去的，所以怀疑我是因为纵欲过度而去治疗的。但是我的外表和举止却表明我不是一个淫荡的人。虽然这种风流病并不会使一个男人受女人欢迎，但我却有幸因此而获得小姐们的青睐。一清早，她们就差人来问候我感觉怎么样，并请我同她们一起用可可茶，她们还问我夜里睡得好不好。有一次，我按照自己说话不假思索的值得嘉许的习惯，回答说我不知道。这样的回答让她们认为我疯了，于是便对我观察得更加仔细了，这种观察让我很是受用。有一次我听见科隆比埃夫人向她的女友说："他虽然没有礼貌，却是很惹人喜爱。"这句话大大地鼓舞了我，也使我越发显得可爱了。

彼此熟悉之后，我就要交代一下自己的情况，比如我是谁，从哪儿来等等。这让我有点尴尬，因为我心里很清楚，在上流社会的人们中间，特别是同一些名媛在一起，一说我是新近才改信天主教的，马上就会没有人理我。我不知道是出于怎样一种古怪念头，竟想冒充起英国人来，我自称是雅各宾派的成员。我还说自己名叫杜定，人们都叫我杜定先生。当时有一位先生让我惊惶失措。他是陶里尼扬侯爵，同我一样也是病人，不仅老态龙钟，脾气还很坏。他竟然相信了我所说的，还和杜定先生攀谈起来。他同我谈到詹姆士王，谈到争夺王位的人，谈到圣日尔曼故宫。我当时真是如坐针毡，除了在哈密尔顿伯爵的作品里和报纸上读到过一些以外，我对此一无所知。但是，我将这点儿贫乏的知识发挥到了最大限度，而且应付得还不错。幸运的是，没人想到要问我英语方面的问题，要知道我一个英文单词都不认识。

我们相处得非常愉快，因为知道就要分手了，大家都很珍惜这段时光。在路上我们特意像蜗牛一样缓慢前进。有一天星期日，我们来到了圣马尔赛兰，拉尔纳热夫人要去做弥撒。我同她一起去了，却把事情全弄糟了。在那里，我表现得像往常一样虔诚。她一见我那毕恭毕敬的样子，以为我是个虔诚的信徒，就对我产生了恶劣的印象，这是两天以后她亲口向我承认的。后来，经我献了许多殷勤，才逐渐消除了她对我的不良印象。其实，拉尔纳热夫人是阅历丰富的女人，而且敢于冒险先向我表示好感的，以便看一看我究竟抱什么态度。她如此轻而易举地向我表示了好感，而且又是那样一副举止，以至于我想她肯定是在嘲笑我的长相。根据这种愚蠢的想法，我做了不少蠢事，《遗产》中的那位侯爵都不如。拉尔纳热夫人依然故我，不断地和我调情，还向我说了许多温存的话，稍微比我聪明的人也不会把这都看作是真的。她越是向我表示好感，我越是坚定自己的看法。最使我感到苦恼的是，一来二去我竟然爱上了她。我叹息了一声，对自己，也是对她说："唉！如果你说的这些都是发自内心的，我一定是世界上最幸福的人！"我相信我的质朴和简单只会激发她的热情，而她不愿承认自己的失败。

到了罗芒，我们就跟科隆比埃夫人和她的随从分别了。随后，我们三个人——拉尔纳热夫人、陶里尼扬侯爵和我——以缓慢的速度前行着，心情前所未有的愉快。侯爵虽然有病而且好唠叨，人倒还不错，但他也不愿意看到其他人自得其乐而把自己冷落到一边儿。拉尔纳热夫人毫不掩饰对我的美意，侯爵比我本人还早觉察出这一点，而且还旁敲侧击地挖苦我。在我独有的乖戾性格的支配下，我不但不敢相信她倾心于我，竟认为他们是串通好了来戏弄我。最终，这一愚蠢的想法弄得我晕头转向。其实，按照我内心的真实情况，我已经深深地爱上了她，而且完全可以扮演一个情种的角色，结果这种愚蠢的想法却把我变成一个彻头彻尾的傻瓜。我不明白拉尔纳热夫人为什么不讨厌我那副愁眉苦脸的样子，为什么没有极其轻蔑地把我甩开。因为她是一个聪明的女人，善于识人，而且也看得很清楚，我的举止中更多的是愚蠢，而不是淡漠。

虽然费了些周折，她最终还让我知道了她的心意。我们到瓦朗斯用午饭，按照我们那值得表扬的习惯，就在那里消磨午饭后的那段时间。当时我们住在城外的圣雅克旅店。我永远也忘不了那个旅店，或者说是拉尔纳热夫人所住的那间房子。午饭后，她想去散散步。她知道陶里尼扬先生不喜欢散步，就特意为我们二人安排了一次单独谈话。这是她早就计划好要最大限度利用的机会，因为时间所剩不多了，不然的话一切都来不及了。我们沿着护城河缓缓而行，我喋喋不休地向她诉说着自己的病史，她则极尽温柔地安慰我，还不时把我的手放在她的胸前。我想，只有像我这样的傻瓜才认为那是她的虚情假意。最有趣的是，当时我也非常激动。我曾说过，她是可爱的，现在爱情使她更加妩媚动人了。她仿佛回到了青春花季，举手投足都让人心旌荡漾，即使阅历最丰富的男人也会拜倒在她的石榴裙下。所以我当时极其不自在，很想放松一下。可是我又怕冒犯了她，惹得她不高兴，更害怕的是被人嘲笑，揶揄和戏弄，给人提供茶余饭后的谈资，尤其害怕那个不厚道的侯爵会挖苦我的鲁莽行为。这一切都使我不敢轻举妄动，而且我这种愚蠢的胆怯连我自己都感到气愤。无论我怎样谴责自己，始终克服不了畏葸的毛病。我那时感觉如芒在背。虽然我已经丢开那一套塞拉东式的情话了，还是觉得在大路上谈情说爱实在太荒唐了。由于我不知道该怎么做，也不知道该说什么，只好一声不吭，仿佛是在跟谁赌气似的。总之，无论我做什么，恐怕都会招致我最害怕的事情发生。所幸的是，拉尔纳热夫人有一颗仁慈之心。她忽然打破了沉默的僵局，猛地搂住了我的脖子，与此同时，她的嘴唇紧贴到我的嘴唇上。一切都很明白，我也无需再怀疑什么了。这一急转直下来得太是时候了，我马上变成了可爱的人。这正合我意。此前，她多次给我鼓劲儿，但是因为要求太迫切了，反而让我表现得不太自然。这一次，我终于放开了。我的眼睛，我的感官，我的口和心从来没有这样出色地传情达意过，而且也圆满地弥补了我的错误。虽然这次小小的胜利让拉尔纳热夫人费了一些心思，尽管她既不美，也不年轻，我也有理由相信她肯定不会后悔的。

即使我活到一百岁，回想起这位迷人的女性时，也会面带微笑的。尽管她既不年轻，也不漂亮，但我依然用了“迷人”这个词，那是因为她既不显老，看起来也不丑，容貌上没有一点妨害她的智慧和风韵充分发挥作用的地方。和别的女人相比，她的脸色不够红润，我想那是以前过度使用胭脂的缘故。她之所以在爱情方面表现得很轻浮，是有一定道理的，因为那样可以充分体现她那可爱的品质。你很有可能会见过她而不爱她，但却不可能占有她而不崇拜她。这足以让我相信，除了和我在一起以外，她并不总是这样滥用感情。她如此突然而热烈地爱上我，总归是无法让人原谅的。但是，她心灵上的需要和肉体上的需要一样强烈。在一起度过的那段短暂而快乐的日子里，她强迫我在生活上多加节制，这让我有理由相信，她虽然是个耽于奢侈淫乐的女人，却相当珍惜我的身体，远远甚于满足自己的快乐。

我们的互通情意没有瞒过陶里尼扬侯爵。但他并没有因此而停止对我的嘲笑，恰恰相反，他比任何时候都更把我当作一个可怜的情人，一个遭受无情女人折磨的受难者。我们没有一句话、一个微笑、一个眼神能够逃过他的眼睛，这使我怀疑到他已经发现了我们的私情。如果不是拉尔纳热夫人比我更加敏感，如果不是她对我说侯爵已经发现了一切，只不过他很识趣地没表现出来，我一定以为他居然被我们瞒过了。实际上，没有人会比他心肠更好，比他更彬彬有礼。他对我也仅限于此，只是有时说上几句玩笑话，特别是在我得手之后。他之所以这样做或许是因为瞧得起我，认为我并不像以前表现的那样愚蠢。一如所见，他错了。但是这没关系，我正好可以利用他的错误。说实话，当时人们真正嘲笑的，是他而不是我，因此我也很乐意让他继续讽刺我。有时，我也会反驳他几句，特别是拉尔纳热夫人在场时，能在她面前炫耀她所启发的智慧，更是让我满怀欣喜和骄傲地反驳他。我已经不是从前的我了。

我们是在一个令人赞叹的季节，而且是在乡下旅行的。多亏了陶里尼扬侯爵，我们所到之处都有舒适的食宿。他甚至把这番好心用在我们的卧室分配上了，这本来是用不着他操心的，他却总是让他的男仆事先安排房间。那个可恶的仆人不知是自作主张还是受了主人的指使，总让他的主人住在拉尔纳热夫人的隔壁，而把我一个人甩到房子的尽头。这非但没有难住我，而且让我们的幽会显得更加刺激有趣了。这种快乐的生活继续了四五天的时间。期间，我深深地陶醉在最甜蜜的肉欲享乐之中。这种快乐是那样地纯粹生动，不含有任何苦痛的成分，而且是我曾经享受过的最初的和仅有的快乐。我只能说自己应该感谢拉尔纳热夫人，要不是她的话，我即使离开人世也领略不到此中的乐趣。

如果说我对她的感情根本不是爱，至少可以说是对她向我示爱的一种温情的回报。那种可以让人燃烧的肉欲之乐，是谈话中的甜蜜的亲昵无间，具有激情昂扬的动人魅力，却没有让人精神错乱的过激狂热，仅仅是耽于享乐而已。我一生只有一次真正感觉到爱，但不是和她一起。我爱她，从来不像爱华伦夫人那样，我们过去曾经爱过，现在依然深爱着。恰恰因为如此，我才觉得拥有她时比拥有华伦夫人时快乐千百倍。在妈妈跟前，我的快乐总是被一种忧郁的情绪困扰着，心中始终压抑着一种隐秘的欲望，无论如何也克服不了这种感觉。我占有妈妈的时候非但没感到幸福，反而总以为是辱没了她。和拉尔纳热夫人在一起就恰恰相反了，我为自己是个男人以及享受到此等幸福而骄傲自豪，而且可以随心所欲，乃至放心大胆地纵情享乐。我同样还可以分享我给她的欢乐。这一次，我完全是独立自主的，而且可以用无限的虚荣与快感来欣赏自己的胜利，并企图由此走向更大的胜利。

陶里尼扬侯爵是当地人，我不记得他在什么地方离开了我们。不过在到达蒙特利玛尔以前，就只剩下我们两个人了。从那时起拉尔纳热夫人便叫她的侍女坐上我的马车。而让我和她同乘一辆车。我可以肯定地告诉你，我们是不会对这样的旅行感到厌烦的，至于沿途都有些什么风景，那我就记不清楚了。在蒙特利玛尔，她有些事情要办，便在那里停留了三天。在这三天当中，她只离开过我一刻钟，那是去拜访一个人。那次拜访招致了不少急切的络绎不绝的邀请。她以身体不适为由谢绝了。但是，这种不适并没有多大的影响，我们每天都出去散步，而那里的景色和天空又是世界上最美丽的。啊，多幸福的三天啊！至今有时我还会很惆怅地回忆起这三天！从那以后我再也没有享受过这样的幸福！

旅行中的爱情本是不能长久的。我们不得不分手了。老实说，也是分手的时候了，这并不是说我感到厌倦，也不是因为其他原因。我一天比一天更加爱她。因为拉尔纳热夫人是一个谨小慎微的女人，我所得到的也是少之又少。在我们分手以前，我希望能够真正享受一番，她为了防止我接近蒙佩利尔的姑娘，也就顺从了我。为了让各自安心，我们制定了再次会面的计划。我们的决定是：既然这种治疗方法对我有利，我就应该继续采用这种方法，并且到圣昂代奥勒镇去过冬，由拉尔纳热夫人来照料我。不过我要在蒙佩利尔待上五六个星期，这样她才有时间做些必要的安排，避免让人说闲话。至于我到圣昂代奥勒镇后应该事先了解些什么，应该说些什么，以及应该采取怎样的态度，她都给了我非常周详的指导。我们还约好要彼此通信。她很郑重其事地嘱咐了我很多事情，比如要爱护自己的身体，最好去找一些名医咨询一下，要严格遵守他们的一切医嘱。她还说，不管他们医嘱如何严格，等我重新回到她身旁的时候，她保证一定会让我遵守的。我相信她的话都是肺腑之言，都是因为爱我。她在这方面的种种表现比对我的爱抚更为可靠。她从我的行装看出我并不是很有钱的，虽然她本人也不富裕，但在我们分手的时候，她一定要把她从格勒诺布尔带来的钱分给我一半，我好不容易才谢绝了她的美意。最后，我离开了她，我的心完全被她占据了，同时我觉得我也在她心里留下了真正的爱恋。

我一面从头回忆着和她走过的那段路程，一面继续着我的行程。此时此刻，我坐在一辆舒适的马车里，这让我深感快慰，而且可以尽情回味我所得到的快乐，并憧憬着她承诺要给我的幸福。我一心只想着圣昂代奥勒镇，那里有幸福的生活在等着我。我的心中只有拉尔纳热夫人和她周围的一切，除此之外，世界上的任何东西我都不在意，甚至妈妈也被我抛到了脑后。我集中全副精力回想拉尔纳热夫人对我说过的一切细节，以便对她的住所、她的邻居、她的朋友以及她的生活方式先有一个了解。她有一个女儿，她不止一次对我说过，她怎么爱女儿都觉得不够。这个女孩今年十六岁了，性格活泼，迷人可爱。拉尔纳热夫人曾向我保证，她一定会喜欢我的，我一直牢牢地记着这句话。我非常好奇地想着拉尔纳热小姐将怎样对待她母亲的亲密朋友。从圣灵桥一直到勤木兰，我这一路上心里所想的就是这些。有人告诉我可以去看看加尔大桥，我当然这么做了。这是我所见到的第一座古罗马人的伟大工程。我正希望看到一个无愧是罗马建筑者创造的杰作。让人惊讶的是，我所见到的实物竟然超过了我的想象，这是我生平惟一的一次。只有罗马人才能让我有这样的感受。

眼前朴素但却壮丽的宏伟建筑让我震惊不已，特别是这个建筑位于广漠无人的荒野中，周围寂静荒凉的景象更使这个古迹显得神奇伟大，不由得让人由衷地顶礼膜拜。这架所谓的大桥在古代只不过是输水管道。肯定会有人想，是什么力量把这些巨石从采石场运到这里来的？是什么力量把无数人的劳力集中在这荒无人烟的地方？我把这个雄伟建筑的上下三层都仔细地看了一遍，心中的景仰之情使我几乎不敢用脚践踏。我的脚步在那些宽阔的拱顶之下发出巨大的回声，使我感觉好像是建筑者的宏亮嗓音。我觉得自己就像一个昆虫，迷失在这个气势磅礴的建筑物中。尽管我觉得自己很渺小，同时却又觉得有一种莫名的力量把我的心灵升华了。我不由暗自感叹道："为什么我不出生在罗马呢！"我在那里呆了好几个小时，陶醉在一种近乎迷狂的沉思默想之中。我回来之后依旧神情恍惚，好像在梦游一样。这副魂不守舍的样子对拉尔纳热夫人是不利的。她十分担心我被蒙佩利尔的姑娘勾引了去，但却没有警告我不要被加尔大桥所迷惑。智者千虑必有一失啊！

在尼姆，我还参观了竞技场。这是一个比加尔大桥更加宏伟壮观的建筑，却没有给我留下很深刻的印象。这或许是因为后者已经耗尽了我的敬佩之情，或许是因为这前者位于城市中心，不容易让人们感到惊讶。磅礴华丽的竞技场周围都是简陋的矮房子，而场内还盖了许多更矮小更简陋的房子，以致使整个建筑物给人的感觉混乱而不协调，遗憾和不快窒息了喜悦和惊奇的心情。日后，我又参观了韦罗纳的竞技场，那个竞技场比尼姆竞技场小得多，也没有那么壮丽，但是最大限度地保持得非常完整洁净，给我的印象反而更深刻和愉快。法国人什么都不放在心上，甚至对古迹也没有应有的敬意。他们干什么事情都是虎头蛇尾的，有的东西一旦建成他们就再也不会理会它了。

我变了很多。我那寻欢作乐之心一旦被唤醒，就会像烈火一样燃烧起来。我在“吕奈尔桥饭店”停留了一天，为的是能在那里同其他旅伴大吃一顿。这个饭店是欧洲最有名的一个饭店，当时它对这一称誉当之无愧。饭店老板很会利用这个旅店的优越条件，供应的都是最精致的美味佳肴。在荒郊野外这样一家孤零零的饭店里，餐桌上不仅有海鱼和淡水鱼，还有上等野味等珍馐佳酿，这的确是一件稀罕事。在招待客人方面，他们也是那么细心、那么周到，提供只有王公贵族才能享受到的礼遇——所有这一切一个人只要花上三十五个苏。但是，这个“吕奈尔桥饭店”没有能长久经营下去，由于过分依赖自己的声誉，最后当然一无所有了。

在这段旅程中，我似乎都忘记自己是个病人了。当我到了蒙佩利尔，才想起这回事来。我的神经错乱症已经完全好了，但是所有其他的病依然存在。虽然我已经习以为常了，感觉也不是那么严重。如果有人突然得了这样的病，他肯定会觉得大限已到。实际上，我的那些病，与其说是使我感到疼痛，不如说是使我感到害怕。它们所引起的精神上的痛苦，看来超过它们预示即将毁灭的肉体上的痛苦。因此，当我被那些强烈的情欲所占据时，我就把一切疾病置之度外了。然而，我的病毕竟不是臆想出来的，每当我的精神一安定下来，病症又全都冒出来了。这时我开始郑重地考虑拉尔纳热夫人的劝告以及我此次旅行的目的。我马上去找最有经验的名医，特别是费兹先生。为了小心起见，我干脆在一位医生家里寄膳。这位医生名叫菲茨莫里斯，是爱尔兰人，有很多学医的学生在他家里寄膳。他的家对一个病人来说格外方便，菲茨莫里斯先生非但收的膳食费不多，而且他偶尔给在他家用餐的人看病还分文不取。他负责执行费兹先生的处方，并照料我的身体。在实行节食疗法的时候，他非常尽职。而且在他家寄膳的人没有一个消化不良。我虽然并不是很讨厌节食，但是有的时候对比简直太鲜明了，这常常让我想起陶里尼扬先生，在膳食供应方面，他还是比菲茨莫里斯先生高出不少。然而，我们在这里绝对不会忍饥挨饿，而且那些年轻学生总是很开心，这样的生活方式对我的身体确实有益，我不像以前那样总是奄奄一息的。每天早上，我服用药物，特别是喝一些水，我想大概是瓦尔斯的矿泉水，但是不敢肯定。此外，上午剩下的时间就是给拉尔纳热夫人写信。我们之间的通信一直继续着，而卢梭是以朋友杜定的名义收转那些信件的。中午，我便和同桌用餐的某个青年到拉卡努尔格去散散步，他们都是些顶好的小伙子，午饭前我们总是先集合在一起，然后才共同进餐。午饭后一直到傍晚，我们当中的大部分人都去干一件重要的事，那就是到城外玩两三场木槌击球的比赛，输的要请吃下午茶。我是不参加玩球的，我既没有力气，也没什么技巧可言，但是我参加赌谁输赢。由于关心结果，我跟那些球员和木球一起在坎坷不平、满是石子的路上跑来跑去，这种运动对我倒是十分合适，既能让我身心愉悦，又能锻炼体格。我们在城外的小酒店里吃下午茶，不用多说，这是非常快活的。但是我必须补充说明一点，虽然小酒店中的那些女孩子们长得都很漂亮，我们并没有非礼她们。菲茨莫里斯先生是个击球高手，他是我们的头儿。我可以断言，尽管大学生的名声不怎么好，但这群年轻人所表现的庄重和礼貌，就是在许多成年人中也是难得一见的。他们吵闹而不放纵，活泼而不放肆。我很容易就适应了这种生活方式，它让我感到轻松自在。真希望就这样一直继续下去。这些大学生中有几个是爱尔兰人，我尝试着向他们学了些英语单词，以备到圣昂代奥勒镇后的不时之需。我去那里的日子越来越近了。拉尔纳热夫人每封信都催我过去，我也准备照她的话去做。我心里很明白，那些医生根本没弄清楚我得的是什么病，都把我看作是一个臆想着自己有病的人。在这种情况下，他们就拿一些菝葜根、矿泉水和乳浆来敷衍我。医生和哲学家的理论同神学家们刚好相反，他们只承认自己能够解释的东西，而且也仅仅知道如何去治疗那些知道的病。这些先生们对我的病一无所知，因此，我就是什么病也没有。当然，医学博士们无所不知无所不晓。我看他们只是在糊弄我，想让我把钱全部花完。我认为圣昂代奥勒镇的那位完全能够代替他们，绝对不会比他们差，而且还可以使我更愉快些。于是我决定投奔她，并怀着这种聪明的想法离开了蒙佩利尔。我是在十一月底动身的，我在这个城市一共住了六个星期或两个月左右的时间，大约花掉了十二个金路易，无论是在身体方面还是在知识方面，我都是毫无长进。只有菲茨莫里斯先生的解剖课程让我颇感兴趣，但后来因为我受不了解剖尸体的臭味，不得不放弃了这门课程。

我内心深处对于这个决定颇感不安，我一边继续往圣灵桥进发一边寻思，这条道通向圣昂代奥勒镇也通向尚贝里。我对妈妈的想念和她的来信——虽然她的信没有拉尔纳热夫人的信那么频繁——在我的内心深处激起了一股悔意。在来时的路上，我的这种心情被抑制住了，这次在归途中，这种懊悔的情绪变得非常强烈，以致把我寻欢作乐的兴趣完全打消了，这竟然让我变得理智起来。首先，我若再去扮演冒险家的角色，很可能不像上一次那样侥幸：只要整个圣昂代奥勒镇有一个人去过英国，或者认识英国人，或者会说英语，我就会被揭穿。拉尔纳热夫人的家人很可能会讨厌我，甚至会不客气地对待我，还有她那个女儿——我居然对她有了非分之想——更使我惶恐不安：我生怕会爱上她，这种恐惧心已能让我大致做出决定了。我想，她母亲待我那么好，我怎么会想到要诱惑她的女儿，甚至要和她发生最可鄙的关系呢？这肯定会给她的家庭带来分裂、羞辱、丑闻，甚至是无尽的痛苦，我怎么能以此来报答她母亲对我的一番好意呢？这种想法让我恐惧万分。我下了很大的决心，如果这个可耻的念头再露出苗头，我一定要把它消灭掉不可。但是，我为什么要去进行这样一场搏斗呢？和她母亲生活在一起，由于厌倦母亲而爱上了女儿，却又不敢向她袒露心迹，这将是多么悲惨的处境啊！难道我一定要自讨苦吃吗？难道一定要将自己置身于不幸、受辱和后悔无穷的境地吗？单单是为了追求早已享尽其精华的快乐，值得吗？很显然，我的欲望已经失去了早期的活力。寻乐的兴趣还在，但已经没有热情了。除此以外，我还想到了自己的处境和责任，想到了我那位善良而慷慨的妈妈，她已经负债累累，而由于我傻乎乎地乱花钱，她的负债又增加了不少。她为我操碎了心，而我却这样卑鄙地欺骗了她。我强烈地感到前所未有的内疚，这些终于战胜了杂念。在快到圣灵桥的时候，我下定决心，到圣昂代奥勒镇后，一刻也不停，继续往前走。我勇敢地执行了这项决定，虽然我承认当时感到有点儿惋惜，但那是我有生以来第一次感受到了一种心灵的满足。我自言自语道："我完全应该奖励我自己。因为我知道要担负责任，而不是寻欢作乐。"这是我第一次真正从读书中得到的益处：它教导我进行思考和比较。我想起不久前自己曾采纳的纯洁的道德原则，我给自己规定了明智而高尚的做人准则，并且以能够遵守这些而深感自豪。然而我感到羞愧的是，我竟否定了自己的原则，这么快就明目张胆地背弃了自己所订立的道德原则，让羞愧心在情欲面前一败涂地。也许，我认为虚荣心和责任心所起的作用是相等的。虽然这种虚荣心不能算作美德，但它所产生的效果是那么相似，即使将两者混淆了也是可以原谅的。

善行的一个好处就是使人的灵魂变得高尚了，并且使他可以做出更美好的行为。因为人类的弱点是如此之多，以至于当他受到某种诱惑而要去做一件坏事而能毅然中止，也就可以算作善行了。我一下定决心，我就变成另一个人了，或者更正确地说，我又变回了以前的我，变成了那个不曾在肉欲享乐中迷失的我。我满怀高尚的心情和善良的愿望继续我的路程，心里一直想着以后要以高尚的道德原则来约束自己的行为，要毫无保留地为世界上最好的妈妈服务，要向她献出和我的爱恋同样深切的忠诚，除了听从我的职责之外，决不再听从其他的意念。或许，这样才能赎回我的罪过。唉！我带着一片真心重新走上了正路，这似乎可以使我得到另一种命运了，然而我的命运是早已注定的，并且已经开始了，当我那颗满怀着美好和真诚之爱的心灵，不顾一切地奔向纯洁和幸福的生活时，那将要给我带来无数灾难的不幸时刻却越来越近了。

因为我迫切地希望到家，这使得我的行程出人意料地快。在瓦朗斯，我给妈妈写了一封信，告诉她我即将到达的日期和时刻。结果我却比预计的时间提前半天了，我就故意在沙帕雷朗停了一阵子，以便能够像预计的那样准时抵达。为了能够加倍享受和她久别重逢的快乐，我很愿意把这个时刻再稍微延长一会儿。这种办法往往很奏效。我每次归来就像是某种小小的节日。这一次我也希望如此，所以尽管我已经归心似箭，还是可以忍受这一点小小的折磨的。

我非常准时地到达了。从大老远，我就渴望着看见她在路上迎接我。离家越近，我的心跳得越厉害。到了城里，走下马车的时候，我激动得都快喘不过气来了。可是无论是在院子里，在门前，在窗口，我一个人都没有看见。我顿时就慌了，生怕发生什么不测。我走进房间，一切都是静悄悄的，佣工们在厨房里吃点心，根本不像我想象的那样夹道迎接我。女仆看到我后大吃一惊：她显然并不知道我要回来。我上楼之后终于见到了她，见到了我那亲爱的妈妈，见到了我那如此温柔、如此深沉、如此纯真地爱着的妈妈。我飞奔上前，跪倒在她的脚下。“啊！你回来了，我的孩子，”她一面拥抱着我，一面向我说，“旅途还愉快吧？身体还好吧？”这种接待使我感觉有点意外，就问她是否收到了我的信。她说接到了。我回答说：“我还以为你没有收到呢！”我们就说了这么几句话。当时有一个年轻人同她在一起。我记得在我离开时候，在家里见到过他。但现在他俨然是一个主人了，事实也正如此。简而言之，我发现自己的位置被别人取代了。

这个青年是伏沃地区的人，他的父亲名叫温费里德，是个守门人，自称是希龙城堡的上尉。他的儿子是理发店的学徒，工作就是到贵妇名媛家里给她们做头发。他就是以这种身份到华伦夫人家里来的。华伦夫人非常亲切地接待了他，就像款待所有过路的客人一样，还特别以家乡人的礼遇厚待他。他是一个无趣的高个儿金发少年，发育良好，但是他的长相却和他的智力一样平凡，谈起话来很像漂亮的利昂德。他用他那一行的人所特有的腔调，滔滔不绝地吹嘘自己那些风流韵事，还列举了一半同他睡过觉的侯爵夫人的名字。他还自吹自擂说，凡是他给理过发的那些漂亮女人，他都给她们的丈夫戴过绿帽子。他虽然无聊、愚蠢、粗鲁、厚颜无耻。不过，在其他方面，还是绝顶不错的。这就是我出门在外时她找来的我的替身，也就是在我旅行回来后她向我推荐的合伙人。

如果灵魂摆脱了尘世的羁绊，还能从永恒之光的怀抱中看到世间发生的一切，我亲爱的尊敬的幽灵啊！那就请你原谅我吧，原谅我相对于你的过错而言更加偏袒自己的过错！原谅我把这二者同时揭露在读者的面前吧！不管是为了你还是为了我自己，我都必须而且也愿意说真话，在这方面你的损失要比我的损失小得多。啊！你那可爱而温柔的性格，你那永不休止的好心肠，你的真诚和一切高尚的美德，这些完全可以抵偿你的缺点。如果仅只是由于判断失误造成的小过失也能称之为缺点的话！你有过失，但远远没有堕落。你的行为应该受到指责，但你的心却永远是纯洁的！

这位新来的伙计表现得十分热心、勤快和细心，对于妈妈交给他的数不胜数的一切小事都是这样，而且担负起了监督所有雇工的责任。我干活时相当安静，他却最喜欢大声嚷嚷，不管是在田间，草垛旁，木柴堆旁，马厩或家禽场，不管在哪里，人们都能看到他的身影，听到他的声音。只有花园似乎被他忽略了，因为那是一种不出声的安静的工作。他最大的乐趣是装车、运料、锯木头或劈劈柴，手里总是拿着一把斧头或者铁镐。人们总是能听到他在到处乱跑，敲敲这儿，打打那儿，扯着喉咙大喊大叫。我不知道他到底干了多少人的活儿，可是给人的感觉好像至少有一二十个人在干活。这种乱哄哄的热闹劲儿把我那可怜的妈妈给糊弄住了：她认为这个年轻小伙子是帮助她料理农活的一个难得的人才。为了能够将他拴在自己身边，她使尽了一切她所能想到的能达到目的的手段——当然没忘了使出最可靠的那一招。

读者一定了解我的心，知道我的感情是忠贞不渝的，特别是驱使我在这时候返回到她身边的那番热情更是无比真挚。现在，我的整个生命突然遭到重创，这是多么沉重的打击啊！请读者设身处地为我想一下。我所设想的幸福的未来，刹那间全部烟消云散了。我如此情意绵绵地编织的美梦完全毁灭了，从幼年起我就把我的生命和她联系在一起，现在我第一次感到了孤独。这个时刻太可怕了！而以后的日子也是那么惨淡。虽然我还年轻，但青年时代独有的充满快乐和希望的甜蜜感觉却一去不复返了。从那时起，我这个敏感的人已经死去了一半，摆在我面前的只是忧伤的索然寡味的残生。虽然幸福的影子还不时地在我的欲望中闪现，但这种幸福已不是我独有的了。我觉得，即使我得到这种幸福，我也不会真正感到幸福的。

我是如此的单纯，又是那样的充满信心，以至于还以为这个新来的人之所以和妈妈那么亲昵，是由于妈妈性情随和、跟任何人都非常亲近的缘故。要不是她亲自告诉我，我一辈子也猜不出这里面的真正原因。可是，她很快就坦白地向我说明了一切。倘若我的心里燃起了熊熊怒火的话，她那种直率的态度简直就是火上浇油。她认为这件事再平常不过了，她责备我对家里的事漠不关心，还说我经常不在家，仿佛她已经迫不及待地要找别人填补她的空虚。“啊！妈妈，”我极力压抑着自己难过心情向她说，“你怎么能这样说话呢？我对你的热爱所得到的就是这样的报酬吗？你曾多次挽救了我的生命，难道就是为了再次剥夺我生命中最为珍贵的一切东西吗？这肯定会杀了我的，但是你将来肯定会为我的死感到后悔的。”她用十分平静的态度对我所作的回答，简直快使我发疯了。她说我还是个孩子，一个人不会因为这种事而去死的，她说我什么也不会失去，我们仍和以前一样是好朋友，在一切方面都还是同样的亲密。而且她还说，只要她活着，她对我的爱丝毫不会减少。简而言之，她的意思是让我明白，我的一切权利非但没有减少，而且和原来一样多，只不过是多了一个人分享而已。那一刻，我前所未有地感觉到我对她的感情的纯洁、真实和坚定，以及我心灵的真挚和纯朴。我立刻跪在她的脚下，搂住她的双膝，泪如雨下。“不，妈妈，”我激动地对她说：“我太爱你了，决不能使你受到一点损伤。拥有你，对我来说实在太宝贵了，根本无法和别人分享。当初我很后悔接受你的馈赠，现在这种悔恨之情随着我对你的爱而日益增长。此后，拥有你的时候我再也不会后悔了。我要永远崇拜你，希望你永远配得上这样的崇拜。对我来说，尊重你的人格比拥有你的身体更为重要。啊！妈妈，我要让你做回你自己。我要为我们心灵的结合而牺牲我的一切快乐。我宁愿万死，也不肯享受那贬低所爱之人的人格所得到的快乐！”

这一次，我真正下定决心，无论如何也要将自己的决定坚持下去。我敢说，我的这种态度和促使我采取这个决定的那种感情完全一致。从那一刻起，我就仅仅通过一个真正的儿子的眼睛，去看我所热爱的这位妈妈了。据我观察，她私下里并不赞同我的这一明确决定，但她从来没有采取任何手段让我放弃这个决定，无论是婉转的言词，温情的表示，或者任何巧妙的诱惑。这些都是一般女人善于使用的，既无损于自己的体面，又常常无往而不胜。

我不得不转而寻求一种独立于她之外的命运，但又想象不出来该去向何方，于是我走向另一个极端，那就是完全在她身上来寻找出路。结果，我是如此的投入，以至于几乎将自己都遗忘了。我热切地盼望能看到她成为一个幸福的人，不管付出多大的代价我都愿意，我的全部感情都倾注在这个愿望上面。她想要把她的幸福同我的幸福分开，这么做是没用的，不管她愿意不愿意，我都会把她的幸福看成自己的幸福。

这样，我内心深处通过学习知识而种下的善的种子，在我遭遇不幸时开始萌芽，只等逆境的刺激便会开花结果。我这种完全无私的愿望的第一颗果实就是摒弃仇恨和嫉妒，哪怕那个人曾经夺去了本应属于我的位置。进而，我还真诚地渴望同这个青年人结为亲密的朋友。我要培养他，教育他，使他认识到他的幸福，如果可能的话，还要让他配得上这样的幸福。总而言之，我要为他做自己所能做的一切，就像阿奈在同样的情况下为我所做过的那样。可是，我比阿奈差远了。虽然我的性情比较温和，懂的也比阿奈多一些，但我既不像阿奈那样冷静和有耐心，也没有阿奈那种能够赢得别人尊敬的人格魅力，如果要想取得成功，这些是必不可少的。我在那个青年人身上所发现的优点，也没有阿奈在我身上发现的那么多，例如：温顺，热情，感恩，特别是自知需要别人的教导，而且丝毫没有从中获得益处的想法。这一切他都不具备。而在这位我所要培养的青年眼里，我只不过是一个讨厌的学究，除了空谈什么也不会。他呢，自以为是这个家里最了不起的人物，而且他总是根据他干活时的声势来衡量他自己在家里所做的工作，所以他认为他的斧头和铁镐比我那几本破书有用得多。从某方面来说，他这种看法是正确的，但那副趾高气昂的样子简直能把人笑死。他总是在农民面前充乡绅。不久他也如此对待我，最后甚至对妈妈也是这种态度了。他认为他那温赞里德的名字不够尊贵，便抛弃了那个名字，自称德·古尔提叶先生，后来他就是以这个名字而在尚贝里和在莫里昂讷名声大噪，那是他结婚的地方。

总之，这位显赫的人物很快就在家里变得不可一世起来，而我则是微不足道的。当我不幸惹恼他的时候，他不责备我，反而迁怒于妈妈。我惟恐他粗野无礼地责怪妈妈，只好在他面前表现出一副唯唯诺诺的样子。每当他洋洋自得地劈柴的时候，我不得不作为一个无所事事的旁观者，老老实实地欣赏他的高超本领。其实，这个小伙子也并不是一无是处。他爱妈妈，因为每个人都会不由自主地爱上她。他甚至对我也没有什么恶感。当他安静下来的时候，也会坐下来温顺地听我们说话，并且很爽快地承认自己只是一个蠢人，当然此后他很快就会再做一些新的蠢事。值得一提的是，他的理解力很有限，品位也很低级，有的道理很难同他讲得通，和他在一起也极其不自在。他既占有了世界上最迷人的女人，居然为了寻找新的乐子，和一个红头发的、老掉了牙的女仆发生了关系。这是妈妈最讨厌的一个女仆，而且对她已经忍无可忍了。当我觉察到这桩新近发生的私通事件以后，简直愤怒了。但是，与此同时，不久我又发现了另外一件让我伤心欲绝的事，这件事比以前所发生的任何事情都使我气馁，那就是妈妈对我越来越冷淡了。

妈妈虽然赞成我克己复礼的决定，但是我知道，这是一般女人绝不肯饶恕的，尽管她们表面上装出一副完全接受的样子。她们之所以这样做，与其说是由于她们本身的情欲不能得到满足，不如说是由于她们认为这是对她们的漠不关心。即使是最通达事理、最想得开、情欲最淡薄的女人，当一个男人——哪怕是她最不在乎的一个男人——能够占有她却婉言谢绝了她的美意，那就是对她犯下了最不可饶恕的罪过。这条原则概莫能外。我之所以克制情欲纯粹是出于道德和热爱妈妈尊敬妈妈的缘故，但这却让妈妈对我的感情起了变化，不像以前那么强烈和纯真了。从那时起，和她在一起，我再也找不到从前那种最亲密无间的甜蜜和幸福了。她偶尔只是在对这位新来的人有所不满的时候，才向我吐露一下心曲。在他们关系非常好的时候，她就很少跟我说什么知心话。最后，她竟然渐渐地开始疏远我了。见到我的时候，她看起来似乎还是很高兴，但有没有我似乎也无关紧要。纵然我整天整天地见不着她，她也不会注意到这一点的。

以前，我是这个家的灵魂，而现在虽然在同样的地方，我在不知不觉中变得陌生而又孤独了，简直就是冰火两重天。我渐渐习惯于不再过问这个家里所发生的一切事情，甚至也不理睬在这里居住的一切人。为了避免继续忍受那令人心碎的痛苦，我便把自己关在房间里埋头苦读，再不就是到树林深处大哭一场或是仰天长叹。这种生活很快就让我无法忍受了。虽然心爱的女人就在眼前，但她的心已经离我越来越远了，这只会增加我的痛苦，反而不如让我见不到她，我的孤独感就不会这么强烈了。于是我决心离开她的家，当我向她说了自己的想法后，她非但没有反对，反而很赞成。她在格勒诺布尔有一个女友，名叫代邦夫人，这位夫人的丈夫是里昂司法长官德·马布利先生的朋友。代邦先生介绍我到马布利先生家去作家庭教师，我接受了这个职位，于是便动身前往里昂。分别时，我一点感觉都没有，甚至也没有依依惜别之情。要是在以前，我们两个就像生离死别一样难舍难分。

我几乎已经充分具备了一个家庭教师所需的知识，而且深信自己完全合乎一个教师的标准。在马布利先生家的一年时间里，我有充分的时间认识自己。除了偶尔会急躁地发发脾气之外，我那温和的禀性还是很适合干这一行的。只要事情发展顺利，只要看到我的心思和劳动没有白费，我就会孜孜不倦地教下去，那时我简直就是天使。一旦事情不顺心，我就变成了一个魔鬼。当学生们不明白我讲什么的时候，我简直就要发疯了；而他们不听话的时候，我就恨不得杀了他们。这种方法当然不会把他们教成有学问有道德的好学生。我有两个学生，性情大不相同。其中一个大概八九岁，名叫圣玛里，长得非常可爱，人也聪明活泼，但有些浮躁，而且淘气贪玩，不过他的调皮总是让人觉得很好玩。小的叫孔狄亚克，长得傻里傻气的，人又非常懒散，而且还像驴一样倔强，什么也学不会。可以想见，在这样的两个学生身上，我的一切努力都是白费。如果我能多一点耐心和冷静，也许我还会取得一点成效。可是，我既没有耐心，又不冷静，结果非但一点成绩没有，两个学生还越变越坏了。我确实很勤勉，但是我要是再冷静一点就好了，特别是我的教学方法不够灵活。我只知道用三种方法对付他们，但是这些非但是无益的，而且还对他们有害。那就是：感化、说理和发脾气。有一次，我劝圣玛里的时候，自己都被感动得热泪盈眶了。我想感动他，就好像孩子的心灵能够真正被感动似的。有的时候，我筋疲力尽地同他讲道理，好像他真能听懂我似的。还有的时候，他也会利用一些十分巧妙的论据，居然会推理了，这让我不得不严肃地认识到，他是一个明理的孩子。至于小孔狄亚克，更加让我感到棘手了。他什么也不懂，问他什么也不知道，什么也不能打动他。任何时候都是那么冥顽不化，他最大的乐趣就是把我气得火冒三丈。这时候，仿佛他就是睿智的先生，我却变成了小孩子。我承认自己所有的这些缺点，心里也很明白。我仔细地研究了他们的性格，自以为非常了解他们，而且相信自己再也不会上他们的当了。但是，要是不知道用什么办法来补救的话，看到缺点所在有什么用处呢？尽管我对这一切看得非常透彻，可我什么也阻止不了，也没做成什么正事，而我所做的一切恰恰都是我不应该做的。

我不仅在教学方面毫无建树，就是我自己的事情也没处理好。代邦夫人把我介绍给马布利夫人的时候，曾拜托她在我的举止言谈方面多加指导，使我能够适应在上流社会交际。她在这上面颇费了一番心思，希望把我造就成一个风流潇洒的人，成为她家当之无愧的家庭教师。但我还是那么笨拙，那么腼腆，那么愚蠢，她渐渐失去了信心，只好放弃改造我的念头。但是这并不妨碍我故态复萌，我居然爱上她了。我很想让她明白我的心意，但又不敢向她表白。她也从来没有进一步的表示。后来，我发现自己无论怎样暗送秋波，怎样故作叹息，她都没有任何反应，不久我也就厌倦了这一切。

和妈妈在一起的时候，我已经完全改掉了小偷小摸的毛病。因为那儿的一切东西都属于我，也就没有偷的必要了。再说，我已经给自己订下了高尚的道德原则，自然今后再也不能干这种下贱的事了。从那时起，我一直没有再犯过老毛病。但这只不过暂时克服了所受的诱惑，并没有从根本上解决问题。我非常担心，要是再次面对诱惑的话，我恐怕又会像童年时代那样去偷窃的。这一点，已经在马布利先生的家里得到了证明。他家可以偷的小东西触手可及，但是我都看不上眼，只对阿尔布瓦出产的名贵白葡萄酒情有独钟。在吃饭的时候我偶尔喝过几杯，觉得非常好喝。这种酒有一点儿混浊，我自以为是个滤酒高手，便夸夸其谈了几句，主人就把这件事交给我了。我滤了几瓶，效果不大好，但也只是颜色不太好看，喝起来依然很可口的。于是我就利用这个机会，偷偷给自己留下几瓶，以备私下里享用。不幸的是，我还有个习惯，那就是一定要边喝酒边吃东西。怎样才能弄到面包呢？用餐的时候没办法偷偷留下一些面包。叫仆人去买，等于是揭发自己，对主人来说也是一种侮辱。我自己又不敢去买。可以想象，一位佩剑的体面人物到面包房去买一块面包，这怎么可能呢？最后，我想起了一位尊贵公主的“名言”。有人告诉她说农民没有面包吃了，她回答说：“那就叫他们吃糕点!”即使是这样也很不容易啊！为了这个目标，我独自出门了，有时几乎快要跑遍了全城。从三十多家糕点铺门前走过的时候，我一家也不敢进去。当看到糕点铺子里只有一个人时，而且那个人的相貌对我还必须有很大的吸引力，我才敢迈进那家铺子的门坎。当我把那可爱的小蛋糕买到手，把自己锁在屋子里，从柜子里拿出我那瓶酒的时候，我一边吃着糕点，一边自斟自饮，再读上几页小说，多么惬意啊！当我一个人的时候，经常是边吃边读，心灵则沉浸在无尽的遐想之中。这完全可以弥补无人作伴的空虚。我看一页书，吃一块蛋糕，就好像我的书跟我一起共进美食。

我从来都不是一个只会享乐的酒鬼，而且我一辈子从未喝醉过。因此，没有人觉察到这些小小的盗窃行为。可是，最终还是东窗事发了：酒瓶子让我露出了马脚。这件事谁也没有提过，不过，从此以后地下室的酒就不再归我管了。对于这种事，马布利先生表现得很大度，毕竟他是一个大方、审慎而且正直的人。他的外表虽然跟他的职务一样严厉，但他的性格却非常宽厚，心肠也是非常慈善，而且是非常少见。他明智而公正，令人意想不到的是，作为一个治安骑兵队的长官，他甚至是很仁慈的。深感他对我的仁慈宽厚，我更加敬重他了，因此我在他家里就多待了一些日子，否则我早就待不下去了。但是最后，我知道自己完全不能胜任家庭教师的职业，而且当时的处境也十分尴尬，这一切都让我感到厌倦。经过一年的尝试之后，我知道，无论自己怎样不遗余力地教他们，也无法让他们很好地长大成人。最后，我决定放弃了。在这一点上，马布利先生的看法和我非常一致。但是我知道，如果不是我自己主动提出辞职的话，他肯定不好意思解雇我。在这种情况下，他竟然还能这么照顾情面，我当然是不赞成的。

使我日益感到难以忍受的是，我不断拿目前的处境同我已经离开的那种生活进行比较：我所留恋的沙尔麦特，我的园子、我的树木、我的泉水、我的果园，特别是我为她而生的那个女人，赋予这一切以生命和灵魂的那个女人……无一不在我的脑海中闪现。每当我再次想起我们往日的欢乐和纯洁的生活，心里就感到一种难以抑制的烦闷，于是什么也不想干了。不知道有多少次，我恨不得马上动身，步行回到她的身旁，只要能和她再见一面，就是当场死去也心甘情愿。最后，我仿佛听到一个声音，在召唤我回到她的身边，我再也抵抗不了那些迷人的回忆了，无论付出任何代价也在所不辞。我对自己说，过去我缺少耐心，不够体贴，缺乏温存，假如我现在能够在这几方面努力的话，我还是能够和她一起过上幸福甜蜜的生活，哪怕是基于友情的我也愿意。于是我制定了最美好的计划，而且迫不及待地立即付诸实施。

我摆脱了一切羁绊，放弃了一切，马上动身，一路飞驰，我满怀幼年时代那火一样的热情回到了家里，又来到了她的跟前。啊！无论是我在她的迎接中，眼神里，爱抚间，抑或还是心底，如果能够发现一点点我从前感受过而现在还念念不忘的那种情意的话，哪怕是四分之一，我也会欣喜若狂的。

啊！人生的虚幻多么可怕啊！她仍然以那丝毫未变的善良迎接了我，她的这种好心除非她离开人世是永远不会消失的。然而我是来追寻过去的，那一切已经一去不复返了。我在她身边呆了不到半小时，就觉得我以前的那种幸福已经随风而去了。于是，我又陷入了上次迫使我逃离的那种令人绝望的处境之中，但却不能归咎于任何人。说心里话，古尔提叶挺好的。再次见到我，他非常高兴，丝毫没有生气的样子。但我从前是她的一切，而她也不能不是我的一切，而现在我在她的面前完全是一个多余的人，这让我怎么能忍受呢？从前我是这个家里的一个孩子，现在我怎能像一个陌生人一样生活在这里呢？见证过往日欢乐的一切，现在已经物是人非了，这尤其使我感到自己的处境格外难堪。如果换上另外一个地方，痛苦或许会减轻一些。但是往昔的甜蜜幸福不断地在我的脑海闪现，更加增添了我的失落之感。我满腹遗憾，仿佛被遗弃在最浓重的黑暗中。我决心恢复以前的生活方式，除了就餐的时间外，我总是把自己一个人关在屋子里，以书为伴，并在书中寻求有益的消遣。考虑到以前所担心的灾难即将发生，我便绞尽脑汁从我自己身上想办法，以便在被妈妈断绝经济来源的时候，可以接济一下她。以前，我已经把她的家务安排得相当妥善了，至少不会向坏的方面发展。但是，自从我离开她以后，一切都变了。她的管家是一个挥霍无度的家伙。他很喜欢炫耀自己有宝马香车，也喜欢在邻居面前摆阔。他不断地投资一些新项目，而他自己对此一窍不通。她的年金早就被预支光了，一年四季的所有收益也作了抵押，房租也一直拖欠着，债务像雪球一样越积越多。我已经预见到这项年金不久就要被扣押了，也可能会被全部取消。总之，我看到只有颓败和破产，而且这一刻马上就会到来，我仿佛已经看到那种种恐怖凄惨的景象。

我那间可爱的小屋是惟一能让我排忧解难的消遣之所。在为自己惶恐不安的心灵寻医问药之后，我开始寻求能够防止我所预见到的灾难的方法了。就在我重新考虑我以前的老办法的时候，我又给自己绘制了许多海市蜃楼般的美景，以便把我这个可怜的妈妈从她眼看就要陷入的绝境中挽救出来。我知道自己没有足够的学识和才华，不会在文坛上一举成名，更不能通过这条途径发财致富。我的脑海里冒出了一个新的想法，以前以我这种平庸之才根本不可能有这种信心。虽然不教音乐了，但我并没有放弃学习音乐。恰恰相反，我已经研究了不少音乐理论，而且自以为在这门艺术方面造诣颇深。当想起自己当初在学习音符、尤其是在练习依谱唱歌时候所遇到的那些困难时，我开始觉得这种困难源自音乐本身，而不是我自己主观条件太差的缘故。特别是我深知，学音乐对任何人来说都不是一件容易的事。在我研究音符时，我常常觉得这些音符创造得太糟糕了。很早我就想用数字来记录乐谱，免得记录任何一个小曲也必须画一些线和符号。如果这样的话，我只是不知道怎样表示八度音的节拍和延长音。考虑到这一点，我又有了一个新的想法，而且这些困难并不是不能克服的。我终于获得了成功，不管什么乐曲我都可以用我那些数字非常准确地、甚至可以说非常容易地记录下来。从这时候起，我认为我的财运来了。于是，怀着和她——给了我一切的她——共享财富的热望，我一心只想到去巴黎，确信我的乐谱改造方案一交给艺术学院，肯定会在音乐界掀起一场革命的。我曾从里昂带回一点钱，加上卖掉书换的那些钱，就这样，只用了十五天的工夫，我的计划就已经成型，并且要付诸实施了。

最后，我满怀着促成我这一计划的种种美好愿望，也可以说我在任何时候都怀有的同样的憧憬，就像上次带着埃龙喷水器离开都灵一样，我带着我的乐谱方案离开了萨瓦。

这些就是我在青年时代所犯下的小过大错。我以令自己也非常满意的忠实态度叙述了这些经过。日后，如果讲起我成年之后的一些善行，我的态度也会如此的坦率，这就是我的全部意图。不过，我必须就此停笔了。时间最终会揭开种种面纱，让真相暴露无遗。如果我的回忆录能够流传于世，人们也许有一天会知道我不得不说的这些究竟是什么意思。那时候，他们也就会知道我为何保持缄默了。

第七章

尽管我屡下决心不再写下去，但经过两年的沉默与忍耐之后，现在我又一次提起笔来了，请读者诸君先不要评论那促使我这次重新提笔的种种理由，因为只有读完本书之后，你才能作出评判。

人们已经看到，我的宁静的青年时代在一种还算平稳和愉悦的生活中流逝了，既没有大的挫折也没有大的收获。这种平庸主要是由我那种虽热烈却又软弱的性情造成的，我的这种性情难于振作而易于灰心，它只有在受到强烈震撼时才能摆脱闲散状态，之后由于厌倦和自然天性的原因，它又会故态复萌。它使我离美德很远，同时又使我离恶行更远。它注定要把我拉回到我自认生而好之的那种懒散而平和的生活中，它从不让我有大的作为，无论是在善的方面，还是在恶的方面，都是如此。

我即将展示的将是一种多么不同的情景啊！命运前三十年颇为眷顾我的天性，在后三十年却时时拂逆它了。我的处境和天性之间长期存在着尖锐的矛盾，它造成了许多巨大的过失、闻所未闻的不幸和赋予逆境以荣耀的美德，惟独没有让我的性格变得坚强一点。

这本忏悔录的第一部全凭记忆写成，因此其中的错误在所难免。现在第二部分还是不得不凭记忆来写，其中的错误很可能会更多。我最美好的年华在纯真而宁静的氛围中度过，它给我留下了无数美好的印象，使我乐于不断地追忆。接下来人们将会看到，我的后半生是多么的不同，重温这段岁月，只会唤起苦涩之感。为了不加剧我的现状的辛酸，我尽量不去勾起这些凄凉的回忆。我这样做常常相当成功，以致在需要回忆某些往事的时候，我竟然记不起来了。这种对不幸的健忘是上天在让我历经坎坷饱受折磨的同时给我的一种安慰。我的记忆专门垂青过去的赏心乐事，这对我那容易心惊胆战的想象力是一种很好的平衡，因为我的想象力只让我预见到残酷的未来。

我曾经收集一些材料来弥补我的记忆的不足和引导我的写作，但这些材料现在已经落入他人之手，而且没有归还的希望。我只有一个向导还算忠实可靠，那就是我人生历程中的情感之链。情感让我回想起我这一生中那一串串的事件，这些事件正是情感的原因或结果。我发现我很容易忘掉不幸，但是我不能忘掉我的过错，更不能忘掉我的善良感情。对我而言，对这些过错和情感的回忆实在是太宝贵了，我根本不能从心中将它们抹去。我或许会遗漏或颠倒错置一些事件，也可能在日期上出错，但我不会记错自己的感情，也不会记错这感情驱使我做的一切，我将要写下的，主要也就是这些。我写忏悔录的真实目的，就是要准确地反映我的一生中在不同境遇下的心境。我向读者郑重承诺，我将写下我的心灵史。为了如实地描写这段历史，我不需要借助于其他记录，我只需反观内心就行了，就像我一直所做的那样。

然而非常幸运的是，我拥有一本书信集的抄本，其中的信件能提供我的一段时间长约六七年的生活的可靠信息，信的原件在配鲁先生那里。这本书信集的终止时间是 1760 年，包括我居住在退隐庐，跟我那些所谓的朋友大肆争吵的整段时期，这是我一生中最值得珍视的一段日子，也是我的所有其他不幸的根源。我可能还留有少数日期更近的信件的原件，但我不想将它们继续抄入那本集子中，因为这会使抄本显得分量太大，不利于逃过那些监视我的阿尔戈斯的察觉。不过，一旦我觉得这些原件有助于说清事实时，我会在本书中加以转录，不管这些信的内容对我有利还是不利。我不怕读者以为我是在写自辩书，而忘记我是在写忏悔录，但是当真实为我辩护时，读者也不应该指望我会保持沉默，回避真实。

而且，第一部和第二部的惟一的共同点就是这种真实性。第二部之所以高于第一部，是因为它所叙述的事实更为重要。除此以外，它在所有其他方面都不及第一部。第一部是我在武通或特利城堡写的，当时我心情舒畅怡然自得，凡是我要回忆的往事对我而言都是新的乐趣。我不断地带着新的愉悦去回想它们，同时我还可以修改我的叙述，直到我满意为止。目前我的记忆力与脑力十分糟糕，我几乎不能胜任任何一种工作。我只是在满怀酸楚尽力而为地写这本书。写作给我带来的只是不幸、灾难、背叛、忧郁和撕心裂肺的回忆。我宁愿将我要说的一切都永远埋藏在黑暗之中。我既不能不说，又不能不隐藏自己，只好玩点花招，说点假话，做些违背我的本性的事情。我的屋顶上有人在监视，我住的房间有人在偷听。我被许多充满恶意的监视者目不转睛地盯着，身陷他们的重围之中，被弄得心烦意乱，只能将几句支离破碎的句子匆匆地写在纸上，根本没时间重读，更不用说修改了。我知道，尽管我的敌人们不断地在我身边竖起新的障碍，他们还是担心真理会寻找漏洞逃逸出来。我怎样才能使真理显露出来呢？我正在做着这个尝试，虽然成功的可能性不大。这很容易理解，因为材料并不出色，所以很难从中画出动人的图画，或给它添上诱人的色彩。所以我要向阅读本书的读者预先说明，在阅读的过程中，除非你们抱着想彻底了解一个人的强烈愿望，以及对真理和正义的诚挚热爱，否则我无法保证不让你们感到厌倦。

在写完第一部分的时候，我正违背自己的心意向巴黎进发，而把我的心留在了沙尔麦特。我在沙尔麦特建造了我的最后一座空中楼阁，打算将来某一天能返回这里，将我获得的财富带到已回心转意的妈妈脚下，那时我梦想着我的记谱法能让我赚到大钱。

我在里昂呆的时间不长，在此期间我拜访了几个熟人，取了几封去巴黎的介绍信，卖了我随身带着的几本几何书。这儿每个人都待我非常热忱。马布利先生和夫人很高兴再次见到我，他们请我吃了几次饭。在他们家里，我结识了马布利神父，我以前也是在他们家里认识孔狄亚克神父的。这两位神父都是来马布利先生家探望兄长的。马布利神父给了我几封去巴黎的介绍信，其中一封写给封得奈尔，另一封写给开吕斯伯爵。在认识这两位后，我和他们相处得非常投契，尤其是与开吕斯伯爵，他一直到死，都对我怀有深厚的情意。当我们单独相处时，他会给我许多忠告，我真后悔没有好好听从。

我又一次见到了相识很久的博尔德先生，他过去经常给我发自内心的帮助，这一次我发现他热情如故。就是他帮我卖掉了那几本书，他还亲自费力地托别人为我写了几封措辞高妙的去巴黎的推荐信。博尔德先生又领我拜见了地方长官。通过他我还认识了黎希留公爵，公爵当时正在里昂。巴吕先生带我去见了公爵。公爵待我很友善，他让我到巴黎后去看他，后来我果然去了几次。然而这次结交贵人对我没有任何的帮助，我在后面会多次提到这一点。我又见了音乐家达维，他在以前的一次旅行中帮我摆脱过困境。他曾经借给我一顶帽子和一双袜子。虽然在这之后我俩经常见面，但是他一直没有向我索要，我也一直没有归还。不过我后来也回赠过一件价值相当的小礼物。如果要说我本该做些什么的话，我是可以把自己说得更好些的，但现在要讲的是我实际做了些什么，很可惜这是两码事。

我又见到了高贵大方的佩里雄，他也又一次向我展示了他惯常的慷慨。他给我的钱与他以前给诗人贝尔纳的钱一样多，他还给我付了驿车费用。我还见到了外科医生巴里索，他是普天下最乐于助人和最仁慈的人；我也见到了他所疼爱的戈德弗鲁瓦，十年来他一直看护着她。这位戈德弗鲁瓦除去温柔的性情与善良的心地外，几乎没有什么别的值得称道的地方。但是任何人第一次见到她时都会深感同情，在离别时也会充满怜悯。因为她已经进入了肺痨晚期，不久之后就离开了人世。如果说所爱之人的性格最能表明一个人的真实天性的话，那么任何见过温柔的戈德弗鲁瓦的人，都会知道可敬的巴里索是什么样的人了。

我对这些可敬的人从来都充满感激。后来我和他们全都疏远了，这不是因为我忘恩负义，而应归咎于我那不可遏制的懒散，它使我看上去像个忘恩负义的人。他们的深情厚谊一直铭记在我的心中，但是要我用实际行动向他们致谢，却比用言辞向他们不断地致谢要容易得多。定期通信一直是我力所不及的事。只要我一开始懒于写信，我就会感到羞愧，不知怎样才能弥补过错，这种羞愧与难堪的心情又反过来加重了我的过错，最后我就索性不再写信了。这样我就一直保持着沉默，似乎把朋友们全忘了。巴里索和佩里雄对此毫不介意，我发现他们一直热情如故。但是在二十年后的博尔德先生的身上，人们可以看到，当一个聪明人自以为受到冷落时，他的自尊心会激起怎样的报复情绪。

在我离开里昂之前，我必须提到一个和蔼可亲的人儿。这次和她相会让我感到比以前更愉快一些，她在我心中留下了非常温馨的回忆。这个人就是塞尔小姐，本书的第一部分曾经提到过她，后来我住在马布利先生家里时和她再次相遇。这一次我很空闲，因此见到她的机会很多。我对她产生了强烈的倾慕之情，我想她自己也不会对我没有好感。但是她对我如此信任，以致我不敢滥用这份信任。她没有钱财，我也一样。我们的境况太相近，以至我们不可能走到一起。同时，按我当时的想法，婚姻还不在我考虑的范围之列。她告诉我，有一位年轻的商人热内夫先生很想向她表达爱意。我在她家里见过这人一两次，大家都说此人很正派，在我看来也是如此。我深信他俩的结合会很幸福，因此我盼着他能娶她。后来他果然娶了她。为了不打扰他俩纯真的感情，我就赶忙离开了，离别时我衷心祝愿这位可爱的女士能永远幸福。可惜，这心愿很快就破灭了，因为后来我听说她在结婚两三年后就去世了。我的整个旅程都被轻微的怅惘所笼罩，我当时感到，后来每当想起这件事时也会感到，虽然为了义务和道德而作出牺牲是很痛苦的，但是存留心底的甜蜜回忆会给这痛苦以充分的补偿。

上一次旅行时我从否定的方面看待巴黎，这一次旅行则从与之相对应的辉煌的方面来看巴黎，不过这个所谓的辉煌不是指我在巴黎的住所。根据博尔德先生的介绍，我住进了离索邦不远的位于科尔蒂埃路的圣康坦旅馆。这儿街道狭小，馆舍拥挤，房间逼仄，一切都糟透了。然而，这个旅馆里却住过许多精英人物，如格雷塞、博尔德、马布利神父、孔狄亚克神父以及其他一些人。但我很不走运，因为这些人早就离开了那儿。不过我在那里结识了博纳丰先生，他是一位跛脚的乡绅，喜欢打官司，有一种讲究纯正语言的癖好。我通过他认识了我现在最老的朋友罗甘先生。罗甘先生介绍我认识了哲学家狄德罗。关于狄德罗，我在后面还有很多话要说。

我是1741年秋天抵达巴黎的，随身带着十五个金路易的现金、喜剧《纳尔西斯》、以及我的音乐改革方案，这就是我的全部资产。时间不容耽搁，我需要尽快将这些资产用到极致，于是我赶紧去利用我的那些介绍信。如果一个年轻人来到巴黎，长相不错，又有些才能，那么他一定会得到较好的接待，就像我一样，这种接待让我很愉快，但对我没有实质性的帮助。在我携带介绍信前往拜会的那些人中，只有三个人对我有点用处。一位是达梅尔先生，他是萨瓦贵族，当时是宫廷侍从，我认为他还是卡利尼安公主的宠臣；一位是博茨先生，他是铭文研究院的秘书，也是国王的纪念章保管员；还有一位是卡斯太尔教士，他是耶稣会教士，明符键琴的发明者。除达梅尔先生外，其余两人都是由马布利神父引见的。

为了满足我的迫切要求，达梅尔先生又介绍了两个人给我。一位是加斯先生，他是波尔多议会的议长，是一位很好的小提琴手。另一位是莱翁神父，他当时住在索邦，是一位和蔼可亲的年轻神父，他以罗昂骑士的名字在社交场上风光一阵之后，不幸英年早逝。有一段时间这两位都突然喜欢上了作曲，于是我教了他们几个月，赚了点小钱，让我已经瘪下去的钱包又稍稍鼓了点起来。莱翁神父对我感情很好，想让我做他的秘书，但是他并不富有，只能付给我八百法郎的薪水，不足以维持我的衣食住行，因此我很抱歉地拒绝了他的请求。

博茨先生待我十分热情。他既好学，又很有学问，只是不免有些迂腐。博茨夫人简直可以作他的女儿，她明艳照人，但有些矫揉造作。我在他家吃过几次饭，每当她在场的时候，我总是手足无措。她的一举手一投足都是那么的安娴随意，让我心生怯意，因而显得更加笨拙可笑。比如当她递一碟菜肴给我时，我本该接过整个碟子，但我只敢谦逊地伸出叉子戳上一小块，这使她在将菜碟递还仆人时，总是忍不住要扭过头去，以免让我看见她在笑。她没有料到我这个乡巴佬的脑子里并非空无一物。博茨先生将我介绍给了他的朋友雷奥米尔先生，这位朋友在每周五科学院开会的日子都会来他家吃饭。博茨先生跟雷米奥尔先生谈起我的音乐改革方案，说我想将这个方案呈送科学院审查。雷米奥尔先生答应帮忙，之后这个方案就被科学院接受了。到了预定的日子，我被雷米奥尔先生领进了科学院，并由他作了介绍。这样，在1742年4月23日这一天，我光荣地在科学院宣读了早已准备好的论文。尽管这座声名赫赫的科学院十分庄严肃穆，但我一点也不像在博茨夫人面前那样紧张，我顺利地通过了论文宣读和答辩。我的论文成功了，博得了一些赞扬，这使我既惊奇又感到荣幸。我不能想象，在这些院士的心目中，一个不是院士的人竟然能和他们有着共识。被指派来审查我的论文的是梅朗、埃罗、富希三位先生，虽然他们富有学识，但都对音乐知之甚少，至少是没有能力对我的方案作出评判。

在和这几位先生讨论的过程中，我很确定同时又很惊讶地发现，学者们虽然有时候比一般人的成见少一些，但是反过来说，他们会比一般人更加顽固地坚持自身原有的成见。尽管他们的大部分反对意见都很无力，错误百出；尽管我承认自己心怀胆怯，措辞不当，但我的道理是无可置疑的，然而我总是不能让他们理解我的意思，或是让他们感到满意。他们往往在还没有弄懂我的意思的情况下就轻易地用几句华丽的言辞将我驳了回来，让我目瞪口呆。不知道他们从哪里找出个苏埃蒂神父，说他曾经设想过用数字来记录音阶，这使他们认为我的想法并不新鲜。这或许的确是事实。因为尽管我以前从未听说过苏埃蒂神父，而且他那种不考虑八度音的记录单旋圣歌的七音记谱法也根本不可能和我的简单方便的记谱法相比——因为我的记谱法可以用数字将人们所能想到的与音乐有关的一切东西，如谱号、休止符、八度音、节拍、速度、音值等都记录下来，这是苏埃蒂神父连想都没有想过的——但是就基本的七音符标记法而言，他确实是第一个发明者。但他不仅过于重视这个原始发明，而且并不停留在这一点上。只要一谈到这个记谱体系的基本原则时，他就开始胡说八道起来。

我的记谱体系的最大优点在于废除了变调和谱号，因此，同一首乐曲，不管采用什么调子，只要在曲子的开头换一个字母，就可以记录下来，并且随意变调了。这几位先生从一个巴黎的胡乱弹琴的乐师那里听说变调演奏乐曲没有什么价值，因此他们从这一点出发，将我的记谱方案的最显著的优点变成了它想要取得成功的最大障碍。他们认定我的记谱法适合声乐而不适合器乐，实际上是正好搞颠倒了。根据他们的报告，学院给我发了一份充满溢美之词的证书，但是从它的字里行间可以看出，他们认为我的方案既不新颖，也没有什么用处。我认为没有必要拿这张证书来给我为公众写的《论现代音乐》一书作装饰。

这件事使我有理由认为，在审查一个专门问题时，即便你对各门科学知识都有涉猎，但在知识广博之外，如果你对这一问题没有进行过专门研究，那么你就远远不如一个虽然知识面狭窄但对这一问题有深入研究的人。惟一对我的方案构成实质性威胁的否定意见来自拉莫。我刚一向他提出我的方案，他就看出了它的弱点。他说："你的那些符号是很好的，好就好在它能简单明了地确定音值和准确地表现音程，并且能以简驭繁，这是一般的记谱方法做不到的。但是缺点在于它需要动脑筋去想，而这往往跟不上演奏的速度。"他接着说："我们的音符的位置直接呈现在眼前，不需要用脑子去想。当一高一低两个音符被一连串中间的音符连起来的时候，我能一眼就看出由此到彼的渐进过程。但是，根据您的记谱法，我却根本做不到一目了然。为了弄清楚这一系列的变化过程，我必须费力地逐个认出那些数字。"这个反对意见让我无法反驳，我立刻就承认了他是对的。尽管这个意见既简单又尖锐，却是只有那些经验丰富的人才能提出来的。当时没有一个院士能想到这一点，这是不足为奇的。奇怪的是，那些院士虽然知识如此渊博，却不知道每个人都不应该在自己不熟悉的领域里面指手画脚。

由于我时常拜访我的审查委员和其他院士，因此我有机会结识巴黎文坛的那些最杰出的人士。所以当我后来一跃而成为他们中的一员时，我发现和他们中的很多人都已经是老相识了。但在当时，我一心专注于自己的音乐方案，想在音乐艺术上掀起一场革命，从而一举成名。而在巴黎的艺术界，通常的情况是，一个人只要一成名，财富就会滚滚而来。我将自己关在房间里，以一种难以名状的激情埋头工作了两到三个月，把我在学院里宣读的论文改成了一部适于公开出版的著作。此时的困难在于找到一个愿意接受我这部书稿的书商，因为光是铸新的铅字就得花一大笔钱，而且出版商不愿意把钱投在一个新作者的身上。可是我却认为，用作品换回写作时花掉的伙食费是天经地义的一件事。

博纳丰为我找到了老基约，他和我签订了出版合同，商定利润平分，出版税由我承担。老基约做事如此之差，以至我付的版税全都打了水漂。这回出书我一个子儿都没有赚到。尽管德方丹神父答应为我做宣传，另外也有几位报人对这本书有过好评，但书的销量并不好。

对于试验我的记谱法来说，最大障碍就是人们担心如果这种记谱法不能被广泛地接受，那么他们花在学习这种记谱法上的时间就白费了。对此我的回答是，我的记谱法可以使概念非常清晰，如果有人从一开始就掌握了我的记谱法，即便他后来还是想用普通的方法学习音乐，那他仍然可以节省不少时间。为了证明这一点，我开始免费交一个名叫德卢兰的美国女士学习音乐，她是罗甘先生介绍过来的。经过三个月的学习，她就已经能用我的记谱法读懂任何乐曲，甚至能依谱演唱比较简单的乐曲，比我自己唱得还好。这是一个惊人的成功，但并没有广为人知。如果换作他人，一定会在报纸上大吹大擂，大肆炒作。而我虽然有些才能，能发明点有用的东西，但是却不会对这一点善加利用。

就这样，我的埃龙喷水器又一次坏了。但这一次，我已是三十岁的人了，而且我还是在没有钱就不能生活的巴黎街头。在这种绝境下我作出的决定，只有那些没有认真读过本书第一部分的人才会感到惊讶。在经历近来一段时间的艰苦而又无望的努力之后，我需要休息一下了。因此我不仅没有因为钱的问题而陷入绝望之中，反而又回到了以前那种懒懒散散和听天由命的状态之中，并且为了让上天有充裕的时间来进行安排，我继续从容不迫地花着所剩不多的几个金路易。我仍旧悠闲地享乐，只是稍微节省一点而已。我隔一天才去一次咖啡馆，每周去两次歌剧院。至于寻花问柳方面的开销，我没有什么可省的，因为我一辈子也没有在这上面花过一个子儿。只有一次例外，这我马上就会谈到。

尽管手上的钱已经不足以维持三个月的生活，但我却把这种懒散而孤独的生活过得相当的安稳、愉快和充满自信。这正是我的生活的特点之一，也是我的性格上的古怪之处。

我希望能得到别人的同情和支持，可恰好是这种想法让我没有勇气去出头露面。我明知必须去拜访朋友，但又偏偏忍受不了这种事情，所以我干脆连那些关系多少有些密切的院士和其他一些文人都不去拜访了。只有马里佛、马布利神父、封特奈尔这几位，我还偶尔去看望一下。我甚至把我的《纳尔西斯》拿去给马里佛看了。他很喜欢，还热心地帮我作了润色。狄德罗比他们都年轻，和我的岁数差不多。他喜好音乐，熟悉音乐理论，我们常在一起谈论音乐问题。他也给我讲过他的一些写作计划。这使我们之间建立起了相当亲密的关系。这种关系维持了十五年。如果不是由于他的过失，导致我被不幸地拖入他的行当中的话，这种关系还会维持得更久一些。

在我迫不得已去讨饭之前，还剩下一点不多的短暂而宝贵的时间。没有什么人能猜出我是怎样打发这点时间的。其实我是将它用在背诵大段的诗作上面，而这些诗是我读过无数遍，也忘过无数遍的。每天上午十点钟左右，我便到卢森堡公园里散步，口袋里装着维吉尔或卢梭的诗集，在那儿一直呆到吃午饭。我背诵宗教颂歌或田园诗，而且并不因为在温习今天的内容时为已经遗忘昨天的内容而感到沮丧。我还记得当尼西亚斯在叙拉古兵败之后，雅典囚徒通过背诵荷马史诗来谋生的故事。我从这种好学的榜样身上获得了一点启迪和教益，那就是为了防范在将来可能发生的贫困，我应该发挥自己良好的记忆力，熟记所有诗人的作品。

我还有一个比较可靠而又有助益的方法，那就是下棋。在我不去剧院的日子里，我会在下午前往莫日咖啡馆跟人对弈。我在那儿认识了雷加尔先生、于松先生，还有一位菲里多尔先生，以及当时所有的棋界高手，可是我的棋艺却没有丝毫的长进。但是，我毫不怀疑自己最终一定能胜过所有这些棋手。在我看来，如果达到那样的地步，我就完全能够维持自己的生计了。不管我痴迷上哪一行，我都会用与之相似的逻辑来作一厢情愿的推理。我对自己说："任何人只要在某个方面拔了尖，就一定会受到众人的追捧。因此，我也应该在某个方面出类拔萃，这样我也会受人追捧，那么机会就会送上门来，我就一定能大有作为了。"这种幼稚的想法不是出于我的理智思考，而是由我的懒惰而生出的诡辩。要想奋发有为，就必须雷厉风行地作出艰苦的努力，而恰好是这一点吓倒了我，因此我拼命地美化和粉饰自己的懒惰，极力寻找合适的论据来为自己的可耻的懒惰进行开脱。

就这样，我心平气和地等着囊空如洗的那一天。如果不是卡斯太尔神父将我从萎靡不振的状态中唤醒过来，我想我会一直就这么过下去，直到花光最后一分钱为止。我在去咖啡馆时顺道访问过这位神父几次。他有点疯疯癫癫，但总的来说是个好人。看到我无所事事，整天浪费时间和精力，他感到非常痛心，就对我说："既然音乐家和学者们都跟您合不来，您就应该换一下思路，试着去拜访一下那些女士们。也许您走这条路线可能会更加容易成功一点吧。我和伯藏瓦尔夫人谈起过您。您去看看她吧，就说是我介绍的。她为人很好，看到自己丈夫和儿子的同乡，一定会很高兴的。您在她家里还会见到她的女儿布洛勒伊夫人，她很聪明，富有才干。我还跟杜宾夫人提起过你，你带上作品去见她吧，她很想见你，一定会好好招待你的。在巴黎，如果离开了女人，就任何事情也做不成。她们就像是些曲线，而聪明人就是这些曲线的渐近线。他们不断地接近她们，却永远也触及不到她们。"在几次推迟这些艰巨的任务之后，我终于鼓足勇气，去拜访了伯藏瓦尔夫人。她在房间里彬彬有礼地接待了我。当布洛勒伊夫人刚一走进这个房间时，她就对她说："女儿，你看，这就是卡斯太尔神父跟我们提起过的卢梭先生。"布洛勒伊夫人把我的作品夸奖了一番，然后把我引到她的钢琴旁边，向我展示她确实研究过我的作品。我看时间已经接近一点，就打算告辞。但是伯藏瓦尔夫人对我说："这儿离你的住处太远了，我看你还是留下来吃饭吧。"我没有推辞。一刻钟以后，我从她的话里听出她原来是想让我在下房里用餐。尽管伯藏瓦尔夫人毫无疑问是个很好的人，但她毕竟见识不多，带有明显的波兰贵族气息，不懂得要尊敬才智之士。这一次她主要根据我的举止而不是着装来对我作出判断，她根本没有注意到我的服装虽然简单，但是却很尊贵，绝不像是在下房里用餐的仆人所穿的衣服。再说，我已经很久不在下房里吃饭了，并且也绝对不想再回到那儿去。当时我虽然很生气，但是却不露声色。我跟伯藏瓦尔夫人说我记起有事要办，必须赶回去处理，说完我就要走。这时布洛勒伊夫人站出来跟她母亲耳语了几句，这几句话发生了效果。伯藏瓦尔夫人马上站起来挽留我，她对我说："希望您赏光和我们一起用餐。"如果我这时候还要坚持走，那就显得太愚蠢了，于是我就留了下来。除此之外，我留下来的另一个原因是布洛勒伊夫人的好意感动了我，让我对她产生了浓厚的兴趣。我很高兴能有机会和她一起吃饭。同时我希望当她在日后对我有了较深的了解之后，不会为现在帮我获得这个荣幸而后悔。她们家的老朋友拉穆瓦尼翁院长当时也在座。他和布洛勒伊夫人一样，讲一口巴黎社交界的行话，每句话中都夹杂着一些花哨的词语和微妙的典故。可怜的让雅克在这方面自叹弗如，因此我很识相，一点也不敢卖弄聪明，索性就一句话也不说。唉，如果我能一直这样明智就好了，那就不至于像今天这样坠入深渊了。

我的心里很难过，因为我这样笨拙，不能在布洛勒伊夫人面前证明我有资格获得她的垂青。饭后，我想起了自己的看家本领来。我的衣袋里装有一首韵文书信，是我在里昂时写给巴里索的。这首诗歌本来就不乏激情，而我的朗诵方式更加增添了它的感染力，结果他们三个人都感动得留下了激动的泪水。不知是我的虚荣心作怪，还是事实确实如此，我总觉得布洛勒伊夫人在用目光向她的母亲这样说："怎么样，妈妈，我说这个人应该和你同席，而不是和你的女仆同席，我没有说错吧？"在此之前，我多少有些不痛快，经过刚才这番雪耻之后，我才感觉到舒服多了。布洛勒伊夫人把她原来对我的好评又夸大了一点，她认为我很快就会在巴黎引起轰动，成为女士们的新宠。看到我缺乏经验，她便送了我一本某位伯爵的忏悔录，以作参考。她对我说："这本书是一位良师益友，您将来在社交场中会需要它的。您最好多读一读。"怀着对赠书者的无限感激之情，我将这本书保存了二十多年。然而一想到这位夫人似乎认为我有风流方面的才华，我常常会哑然失笑。读完这本书后，我立刻想跟作者交个朋友。后来的事情证明这是很好的主意：他是我在文坛上所交到的惟一的真正的朋友。

从那时起，我就深信既然伯藏瓦尔夫人和布洛勒伊夫人对我如此关照，那她们就绝对不会让我长久地处于困境之中。我果然没有看错。现在就让我来说一说我是如何登门拜访杜宾夫人的，这次访问对我的影响更为深远。大家都知道，杜宾夫人是萨米埃尔·贝尔纳和方丹夫人的女儿。她们共有三姐妹，人们称之为美惠三女神：拉·图施夫人和金斯顿公爵去英国了；达尔蒂夫人是孔蒂亲王的情妇和朋友，也是他惟一的真正的朋友，她不仅温柔善良，而且机智聪明，性格开朗，不知忧愁；最后是三姐妹中最漂亮的杜宾夫人，她是姐妹三人中惟一没有因为不轨行为而遭受外界责备的人。她的母亲为了感谢杜宾先生在他本省对她的盛情款待，就把女儿嫁给了杜宾先生，随嫁的还有一个包税官的职位和一笔巨额财产。当我第一次见到杜宾夫人的时候，她还是巴黎最美丽的女人之一。她接待我时正在梳妆打扮，她双臂袒露，头发蓬乱，衣衫不整。这一幕我从来没有见到过，因此我那可怜的脑袋瓜一下子就受不住了，顿时方寸大乱，手足无措。简而言之，我爱上杜宾夫人了。

我的慌乱似乎并没有给杜宾夫人产生不好的印象，她根本就没有看出这一点来。她收下了我的书，对我表示欢迎。她用一副了然于胸的神情谈论我的方案，还一面唱，一面用钢琴给自己伴奏。她还留我吃了晚饭，并让我坐在她的身边，这种礼遇让我受宠若惊，我高兴得几乎要发疯，也确实是疯了。她允许我再去看看她，我便开始利用和滥用起这个允诺来。我几乎每天都往她家跑，每个星期都在她那儿吃上两三顿饭。我渴望能向她倾诉自己的渴慕之情，却总是鼓不起这个勇气。有好几个理由加剧了我与生俱来的胆怯。能走进这样的富贵之家，就意味着踏上了幸运的坦途。就我当前的处境而言，我不愿贸然从事，以免堵死了这条晋升之阶。杜宾夫人尽管十分可爱，却又严肃而冷漠。我从她的举止中看不出任何挑逗的意思，因此我不敢胡来。她的府第十分豪华，不输于当时巴黎的任何一个富豪之家。她家长年高朋满座，宾客云集，如果人数再少一点，简直可以说是集各界精英于一堂了。她喜欢接待一切显赫人物、王公贵胄、文人墨客、淑女名媛。人们在她家里见到的尽是些什么公爵、大使和名流。罗昂公主、福尔卡尔基诺伯爵夫人、米尔普瓦夫人、布里尼奥尔夫人、赫尔维夫人等都可称得上是她的朋友，封得奈尔先生、圣皮埃尔神父、萨利埃神父、富尔蒙先生、贝尼先生、布封先生、伏尔泰先生等都是她的圈子里的成员，常到她家吃饭。虽然她保守的举止没能吸引更多的年轻人，可是这样一来她的宾客就显得更有来头，因而也更令人肃然起敬了。在这些人当中，可怜的让雅克当然也就不敢作什么出人头地的非分之想了。我不敢说话，又不愿意再保持沉默，便斗胆给她写起信来。她把信压了两天，什么也没有跟我提。到了第三天，她把信还给我，跟我说了几句话，给我以温和而严正的警告。她的语气十分冷漠，让我感到万分悲凉。我想说点什么，话到嘴边却又咽了回去。我的热情随着希望的破灭而消失得无影无踪。在这次很有礼貌的表白之后，我又开始和她像以前那样相处，不再多说什么，也不再送秋波了。

我以为我干的这件傻事已经就此被忘掉了，但我错了。弗兰格耶先生是她的丈夫杜宾先生与前妻所生的儿子，他的年纪与我和杜宾夫人差不多。他很聪明，长相也不错，同时很有野心。据说他追求自己的继母。人们之所以这样说，其根据也许就是她替他找了一个奇丑无比同时又十分温柔的妻子，而且她跟这对夫妻相处得很融洽吧。弗兰格耶先生很仰慕有才华的人，而他自己也是多才多艺。他深谙音乐，因此音乐成了联系我俩的纽带。我常去看他，和他的关系逐渐变得非常密切起来。突然有一天，他告诉我说杜宾夫人嫌我去得太勤了，让我以后别再老往她家跑了。如果杜宾夫人在退还信件的时候对我提这样的要求，那是不足为怪的。但现在事情已经过去了八九天，又没有任何明显的进一步的理由，因此我觉得她这样做有些不合情理。更奇怪的是，弗兰格耶先生及其夫人对我的热情一如既往。不过我去她家的次数明显地减少了许多。要不是杜宾夫人一时心血来潮，我可能再也不会上她那儿去了。她请我照管一下她的儿子，因为他正要换家庭教师，有十天左右无人照料。这几天时间我简直是在活受罪。只有当我想到这是杜宾夫人交待的任务时，心里才会稍微感到有点好受些。这个可怜的舍农索，从那时起他的脾气就十分暴躁，后来他差点因此而败坏了家声，最终他还是因为这一点而在波旁岛丧了命。当我和他在一起的时候，我竭力阻止他伤害自己和伤害家人。我所做的就是这些。虽然只有这么一点事情要做，却也够让我烦心的了。即便杜宾夫人为了让我再多照管八天而情愿以身相许，我也不会再干这事儿了。

弗兰格耶先生和我建立了友谊，我们一起工作，一起向鲁埃尔先生学化学。为了住得离他近一点，我从圣康坦旅馆搬了出来，住到维尔德莱路德网球场旁边，这条路临近杜宾先生所住的普拉特利埃尔路。我在那儿不慎得了点小感冒。由于我麻痹大意，它转成了肺炎，差点让我送了命。我年轻的时候常患这类炎症，比如胸膜炎，特别是常得咽喉炎，此外还有好多，在此我就不再一一列举了。这些病都曾经折磨过我，让我每每和死神擦肩而过。在病后康复的过程中，我反思了一下自己的处境，我为自己的怯懦、软弱和慵懒痛惜不已。尽管我感到胸中燃烧着一团烈火，可这份慵懒却让我沉溺于百无聊赖之中，即便是濒临穷困潦倒也不能自拔。在我病倒的前一天，我去剧院看了鲁瓦那演的一部歌剧，剧名我记不清了。尽管我常常抱有一种偏见，总是推崇别人的才能，而怀疑自己的能力，但在这一回看过歌剧之后，我却不能不认为这部作品实在虚弱乏力，缺少热情，也没有多少创意。有时我甚至在心里暗暗地想："看上去我都可以写得比它更好。"但紧接着，由于我先前一直就有的对歌剧的敬畏之心，加上以前也听专家们对写歌剧有过种种神乎其神的吹嘘，这些都让我裹足不前。我为自己竟然产生这样的念头而感到脸红。再说，我上哪儿去找个既肯为我写歌词又肯不辞辛苦地照我的意思进行修改的人呢？当我生病时，这种作曲和写作歌剧的想法又一次浮现在我的脑海里。在我发高烧说胡话的时候，我还编了一些独唱曲、二重唱曲和合唱曲。我深信当时还写了两三首美妙的即兴之作，如果音乐大师们听到了，我想他们也许会大加赞赏的。如果能把一个高烧病人的胡说记录下来，人们将会从他的狂热之中发现多少伟大而崇高的作品啊！

一直到康复期间，我满脑袋装的都还是作曲的事儿，只是心境比以前平静了不少。我对这件事想了很久，很多时候是不知不觉地就想到上面去了。最后为了给自己一个交待，我决心写一部歌剧，连词带曲都由自己一个人完成。这已经不是我第一次尝试着作曲了。我在尚贝里的时候就写过一个悲剧，剧名是《伊菲斯与阿那克撒莱特》，由于我还有点自知之明，后来就将它一把火烧了。在里昂我又写了一部《新世界的发现》，尽管我已经为它的序幕和第一幕作了曲，而且达维在看过这些曲子之后，认为有些片段可以和波农旹尼媲美，但我还是在将它读给博尔德先生、马布利神父、特吕布莱神父和其他一些人听过之后，又把它给烧了。这一次，在动手之前，我花时间对自己的计划作了通盘考虑。我打算写一部英雄芭蕾舞剧，分别用三幕写三个不同的主题，每一幕配以不同性质的音乐。由于每一个主题都是写一个诗人的爱情故事，因此我给这部歌剧取名为《风流诗神》。第一部写意大利诗人塔索，配以劲健有力的音乐；第二幕写奥维德，配以柔婉缠绵的音乐；第三幕名为《阿那克瑞翁》，我打算配以像酒神颂歌一样欢快的音乐。我先拿第一幕试笔。我满怀热情地投入到创作之中，这种热情让我头一次尝到了作曲的快乐滋味。有一天晚上，在我跨进歌剧院大门的那一刻，忽然灵感袭来，简直不可遏抑，我马上将打算买票的钱放回口袋，连忙跑回家去，关上房门，严严实实地拉起窗帘，然后躺到床上，让自己沉浸到音乐与诗的灵感之中，只用了七八个小时就将那一幕最精彩的部分构思出来了，可以这样说，我对斐拉拉公主之爱——因为我此时就是诗人塔索——以及我在她那位不义的兄弟面前表现出来的高贵和倨傲的感情，让我度过了一个美妙的夜晚，比真的被公主拥入怀中还要美妙一百倍。第二天早上，我的构思只有很少一部分还存留在脑海中，但就是这点几乎要被倦意和睡意吞没的残余，仍然能使人看出原有乐章的激情和气势。这一次由于有其他事转移了我的注意力，我没有将作曲继续下去。当我和杜宾一家打得火热的时候，我偶尔也去看一下伯藏瓦尔夫人和布洛勒伊夫人，她们也并没有将我忘掉。近卫军大队长蒙太居伯爵最近刚被任命为驻威尼斯大使。这一职位是巴尔雅克帮他弄到手的，因为他一直在拼命地巴结讨好巴尔雅克。他的哥哥蒙太居先生是太子侍从武官，和这两位夫人很熟悉，并且也认识法兰西学院的阿拉利神父，而我也见过这位神父几面。布洛勒伊夫人知道大使要聘请一位秘书，就将我推荐给了大使。我和大使谈了几次待遇问题。我要求的薪水是五十个金路易，即一千二百法郎，因为担任这个职务少不了一些交际和应酬，这点钱只能勉强支撑一下场面，所以我的要求并不过分。但是大使只肯出一百皮斯尔托即一千法郎，并且旅费还要我自己承担。这种条件很可笑，因此我们谈崩了。同时弗兰格耶先生竭力地挽留我，不让我离开巴黎，最后他占了上风。我留了下来，而蒙太居先生带着外交部给他推荐的秘书福罗先生走了。他俩刚到威尼斯就闹翻了，福罗先生发现自己是在和一个疯子共事，于是掉头就走。蒙太居先生陷入了困境之中，他身边只有一个名叫比尼斯的年轻神父，这个人只能按照秘书的要求来抄抄写写，不能胜任秘书的工作，因此蒙太居先生不得已又找上了我。他的骑士哥哥很聪明，劝诱我说秘书的职位有某种特权。最后他说服了我，我接受了一千法郎的待遇，外加二十个金路易的路费，就出发了。

【1743—1744】

到了里昂以后，我本想取道色历山，以便顺路去看望一下我那可怜的妈妈，可是一来这时发生了战争，二来为了能省一点钱，同时也为了能到当时在普洛旺斯担任指挥官的米尔普瓦先生那儿取护照，因此我就顺罗讷河而下，在日内瓦上了开往土伦的船。蒙太居先生发现缺不了我，就接连来信催我加快行程，但是一件意外的事情使我耽搁了下来。

那时候墨西拿正流行瘟疫，英国舰队停泊在那里，并访问了我所乘的小船。因此我们在经历了一段漫长而乏味的航程后，刚一抵达热那亚，就要接受长达二十一天的检疫隔离。隔离期间我们可以住到防疫所里，也可以住在船上。不过我们在事先被告知，因为来不及准备，防疫所里徒有四壁，别无它物。别人都留在了小船上，只有我一个人例外。船上十分闷热，空间狭小，无法活动手脚，加上虱子又多，因此我宁愿冒险住到防疫所去。有人将我领到了一栋很大的两层楼房里面，我发现那里果然空空如也，窗户、床、椅子都没有，连坐的小凳和睡觉时垫的稻草也没有。人们把我的斗篷、旅行袋和两只箱子送了过来，然后用一把大锁将我锁在了大门里面。这样我就住在了里面，我可以自由自在的走动，从这个房间走到那个房间，从这一层楼走到那一层楼，到处都是一样的寂静，一样的空旷。

尽管如此，我并不后悔自己选择了住在防疫所里面，而没有留在船上。我就像鲁滨逊一样，开始安顿下来，着手安排自己在这二十一天的生活，就好像我要在这里过上一辈子似的。起初我以捉那些我从船上带来的虱子作为消遣。当我把浑身的衣服换过好几遍，终于将全身的虱子清除干净之后，我便开始布置我选定的房间了。我用外衣和衬衫做了一个很好的床垫，用一些餐巾布缝制了几条床单，用睡衣作毯子，将斗篷卷起来作枕头。我将一个行李箱平放着当椅子，将另一个竖起来当作桌子。我取出纸张和文具盒，将随身带来的十几本书摆成书架的模样。总之，这些布置让我感到非常舒适。除了没有窗户和窗帘之外，住在这座防疫所里几乎和住在韦尔德莱网球场街没什么两样。这里有人郑重其事地安排我的饮食，他们派两个掷弹兵扛着上了刺刀的枪专门护送我的食物；楼梯是我的餐厅，楼梯平台是我的餐桌，平台下的梯级是我的座位；送饭的人先为我摆好食物，接着摇铃通知我开饭，然后再退出去。吃过饭以后，如果我不读书写字或者布置房间，我就会到新教公墓去散一下步，那里是我的院子。要不我就爬上顶楼，眺望远处有船只进进出出的海港。我就这样打发了十四天时间，如果不是法国公使德·容维尔帮我缩减了八天时间，我想我还会用这样的方式过完整个隔离期。我设法寄了一封求援信给这位公使先生，这封信作过好多处理，浸过醋，薰过香，被烤得半焦。这八天我是在公使家度过的，说实话，住在他家比住在防疫所里舒服多了。他待我很友善。他的秘书杜邦也是个好小伙子，他带着我拜访了热那亚城里和乡下的好几户人家，玩得很开心。我俩成了很好的朋友，后来还长期保持通信联系。我的旅程很愉快。横穿伦巴第，途经米兰、维罗纳、布里西亚、帕多瓦等地，最后抵达威尼斯，大使先生正在那儿焦急地等着我的到来。

我发现，由宫廷和其他大使馆发来的公文在这儿堆成了一座小山。尽管大使先生有密码本，可他还是看不懂那些由密码写成的公文。由于我此前从未在任何办公室工作过，也从未见过政府密码，因此起初不免有些惴惴不安，生怕出洋相。可是，很快我就发现这是再简单不过的事情。不到一个星期，我就将积压的全部密码公文都译出来了。其实这些公文根本不值得使用密码，因为一方面威尼斯大使馆一向很少有事情可做，另一方面政府是绝对不敢将任何事情交给蒙太居来办的。在我到来之前，蒙太居先生面对一大堆问题简直束手无策，毫无办法，他既不会口授命令，也不会用文字明白晓畅地表达意思。我对他来说非常有用，他很清楚这一点，因此对我优待有加。除此之外，他对我好还有另外一个原因。在他的前任弗鲁莱先生因为精神失常而离职之后，威尼斯大使馆暂由一位名叫勒·布隆的法国领事主持使馆事务。甚至在蒙太居先生到任之后，勒·布隆先生还会一直主持工作，直到他引导蒙太居先生熟悉馆务为止。蒙太居先生虽然自己不能胜任这项工作，却嫉妒别人代自己行使权力，因此他对领事十分嫌恶，所以当我刚一到达使馆，蒙太居先生马上就让领事不再承担使馆秘书的职责，准备将其移交给我。因为职责和头衔是密不可分的，所以他让我顶上了使馆秘书的头衔。在我呆在他身边的那些日子里，他从来不指派别人，而只派我以使馆秘书的名义前往威尼斯共和国参议院，或会见由参议院派来的代表。事实上，蒙太居先生宁愿用自己的心腹，而不愿用领事或宫廷安排的办公室职员作使馆秘书，这当然也是一件极其自然的事情。

蒙太居先生的这些做法让我过得非常惬意，而且阻止了他的那些意大利随员和侍从在馆内和我争夺地位。我成功地利用秘书的权威维护了大使的治外法权，阻止了好几次对使馆的侵犯，从而维护了豁免权。这些事情是他的那些威尼斯籍官员们不情愿或没有能力干的。但是另一方面，我也从未允许匪徒逃到馆内来避难，尽管这样做可以让我大捞一笔，而且大使阁下也不会不屑于从中分一杯羹。

他甚至对于秘书所特有的从使馆办事处所获得的好处费，也好意思张口要一部分，当时虽是战争期间，但仍有许多护照必须要签发。每本护照都得由秘书起草并副署，然后秘书可以从中收取一个西昆的费用。我的前任都遵从了收取一个西昆的惯例，无论是对外国人还是对法国人，都一视同仁。我觉得这种做法不公平，所以，虽然我不是法国人，但我还是取消了向法国人收费的规定。不过，在向其他国家的人收费时我却决不手软。有一次，西班牙王后的宠臣的兄弟斯柯蒂侯爵派人来办护照，却没有交纳费用，我便派人去讨要。我的这种放肆让这个喜欢记仇的意大利人一直耿耿于怀。当我改变护照签证收费方法的消息传开之后，马上就有成群的人假装法国人跑到使馆来办签证。他们操着蹩脚的法国方言，有说自己是普洛旺斯人的，有说自己是庇卡底人的，还有自称是勃艮第人的。由于我的耳朵还算灵敏，因此很少受骗。我坚信不会有哪个意大利人会少付一个西昆，也不会有哪个法国人会多付一个西昆。可我真蠢，竟然将这件事告诉了本来对此一无所知的蒙太居先生。一听说有西昆，他的耳朵马上竖了起来。他对免收法国人的签证费没有提出异议，却要求和我平分非法国人交纳的签证费，并许诺会给我与其相当的利益作为回报。我自己的利益受损倒还罢了，可当我看到他这样卑鄙无耻时，不禁火冒三丈，当场断然拒绝了他的建议。他还要坚持，我就越发生气，我斩钉截铁地对他说："不行，先生，请阁下留下属于您自己的东西，而把属于我的东西留给我，我是永远也不会让给您一分钱的。"他见这条路走不通，于是想出了另外一个歪招。他厚颜无耻地对我这样说，既然我从他的使馆办事处获得了收益，那么理所当然地必须自己负担办公费开支。

我不想为这点琐事而与他发生争吵，因此，从这以后，墨水、纸张、封蜡、蜡烛、丝绳，甚至我让人重刻的印章，都是我自己掏腰包置办的，他从没有给我一分钱作为补偿。尽管如此，我还是将签证收益匀出一小部分给比尼斯神父。他是个好小伙子，从来没有觊觎过这点钱。他对我很客气，我对他也不错，我俩一直相处得很融洽。

在我开始工作后，我发现这份工作并不如我先前所想的那样困难。原先我以为自己既没有工作经验，又是在一个同样没有多少经验的大使身边工作，并且他既无知又固执，我的良知与点滴知识本来是为国王和他服务的，他却好像故意跟我对着干。他做的最明智的一件事就是和西班牙大使马利侯爵建立了良好的友谊。马利侯爵非常精明，如果他乐意，他可以牵着蒙太居的鼻子走。但是从两国王室的共同利益出发，他还是经常给蒙太居提一些好的建议。可惜这些建议都被蒙太居糟蹋了，因为他总想在执行的时候掺进一些他自己的意见，结果反而将事情搞砸了。他俩要联手做的惟一一件事就是敦促威尼斯人保持中立。尽管威尼斯人已经屡次声明会严守中立，但是他们却公开地向奥地利人供应军火，甚至还提供士兵，谎称这些人是逃兵。我相信，蒙太居先生是为了获得威尼斯共和国方面的好感，因而不顾我的再三抗议，执意要我在所有的公函中说明威尼斯共和国是绝不会违反中立的。这个可怜虫既愚蠢又固执，总是让我写些荒唐话，干些愚蠢事。既然他坚持要那么干，我只好服从。有时候我觉得这个工作真是难以忍受，几乎没法干。例如，他要求大多数发给国王和外交大臣的公函都用密码书写，尽管这两种公函都根本不需要采取这种保密措施。我向他抗议说，每个星期五收到宫廷发来的公文，而星期六我们的回复就必须发出去，中间根本没有足够的时间来处理译解和编译密码的事情，而且我还有大量的信件要赶紧写完，以便让送公文的这个信使带走，因此这实在是太仓促了。对此，他想出了一个主意，就是每周四就着手回复第二天才送到的公文。尽管我向他指出这根本行不通，十分荒谬，但他却自以为这是一条妙计，因此我只好照他说的去办。在我余下的呆在他身边的日子里，我总是先记下他在一周内对我偶然说出的那些只言片语，以及我随意搜集的一些零星而琐碎的消息，然后根据这点很勉强的消息，我总能在星期四早晨向他提交定于星期六发出的复函的草稿。顶多有时候再根据星期五到来的公文匆匆忙忙地作些补充和更正，然后就作为我们的正式复函发出去。他还有一个非常可笑的古怪想法，使他的信函荒唐到了一种难以形容的地步，那就是他将来自宫廷的消息发给阿梅洛先生，将来自巴黎的消息发给莫尔巴先生，将来自瑞典的消息发给哈佛古尔先生，将来自圣彼得堡的消息发给拉·施达尔迪先生。他有时候还让我将这些人发来的消息在字句上作少许改动，然后发回原处。在我呈请他签署的公文中，他只浏览一下送交宫廷的公文，其余给别的大使的公文他只签名而不看内容。他的这种做法给了我一点依自己的意见调整公文内容的自由，经我调整之后，这些公文至少还可以交流一点信息。但是，要想对最重要的公文作出合理的修改，则是不可能的。他有时候会即兴在公文上添上几句，害得我连忙返工，把原本拟好的文件加上这几句蠢话重抄一遍，并用密码来作装饰，否则他是不肯签字的。如果没碰到这种麻烦事，那真是要谢天谢地了。我为了维护他的名誉，常想用密码在文件中加进一些与他的指示相异的内容，但又想到没有任何理由让我做这样不诚实的事情，于是索性就由他去自作自受好了，心想自己已经直言劝谏过了，无论如何已经对他尽到职责了。

我始终诚实、热情、勇敢地为他做这些事情，本来应该为此而获得他的另一种奖赏，而不是像我最后所得到的那样。上天赋予我善良的性情，几位最好的女人又给我良好的教育，加上我自己的努力，所有这些因素造就了我，现在正是我将它们表现出来的时候了。事实上，我也正是这样做的。那时候，我一个人在异国他乡工作，身边没有朋友，无人指导，而且阅历浅薄，又被一群流氓无赖所包围。这些人为了自己的私利，生怕身边有一个正直高洁的模范人物来反衬出他们的污浊，因此竭力拖我下水，希望我跟他们同流合污。尽管如此，我却绝不与他们沆瀣一气。虽然我对法国不需要尽什么义务，但我依然效忠法国，并竭尽所能，更加忠诚地为大使效劳。我的职位相当显眼，但我做得无可指责，理应得到而且实际上也得到了威尼斯共和国的尊敬，得到了和我们有联系的大使们的尊敬，以及所有在威尼斯的法国侨民的爱戴，就连那位领事也不例外，虽然我很抱歉地顶替了本该属于他的职位，并且这职位带给我的麻烦多于快乐。

蒙太居先生完全听命于马利侯爵，但后者并不乐意过问具体事务上的那些细枝末节，所以蒙太居先生对自己的职责疏忽得到了令人难以置信的程度。要不是我，在威尼斯的法国侨民根本不会知道城里还住着这样一位法国大使。当人们向他寻求保护时，他总是连话都不听就将他们打发出去，因此人们逐渐对他反感起来。在他身边，或在他的餐桌上，我们见不到一个法国人，而事实上他也从不邀请他们。我经常主动地做些本来应该由他做的事情，无论是向他还是向我求助的法国人，我总是给以力所能及的帮助。在任何一个别的国家，我可能会做得还多一些，但在这里，由于我的地位有限，不能去见任何有地位的人，因此我不得不经常求助于领事。领事带着家眷定居在这座城市，因此做事不免有些顾虑，不敢做自己想做的事情。不过，有些时候，当他畏首畏尾，不敢说话时，我便冒险地大胆与别人进行交涉，居然常常会取得成功。记得有一回我就是这样做的，现在想起来还觉得有些好笑。巴黎的戏迷之所以能看到科拉丽娜和她的姐姐卡米耶的表演，竟然是由于我的功劳，这件事虽然让人难以相信，可确实是千真万确的事。她们的父亲维罗奈斯已经为自己和女儿同巴黎的意大利戏院签订了合同，但在收过两千法郎的旅费之后，他却没有启程前往法国，而是在威尼斯的圣·吕克戏院不急不忙地演出起来。科拉丽娜在当时还是个小孩子，却吸引了很多人。热弗尔公爵以侍从副官长的身份写信给大使，让他把这几位召到法国来。蒙太居先生把信交给我，只简单地说了一句“看看这个”，也没有作进一步的指示，就不再管这事了。于是我去找勒·布隆先生，求他去劝说戏院的老板徐斯提涅尼辞退维罗奈斯，因为他已经受聘为法国国王服务。勒·布隆先生不大愿意接受这个任务，所以把事情办的很糟糕，徐斯提涅尼总是闪烁其辞，因此维罗奈斯也没有被辞退。我很生气。当时正是狂欢节，我披上风衣，带上面具，让人载着我来到徐斯提涅尼的住所。所有看见我乘着带有大使徽号的刚朵拉抵达此处的人都很吃惊，因为他们在威尼斯从未见过这样的场景。我走进门内，让人通报说一位带着面具的女士求见。当我一被领进去，我就摘下面具，报出了自己的姓名。那位参议员顿时脸色惨白，目瞪口呆地站在那儿。我用威尼斯话对他说："先生，此次冒昧打搅阁下，我感到非常抱歉。但在您的剧院有一位名叫维罗奈斯的人，他已经被法国国王聘用了，我们曾经向您要过人，可是没有结果。这次我是以国王之名来向您要人的。"我这几句简短的话发生了效力。我刚一离开，徐斯提涅尼就跑出去把这件事告诉了最高法院审判官，却招致了一顿痛骂。当天维罗奈斯就被解聘了。我让人告诉他，如果一个星期之内他不启程前往法国的话，我就会让人把他抓起来。听到这个消息，他马上就动身了。

另有一次在无人帮忙的情况下，我独自一人使一位商船船长摆脱了困境。那位船长名叫奥利维，是马赛人。船的名字我已经忘了。他的船员和一群为威尼斯共和国服务的斯洛文尼亚人发生争执，动起手来，因此他的船被禁止出入港口，除他之外任何人未经允许都不得上下这艘船。他向大使求救，大使却不理不睬，于是他转而向领事求救，领事告诉他这不是一项商务活动，因此他对此无能为力。奥利维船长不知如何是好，便跑来找我。我于是向蒙太居先生提议，可以由我来将这件事情写入备忘录提交给威尼斯参议院。我不记得蒙太居先生是否答应了我，以及我是否提交了备忘录，但记得很清楚的是，我的这番努力没有奏效，禁令仍然没有解除。于是我另想了一个办法，这一次取得了成功。我把这件事的原委写成报告插进了发给莫尔巴先生的公文中，我是费了老大的劲才让蒙太居先生同意我这样做的。我知道，我们的公文函件尽管并无拆检的必要，但是它们在威尼斯总是要被人拆检的，我这样推测是有理由的，因为我发现当地日报上逐字逐句照抄我们的公文上的段落。我曾经想让大使对这种非法行径提出严正抗议，但是他无动于衷。我把这个惹人生气的案件写入公文，目的是利用威尼斯人的好奇心，吓唬吓唬他们，让他们放了这艘商船。如果干坐着死等宫廷对这个案件的批复，那么在批复到来之前，船长可能早就破产了。我不仅做了这些，还亲自登上商船去讯问船员。我是带着领事馆主任秘书帕蒂才尔神父一起去的，他一副老大不情愿的样子。唉，这班可怜虫生怕得罪了威尼斯参议院。因为禁令规定我们不得上船，我就呆在刚朵拉上做笔录，高声地挨个讯问船员。我特意斟酌好提问的言辞，以使他们的回答对他们自己有利。我本想请帕蒂才尔提问并做笔录，因为这原本是他的职责范围内的事，但他断然回绝了。他一言不发，连在笔录上我的名字后面副署一下都相当不情愿。我的这次行动看似有些冒失，可是却获得了成功。在外交大臣的回复到来之前，商船早就被放行了。船长想送一份礼物给我，我没有任何不快地轻拍了一下他的肩膀，对他说："奥利维船长，你想想，我连本来可以向法国人收的护照签证费都不收，难道我还会靠向你们出售法国国王的保护来赚钱吗?"他坚持请我至少到船上去吃顿饭，我同意了。在赴宴的时候，我是跟西班牙大使馆的秘书卡利约一起去的。这个人既可爱又聪明，后来担任过西班牙驻巴黎大使馆秘书，又任过代办。我学习历任大使的榜样，和他建立了亲密的关系。

当我毫无私心地做这些力所能及的好事时，如果我能把所有这些烦琐的细节都做得井井有条，细致周密，不至于让我上当受骗，为别人出力而自己吃亏的话，那该有多好啊！但在我这个位子上，稍有差错就会导致不良的后果。我总是小心翼翼，尽量避免犯下任何对工作不利的错误。凡是与我的职责有关的事情，我总是做得极其有条理和极其准确。只是当被迫非常匆忙地翻译密码时，我曾经出过很少的几个错误，阿梅洛先生的办事员曾经对此抱怨过一次，但是除此以外，我从来没有因为工作上的粗心而受到大使先生和其他人的责备。对我这样一个做事马虎、经常考虑不周的人来说，能做到这一步已经相当不错了。但是，当我处理起公事之外的其他事情时，我却有时会很健忘，并且十分粗心大意。由于我热爱公平，因此总是在别人抱怨之前就主动地承担责任。在此我只举一件事情作为例子，这件事和我后来离开威尼斯有关，并且它的后果在我回到巴黎后仍然能被觉察到。

我们的厨师名叫鲁斯洛，他从法国带来一张二百法郎的借条，这是一个名叫查内托·那尼的威尼斯贵族写给鲁斯洛的一位做假发的朋友的，是查内托欠下的假发钱。鲁斯洛把这张借条交给我，看我能不能多少讨点钱回来。他和我都知道，威尼斯贵族一贯的做法是，回国后不还在国外欠下的债务，如果硬逼他们还，他们就死拖，耗费债主的时间和金钱，一直到债主完全死心，最终放弃讨债，或者以讨回一点零头作为了结为止。我请勒·布隆先生跟查内托说说，查内托倒是没有否认这笔债款，但是拒绝还钱。经过长期的交涉，他总算答应了还三个西昆。当勒·布隆先生把借条交给他时，这三个西昆还没有筹好，我们只好再等下去。这期间我和蒙太居先生发生了激烈的争吵，我准备离开大使馆。我将使馆的文件整理得井井有条，但却找不到鲁斯洛的借条了。勒·布隆先生向我保证说，他已经将借条交还到了我的手上。我知道他很诚实，不会说谎，但我完全不记得我把这张借条搁到哪儿去了。既然查内托已经承认了债务，于是我就请勒·布隆先生到他那儿去，让他开一张收据，或者劝说他写那个借条的副本，然后把那三个西昆取回来。但是当查内托得知借条已经遗失后，这两种办法他都不接受。我只好自掏腰包，拿出三个西昆付给鲁斯洛，以抵消借条上的债款损失。鲁斯洛不接受这点钱，他把远在巴黎的债主的地址报给我，让我跟这个人商量这件事。但是这个假发商人在弄清事情的来龙去脉之后，让我要么交还借条，要么付清借条上的全部款项。闻听此言，我不禁怒火中烧，真想不惜一切代价找回那张该死的借条。但是最后我还是用自己的钱付清了这二百法郎，而这正是我手头最紧的时期。就这样，借条丢了，债主反而全额收回了欠款，而如果借条找到了的话，他会连查内托·那尼阁下先前答应的那十个埃居也难拿到手呢！

我自认有能力胜任自己的工作，因此工作起来觉得很愉快。除了经常和我的朋友卡利约以及即将谈到的杰出的阿尔蒂纳相往还，以及到剧院和圣·马可广场找点高尚的娱乐，还有陪这两位朋友串过几次门之外，我发现我惟一的乐趣就是自己的工作。尽管我工作起来并不费力，特别是因为还有比尼斯神父做帮手而更加显得轻松，但是因为我们的工作联系的范围太广，而战争仍在继续，所以我总是相当忙碌。每天我要工作大半个上午，碰到邮差要来取信的日子，有时甚至要工作到午夜。在余下来的时间里，我会埋头钻研当时我正在从事的那门职业，我希望通过我起初的良好业绩，将来能被聘用到一个更加重要的职位上。的确，人们在谈到我时都说我不错，首先是大使，他对我的工作非常满意，从未抱怨过我。他后来的发火，完全是由于我在多次向他申诉无果之后申请辞职所造成的。和我们有公函联系的大使和外交大臣们总是向他称赞他的秘书很能干，这本是对他的恭维，可是由于他的脑筋有些悖离常理，这些称赞反而产生了相反的效果。特别是在一个特殊的场合下听到有人夸我，他便永远不能原谅我了。这件事值得好好解释一下。

他这个人缺乏约束自己的能力，即使在星期六，也就是临近几乎所有的信使都要出发的日子，他也做不到等所有工作都完成之后再出门。他不停地催我，让我把发给国王和外交大臣的公文赶快写完，然后他飞快地在上面签上自己的名字，接着就溜出门去不知所踪了，常常丢下一大堆还没有签名的信件让我来办理。如果这些信件是一些消息的话，我就得将它们弄成公报的形式，但如果是与王室事务有关的问题，就必须有人来签名，那我只好代签一下。有一份重要的公文，是从国王在维也纳的代办樊尚先生那里发来的，我就用这种方法处理了。当时罗布哥维茨亲王的大军正向那不勒斯进发，加日伯爵实施了一次历史性的撤退行动，这是本世纪最精彩的军事行动，可在欧洲没有引起人们足够的注意。樊尚先生给我们的情报说，有一个人——樊尚先生仔细描述了这个人的体貌特征——正要从维也纳出发，打算秘密地经过威尼斯潜入亚不路息山区，在那儿煽动人民起来造反，以便在奥地利人到来时进行策应。由于蒙太居先生不在，加上他对这些事情根本没有兴趣，因此我就把这个情报直接转发给了洛皮埃尔侯爵。由于转发得非常及时，以致也许可以这样说，多亏了我这个老是挨骂的让雅克，波旁王朝才保住了那不勒斯王国。

洛皮埃尔侯爵在循例向他的同僚表示谢意时，特意提到了他的秘书，以及这位秘书为共同事业所作的贡献。蒙太居伯爵本该为自己在这件事上的表现而自责，但他见到有人夸奖我，便认为别人是在有意地指责他自己。他和我谈起这件事情时还气乎乎的。以前我对驻君士坦丁堡的大使卡斯特纳伯爵也用类似的方法处理过这种情况，只不过事情没有这么紧急而已。除了威尼斯参议院偶尔派出的信使外，我们和君士坦丁堡之间没有其他的联系方式。这些信使在出发时会事先通知法国驻威尼斯大使一声，以便让他在觉得有必要的时候可以顺便寄信给他在君士坦丁堡的同僚。这个通知一般是提前一到两天给出，但人家实在是太瞧不起蒙太居先生，认为只要在信使出发前一两个小时通知他就行了，算是走一下过场。因此有好几次当他不在的时候，我只得自己写好公文寄出。卡斯特纳先生在回信时总要用赞扬的口吻向蒙太居先生提起我，热那亚的戎维尔先生写信过来时也是如此。他们对我的友好的情意每每成为蒙太居先生对我产生新的怨恨的原因。

我承认自己从来不愿放过出风头的机会，但是我也从不刻意寻求这样的机会。在我看来，我应该通过良好的服务来获取正当的奖励，这才是天经地义的事。所谓的奖励，也就是博得有能力评价与褒奖的我的工作的人们的赏识。我不知道是否我的忠于职守正是大使对我产生抱怨的理由，但我能肯定的是，直到我们分道扬镳为止，他能说出来的理由也就只有这么一条。

他的大使馆从来没有被他搞得像样一点，里面全是一群乌合之众。使馆里的法国人受到轻慢的对待，而意大利人却被奉若上宾；即便在这些意大利人当中，也有些已经为使馆服务多年的优秀职员遭到粗暴的解雇，其中就有他的首席随员。这个人名叫庇阿蒂伯爵，或者是一个类似的名字，他在弗鲁莱伯爵当大使时就已经是首席随员了。第二随员是蒙太居先生自己挑选的，名叫多米尼克·维塔利，是来自曼杜的恶棍，大使让他管理馆务。他使用吹牛拍马的手段和卑鄙的克扣取得了大使的信任，并成为了他的宠儿，这可就害惨了他周围的正直之士，以及领导这些人的秘书。正直之士的眼光总是令无耻之徒发怵。只此一条就足以让他对我万分痛恨。不过他恨我还有一个原因，这个原因使得这种仇恨变本加厉。我必须把这个原因讲出来，如果是我弄错了，我愿意接受谴责。

按照惯例，大使在五家戏院各有一个包厢。每天午饭时分，他要指定当天上哪家戏院看戏，在他选定之后由我选择，然后由他的随员们分配其余的包厢。我出门时就带上我选定的包厢的钥匙。有一天，维塔利不在那儿，我命令服侍我的听差把我的钥匙送到我给他指定的房子里去。维塔利不但不肯交出钥匙，反而说他已经把钥匙分配出去了。我非常愤怒，尤其是因为男仆是当着众人的面向我陈述他办差的经过的。那天晚上，维塔利想对我说点道歉的话，但我拒绝接受。我对他说："先生，明天您必须在指定的时间，到我受辱的那间房子里，当着昨天见证过这件事的众人的面，向我郑重地赔礼道歉，否则到了后天，不管发生什么事情，我发誓，不是您就是我，总有一人肯定会离开这里。"我的口气强硬，把他给镇住了。他果然在指定的时间来到房子里，低声下气地向我公开道歉，那副奴态只有他才做得出来。可是他却在暗中不慌不忙地做着另外一番打算。他在公开场合下对我卑躬屈膝，暗地里却将那种意大利式的使坏的手段玩得炉火纯青，以至于他虽然不能说服大使将我辞退，却能迫使我不得不主动离职。

像他这样的坏蛋当然是无法理解我的，可是他却知道我有哪些东西是可以被他利用的。比如他就知道，我在遭受无意的冒犯时态度极其宽厚与温和，而对蓄意的侮辱则相当高傲，他也知道我在特定场合下很讲究体面与尊严，不仅重视对别人保持应有的敬重，也很看重别人对我的尊重。他就是从这方面下的手，最终让我产生了极度的反感。他把整个大使馆搞得乱七八糟、乌烟瘴气，将我竭力维持的一点规则、秩序、整洁和体面弄得荡然无存。一所机关如果没有女人来打理，就必须制定较为严格的纪律，以便能保持那种与尊严分不开的体面。他很快将我们的使馆弄成了一个荒淫下流的场所，变成了一个流氓和坏蛋出没的地方。在设法让大使解雇了第二随员之后，他找了一个和他本人是一路货色的家伙来顶替这个职位，这个人在十字广场开妓院。这两个浑蛋狼狈为奸，既放肆又无耻。只有大使的房间稍有例外，但就是这个房间也不像原先那么整洁了。除此之外，使馆里面就没有一处能让正派人忍受得了的角落了。

因为大使阁下晚上不在使馆内就餐，所以随员们和我在晚上就专开一桌，比尼斯神父与见习随员们也和我们共餐。与我们的餐桌相比，即便是最平常的饭馆里，桌面也会布置得更加干净和整齐一些，桌布不会那么脏，饭菜也不会那么差。我们只有一枝又小又脏的用动物油脂制成的蜡烛，用的是锡碟子和铁叉子。因为这本来就是私下的便饭，所以对于这些待遇我还能忍受下去。可是，连我专用的刚朵拉也被取消了。在所有的大使秘书中，我是惟一一个被迫租用刚朵拉或安步当车的人。并且我只有到参议院时才有大使阁下的仆役相随。此外，使馆里面发生的这些事情在城里尽人皆知。大使手下的职员们个个都叫嚷起来，多米尼克虽然是罪魁祸首，却叫嚷得比谁都凶，因为他知道，我对我们这些人所受到的不成体统的待遇比谁都敏感。我是我们使馆里惟一没有到外面说三道四的人，但是我在馆内却向大使提出了严重抗议，不光是抗议使馆里发生的这些丑事，同时也把矛头直接指向了他本人。而他受到卑劣灵魂的秘密驱使，每天都向我施加新的侮辱。为了支撑与其他使馆的秘书比较接近的排场，我必须花费大量的金钱，因此我的薪酬里省不出一分钱来。每当我向他要钱的时候，他就会拿他对我的器重和信任来说事，仿佛光这些器重和信任就足以让我的钱包鼓起来，要什么有什么似的。

那两个坏蛋最终成功地说服原本脑子就不大好使的大使，不停地鼓动他做古董生意，诱骗他高价购买便宜货，让他大赔特赔。他们唆使他以双倍的价钱在伯伦塔河边租了一幢别墅，这两个人把多出来的钱和房东平分了。这座别墅的房间都照乡间流行的样式，嵌有马赛克，还用华美的大理石方柱和圆柱作为装饰。蒙太居先生让人在这些装饰品上镶上杉木板，他这样做的惟一的理由是，在巴黎，房间的护墙板都是这样的。出于类似的理由，在所有驻威尼斯的外国大使中，只有他一人禁止侍从佩剑和仆役执杖。他就是这样的一个人，或许他也是出于同样的动机而讨厌我吧，而惟一的原因就是我忠诚地为他服务。

对于他的冷漠、粗暴和虐待，只要我认为那是由他的坏脾气所带来的，而不是出于仇恨，我都能忍受下来。但是当我发现他已经作出打算，想剥夺我的忠诚服务所应得的报酬时，我就下定决心要辞职不干了。我第一次领受他的恶意，是在他宴请当时正在威尼斯逗留的摩德纳公爵及其家属的那一次。他告诉我说宴会上没有我的席位。我在回答他时有些生气，但并没有发火。我说我每天都很荣幸地和大使一起用餐，如果公爵来了以后要求我不得同席的话，那么为了维护大使阁下的荣誉，我也不应该答应他的请求。“什么!”他怒气冲冲地说，“秘书连贵族都不是，却想和君王共餐？要知道我的贵族随员们都没有入席呢!”“是的，先生，”我反驳他说，“阁下给我的这个职位赋予了我高贵的地位，所以只要我在职一天，就比您的那些贵族或自称是贵族的随员们高一等，有些地方他们进不去，而我却能进去。您要知道，当您正式回国的时候，根据礼仪和自古以来的惯例，我必须穿着礼服紧跟在您的身后，还享有和您一起参加在圣·马克宫举行的宫廷宴会的荣耀。我不明白的是，既然我能参加并且应该参加威尼斯总督和威尼斯参议院的公开宴会，那为什么我就不能参加款待摩德纳公爵的私人宴会呢?”尽管我的这个反驳将大使说得哑口无言，但是他却始终不愿意让步。不过，我们后来并没有为这件事再次争吵，因为摩德纳公爵根本就没有来赴宴。

从那以后，他就不断地寻找机会挑动我的怒火。他给我不公平的待遇，千方百计地要剥夺我的职位所应有的微不足道的特权，以便转给他那亲爱的维塔利。我肯定，如果他敢偷梁换柱，让维塔利顶替我去参议院的话，他是会那样做的。他通常让比尼斯神父在他的书房替他写私人书信，现在又让他来给莫尔巴先生写跟奥利维船长有关的案件的陈述报告。报告里面对我只字不提，而实际上这个案子是我一手包办的。他甚至连随报告一起附上的笔录副本也不说是我写的，而说成是帕蒂才尔写的，实际上帕蒂才尔连半句话都没有问过。他想激怒我并讨好他的宠儿，却没有将我赶走的意思，他知道为我找个继任者并不像为福罗找个继任者那么容易。福罗早就已经将他的为人传扬开来了。他绝对需要一个懂得意大利文的秘书，以便看懂威尼斯参议院的复文；这个秘书还要能为他撰写所有的公文，不要他操心什么就能为他处理事务；这个秘书还应该在为他忠实服务的同时，在他的那些可鄙的随员面前低三下四。因此，他既想留住我，又想改造我，他想让我远离我的祖国和他的祖国，并且没有盘缠回国。如果他做得更慎重一点的话，他的这个计谋几乎就成功了。但是维塔利和他的想法不一样，他希望我早点滚蛋。维塔利如愿以偿了。当我看到自己在这儿白费气力，我为大使所作的贡献不仅得不到大使的感谢，反而招来他的敌视，如果继续留下来，除了在馆内生气和在馆外遭到不公正的待遇之外，得不到任何东西，况且他自己已经声名狼藉，再呆下去我受到的损失会比他能给我的好处要大得多，因此我决心请他允许我辞职，并为他寻找新的秘书留出了时间。他的答复是不置可否，一切还是照常行事。看到事情没有任何进展，而且他也并不出去物色新的秘书，我就给他的哥哥写了一封信，向他详细陈述了我辞职的理由，求他让自己的兄弟准许我辞职，并声明我无论如何不会再呆在那儿了。我等了一段时间，却没有任何回音。正当我开始感到难以忍受的时候，大使先生终于收到了他兄长的信。这封信肯定写得非常直白和尖锐，因为尽管大使先生一向好发脾气，但我以前从未见过他像这一回这样大发雷霆，他先是破口大骂了一通，接着不知道说什么好，便指控我出卖了他的密码。我不禁放声大笑起来，用嘲讽的口气问他是否真的以为能在整个威尼斯找出一个愿意出一个埃居来买这个密码的人。这个回答让他气得七窍生烟。他假装要把仆人叫过来，说是要将我从窗口扔出去。这时我仍然十分镇定，但他的这番威胁却让我气不打一处来。我奔向门口，拉起插销将门反锁上，然后一步一顿地走到他的面前，对他说："别这样，伯爵先生，您的仆人不该参与进来，最好还是让我们两人私下解决这件事吧。"我的举动和态度立刻让他冷静下来，不过他还是流露出惊讶和不安的神情。我看到他的气消了，便用简短的几句话向他道了别。接着不等他回答，就开门走了出去，在他的仆人丛中，缓步走过前厅，这些人像往常一样站起身来，我相信这些人是宁愿帮我对付他而不是帮他对付我的。我没有回自己的房间，径自走下楼去，离开了这座使馆，再也没有回去过。

我直接去了勒·布隆先生家，向他说明了事情的经过。他并不怎么吃惊，因为他深知大使的为人。然后他留我吃了午饭。这顿饭虽然是临时准备的，却很丰盛和精美。所有在威尼斯有头有脸的法国人都出席了，但没有一个大使的人。领事向大伙把我的情况说了一下，听完之后，大家异口同声地指责大使。大使还没有和我结账，一分钱都没有给我，所以我的钱包里面只剩下几个金路易了，连回家的路费都不够。大家一听，纷纷解囊相助。我向勒·布隆先生借了二十个西昆，向圣·西尔先生也借了同样多的钱。除了勒·布隆先生外，我和圣·西尔先生的关系最亲密。我谢绝了其他人的好意。在离开威尼斯之前，我住在领事馆秘书那儿，以便向公众表明，法兰西并没有参与大使的倒行逆施。大使看到我虽然身处逆境却左右逢源，而他自己尽管贵为大使却被人漠然视之，不禁勃然大怒，他完全丧失了理智，行为举止就像一个疯子。他甚至不顾身份体统，向参议院提交了一份备忘录，要求他们逮捕我。比尼斯神父得知这个消息后通知了我。我决定再呆上半个月，而不是按原定计划第二天就启程。大家注意到了我的做法，纷纷表示赞同。我受到了普遍的尊敬。参议院的人不屑于纡尊降贵地答复大使这份放肆的备忘录，并且他们还让领事转告我，我爱在威尼斯呆多久就呆多久，不用理会一个疯子的奇思怪想。于是，我继续拜访朋友。我向西班牙大使辞别，他友好地接待了我。我又去向那不勒斯的大臣菲诺切蒂伯爵辞别，他不在家，我便给他写了一封信，后来他给我回了一封非常客气的信。最后，我启程了。尽管囊中羞涩，我却没有欠下更多的债。除了前面说过的向两位朋友借过钱之外，我只欠一个名叫莫朗迪的商人五十个埃居，卡利约帮我还了这笔钱。尽管在那以后我和卡利约还时常见面，但是我却一直没有还钱给他。至于我前面提到的那两笔债，当后来手头稍稍宽裕一点时，我就马上归还了。

如果不讲威尼斯富有盛名的娱乐和消遣活动，或者稍微谈谈我在逗留威尼斯期间所参与的很小的一部分娱乐，是不好离开这座城市的。读者诸君已经看到，我很少追求年轻人的欢乐，或者说是所谓的年轻人的欢乐。在威尼斯我没有改变自己的爱好，再说，繁忙的公务也阻止了我去寻欢作乐，却使我对那些简单的消遣抱有浓厚的兴趣。其中首要的，也是最愉快的就是和我的那些杰出的朋友，如勒·布隆、圣·西尔、卡利约、阿尔蒂纳等人的交往。还有一位来自福尔兰的绅士，很抱歉我忘了他的名字，每当我想起他的可爱之处时就会觉得非常温馨，在我所认识的人当中，他的心灵与我的心灵最为相似。我们几个还和两三位聪明睿智、博学多才的英国人有过交往，他们和我们一样酷爱音乐。这些先生们都有自己的妻子，女友或情妇，而这些情妇大多是有教养的才女。大家就在她们家里唱歌跳舞；有时候小赌一把，不过我们对歌剧的浓厚兴趣和热爱，以及我们所具有的欣赏歌剧的才能，让我们觉得赌博索然寡味。赌博只不过是无所事事的人们的娱乐。我从巴黎带来了法国人对意大利音乐的具有一定民族性的偏见。不过我的本性赋予了我破除这种偏见的敏锐感觉。

我很快产生了意大利音乐赋予其知音的那种激情。当我听到刚朵拉船夫的船歌时，仿佛觉得以前从未听过歌唱似的。很快我就迷上了歌剧，而厌倦了在包厢里聊天、吃东西和嬉戏。当我想听歌剧的时候，我就偷偷地跑出来，找个包厢单独地呆在里面，安安静静地陶醉于音乐之中。即便歌剧演出的时间很长，我也会不受打扰地一直听到它结束为止。有一天在圣·克利梭斯托姆歌剧院，我居然睡着了，比在自家床上睡得还沉。周围喧闹而宏亮的曲调也没能把我吵醒。这时，奇迹发生了，一首歌曲惊醒了我。它那甜美的和声以及天使般的乐曲带给我的愉悦感觉，简直难以言表。这种被音乐惊醒的感觉是多么的美妙，这是怎样的一种狂喜啊！当我醒来时，我的眼睛和耳朵同时张了开来。我的第一感觉是在天堂里面。这段美妙的乐曲我现在记得很清楚，我一辈子都不会忘记它，它是这样开头的：

给我留下那美人儿
我正为她心潮澎湃。

我想拥有这首歌的乐谱。我找到了它，并将它保存了很长时间。但是写在纸上的与印在我脑海中的不是同一样东西。音符虽然一样，但两者完全不是一回事。这首神圣的乐曲，永远只能在我的脑中演奏，就像它在惊醒我时所演奏的那样。在我看来，有一种音乐比歌剧还好，它不但在意大利，就是在全世界也是独一无二的，那就是 scuole 音乐。Scuole 是一种慈善学校，是为了让贫苦女孩接受教育而建立的，这些女孩在学成之后由共和国进行分配，或嫁人，或进修道院。在她们修习的才艺之中，音乐占据着首要位置。在每个周日的晚课上，每个 scuole 的教堂中，都会有大型合唱队和管弦乐队演奏经文歌，由意大利最著名的大师来谱曲和指挥。演唱者全部站在装有栅栏的舞台上，全都是二十岁以下的年轻女孩。我想象不出还有什么东西会像这种音乐一样悦耳和感人。丰富的艺术技巧，优雅的演唱风格，美妙的嗓音，准确的演奏，这些美妙音乐给人的全部印象虽然与宗教气氛不合，但我相信，没有谁不会被它所感动。卡利约和我从未错过漫蒂冈迪学校的晚课，而且每次必到的人还不止我们两个。那个教堂充满了业余的音乐爱好者，甚至专业的歌剧演员也到这儿来参照这里绝好的榜样培养自己的艺术趣味。让我感到绝望的是那该死的栅栏，它只让声音穿透过来，而遮住了那些可与歌声媲美的天使们的美丽容颜。这让我叹息不已，因此我老念叨着这件事。有一天，在勒·布隆先生家里，我们谈到了这件事。他对我说："如果你真的对这些年轻的女孩子们感到好奇，想见一见她们，这很容易办到。我是这所学校的董事之一，我会带你去那儿，和她们一起喝喝下午茶。"在他践约之前，我急不可耐地频频催他。当我们终于走进关着这些令人垂涎已久的美女们的沙龙时，我的心中涌出一股爱的颤抖，这是我从未有过的体验。勒·布隆先生将这些著名的歌手逐一介绍给我。"来，莎菲……"莎菲长得奇丑无比。"来，卡蒂娜……"卡蒂娜是个独眼。"来，白蒂娜……"白蒂娜被天花毁了容。几乎每个人都有明显的缺陷。看到我吃惊难受的样子，勒·布隆这个残忍的折磨人的朋友不禁笑了起来。不过，有两三个女孩长得还算过得去，她们只在合唱团唱一下。看到这些，我真是大失所望。在吃下午茶的时候，我们逗她们玩，她们开始变得活跃起来。丑并不排斥风韵，我发现她们并不缺少风韵。我对自己说，没有美丽的心灵，就无法唱出美妙的歌声，她们必定有美丽的心灵。最后，在我离开时，我对她们的看法完全变了，几乎爱上了所有这些丑小鸭了。我差点不敢再冒险去听她们晚课上的演唱了。但是，我有理由认为危险已经过去了。我仍然认为她们的歌声很美妙，她们的声音的魔力遮掩了丑陋的面容。只要她们是在唱歌，我总是不顾眼睛得来的印象，仍然想象她们是楚楚动人的美女。

在意大利听音乐非常便宜，因此对喜爱它的人来说，不听白不听。我租了一架钢琴，只花了一个埃居就请了四五个乐师每周来我家一次，陪我练习我最喜爱的歌剧片断。我也让他们试奏了一下我写的《风流诗神》中的几段。也许是这几段真的很动听，也许是想奉承我，圣·克利梭斯托姆歌剧院的芭蕾舞师找我要了两首曲子。我很高兴它们能被这支顶尖的乐队演奏出来。曲子由白蒂娜伴舞，这个小姑娘既漂亮又可爱，曾由我们的一个西班牙朋友法瓜迦抚养，我们常到她家共度良宵。

说到妓女，在像威尼斯这样的城市里，人们是很难洁身自好的。可能有人会问我，你在这一点上难道就没有任何要忏悔的吗？是的，我确实有点事情要说，我将用和对待其他事情一样的诚挚态度来忏悔。

我素来讨厌妓女，但在威尼斯又接触不到其他女人。我的职务也让我和城里的大部分豪门绝缘。勒·布隆先生的几个女儿虽然很可爱，却不大容易接近。况且，我对她们的父母十分尊敬，这也使我不想对她们有什么企图。和她们相比，一个名叫卡塔妮奥的年轻女孩更适合我的口味，她是普鲁士国王派驻威尼斯代表的女儿；但卡利约正和她恋爱，甚至到了谈婚论嫁的地步。卡利约家财万贯，我却一文不名；他的薪金是一百金路易，我的只有一百皮斯托儿。再说，除了我不愿挖朋友的墙角之外，我知道像我这样囊空如洗的人，不管在哪儿，尤其是在威尼斯，是不该卷入风流韵事中的。我没有丢掉满足自己欲望的恶习，而且由于太忙，我对由于气候造成的这种需要的感觉并不强烈。我在威尼斯时，约有一年的时间都和在巴黎时一样老实。到十八个月以后我将要离开这座城市时，我只和女性有过两次接触的机会，而且是因为特殊的机缘。下面我来讲讲这两件事。

第一个机会是那位正人君子维塔利给我的，时间是在我逼他向我道歉之后不久。当时，大家在餐桌上谈论威尼斯的各种消遣。这帮人责怪我对所有消遣取乐的活动中最刺激的一种竟然无动于衷，他们大肆吹嘘威尼斯的妓女如何的风情万种，举世无双。多米尼克说我一定要见识一下其中最可爱的一位，并说他愿意为我引见，保证让我满意。看到他如此殷勤，我哈哈大笑起来。这时，年高德劭的庇阿蒂伯爵以一种我未曾想到意大利人也会有的坦率对我说，他认为我很理智，不会让自己的仇家领去寻花问柳的。事实上，我并无这种意图，也没有这种兴趣。不过，尽管如此，受一种连我自己都莫名其妙的矛盾心理的驱使，最后我还是被拖到了那儿。这违背了我的兴趣、心境和理智，甚至违背了我的意愿，其原因在于我的软弱，同时也有害怕显露自己对别人不信任的成分。此外，按当地人的话说，是为了不让自己显得像个傻瓜。我们去嫖的那个帕多瓦姑娘长得不错，甚至可以说是面容姣好，但她的美并不是我喜欢的那种类型。多米尼克把我丢在她那儿就走了。我让人送上几杯冰索贝来，她给我唱了一曲。半个小时后，我在桌上丢下一个杜卡托，准备离开。可是她却异常地一丝不苟，不愿多拿，说无功不受禄，而我也同样地相当愚蠢，竟然满足了她的要求。回到使馆后，我深信自己染上了某种疾病，因此我做的第一件事就是派人把医生请来，让他给我开药。在长达三个星期的时间里我的心情都无比的沮丧和压抑。实际上我的身体并没有任何不适，也没有任何明显的症状值得我担惊受怕的。我不能想象离开帕多瓦姑娘怀抱的人会毫发无损。医生竭力地劝我，几乎费尽唇舌，最后还是通过说我的体质很特殊，感染疾病的几率很小，才说服了我。尽管我也许不像其他人那样经常冒险去做这方面的尝试，但我的健康在这方面并没有受到损害的事实，似乎证明了这位医生所言极是。然而，我并没有因为医生的话而放纵自己；如果老天爷真的给了我这方面的优势，我可以发誓自己从未将它滥用过。

我的另一次艳遇，虽说也是和一个妓女，但是起因和结果都迥然不同。前面说过，奥利维船长请我到他的船上吃饭，我把西班牙大使馆的秘书卡利约也带了去。我本以为他们会鸣礼炮欢迎我们。虽然船员们隆重地列队迎接我们，但是一响礼炮也没有放。这使我非常难堪，因为我看出卡利约对此有点生气。确实，那些身份不如我们的人在商船上都受到了鸣炮欢迎的礼遇，何况我对船长有恩，理应享受这种待遇呢？尽管当天的午宴异常丰盛，奥利维船长对我也殷勤备至，但我却始终无法掩饰自己的情感，因为我一向不擅此道。我一上船就兴致不高，吃得不多，说得更少。

到第一次祝酒时，我想这时候总该鸣炮了吧，但还是没有。卡利约看出了我的心思，他见我像个孩子似的生闷气，就直发笑。饭吃到三分之一，我看到一只刚朵拉划了过来。船长对我说："天哪，先生，您可得注意了，来了一个冤家。"我问他是什么意思，他用一个笑话回答了我。刚朵拉靠上了我们坐的船，只见走出一个恍如天仙的年轻女子，穿着妖艳，身姿矫健。她几步就走到我们的房间，在我的身边坐了下来，这时我才发现有人已经在我的身旁为她摆出了餐位。她顶多二十岁，深褐色的头发，浅黑色的皮肤，既妩媚又活泼。她只会讲意大利语，不过单凭她的声调就足以让我神魂颠倒了。在吃饭和聊天时，她盯着我看了好一会儿，然后嚷道："圣母啊！我亲爱的布雷蒙，我好久没有见到你了呀！"说着她就投入我的怀抱，紧紧地吻我的嘴唇，把我搂得几乎喘不过气来。她那具有东方色彩的眼睛又黑又大，向我的心里放射出火一样的激情。尽管我在刚开始的时候由于惊讶而有些慌乱，但是色欲很快征服了我，以至于尽管是在众目睽睽之下，却只有她这个魔女本人才能让我有所克制。我醉了，或者毋宁说我发了狂。当她见我已经掉进了她预设的陷阱后，便放缓了对我的爱抚，不过她的风情并没有稍减。她认为时机已到，便向我们解释了她之所以兴奋的原因，不知这个原因是真还是假。她说我长得很像托斯卡海关关长布雷蒙先生，她曾经迷恋过此人，现在仍然迷恋。可是她说自己太傻了，抛弃了他。她希望用我来代替布雷蒙先生，她要爱上我，因为我很合她的意；同样的，我也必须爱她，而且将来如果她对我弃之不顾，我应该安静地承受下来，就像她的亲爱的布雷蒙所做的那样。她说到做到，马上把我当成她的仆役一样来支使，让我保管她的手套、扇子、腰带和帽子。

她命令我左右奔走，做这做那，我一一照办了。她让我退掉她的刚朵拉，因为她想用我的，我也照做了。她叫我和卡利约换一下位子，因为她有话要和他说，我也同意了。他俩低声耳语了好久，我也只是随他们谈去。后来她又叫我，我就回到了她的身边。她对我说："听着，查内托，我不喜欢法国式的爱情，事实上，这样的爱没什么意思。只要你觉得厌倦了，就走好了。但我警告你，不要在中途就不干了。"午饭后，我们一起去参观缪拉诺镇的玻璃工厂。她在那儿买了很多小玩意儿，并且毫不客气地让我们付钱。不过，她到处给小费，比我们的花费还要多得多。从她大肆挥霍金钱并让我们也照做的样子来看，她是那种视金钱如粪土的主儿。当她让别人代为付款时，我相信那更多的是出于虚荣，而不是因为她贪财。看到别人为她一掷千金时，她才会感到高兴。

晚上我们护送她回到她的寓所。在那儿聊天的时候，我发现她的梳妆台上有两把手枪。我拿起一把来，对她说道："啊，这儿有个新型胭脂盒。我可以问一下它是干什么用的吗？我知道你还有其他武器，比这个要厉害得多。"在开过几个类似的玩笑之后，她用一种使她显得更加妩媚的天真而高傲的口吻对我说："当我和那些我不爱的人虚与委蛇的时候，我会让他们用金钱来弥补他们带给我的厌烦，这是再公平也不过的事了。但是，我虽然能忍受他们的爱抚，却不愿意忍受他们的侮辱，要是谁胆敢对我无礼，我就会朝他开上一枪。"

在我离开的时候，我和她约定第二天再见。我没有让她久等。当我到达时，发现她穿着妖媚的便装，这种服装只在南欧国家才见得着，尽管我对它记忆犹新，不过在此我不愿多加描述。我想说的是，她的胸口和袖口都绣有丝线，缀着玫瑰色的蝴蝶结，让我觉得她的肤色更加美丽。后来我发现这是威尼斯的流行时装，穿在身上显得十分妩媚动人，而它居然没有传入法国，我觉得是一件很奇怪的事情。我不知道是何种享受在等着我。我曾谈到过拉尔纳热夫人，现在想起她来不免仍有些动情，但是和我的徐丽埃妲比起来，她就显得又老又丑又冷漠了。读者最好别花费心思去想象她的风韵和神采，你们是无论如何也想象不出来的。修道院里的年轻女孩也没有她水灵，后宫里的佳丽也没有她那么活泼灵动，天界的仙女也没有她那么刺激。一个凡夫俗子的心灵和感官是无福消受这般甜蜜的欢乐的。唉！要是我能充分地、完整地品尝到这一欢乐，哪怕只有一小会儿也好啊！我品尝到了，可是没有什么滋味。我摒弃了其中的乐趣。尽管这种乐趣确实存在，可我却有意将它去除掉了。不！大自然本来就不想让我享受这种快乐！它一方面在我心里注入了对那种难以名状的幸福的渴望，另一方面却又在我可怜的脑子里面放进了毒药，毒害着这种幸福。

如果要在我的一生中挑一件事来描述我的本性，那就是我即将要谈的下面这件事。此刻我对本书的写作宗旨记得非常清楚，它将使我忘却那些妨碍我实现这一宗旨的虚假情感。不管您是谁，只要您想认识一个人的真实心灵，那您就鼓起勇气把下面的两三页读完吧，这样您就会彻底认清让雅克·卢梭这个人了。

我走进这个妓女的房间，仿佛走进了一座爱与美的圣殿。在她身上我见证了神性。我觉得如果缺乏尊崇和敬爱，我是绝对体会不到她在我身上激起的那种情感的。当我刚从与她最初的亲热之中认识到她的风韵和爱抚的价值的时候，就生怕失去它结出的果实，于是心里火烧火燎地要赶紧去摘取。突然之间，我感到不是欲火在吞噬着我，而是一股寒意在我的周身奔流往复，我几乎要晕倒在地，连忙坐了下来，像个孩子似的哭了起来。

谁能猜得出我为什么流泪以及我当时的所思所想呢？我对自己说，眼前这个任我摆布的人是大自然和爱情的杰作，她的心灵与肉体都是完美无缺的；她既善良又高尚，正如她既可爱又漂亮一样。那些大人先生们都该做她的奴隶，君王的权杖都该置于她的脚下。但她竟然是一个可怜的任人糟蹋的娼妓，一个商船船长就有权支配她；她明知我一文不名却还是投入我的怀中，而我的真才实学又不能被她认识，因此在她的眼中也就毫无价值。这里面肯定有某种不可思议的缘由。要么是我的心灵欺骗了我，我的感官迷惑了我，让我将一个下贱的荡妇当成了仙女；要么是某种我不大清楚的暗疾，破坏了她的妖媚的效果，使得那些本该对她趋之若鹜的人生出嫌恶之心。我开始聚精会神地搜寻这个暗疾，但我没有往那个上面去想。她肤若凝脂，齿如白雪，吐气如兰，艳若桃李，周身雅洁，使我绝对没有想到那上面去。我本来对我跟帕多瓦姑娘接触以后的身体一直很怀疑，而她的风姿就更使得我对自己的身体是不是配得上她感到顾虑重重。而且我深信，自己的这种想法是不会错的。

这些思绪恰好赶在这个时候出现在我的脑海里，让我激动得流出了泪水。徐丽埃妲从未见过这种新奇的景象，一时竟不知如何是好。但当她在屋里转了一圈之后，照了照镜子，就马上明白了——我的眼神也向她确认了这一点——我这突然而来的悲伤与嫌恶无关。她毫不费力地就抚平了我悲伤，驱走了我那小小的羞愧。当我正准备在她那种似乎是第一次被男人的手和嘴触碰的酥胸上尽情撒野时，我发现她只有一个乳头。我很吃惊，又仔细看了一下，觉得两只乳头长得不一样。我的脑子立刻飞速运转起来，寻思为什么会有这样的暗疾。我深信这一定与某种天生的重大缺陷有关。我围绕着这个念头想了好长时间，终于清楚地看到，我拥入怀中的这个人，根本不是如我想象的那种最美丽的人儿，而只不过是一个怪物，是大自然、人和爱情的弃物。但是在转过这个念头之后，我是如此之傻，竟然和她谈起了这个暗疾。刚开始她还只当是笑话，仍然欢快活泼地与我说笑和调情，逗得我简直要发狂。但是我始终掩盖不住我那种不安的神色，最后她的脸红了。在换过衣服之后，她站起身来，一言不发地走到窗口，伏在了上面。我想坐到她的身边，她却挪了一下，坐到了一张躺椅上，随即又站了起来，在房间里走来走去，手中不停地挥着扇子，并用一种冷漠和鄙视的语气对我说："查内托，丢下女人，钻研数学去吧！"

在离开她之前，我请她允许我第二天再来相会。她将日期推迟到第三天，并用一种讥讽的口吻补充了一句，说我肯定想休息一下了。中间等待的一天时间真是难熬，我的心中充满了她的妖媚和风韵。我不停地责备自己的愚蠢，悔恨自己白白地糟蹋了那大好时光，而它本该成为我一生中最甜蜜的时光的。我怀着急切的心情，期待弥补这份损失的时刻早点到来。但是不管怎样，我还是很不安，这个可爱的女孩如此完美，而她的身份却又如此卑贱，我不知该如何协调这两者之间的矛盾。到了约定的时刻，我就向她家跑去，或者可以说是飞奔而去。我不知道她的火热的脾性是否会对我的这次造访更加满意。至少她的高傲会得到满足。我预先就在享受这样一种美妙的感觉了，那就是我会想方设法向她证明，我是多么善于弥补过失啊！可她没有给我这样的机会。刚朵拉一靠岸，我就让船夫上去通报，可船夫回来对我说，她前一天晚上就动身到佛罗伦萨去了。如果说我在将她抱在怀里的时候还没有感觉到对她的全部的爱，那么现在当我失去她的时候，我却强烈地感受到了。我一直对此悔恨不已。尽管在我的眼中，她是那样的可爱而迷人，但对于失去了她的事实，我承认我还是能自我宽慰的，不过，说实话，对于自己只给她留下了一个可鄙的印象这一点，我却是无论如何也不能释然的。

这就是我的两段艳遇，除此之外，我在威尼斯的十八个月就再没有什么可说的了，顶多还有一段未及展开的情事而已。卡利约这个人很风流，他厌倦了老往别人包下的姑娘家里跑，便突发奇想，打算自己也来包一个。由于我俩平时形影不离，他就向我提出了一个在威尼斯很常见的建议：两人合包一个女孩。我同意了。问题是怎样才能找个可靠的女孩。经过他的细心寻访，居然找到了一个十一二岁的小姑娘，她那狠心的母亲正要将她卖掉。我俩一起去看她。我一见这个小孩，心里就涌出一股怜悯之情。她是个金发的小美女，柔顺得像只羔羊，没人会以为她是个意大利人。在威尼斯生活费用很低廉。我们给了她母亲一点钱，跟她协商后获得了这个女孩的抚养权。因为她的嗓子不错，为了让她掌握一项谋生的技能，我们给她买了一架小钢琴，并雇了一个教歌唱的老师。这一切只需我们每个月花两个西昆而已，却免去了我们在其他方面的大量开销。然而，在她长大成人之前我们必须一直等下去，因此在收获之前未免播种得太早了些。不过，我们很满意每晚和这个小孩子天真无邪地聊天玩耍，这也许比我们占有她更加令人愉快。说实话，女人最使我们留意的地方，并不是感官享受，而是和她们在一起生活时的那种乐趣。我的心不知不觉依恋上了小安佐蕾妲，但这是一种慈父之情，肉欲之情则很少掺杂其中，而且随着前者所占的比例不断增长，后者抛头露面的机会日渐减少。我感觉，等她长大成人以后，我如果再碰她的话，肯定会产生乱伦般的罪感。我看到善良的卡利约的情感也在不知不觉地朝我的这个方向转变。我们没有料到，我们费力寻来的欢乐虽然同样温馨，却和原先的设想大相径庭。我敢肯定，不管她以后出落得多么漂亮，我们绝不会玷污她的清白，而只会成为她的保护者。可惜的是，不久我的生活发生了变故，让我来不及继续参与这件善事。对于我自己在这件事情上的表现，我无法作别的评价，只能说自己的心肠还不错吧。现在我们再回过头来谈谈我的旅行吧。

离开蒙太居先生后，我的第一个打算就是回到日内瓦蛰伏一段时间，等待时来运转，使我能和我那可怜的妈妈重聚。但是我和大使之间的争吵已经闹得沸沸扬扬，而且他还愚蠢地将这事写信报告了宫廷，这就迫使我决定亲自去向宫廷解释一下我的行为，并且控诉这个疯子的所作所为。我在威尼斯寄信给在阿梅洛先生死后临时代理外交部部务的泰伊先生，说明了我的这个决定。信一发出，我就立即启程，途经贝加摩、科摩和多摩多索拉，穿过新普伦关。在锡昂，法国代办夏尼翁先生对我十分热情；在日内瓦，克洛苏尔先生也给我同样的接待。在日内瓦我还见了一下果弗古尔先生，我有点钱要从他那儿取回。我经过尼翁市时没有去看父亲，但这并不表明我在内心没有严厉地自责过。我总是下不了决心在倒霉之后还出现在继母面前，我相信她一定会不听我的解释就责备我的。迪维亚尔是我父亲的老朋友，他严厉地斥责了我的这种行为。我向他解释了其中的缘由。为了弥补我的过失，同时又不想让继母看见我，我就租了一辆车，和迪维亚尔同车回到尼翁，在一家小店里住了下来。迪维亚尔去找我的父亲来，父亲一听到这个消息，马上跑来拥抱我。我们一起吃了晚餐，度过了一个愉快的夜晚。第二天早晨我和迪维亚尔一起回到日内瓦，他这次给我的帮助我一直铭记于心。

如果走捷径的话，我不必经过里昂，但是我特地要路过里昂，目的是为了核实蒙太居先生的一个非常卑鄙的欺骗行为。我曾托人从巴黎给我寄过一个小箱子，里面装着一件绣着金线的外套，几副袖套，六双白色丝袜，就这些东西。在他的主动提议下，我就把这个小箱子，或者说是小盒子，加进了他的行李中。在那份他想用来抵充我的薪水的假账单上，他写明这口被他说成大件行李的箱子重达十一担，并说他为此替我付了一大笔运费。承蒙罗甘先生为我介绍的他外甥波瓦·德·拉·杜尔先生帮忙，我在里昂和马赛海关的记录本上查清了这件行李只重四十五磅，并且只依此重量付运费。我把这份确凿无误的证明附在了蒙太居先生的假账单之后，并附上了其他一些同等分量的证据，就动身去巴黎了，我急于将这些材料派上用场。在整个漫长的旅途中，我在科摩和瓦莱，以及其他一些地方，都有过小小的奇遇。我观赏到许多绮丽的风景，特别是波罗美岛，这些美景都值得大书特书一番。但是时间紧迫，加之有暗探监视，我必须急急忙忙地完成这件本该在安宁和闲暇中撰写的书，可是偏偏缺乏这样的写作条件。如果苍天有眼，有朝一日让我过上较为安定的日子，我一定利用这段时间来修订此书，或者出一个我觉得非常必要的增补本。

在我到达巴黎之前，我的事就早已经传到了巴黎。因此我一到巴黎，就发现所有的人，无论是办公室里的工作人员还是社会大众，都对大使的愚蠢行为愤慨不已。但是尽管有这样的民怨，尽管有来自威尼斯的公愤，尽管我提出了无可置疑的证据，事情却还是得不到公正的处理。事实上，我不仅没有得到任何安慰与赔偿，而且我的薪水还得交由大使任意处置，这一切仅仅是因为我不是法国人，所以我无权享有国家的保护，而且这件事也只能算是我和大使两人之间的私事。每个人都认为我很不幸，受到了侮辱和伤害，认为大使的愚蠢、残酷和不公令人发指，这件事会将他永远钉在耻辱柱上。但是，他是大使，而我只是一个小小的秘书。既然体统，或者说是所谓的体统决定了我得不到公正，那么我就真的得不到公正了。我想，只要我不停地申诉，公开地抨击这个罪有应得的疯子，最终必定会有人出面让我住口，而这正是我想要的结果。我已经决定除非获得公正对待，否则我绝不顺从。但是当时没有外交大臣。他们任由我吵闹不休，甚至对之加以鼓励和附和，可是事情并没有任何进展。到了最后，我终于厌倦了这种虽然有理却始终得不到公正处理的境况，我心灰意冷，这件事便不了了之了。

在我不停申诉的过程中，惟一待我冷漠的人，也是我认为最不应该给我如此不公正对待的人，就是伯藏瓦尔夫人。她满脑子的等级观念和贵族特权思想，根本不能想象一个大使会做出对不起自己的秘书的事情。她按这种偏见接待了我。我对此非常愤怒，因此从她家出来以后，我给她写了一封我有生以来措词最为激烈的信，此后我再也没有登过她家的门。卡斯太尔神父对我稍微客气一点，但是我一眼看出在他那套耶稣会教士的花言巧语之下，他仍然遵循着他这个阶层的基本准则：总是为了迎合强者而牺牲弱者。一方面我强烈地感到正义在握，另一方面我又天性高傲，这些都使我不能容忍卡斯太尔神父的褊狭态度。从此我就不再去看卡斯太尔神父了，因而也不再去耶稣会了，因为我在那里面只认识他一个人。此外，跟海麦神父的宽厚仁爱不同，卡斯太尔神父的那些教友们专断而阴险，这也使得我对他们敬而远之。除贝蒂埃神父外，我从此再也没有见过他们中的任何人。至于贝蒂埃神父，我在杜宾先生家里遇见过他两三次，当时他正和杜宾先生一起全力以赴地反驳孟德斯鸠。

现在让我一劳永逸地结束有关蒙太居先生的话题吧。在我和他争论时，我曾告诉他不需要用秘书，找个诉讼代理人就可以了。他接受了这个建议，果真找了个诉讼代理人来接替我，此人不到一年就偷了他两到三万利物尔，大使便辞退了他，并将他投进了监狱。大使又辞退了那些引发重大丑闻的随员；他和所有的人争吵，忍受贩夫走卒们都不堪忍受的辱骂。最后，由于蠢事做尽，他被召回国内革除职务，回到了乡下。在宫廷对他的谴责中，我和他之间的那场纠纷并没有被遗忘。至少在他回国后不久，他就派管家来和我结账，还钱给我。我当时正需要用钱，我在威尼斯欠下的债都是以名誉作担保借下的，因此一直是压在我心上的一块石头。趁着这回大使还钱给我的机会，我还清了欠账，包括查内托的借条在内。我收下别人还我的钱，又还清了我欠别人的债，尽管我又像从前一样身无分文了，可是却卸掉了我越来越无力承受的重负。从此以后，直到从报纸上得知蒙太居先生的死讯，我再也没有听到任何有关此人的消息。愿这个可怜的人儿在天堂里安息！他不适合做大使，正如年轻时的我不适合做诉讼代理人一样。不过，这也全怪他自己，他本来可以在我的帮助下做得有模有样，并将我迅速提拔到古丰伯爵在我少年时代替我设计的位置上。后来，当我年岁稍长时，经过自己的单独努力，我也具备了朝这个位置迈进的能力。

我理直气壮却赴诉无门，因此愤恨我们这个愚蠢的社会制度的种子就深埋在了我的心灵中。在这个社会里，真正的社会公益和社会正义总是沦为一种表面秩序的牺牲品。而实际上这种表面秩序却在颠覆一切秩序，对压迫弱者和支持不义之强者的官方权威予以认可。有两方面的原因暂时阻止了这颗愤恨的种子不像它后来那样生根发芽。一是这是我的私事，因为对个人利害关系的考虑会妨碍对伟大高贵之物的寻求，所以这件事没能在我的心中激起只有对正义和美的爱才能引发的那种神圣的冲动。二是由于友谊的魅力，它用一种更温柔的情感缓解和平息了我的愤怒。在威尼斯时我认识了卡利约的一个朋友，他是巴斯克人，堪做一切体面人的朋友。这个年轻人具备一切才艺和品德，他为了培养美术鉴赏力，刚刚周游过意大利。他认为自己没有什么可以再学的了，打算直接回国去。我告诉他，艺术对他这样的天才来说不过是一种消遣而已，他最适合去研究科学。我建议他到巴黎去待上半年，培养一下对科学的兴趣。他接受了我的建议，因此我一到巴黎，就发现他在那儿等着我。他的公寓住一个人显得太大，因此他邀我合住，我同意了。我发现他对钻研高深的学问有着狂热的激情。没有什么能难倒他。他以惊人的速度吞食和消化一切知识。他原本对自己旺盛的求知欲毫无察觉，因而被其搅得寝食难安，现在他是多么感谢我对他的指点啊！而我在这个强悍的灵魂中发现了多么丰富的知识和美德的宝藏啊！我觉得这才是我真正需要的朋友，于是我们很快成为可以推心置腹的朋友了。我们的趣味并不相同，因此总在争论，加之我俩都很固执，因此在每件事情上意见都不能达成一致。尽管如此，我俩却不愿意分开；而且虽然我俩老是抬杠，却都不愿意对方有什么改变。

伊格纳肖·埃马纽埃尔·德·阿尔蒂纳是个只有西班牙才能孕育出来的那种奇才。可惜这类能为西班牙增光添彩的人实在太少了。他没有他的国人那般狂暴的民族情绪。复仇的想法不能进入他的大脑，正如欲望不能进入他的心灵一样。他过于自傲，以至不屑于记仇。我曾经听他异常冷静地说，他是不会被任何世俗之人激怒的。他风流倜傥却又不缠绵于温柔之乡；他跟女人交往时就如同跟漂亮的小孩子在一起玩耍一样；他可以和朋友的情妇逗乐，但我却没有发现他自己有情妇，或者说想找个情妇。在他的心里，熊熊燃烧的道德之火抑止了情欲的发生。

他漫游归来后便结了婚，年纪轻轻就去世了，留下几个孩子。我敢断定，他的妻子绝对是第一个也是惟一一个使他享受到欢乐的人。从表面上看，他像一个西班牙人那样信仰宗教，而在他的骨子里却是有如天使般的虔诚，有生以来我见过的对信仰执如此之宽容态度的人，除我之外，就只有他了。他从不打听别人的宗教观点。对于朋友，不管他是犹太人，还是新教徒，或是土耳其人，或是宗教偏执狂，或是无神论者，只要此人诚实正直，他都乐于与其交往。在次要的事情上，他可能会固执任性或刚愎自用，但只要话题一涉及宗教问题，甚至是道德问题，他便缄口不言，或者只是简单地说一句："我只对自己负责。"一个灵魂超脱的人，对于细节问题却又如此较真，真是不可思议。他将自己每天要做的事情划分和落实到每一小时、每一刻、每一分，然后一丝不苟地按计划施行。如果一个句子还未读完而时间已到，他会立即合上书本。被他分割开来的每段时间都各有用途，比如用来沉思、交谈、做日课、读洛克、祈祷、访友、修习音乐绘画等，期间绝对不容许享乐、诱惑、欲念等来打搅，只有遇上必须履行义务时才会破例打乱安排。当他把时间表拿给我看，并希望我遵照执行的时候，我先是觉得好笑，最后却佩服得流下了眼泪。他从不打扰别人，也不许别人打扰他。对于那些出于礼貌而打搅他的人，他的态度有些粗暴。他性子很急，但不生闷气。我常见他处于盛怒之中，但却很少见他发火。他的脾气可以说是让人再舒服不过了。他喜欢开玩笑，也经得起别人跟他开玩笑，他在开玩笑上表现很出色，有说俏皮话的天分。如果有人激起了他的兴致，他会说着说着就高声叫嚷起来，人们从老远就能听到他的声音。但是，他一面大呼小叫，一面又能微微发笑；而在兴奋当中，他还能不时地蹦出一些妙语，让大家哄堂大笑。他的性情既不是冷漠温和的类型，也不是像西班牙人那样的类型。他肤白颊红，头发褐色而近于金黄色，身材高大，体格健壮。可以说，他的身体正适合寄寓他的灵魂。

这个拥有智慧的心灵和聪明的大脑的人很善于识人。他成了我的朋友，足以说明那些不是我的朋友的人是什么样的人了。我俩结成了莫逆之交，甚至打算在一起过一辈子。我们达成一致意见，我过几年就到阿斯可提亚去，跟他一起住在他的庄园里。在他出发之前，我们敲定了这个计划的所有细节。一切就绪，差的只是无论怎样周密的计划都无法避免的不以人的意志为转移的因素，之后的种种变故——我的不幸遭遇，他的结婚，以及最后他的死亡——将我们永远地分开了。似乎可以这样说，惟有坏人的卑鄙图谋才能够得逞，而好人的天真计划几乎永远也无法实现。

我尝够了寄人篱下的苦楚，决计再也不这样干了。我看到，由于各种原因，我所制定的种种野心勃勃的计划一个个胎死腹中；而我又被人从干得好好的职业中排挤出来，以至我万分沮丧，再也不想回到这个职业中去——所有这些促使我决心不再依靠任何人，而要保持个人独立，发挥自己的才能。一直以来我在估计自己的才能时过于谦虚，现在我终于开始了解我自己有多大的本事了。我开始继续写作那部因为我的威尼斯之行而被搁置起来的歌剧，同时为了不受打扰地专心写作，我在阿尔蒂纳走后就搬回了我在圣康坦旅馆的旧居。这家旅馆位于城市的僻静地段，靠近卢森堡公园。和喧闹的圣奥诺雷路相比，更能保证我安静地工作。在那儿，一份真实的抚慰在等着我，这是上天对处境悲惨的我的眷顾，正因为有了这份抚慰，我才能忍受自己的悲惨人生。它不是一次转瞬即逝的萍水相逢，我必须把它的来龙去脉讲清楚。

当时我们的旅馆新来了个女老板，她是奥尔良人，雇了个同乡的女孩做缝缝洗洗的工作。这个女孩约有二十二岁，她和女老板一样，跟我们同桌吃饭。她名叫戴莱丝·勒·瓦瑟，是个良家女子。她的父亲曾在奥尔良造币厂工作，她的母亲经商。她们家人口众多。在奥尔良造币厂停业以后，她父亲便无以谋生了；而她母亲也破了产，只能惨淡经营，后来便放弃生意，随丈夫和女儿一起来到巴黎，靠女儿一个人工作来养活一家三口。

当我第一次看见这个姑娘出现在餐桌上的时候，我就被她那优雅端庄的举止所吸引，尤其是她那灵动而温柔的眼神，我觉得是无与伦比的。同来的食客除了博纳丰先生外，还有几个爱尔兰牧师和加斯科尼人，以及几个诸如此类的人。我们的女老板自己也曾经风流过。在座的人只有我一个人言谈举止比较正派。在他们逗那个姑娘时，我便护着她。很快，他们将讽刺的矛头指向了我。即便在这之前我对这个姑娘没有兴趣，而这样一来，我的同情和怜悯之心，甚至是内心的矛盾和不安，也会让我对她产生兴趣。我一向推崇言谈举止要规矩正派，特别是对异性。这样我就公开地成为了她的庇护人。我看出她被我的同情打动了，她的眼神中流露出不敢明言的感激，显得越发楚楚动人了。

她很腼腆，我也是如此。这种相同的性情似乎本应使我们敬而远之，谁知却让我们很快就变得亲密起来了。女老板在觉察到了这一点之后，非常生气，不过她的粗暴行为反倒让这个姑娘更加倾心于我。在这家旅馆里只有我能帮她，因此她一见我出门便很难过，巴不得我这个保护者能早点回来。我们既心心相印，又性情投合，因此很快就产生了通常应有的结果。她认为我是个正派人，这一点她确实没有看走眼；我认为她是一个多情、简单、质朴的姑娘，这一点我也没有看错。我对她事先讲明，我不会欺骗她，但是也不会娶她。爱、尊重和真挚让我赢得了胜利；同时也因为她心地善良，品德高尚，所以虽然我的胆子不大，却获得了幸福。

她担心如果我在她身上找不到她认为我想要的东西，我就会生气。没有什么比这种担心更能使我的幸福推迟降临的了。我看到她在以身相许之前心绪不宁，满脸迷茫，一副想向我倾诉却又吞吞吐吐的样子。我无法猜出使她困窘不安的真正原因，却无端作出了既不正确，同时对她来说又具有强烈侮辱性质的猜测，以为她是在暗示我的身体健康可能会在她那儿遇到危险，于是我非常困惑。这个困惑虽然没能抑制住我对她的情感，但是却在好长一段时间内损害了我的幸福。由于我俩都没能深入理解对方，因此我们在谈到这个话题时，不免打了很多哑谜，说了好多牛头不对马嘴的疯话。她差点以为我彻底疯了，而我则完全不知道该如何看待她。最后我们终于说清楚了。她噙着眼泪告诉我，在她刚成人时，曾经失过一次身，而这是由于一个狡猾的引诱者利用了她的无知。我一听明白，立刻高兴地大叫起来："童贞！在巴黎，过了二十岁的人中间哪里还有什么处女啊！啊！我的戴莱丝啊！我根本不找我不想要的东西，能拥有你这样谦逊端庄而且健康的姑娘，我是多么幸福啊！"在这件事上，起初我只想寻点消遣，没料到却发现了更多的东西，为自己找了个伴侣。当我和这个好女孩熟悉了一点，同时对自己的处境也稍微思考了一下之后，我感觉到尽管自己的出发点只是想找点乐子，可是实际的行动却提升了自己的幸福。我的雄心壮志烟消云散了，为了填补它的空缺，必须有种强烈的情感来完全占据我的心灵。总而言之，我需要有人来顶替妈妈。既然我不能和她一起生活，我希望能有人和她的学生一起生活，并且我能在这个人的身上发现妈妈曾经在我的身上发现的那种心灵的朴实和柔顺。我觉得有必要用私生活和家庭生活的温柔宁静来弥补我放弃灿烂前程的损失。当我一个人独处时，我感到我的心灵是空虚的，需要有另一颗心来填充它。但命运却将这颗心从我身上夺走了，或者说部分地夺走了，从而使我对它感到陌生，而实际上我却正是为了这颗心而创造的。从此我便孤身一人了，因为对我来说，要么全部，要么全无，不存在任何中间状态。我在戴莱丝身上找到了我所需要的替代者。由于她，我获得了当时能够获得的最大幸福。起初我想增进她的才智，可是我的努力没有收到任何效果。她的才智就是如大自然所造就的那样，再多的培养和教育也无济于事。我可以毫不惭愧地承认，她从来就没有学会阅读，虽然她写得还像那么回事。当我搬到新小田园路去住时，可以看见窗子对面的蓬沙特兰旅馆的大钟。我用了一个多月的时间来教她认时刻，可是直到现在，她仍然没有学会。尽管我屡次教她，可她还是学不会按正确的顺序念出一年十二个月的名字，也不认识数字。她不会数钱，也不会算账，她说出来的话常常和她的本意截然相反。我曾经把她用过的词编在一起供卢森堡夫人一笑。她的那些荒唐的口误在我生活的圈子里尽人皆知。尽管她的理解力低下，甚至可以说是愚蠢，但在我遇到困难时却是个极好的参谋。在瑞士，在英国，在法国，在我碰到那些不幸时，她常常比我有先见之明，并给我出谋划策，提出最好的建议，当我因为盲目而涉险时，将我拯救出来。在那些贵妇人和王公贵族面前，她的见解，她的良知，她的应对和她的举止赢得了大家的一致尊重，我也因她的善良品性而受到大家的恭维，并且我感到这些恭维不是客套话，而是发自肺腑的。

只要跟所爱的人呆在一起，人的情感就能充实理智和心灵，从而不需要再向别处寻求。我和戴莱丝一起生活，就如同和世界上最光彩夺目的天才一起生活一样幸福。她的母亲以早年曾和蒙比波侯爵夫人一起受过教育为荣，常想充当才女指导女儿。但是她的狡猾败坏了我俩的纯朴关系。由于厌恶她的纠缠，我开始在一定程度上不再羞于带戴莱丝在公开场合露面。我俩常常一起到乡间散步，吃点心，感觉非常惬意。我看得出她是真心实意地爱着我，而这反过来又增添了我对她的情意。对我来说，这种甜美的亲密关系就意味着一切。我不再关心前程，或者顶多希望它是现状的延续。我别无所求，只盼着它能延续下去。

这份依恋使我觉得任何其他娱乐都是多余和无聊的。我除了去戴莱丝家以外，哪儿也不去，她的家几乎就成了我的家。这种深居简出的生活对我的工作大有裨益，不到三个月我的歌剧的词和曲就几乎全部写好了，只剩下一些伴奏和少数中音部没有写就。我非常讨厌剩下来的这种单调乏味的工作，便建议菲里多尔来做这事，并承诺会给他一点报酬。他来过两次，给奥维德那一幕加上了一些音符。但他耐不住这工作的枯燥乏味，况且完工的日子遥遥无期，收益也不一定有保障，于是他就再也不来了。我只好自己完成了这项工作。

歌剧写好之后，接下来要做的是如何将它兜售出去，这个任务比写歌剧更为艰巨。在巴黎，倘若你要遗世独立，你注定会一事无成。当我从日内瓦回来的时候，果弗古尔介绍我认识德·拉·波普利尼埃尔先生，现在我想让他助我一臂之力。波普利尼埃尔先生是拉莫的麦西纳斯式的保护人，而波普利尼埃尔夫人则是拉莫的学生，她对老师毕恭毕敬。可以这样说，拉莫完全是他们家的主宰者。我估摸着拉莫应该会很乐意支持他的一个弟子的作品的，就想把自己的作品送给他瞧瞧。但他拒绝看谱，说他不会看谱，看起来太吃力。波普利尼埃尔先生就建议可以将曲子奏给他听，并找了一支乐队来演奏。我自然是求之不得。拉莫总算同意了，不过嘴里还是嘀嘀咕咕的，反复说什么这曲子不可能好到哪儿去，因为作者没有经过专业训练，音乐素养是自学得来的。我挑出五六段最精彩的曲子，他们给我找了大约十个合奏的乐手，又找了阿尔贝、贝拉尔、布里朋内小姐做歌手。序曲一奏响，拉莫便盛赞起来，暗示这曲子不可能出自我手。每奏一段，他都显出极不耐烦的的样子。但在听到了男声最高音那一段，歌声雄壮宏亮，伴奏绚烂多彩时，他再也按捺不住了。他粗暴地斥责我，说他听到的曲子有些部分极为精彩，似乎出自艺术巨匠之手，而其余的部分则相当地低级幼稚，像是音乐外行写的。他的这番评论让所有在座的人都有些不快。确实，我的作品的质量忽高忽低，参差不齐，就像所有那些未受严格训练的人仅凭才气写成的一样。拉莫声称我是个没有才华和品位的可耻的剽窃者。可在场的其他人，特别是这家的主人并不这么认为。当时黎希留先生常和拉·波普利尼埃尔先生见面，他听人说起过我的作品，表示希望从头到尾听一遍，如果效果不错，可以拿到宫廷中去演奏。就这样，这部作品便由宫廷出钱，在宫廷娱乐主管博纳瓦尔先生家里，用大合唱队和大乐队演奏了。弗朗科尔担任指挥，演出的效果很惊人。公爵先生不停地高声喝彩，在《塔索》那一幕中的一段合唱完毕之后，他起身向我走来，亲切地握着我的手，说："卢梭先生，这段和声真美妙，我从来没有听过比这更美的了，我要把这部作品拿到凡尔赛宫去演奏。"波普利尼埃尔夫人当时也在场，却一句话也没有说。我们邀请了拉莫，可是他没有到场。第二天，波普利尼埃尔夫人在梳妆间接待了我，她的态度很冷淡，还极力贬损我的作品。她说尽管刚开始的时候黎希留先生被我作品中浮华不实的东西所迷惑，但是他很快就省悟过来了，她建议我不要对这部歌剧抱任何希望。不久公爵先生到了，他说话的口气却和波普利尼埃尔夫人明显不同，他对我的才能恭维了一番，似乎仍然打算把我的作品拿到宫廷去给国王欣赏。他说："只有《塔索》这一幕不能在宫里演出，必须另写一幕。"我闻令而行，马上回去闭门修改起来，不到三个星期就另写了一幕来代替《塔索》，主题是赫希俄德得到一位缪斯的启迪。我想方设法把我的才华发展史的一部分以及拉莫对此的嫉妒写进了这一幕。新写的这一幕没有《塔索》气势磅礴，却更加舒展，音乐也同样庄重典雅，而且写得好很多。如果其他两幕能和这一幕水平相当的话，全剧一定会非常出色。但当我正要将全剧杀青时，另一个工作迫使我将它搁置起来。

【1745—1747】

在丰特诺瓦战役后的那个冬天，凡尔赛宫庆典不断，这段时间有好几部歌剧要在小御厩剧院上演。伏尔泰的剧本《那瓦尔公主》就是其中之一，它由拉莫配乐，并刚刚作了修改，易名为《拉米尔的庆祝会》。它在题材上的变化，要求好几场幕间歌舞都要更换，词和曲也都要改写。问题是很难找到能胜任这个双重任务的人。伏尔泰和拉莫当时都在洛林紧张地从事歌剧《光荣之庙》的创作，抽不开身。黎希留先生想到了我，建议我承担起这个任务来。为了使我能搞清我该做哪些事情，他还把诗和音乐分开寄给我。我首先想到的是只有征得原作者的同意我才能着手修改歌词，因此我就此事给伏尔泰写了一封很客气甚至可以说是很恭敬的信。下面就是他的答复，原件见信函集 A 第一号：

1745 年 12 月 15 日

先生，迄今为止在一个人身上无法兼得的两种才能同时集于您一身，对我而言，这就是两条很好的理由，让我敬重您和力图爱您。可是我要为您感到委屈，因为您把这两种才能用在了一部根本就不值得的作品上。几个月前，黎希留公爵先生给我下达命令，让我在短时间内写出几场死气沉沉而且支离破碎的戏的琐屑而差劲的梗概，以配合跟这场戏完全不协调的歌舞。我一挥而就，写得又快又差。我将这糟糕的草稿寄给黎希留公爵先生，本以为他不会采用，或者得由我改一下再用的。很幸运，它现在落到了您的手里，那就请您随意处置吧，我已经将它忘得一干二净了。它只是一个草稿，写得又那么仓促，其中肯定有不少错误。我毫不怀疑您已经全部改正了。并且补足了所有的不足之处。我记得，在诸多愚蠢的错误之中，有这样一条，就是在连接歌舞的几个场景中，我忘了交待那位石榴公主是怎样从监狱来到一座花园或宫殿的。因为为她举办宴会的是一个西班牙贵族，而不是一个魔术师，我觉得不能像变魔术一样处理情节。先生，请您再核查一下这个段落，因为我记得不大清楚了。请您看看是否有必要让牢门打开，使我们的公主被从那儿领到特意为她准备好的一座金碧辉煌的美丽宫殿中去。我深知这一切都没有任何价值，一个有思想的人不应该一本正经地做这些无意义的事情。但即便是针对这样一场无聊的幕间歌舞，既然我们想尽量减少不快，那就应该处理得更合乎情理一些才行。

我完全信任您和巴洛先生，希望很快就能有幸向您致谢。专此即颂。

令人一点也不奇怪的是，与他后来写给我的那些傲慢无礼的信比较起来，这封信写得实在是太客气了。他以为我是黎希留先生的座上红人，因此他那广为人知的世故和圆滑促使他对一个不知底细的刚出道的人也极为客气，不过当他知道了我有多大分量时，情况就不一样了。

我既得到了伏尔泰先生的授权，又不必顾忌一心想贬损我的拉莫，因此就甩开膀子干了起来，只用两个月便完成了任务。我在歌词方面下的功夫不多，只是尽量让人觉察不到风格上的差异，我相信自己已经做到了这一点；而在音乐方面，我投入了大量的时间和精力，因为它更难。除了要写好包括序曲在内的几支过场曲子之外，我负责处理的全部宣叙调都很困难，我必须用少量的句子和快速变调将调子大不相同的一些合奏曲和合唱曲连缀起来，从而可以对任何曲子都不作改动和移调，我这样做的目的是为了避免拉莫指责我破坏了他的曲子。这只宣叙调我写得很成功，它音调适宜，雄壮有力，尤其是变调很灵活。一想到我能有幸和伏尔泰与拉莫这两位名家以这种方式合作，我的才情就迸发了出来。我敢说，在这项无名无利的、公众毫不知情的工作里面，我几乎始终与我的两个榜样不相上下。

这个剧本按我修改的样子，在歌剧院里排练了。三个作者只有我一个人到场。伏尔泰不在巴黎，拉莫没有来，或者是有意躲起来了。

第一段独白很凄凉。开头是这样的：

啊，死神！来了结我这苦难的一生吧。

我的音乐当然要和它相对应。可正是在这一点上，波普利尼埃尔夫人对我大加指责，她尖酸刻薄地说我写的是一段哀乐。黎希留先生很公正，他说应该先查一下这段独白的词儿是谁写的。我把他寄给我的手稿拿给他看，证明是伏尔泰写的，于是他说："这么看来，过错全在伏尔泰一人身上。"在彩排过程中，凡是我改动过的地方，都遭到了波普利尼埃尔夫人的猛烈抨击，而受到黎希留先生的辩护。然而，我的对手实在太强大了，我被告知自己的作品有多处需要修改，而且还必须征求拉莫先生的意见。我非但不能得到梦寐以求的，而且确实应该享有的夸奖，反而落得这样一个下场。我万分沮丧，伤心欲绝地回到了家里。由于过度疲劳和悲伤，我病倒在了床上，一连六个星期都出不了门。

拉莫要对波普利尼埃尔夫人指出的那些地方进行修改，便派人来找我，向我要我那部大歌剧的序曲，以替代我刚写的那一个。幸好我觉察到了他的奸计，就拒绝了他。由于离公开上演只剩下四五天时间，他来不及写个新的序曲，于是只好保留我写的这个序曲。它是用意大利风格写成的，当时在法国还不大为人所知。然而，它获得了巨大的成功，据我的亲戚和朋友缪沙尔先生的女婿，御膳房瓦尔玛来特先生告诉我，音乐发烧友们对我的作品非常满意，而且听众们也辨别不出哪些音乐片断是我写的，哪些是拉莫写的。但拉莫和波普利尼埃尔夫人串通一气，想尽各种办法来阻止别人知道我也参与了该剧的写作。在散发给观众的歌词本上，一般会给出作者的名字，但是这一回上面只有伏尔泰一个人的名字，拉莫宁可不署自己的名字，也不愿看到我的名字和他的名字并列在一起。

等我身体稍稍好些，能够出门了，我就想马上去见黎希留先生。但是太晚了，他刚刚起身奔赴敦刻尔克部署开往苏格兰的部队去了。等他回来之后，我却又懒得找他，心想这已经太晚了。从那以后，我再也没有见过他，因此也就失去了我应得的荣誉和报酬。我的时间，我的劳作，我的烦恼，我的疾病以及治病所花的钱，都没有得到任何的回报或补偿。尽管如此，我始终认为黎希留先生对我很有好感，并且很赏识我的才华。但是，只怪我自己命运蹇涩，再加上波普利尼埃尔夫人从中作梗，使得他的好意没能发生作用。

这个女人对我如此反感，我真是百思不得其解，因为我一直在竭力地向她释放善意，还经常登门拜访她。果弗古尔为我点明了其中的缘由。他对我说："首先，她和拉莫的关系非同一般，她是拉莫公开的赞助人，因此不能忍受任何人跟拉莫竞争；其次，您一出生就担上了一项罪名，使得她对您憎恶不已，永远也不会原谅您，那就是您是日内瓦人。"接下来，他给我详细地解释了一下。于贝尔神父也是日内瓦人，是拉·波普利尼埃尔先生的密友，他曾经极力劝阻波普利尼埃尔先生娶她做妻子，因为于贝尔神父对她的为人了如指掌。婚后，她便对于贝尔神父恨之入骨，连带着恨起所有的日内瓦人来。果弗古尔又对我说："尽管拉·波普利尼埃尔先生对您有好感，但别指望他会支持您，因为他太爱他的妻子了。她对您如此的憎恨，而且她既凶恶又狡猾，您和这一家子是一辈子也处不好的。"我接受了他的意见，死了这条心。

几乎在同一时期，这位果弗古尔先生又给我帮了一个大忙。我那值得尊敬的父亲刚刚过世，享年约六十岁。要不是因为我当时处境艰难、步履维艰的话，我会为父亲之死感到更加哀痛的。在他生前，我没有想过向他要回母亲遗产的剩余部分，并让他一直享用着这笔财产的微不足道的收益，在他死后，我就没什么顾忌了。不过，问题是我缺少有关我哥哥的死亡的合法证明。果弗古尔先生主动答应为我解决这个难题。在诺尔姆律师的大力帮助下，这个难题真的解决了。由于我急需这点小钱来改善经济状况，而这件事情能否办成，其形势不是很明朗，因此我焦急地等待着最后的准确消息。

有一天晚上，我一回到寓所，就看到一封应该跟这件事有关的信。我浑身颤抖地拿起这封信，想拆开，同时却在心里为自己的这种焦急感到万分羞愧。我暗暗地对自己说："怎么！让雅克竟会被私利和好奇心制服到如此地步吗?"我随即将信放回到壁炉台上，脱掉衣服，平静地躺下，睡得比平时还香甜。第二天，我起得很晚，也没有再去想那封信了。到穿衣服的时候，我又看到了那封信，于是我从容不迫地拆开它，发现里面有一张支票。我的心里顿时乐开了花。不过我感到最快乐的是我终于控制住了自己。在我的一生中，类似的情况出现过好多回，由于时间有限，此处不能细表。我把这笔钱寄了一小部分给可怜的妈妈，想到我本该跪着奉上我的全部款项的那种幸福时光，我不禁潸然泪下。她给我的每一封信都暗示着她的生活困苦不堪。她还寄来了成堆的配方和秘诀，声称我可以用它们致富，同时也给她带来好处。对困苦的感受压榨着她的心灵，消弱着她的理智。我寄给她的那一点小钱又落入了缠在她身边的那帮浑蛋的手中，她一点也没有享受到。我感到异常气愤，因为我不想跟这帮浑蛋分享我的活命钱，特别是在我试图将她从这些人的手中解救出来的努力失败之后更是如此。后面我会谈到这一点的。

时光飞逝，我的钱也随之减少。我们是两个人，甚至是四个人，或者说得更准确点，是七八个人一起生活。因为虽然戴莱丝在淡泊钱财这一点上无与伦比，可是她母亲却与她截然相反。当她刚一发现由于我的帮助，自己的家境稍有改善之后，立刻就把全家都叫过来分享成果了。于是，姊妹啊，儿子啊，女儿啊，外孙女啊，除了嫁给昂热车行老板的大女儿之外，一股脑儿地都来了。我为戴莱丝置办的东西全都被她拿去喂那群恶狼了。因为和我打交道的并不是一个贪求他人财物的女子，而且我也没有因为爱情而变得愚蠢起来，所以我不想做傻事。我只想让戴莱丝能维持生活，过得体面而不奢华就够了。我同意她将自己的劳动报酬全部交给她母亲支配，有时我也补贴一点。但是，厄运老是缠着我不放，而妈妈又被周围的浑蛋所包围，同时戴莱丝也被她的全家掠夺。我为她们做的一切，她们都享受不到。戴莱丝本来是勒·瓦瑟太太的小女儿，在几个姐妹中只有她一个人没有得到父母的嫁妆，现在却成了惟一一个供养父母的女儿。可怜她在长期挨哥哥姐姐的打，甚至挨侄女外甥女的打之后，现在又被这些人掠夺。就像当初无力抵抗他们的打骂一样，现在同样无力抵抗他们的偷盗。只有一个名叫戈东·勒迪克的外甥女，尽管她也被其他人的坏榜样和教唆给教坏了，但她还算是比较和蔼与温顺的。由于我经常见到她俩在一起，因此我用她俩相互间的称呼来叫她们，我叫戈东为"外甥女"，称戴莱丝为“姨妈”。这就是我一直叫戴莱丝为“姨妈”的来由。有时我的朋友们也开玩笑地跟着我这么叫。

在这种情况下，我刻不容缓地想从中解脱出来，我的这种想法想必大家是很能理解的。我猜测黎希留先生已经把我给忘了，宫廷这边是指望不上的了，因此我做了一些尝试，想看看我的歌剧能不能在巴黎上演。但是我遇上了需要花很多时间才能克服的困难，而我的处境日渐窘迫。我决定把我的小喜剧《纳尔西斯》送到意大利剧院去。它被接受了，我得到了一张这家剧院的长期免费门票，这让我很高兴，但是仅此而已，它始终没能上演。在厌倦了每日卑躬屈膝地求那些演员之后，我再也不去找他们了。最后，我只得重新回到惟一剩下的一条路上来，这也是我本应走的惟一的路。当我常跑波普利尼埃尔先生家的时候，就和杜宾先生家疏远了一些。这两家的夫人虽然是亲戚，却相处得不怎么友好，互不往来。两家的客人也互不相通，只有蒂埃利约两家都跑。有人托他把我召回到杜宾先生家去。当时弗兰格耶先生正在修习博物学和化学，办了一个陈列室。我断定他是想进法兰西学院。为了达到这一目的，他想写一本书，他认为我在这方面的才能可能会对他有点帮助。而杜宾夫人也在构思一本书，她对我也抱有类似的想法。他们本想合聘我担任类似秘书的职务，这就是蒂埃利约怪我不上杜宾先生家去的原因。我提出，首先要请弗兰格耶先生动用他和热利约特在戏剧界的影响力，让我的作品能在歌剧院排演。他同意了。《风流诗神》获得了排演的机会，首先是在后台，然后是在大剧院，排演了好几回。彩排那天，来了好多观众，有好几段演唱获得了热烈的掌声。然而，在勒贝尔指挥得很差的演奏中，我预感这个剧本是通不过审查的，它如果不经过修改就无法呈现在观众面前。因此我主动收回了剧本，免遭被人退回之辱。但是从几个方面的迹象来看，即便我的剧本完美无瑕，它仍然会通不过审查。弗兰格耶先生只承诺让它排演，并没有保证让它被剧院接受。他也确实一丝不苟地履行了这个诺言。我一直觉得，从这件事和其他几件事情上，可以看出他和杜宾夫人都不大愿意我在社会上出名，这也许是因为他们怕自己的书出版以后，人们会说这些书是仰赖我的才华写成的吧。不过，杜宾夫人一直对我的才华评价不高，她只让我为她的口述做点笔录，或者让我做点纯粹是查找资料的活儿，因此我的这种指责，起码对她而言是不大公允的。

【1747—1749】

这最后一次失败彻底击垮了我。我抛弃了一切成名成家和向上爬的计划。我不再考虑我那些或真实或虚幻的才华，反正它对我来说没有任何用处，我把时间和精力全部用来维持我和我亲爱的戴莱丝的生活上，谁能帮助我们，我就向谁献殷勤。因此，我死心塌地地跟定杜宾夫人和弗兰格耶先生了。这样做并不能让我过上富裕的生活。因为我头两年得到的八百或九百法郎仅能维持最基本的生活需要，而且我被迫在房价较高的杜宾夫人家附近租了一间房，同时还要为在巴黎城另一边的圣雅克路尽头的房子付租金，因为不管天气怎样，我差不多每天都要到那儿去吃饭。不久我的新工作进入了正轨，我甚至开始喜欢起这项工作来。我开始对化学产生兴趣，还和弗兰格耶先生一起上鲁埃尔先生家听了好几次课，然后我们就开始对这门我们还没有登堂入室的科学不知深浅地展开研究起来。1747 年我们到都兰去过秋天，住在舍农索城堡。这个城堡位于歇尔河畔，原是亨利二世为戴安娜·德·普瓦提埃修建的处所，我们玩得非常开心，吃得也很好，因此我开始胖得像个修士了。我们在那儿写了很多音乐。我写了几首三重唱，都是气势磅礴而又和谐动人的。如果本书将来出增补本的话，我也许会提一下它们的。我们在那儿还演出喜剧。我写了一个名为《草率订约》的三幕喜剧，大家可以在我的文稿里面找到这个剧本。它别无所长，只能说是相当轻松活泼而已。我还写了其他几个小作品，其中之一是诗剧《西尔微的幽径》，篇名来自歇尔河畔的一座公园中的小路。我写了这么多东西，却一点也没有影响我学习化学以及为杜宾夫人工作。

当我在舍农索长胖的时候，我那可怜的戴莱丝在巴黎因为另一种原因也长“胖”了。当我回到巴黎时，我发现我干的“那事儿”进展迅速，远远超出了我的预料。鉴于我当时的处境，这件事会令我尴尬万分的，幸好和我同桌吃饭的伙伴们给我出了一个惟一能摆脱这个困境的主意。这是一件很关键的事情，我必须说得详细一些，因为如果过一笔带过的话，那么在后面解释起这件事情的时候，我只能要么自我辩解，要么自我谴责，而这两者都不是我在这儿应该做的。

在阿尔蒂纳住在巴黎期间，我俩不去餐馆吃饭，而通常是到附近的一个裁缝的老婆拉·赛尔家里吃包饭，那地方差不多就在歌剧院那条死胡同的正对面。尽管这里饭菜质量很差，但是因为前来包饭的都是些有身份的好人，所以仍然很受欢迎。这里不接待生客，如果想来包饭，必须由一位老顾客作介绍。格拉维尔骑士是个老浪子，他彬彬有礼而又机智幽默，嘴里的荤段子层出不穷。他就住在那儿，招来了一大群嘻嘻哈哈、英俊潇洒的年轻人，都是近卫队和火枪队里的军官。诺南骑士是歌剧院所有女孩的护花使者，他每天都从那个淫秽肮脏的场所带些乌七八糟的新闻过来。退休的陆军中校迪普莱西斯是个善良而正派的老人，只有他和火枪队的军官安斯莱能镇得住这帮年轻人。来包饭的还有一些商人、金融家和供货商，他们都很讲礼貌，受人尊敬，都是各行各业中的精英人物，如贝斯先生、福尔卡德先生，以及其他一些我忘了名字的人。总而言之，那里汇集了各界的体面人物。只有教士和司法界的人例外，我在那儿没有见过这类人。也许是因为大家形成了默契，有意不介绍这类人来这儿吧。包饭的人为数众多，但这里虽然热闹却不嘈杂，虽然也有人讲些笑话，却从来没有污言秽语。老格拉维尔满脑子的冒险经历，他在讲述这些故事的时候，从来不失他那老派的儒雅风度。从他嘴里出来的每一句有伤风化的话都很风趣，即使女士们听了也不会觉得不堪入耳。他的话定下了整个餐桌的谈话气氛。那些年轻人争相讲述自己的风流韵事，他们和老格拉维尔一样，同样也是既无所顾忌又妙趣横生。这里面姑娘们的故事当然是少不了的。迪夏太太的铺子和拉·赛尔太太家在同一条巷子里面。迪夏太太是有名的时装商人，她的铺子雇了许多漂亮的姑娘，饭后我们那帮先生就上那儿去聊天。如果我的胆子够大的话，我也会像他们一样上那儿去找点乐子，这只需要跟着他们进去就行了，但我从来不敢这样做。在阿尔蒂纳走后，我依然常去拉·赛尔太太家吃饭。我在她家听到了许多趣闻轶事，因而也逐渐接受了——谢天谢地，不是他们的道德准则——他们的处世箴言。受害的正派人，戴绿帽子的丈夫，被勾引的女人，偷偷地生孩子，都是那儿最常见的话题。谁能让抚养弃婴的育婴堂增加人口，谁就最受人欢迎。我受到这种感染，就接受了在这些最和蔼可亲和最令人尊敬的人们中盛行的思考方式。我心想："既然本地有这样的习俗，那我就入乡随俗好了。"这正是我要找来应急的办法。因此我兴高采烈地决定就这么干。我自己没有任何顾虑，我惟一要克服的是戴莱丝的顾虑。我说得舌敝唇焦，竭力劝她接受这个惟一能保全她的面子的办法。她母亲怕小孩子多了会增添麻烦，所以也帮着我说话。最后，戴莱丝终于被说服了，我们找了个谨慎可靠的接生婆，名叫古安小姐，住在圣·欧斯塔什大街，让她来办这件事。日子一到，戴莱丝便被她母亲送到古安小姐家里分娩去了。我到那儿去看过她几次，还带去了写有姓名首字母图案的卡片。卡片一式两份，放一份在婴儿的襁褓里，后来这张卡片就被接生婆按通常的方式送进了抚养弃婴的育婴堂的办公室。第二年又出了同样的麻烦事，我于是又如法炮制，但是这回把姓名首字母卡片给忘了。我依然毫无顾虑，而戴莱丝也依然是哭哭啼啼，很不情愿地服从我的安排。此后，这个灾难性的行动在我的思维方式以及我的命运上所产生的恶化作用就变得越来越明显。至于目前，我们还是说到这一阶段就打住吧。它带来的后果既残酷又始料未及，将迫使我不得不老是回过头来谈论这个问题。

这里我要提一下我初次认识埃皮奈夫人的情景，我将在这本回忆录中不时地提到她的名字。她的原名是埃斯克拉威尔小姐，刚嫁给包税人拉利夫·德·贝尔加尔德先生的儿子埃皮奈先生。她丈夫和弗兰格耶先生一样，也喜欢音乐。她自己也喜欢音乐。对音乐的共同爱好让这三个人变得亲密无间起来，弗兰格耶先生把我引见给了埃皮奈夫人，她后来请我上她家吃过几次饭。她温柔亲切、机智灵活、富有才气，和她相识无疑是件很好的事情。但是她有个朋友，名叫埃特小姐，此人却很恶毒。埃特小姐正和一个同样名声不大好的瓦罗利骑士同居。我认为同这两个人的交往对埃皮奈夫人是不好的。埃皮奈夫人尽管有点喜欢苛求他人，但是上天却赋予了她一些绝好的优点，让她能掌控或抵消那些她做得有些过头的事情。弗兰格耶先生对我很友好，所以她对我也很友好。弗兰格耶先生向我坦陈，他和埃皮奈夫人之间有染。这种事情如果不是已经成为了公开的秘密，甚至连埃皮奈先生都已经知道了的话，我是不会在这里说出来的。弗兰格耶先生还向我讲了这位夫人的一些离奇的隐私，这些隐私埃皮奈夫人从未向我说起过。他们双方对我的信任让我的处境显得非常尴尬，特别是面对弗兰格耶夫人的时候，尽管她知道我和她的情敌有来往，她却深知我的为人，因此还是对我很信任。我百般安慰这个可怜的女人，显然她对丈夫的爱情没有获得对等的回报。我分别倾听这三个人的诉说，然后忠实地保守他们每个人的秘密，以至他们任何一人都别想从我这儿套出另外两个人的秘密。而且，我对这两个女人中的任何一方都不隐瞒我与其情敌的友谊关系。弗兰格耶夫人有好几次想利用我为她做事，都被我一口回绝了；埃皮奈夫人有一次想让我带封信给弗兰格耶先生，也遭到了我同样的拒绝，而且我还清楚地声明，如果她想让我永远不再登门的话，只需再向我提一个同样的请求就可以了。在此我必须替埃皮奈夫人说句公道话，那就是虽然我的这种态度让她不大高兴，但她还是把这件事跟弗兰格耶先生说了，言辞中对我赞誉有加，并且在这以后一如既往地款待我。在这种微妙而又危险的三角关系中，我只能小心谨慎地行事。

我既依赖他们，又对他们充满真挚的情意，我一直温柔体贴，殷勤备至，同时又正直坚定地为人处事，所以自始至终都得到了他们对我的友好、尊重和信任。因此尽管我蠢笨如牛，埃皮奈夫人还是要带我到舍弗莱特俱乐部去玩。这座公馆归贝尔加尔德先生所有，靠近圣·德尼。那儿有个戏台，经常演戏，他们让我演个角色，我一连背了六个月的台词，但在演出时还是不行，从头到尾都要有人给我提词儿。从这以后，就再也没有人让我演戏了。

我在认识埃皮奈夫人的同时，也认识了她的小姑子贝尔加尔德小姐，她在不久之后就成了乌德托伯爵夫人。我是在她结婚前夕见到她的，当时她散发出一种迷人的亲和感，同我聊了好长时间。我发现她十分和蔼可亲，但是我绝对没有料到有朝一日这个年轻的女子会主宰我的命运。尽管她是无意的，但还是把我拖进了我今天所处的这个无底深渊。

虽然我从威尼斯回来以后就没有提到狄德罗，也没有提过我的朋友罗甘，但是我并没有疏远他们，尤其是我和狄德罗的关系日渐亲密起来。他有一个纳内特，正如我有一个戴莱丝，这使得我俩之间多了一个共同点。我们的区别在于，我的戴莱丝虽然和他的纳内特一样美丽，但是却脾气柔顺，温和可爱，天生就值得一个正人君子去爱；而他的纳内特却是个喜欢骂街的泼妇，在别人眼里，她不具备任何一种女子应有的优点来弥补她所受的不良教育。可是狄德罗还是娶了她，如果他事先有过承诺，那这当然值得表扬；至于我嘛，因为不曾许下这样的诺言，所以也不急于效仿他。

我也早就和孔狄亚克神父过从甚密，他当时和我一样，在文坛上名不见经传，不过已经具备了今日成名的素质。我也许是第一个发现他的才能，估摸出他的价值的人。他似乎也很乐于和我交往。当我在歌剧院附近的让·圣德尼路关起门来写我的《赫希俄德》那一幕戏的时候，他有时候会同我一起吃午饭，我俩一起付账。他当时正致力于写作他的第一本著作《论人类知识的起源》。书写完以后，却没有书商愿意接受。巴黎的书商对新作者总是非常倨傲和挑剔，而形而上学也不是一个吸引人的主题，在当时并不流行。我向狄德罗谈起孔狄亚克和他的这本著作，并介绍这两个人相互认识。他们天生就该做朋友，果然一见如故。狄德罗让书商迪朗接受了神父的著作，稿费是一百埃居。这几乎是从天而降的一笔赏赐，而且要是没有我的帮忙，他可能连这一百个埃居都拿不到。由于我们三个人彼此住得很远，所以我们每周在王宫广场聚一次，再一起上花篮饭店吃饭。这种每个星期一次的小聚餐一定让狄德罗感到非常惬意，因为尽管他在别的约会上老是爽约，可是我们的小聚餐他却从来没有缺过一次。在一次聚会上我想出了办刊物的计划，刊名叫做《笑骂者》，由我和狄德罗轮流撰稿。我拟出了第一期的草稿，从而结识了达朗贝，因为狄德罗跟他说起过办刊的事情。然而，由于出了一些意想不到的事情，这个计划被搁置起来了。

这两位作家正着手编撰《百科辞典》，起初他们只不过想将它做成类似钱伯斯那本书的译本一样的东西，就跟狄德罗刚翻译完的詹姆士的《医学辞典》差不多。狄德罗想让我帮他撰写《百科全书》，并建议我承担音乐部分的写作，我同意了。由于他对所有参加这项工作的撰稿人都只给出了三个月的时间，所以我只好匆匆忙忙地将它赶写完毕，写得一塌糊涂。不过我是惟一一个按时交稿的人。我把我的草稿交给了他，这个草稿是我让弗兰格耶先生的一个仆人誊写过的。这个仆人名叫杜邦，写得一手好字。我自掏腰包付了十个埃居给他，这笔钱没人给我报销。狄德罗曾经代表书商说过要给我一定的报酬，可是他后来一直没提，我也没有向他开过口。

《百科辞典》的工作因为狄德罗的入狱而中断了。虽然他的《哲学思想录》也曾经给他惹来过一些麻烦，但后来也就不了了之。可是这回《论盲人书简》带来的后果则不一样。这本书除了几句影射他人的话之外，并没有什么值得责难的地方，可偏偏就是这几句话得罪了迪普雷·德·圣摩尔夫人和雷奥米尔先生，他因此而被投进了范塞纳监狱。友人的不幸让我焦急万分。我那多愁善感的想象力老是让我把事情越想越糟。我以为他可能在牢里呆一辈子。我急得差点发疯。我给蓬巴杜尔夫人写信，求她设法把狄德罗放出来，或者把我同他关在一起。信寄出去之后，就石沉大海，没有任何回音了。我的这封信写得有欠斟酌，所以没能产生效果；同时我也不敢自夸是因为我这封信的缘故而让狄德罗稍后在狱中的待遇得到了改善。不过，如果他在狱中仍然受到虐待的话，我想我会在监狱墙下绝望而死的。除此之外，虽然我的信没有起到什么作用，但是我也没有拿它去到处吹嘘，我只跟一两个人提过这件事，而且从未将它告诉过狄德罗本人。

第八章

前一章结束的时候，我迫不得已暂停了一下，随着本章的展开，我那重重苦难的长链就露出了它最初的环节。

我曾经出入过巴黎声势最显赫的人家中的两家。虽然我不擅逢迎之术，但还是结交到了几个人。尤其是在杜宾夫人家里，我认识了萨克森—哥特邦的年轻王储和他的导师屯恩男爵，在拉·波普利尼埃尔先生家里，我又认识了屯恩男爵的朋友色圭先生，他编辑出版了一部精美的卢梭文集，并因此而蜚声文坛。男爵曾邀请色圭先生和我去丰特奈—苏—波小住一两天。王储在那儿有座乡间别墅。我俩都接受了邀请。途中经过范塞纳的时候，我看到了监狱，不禁心如刀绞。男爵察觉到了我脸上的表情。吃晚饭时，王储谈到了狄德罗被囚的事情。男爵为了引出我的话来，就故意指责被关押者自己太不小心。我立刻为狄德罗辩护起来，态度相当激烈，使我显得有些鲁莽和易于冲动。大家都知道，我的这种过分的激情是由一个遭遇不幸的朋友而引发的，所以都表示很谅解，于是就转到别的话题上去了。在座的还有两位德国人，都是王储的随员。一个名叫克鲁卜飞尔，他天资过人，是王储的私人牧师，后来顶替男爵，作了王储的导师。另一个很年轻，名叫格里姆，他一边暂时做着王储的侍读，一边等着换一份工作，他那简朴的衣装显示出他是多么急需另外找个工作啊。从那天晚上起，我便开始和克鲁卜飞尔熟了起来，不久我们就成为了好朋友。而我和格里姆先生的交往则发展得没有这么快。他并不喜欢引人注目，一点也看不出日后他在巴黎发迹时居然那样喜欢自吹自擂。第二天吃午饭时，大家聊起了音乐，格里姆谈得非常精彩。得知他能用钢琴伴奏，我感到非常高兴。饭后，我们就在王储的钢琴上自娱自乐了大半天。就这样，我们之间的友谊开始了。对我而言，这份友谊起初是如此的甜蜜，后来却又是那样的悲惨。关于这一点，在以后的章节中我还有好多话要说。

一回到巴黎，我就听到了一个喜讯，说狄德罗已经被放出主塔，经过宣誓他获得了假释，可以在范塞纳监狱的城堡和园子里活动，并可以会见朋友。当时我不能立刻赶去看他，心里是多么的难过啊！因为职责所系，有要事脱不开身，我只能在杜宾夫人家里羁留两三天，这几天真是度日如年啊！手头的事一处理完，我就立即飞奔而去，和我的朋友紧紧地拥抱在一起。这一刻的感觉真是难以言表。他并不是一个人关在里面，达朗贝和圣堂司库同他关在一起。但当我进去的时候，我只看见了他一个人。我猛跨一步，大叫一声，就把我的脸贴在了他的脸上，紧紧地把他抱住，我一句话也说不出来，只是不停地流泪和叹息。我激动和高兴得都快喘不过气来了。他离开我的怀抱之后，做的第一件事情就是转向那个教士，对他说："你看，我的朋友多么爱我啊！"当时我沉浸在激情之中，并未想到他是在利用我的感情炫耀自己，但是有时候偶然想到这件事，我总是觉得，如果我处在狄德罗的位置上，这绝不可能是我的第一个想法。

我发现监狱对他的刺激很大。囚禁在主塔里面的生活给他留下了难以磨灭的可怕印象。因此尽管他在城堡里的生活已经很舒适，而且他还可以在四周没有围墙的公园里面随意走动，可是他还是需要朋友陪伴，否则便会陷入忧郁和悲伤之中。因为我肯定是最同情他的遭遇的人之一，所以我相信有了我的陪伴，他一定会感到非常欣慰。因此，不管事务多么繁忙，我至少隔一天就跑去看他一次，同他度过一个下午。有时是我单独去，有时是和他妻子一起去。

那是1749年，那年夏天酷热难当。从巴黎到范塞纳监狱，距离约为两法里。因为无钱雇车，所以当我一个人去的时候，就在下午两点钟步行出发。为了早点到达，我走得很快。按照法国的习俗，道路两边的树木总是剪得光秃秃的，几乎没有什么阴凉。我常常是又热又累，筋疲力尽，只好躺在地上，连一步也迈不动。为了使自己走得慢一点，我便想了一个办法，随身带一本书。有一天，我带了一本名为《法兰西信使》的杂志，一边走一边看。我突然看到上面有一则第戎学院为下一年而出的有奖征文启事，征文的题目是：《艺术与科学的进步是更有利于败坏道德还是更有利于净化道德?》。一见这个题目，我顿时就看到了另一个世界，自己也变成了另一个人。尽管我对当时这个题目带给我的印象记忆犹新，但是它的详细情形在我给德·马勒塞尔卜先生的四封信中的一封里面写出来之后，我就记不起来了。这正是我的记忆力的一个特点，值得详细说明一下。在我需要的时候，它便为我效劳，而一旦我将它形诸笔墨后，它便弃我而去。所以只要我把某件事情写下来，我就再也想不起这件事了。这个特点甚至在音乐上也有体现。在我学习音乐之前，我记得很多歌曲，可一旦学会看谱唱歌，我就一首歌也记不住了。而且，我怀疑，在我曾经最喜欢的那些歌曲中，现在是否还有一首从头到尾我都记得。

对于这件事，我现在还能清楚地记得的就是，当我到达范塞纳监狱时，我激动得几近癫狂。狄德罗也看出来了。我向他说明了原因，还把我在一棵橡树下用铅笔模仿法伯利西乌斯写的一段演说词念给他听。他鼓励我尽情发挥自己的想法，争取能够获奖。我按他说的做了，从此我便陷入了万劫不复的境地。这一刹那的疯狂，不可逆转地造就了我此后一生的所有不幸。

我的情感也会以令人难以想象的速度飞快地提升到和我的思想同步的程度。我的那些琐碎的情感全都被对真理、自由和道德的爱所窒息了。而最令人感到惊奇的是，这种狂热在我的心中一直持续了长达四五年之久，其激烈程度之高可见一斑。

我写这篇论文的方式也很奇特。在后来写其他作品时，我采用的几乎都是这种方式。我将整个不眠之夜都用在了写这篇文章上，我闭着眼睛在床上构思，绞尽脑汁一遍一遍把每个段落考虑来考虑去。当我完全满意了，达到了能写在稿子上的程度时，我就会将它们存入脑中。但是在起床穿衣的这段时间里，我把这一切都忘得干干净净。待到我坐到桌前，面对稿纸的时候，我几乎一点也不记得本已拟好的文章了。对此我想出了一个办法，就是让勒·瓦瑟太太做我的秘书。在这之前，我已经把她和她的丈夫及女儿都搬到我的附近来住了。为了替我节省雇用仆人的开支，她每天早上来为我生火和做杂务。她一到，我就躺在床上把晚上想好的文章口授给她。这个办法我运用了好久，使我避免了忘掉好多东西。

论文写完后，我把它拿给狄德罗看，他很满意，并指出了几处需要修改的地方。不过，这篇论文虽然热情洋溢，气势磅礴，却完全缺乏逻辑和条理，在所有出自我手的作品中，它是最缺乏论据、也最不和谐匀称的一篇。不过，不管一个人的天分有多高，写作技巧是不可能一下子就学会的。

我把这篇文章寄了出去，我想除了格里姆之外，我没有跟其他任何人提及寄论文这件事。自从格里姆住进弗里森伯爵家以后，我和他的关系就日益亲密起来。他的一架钢琴成了我俩的聚会场所，我和他在钢琴旁度过了我所有的闲暇时光，我们一刻不停地从早到晚，或者从晚到早地唱意大利歌曲和威尼斯船夫曲。如果在杜宾夫人家里找不到我的话，那我一定是在格里姆家里，或者至少是和他在一起散步或者听歌剧。我本来在意大利歌剧院有一张长期免费入场券，但因为他不喜欢这家剧院，所以我就不再去那儿，并花钱买票和他一同到他喜欢的法兰西剧院去。总之，我迷上了这个年轻人，与他难舍难分，甚至疏远了我那可怜的“姨妈”。这里所谓的疏远，是说我去看她的次数少了点而已，因为我对她的依恋之情，在我的一生中从来没有减弱过。

我的空闲时间本来就不多，因而无法多方兼顾，这就使得我比以往更加强烈地坚定了那种我早已有之的念头，那就是跟戴莱丝住到一起去，但是因为考虑到她家人口众多，尤其是没钱购买家具，所以我一直没敢这么做。这次出现了可以为之努力一把的机会，我便立刻抓住不放了。弗兰格耶先生和杜宾夫人觉得一年八九百法郎的年薪对我来说可能不够，便主动把它提高到五十个金路易，而且杜宾夫人听说我要置办家具，便又帮了我一点忙。我们把戴莱丝原有的家具和新置的家具放在一起，在格勒内尔·圣奥诺雷路的朗格道克旅馆租了几个小房间。那里的住户都是些正派人。我们好好地布置了一下，然后在那儿安安静静、舒舒服服地住了七年，直到我移居退隐庐为止。

戴莱丝的父亲是个善良的老人，性情和顺，但是十分惧内，他给妻子取了个绰号叫“刑事犯检察官”。后来，格里姆又开玩笑地将这一绰号从母亲那儿用到了女儿身上。勒·瓦瑟太太并不缺乏机智。也就是说，她能言善辩，她甚至以自身的礼仪气度和优雅举止而自豪。但是她那神秘兮兮的花言巧语却让我受不了。她尽给女儿出些馊主意，怂恿她在我面前虚情假意，而且她还分别讨好我的朋友，以便挑拨他们之间和他们与我之间的关系。除此之外，她倒是个好母亲，因为她觉得这样做对自己有利。她又为女儿遮掩过失，因为她可以从中渔利。虽然我对这个女人细心照顾，关怀备至，还送过许多小礼物，一心想求得她的疼爱，但我始终感到力不从心，因此她便成了我们这个小家庭中惟一一个制造麻烦的不和谐因素了。不过，我还是可以这样说，在这六七年中，我享受到了脆弱的人心所能承受的最完美的家庭幸福。我的戴莱丝有一颗天使般的心。我们整天耳鬓厮磨，依恋之情越发深厚，我们一天比一天更加感到我们是天造地设的一对。如果将我们的快乐揭示出来，那么它会因过于简单而惹人发笑的。我俩依偎着在城外散步；碰到小酒店就阔气地花上十个八个苏；我们靠在窗边吃着简单的晚餐，面对面地坐在两张矮椅子上，而椅子放在与窗口同样宽的一只大箱子上，这么一来，窗子就成了我们的餐桌，我们呼吸着新鲜空气，看着周围的景物和过往的行人，虽然身处五楼，却像是一边吃饭一边置身于街道之中。这样的晚餐，通常只有一大块粗面包、几颗樱桃、一小块奶酪和半品脱酒，可是谁又能描述得出、感觉得到这种晚餐的迷人魅力呢？友谊啊，信任啊，亲密啊，灵魂的安宁啊，你们这些调料是多么的鲜美可口啊！有时候，我俩不知不觉地一直呆到半夜，要不是那位老妈妈提醒，我们还真不知道夜已经这么深了。好了，还是别说这些乏味而好笑的细节了吧。真正的快乐是不能用言语来描述的，这是我向来的感受，我也一直是这么说的。

差不多就在同一时期，我还有过一次比较粗俗的享乐，也是我应该自责的最后一次类似的享乐。我曾提到，克鲁卜飞尔牧师是个和蔼可亲的人。我和他关系之亲密，几乎不亚于当时我和格里姆的关系。他们两人有时来我家吃饭。虽然饭菜再简单不过了，但是由于有克鲁卜飞尔的机智而粗俗的笑话，以及格里姆那可笑的带德国口音的法语，因此饭桌上的气氛非常活跃。那时候格里姆还没有成为法语纯粹主义者呢。

我们的小聚餐虽然没有美味佳肴，但是并不缺少快乐。我们相处得非常愉快，以至于不忍分离。克鲁卜飞尔为一个小姑娘包了一间房，不过她还是可以另外接客，因为克鲁卜飞尔一个人养不起她。一天晚上，当我和格里姆走进咖啡馆时，正碰上克鲁卜飞尔从那里出来，准备带她去吃晚饭，我们便嘲笑他。而他的回击很别致，就是邀请我们一道吃饭，接着他转过来嘲笑起我们来。那个小可怜虫似乎性情很好，十分温柔，可能还不大习惯干她那一行，因为她身边有个老鸨在极力地调教她。聊天和畅饮让我们乐得忘乎所以，这个好心的克鲁卜飞尔便索性把人情送到底，因此我们三人便轮流带这个小姑娘到隔壁房间去了，弄得她哭笑不得。格里姆一口咬定他没有碰过这个女孩，并说他之所以在里面呆那么长时间，完全是为了看我们那猴急的样儿。不过，如果说他果真没有碰她的话，那也只是因为他有某种顾忌，因为他在住进弗里森伯爵家之前，就是住在这个圣罗什区的一些妓女家里。

我从这个姑娘住的麻雀路出来，羞得满脸通红，就跟圣普乐从别人将他灌醉的那所房子里走出来时一样。当我写他的故事的时候，我的心里头正是回想起了自己的这档子事。戴莱丝根据一些蛛丝马迹，特别是从我那慌乱的神情中，觉察出我干了对不起她的事。我马上向她作了真诚的忏悔，卸下了心头的重负。幸亏我这么做了，因为第二天早晨，格里姆便兴高采烈地跑来，向她添油加醋地把我的罪过讲了一通，而且从那以后，他总是逮着机会就不怀好意地向她重提这件事。他这么做实在很不应该，因为我既然自觉自愿地信任他，因此也有权希望他不要让我为此而感到后悔。通过这件事，我前所未有地感受到戴莱丝的心地是如此的宽厚，因为她对格里姆行为比对我的不忠还要感到恼火，我只挨了她的一些温和而感人的责备，并且在她的言辞中，我没有发现丝毫愤怒的迹象。这个好女人的心地有多善良，那么她的头脑就有多么简单。对此我无须多说，不过还是有个例子值得提一下。我曾告诉她克鲁卜飞尔是牧师，而且是萨克森—哥特王储的私人牧师。对她而言，牧师是个极不寻常的人物，因此她竟然非常奇怪地把几个最不相干的概念给搞混了，把克鲁卜飞尔当成了教皇。当我第一次听她这么说的时候，我还以为她发疯了。那次我刚一回到家，她便告诉我教皇来看过我了。在问清了究竟是怎么一回事以后，我连忙跑出去把这件事告诉了格里姆和克鲁卜飞尔。从此，我们便称克鲁卜飞尔为教皇，还把麻雀路的那个姑娘叫做教皇娘娘贞妮。这件事让我们笑了又笑，笑得几乎连气都喘不过来。有人在写给我的信中硬要我承认说我一生之中只笑过两次，那是他们不熟悉那时的我，也不熟悉年少时的我，否则他们是不会产生这样的念头的。

【1750—1752】

第二年，即 1750 年，我已经不再想我的那篇文章了，却忽然得知它在第戎获了奖。这个消息重新唤醒了我写该文时的全部观点，并赋予它们一种全新的力量，使得我的父亲，我的祖国以及普卢埃克在童年时代就植入我心中的那种道德观念和英雄主义思想的原始酵母开始发酵起来。我觉得，如果能做一个自由的、有道德的人，视钱财如粪土，不畏人言，特立独行，那就比干任何事都更伟大更美好。尽管那该死的羞愧和畏惧引发众怒的想法让我起先不敢依自己的原则行事，也不敢公然践踏我这个时代的信条，但是从那时起，我便下定决心，只要等到种种矛盾激发我的意志，并使它感到必胜无疑的时候，我就会立刻将这一原则付诸实践。

正当我对人的义务进行哲学探索的时候，发生了一件事，它促使我更加严肃地思考起自己的义务来。这便是戴莱丝第三次怀孕了。由于我实在不愿欺骗自己，也由于我的内心过于骄傲，不愿用自己的行动来否定自己的原则，于是我便开始检讨我的孩子们的命运以及我与他们的母亲的关系。我依据的是自然、正义和理性的法则，以及与其创造者同样纯洁、神圣和永恒的宗教法则。人们一边假装着迫切地想净化宗教法则，一边却在玷污这一法则，而且他们用条条框框把它变成了一种空谈；因为不用付诸实践，所以他们可以毫不费力地就将不可能办到的事情一一规定下来。诚然，我对自己行为的后果推断错了，但是我在这样做时的那份心安理得实在是令人触目惊心。如果我是那种天生的坏蛋，听不到大自然亲切的呼唤，心中从来没有萌生任何真正的正义感与人道感，那么我的这种冷酷无情就是很容易理解的了。然而，我是那么热心肠，又有那么细腻的感受力，我是那么容易动情，又是那么易于为情所困，我有那么多的离愁别恨，我对人是那么温柔亲切，而且我又那么强烈地热爱伟大、真、美和正义，我是那么痛恨邪恶，又是那么不记仇和不愿伤人，甚至从来没有这样的念头，而每当我看到有道德的、高尚的、可爱的事物时，我又是那么容易心肠发软、鼻子发酸——所有这些难道竟能在同一个灵魂之中，与那种肆无忌惮地践踏人类最美好的义务的丑恶行径友好相处吗？不能！我感觉到了，而且还要大声疾呼：这绝不可能！在一生中的任何一个时刻，让雅克·卢梭都绝不可能是一个无情无义、不念父子之情的人。我可能犯过错误，但绝不是一个铁石心肠的人。如果让我陈述其中的理由的话，那可就说来话长了。既然这些理由有可能误导我，那么它们也可能会误导其他很多人。我不想让那些可能会阅读本书的年轻人去冒被这些理由误导的危险。我只想说一点，那就是我的错误在于，由于无法亲自将他们抚养成人，于是我将他们交给社会去教育，在决定让他们成为工人和农民而不是冒险家和追逐名利者时，我还以为是做了一个公民和父亲该做的事，而且还认为自己是柏拉图的共和国中的一员呢。从那时起，我的悔恨就不止一次地告诉我，说我过去做错了。不过，我的理智却从来没有对我这样说过。我甚至还经常感谢上天保佑了他们，使他们逃过了与父亲一样的命运，也逃过了万一我被迫遗弃他们时威胁他们的那种命运。如果我将他们抛给埃皮奈夫人或卢森堡夫人，她们出于友谊、慷慨或其他原因，都曾经表示过愿意抚养他们，那么他们是否就会因此而更加富裕呢？或者至少会被培养成正派人呢？我不知道。但我可以肯定的是，人家会让他们仇恨，甚至是背叛他们的父母，因此还不如不让他们知道自己的亲身父母是谁的好。

我的第三个孩子同前两个一样，也被送到专门抚养弃婴的育婴堂去了。我一共有过五个孩子，最小的两个孩子也是这样处置的。我觉得这种安排非常好，非常理智，也非常合法，而我之所以没有公开地炫耀我的这种安排，完全是为了顾全他们的母亲的颜面。不过，我将此事告诉了每一个知道我和戴莱丝之间关系的人。我告诉了狄德罗和格里姆，后来又告诉了埃皮奈夫人，再往后又告诉了卢森堡夫人。而且，我在告诉他们的时候，都是毫不勉强、自觉自愿的，并不是迫于无奈。其实，我若想瞒过大家，也是很容易的事。因为古安小姐是个很正派的人，为人谨慎，守口如瓶，我完全可以信任她。在我的朋友中，我惟一因为利益关系而不得不对其说出真相的人是蒂埃里医生，我那可怜的"姨妈"曾有一次难产，请他来看过。总之，我从来不隐瞒自己的所作所为，这一方面是因为我从来不知道如何才能对朋友保守自己的秘密，另一方面则是因为我实在看不出我有什么不对的地方。我在权衡所有的利弊得失之后，为我的孩子们作出了最佳选择，或者说是我所认为的最佳选择。我过去曾经恨不得，现在还是恨不得自己小时候像他们一样有人抚育和培养。

当我如此告白的时候，勒·瓦瑟太太也在吐露心声，只不过不是出于和我同样无私的目的。我曾经把她和她的女儿引见给杜宾夫人，杜宾夫人看在我的面子上，对她们爱护有加。这位母亲把她女儿的秘密毫无保留地告诉了杜宾夫人。杜宾夫人既善良又大方，而勒·瓦瑟太太却没有把我是如何不顾自己收入微薄而仍然竭力供养她们母女的事情告诉杜宾夫人，因此杜宾夫人还是十分慷慨地接济她们。因为有母亲的告诫，所以在巴黎的时候，戴莱丝一直将这件事情瞒着我，直到我们住进了退隐庐，在说过好几次其他方面的知心话之后，她才告诉我。因此我一直不知道的是，虽然杜宾夫人表面上看起来毫不知情，可她实际上对我和戴莱丝弃婴的事情了如指掌。现在我依然不清楚她的儿媳舍农索夫人是不是同样也知道了我们的事，但是杜宾夫人的前房儿媳弗兰格耶夫人是知道这件事的，并且她的肚里藏不住话。第二年，在我已经离开了他们家之后，弗兰格耶夫人还跟我谈起这件事。这就迫使我就这个问题给她写了一封信，我的信函集里收有这封信。我在信中为自己的行为给出了理由，都是可以说出来而又不至累及勒·瓦瑟太太及其一家的那部分理由，可是最重要的理由恰恰与她们一家有关，而我却没有说。

我毫不怀疑杜宾夫人的谨慎与舍农索夫人的友情。我也同样信得过弗兰格耶夫人，而且她在我的秘密被传扬出去之前就已经去世了。这个秘密肯定是被我私下告诉过的那些人泄漏出去的，而且实际上也只是在我跟他们决裂之后才泄漏出去的。光凭这一点，就可以看出他们是怎样的人了。我不想否认自己该受谴责，我愿意接受谴责，但是不愿意接受由他们的敌意而发出的谴责。我的罪过是很大的，但这只是一种错误。我忽视了我的义务，但害人之心是没有的，而且，如果一个父亲从未见到自己的孩子，那就说不上有什么父爱。然而，辜负朋友的信任，违背最神圣的承诺，把别人向我们尽情倾诉的秘密抖露出去，故意败坏一个被我们欺骗而且在离开我们时依然尊敬我们的朋友的名誉，这就不是错误了，而是卑劣龌龊的行为。

我曾经许诺要写一部忏悔录，而不是自辩书，因此，关于这个问题，就到此为止吧。我只需说出真话就行了，是非应由读者来评判。除此之外，我对本书的读者不再提更多的要求。

舍农索先生结婚之后，我觉得他母亲家里更令人愉快了。因为新娘温柔可爱，而且在杜宾先生的诸多秘书中，她似乎对我另眼相看。她是罗什苏阿子爵夫人的独生女，而子爵夫人又是弗里森伯爵的密友，因此子爵夫人也和弗里森伯爵门下的格里姆成了好友。然而，还是由我介绍格里姆认识她女儿的，只不过两人性情不合，因此没有交往多久。而格里姆从那时起就开始攀结权贵了。他更喜欢这位出入于上流社会的母亲，而不喜欢她的女儿，因为后者只希望和一些可靠的、性情相投的朋友交往，不愿意卷入任何阴谋之中，也不想通过巴结权贵来获取利益。杜宾夫人在舍农索夫人身上找不到任何她想要的顺从，便将她的家弄得沉闷乏味之极，以至无人登门。而舍农索夫人则以自己的品德自傲，或许也以自己的出身自傲，因此宁愿放弃社交的乐趣，一个人孤零零地呆在房间里，也不愿接受那种她生来就不习惯的束缚。她这种自我流放式的生活方式加深了我对她的感情，因为我生性喜欢同情不幸的人。我发现她热爱形而上学，喜欢沉思，尽管有时也带点诡辩色彩。她的谈吐绝对不像是一个刚从修女会开办的学校里出来的少妇所能有的谈吐，这一点对我有很强的吸引力。然而，她还不满二十岁。她肤色白皙，光彩照人。如果她稍稍留意一下姿势的话，她的身材会显得秀丽而端庄。她一头灰色的秀发，有一种不寻常的美，使我想起我那可怜的妈妈年轻时的秀发，不禁怦然心动。不过，我刚为自己订下了严格的规则，并决心不惜一切代价切实遵循这些规则，因此我没有被她的魅力所迷惑。在整个夏天里，我每天都有三四个小时和她单独在一起，表情严肃地教她学算术，拿我那些无穷无尽的数字去烦她，而绝没有对她说过一句情话，抛过一个媚眼。如果是在五六年之后，那么我是绝不会这么聪明或者说这么傻的了。但是，我命中注定一生中只能有一次真爱，我会把我心灵中的第一次和最后一次献给那份真爱，但不是给她。

自从我在杜宾夫人家里生活以后，我一直是安于现状的，从未表露过想有所改善的愿望。杜宾夫人和弗兰格耶先生提出增加我的年薪，这完全是他们自发作出的决定。这一年，弗兰格耶先生对我日渐友善，他想让我的工作更加舒适和安定一些。他是财务总管，他的出纳员迪杜瓦依耶先生年事已高，又很有钱，便打算退休。因此弗兰格耶先生便将他的职位给了我。为了能胜任这项工作，我一连几个星期都到迪杜瓦依耶先生家里，向他学习一些必需的知识。然而，要么是我没有从事这个行业的天分，要么因为迪杜瓦依耶先生想物色另外的继承人，所以没有认认真真教我，总之我对所需的知识掌握得既慢又差，我的脑子总是搞不清楚那一大堆也许是故意弄乱了的账目。不过，尽管还没有完全领会这一行的精微之处，但是我已经略知一二，足够应付一般性的工作了。我甚至开始履行职责了。我既管登记又管出纳，收支现款，签收票据。虽然我对这一行既无才能又无兴趣，不过随着年龄的增长，我开始变得理智一些了，我决定克服自己的嫌恶之心，全副身心地投入到这项工作中去。可不幸的是，正当我开始对工作熟悉起来的时候，弗兰格耶先生出门去做了一次短途旅行，旅行期间由我保管他的金库，当时里面顶多装有二万五千到三万法郎，可我还是为此而感到紧张和焦虑，这就越发坚定了我自认为不适合做出纳员的想法，而且我毫不怀疑，我在等待他回来时的那种紧张不安的心情让我得了后来的那场病。

在本书的第一部中，我曾经说过，我一生下来就奄奄一息。先天性的膀胱畸形使我在幼年几乎长年不断地遭受到尿潴留的折磨。悉心照顾我的苏森姑姑为了保住我的小命，花了九牛二虎之力。不过，她终于还是成功了，我的强健体质最终占了上风。在青少年时期，我的身体已经比较健康了，除了我描述过的那次虚弱病，以及稍微受热就尿频而使我常常感觉不便之外，一直到三十岁我都没有再复发过早年的那种疾病。第一次旧病复发是在我刚一抵达威尼斯的时候，旅途的劳累，以及一路上的酷热，让我的肾出了毛病，老想排尿，一直到入冬才好。在接触帕多瓦姑娘后，我自以为没命了，结果却并没有感到什么不适。在与徐丽埃妲接触时意淫多于实际行动的那阵令我感到精疲力竭的胡闹之后，我的身体反而比以前更好了。只是在狄德罗入狱之后，我多次在酷暑之中前往范塞纳监狱，结果受了热，得了严重的肾绞痛。从那以后，我的身体就再也没有完全康复过。

在我目前谈到的这个时期，也许是由于在这个该死的职务上做的那些讨厌的工作让我累坏了的缘故，我又病了，而且比以前还要厉害。我在病床上躺了五六个星期，其惨状令人难以想象。杜宾夫人请远近闻名的莫朗医生来为我诊治，尽管他的手术灵巧而精细，却还是让我遭受了令人难以想象的痛苦，并且他始终不能用探条探察我的病情。他建议我找达朗医生看看。达朗医生的探条比较柔软，果然插入了体内，减轻了我的痛苦。但是莫朗医生在向杜宾夫人汇报我的病情时进行了夸大，说我顶多只能再活六个月。

这个判决后来传到了我的耳朵里，促使我严肃地思考起自己的处境来。我觉得时日已经无多，自己却还在牺牲宝贵的休息和安宁，被万分厌恶的工作所奴役，真是多么愚蠢啊！再说，又如何去协调我刚抱定的严格原则和一个跟它完全不和谐的职位呢？做一个财务总管的出纳员，却鼓吹公正无私和安于贫贱，岂不是滑天下之大稽吗？这一系列的想法伴着高烧在我的脑子里面发酵起来，纠结缠绕在一起，再也无法从脑子里面清除出去。病后修养期间，我十分冷静地把我高烧期间作出的决定确定了下来。我永远放弃了任何发财和往上爬的计划，决定在贫穷和独立中度过我余下不多的时日，全力以赴地冲决舆论的罗网，勇敢地去做自认为对的事情，绝不被别人的看法所左右。我所要冲破的阻碍，以及我为战胜它们而付出的努力，都是令人难以置信的。我总算尽我所能地做到了，甚至做得比我原先希望的还要成功。如果我能像冲决舆论的罗网那样摆脱友谊的束缚的话，那我的计划就会彻底实现了。我的这个计划也许是尘世中人所能想到的最伟大的计划了，至少它也是最有益于道德的计划。然而，我一方面任意践踏那帮所谓的伟人与哲人的荒谬言论，另一方面却又听凭我那些所谓的朋友的摆布，让他们把我当成小孩子一样牵着走。这些朋友看我闯出了一条新路，便心怀妒忌，一心要让我出丑。他们极力地贬低我，以引起人们对我的公开抗议。让他们从那时起就妒忌我的原因，倒不是我在文坛上的名声，而是我在个性上的改变。他们也许会原谅我在写作艺术上出点风头，但是他们绝不会原谅我因为改变生活方式而树立起一个令他们感到不便的榜样。我天生就爱交朋友，我的性情随和温柔，很容易就得到别人的友谊。只要我还未出名，那么身边所有的人都会喜欢我，我没有一个敌人；而一旦我出了名，我就一个朋友也没有了。这是个巨大的不幸，而更为不幸的是，我被那些自称是我的朋友的人所包围，他们利用朋友这个名义给予他们的权利把我弄得身败名裂。我在后面的回忆中将揭露这个可恨的阴谋。在此我只是指出它的起源，大家很快就能看到这个阴谋的第一个圈套是怎样设下的。

我既然想过一种独立的生活，就必须找一个谋生的方式。我想出了一个很简单的计划，就是替人抄写乐谱，按页数计酬。如果有什么更稳当的工作能达到同样的目的，我当然也会干的；既然我对抄乐谱既有兴趣又有能力，加之它是惟一使我能每天都赚到生活费而又不丧失个人独立性的工作，我又何乐而不为呢？我对这个工作非常满意。我相信自己无须再为钱而精打细算，也不用再去追慕虚荣，于是我就从一个金融家的出纳员变成了一个乐谱抄写员了。我认为我的这次选择让我获益匪浅，因此从未对此感到后悔，而后来只是因为迫不得已，我才舍弃了这个工作，但是一有可能，我还是要重操旧业。

我的第一篇文章的成功使得我做出的这个决定更容易实现了。文章一得奖，狄德罗就张罗着把它印了出来。当我卧病在床的时候，他给我写了一张便条，告诉我文章出版的情况和它所产生的效应。他对我说："它像火箭一样直冲云霄，这样的成功真是前所未见。"公众的交口称赞，特别是对一个不知名作者的称赞，让我对自己的才能第一次有了真正的信心。直到那时为止，我对自己的才能尽管在内心有所感知，但始终是有些怀疑的。我看出，如果利用好这次成功，会对我正在实施的计划大有裨益。我相信，一个在文坛上小有名气的抄谱人，是绝不会找不到工作的。

我的决心一旦下定，就马上给弗兰格耶先生写了一张便条，向他通报了我的决定，感谢他和杜宾夫人对我的诸多关爱，并请他们以后多多帮忙。弗兰格耶先生一点儿也不懂这封信在说些什么，以为我还在发烧说胡话呢，便连忙跑来看我，但是他发现我主意已定，无法改变，就跑去告诉杜宾夫人和其他所有人，说我疯了。他说他的，我做我的。我先从服饰入手实施我的改革计划，我除去镶金饰物，脱下白袜子，戴上一顶圆假发，解下佩剑，卖掉怀表，满怀欣喜地说："谢天谢地，我以后再也不需要知道钟点了!"弗兰格耶先生很仁义，等了好久才另外找人来顶替我。他见我确实打定了主意，才把这个职位交给达里巴尔先生。达里巴尔先生是舍农索小时候的导师，曾以一本《巴黎植物志》闻名植物学界。

不管我那颇为壮观的改革是如何的严格和彻底，在刚开始的时候我并没有将它的范围扩展到我的内衣上去。我有很多件内衣，都很漂亮，是我去威尼斯时置备的行头的剩余部分，我很喜欢它们。由于我喜欢让内衣干干净净，以至于把它们变成了一种奢侈品，花了好多钱。后来有人帮我从这种被奴役状态中解脱了出来。在平安夜的时候，当女眷们在做晚课，而我在听圣诗音乐会的时候，有人撬开了阁楼的门，把阁楼里面所有的衣服都偷走了。这些衣服都是刚洗完晾好的，其中有我的四十二件上等细麻纱料的衬衫，它们是我的内衣中的精华。邻居中有人看见一个男子带了几个包裹离开了旅馆，根据他们对那个人的描述，戴莱丝和我都怀疑是她的哥哥，他是尽人皆知的坏蛋。戴莱丝的母亲很气愤地断然否定了这个推断。我没有再细查下去，怕查出来的结果比我们所愿意知道的还要糟糕。这个哥哥从此再也没有到我家露过面，最后他竟然无影无踪了。我为戴莱丝和我自己的不幸而悲伤不已，感叹我们竟然和这样一个复杂的家庭连在一起，于是我开始比以往更加起劲地鼓动戴莱丝摆脱这个危险的束缚。这件事根除了我喜爱漂亮内衣的癖好，从此我只穿布料很普通的内衣，这样就跟我其他的装束更加协调和搭配了。

就这样，我算是完成了改革。现在我考虑的是如何极力地从内心排除对公众意见的顾忌，以及在做本身是美好而合理的事情时害怕别人责备的想法，以便让我的这次改革稳固而持久。由于我的作品引起了轰动效应，并且我所下的决心也出了名，这就招来了一些主顾，因此我的新工作一开始就比较顺手。然而，有几个原因妨碍了我取得在别的情况下可能达到的成功。首先是我糟糕的身体。最近一次患病留下了一些后遗症，使我的身体再也没有恢复到以前的健康水平，而我相信，我所信赖的医生，使我吃的苦头不比疾病本身带来的痛苦少些。我相继请莫朗、达朗、爱尔维修、马鲁安和蒂埃里为我诊治，他们都是博学的人，也是我的朋友，各以自己的方式为我看病，却丝毫不能减轻我的痛苦，反而使我变得更加虚弱不堪。我越接受他们的治疗，就越发黄瘦虚弱。我的脑子被他们吓坏了，只会根据药效来判断自己的身体状况，想象在死亡之前只会有一连串的痛苦在等着我，比如尿潴留、砂淋、结石什么的。凡是能减轻别人痛苦的疗法，如汤药、淋浴、放血等，都只能加剧我的病痛。我发现惟有达朗的探条能起点作用，尽管只能暂时缓解一下我的疼痛，但我还是觉得离开了它就没法活似的，于是我就花巨资购买了大量的探条存在家里，即便达朗过世了，我还是终身都有探条可用。在我频繁地使用它们的大约八九年的时间里，我花在上面的钱足足有五十个金路易之多。可想而知，治疗这么昂贵、痛苦和难受，我是无法聚精会神地工作的，而一个垂死之人也是不会以巨大的热情去挣他每天的伙食费的。

文学方面的事情同样也妨碍了我的日常工作。我的那篇文章一面世，那些文学卫道士们就不约而同地向我扑来。我一看有这么多的若斯先生，连问题都没有弄清楚，就以大师的口吻对人指手画脚，便气不打一处来，于是我拿起笔，把他们中的一些人狠狠地教训了一顿，使得再也没有人敢支持他们。一位来自南锡的戈蒂埃先生头一个倒在我的枪口下，我在给格里姆先生的一封信中把他声色俱厉地骂了一通。第二个人就是斯塔尼斯拉夫国王，他竟然肯屈尊和我理论一番。承他那么看得起我，我不得不换一种口气来答复他。我采用一种更为庄重但同样强硬的语气，同时不失对作者的尊敬，将他的作品批得体无完肤。在我知道有个叫默努神父的耶稣会教士插手过这篇文章后，我便根据自己的判断，辨认出作品中哪些是国王的手笔，哪些是神父的腔调。我毫不留情地大力抨击所有耶稣会派的言论，顺便还抓住了一个我认为只有这位可敬的神父才会犯的颠倒时代的错误。不知出于何种原因，我的这篇文章没有我其他的文章那么轰动，但它却是这类文章中独一无二的杰作。我抓住这个天赐良机，在文中向公众展示我这个平头百姓是如何捍卫真理、甚至敢于与君主抗衡的。而且，在回击这位君主时，我显得既高傲又恭敬，任何人想在这方面做得比我更好都是很困难的。我很幸运，遇上了这样一个对手，我既能对他表达我的崇敬之情，而又没有丝毫谄媚之嫌。我相当成功地做到了这一点，同时也没有失去自己的尊严。我的举动使朋友们大为惊慌，他们认为我肯定会被投进巴士底狱去。我一刻也没有这种恐惧。而且，我这么做是对的。这位善良的国王在看过我的答复之后说："我算是领教过了，以后再也不惹他了。"

从那时起，我就不断地收到他的各种表示尊重和友善的好意，其中有几次是我将要提到的，而我的那篇文章也就从此平平安安地在法国和欧洲流传开了，再也没有人对它横挑鼻子竖挑眼了。

时隔不久，我又遇上了一个我未曾预料到的文敌，他就是里昂的那个博尔德先生。他在十年前对我十分友好，还帮过我好几次忙。我并没有忘记他，只是因为疏懒而忽略了他。我没有把自己的作品送给他，因为没有找到很方便的机会捎给他，这的确是我不对；于是他就抨击我，不过还比较客气，我则同样客气地回应他。后来，他又作了口气更为强硬的反驳，迫使我给他写了最后一篇答复文章，他对这第二篇答复没有再说什么。可是从此以后，他就成了我最凶恶的敌人，专门趁我倒霉的时候来对我进行毁谤，而且为了加害于我还专门跑过一趟伦敦。

所有这些辩论占去了我本来可以用来抄乐谱的大量时间，却对追寻真理这一事业没有任何益处，同时也没有增加我的收入。比索是我当时的书商，他付给我的那些小册子的报酬少得可怜，常常是一分钱也不给；就以我的第一篇文章为例来说吧，我就连一个苏都没有拿到过，狄德罗是白送给他的。即便是为了拿到他付的那点报酬，也必须等很长时间，而且还得一个苏一个苏地去讨。与此同时，我抄乐谱的工作也很不如意。我同时干两个行当，结果哪一个也没有干好，这是一个两败俱伤的办法。

这两个行当还在另一方面发生了矛盾，即它们迫使我采取不同的生活方式。第一篇作品的成功使我一下子成了名人，而我选定的职业又激起了人们的好奇心，人们总想认识一下这个怪人：他不求任何人，只想依照自己的志趣生活得自由自在、快快乐乐的。这么一来，我原先的计划就变得完全不可能了。我的屋里访客不断。他们以各种借口跑来挤占我的时间，女士们想出各种花招邀请我吃饭。我越是粗暴无礼地待客，他们就越是缠住我不放。而我又无法拒绝所有人。就这样，我一方面因拒绝而招致了无数的敌人，另一方面又不断因为抹不开面子而任人摆布。不管我如何应付，反正在一天里面没有一个小时是属于我自己的。

这时我才发现，过清贫而独立的生活，并不像人们想象的那么容易。我想靠专长谋生，公众却不愿意。他们想出千百种方法来补偿他们使我失去的时间，老是给我送各种各样的礼物。不久，我就跟个木偶小丑一样，几个钱就可以让人看一次。我不知道还有什么比这更为残忍、更为丢脸的奴役生活了。我别无他法，只好拒绝一切大大小小的礼物，对谁也不例外。谁知这样做的结果是送礼的人越来越多。他们想拥有战胜我的拒绝的荣耀，不管我愿不愿意，都想迫使我领受他们的人情。有许多这样的人，如果我向他们主动讨要的话，他们一个埃居也不会给我，可是如果我不求他们，他们就会再三乞求我接受他们的馈赠，而一见我拒绝接受，他们便会出于报复心理而骂我傲慢无礼、故意摆架子。

不难理解，勒·瓦瑟太太对我所作的决定，以及我想遵循的生活方式，都是很不乐意的。而她女儿尽管不计较私利，但却不能不听母亲的话。因此，就像果弗古尔先生所称呼的那样，这两位“女总督”在拒绝礼物时，就不总像我这么坚决了。尽管她们隐瞒了我很多事情，但我仍看出来不少蛛丝马迹，这就足以让我断定，我所知道的仅仅是一小部分，因此我感到非常痛苦，这并不只是因为怕人家说我串通作假，这样的指责是不难料到的，而主要是因为我在自己家里竟然不能当家作主，甚至不能为自己作主。我恳求，我苦劝，我发怒，都无济于事。妈妈说我老爱发牢骚，是个火爆脾气；她总是跟我的朋友窃窃私语。在我的这个家里，一切都是谜，一切都是秘密。为了避免没完没了的纷争，我不敢再打听家里正在发生什么事情了。要想摆脱这些烦扰，就必须有相当坚强的意志，可我又没有。我只会瞎嚷嚷，却不付诸行动。她们便任我说去，而她们自己则依旧我行我素。

这些连续不断的搅扰和每天都有的麻烦，终于让我感到呆在这样的家里、呆在巴黎毫无乐趣可言。当我的健康状况允许我出门，而且不是被熟人们拖着乱跑的时候，我常常孤身一人出去散步。在散步的时候，我默默地思考着我那伟大的思想体系，并用随身携带的袖珍记事本和铅笔将一些想法记在纸上。就这样，为了摆脱由我选定的职业所带来的意外困扰，我被完完全全地抛到了文学这条路上。这也可以解释，为什么我会将那些促使我写作的苦恼和郁闷一股脑儿地带进我所有的早期作品之中。

另外一件事情也助长了我的苦恼和郁闷。我被不由分说地抛进了上流社会中，我不了解他们的交际方式，也无法掌握或者屈从于那样的行为方式，于是便想弄出一种自己独有的派头，免得让我学一般社交场合的作派。

因为害怕在社交场合鲁莽失礼，所以我变得十分羞怯。我无法克服这种愚蠢而讨厌的羞怯，于是为了壮胆，我便打定主意要去践踏这些礼节。害羞让我愤世嫉俗和尖酸刻薄。对于我不懂的礼节，我就假装蔑视这些礼节。的确，这种与我的新的生活原则相符的粗鲁无礼的态度，在我的心灵里变得高尚起来，并化成了一种勇敢无畏的美德。而且我敢说，正因为有了这样高尚的基础，所以尽管这种粗鲁态度与我的天性完全相反，我仍旧能将它维持得出乎意料的好，出乎意料的长久。然而，尽管我的外表和几句妙语让我在上流社会享有了"憎恶世人者"的名声，但在私下里，我总是扮演不好这个角色。我的朋友和熟人们像牵小羊羔似的牵着我这只不合群的熊，而且，我的讽刺只是一些听来刺耳但是普遍适用的真理，我从来没有对任何人说过一句无礼的话。

《乡村占卜者》使我完全成了一个名人，不久以后，在巴黎就没有人比我更受追捧的了。这个剧本在我的一生中具有划时代的意义，它的内容与我当时的交际紧密相连。为了让读者准确地理解后来发生的事情，我应该详细地谈一谈。

我当时认识的人相当多，但是只有两个知心朋友，就是狄德罗和格里姆。由于我总是喜欢让所有我爱的人都聚在一起，而我又是他俩的知己，所以他俩也就不可避免地迅速成为了好友。我把他俩弄到了一起，两人气味相投一见如故，他们之间的关系甚至比同我的关系还要来得亲密。狄德罗认识的人不计其数，而格里姆是一个外国人，又是新来乍到，需要多结识些人。我希望能尽量帮帮他，于是我介绍他认识了狄德罗，又将他引见给了果弗古尔。我带他去舍农索夫人家，去埃皮奈夫人家，去我迫不得已结识的霍尔巴赫男爵家。我所有的朋友都成了他的朋友，这是很简单的事情；可是他的朋友却从来没有一个成为我的朋友，这可就很令人费解了。当他住在弗里森伯爵家里时，经常请我们到伯爵府上去吃饭。但无论是弗里森伯爵，还是伯爵的亲戚，同样与格里姆非常亲密的旭姆堡伯爵，还是格里姆通过这两位伯爵所认识的男女朋友，他们全都对我没有任何友谊或者照顾的表示。惟一的例外是雷纳尔神父，他虽然是格里姆的朋友，但也是我的朋友。而且在我缺钱的时候，曾经异常慷慨地解囊相助。不过，我认识雷纳尔神父比格里姆认识他要早得多。我一直对他满怀敬意，因为有一次，他采用最巧妙最体面的方式帮助了我。事情虽然不大，但我却总也忘不了。

雷纳尔神父确实是一个热心肠的朋友。差不多就在我现在说到的这个时期，有一件事情可以证明这一点。这件事情与当时和他过从甚密的格里姆有关。格里姆在和菲尔小姐交好很长时间以后，忽然起意要不顾一切地爱她，并且想取代卡于萨克的地位。而那位年轻女士却十分坚贞，谢绝了他的追求。格里姆将这件事情看成是一桩悲剧，竟然想殉情而死。他突然得上了一种闻所未闻的怪病，连续睡了几个昼夜，大睁着眼睛，脉搏倒是正常。但是他既不说话，又不吃、不动，有时似乎听得见别人在说话，但是却没有什么回应，甚至连个示意动作都没有。至于其他方面，他既不激动，也无痛苦，又不发烧，躺在那儿就像死了一样。雷纳尔神父和我轮流值班看护他。因为神父比我强壮和健康一些，所以他值夜班，我值白班。格里姆的身边从来没有离过人，因为我和神父两个人很尽职，在换班交接方面，从来都是等另一个看护者到了之后才会离开。看到格里姆病成这样，弗里森伯爵十分惊慌，连忙把塞纳克请来了。塞纳克仔细检查了一番，说病人没有什么问题，连药方也没有开。因为担心朋友的病情，所以我十分注意观察医生的面部表情，我看到他在出门的时候脸上还带着微笑呢。可是，格里姆仍然一动也不动地又躺了好几天，除了吃点儿蜜饯或者樱桃外，什么汤水也不进。这蜜饯樱桃是我一个一个送到他的口里的，他吞得倒是挺积极的。忽然有一天早上，他起床了，穿上衣服，恢复了往日的正常生活，但是从来没有向我——而且据我所知，也没有向神父以及其他任何人——谈起过这次奇怪的昏睡以及我们在他生病期间对他的精心看护。

这件离奇的事情免不了要引起一点骚动。不过，如果一个女歌剧演员的冷酷果真能让一个男子绝望而死，那才真是一个绝妙的故事呢。这段痴情故事让格里姆一时大出风头，他很快被人看成是集爱情、友谊以及一切感情于一身的奇才。这种名声使得他在上流社会里广受追捧，无论走到哪里别人都对他青睐有加，因而也就疏远了我这个在他眼中是用来临时凑合一下的朋友。我看出他正准备完全抛开我，心里很难受，因为他大肆渲染的强烈感情，正是我不声不响地对他表示过的。我很高兴他能在社会上取得成功，但是我希望他不要因此而忘掉朋友。有一天，我对他说："格里姆，你疏远了我，我原谅你。当那喧嚣浮华的成功带给你的最初陶醉过去以后，在你开始感到空虚无聊的时候，我希望你能够回到我的身边来，你将会发现，我是你始终如一的朋友。至于目前呢，你也别为难自己；你想干什么就干什么吧，我会等着你。"他说我说得很对，便照着我的话做了，并且做得那么自在潇洒，以至于只有跟我们共同的朋友在一起的时候，我才能够见到他。

在他跟埃皮奈夫人密切交往之前，我们两人主要是在霍尔巴赫男爵家里会面。这位男爵，父辈是白手起家之人，他有万贯家财，花起钱来大手大脚。他常常在家里接待一些文人和学者，同这些人比起来，他的学问修养一点儿都不逊色。他和狄德罗相交已久，早在我出名之前，他便想通过狄德罗来与我结交。一种本能的厌恶让我在很长时间都没有接受他的好意。有一天，他问我为什么不接受，我说："因为你太有钱了。"可他依然坚持要和我交朋友，我只好同意了。我最大的不幸就是经不起人家说几句奉承话。我每每为此而后悔不迭。

另一个熟人，在我一有资格结交他的时候就成了我的好朋友，他就是杜克洛先生。几年前，我在舍弗莱特的埃皮奈夫人家里第一次见到他。他和埃皮奈夫人关系很亲密。当时，我们只在一起吃了个午饭，而且他当天就走了。不过在饭后我们攀谈了几句，他早就听埃皮奈夫人提起过我和我的歌剧《风流诗神》。杜克洛本人才华横溢，不会不喜欢有才之人，因此便对我生出了好感，邀请我去看他。尽管我对他仰慕已久，而且这次会面又加重了我对他的钦慕，但是由于我的羞怯和慵懒，我一直没有去拜访他。我觉得如果只凭他的好意而自己没有一点实绩，是没有资格去结交他的。但是，我的第一次成功，以及别人转述的他对我的夸奖，使我勇气倍增，于是我就去拜访他了，他也回访了我。这种交情让我始终对他满怀敬意。通过这种交情，以及我内心的感知，我知道正直与操守有时候是能够与文学修养结合在一起的。

还有许多人，我和他们交往持续的时间不长，我在这里就不一一赘述了。这些交往都是我最初的成功带来的结果；等到对方的好奇心一满足，这些交往也就到此为止了。我本来是个一眼就能被人看穿的人，看过一次之后就再也没有什么看头了。然而，这时却有一位夫人要结识我，我和她的关系与我和其他女人的关系相比要维持得长久一些。这个人就是克雷基侯爵夫人，她是马耳他大使弗鲁莱大法官的侄女，大法官的哥哥是驻威尼斯大使蒙太居先生的前任，我从威尼斯回来后曾去看过他。克雷基夫人给我写了一封信，我就登门拜访了她。她对我很友好，我有时候在她家吃饭并在那里认识了几个文人，梭朗先生就是其中之一。他是《斯巴达克思》和《巴尔恩维尔特》等书的作者。后来，他成了和我势不两立的仇人。我不知道他为什么恨我，大概是因为我与他父亲曾经卑鄙地迫害过的一个人同姓吧。

大家可以看到，一个抄写乐谱的人本应该从早到晚都忙着抄谱的，可我却偏偏有很多分心的事情，这些事既不能增加我的收入，也使我不能全副身心地将工作做好。因此，我余下的时间一大半都耗在了涂抹、刮错或者重新誊抄上面。这种持续不断的干扰让我日益觉得在巴黎呆不下去了，便开始抓住一切机会到乡间去。我有好几次跑到马尔古西去，每次都在那儿住上几天。勒·瓦瑟太太认识当地的助理司铎，我们就在他家落脚，由于经过了细心的安排，我们并没有让主人感到任何不便。有一次格里姆也跟我们一起去了。助理司铎有一副好嗓子，唱得也很棒，尽管他不熟悉音乐，却对他的那部分唱词学得既轻松又准确。我们专门花时间唱了一下我在舍农索写的那些三重唱。我还根据格里姆和助理司铎绞尽脑汁拼凑出来的唱词，写了两三首新的三重唱。这些三重唱连同其他一些乐谱都被我撇在了伍顿，想来是一件多么令人遗憾的事情呀！因为这些三重唱都是在纯粹的欢乐时刻写下并演唱过的。也许达温浦小姐早将它们做成了卷发纸，可是它们却是值得保存的，其中大部分都写得非常好。在这些小小的旅行中，“姨妈”无忧无虑心情愉快，而我也心情舒畅，因此，有一次旅行归来以后，我趁着兴致匆忙而潦草地给助理司铎写了一首书简诗，大家可以在我的信函集中看到这首诗。

我在离巴黎更近一点的地方也觅到了一处很合我口味的避难所，那就是缪沙尔先生家里。缪沙尔先生是我的同乡、亲戚和朋友，他在帕西为自己置了一处非常秀美的隐居之所。我在那里度过了许多宁静的时光。缪沙尔先生原来是一个珠宝商人，十分通情达理。他做生意赚了钱之后，就在晚年将独生女儿嫁给了股票经纪人之子、御膳房总管瓦尔玛来特先生，并很有远见地离开了自己的生意和事业，想好好享受一下在烦恼的人生和死亡之间的那段安宁与愉悦。这位可敬的缪沙尔先生真是个身体力行的哲学家，他在自建的舒适房屋和亲手侍弄的漂亮花园里无忧无虑地生活着。在挖掘花园的花坛时，他发现了大量的贝类化石，其数量之多，竟使他的想象力极度活跃起来，以至让他在自然界里只看到贝壳，最后他真的以为宇宙是贝壳和贝壳的残余组成，整个地球也只是含贝壳的泥沙而已。他成天想着这些东西和他那惊人的发现，越想越兴奋，如果不是一种奇怪而痛苦的病将他从朋友们手中夺走的话，这些想法肯定会在他的头脑里形成体系，也就是说走火入魔。他的死对于他的理智而言是件幸事，而对那些喜爱他和觉得住在他家里非常惬意的朋友来说，则是一个巨大的不幸。他的病因是胃里长了一个不断增大的瘤子，让他吃不了东西，而人们却久久找不出这个原因。这个瘤子折磨了他好几年，终于将他活活饿死了。我一想起这位遭遇不幸的可敬的人是如何度过他生命中最后一段日子时，便不由得痛苦万分。那时候，目睹他受苦的惨状而不忍躲开他的朋友只有我和勒涅普两个人。他非常高兴地接待我们，而他自己却病到了那样严重的程度，只能眼馋地看着我们吃他让人为我们做的饭菜，他连几滴淡茶也几乎喝不进去，即便喝了也会马上就吐出来。但是，在他遭受这些痛苦之前的那些日子里，我在他家跟他所结交的那些很出色的朋友们一块儿度过了多少欢乐的时光呀！在这些朋友中，首推普列伏神父。他和蔼可亲，非常淳朴，他的作品接受了来自高尚心灵的激发，称得上是传世之作，他的性情和他在社交场上的表现，完全没有作为其作品标志性风格的那种忧郁色彩。还有普罗高普医生，他是个好与女人相处的小伊索。还有布朗热，是在他死后才出版的《东方专制主义》一书的著名作者。而且我认为他把缪沙尔的思想体系推广到整个宇宙上去了。在缪沙尔先生的女性朋友中，有伏尔泰的侄女德尼夫人，她当时还比较纯朴，没有矫揉造作地假装才女，还有旺洛夫人，她说不上美丽，但是妩媚动人，唱起歌来像天使一样。另外还有瓦尔玛来特夫人，她也能唱，虽然她有点瘦，但如果她不故意装可爱的话，还是会很可爱的。这些人差不多就是缪沙尔先生的全部朋友。与这些人的相处已经令我相当愉快，但是缪沙尔先生的贝类学让我感到更愉快。而且，我敢说，在他的研究室里工作的那半年多的时间，我得到的乐趣不亚于他本人。

很久以来，他就一直声称，帕西的矿泉水对我的健康有益，并强烈建议我到他家去饮用。为了暂时躲避一下城市里面喧闹的人群，最后我接受了他的意见，在帕西住了上十天。这些日子对我很有好处，主要是因为我住在乡间，而不是因为饮用了那儿的矿泉水。缪沙尔会拉大提琴，酷爱意大利音乐。有一天晚上，在临睡前我们长谈了一次，特别谈到我俩在意大利都看过并且为之着迷的那种喜歌剧。当天夜里，我睡不着觉，便开始考虑是否能将这种歌剧移植到法国来，因为《拉贡德之爱》与这种歌剧完全不同。第二天清晨在散步和饮用泉水的时候，我飞快地写了几句有点像诗的歌词，并配上在写歌词时即兴想到的曲子。我在花园高处的一个拱顶小厅里将这些词和曲草草地写了出来。喝茶时，我情不自禁地把这些歌曲拿给缪沙尔先生以及他的管家、十分优秀而且和蔼可亲的迪韦尔鲁瓦小姐看。我拟出了三个片断的草稿：一是独白《我失去了我的仆人》；二是乡村占卜者的歌曲《爱越是忧伤越是情深》；三是最后的二重唱《科兰，我保证永远……》。我绝对没有想到这点东西值得继续写下去，要是没有他们的喝彩和鼓励，我早就将这些破纸付之一炬不再去想它们了。此前我用这种方法，处理过好多不比它们差的稿子。但是他们极力鼓励我，所以仅用六天工夫，我就将剧本写好了，只差几行诗句没写；而且全部音乐都拟出了初稿，回到巴黎后只需加点儿宣叙曲和全部中音部就可以了。我用飞一般的速度完成了剩余的部分。三个星期后，全剧的各幕都誊清了，达到了可以上演的程度。惟一缺少的是一段幕间歌舞，很久以后我才将它写出来。

【1752】

完成这部作品让我非常兴奋，恨不得马上听到它演出。我真想不惜一切代价关起门来看到它按我的意思进行演出，就像人们所说的吕利一样。据说他有一回曾经让人单独为他演了一遍《阿尔米德》。由于我没有这样的福气，只能与大众一起欣赏，所以我得先让剧院接受我的作品。但不幸的是，由于该剧属于一种全新的类型，大众的耳朵根本就听不习惯，而且《风流诗神》的失败使我意识到，如果我仍以自己的名义将《乡村占卜者》送到剧院去，它一定会遭到同样的失败。杜克洛先生帮我解决了这个问题，他成功地把歌剧送去试演，而没有道出作者是谁。为了不暴露自己，我没有去看排练。就连指导排练的“小小提琴手”也只是在听众掌声雷动，证明作品确实出色之后，才知道作者是谁的。所有听过演出的人都十分满意，因此第二天在社交圈子里，就无人不谈这部歌剧了。宫廷娱乐主管居利先生在看过试演后，就想将它拿到宫廷里去演。杜克洛知道我的心思，认为该剧一旦拿到宫廷里面，就不可能像在巴黎那样由我做主了，所以不肯交出剧本。居利仗势强行索要，杜克洛坚决不给，两人闹得不可开交，以至于有一天在歌剧院里，如果不是人们将他们分开的话，他们一定会出去决斗的。居利想找我交涉，我就将决定权交给杜克洛，因此居利还是得去找杜克洛。奥蒙公爵先生出面干涉，最后杜克洛认为应该向权势让步，于是交出剧本，准备拿到枫丹白露去演。

最下功夫，同时也是最远离俗套的那一部分，就是宣叙曲。我的宣叙曲以崭新的方式表现出抑扬顿挫的节奏，与唱词的吐字正相吻合。人们不敢允许这种可怕的创新存在，害怕那些只会盲从而不敢越雷池一步的听众在听了之后会反感。我同意让弗兰格耶和热利约特去另写一套宣叙曲，而我自己则不想再插手。

当一切都已经准备就绪，演出日期也已定好以后，有人建议我无论如何也要到枫丹白露去看看最后一次彩排。于是我就和菲尔小姐、格里姆，好像还有雷纳尔神父，同乘一辆宫廷的车子去了。彩排还算不错，比我预想的要好一些。乐队的阵容很强大，是由歌剧院和王室乐队的人组成的，热利约特演科兰，菲尔小姐演科莱特，居维列演占卜者。合唱由歌剧院的合唱队担任。我说的话很少，一切都交由热利约特主持，我不想干涉他的行动；不过，尽管我的表情严肃，但是在这一群人中，却像一个小学生一样害羞。

第二天是正式公演的日子，我到大众咖啡馆去吃早餐，那里顾客云集，大家都在讨论头天晚上的彩排以及进剧场是如何的困难。在座的一位军官说他也去看了，说他没有费多大的劲就进了剧场，还把场内的情形详细描述了一番，并描述了一下作者，谈到作者说了些什么、做了些什么。但是这段长篇叙述最让我感到惊奇的是，尽管他讲得那么肯定、那么自然，却没有一句话是真的。很显然，把这次彩排讲得绘声绘色的人根本就没有去看彩排，因为他声称看得十分真切的作者就在眼前，而他竟然不认识。这次事件最不寻常的地方是它在我心里产生的效果。这个人有一把年纪了，他没有任何自命不凡或者趾高气昂的神情，从外表上看，他是个有地位的人，身上挂的圣路易十字勋章说明他当过军官。尽管他厚颜无耻，尽管我心里不愿意，我还是对他产生了兴趣。在他大撒其谎的时候，我羞红了脸，不敢抬眼看人，如坐针毡。有时候我不禁这么想：是不是他搞错了，以至确实以为自己讲的都是真的？最后，由于担心有人认出我来而让这个人难堪，我一声不响地赶快喝完了我的巧克力茶，然后低着头从他面前走过，尽快地离开了咖啡馆，而这时在场的人还在就他的叙述一个劲地讨论着呢。到了街上，我发现自己已经浑身是汗。而且，我敢肯定，如果在我离开之前有人认出了我并且喊我的名字的话，那么仅仅因为想到这个可怜的人会因为谎言被戳穿而当众受辱这件事，我就会像个罪犯似的异常尴尬和羞惭不已。

这时我处于一生中最重要的关口之一，对此我很难只作简单的叙述，因为叙述本身几乎不可能不带上责备或辩解的色彩。不过，我还是力图不加褒贬地叙述一下我是怎样做的，又是出于什么动机而这样做的。

去王宫的那一天，我的衣着打扮和平时没什么两样，照旧胡子拉碴，假发蓬乱。我将这种缺乏礼貌的样子当作是一种勇敢的表现，就这样走进了大厅。不一会儿，国王、王后、王室成员和全体宫廷官员都来到了大厅。居利先生领我坐进了他的包厢，这是个靠近舞台的大包厢，它对面的高处有个小包厢，里面坐着国王和蓬巴杜尔夫人。我的周围都是贵妇人，只有我一个男子，我相信这是有人特意安排的，好让我被大家看到。灯一亮，我看到自己这副模样，坐在这些衣冠楚楚的人中间，便感觉有些不自在了。我不禁自问，我是不是坐错了地方？我的装束是不是合适？不过，在短短几分钟的不安之后，我便以一种无所畏惧的精神对自己说："是的，没错。"可是，我的这种无畏与其说是出于理直气壮，还不如说是因为自己已经上了贼船，无可奈何了。我进而又对自己说："我坐的正是地方，因为我是来看自己写的歌剧，是应邀而来的，而且我也正是为此而写这个剧本的。再说，没有谁比我更有资格享受我自己的劳动和才华的成果。我穿得和平时差不多，既不更好也不更坏。如果我又开始在某件事情上屈从于公众的意见，那么很快就会事事都受人奴役了。为了永远不失本色，无论在什么场合下，我都不应该为按照自己早已选定的生活方式来进行穿着打扮而感到羞愧。我的外表虽然朴素随意，但是并不肮脏和邋遢。我的胡子本身也不脏，因为那是大自然赋予我们的，而且，根据时尚，胡子有时候还是一种装饰呢！人们会认为我荒唐可笑、粗鲁无礼，但是这又有什么关系呢？我应该学会经得起嘲笑和责骂，只要这些笑骂不是我应得的就行了。"经过这番内心独白之后，我勇气倍增，以至于如果有必要的话，我甚至可以做到英勇无畏。但是，也许是因为有国王在场，也许是我周围的人都秉性纯良，总之，我在周围人们的那种以我为对象的好奇之中，看到的只是客气和礼貌。我大为感动，便又开始为我自己，为我的剧本的成败担心起来，生怕有负这些一心为我喝彩的人们的热情。我本来准备好了接受他们的嘲讽，但是他们对我的态度确实非常友好和善，这是我完全没有料到的。我被彻底征服了，以至于当演出开始的时候，我竟然像个小孩子似的颤抖起来。

我很快就发现没什么可担心的。演员表演得很一般，而歌唱和音乐则很好。第一场十分淳朴动人，从那时起我就听到各个包厢里面传来在同类演出中从未听到过的惊奇和赞美的窃窃私语。这种不断增强的兴奋情绪很快感染了全场观众。用孟德斯鸠的话来说，就是“效果本身可以增强效果”。在两个善良的小人儿那一场，这种效果达到了极致。因为有国王在场，人们不能鼓掌，这就使得所有的演唱都能被大家听得一清二楚。歌剧和作者都因此而获益良多。我听到周围有一些看来美如天仙的女士在互相低声耳语，说：“这歌剧真美，真动听，每个音符都动人心弦。”看到能感动这么多可爱的人儿，我不禁高兴得几乎要留下泪来。到第一个二重唱的时候，我的泪水终于奔涌而出，我还发现并不是只有我一个人在哭。有那么一会儿，我回想起了在特雷托伦先生家里开的那次音乐会。这个回忆让我产生了类似于奴隶把王冠戴在凯旋的罗马将军头上的感觉。不过，这种感觉转瞬即逝，很快我就开始排除一切杂念，专心致志地品尝起成功的甜美滋味来。不过，当时来自于性的冲动要远远超过作为作者的虚荣心。我敢肯定，如果当时在场的只有男人，那我就不会那样欲火焚身，不停地想用我的嘴唇去接住那些我使她们流下来的泪水。我看到有的歌剧激起过更加热烈的赞赏，但从未见到有哪个歌剧能像这回一样，令全场观众这么广泛、愉快和激动地陷入陶醉之中，尤其是在宫廷里，又是首场演出。凡是经历过这一场面的人都不会将它忘记，因为它的效果是独一无二的。

当天晚上，奥蒙公爵先生通知我，让我第二天十一点钟赶到城堡，他要带我觐见国王。居利先生是传话人，他补充说，可能是要赐我一份年金，国王想亲自向我宣布。

谁能相信，紧随着如此辉煌的一个白天之后的这个夜晚，对我来说，却是这样一个焦虑万分和忐忑不安的夜晚呢？听说要觐见国王，我的第一个想法是以后就经常会有外出应酬的麻烦了。演出当晚的应酬已经让我苦不堪言，老在想着回避了，要是到了第二天，当我同国王的大臣们一起在王宫的长廊或国王的房间里面等候国王陛下亲临时，这种麻烦还不知会怎样折磨我呢！我的这种不喜欢应酬的缺点正是让我对社交场合避之惟恐不及，以及不愿和女士们呆在一间关上了房门的屋子里的主要原因。一想到这种麻烦可能会给我带来的窘境，我的头就直发晕，生怕出一点丑，而我是宁死也不愿出丑的。只有经历过这种窘境的人才能理解冒这样的危险有多么可怕。

接着，我又想象自己来到了国王面前，被人介绍给了国王，而国王陛下纡尊降贵地停下来跟我说话。在这种情况下，必须很得体的、镇定自若地回话。但我那该死的羞怯，使我即便在最一般的陌生人面前也会感到局促不安，等到了法国国王面前，它难道还会饶过我吗？我会在恰当的场合讲出恰如其分的话吗？我很希望既不放弃我既有的严肃口吻和行为方式，同时又能表达出对这位给予我恩宠的伟大的君王的感激之情，因此有必要通过华美而恰当的颂词传达一点伟大而有益的真理。为了预先准备好令人满意的回答，就必须准确地猜出他可能会对我说些什么话，而且，我深信，即便猜中了他的问话，等到了国王面前，那些事先想好的回答还是会连一个字都想不起来的。到那时，在宫廷人员的众目睽睽之下，如果我在慌乱之中将平时挂在嘴边的蠢话无意地说出几句来，那可怎么得了啊！这种危险让我惊慌、恐惧和发抖，我下定决心，无论如何也不要让自己去出这个丑。

的确，我失去了这笔主动送上门来的年金，但同时我也摆脱了它可能给我带来的束缚。否则，我就将永远告别真理、自由和勇气了。从此以后，我又怎么再有脸去奢谈什么独立和公正无私呢？如果接受了这笔年金，那我就只能要么溜须拍马，要么缄口不言了；而且，谁又能保证这笔年金确实能够发放到我的手中呢？为了将它弄到手，我又得办多少手续，求多少人啊！要想保住这笔年金，我只会比没有年金的时候花费更多的精力、忍受更多的不快。因此，放弃这笔年金，我觉得是一个非常符合自己生活准则的举措，即要实惠，不要面子。我将自己的决定告诉了格里姆，他没有表示任何反对意见。对于其他的人，我只推说身体不适，当天晚上我就走了。

我的离去引起了轰动，遭到了大家的一致谴责。我的上述理由是不可能让所有人都理解的。他们只会指责我是个既骄傲又愚蠢的人，而这种指责正好缓和了那些不会像我这样做的人们的妒忌之心。第二天，热利约特给我写了一张便条，详细地描述了我的剧本获得的成功，以及国王是如何的为之着迷。他告诉我说："整整一天，陛下都在不停地用他的王国里最糟糕的嗓音走调地唱：'我失去了我忠实的奴仆，我失去了我的全部幸福。'"他还说，在两个星期之内，《乡村占卜者》就会再度上演，这次演出将会向全体公众证实前一次演出的圆满成功。

两天以后，我去埃皮奈夫人家吃晚饭，大约九点钟左右，我在她家门口遇上了一辆马车。车上有人示意我上车，我就上去了。这个人原来是狄德罗。他同我谈起有关年金的事情，显出十分关切的样子。我没有料到，一个哲学家竟会对这类问题如此热衷。他虽然不认为我不愿意觐见国王有什么不对之处，但是却认为我对年金无动于衷是个天大的罪过。他对我说，即便我基于自己的生活原则可以对年金漠不关心，这本来也没什么大不了的，但是我却没有权利不为勒·瓦瑟太太和她的女儿作打算。他说我应该抓住一切可能的和正当的机会为她们提供生活保障。而且，并不能说我已经拒绝了这笔年金，所以他便强调，既然人家似乎很有意赠与我这笔年金，那我就应该去申请，并不惜一切代价将它弄到手。尽管我对狄德罗的这份热心非常感动，但是却不能赞同他的这些观念，我们在这个问题上发生了激烈的争吵，这也是我们之间的头一次争吵。此后我们两人之间的争吵都是属于这一类型，通常是他命令我做他认为我应该做的事情，而我坚决不肯，因为我认为我不应该那么做。

我俩分手时，时间已经很晚了。我想带他去埃皮奈夫人家里吃晚饭，他硬是不肯。我老想把我所爱的人都聚到一起，为此我不止一次地做出各种努力，想促使他去拜访埃皮奈夫人，甚至把她带到了他的家门口，可他就是闭门不见。他一直不肯见她，在谈起她时，总是一脸的不屑。直到我跟这两位都翻了脸之后，他们才有了交往，狄德罗才开始在谈到埃皮奈夫人怀有敬意。

打那时起，狄德罗和格里姆似乎就有意要挑拨两位“女总督”和我的关系，他俩向她们暗示说，她们之所以日子过得紧巴巴的，那全是我的错，还说跟着我是不可能过上什么好日子的。他们极力怂恿她们离开我，并许诺说凭借埃皮奈夫人的面子，可以找一家卖食盐或卖烟草的分销店什么的让她们干干。他们甚至想把杜克洛和霍尔巴赫也拉进他们的同盟里面去，但是杜克洛一直拒绝跟他们做这件事。当时我对他们的这些诡计有所耳闻，但是直到很久以后，我才弄清楚详细的情形。我经常感慨我的这些朋友们的盲目而轻率的热忱，我本来已经疾病缠身，他们却还要千方百计将我推进最孤独凄凉的境地，而他们自己却以为是在用恰当的方式使我变得幸福起来，殊不知他们的这些做法恰好使我痛苦不堪。

【1753】

1753年的狂欢节期间，《乡村占卜者》在巴黎上演了。在开演之前的那段空闲日子里，我写了该剧的前奏曲和幕间歌舞。这个幕间歌舞，就像印刷出来的那样，本应该从头至尾都是十分连贯的动作，在我看来，这样才能形成一种令人愉悦的绚丽场景。但是当我向歌剧院提出这个意见的时候，人家听都不愿意听。我只好按照惯常的写法，连缀一些歌唱和舞蹈了事。这样一来，尽管这个幕间歌舞不乏美妙的意趣，不致让正剧减色，但是效果却很一般。我换掉了热利约特的宣叙曲，恢复了我先前写的那首，也就是现在印刷出来的这首曲子。我承认，这首宣叙曲稍微法国化了点，也就是说被演员们弄得有些拖沓，但是它并没有使任何人觉得刺耳，而且取得的成功不亚于咏叹调，听众甚至觉得它和咏叹调写得一样好。我把我的剧本题赠给了保护过该剧的杜克洛先生，并声明这是我惟一的一次题赠。但是后来，我又征得他的同意，作了第二次题赠。不过我想，他肯定会因为我的这一例外而感到更加光荣。

关于这个剧本，我还能讲出好多轶闻趣事，不过因为还有些更重要的事情要谈，所以没有时间对这件事多加叙述了。如果有机会，我会在增补本里面说一说的。不过，有件事情我必须提一下。有一天，我在霍尔巴赫男爵的书房里参观他的乐谱。当我浏览过许多不同风格的乐谱之后，他指着一部钢琴曲集对我说："这是别人专门为我写的，十分高雅，很适合演唱。除了我之外，谁也不知道它，将来也不会看到它。你应该从中挑选一首用到你的幕间歌舞中去。"由于我脑子里的歌曲和合唱曲的主题足够我使用了，所以我对他的那些曲子一点儿也不在意。但是禁不住他再三央求，我就挑了一首牧歌，把它压缩后改成一段三重唱，供科莱特的女伴们上场的时候演唱。几个月以后，当《乡村占卜者》还在上演时，有一天我走进格里姆家里，发现很多人围在他的钢琴旁边。看见我来了，格里姆马上站了起来。我不经意地朝他的乐谱架看了一眼，发现正是霍尔巴赫男爵的那同一本钢琴乐曲集，而且正好翻到他强行要我采用、并保证永远不会从他手中流出的那首曲子。稍后，我在埃皮奈先生举行的演奏会上，又看到这同一本乐曲集摊开着放在主人的钢琴上。无论是格里姆还是其他任何人，都从来没有跟我说起过这首曲子，如果不是因为在这以后传出谣言，说我不是《乡村占卜者》的作者，我是不会在这里提到这件事情的。由于我从来不是什么大音乐家，所以我敢肯定，要不是我编过那部《音乐辞典》，人们最后肯定会说我对音乐一窍不通的。

《乡村占卜者》上演前的一段时间，巴黎来了一些意大利滑稽剧团的演员，人们要求他们在歌剧院进行演出，而根本没有料到他们会产生什么样的影响。虽然他们让人讨厌，而且当时的乐队也很差劲，把他们演的剧本的精髓破坏得七零八落，不过他们还是给了法国歌剧以致命的打击。两种音乐在同一个剧院同一天上演，一下子惊醒了法国听众的耳朵。在听了那种生动活泼、节奏鲜明的意大利音乐以后，再也没有人能忍受那种慢腾腾的法国音乐了；因此，那些滑稽剧演员一演完，听众便走光了。人们只好调换一下演出的次序，将滑稽剧推迟到最后来演出。那时正上演《厄格勒》、《皮格马利翁》和《天仙》。但是，它们都不能站稳脚跟，只有《乡村占卜者》尚能与之匹敌，即使在《女仆情妇》之后演出，也还能受人欢迎。当我写那些幕间歌舞时，脑子里就充满了这类曲子，而且我从这类曲子中受到了启发。但我怎么也没有想到有人竟会拿我的幕间歌舞去与之一一比较。如果我是个抄袭者，那我该有多少剽窃行径会被揭露出来啊，而且人们得花多大的气力去揭露这些剽窃行径啊！然而，根本没有这类事情，所有想在我的音乐作品中发现与他人的哪怕只有一星半点相似之处的努力都以失败告终。我的所有歌曲，跟人们误传误信的原作比起来，都是全新的，正如我所创制的音乐的性质是全新的一样。如果让蒙东维尔或者拉摩也来经受一下这样的考验，只怕他们也会招架不住。

这些滑稽剧演员为意大利歌剧赢得了一群十分狂热的支持者。整个巴黎分成了两派，它们之间尖锐对立的激烈程度，超过了对国家大事或者宗教事务进行争论时的激烈程度。其中一派人数众多，声势雄壮，由权贵、富豪和贵妇人组成，支持法国音乐；另一派更活跃、更自信，也更热情，由一些从事艺术鉴赏的行家、富有才华的人士和资质过人的天才组成。后面这个小集团的人经常聚在歌剧院里的王后包厢的下面。另一派的人则占据了池座和正厅的其余位子，但是其中心是在国王包厢的下面，那两个著名的派系名称“国王之角”和“王后之角”正是根据这样的位置分布得来的。这场日趋激烈的争论催生了好几本小册子。“国王之角”想开玩笑，却被《小先知》嘲讽了一番，他们想说理，却又被《论法国音乐的信》驳得一无是处。这两个小册子，分别由格里姆和我所写，是当时涌现出来的一大堆辩论文章中的幸存者，其余的文章都被人忘得一干二净了。

尽管我矢口否认，可人们在很长一段时间里都认为《小先知》是我写的。这篇文章被当作是一篇游戏之作，并没有给他的作者惹来什么麻烦。而《论法国音乐的信》却受到严肃认真的对待，法国人对我群起而攻之，认为他们的音乐受到了侮辱。要描述这本小册子所产生的令人难以置信的后果，真得有大历史学家塔西陀的笔法才行。当时正是议会和教会大肆争斗的时期，议会刚被解散，整个社会骚动不安到了顶点，暴动一触即发。可是，我的这本小册子一出，其他的争论马上就黯然失色了。大家心里想的只是法国音乐已经到了生死存亡的关头，于是将矛头全都指向了我。这场围攻的声势之大，令全法国至今还记忆犹新。当时在宫廷里，大家考虑的只是将我关进巴士底狱或者将我流放出去。如果不是佛瓦耶先生指出这样做显得很荒唐可笑，那么逮捕我的御旨都要发下来了。当人们听说我这本小册子可能阻止了一场全国范围内的革命时，肯定会以为这是痴人说梦。但这却是千真万确的事实，全巴黎人现在都还能为之作证，因为这桩奇闻距今也不过只有十五年的光景。

尽管我的自由没有受到侵害，可是人们对我的侮辱却并不少，甚至连我的生命都处于危险之中，歌剧院乐队堂而皇之地谋划要在我走出剧院的时候将我干掉。得知这个消息之后，我反而到剧院去得更勤了。直到很久以后，我才知道，原来有一位对我很有好感的火枪手队军官安斯莱先生每逢我离开剧院时，就派人暗中保护我，从而使阴谋未能得逞。当时歌剧院刚被市政厅接管，巴黎市长的第一个举动就是取消我的长期免费入场券，并且做得极其无礼，竟在我入场时公开阻拦，逼得我只好掏钱买了一张池座票，才得以避免被当众逐回的羞辱。这种不公平的对待让人感到尤其愤慨的是，当我把剧本的版权交给他们的时候，我惟一要求得到的报酬就是永久性免费入场的权利。虽然这种权利是一切作者应有的权利，而且我有双重资格取得这种权利，但我还是当着杜克洛先生的面正式提出来了。不过，还没等我提出要求，剧院的会计就给我送来了五十个金路易作为报酬，不过，且不说这五十个金路易根本就抵不上按规章制度我应得的报酬，而且这笔钱也与入场券毫不相关，因为这个入场券是正式规定的，同酬金毫不搭界。他们的这种做法极不公正，而且野蛮粗暴，以至于尽管公众对我的敌意已经达到了顶点，但是对剧院的所作所为还是表示出了一致的反感。有许多前一天晚上辱骂过我的人，当天竟然在大厅里大叫大嚷，说用这样的方式剥夺一位作者的入场权利真是可耻，说我理应享有这种权利，甚至还可以要求双份的权利。意大利的那句谚语说得真是很对：“每个人都只在他人的事情上才主持公道。”

在这种情况下，我别无他法。既然对方取消了原来与我达成的有关报酬的协定，那么我只好选择收回我的作品。我为此给主管歌剧院的达让森先生写了一封信，在信里还附了一份备忘录，备忘录中列出了不容置辩的理由。但是信和备忘录都未见回复，也没有产生任何效果。这个不公正的人深深地伤害了我，我原来就对他的品德和才能不以为然，这次的沉默就更让我瞧不起他了。就这样，剧院扣留了我的剧本，骗取了我因出让剧本而本应享有的酬劳。如果是弱者对强者这样，可以称之为窃取；如果是强者对弱者这样，那就不过是将他人的财产据为己有而已。

关于这部剧本所带来的经济收益，虽然我只收到别人用它赚到的钱的四分之一，但是数目已经相当可观，足够让我过上好几年了，并可以补贴一下我那长年不景气的抄谱工作的收入。国王赏赐了我一百个金路易；我又从美景宫的演出中得到了蓬巴杜尔夫人的五十个金路易，夫人还在这次演出中亲自扮演科兰一角；歌剧院给了我五十个金路易；比索刻印剧本给了我五百法郎。因此，尽管我只花了五六个星期的功夫来写这个短剧，尽管我的运气不好人也很笨，但是它还是让我挣到了与后来的《爱弥儿》几乎同样多的钱，而《爱弥儿》却是我历经二十年的思考和三年的写作而取得的成果。不过，虽然这个剧本让我获得了可观的经济收入，却也让我付出了极大的代价，并给我招来了无尽的烦恼。它是许多在很久以后才爆发出来的隐秘的妒忌的根源。自从我的剧本取得成功之后，我在格里姆、狄德罗以及几乎所有我认识的文人身上，都再也看不到我以前曾看到过的那种他们在和我相处时表现出来的诚恳、坦率和愉快了。我一走进男爵的家里，大家就停止了畅谈，在场的人散成一堆一堆，相互间窃窃私语，把我晾在一边，弄得我不知道跟谁说话才好。我在很长一段时间都受到这种羞辱性的冷遇。看到霍尔巴赫夫人温柔亲切，对我一向十分友好，所以我尽量忍受着她丈夫的粗鲁态度。但是，有一天他竟然当着狄德罗和马尔让西的面，无缘无故地冲我大发雷霆，态度粗暴之极。当时狄德罗一句话也不说，而马尔让西则在事后常常对我提起，说他十分佩服我当时回答得那么温和与克制。最后，由于受这种不合情理的对待的刺激，我头也不回地走出了他家，决心再也不进他家的门了。不过，这丝毫不妨碍我常常语带尊敬地谈到他和他的家人，而他在谈到我时，却总是使用一些最具有污辱性和鄙视色彩的字眼。他张口闭口叫我“小学究”，却又不能说出我对他和他所关心的人有过任何不当的举动。就这样，他证实了我的预见和担心。对我来说，我相信我的朋友们是会原谅我写书，甚至会原谅我写好书的，因为他们也能获得这种荣耀；但是他们不能原谅我创作出一部歌剧，因为他们中没有人能够从事这样的工作，更不能获得和我一样的荣耀。只有杜克洛先生超越了这种嫉妒，他对我似乎比以前还要好，并领我进了季诺小姐家。与在霍尔巴赫先生家里正好相反，我在季诺小姐家里得到了关心、礼遇和友爱。

当我的《乡村占卜者》在歌剧院上演的时候，法兰西喜剧院也在谈论该剧的作者，不过结果差了一些。由于长达七八年的时间没有让我的《纳尔西斯》在意大利剧院上演，我便对这个剧院讨厌起来，觉得那些演员用法语演出得很糟糕。我想，真应该把剧本交给法兰西喜剧院，而不是交给意大利歌剧院。我把我的这个想法告诉了喜剧院演员拉努。我和拉努早就认识。众所周知，他是一个作家，也是一个才子。他对《纳尔西斯》很满意，并答应将它匿名演出。同时，他送了一张入场券，这让我喜出望外，因为我一向更喜欢法兰西剧院，而不太喜欢另外两个剧院。剧本受到鼓掌欢迎，在没有透露作者姓名的情况下就上演了。但是，我有理由相信，演员和其他很多人都知道作者是谁。古桑和格兰瓦尔两位小姐饰演多情女的角色。尽管我觉得演出并没有抓住全剧的精髓，但也不能说这个剧演得很差。不过，我为观众的容忍感到吃惊和感动，他们竟然有如此大的耐心安安静静地从头听到尾，甚至还让他演了第二遍，而没有显示出任何的不耐烦，而我则在演第一遍的时候就感到厌烦了，没等演出完毕就溜了出去，钻进了普罗高普咖啡馆。我在那儿遇到了波瓦西和其他几个人，他们也和我一样，觉得厌烦了。我在那儿公开地承认我的过错，谦卑地，或者说自豪地承认了自己就是那个剧本的作者，并且说出了大家想说的话。我公开地坦陈自己是一个失败之作的作者，这一行为受到了大家的赞赏，并且也没有让我觉得难堪。我甚至从自己敢于坦白承认的勇气中在自尊心上获得了某种补偿，因为我认为，在当时那种情况下，与其满面羞愧地默不做声，还不如骄傲地将它说出来。这个剧本尽管在演出的时候被糟蹋了，但还是值得一读的，因此我将它印了出来。该书的序言是我的佳作之一，我开始在其中比以前稍微自由一点地阐述我的原则。

随后不久，我便有机会在一本重要得多的著作中，对这一原则进行彻底地阐发了。我想，就是在这个 1753 年，第戎科学院公布了以《人类不平等的起源》为题的征文章程。这个伟大的问题震撼了我，我为这个科学院竟然能提出这样一个问题而惊讶不已。既然它有勇气提出这个问题，我就有勇气去写。于是，我就着手写了起来。

为了能够自由自在地思考这个重大的主题，我和戴莱丝、我们的女主人——她是一个好女人——以及女主人的一个朋友一起，去圣日耳曼旅行了七八天。我把这次旅行看作是我一生中最惬意的旅行之一。天气晴好，两位好女人承担了一切的劳作和花销，戴莱丝同她俩一起玩耍，而我则什么事都不用管，只在吃饭的时候回到她们身边，并寻点消遣。每天其余的时间，我就钻进树林深处，我在那儿搜寻并且发现了原始时代的景象，我大胆地勾勒出了这个时代的历史。我推翻了人类的那些可鄙的谎言，大胆地将他们的本性赤裸裸地揭露出来，我澄清了那扭曲了人的本性的时间和事物的进程，并将人为的人与自然的人进行对比，向他们指出，人的苦难的真正根源就在于人的所谓进化。我的灵魂受到这些崇高理想的激励，飞升到神圣的境界，在那儿看到我的同类在盲目地循着一条充满偏见、谬误、不幸和罪恶的道路前行。我以一种他们无法听见的微弱的声音向他们疾呼："你们这些愚蠢之极的人啊，你们总是抱怨大自然，要知道，你们全部的痛苦都来自于你们自身啊!"

我的这些苦思冥想的结晶就是《论不平等》。这部作品比我的其他任何作品都合狄德罗的口味，他向我提出了对这部著作最为有益的意见。但是这部作品在整个欧洲只有少数几个人能读懂，而且这些读懂了的人中没有一个愿意谈论它的。既然它是为征文而写，于是我就将它寄了出去，但事先就料定它得不了奖，因为我深知，科学院设立各类奖金的目的根本不是为了征求这一类文章。

这次短途旅行和写作对我的健康和性情都有好处。好几年以来，我一直遭受着尿潴留的折磨，只能任凭医生摆布，可是他们却丝毫不能减轻我的痛苦，反而耗尽了我的气力，损坏了我的体质。从圣日耳曼回来以后，我发现自己强壮了一些，觉得身体好多了。按照这个启示，我决定今后不管是死是活，反正不再去求医问药了，我要跟医生和药物彻底绝缘。我永远地告别了这些东西，开始不依照任何既定的规则而生活，在不能走的时候就安安静静地呆着，等身体好点了，就出去走动走动。如果在巴黎，我就得生活在那群喜欢自我夸耀的人中间，这太不合我的口味了。文人们的政治阴谋，他们的那些可耻的争吵，他们写的书那么的不够坦率，他们在社交场合又是那么的倨傲不逊，这一切都让我深恶痛绝。在他们身上，甚至是我的朋友们身上，我几乎很难发现温文尔雅的气质、开诚相见的精神和坦率直白的态度。我讨厌这种混乱嘈杂的生活，开始热切地盼望着到乡间去居住。虽然明知我的工作不允许我在乡间定居，但是我还是希望至少能在那儿度过我的闲暇时光。有好几个月，我吃完午饭后的第一件事，就是孤身一人前往布洛尼森林去散步，在那儿思考一些打算将来要写的作品的题材，常常是一直呆到夜里才回家。

【1754—1756】

当时我和果弗古尔交情甚笃，他因为公务要到日内瓦去一趟，建议我和他一起去，我同意了。我因身体欠佳，离不开“女总督”的照顾，便决定让她和我同行，留下她的母亲看家。待一切都安排妥当之后，我们三人便于1754年6月1日一同出发了。

我必须把这次旅行记录下来，这是我四十二年的人生旅途中第一次碰到类似的经历，它极大地震撼了我那毫无保留地、十分自然地给予别人充分信任的天性。我们三人租了一辆马车，中途不换马，每天只走很短的一段路程。途中我时常下车步行。我们刚走了不到一半的路程，戴莱丝就表示极为讨厌和果弗古尔单独呆在车内。当我不顾她的恳求，执意要下车步行时，她便要求和我一同下车。我对她的这种任性责骂了好久，甚至强烈反对她下车，她迫不得已，只好跟我道出了实情。当我得知果弗古尔做的那些下流勾当时，感觉就像在做梦似的，一下子从云端跌了下来。原来这位年过六旬的老友，这位患有痛风病和阳痿，被酒色淘空了身子的果弗古尔先生，竟然做得如此过分，从我们上路伊始，便开始不停地挑逗既不年轻也不漂亮、且是属于自己朋友的女人；而且手段极其下流卑鄙，他甚至要送钱给她，还拿了一本十分淫秽的书籍念给她听，并给她看他随身带来的一大堆淫画。戴莱丝十分生气，有一次竟把他那本坏书从车窗里扔了出去。她还告诉我，在我们出发的那一天，我因为剧烈头痛，没有吃晚饭就去睡了，而果弗古尔就趁着这段和她单独相处的机会，试图引诱她，对她动手动脚，根本不像一个我所信赖并向其托付了自己的伴侣的正人君子，而只能说更像一个色鬼和骚公羊。这件事多么令人震惊！而对我来说，这又是一件多么伤心的事啊！在此之前，我一直相信友谊是与形成其魅力的所有可爱而高贵的情感密不可分的，可现在我却生平头一次不得不将友谊和鄙视联系在了一起，不得不从一个我过去爱过且以为自己也被其所爱的人身上撤回我的信赖和尊敬。这个流氓对我隐瞒了他的一切卑鄙龌龊的丑行，为了不让戴莱丝为难，我也不得不在他面前隐瞒我对他的鄙视，把他绝不会知道的那些感情深藏在心中。唉，友谊的甜美而神圣的幻象啊！果弗古尔是第一个把我眼前的这层面纱揭开的人。从此以后，不知又有多少只冷酷无情的手想阻止这面纱重新遮住我的脸啊！

一到里昂，我就和果弗古尔分道扬镳了，另走萨瓦那条路，因为我不忍心再一次离妈妈那么近而不去看她。我又看到她了……天哪，她过的简直不是日子！她堕落到了什么地步！她早年的美德都到哪儿去了呢？她就是当年庞特瓦神父推荐我去找的那位明艳动人的华伦夫人吗？我的心是多么地难受啊！我想她已经别无出路，只有离开此地才行。我在给她的信中再三恳求她来和我一起安静的生活，并表示我和戴莱丝愿意用毕生的精力来使她幸福。但是她却放不下她的年金，不愿听我的话。这年金虽然按期发放，可是很长时间以来，她已经一分钱也得不着了。我把自己的钱分了一小部分给她，如果我不是已经很清楚地知道我给她的钱她一点也享用不到的话，我本来是应该而且也肯定会多给她一点钱的。在我逗留日内瓦期间，她到沙伯莱去作了一次旅游，并到格兰日运河路来看了看我。她没有钱继续她的旅程，而当时我恰好也没有带那么多钱。一个小时以后，我让戴莱丝把钱给她送去。啊！可怜的妈妈！让我再一次说说她那善良的心地吧！她剩下的惟一一件首饰是一枚小戒指，她把这枚戒指褪下来戴在戴莱丝的手指上。戴莱丝马上将它取下，重新套回到她的手指上，同时淌着热泪亲吻那只高贵的手。啊！这正是我偿还宿债的时刻啊！我应该抛下一切跟她走，与她相依相伴，不管她的遭遇如何，我应该与她同呼吸共命运，直到她生命的最后一刻也不离开她半步。可是我却没有这样做。由于我牵挂着另外一份感情，我觉得我对她的感情就变得淡薄了一些，因为我无法指望我的这份感情会对她有点什么好处。我为她而哭泣，却没有随她而去。在我平生所感到的内疚之中，惟有这个内疚是最刻骨铭心的，也是最让我抱憾终身的。我的行为理应遭受从那时起就不断降临到我头上的那些可怕的惩罚。我真希望这些惩罚能抵消我的忘恩负义！这种忘恩负义虽然表现在我的行动上，但是它同时也深深地刺伤了我的心，这足以说明我这颗心绝不是一个薄情寡义的心。

在离开巴黎之前，我已经拟出了《论不平等》这篇文章献辞的草稿。我在尚贝里完成了这篇献辞的定稿，并在文中注明是某年某月某日写于尚贝里。我觉得还是不要标明写于法国或日内瓦的好，这样可以避免好多不愉快的事情。我一到尚贝里，便沉浸于那种召唤我来到该地的拥护共和政体的激情之中，而我的这种激情又因为我在那儿受到热情欢迎而不断增长。我受到来自各个阶层的人们的款待和厚爱，心中充满了强烈的爱国主义热情。我因放弃父辈们所信奉的教派改别的教派而被剥夺了公民权，对此我感到十分羞愧，我决定公开地重新信奉我的父辈们的宗教。我想，既然所有的基督教徒所用的都是同样的福音书，而他们的基本教义之所以产生差异，完全是因为人们想强行解释他们不懂的东西，那么在每一个国家里面，就只有君主才有权规定信仰的方式和确立那些难以理解的教条，而公民的义务就是接受这种教条和奉行法律所规定的信仰方式。我与百科全书派的交往不仅没有动摇我的信仰，反而由于我与生俱来的对争论和拉帮结派的厌恶而更加坚定了我的信仰。在对人和宇宙的研究中，我到处都能发现那主宰着人和宇宙的终极原因和智慧。几年来，我潜心研读《圣经》尤其是《福音书》，由于这些阅读，我很早就开始蔑视那些最不配理解基督的人对耶稣基督的教义所作的解释。总之，哲学一方面让我领悟到宗教的精髓，另一方面又为我清除了那些遮蔽其光辉的琐碎无聊的程式。对于一个有理性的人，我认为他不可能有两种做基督徒的方式。同时我也认为，在每个国家里面，与宗教有关的形式和纪律都在法律的管辖范围之内。这一合理的、具有社会性的、和平的然而却又给我招来残酷迫害的原理必然会得出这样的结论：如果我想成为市民，就必须做个新教徒，重新信奉我国的宗教。我决定这样做，甚至听从了我所在的远在城外的那个教区的牧师的指示。我只希望不要被弄到教务会议去接受讯问。然而，教会的法令对这一点规定得十分明确。不过，他们十分友善，愿意对我网开一面，只指定了一个由五六个人组成的小型委员会来单独听取我的改宗誓言。不幸的是，那位和我关系很好的既和善又亲切的佩尔得利奥牧师竟然对我说，大家很想听听我在这个会上将要讲些什么。这种期待让我惊慌不已，以至于我用了三个星期的时间来没日没夜地琢磨我早已准备好的一篇发言稿。可是到了该我发言的时候，我还是慌了神，一句话也说不出来。在这个会议上，我简直就像个最愚笨的小学生，还是审查我的委员们为我说了话，我只需像个傻子似的回答“是”或“不是”就行了。接着，我就被接纳进了教会，并重新恢复了我的公民权。我以公民的身份在保安税册上登了记，这种保安税是只有公民兼市民才缴纳的。我还参加了国民议会的一次特别会议，出席市政官员缪沙尔的宣誓仪式。对于国民议会和教务会议此次对我释放的种种善意，以及所有官员、牧师、市民的礼貌而客气的行为，我深受感动，加上好心的德吕克的再三恳求，更重要的是出于我自身的意愿，当时我一心只想回到巴黎拆散我的家庭，处理一下我的琐事，安置好勒·瓦瑟太太和她的丈夫，或者给他们一些赡养费，之后就同戴莱丝一起回到日内瓦定居，度过余生。

这样决定下来之后，我便把正事暂时搁置下来，以便同我的朋友们好好玩一玩。我一直玩到快启程的时候才收手。在这些游玩之中，数我同德吕克、他的儿媳和两个儿子以及我的戴莱丝一起划船环湖游览的那一次最开心。这一次旅游花了我们七天时间，那几天的天气实在是好极了。湖对面风景怡人，给我留下了很深刻的印象。几年以后，我在《新爱洛伊丝》中描写了这些风景。

我在日内瓦结交的人除了德吕克之外，主要还有：年轻的牧师凡尔纳，我和他在巴黎时就认识了，他后来的表现不像我当时对他的评价那么高；佩尔得利奥先生，他当时是乡村牧师，现在是文学教授，和他的交往十分愉快与舒适，值得我永远怀念，尽管他后来认为与我绝交这件事情做得很好；雅拉贝尔先生，当时是物理学教授，后来当上了国民议会议员和市政官员，我曾将我的《论不平等》读给他听，但是漏了读献词，他似乎比较欣赏这篇文章；吕兰教授，直到他逝世我都与他保持着通信联系，他甚至托我为图书馆购书；凡尔纳教授，像其他人一样，在我向他表示过我的好感和友谊之后，就对我理都不理了，而我的那些表示本应让他大受感动的，如果一个神学家还能被什么东西感动的话；沙必伊，他是果弗古尔的助理和继任者，他本想顶替果弗古尔，谁曾想不久以后自己倒被别人顶替掉了；马尔赛·德·麦齐埃尔，他是我父亲的老朋友，也是我的朋友，以前曾经为国立功，后来成为戏剧作家，并想竞选两百人议会的议员，于是改弦更张，在死前已经成了众人的笑柄。但是，在所有我结交的人中，只有穆耳杜给了我最大的期盼，他才华横溢、思想激烈，尽管他对我的态度常常有点模棱两可，而且他与我的死敌交往密切，但我还是一直都很喜欢他，并相信有朝一日他会成为我死后的辩护者，并为他的朋友复仇。

在广交朋友的同时，我仍然保持了独自散步的习惯，从未间断过。我经常在湖边作长距离的漫步，在漫步当中，我那惯于思考的脑子一刻也没有闲着。我的那本《政治制度论》的轮廓就是在散步的时候想出来的，我很快就会谈到这本书。我还构思了《瓦莱史》，它是一篇散文体悲剧，以柳克丽希亚为题材，虽然我是在这个不幸的女子已经不可能出现在任何法国戏剧里的时候，放开胆子让她再次登上舞台的，但是我还是希望能够击垮那些嘲笑者。我还尝试着翻译塔西陀，译出了他的历史书的第一卷，译文收在我的文稿中。

在日内瓦逗留了四个月以后，我于十月间回到了巴黎，途中绕过了里昂，以免碰见果弗古尔。由于我打算到第二年的春天才返回日内瓦，因此在冬天我恢复了原来的生活习惯和职业，主要的工作是审阅《论不平等》的校样，这部书稿是我托书商雷伊在荷兰出版的，我和他是新近在日内瓦认识的。由于这本书是献给共和国的，而这篇献词可能会使国民议会不高兴，所以我想在回日内瓦之前先等一等，看看这一篇献词会产生什么样的反响。反响果然对我不利，这篇献词原本是我在最纯洁的爱国激情的激励下写出来的，现在却偏偏为我在议会中树立了敌人，在市民中招来了嫉妒。舒埃先生当时是首席市政官员，他给我写了一封客气而冷漠的信，原件收入我的信函集 A 第三号中。在个别人那里，尤其是德吕克和雅拉贝尔那里，我听到不少褒扬之词，但是仅此而已，我没有看见有哪个日内瓦人真正地感谢我写在书中的那些发自肺腑的热忱。这种冷漠让任何注意到此事的人都感到震惊。我还记得，有一天我在克利什尔同杜宾夫人吃饭，在座的还有共和国代办克罗姆兰，以及梅朗先生，梅朗先生在席间坦率地说，议会应该为这本书给我一个奖赏并公开地赞扬我，否则它就有失体面。克罗姆兰是个肤色黝黑、粗俗阴险的人，他当着我的面不敢答复，便做了一个可怕的鬼脸，惹得杜宾夫人笑了起来。除了满足我的心愿之外，这部作品为我带来的惟一好处，就是公民的称号，这个称号先是由我的朋友们，然后由公众赠给我的，后来由于我太配享有这个称号而又失去了它。

不过，如果没有一些更强烈的动因对我的内心产生影响的话，仅凭这次不如意是无法阻止我去执行退隐日内瓦的计划的。埃皮奈先生急于给舍弗莱特府第添盖它所缺少的一翼房舍，为此花了很大一笔钱。一天，我陪埃皮奈夫人一起去看了这个工程，顺便又往前多走了四分之一法里的路程，一直走到公园的蓄水池边，旁边是蒙莫朗西森林，那儿有一个漂亮的苹果园，园中有一座破破烂烂的小屋，人称“退隐庐”。在我未去日内瓦之前，这个僻静而舒适的地方就给我留下了很深的印象。我曾经在兴奋中，情不自禁地冒出了这么一句话：“啊，夫人，多么美妙的一个居所呀！

这真是为我量身定做的一个退隐之所啊！”当时，埃皮奈夫人并没有怎么在意我的这句话，但当我第二次造访此地的时候，我惊呆了，发现在原来的破房子的旧址上，已经建起了一座几乎全新的小宅子，而且布局巧妙，很适合三口之家居住。原来埃皮奈夫人悄悄地让人完成了这个工程，而且花的钱少之又少，只从盖城堡侧翼的工程中抽点材料和人工过来就行了。她见我很吃惊，便对我说：“我的熊呀！这儿就是你的庇护所。你自己选择了它，现在友情将它献给你，我希望这份友情能让你打消要离开我的那个残酷的念头。”我敢说，我一辈子都没有经历过比这更强烈、更愉快的感动；我的泪水打湿了我那朋友的慷慨的手；如果说我在那一刻还没有完全被征服，但我的决心已经发生了极其严重的动摇。埃皮奈夫人不愿意遭到回绝，便再三催我，想方设法，托了好多人，想说服我，还动员勒·瓦瑟太太和她的女儿来劝我，最后她终于取得了成功。我决定放弃回国定居的念头，答应在退隐庐住下来。她一边等新房晾干，一边忙着置办家具，所以，开春后一切就都准备妥当，可以直接入住了。

另一件促使我下定决心的事是伏尔泰在日内瓦附近的定居。我知道，这个人会在日内瓦闹个天翻地覆的。如果我回国，那么我就会在自己的国家再次碰上那种将我逐出巴黎的气氛、风尚和习俗，就还得继续没完没了地争斗。我只能要么做一个俗不可耐的书呆子，要么做一个懦夫和坏公民。伏尔泰就我最近的那部作品写给我的信，让我不得不在回信中委婉地说明了我的忧虑，而这封回信所产生的效果证实了我的忧虑。从此，我便认为日内瓦已经不可救药了，这一点我并没有看错，如果我自觉有此能力的话，我也许该去抵御这场风暴的。可我既胆怯又拙于言辞，又怎能对抗一个阔绰的、有王公贵族撑腰、辩才无碍，而且早就是女士和年轻人偶像的人呢？我担心鲁莽行事不仅于事无补，反而徒增危险。所以就听从了我的平和性情的召唤，听从了我对宁静的爱好。这种对宁静的爱好，如果说曾经欺骗过我的话，那么今天在这同一个问题上，它还是在欺骗我。要是我退隐日内瓦的话，本来是可以免去很多大灾大难的，可是我怀疑，即便我满怀着一腔炽热的爱国热情，我究竟又能为我的祖国做出点什么伟大而有益的事情来呢？

差不多与此同时，特龙桑来到日内瓦定居，后来又跑到巴黎来做江湖医生，捞了一笔钱回去了。他一到巴黎，就和让古尔骑士一起来看我。埃皮奈夫人急于请他单独给她诊治一下，但是求他看病的人实在是太多了，她挤不进去，便求助于我，于是我就促请特龙桑去给她看看。这样，在我的帮助下，他俩开始有了联系，到了后来，他俩的联系更加紧密，却把我给甩了。这就是我的宿命，一旦我把我的两个素不相识的朋友介绍到一起，他们就必定会联合起来反对我。虽然特龙桑一家在他们所参与的那个使祖国沦落到受奴役的地步的阴谋之中，个个都似乎与我有不共戴天之仇，但是这个医生却在很长一段时间里对我颇为友好。他甚至在返回日内瓦之后，还给我来信，提议我担任日内瓦图书馆荣誉馆长一职。但是我已经下定了决心，他的这个提议并没有使我动摇。

就在这个时期，我又去拜访了一次霍尔巴赫先生，因为他的夫人去世了。霍尔巴赫夫人和弗兰格耶夫人都是在我停留于日内瓦期间过世的。狄德罗在把霍尔巴赫夫人去世的噩耗告诉我时，谈到了她的丈夫是多么地哀恸欲绝。他的哀伤打动了我，我也为这位温柔亲切的女士之死而叹惜不已。我给霍尔巴赫先生写了一份吊唁信。这件丧事让我忘记了他所有的不是。当我从日内瓦回来以后，而他为了排遣哀愁，跟格里姆以及其他几个朋友到法国各地去转了一圈，也回到巴黎以后，我就去看望了他。后来我还继续去看他，直到我迁居退隐庐为止。当时他还不认识埃皮奈夫人，当他那个小圈子里的人得知埃皮奈夫人正在为我准备一所宅子的时候，便纷纷对我大肆讥嘲，说我需要有人奉承，离不开都市的娱乐，连半个月的寂寞都忍受不住。我的内心十分坦然，便由他们去说，还是继续我行我素。霍尔巴赫先生倒是给我帮了点忙，他给老勒·瓦瑟安置了一个去处。老勒·瓦瑟已经年过八旬，他妻子觉得他是个累赘，不停地求我把他打发走。他被送进了一家慈善机构，由于年纪太大，加上被离开家庭的痛苦所折磨，几乎一到那儿就过世了。他的妻子和儿女们对他的死都不怎么悲伤，只有一向疼爱他的戴莱丝一直不能释怀，总是后悔不该让风烛残年的老父亲在远离自己的地方凄凉地死去。

差不多就在这个时候，有个客人来看望我，尽管他和我是老相识了，这次访问还是大大地出乎我的意料。我指的是我的朋友汪杜尔，我万万也没有想到他会在一个晴好的早晨跑来看我。跟他一起来的还有一个人。我觉得他的变化太大了。他往日优雅的风度已经荡然无存，浑身弥漫着一股放荡的气息，让我无法和他推心置腹地畅谈。要么是我的眼光变了，要么是他那昔日的神采奕奕完全来自于青春的光彩，而现在他已经青春不再。我几乎是冷漠无情地接待了他，而我们分手的时候更是相当的冷淡。但是，当他走了之后，我俩往日亲密无间的友情又强烈地勾起了我对自己青年时代的回忆。我的青春是多么愉快地完全献给了那位天使般的女人，而现在她的变化也不亚于汪杜尔啊！还有那个幸福时代的种种小插曲，我想起了我在图纳和两个妩媚迷人的女孩在一起天真无邪、兴高采烈地度过的那个浪漫的一天，虽然她们给我的惟一恩惠就是让我吻了一下手，尽管如此，她们却给我留下了那么强烈、那么动人、那么持久的惆怅。当年，我年轻的心满怀着喜悦的激情，并且感受到这种激情的全部力量，可是我认为这种激情现在已经一去不复返了。所有这些温柔亲切的回忆，都让我为那已逝的年华和不能复得的乐趣泪流不止。啊！对于晚年重来的那份不幸的激情，如果我能预料到它会给我带来那么多的痛苦，那我又将会洒下多少泪水啊！

在离开巴黎之前，具体来说就是在我退隐前的那个冬天，我做过一件称心如意的事情，并且品尝到了它全部的纯洁意味。巴利索是南锡学士院的院士，曾经因几部他写的戏剧而出名。当时他刚为法国国王的岳父波兰国王演出过一个戏剧。他在剧中写了一个胆敢执笔对抗国王的人，其意图很明显，就是要取悦国王。可是这位波兰国王斯塔尼斯拉夫性格直爽，不喜欢讽刺，看到有人竟敢在他面前这样评说当世的名人，不禁勃然大怒。特莱桑伯爵奉这位国王之命写信给达朗贝和我，告诉我国王陛下打算将巴利索从学士院开除出去。在回信中，我诚挚地恳请特莱桑先生向国王求情，让他这次饶过巴利索。巴利索果然被饶恕了，但是特莱桑在向我传达国王的旨意时，又补充说这件事会被记录在学士院的档案上。我回信说，这不是饶恕，反而是一个永久性的惩罚。最后，经过我再三的恳求，这件事总算获得了圆满的解决，他承诺说档案上将不会对此事作任何记载，而且有关这件事的任何细节都不会对外公开。在给出承诺的同时，无论是国王还是特莱桑先生，都很郑重地对我表示了敬仰和尊重，让我感觉非常欣慰。通过这件事情，我感觉到，凡是自身值得尊敬的人，他们对某个人的尊敬，一定会在这个人的心中产生出一种比虚荣心更加甜蜜和高贵的情感。我将特莱桑先生的信以及我的回信都收入了我的信函集，原件为信函集 A 中的第九、十、十一号。

我很清楚一旦我的这些回忆录公之于世，那么那些我想抹去痕迹的事情反而会永远地流传下去，但岂止是这些，还有好多我不得已而传给后世的事情呢！被我时刻铭记于心的写忏悔录的伟大目标，以及把一切和盘托出的不可推卸的责任，不容许我为了某些小事而畏首畏尾，否则就会背离我的目标了。在我这种离奇而独一无二的处境下，我更应该对真理负责，而不应顾忌这个人或那个人。如果有人想要了解我，就应该了解我的方方面面，不论是好的方面还是坏的方面。我的忏悔有必要和其他许多人的忏悔联系在一起。当我在谈到和我有关的事情时，无论涉及自己还是别人，我都是同样的坦率，因为我不觉得我应该对别人更宽容而对自己更苛刻，尽管我在骨子里是想这样做的。我想始终保持公正与真实，尽可能地去说别人的好处，只在与我有关范围内数落别人的不是，而且只有在万不得已的情况下才这样做。在我被弄到这种处境的情况下，还有谁有权向我作更多的要求呢？我的忏悔录绝不是为在我活着的时候出版而写的，也不想在相关的人员还在世的时候出版。如果我能主宰自己以及这本书的命运，那么这本书将会在我和这些人都去世很久以后才面世。但是这些可怕的真理让我的那些强大的压迫者们感到恐惧。因此他们无所不用其极，想把真理的痕迹扫除干净。这就迫使我不得不采取最审慎的公理和最严格的正义所允许我采取的一切措施来保留这些痕迹。如果我的忏悔录能和我一同消失，而不会累及别人的话，那么我会毫无怨言地忍受这一不公正的而且转瞬即逝的耻辱。但是，既然我的名字注定要永远留存，那我就应该尽力让拥有这个名字的不幸者的回忆连同这个名字一同流传下去——当然是按照真实情况，而不是按照他的那些不公正的敌人们所处心积虑地描绘的那样流传下去。

第九章

我急于住进退隐庐的蜗居，以致等不及美好的季节降临。待新房子一收拾好，我就连忙搬了进去。这就引来了霍尔巴赫一伙人的一片讥笑声，他们公开地预言我不可能忍受三个月的寂寞，说我很快就会承认失败，然后灰溜溜地回到巴黎，继续过和他们一样的生活。而我自己呢，十五年来一直远离自己喜欢的环境，现在既然有机会返璞归真，又哪里会有闲心去管他们的这些冷嘲热讽呢？自从我不由自主地被抛进社交界以后，我无时无刻不在怀念我那亲爱的沙尔麦特和我在那儿度过的幸福生活。我感到我天生就适合过乡居和退隐的生活，而在其他任何地方都不可能幸福。在威尼斯，公务繁忙，位居类似于外交使节的高位，满怀着升迁的渴望和计划；在巴黎，置身于上流社会的漩涡之中，享受着晚宴的口腹之乐，观赏着戏剧的浮华，沉浸于如过眼云烟的虚荣之中——但是在这些时候，我仍会回忆起丛林、小溪和孤独的散步，它们勾起我的愁思，让我分心，引起我既憧憬又怀念的长叹。我之所以甘心做那些长时间的辛苦工作，接受一阵一阵袭来的让我热血沸腾、野心勃勃的计划的摆布，都没有别的目的，只为了有朝一日能过上宁静的乡间生活，此刻我自认已经过上了这种生活。我原以为只有在彻底地自立之后才能过上这种生活。可是以我现在的这种特殊地位，完全无须自立就能通过一条截然不同的道路达到同样的目的。我没有稳定的收入，但是我有点名气和才华，又很节俭，削减了所有为迎合大众舆论而支出的昂贵花销。此外，尽管我很懒散，但只要我愿意，我还是很勤劳的。而且我的懒散不是那种根深蒂固的无所事事的懒散，而是那种独立不羁之人的懒散，这种人只在想干活的时候才干活。我的抄谱工作既不引人注目，又赚不了大钱，但是很牢靠。社交场上的人很满意我有勇气选定了这一行。我不担心找不到活干，而且只要我努力工作，就足够维持我的生活。《乡村占卜者》和我的其他作品的收入还余下两千法郎，足以保证我在一段时间内不用为衣食担忧。此外，我还有几本正着手写作的书，有望不必向书商索要高价，就可以再增加一点收入，让我工作得更为舒适，无须过分劳累，甚至还有空去散散步。在我的这个小小的三口之家里，每个人都没有闲着，要维持我们的生活并不需要太多的花费。总之，我的收入与我的需求和欲望是正相匹配的，我有可能按照自己的志趣所选择的方式，过上长久的幸福生活。

我本来完全可以踏上一条最赚钱的道路，将我的笔不是用来抄乐谱，而是完全用于写作。按照我当时已有的、而且自我感觉有能力继续保持下去的那种势头，只要我稍稍愿意将作家的技巧和出好书的审慎态度结合起来，那么我的写作就足以让我过上一种富裕、甚至奢华的生活。但是，我觉得，单纯为了面包而写作，很快就会窒息我的天才，扼杀我的才华。而我的才华不只体现在文笔上，它更多地体现在我的心中，它完全是通过一种豪迈而高尚的运思方式产生出来的，只有这种运思方式才能让我的才华永葆活力。从一支惟利是图的笔下是产生不了任何伟大有力的作品的。需求，也许还有贪婪，可能会让我写得快，却不能让我写得好。对成功的渴求即便没有让我卷入政治阴谋集团的话，那么它也会让我说些取悦大众的话，而不是去说有用的和真实的话，从而我就成不了我原本有可能成为的杰出作家，最终只能成为一个庸碌无为的作者。不，不！我一直觉得，当且仅当作家不是一个职业时，作家的地位才会是崇高的和可敬的。当一个人只为稻粮谋时，他的思想就难以高尚。为了能够说出和敢于说出伟大的真理，就必须将能否成功看得淡一些。我相信自己是为了替公众利益说话才把我的那些书奉献给社会的，这里面没有夹杂任何其他的考虑。如果作品被社会拒绝，那就活该那些不愿意从中受益的人倒霉，而我并不需要靠他们的赞同来生活。如果我的书卖不出去，我还有工作可以用来维持生计，也正因为如此，我的书倒还真的能卖出去。

1756年4月9日，我离开了巴黎，从此再也不居住在都市里了。虽然后来我在巴黎、伦敦以及其他一些城市都有过短暂停留，但都只是匆匆过客，或者不得已而为之，不能算是居住。埃皮奈夫人用马车载上我们一家三口，她的佃户替我们搬运那点简单的行李，这样我在当天就住进了新家。我发现我这个小小的退隐之所，虽然布置和陈设都很简单，但是颇为洁净，甚至还很高雅。精心打理这一切的那双惠手，让这些布置在我的眼里具有一种无法估量的价值。我发现，成为我这个朋友的客人，住在我自己选址、由她特意为我建造的房子里，真令我感到万分的愉快。尽管天气很冷，地上还有残雪，但大地却已经开始显露出草木繁盛的迹象。紫罗兰和报春花已经开放，树木开始绽开叶芽。在我入住的当夜，就听到了夜莺的第一声啼叫，它虽来自于邻近的树丛，却仿佛就在我的窗下歌唱一样。我半梦半醒地睡过一阵之后醒来，忘了自己已经迁居，还以为是在格勒内尔路呢。忽然，传来一阵婉转的鸟啼，让我猛地一颤，我在狂喜中喊道："我的心愿终于都实现了。"我的第一个想法就是去看看周围的乡野景物能带给我什么样的印象。我没有整理新居，而是先出去散步。第二天我就将住所周围的每一条小径、每一片矮林、每一片灌木丛和每一个角落都踏访了一遍。我越是仔细观察这个迷人的退居之所，就越觉得它正是为我而设的。这地方偏远而不荒野，让我仿佛置身于天之尽头。它有着在都市近郊很难看到的那种动人的美，如果有人突然置身其中，他绝对不会相信此地距离巴黎只有四法里之遥。

在沉醉于乡野之趣数日之后，我才想到要整理一下文稿，并处理一下自己的工作。像从前一样，我安排上午抄乐谱，下午带着便笺簿和铅笔出去散步。我向来只有在露天下才能无拘无束地思考和写作，到这里后我觉得没有必要改变这个习惯。我打算从今以后将门前的蒙莫朗西森林就当作我的书房。我有好几部作品已经动笔写了。现在我又重新把它们检视了一番。我有不少宏伟的计划，但是由于城市的喧嚣，在此之前它们一直进展不大。我原打算干扰少一些的时候，在这上面多投入一点精力。我想这回总算可以得偿夙愿了。对于我这样一个病恹恹的人，常往舍弗莱特、埃皮奈、奥博纳、蒙莫朗西城堡跑，又经常在自己的家里被一群充满好奇心的游手好闲者缠住不放，而且老要花半天时间抄乐谱，如果有人数一数算一算这六年我在退隐庐和蒙莫朗西所完成的作品，我敢肯定，他们一定会同意，如果我在此期间浪费了时间的话，那至少没有浪费在无所事事上。

在我已经动笔写的那些作品中，我构思了很长时间，对其最有兴趣，并打算在它上面倾注我毕生心血，而且在我看来将让我的声誉达到顶点的一部作品，就是我的《政治制度论》。十三四年前，我还在威尼斯时，曾经有机会看到，这个被人们大肆吹嘘的政府制度竟然有那么多的弊端。那时我就产生了写这样一部书的念头。在那以后，通过对道德的历史性研究，我的视野大大地拓宽了。我开始发现，一切从根本上都与政治有关联，一个人不管他怎样行事，都只能是他的政府的性质使他那样干的。因此，“什么样的政府最适合造就最有道德、最开明、最聪慧，总而言之，最好的人民?”这里的“最好”一词是就其最广泛的意义而言的。我想，这个问题又与下面这个问题紧密相连，这两个问题即便不是相同的，也是极为相近的。“哪种政府在性质上最接近法?”这就引发了诸如“什么是法”之类的一连串同等重要的问题。我看出，这一切都将我引到有益于人类幸福的伟大的真理上去了，这个真理尤其有益于我的祖国的幸福。在最近那次旅行中，我在我的祖国，并没有看到令我满意的关于法律与自由的足够明晰与正确的概念。我曾经认为，以这种间接的方式向我的同胞们传达这些概念，是最能顾全相关人士的颜面，也是最能让他们原谅我比他们看得稍远一点的。

尽管我着手写作这本书已经五六年了，但一直进展不大。写这种书需要沉思、闲暇与宁静。而且，我是偷偷摸摸地写这本书的，没把这个计划告诉任何人，甚至没有告诉狄德罗。我担心，对我写作的这个时代和国家而言，这样的写作会显得过于胆大妄为，同时我也担心，朋友们的惊慌会妨碍我执行自己的写作计划。我还不知道它是否能及时完成，赶在我生前印出来。我希望能不受限制地写出这个题目所要求的一切内容。我深信，我在公正方面是无可指责的，因为我天生不爱讥讽别人，也从来不想搞人身攻击。当然了，我希望能充分利用我与生俱来的思考的权利，同时我也始终尊重我于其治下生活的政府，从来也不违背它的法律，同时我也十分注意，既不去违反国际法，也不愿因畏惧而放弃国际法给予我的利益。我甚至承认，作为一个生活在法国的外国人，我发现我的特殊身份有利于我大胆地说出真理。因为我很清楚，只要继续像我先前想的那样，不在法国出版任何未经允许的东西，那么无论我在书中主张什么，无论我在哪个国家出书，在法国我都无须对任何人负责。要是在日内瓦，我甚至可能没有这种自由，因为在那儿，不管我的书是在哪里印刷，官方都有权批评其内容。对这方面的考虑极大地促使我接受了埃皮奈夫人的恳求，从而放弃了定居日内瓦的计划。正如我在《爱弥儿》中所表述过的那样，如果你想写一些有益于祖国的书，除非你天生就是个阴谋家，否则你就不应该在自己的祖国写。

让我觉得更高兴的是，我相信法国政府也许不会怎么特别优待我，但是即便它不保护我，它也会以不骚扰我为荣的。在我看来，以容忍自己无法阻止的事作为一种政绩，这倒是一种非常简单却又十分巧妙的政治手腕。因为，即便将我逐出法国——他们是完全有权这么做的——我的书还是会照样写出来，甚至更加不受拘束，那么还不如就让我在法国不受干扰地写书，这样我就得做我的书的担保人，进而言之，还将消除欧洲各国对法国的根深蒂固的成见，让它获得一种很开明的尊重国际法的美誉。

那些根据后来的结果，认为我的这种信任欺骗了我的人，其实可能是他们自己看错了。在那场将我吞没了的风暴中，我的书成了攻击我的借口，但人们要攻击的其实是我这个人，与书并无关系。他们并不怎么关心书的作者，而一心想要毁掉让雅克这个人。他们在我的作品中搜寻到的最大罪状，正是我的作品给我带来的光荣。暂且不说这些未来的事吧。这件事对我来说至今还是个谜，我不知道它将来能否被读者解开，我只知道，如果是我公开发表的那些原则给我招来我已经遭受的那些虐待的话，那么我早就该成为这些原则的牺牲品了。因为早在我隐居退隐庐之前，我的全部作品之中把这些原则表现得最坚决——如果不说是最大胆的话——的一部书就已经在产生影响了，但没有人想过——我不想说是趁机找茬——要阻止该书在法国出版发行，它在法国跟荷兰一样，是公开出售的。后来《新爱洛伊斯》的出版同样毫不费劲，我敢说，也受到了同样的欢迎。而且几乎令人难以置信的是，这个爱洛伊斯对信仰的表白与萨瓦助理司铎的表白一模一样；《社会契约论》里所有大胆的言论在《论不平等》中早就有了，而《爱弥儿》里所有大胆的言论在《朱丽》中也早就有了。既然这些大胆的言论没有给这两本先前出版的书招来强烈的公开抗议，那么导致人们对后两本书进行强烈抗议的原因就更不可能是这些大胆的言论了。

此时，我最关心的是另一项工作，它的性质与前一件大致相同，但是确定计划的时间较晚，那就是编选圣皮埃尔神父的著作。为了顾及我整个叙述的连贯性，这本书我直到现在都还没有谈起过。当我从日内瓦回来以后，马布利神父就建议我接手做这件工作，不过他没有直接向我提，而是通过杜宾夫人转达的，因为杜宾夫人从她自己的利益出发，也希望我能接受这个建议。杜宾夫人是先前拿圣皮埃尔神父当宠儿的三四位巴黎美妇人之一，她即便没有独占对神父的宠爱，至少也和艾基荣夫人一起共享了这种宠爱。在这位神父去世之后，她一直抱着尊重与敬爱之情怀念着他，这份尊重与敬爱足以让双方都获得荣耀。因此，如果她能看到自己的秘书将这位朋友的那些未能问世就已夭折的文稿起死回生的话，那她的虚荣心一定会得到极大的满足。在这些文稿里面，的确有些闪光之处，但是表述得太差，让人难以卒读。令人感到奇怪的是，圣皮埃尔神父一向把他的读者看作是大孩子，但是在他对读者讲话时，却又把他们看成是大人，太不注意如何使别人听懂自己的话。正因为如此，他们才提议我做这件工作，一来这工作本身是有益的，再则它很适合一个勤于动笔而懒于原创的人，适合一个以思想为苦、只愿意做合自己口味的事、喜欢阐释和发挥别人的思想而不愿自创一格的人。再说，既然我并没有将自己局限在阐释者的位置上，那就并不妨碍我在某些时候有点自己的独立思考。我完全可以将许多重要的真理披着圣皮埃尔神父的外衣写进书中，这比以我的名义写书要稳当得多。不过，这项工作并不轻松，它意味着要进行阅读和反复思考，要在二十三大本杂乱无章、冗长乏味、不断重复、充满偏见和谬误的文集中反复筛选，进行慎重的取舍，并且必须从其中捕捉到一些伟大而崇高的思想，正是这些思想给了我忍受这件苦差使的勇气。我常常想，如果能取消这项工作而又不丢面子的话，那我肯定会甩手不干的。但是既然神父的侄子圣皮埃尔伯爵应圣朗拜尔的请求将神父的手稿交给我，而且我也接受了，那么在某种意义上可以说我已经答应了要在这些文稿上有所作为，因此我要么将这些手稿退还给人家，要么对它们善加利用。我正是基于后一种考虑而将它们带到退隐庐来的。它也是第一部我打算利用空余时间完成的作品。

我还在思考着第三部作品，它来源于我在返观自身时所产生的想法。如果我果真能按照原先拟定的计划去写作的话，那我就很有理由希望能写出一部真正有益于人类的书，甚至是最有益于人类的书，我越是这样想，就越感到有勇气去写这本书。大家都曾经注意到，大部分人在他们的一生当中，常常与自己毫不相似，仿佛变成了一个与自己截然不同的人。当然，我写这本书并不是为了证明这样一个众所周知的事情，实际上我有一个更新的甚至是更为重要的目标，那就是探讨发生这种变化的原因，确定哪些原因是我们自己造成的，以便分析我们如何才能控制这些因素，从而使我们更好、更自信。因为，毋庸置疑，对一个正派的人来说，抵制一些已经形成而又必须克服的欲望是十分困难的，但如果他能从这些欲望的源头着手，那么在预防、改变或纠正这些欲望时就会容易一些，不过先决条件是他能追溯到这些欲望的源头。有人在第一次受到诱惑时能抵制住，因为他是坚强的，而另一次他就拱手投降了，因为他软弱了。如果他还是像第一次那样坚强，那他就不会屈服了。

在我一边探索自我，一边观察别人，试图揭示人们的各种不同的生活方式究竟是从何而来的时候，我发现它们大部分都取决于外部事务先前给我们造成的印象，因此当我们不断地被我们的感觉和身体器官所改变的同时，我们的思想，感情，甚至行为也就不知不觉地受到这些改变的影响。我所收集的大量引人注目的观察资料都是无可争辩的，而且，从它们的自然原理上看，我觉得这些观察资料似乎很适合提供一种外在的行为准则，这种准则随环境而改变，有可能使我们的心灵处于或维持在最有利于道德的状态之中。如果人们学会强迫身体机制去支持它经常骚扰的道德秩序，那么就能防止理性少出多少差错，就能将多少邪恶扼杀在萌芽状态啊！不同的气候、季节、声音、色彩、黑暗、光明、自然力、食物、噪声、寂静、运动、静止——它们全都作用于我们的肉体，因而也就能作用于我们的心灵；它们也都为我们提供了数不胜数的、几乎毫无差错的机会，让我们能把那些支配我们的感情在其刚露出苗头时就加以控制。这就是我已经写在了纸上的基本思想，而且，鉴于我似乎很容易就能用这个思想写出一部读者爱读、作者爱写的书来，我希望我的这个思想能对那些秉性纯良、真诚地热爱道德、警惕自身的弱点的人产生切实的影响。然而，我在这部题为《感性伦理学》或《智者的唯物论》的书的写作上并未取得什么进展。读者很快就会知道其原因是一些分心的事情使我无暇顾及这部书，而且读者也会了解到我为这本书而拟的提纲的命运将会如何，而它又是怎样出人意料地与我自身的命运紧密相连。

除了以上说到的这些之外，我已经有很长一段时间在考虑一种教育体系了。这是舍农索夫人求我予以关注的，因为她丈夫对儿子的教育让她一想到儿子的前途就不寒而栗。尽管这个问题本身不大合我的口味，但是友谊的力量却使我对它比对其他任何问题都更上心。因为这个原因，所以在我刚才提到的所有计划中，这是我惟一执行完毕了的一个计划。在我看来，我写这个作品时所期望获得的结果，本该给它的作者带来另一种命运。但是在这儿我还是先不谈这个让人伤心的话题吧。在本书后面的章节中，我将不得不谈到它。

这些各式各样的计划都是我散步时沉思默想的材料。我想，我在前面已经说过，我只能在散步的时候才能进行思考，只要一停下来，我就再也不能思考了，我的脑子只跟我的双脚一起运动。不过，我也做了一点预防，为雨天准备了一个室内工作，这就是编《音乐辞典》。对这本辞典而言，它的材料既杂乱无章又残缺不全，并且未经分析提炼过，所以几乎有全部重新写过的必要。我带来了几本写这部辞典时需要用到的书籍。在这之前，我曾经花了两个月的时间对其他好多书进行过摘抄，那些书是我从王家图书馆里借出来的，其中有几本人家还允许我带到退隐庐来。这就是我准备的室内工作，当天气不允许我出门，或者抄乐谱抄烦了的时候，我就在家里编辞典。我的这种安排太合理了，所以不论是在退隐庐，还是在蒙莫朗西，甚至后来在莫蒂埃，我都是这样做的。我在莫蒂埃编完了这部辞典，同时也在继续做着其他的事情。我一直觉得，像这样不时地换换工作来调剂一下，对我来说是一种真正能够解除疲劳的方式。

有那么一段时间，我比较严格地执行了我制定的这个作息时间，对此我感到相当满意。但是当晴好的天气更频繁地将埃皮奈夫人吸引到埃皮奈或舍弗莱特的时候，我便发现，有些起初并不怎么让我费心、也没有引起我太多注意的事情，现在却极大地搅乱了我的其他一些计划。我曾经说过，埃皮奈夫人有一些可爱的优点，她热爱她的朋友，热情地为他们服务，为了朋友她可以不惜时间也不惜精力，因此她理应得到朋友们的回报。迄今为止，我虽然一直在尽着这个义务，却并没有发现它是一个负担。但是后来我终于认识到，实际上我已经给自己套上了一条锁链，只是因为友谊的缘故，我才没有感觉到它的重量，而且由于我讨厌应酬和交际，我又加重了这条锁链的重量。埃皮奈夫人就利用我的这种讨厌，向我提出一个建议。这个建议表面上对我有利，实际上对她更有利。建议的内容是：只要她没有伴了，或者差不多是一个人在家的时候，就派人来叫我去。我同意了，却没有料到自己受到了束缚。这样约定的结果是，不是我在有空的时候去拜访她，而是她在有空的时候召我去陪她玩。如此一来，我就再也不能自由支配自己的时间了。这种约束也使我再也不像从前那样，觉得去拜访她是件很愉快的事情了。尽管她再三许诺说我可以有不去的自由，但我发现这个许诺是以我不利用这个自由为前提条件的。有一两次，我想利用一下这个自由，埃皮奈夫人就又是捎信，又是写便条，又是担心我的健康。对于她的这些大惊小怪的反应，我看得很清楚，除非我实在病得卧床不起，那么只要她稍一召唤，我就得朝她家马不停蹄地赶过去。我没法不接受这种束缚。最后我屈从了，而且对像我这样一个最讨厌听命于人的人来说，甚至是心甘情愿地屈从了。因为我真心地依恋她，所以我根本没有觉察到随之而来的束缚。通过这种方式，她或多或少地填补了她那个圈子里的朋友不来陪她时给她的娱乐时间带来的空白。虽然对她而言，找我来陪伴只是一个临时性的替代措施，但至少比彻底的孤单冷清要好一点，因为她受不了这样的情形。然而，自从她试图尝试一下文学写作，自作主张地要写点小说、书简、喜剧、故事以及诸如此类的无聊东西以来，她很容易就填满了这些空闲时间。不过，让她感到有意思的不是写作这些东西，而是将它们读给人听。如果她偶尔能涂抹出比较连贯的两三页文字出来，那么在完成一项如此艰巨的任务之后，她就非得至少找两三个自愿捧场的人来听她朗读不可。我没有入选这类人的荣幸，除非有人好心地推荐我参加。我常常被人视若无物，这种情形不仅发生在埃皮奈夫人的社交圈里，也发生在霍尔巴赫先生的社交圈里，只要是格里姆定调子的地方都是如此。这种微不足道的地位让我觉得非常自在，但是在和埃皮奈夫人单独相处的时候，我就不知道该如何是好了。我既不敢谈文学，因为没有这个资格，也不敢说风月，因为我太羞涩，宁愿去死也不愿被人说成是一个老色狼。我和埃皮奈夫人呆在一起的时候从未动过这方面的心思，而且即便在她身边呆一辈子，我也绝不会产生这样的念头。倒不是说我对她有什么反感或讨厌，恰恰相反，也许是因为我对她的爱太像对一个朋友的爱，所以我不能把她当一个爱人去爱了。我看到她，跟她聊天，就感到很愉快。她的谈吐虽然在社交场合下相当引人入胜，但在私下聊天时则比较枯燥乏味，而我也不善言谈，不能勾起她谈话的兴致。我和她常常相对枯坐，良久无语。我对此感到很不好意思，便竭力没话找话说。这常常让我觉得很累，但是并没有感到厌烦。我很高兴向她献点小殷勤，给她来点兄弟般的吻，这种吻对她和对我而言都没有什么肉欲的感觉。我俩之间也就仅此而已。她很瘦，脸色苍白，胸部平得像我的手掌。光是这一个缺陷就让我的心凉了半截，因为我的心灵和感官从来就不把没有乳房的女人当作女人。再加上其他一些说来无益的原因，常常使我忘记她是个女人。

在下定决心忍受这种无法摆脱的奴役状态之后，我就不再作任何抵抗了。我发现，至少在第一年里，这种奴役没有我想象的那样难以忍受。埃皮奈夫人以往总要在乡间度完整个夏天，而这一年夏天却只在乡下呆了没多久，这也许是因为她在巴黎有事务缠身，无法离开，也许是因为格里姆不在舍弗莱特，她感到没什么意思。我便趁着她不在，或是虽然在这儿却宾客众多的机会，尽情地享受了一下与我那好心的戴莱丝以及她的母亲单独在一起度过的那种让我感到无比惬意的生活。尽管多年来我经常去乡间，但是并没有好好地感受一下乡村的乐趣。虽然有过几次乡野之旅，可是每次同行的总是一些自命不凡的人，让人感到很压抑，败坏了我旅游的兴趣。但是，这反而激起了我对乡野之趣的向往，在对乡村景色一瞥而过的时候，离它越近，我就越发感到缺少乡村生活的遗憾。我厌倦了那些沙龙、喷水池、人工树丛和花园，尤其是那些喜欢夸耀这类东西的讨厌鬼。我憎恶那些织花、钢琴、三人牌、鞠躬、愚蠢的俏皮话、乏味的撒娇、无聊的小故事和盛大的晚宴。当我瞅见一处普普通通的荆棘丛，一片树篱，一座谷仓或一块草地的时候，当我穿过一个小村庄，闻到有欧芹煎蛋卷的香味时，当我听到远处传来的牧羊女的带有乡村风味的叠句时，我便让什么胭脂啊，花哨的装饰啊，龙涎香啊什么的全都见鬼去了。吃不上简单的家常便饭，喝不上本地的土酒，我感到非常遗憾，恨不得抓住厨子师傅和管家大人，扇他们几个耳光，因为他们让我在通常是吃晚饭的时候吃午饭，在通常已经入睡的时候吃晚饭。尤其是那些仆役先生们得好好地揍一顿，他们在我吃饭的时候眼巴巴地盯着看，还以高于小酒馆里的好酒十倍的价钱将他们的主人掺过水的假酒卖给我，否则就让我活活地渴死。

我现在终于住进了自己的房子，在一个清幽舒适的隐居之地，过着一种自由、平淡和安宁的生活，我觉得我天生就适合过这样的生活。这是一种全新的生活方式。在描述这种生活方式在我的心灵中产生的影响时，我应该简明扼要地重述一下我的各种隐秘的内心想法，以便追源溯流，让读者能更好的理解我内心中的这些新变化的进展过程。

我一直把我和戴莱丝结合在一起的那一天视为决定我的精神生活的一天。我需要有所依恋，因为原本可以让我满足的那份爱情被我残酷地摧毁了。在一个男子的心中，对幸福的渴望是永远也不熄灭的。妈妈正在老去，她堕落了。显而易见，她今生今世不可能再幸福了。就这样，在永久地失去任何跟她一起共享幸福的希望之后，我的惟一出路就是去寻求一种属于我的幸福了。我彷徨了好长时间，转过一个又一个念头，定过一个又一个计划。在我的威尼斯之行中，如果跟我打交道的那个人有点常识的话，我原本是会投身于公共事务的。我这个人很容易灰心丧气，特别是在碰到艰巨的、需要长期紧张工作的任务时，更是如此。这一次的失败让我对其他所有的事业都丧失了兴趣；按照我昔日的信条，我总是把那些遥不可及的目标当成是欺骗傻子的诱饵，因此当我在生活中看不到什么东西能激发我的斗志的时候，我就打定主意，决计从此以后得过且过算了。

正是在这个时候，我和戴莱丝相识了，这个好女孩的温柔性格在我看来和我的性格非常投合，因此我就对她产生了深深的依恋，这种依恋之情历久弥深，经得起时间和挫折的考验，那些本该让它破裂的因素反而使它变得更为坚固。当我向大家展示她在我最悲惨的时候在我心上留下的伤痕与痛楚时，你们就会明白这种依恋是多么的强烈了。不过，直到我现在写这些话之前，我都没有为这些伤痛而向任何人抱怨过一句。

为了不和她分离，在竭尽一切可能，冲破一切阻碍，和她生活二十五年之后，我不顾自己坎坷的命运，也不顾众人的反对，最终还是在垂暮之年和她结为了夫妻。在这之前，戴莱丝对结婚并没有什么期待，也没有提任何要求，而我也没有给过她什么承诺和保证。如果人们得知了上述情况，一定会认为有一种狂热的爱让我一开始就晕头转向了，然后这种狂热不断累积，逐渐把我引向最后的疯狂之举。而如果人们进一步得知我的那些本来可以阻止我走到这一步的特殊的、有力的理由之后，一定会更加坚定地认为我受到了疯狂之爱的驱使。但如果我真诚地向读者声明——读者肯定已经看出真诚是我的性格特点之一——从我第一次见到她直到今天，我从来没有对她产生过一星半点爱情的火花，我并不想占有她，就像我过去不想占有华伦夫人一样，并且，对我而言，我在她身上得到的感官需要的满足仅仅是性欲冲动的满足而已，而完全与她个人无关，这时读者该作何感想呢？他一定会认为我的体质天生就与别人不同，不能体会到真爱，因为我在对自己最亲热的那些女人的依恋之中也没有丝毫爱情的成分。但是，且慢下这个结论，我的读者！那个致命的时刻即将到来，那时你将会发现你所想的大错特错了。

我知道，我是在重复先前已经说过的话，但这种重复有时无法避免的。我的第一个需求，也是最主要、最强大、最不能扑灭的需求，整个地盘踞在我的心中，这个需求就是希望拥有一种越亲密越好的伴侣关系。正是出于这个原因，所以我更需要一个女人而不是一个男人，需要一个女性朋友而不是一个男性朋友。这种需求是如此的离奇，以至于最亲密的肉体结合也无法让它得到满足。我恨不得两个灵魂能挤进同一个肉体中，否则我就总会感到异常的空虚。那时我认为让我感到不再空虚的时刻已经到了。那个年轻女人有着无数的优秀品质，让她显得十分可爱，而且在那个时候，她还颇有姿色，同时又绝无丝毫矫揉造作或卖弄风情的迹象。如果我能像自己曾经希望的那样，将她的生活融入我的生活当中的话，我本来是可以将自己的生活融进她的生活当中去的。至于男人方面，我是没什么可担心的，我敢肯定我是她一生中真心爱过的惟一的男人。再说，她在性方面的热情并不高，因此她没有产生另寻新欢的想法，甚至当我在这方面对她来说已经不算一个男人的时候也是如此。我没有家庭，而她却有一个家庭；这个家庭中所有成员的性格都跟她相去甚远，让我无法把这个家庭当成是我的家庭。这就是我之所以不幸福的第一个原因。要是我能成为她母亲的一个孩子，那该多好啊！我尽我所能地朝这个目标努力，但却从来没有成功过。我想将大家统一到共同的利益上来，却徒劳无功，根本做不到。她母亲总是另有一套打算，跟我的利益正相对立，甚至跟她女儿的利益也截然相反，因为她女儿的利益已经与我的合而为一了。她和她的其他儿女以及孙儿孙女们全都变成了吸血鬼，抢劫戴莱丝的财物已经算是对她最小的伤害了。而这个可怜的姑娘习惯了逆来顺受，甚至对自己的侄女也俯首帖耳，任凭这些人对自己进行掠夺和支使，连一句话也不敢说。我看到自己耗光了金钱，提尽了忠告，却还是对她没有任何帮助，不禁心如刀绞，痛苦万分。我试图让她同母亲划清界限，她总是表示反对。我尊重她的反对意见，并且因此对她更为敬重起来。但是这种反对意见不仅损害了她的利益，也损害了我的利益。她热爱着她的母亲和家人，一心向着他们，胜过了向着我，也胜过了向着她自己。他们的贪婪给她带来的损害虽然也很大，但是他们的坏主意给她带来的损害更为惊人。总而言之，虽然她对我的爱以及她天生的善良性情让她不至于完全沦为这些人的奴隶，可是她仍然受到了不少坏影响，这些坏影响足以让我尽力向她灌输的那些金玉良言大部分都被她当成了耳边风，同时也导致不管我如何努力，我们俩总是不能心心相印。

这就可以说明，为什么我已经在真诚的相互依恋之中投入我心灵中的全部柔情，而我心中的空虚却还是没有完全被填满。小孩子出生后，这种情况本来应该会有所改善，但实际上却更加恶化了。我一想到将我的小孩子们交给这样缺乏教育的家庭来抚养，便不寒而栗，因为他们只会把孩子教得比他们自己还要差。而将他们交给抚育弃婴的育婴堂，那么类似的危险就会小得多。我在这里为我的那个决定给出的理由要比我在写给弗兰格耶夫人的信中所陈述的那些理由要更有力一些，但我在那封信中却恰好没敢说出这条理由。对于如此严厉的谴责，我宁可少为自己洗刷一点，也要保全一个我所爱的人的家庭的颜面。但是，大家可以根据戴莱丝那个浑蛋哥哥的行为来评判一下，看我是否应该不管别人说什么，而理直气壮地让我的孩子们去接受像他哥哥所受的那种教育。

由于无法充分享受到我觉得自己极其需要的那种亲密交流的幸福，我就用别的方法来进行弥补。尽管这些方法并不能完全填补我的空虚，但是能减少我的空虚之感。由于缺少完全忠实于我的朋友，我就必须找几个能用他们的冲劲克服我的懒惰的朋友。基于此，我就培育和强化了与狄德罗和孔狄亚克神父的友情，并与格里姆建立了新的、更为亲密的友情。到了最后，由于那篇我已经说明其来龙去脉的不幸的文章，我发现自己不知不觉地又被抛回到了我以为已经摆脱了的文坛中。

我刚一步入文坛，便通过一条新的途径被领进了另一个精神世界，这个精神世界的简单与崇高让我不能不对之充满激情。但是在持续不断地关注一段时间之后，我很快就发现在我们的哲人的学说中充满了谬误和荒唐，在我们的社会秩序中充满了苦难和压迫。由于受愚蠢的自负之误导，我竟以驱散这一切迷雾为己任。为了能耸动视听，我认为有必要使我的生活方式和我的原则相一致，因此我就采取了种种人们不允许我继续做下去的离奇做法，我的那些所谓的朋友们也不能谅解我树立了这样一个榜样。这个榜样起初让我显得十分可笑，但如果我坚持不懈地做下去，最后必然会让我广受尊重。

在此之前，我是善良的，但从这以后，我就变成有道德的了，或者至少是为道德所陶醉了。这种陶醉先是出现在我的头脑里，后来进入了我的心田。最高贵的骄傲在一片空虚被连根拔出之后的废墟上萌生了。我绝不装假，确确实实变成了表里如一的人。至少在四年左右的时间里，我一直保持这一种极度愉快而兴奋的状态。在当时，凡是人心所能包容的伟大而美好的东西，我都能在天人之际的感通中领悟到。这些东西就是我那突如其来的辩才的源泉，也是那真正从天而降的，并让我兴奋不已的灵感之火的源泉，这种灵感之火散布于我的早期作品中。在我的前四十年里，它没有喷射出半点火星，因为它那时还没有点燃。

我真的脱胎换骨，焕然一新了。我的朋友和熟人再也认不出我来。我不再是那个腼腆和羞怯胜于谦逊，不敢见人，不敢说话的人了，也不再是那个别人说一句玩笑话就感到尴尬、被女人瞧上一眼就面红耳赤的人了。我敢于冒险，自尊自重，无所畏惧，无论走到哪儿，都洋溢着一种自信。

这种自信极其质朴，因此就显得更为坚定，它不仅显露于我的外在行为举止上，更重要的还是存在于我的心灵之中。在一番沉思默想之后，我对这个时代的那些风尚、信条和偏见不禁生出强烈的鄙视之心。这种鄙视让我毫不在意那些固守陋俗的俗人们的嘲讽。我运用自己的格言将这些人的浅薄的俏皮话驳得体无完肤，就像我用两个指头捏死一只虫子一样。这是多么大的变化啊！整个巴黎都在传诵着这个人的犀利而辛辣的讥刺话语，但是在两年以前或十年以后，同样是这个人，却既不知道该说些什么，也不知道该如何表达。如果有人想寻找与我的本性迥然不同的精神状态的话，上面所说的就是。如果他要回忆一下我一生中的某些短暂的时刻，在那些时刻我变得不是我自己，而变成了另外一个人，那么这些时刻也在我刚才说到的那段时间里面。不过，这样的时刻不是只持续了六天或六个星期，而是持续了几乎六年，并且如果不是某些特殊情况让它中止了，并把我送还到我原想超脱出来的大自然的话，它也许还会持续下去。

当我一离开巴黎，当发生在这座大城市的诸多恶行一停止激发我的义愤，这种变化就开始了。当我不再见到人时，我也就停止鄙视他们了；当我不再见到恶人时，我也就停止憎恨他们了。我生性不喜仇恨，从此我就只悲悯他们的苦难，而不再去区分与辨别人们的苦难和邪恶了。我的这种思想状态虽比以前温和得多，但却远没有以前高尚，它很快就冲淡了那长久以来裹胁着我不断前进的热情，在没有人觉察到，甚至连我自己也没有意识到的情况下，我又变得腼腆、羞怯、彬彬有礼了；总之，又变回到以前的那个让雅克了。

如果这次剧变仅仅是让我恢复原样，并且到此为止的话，那倒也罢了；但不幸的是，它走过了头，很快就把我引向了另一个极端。从那时起，我总是心慌意乱，我的灵魂失去了重心，总是摇来晃去，动荡不定。我必须详细谈谈这第二次剧变，它在我那所罕见的命运中是一段可怕而致命的时期。

因为退隐庐里只有三个人，所以闲暇和孤独必然会加深我们之间的亲密关系。戴莱丝和我之间就发生了这样的事。我俩在树阴下度过了许多美妙的时光。我以前从来没有体验过如此甜蜜的滋味，而戴莱丝似乎也比以前更能体会到其中的滋味。她毫无保留地向我敞开心扉，给我讲了好多有关她母亲和她的家庭的事情，这些事她长期以来一直瞒着我。她母亲和她的家人都收过杜宾夫人的大量礼物，这些礼物本来都是送给我的，可是这个狡猾的老婆子因为怕我发火，就和自己的其他子女私下瓜分了，一点也没有留给戴莱丝，甚至还严厉地警告戴莱丝，叫她不要把这些事情告诉我，而这个可怜的女儿竟然言听计从，恭顺得令人不可思议。

另一件让我更为吃惊的事，就是戴莱丝说狄德罗和格里姆常和她们母女俩进行秘密谈话，企图离间我和她俩的关系，但是因为戴莱丝的反对，他们的阴谋没有得逞。戴莱丝还说，在这以后，他俩就撇开了她，而经常找她的母亲密谈，所以她不清楚这些人在搞什么鬼。她只知道有一些小礼物在其中起过作用，另外还有几次偷偷摸摸的小往来，她完全不知道他们对她隐瞒这些来往的动机何在。在我们离开巴黎之前，勒·瓦瑟太太早就养成了每个月往格里姆家跑个两三趟的习惯，而且她每次都在那里单独跟格里姆鬼鬼祟祟地谈上大半天，在他们谈话的时候，连格里姆的仆人都经常被支走。

我判断，他们的目的不是别的，仍然还是想实行他们先前打算让戴莱丝也参与进去的那个计划，也就是借用埃皮奈夫人的影响力，为她们母女俩找一个零售食盐或烟草的小店，总之是对她们进行利诱。他们对母女俩这样说，一方面我没有力量帮助她们，另一方面她们也是我的累赘，让我干不好自己的事情。我看他们完全是出于好意才这么干，因此对他们并不特别生气。只是那种神秘兮兮的样儿让我很讨厌，特别是讨厌那个老太婆的鬼鬼祟祟；而且，她每天都在我面前展示她那讨厌的巧言令色，但是这一点又并不妨碍她在暗地里责骂戴莱丝。她骂戴莱丝太爱我，把什么都说给我听，骂她是个大笨蛋，还说她迟早会发现自己已经吃亏上当了。

这个老太婆将一石二鸟的手段运用得很娴熟：她能对这个人隐瞒她从那个人手里收到的东西，而对我则可以隐瞒她从所有人手里收到的东西。她很贪财这一点我还能原谅一下，但是她那样遮遮掩掩，我就不能谅解了。既然她非常清楚我的幸福的基础是她女儿和她自己的幸福，那她还有什么事情不得不向我隐瞒呢？我为她女儿做的一切固然也是为我自己而做的，但是我为她做的事情理应获得她的感激，至少她也应该对她的女儿表示感谢，并且出于对女儿的爱，她也应该去爱她女儿所爱的那个人，也就是我。我将她从苦难中解救出来，她从我这儿获得了生活资料，她靠我才认识了那么多她懂得如何好好利用的熟人。戴莱丝早先用自己的劳动来供养她，现在却是用我的钱来供养她。她的一切都是女儿给的，而她却从来不为女儿做任何事情，她给其他几个孩子每人一份婚嫁费用，弄得自己倾家荡产，而这几个孩子非但不养活她，反而千方百计地攫取她的生活资料和我的生活资料。我觉得，在这种情况下，她应该视我为惟一的朋友和最可靠的保护者，而不应该把我蒙在鼓里，让我对与自己有关的事情毫不知情，也不应该在我的家里玩阴谋诡计害我，而应该把她先于我知道的与我有关的事情老老实实地告诉我。我该用什么样的眼光去打量她那种欺诈的和诡秘的行为呢？尤其是我该对她灌输给女儿的那些感情作何感想呢？她教唆女儿对我忘恩负义，同时她本人也忘恩负义到了何等惊人的程度啊！

所有这些想法最后让我对这个女人感到了彻底的绝望，我无法不对她生出鄙夷之心。不过，她无论怎么说都还是我的伴侣的母亲，因此我始终对她以礼相待，在每件事上都像儿子一样尊敬她。但是我必须承认，我从来没有想过要和她长期生活在一起，而我又是不善于控制自己的脾气的人。这又是我一生中所经历的那种短暂的时刻之一，我看到幸福已经近在咫尺，却不能将它握在手中，而且问题并不出在我的身上。如果这个女人品行端正的话，那我们三人是能在一起幸福地度过一生的，只是最后一个去世的人显得有些可怜而已。但事实绝非如此，大家很快就会看到事情是如何进一步发展的，而且你们读者也可以评判一下，看我能不能扭转事态的发展。

勒·瓦瑟太太看到我已经在她女儿的心上占有了一席之地，而她在女儿心中原有的地位却化为乌有，便竭力地想恢复女儿对自己的看法。但她不是通过爱护其女儿来再次赢得我对她的尊重，而是想将我俩完全拆开。她的一个计谋就是鼓动全家的人都来帮她。我曾经恳求戴莱丝不要将这帮人引到退隐庐来，她答应了。可是她母亲却趁我不在的时候，没有征得戴莱丝的同意就将他们带进了退隐庐。既然迈出了第一步，那剩下的事情就很容易了。只要你对所爱的人隐瞒过一次，那么你很快就会毫无顾忌地事事都向他隐瞒。只要我一到舍弗莱特去，退隐庐里就人头攒动，一大帮人在里面寻欢作乐。一般来说，一位母亲对她的性情柔顺的女儿终归是有很大的影响力的，可是，尽管这个老婆子费劲唇舌，却还是不能诱使戴莱丝接受她的看法，说服她加入到反对我的阴谋集团中去。至于她自己，则完全是吃了秤砣铁了心。她看到，一方面是我和她女儿，她和我住在一起不过是仅仅能维持生计而已，而另一方面，则是狄德罗、格里姆、霍尔巴赫和埃皮奈夫人，他们许诺要给她很多东西，事实上也给了一点，因此在她的脑子里，从来就不认为跟一位总包税人的夫人和一个男爵站在同一条战线上会有什么不妥。如果我的警觉性高一点，就会发现打那时起自己的怀中就一直喂养着一条毒蛇。但是那时候我的盲目的自信一点也没有改变，根本没有想到有人会对她本应爱护的人使坏。当我发现自己的身边充满了各种各样陷害我的阴谋时，我惟一能抱怨的就是我的那些所谓的朋友们的专断，我认为他们的惟一目标就是迫使我依照他们指定的模式，而不是采用我自己的方式，来争取幸福。

尽管戴莱丝不愿参加她母亲的阴谋集团，但是她仍然一直为母亲保守着秘密。她的良苦用心是值得嘉许的，我不想评价她做得是好还是坏。如果两个女人有了共同的秘密，她们就会经常在一起聊这个秘密，从而使得她们越发亲近起来。戴莱丝一颗心牵挂着两个人，有时就让我感到很孤独，因为我看不出我们三人之间有和谐的家庭关系。就是在这个时候，我才强烈地感觉到我先前犯了一个大错误，那就是没有在我们刚开始交往的时候趁着她对我的爱慕之情让她变得十分柔顺的机会，提升她的心智，用知识武装她的头脑，这样就能让我们在隐居生活中变得更为亲密，使得她和我都能过得愉快和充实，不至于让我俩在私下交谈时觉得沉闷乏味。这并不是说我俩之间无话可谈，也不是说在我俩散步时她曾表示过厌倦或不耐烦，而是说我们之间缺少足够多的能让我们说个没完的共同话题。因此我们的话题就局限在了讨论如何享受生活上面，但我们不能老是停留在谈这个方面啊。周围的事物引发了我的许多思考，而她却根本不能理解我的这些思考。十二年的依恋之情已无须用语言来表达了，而我俩之间过于熟悉，以至于很难产生什么新鲜感，剩下来能说的只是一些流言蜚语、丑闻和低级笑话了。一个人只有处于孤独之中，才能特别强烈地感觉到与一个善于思考的人生活在一起的好处。我不需要什么知识储备就能在和她相处时获得快乐，而她要想在和我相处时感到快乐，却必须有一定的知识储备。更糟糕的是，我俩之间的交谈还必须偷偷摸摸地进行，因为她的母亲让我觉得很讨厌，使我不得不这样做。总之一句话，我在家里感到很压抑。爱的外表破坏了淳朴的友谊，我们尽管有着亲密的接触，却缺乏亲密的感情。

有时候，戴莱丝会寻找一些借口来推掉我向她建议的散步。当我一发现有这种事情，我就不再拉她出去了。不过我并不怪她不像我一样，对散步有如此大的兴趣，因为兴趣爱好并不是意志所能决定的。只要我能确信她是爱我的，这就足够了。只要那让我快乐的也能让她快乐，就和她一同享受，否则，我就宁可让她满足，而不必让我也高兴才行。

就这样，我的期望有一半落了空。在我自己选定的居所，有一个我爱的人相伴，过着一种符合我的志趣的生活，但是我却感到自己几乎被孤立起来了。我还缺乏的东西让我享受不到我已经拥有的东西。对于幸福和享受而言，我要么两者兼得，要么两者尽失。大家将在后面看到，我为什么觉得有必要对此解释一番。现在，我再回到先前的话题上。

我原来以为圣皮埃尔伯爵交给我的手稿中有些货真价实的珍宝，但在仔细检视一番之后，我发现，这些不过就是他叔父已经印行过的作品的汇编，只是经他之手做过一些校订和注释而已，此外，还附有一小部分未曾公开过的价值不大的片断。克雷基夫人曾经让我看过他的几封信，我觉得他的才华比我先前想象的要大得多，这次读过他的有关道德的论述之后，我更加坚定了自己的看法。但是，在深入研究他的政治学论著时，我只发现了一些肤浅的见解，一些确实有益但却无法实施的方案。他的方案之所以不现实，是因为他无法摆脱这样一种观点，就是人的行为都受其自身的处世哲学的指导，而不受激情的支配。他对现代知识的高度评价，让他接受了智慧能导致进步这一错误的原则，这个原则是所有他规划出来的制度的基础，也是他全部的政治诡辩的根源。这位不世出的奇人是他那个时代和他那一类人的骄傲，他也许是人类有史以来惟一一位只爱理性而没有其他方面的激情的人。然而，在他的整个体系里面，他却只是从一个谬误走向另一个谬误，因为他想将所有的人都变得和他一样，而不愿意按人们现在所是的，并且将来也会是的样子来看待他们。他以为自己是在为同时代的人著述，殊不知只是在为自己幻想出来的人写作。

认清这些问题之后，我便对以何种方式处理手头的作品感到有些为难了。如果将作者的这些空想式的观点按原样保留下来，那就等于什么也没做；如果严厉地批驳这些观点，那我就显得太无礼了，因为这些手稿是我接受了的，甚至是我主动要来的，我必须尊重其作者。最后，我决定采取一种在我看来是最合适、最正确、最有益的办法，就是分别陈述作者的观点和我的观点，用这种办法来深入领会他的观点，阐幽发微，并作进一步的发挥，尽最大可能地展示其全部的含义。

这样，我的工作就应该由两个彼此分离的部分构成。第一部分就是按我刚才说的那种方法阐释作者的各种方案；第二部分要等第一部分产生影响之后再发表，我将在这一部分里面对这些方案作出我自己的判断。我承认，我这样做可能会让他的这些方案遭受到如同莫里哀的喜剧《厌世者》里面的那首十四行诗一样的命运。在全书的开始部分，应该有一篇作者的传记，我为此而收集了不少相当有价值的材料，我自信在作传时绝不会糟蹋这些材料。我在圣皮埃尔神父晚年时见过他两三次，因此，我在追忆他时所怀有的那份敬意，可以保证我对神父的评说无论如何也不会引起他的侄子伯爵先生的不快。

我先拿《永久和平》作尝试，它是整本作品集中最重要、花费心血最多的一部作品。在对其进行思考之前，我鼓起勇气读完了神父笔下与这个好题目有关的全部论述。因为公众已经看过这部摘要了，所以我在此刻没有什么可说的。至于我对这部摘要的评论，则从来没有被印出来过，而且我不知道它将来能否印出，但它和摘要是同时写的。接着，我着手整理《波立西诺底》，或称《多种委员会制》。这部作品写于摄政时期，本来是为了给摄政王所选定的行政制度造势，谁知却使得神父被逐出了法兰西学院，因为书中有几处抨击了先前的行政制度，惹怒了迈纳公爵夫人和波立尼亚克大主教。我用相同的方法处理完了这部著作，同样是既有摘要也有评论。但是，我就到此为止了，我不愿再做下去，而我原本就不该接受这项工作的。

我应该放弃这项工作的理由是显而易见的，奇怪的是我先前却没有想到。神父的大部分作品或者是由对法国政府体系中某些部门的批评构成，或者包含这样的批评成分，有些批评甚至过于直言不讳，他没有因这些言论而受到惩处已经算是万幸了。不过，在大臣们的办公室里，大家始终把他看成是一个说教者而不是一位严肃的政治家，于是任由他随便去说，因为大家都知道他的话没有谁会听。如果我能让大家听从他的话，那情况就完全不同了。他是个法国人，而我不是。我如果重复他的那些指责，即便是打着他的旗号，还是一样会招人怒斥的。这些人会问我瞎掺和些什么，居心何在等等；这种斥责虽然有些刺耳，但也有几分道理。幸运的是，我还没走多远，就发现会授人以柄，于是赶紧脱身。我知道，像我这样独自生活在一群远比我势大力强的人中间，不管我如何躲避，总是逃不过他们对我的迫害。我惟一能做的就是，在他们想加害于我的时候，让他们师出无名，显得不讲道理。这一原则使我放弃了整理圣皮埃尔神父的著作，后来又让我多次抛开比它更有价值的计划。对于那些惯于将不幸视为罪恶的人来说，要是他们知道我一生都是如此小心翼翼，尽量避免让别人在我遭到不幸的时候能振振有辞地说我是罪有应得的话，那他们一定会惊讶不已的。

放弃这项工作后，我顿时陷入一片茫然之中，不知道下一步该干什么。这一段时间的无所事事对我来说绝不是什么好事情。因为没有外在的目标吸引我的注意，所以我的思想就只能围绕着自己打转。我不再拥有能够激发我的想象力的对未来的计划，甚至不可能产生这样的计划，虽然我已经实现了所有的愿望，别无所求，但是我的心灵却仍然感到空虚。尤其当我看到没有比这更好的境况时，我就越发感到痛苦不堪。我在一个最让我感到称心如意的人身上投入了我最温柔缠绵的情意，而她对我也抱有同样的爱意。

在和她一起生活的时候，我感到无拘无束，自由自在，甚至可以随心所欲。然而，不管她是否在我的左右，我的心头总感到有一种隐隐的压抑。我占有了她，却感到她仍然不是我的。当我一想到我对她而言并不意味着一切时，就觉得她对我而言几乎什么都不是了。

我有一些男性朋友和女性朋友，我以最纯真的友谊和最完美的敬意爱着他们。我本指望能获得他们最真实的回报，而且从未怀疑过他们是否真有这样的诚意，谁知这种友情带给我的痛苦却远远多于快乐，因为他们总是固执地、甚至是故意地反对我所有的志向、兴趣和生活方式，以至只要我想做点只跟我自己有关而与他们毫不相干的事，他们立刻就会联合起来逼我放弃这个打算。他们对我的任何想法都要进行绝对控制，其态度顽固之极。这对我来说很不公平，特别是我不但不想控制他们的想法，甚至根本就不关注他们的所思所想。他们的顽固思想成了我的沉重负担，以至到了最后，每当我收到他们的信件，在准备拆启的时候，总是感到某种恐惧，而这种恐惧又总是在信中得到充分的证实。这些人个个都比我年轻，却动不动就给我提建议，而这些建议本来是他们自身迫切需要的。我觉得他们的做法实在是太把我当小孩子看了。我对他们：“我怎么爱你们，就请你们怎么爱我吧。我不干涉你们的事情，也请你们不要干涉我的事情，我对你们的要求仅此而已。”在这两条请求中，如果说他们做到了其中一条的话，那至少也不是后面那条。

我在一个清幽迷人的地方有一处隐居之所。我身为一家之主，可以依我自己的方式生活，不必听命于任何人。但是这个居所也给我增添了一些我虽然乐于承担但是却无法免除的义务。我的自由是不稳定的。我比接受命令时还要驯服，因为我不能受我的意志的管束。我没有一天能在起床的时候对自己说：“今天我想怎么过就怎么过。”除了要听从埃皮奈夫人的安排之外，我还受到了一种更为讨厌的纠缠，那就是要接待社会大众与不速之客。我虽然离开了巴黎，却挡不住每天都有大批的无聊之人跑来拜访我。这些人不知道如何打发时间，便跑到我这儿来肆无忌惮地浪费我的时间。我总是在万万没有料到的时候，被人无情地来个突然袭击，往往是某一天已经构想了一个很惬意的计划，却被不请自到之人给搅乱。

总之，尽管已经置身于我以前最渴望得到的环境之中，我却享受不到真正的快乐。因此，我不时地回想起我那宁静悠闲的青年时代，有时我叹息着叫道：“唉！可惜这儿不是沙尔麦特啊！”

当我回忆我一生中的各个不同阶段时，便很自然地考虑到我当时已经到达的生命阶段。我发现，尽管我已垂垂老矣，又百病缠身，即将抵达人生之旅的终点，可我却还没有充分地品味过我的心灵所渴求的任何一件赏心乐事，还没有让我心中蓄积的激情迸发出来，也没有痛饮、甚至没有呷一口我自感在我的心灵中潜藏着的欲念之泉。这种欲念由于缺乏对象，总是被压抑着，除了叹息之外，没有其他的宣泄方法。

我天生就是一个喜欢情感外露的人，对我来说，活着就是为了爱，为什么像我这样的人在这之前一直找不到一个完全属于我的朋友、一个真正的朋友呢？而我自以为是最适合作这种真正的朋友的啊！我的激情那么容易点燃，我的心中充满了那么多的爱，可为什么我从来找不到一个确定的对象来点燃我胸中的爱情之火呢？爱的欲望让我憔悴，我却从来不能完全地满足它；我眼看着就要进入暮年，却未曾真正地生活过就要死去了。

这些悲伤而动人的遐思让我在进行自我反思时既觉得有点遗憾，也感受到一丝愉悦。我觉得命运欠了我一点什么。既然我生来就具有卓越的才能，可它们为什么直到最后也无法施展出来？我对自己内在价值的意识，一方面让我觉得我的价值受到了别人不公正的贬低，另一方面又在某种程度上补偿了我的这种怀才不遇的感伤之情，并让我泪水涟涟，而我生来就喜欢尽情地倾泻泪水的。

我是在一年中最美好的季节作这番遐想的。那是六月时节，在清凉宜人的小树林中，听得见溪水潺潺，莺声婉转。所有这一切让我再次陷入了那种极富诱惑力的懒散之中。虽然我先前偏好这种状态，不过长期的内心骚动让我形成的那种冷酷严峻的心理状态本来是能将它彻底清除掉的。然而，不幸的是，我又回忆起了图纳城堡的午餐以及我和那位迷人的女孩相会时的情景。同样是这个季节，环境也大致相仿。这段回忆中弥漫着一股天真无邪的气息，因而变得更为迷人，它还勾起了我的其他一些类似的回忆。很快我就看到，在我年轻时让我心荡神摇的那些人全都聚积在我的周围：加蕾小姐，葛莱芬莉小姐，布莱耶小姐，巴西勒太太，拉尔纳热夫人，我的那些年轻学生，甚至还有我永远也不能忘怀的徐丽埃妲。我发现自己被一群天仙式的美女，一群我的老相好给围起来了，我对她们的最强烈的欲望早就不算是什么新鲜的感情了。我血脉贲张，欲火焚身，感到自己的脑袋直发晕，尽管上面的头发都已经灰白了。于是我这个严肃庄重的日内瓦公民，这个清心寡欲的让雅克，竟然在将近四十五岁的时候突然又害起了相思病。我深深地陶醉其中，尽管这种陶醉那么突然，那么狂放，但是却又那么强烈，那么持久，一直要到它将我拖进灾难重重的、出乎意料而且骇人听闻的绝境之中，才让我觉醒过来。

但是，不管这种陶醉达到何种程度，都没有让我忘掉自己的年纪和处境，没有让我自以为还能激起别人对自己的爱情，也没有让我痴心妄想，企图将那自童年以来一直徒劳无功地啃啮着我的心灵，却从未开花结果的无望之火传递给他人。我不再期待它，甚至也断了这方面的欲念。我知道，我的恋爱岁月已经过去了。我深知一个老花花公子是多么的可笑，我绝对不会让自己成为众人的笑柄。我在青春年少的时候都不是一个风流不羁和信心十足的人，难道老了之后反而要做这种人吗？再说，我喜欢宁静，不愿意家里闹得不可开交。而且，我真心实意地爱着我的戴莱丝，以至不愿意让她因为看见我对别人的感情超过对她的感情而心生烦恼。

在这种情况之下，我该怎么做呢？读者要是在阅读本书时稍微留意一下，肯定早就猜出来了。由于不可能得到现实中的人，我便将自己抛进了梦幻的王国；由于我在现实世界中找不出一个值得我为之如痴如狂的人，我就跑进一个理想的世界去培养我的如痴如狂的激情。很快，我那丰富的想象力就为这个理想世界创造了许多合我心意的人儿。这种办法来得太及时，也太有活力了。在我那持续不断的心醉神迷之中，我畅饮着人心从未品味过的甜美的情感之流。我全然忘却了人类，而为自己创造出一群美如天仙、品德高尚、完美无缺、恍如天人一般的人物，这些人都是些在人世间从未见到过的可靠、多情而又忠实的朋友。我欣喜若狂地遨游于九霄之上，置身于将我团团围住的那些迷人的对象中间，流连忘返，觉察不到时光正在飞快地流逝。我忘掉了世间的一切事情，每天匆匆忙忙地扒上一两口饭，就心急火燎地跑到我的那片小树林中。如果在我正准备奔向我的梦幻王国时，有哪个可怜的凡夫俗子前来打扰，让我滞留于俗世之中，那我就会既掩饰不住又遏制不了我的恼怒；当我失去自制的时候，我接待他们的态度就会十分生硬，甚至可以说是相当粗暴。这样一来，我的愤世嫉俗的名声就更大了，其实，如果人们能更好地理解我的心思，我本来是可以获得一个截然相反的名声的。

正当我意气风发、激奋昂扬达到顶点的时候，我突然像一只风筝似的被一根丝绳扯了下来，大自然利用我旧病复发、情况危急的机会，使我回复到了原来的状态。我只得使用那惟一能缓解病痛的治疗办法，也就是用探条来减轻痛苦。这样，我那天使般的爱情就被迫中止了。因为，除了人在疼痛时无心恋爱之外，我的想象力只有在露天和树下才能保持活跃，而在屋子里和房梁下面便会枯萎和死去。我常常遗憾世上没有林中仙女，否则，我一定能在她们之中找到我依恋的对象。

与此同时，一些家庭纷扰也搅和进来，这更增加了我的烦恼。勒·瓦瑟太太一面对我阿谀逢迎，一面又不遗余力地挑拨她女儿和我的关系。我收到几封我的老邻居的信，告诉我说这个老太婆背着我用戴莱丝的名义借了好几笔钱，而戴莱丝虽然知道这件事，却没有向我透漏半个字。还钱倒不算什么，让我最懊恼的是她们对我保守秘密这件事。我对她总是有一说一，她为什么要对我遮遮掩掩呢？一个人难道可以对其所爱的人隐瞒点什么吗？

霍尔巴赫那帮人见我再也不回巴黎去，就开始真的慌了手脚，以为我在乡间过上了瘾，担心我会傻到要在乡村一直住下去。于是他们便开始耍阴谋，目的是用这些诡计间接地将我弄回城市去。狄德罗不愿意这么早就亲自出马，于是就先把德莱尔从我身边拉走。狄德罗认识德莱尔本来是我介绍的，现在德莱尔听了狄德罗的话以后，又将其大意转告给我，而他本人却不知道这些话的真正意图。

一切都似乎要合起伙来将我从那甜蜜而可笑的幻境中拽出来。我的病体还没有完全康复，就收到一篇咏叹里斯本毁灭的诗，我猜这是作者寄给我的。这就使我不得不对他有所回应。我将自己的看法写成信寄给了他，这封信在很久以后未经我的同意就被刊印了出来，我在后面将还会提到这件事。

看到这个可怜的人儿虽然名望与成就都高得无以复加，却还在那儿恶毒地咒骂人生之不幸，宣称一切皆恶，我感到很惊讶，便定下了一个愚蠢的计划，打算劝他扪心自问，并向他证明世上的一切都是美好的。从表面上看，伏尔泰总是装出一副信仰上帝的样子，其实他信仰的是魔鬼，因为按照他的说法，他那所谓的上帝只不过是一个专门以害人为乐事的恶魔而已。这种说法的荒谬之处显而易见，但是从一个享尽荣华富贵的人嘴里说出来，则更加令人作呕，因为他自己过着幸福美满的生活，却竭力将未曾亲历过的灾难写得如此地阴森可怕，让自己的同类陷入绝望之中。按说我比他更有资格去历数和权衡人生的苦难，于是我对之作了一个公正的分析，并向他证明，人类所遭受的所有苦难，没有一个可以归咎于天道不公，而都是由人们滥用自身的才能引起的，并非大自然所为。在这封信中，我对他的态度极为尊敬、极为仰慕、极为审慎，甚至到了尊崇有加的地步。不过我知道他这个人自尊心强，很容易被激怒，因此我没有把这封信直接寄给他本人，而是交给了他的医生兼朋友特龙桑大夫，让他按他自己认为最合适的方式全权处理此信，或者压下来，或者转交给伏尔泰。特龙桑选择了后者。伏尔泰的回信只有寥寥数语，他说自己有病在身，还得照顾别的病人，因此对我的信将改日再作答复。他对问题本身只字未提。特龙桑在把这封信转交给我的时候，还附上了他自己写的一封信，信中对托他捎信的人没有表示任何敬意。

我从未将这两封信发表出来或拿给别人看，因为我不喜欢大肆宣扬这种小小的胜利，但我保留了信的原件，即信函集 A 中的第二十号和第二十一号。在这之后，伏尔泰就把他许诺过的那个答复发表了，不过没有寄给我。那个答复不是别的，就是小说《老实人》。因为我还没有读过这篇小说，所以不能妄加评说。

所有这些分心的事原本可以根除我的那些梦幻般的爱情，也许它们就是上天用来让我避免这种爱情之悲惨结局的手段。然而，我的灾星占了上风，当我刚能出门的时候，我的心、头和脚却又一次走上了老路。说是老路，只是就某些方面而言，因为我的思想的激烈程度已经有所下降，并且回到了现实之中，但是我对现实世界中可能有的各种可爱的事物的选择过于挑剔，以至这种选择出来的可爱之物的虚幻性丝毫不亚于我已经抛弃了的那个幻想世界。

我赋予我心中的两个偶像——爱情和友谊——以最迷人的形象。我又饶有兴趣地将我一直敬慕的女性的所有魅力，装点在它们的身上。我想象它们是两个女性朋友，而不是两个男性朋友，因为如果两个女子之间的友谊比较少见的话，那它就会显得更加可爱。我赋予她们相似而不相同的性格，赋予她们虽不无瑕疵但是却合我口味的容颜，这容颜因为友爱与多情而光彩照人。我让其中一个黑发，另一个金发，一个活泼，另一个温柔，一个睿智，另一个柔弱；但是这种柔弱是那么的楚楚可怜，似乎更能显出其贤淑。我给其中一位配了一个情人，另一位也是这个情人的亲密朋友，甚至有点超出朋友的成分。但是我不允许他们之间发生争宠、口角、妒忌的事情，因为我很难想象出痛苦不堪的感情，也不愿意用贬低天性的东西来毁坏这幅迷人的图画。这两个妖媚动人的模特儿让我神魂颠倒，于是我就尽一切可能将我自己与那个情人兼朋友等同起来。不过，我将他写成个和蔼可亲的青春少年，还给他加上了我觉得我自己所具有的各种美德和缺点。

为了能让我的这些人物置身于一个适合他们的环境之中，我就将我在旅行中所见过的最美的地方全都在脑海中过了一遍。但是，我找不出一处让人感到非常愉快的小树林或动人的风景来满足我的要求。塞萨利的山谷可能会让我很满意，但是我没有去过那个地方。我的想象力已经疲于创造新景，我希望能以某个真实的地方为基础来展开想象，并让我对我安排在其中居住的人的真实性产生幻觉。我一度想到过波罗美岛，它的绮丽风光曾让我心动不已，但是我发现它有太多装饰和雕琢的痕迹。不过，一个湖泊是绝对需要的。最后，我终于选择了一个湖，湖边有一处令我始终魂牵梦绕的所在。长期以来，我一直期盼着能定居于这片湖岸，并生活在命运为我限定的那种想象出来的幸福之中，现在我就把这片湖岸确定了下来。我那可怜的妈妈的家乡对我仍然具有特殊的魅力。湖光山色相映生辉，景色风物多姿多彩，合成一幅辉煌壮丽的画卷，既赏心悦目、扣人心弦，又净化心灵，所有这些促使我下定决心，让我的那几个青年男女就定居在佛威了。这就是我在那一刻想象出来的一切，其余的都是我在后来增补进去的。

很长一段时间以来，我都止步于这个比较空泛的计划面前。因为这个计划已经足以让我的幻想中充满美妙的对象，让我的心中充满它乐于培养的情感了。由于这些虚构的情景频频在脑海中出现，最后变得相当充实，并以一种确定的形式铭刻于我的脑海中了。正是在这个时候，我突然起意要将这些虚构提供给我的某些情节形诸笔端，并且，在唤醒我青年时代全部的情感体验的同时，要让我过去从未得到满足而且至今仍在吞噬我的心灵的那种爱的欲望得到充分的表现。

刚开始的时候，我在纸上信笔草就了几封既不连贯而且相互间又无内在联系的信，当我后来想把它连成一体时，就遇到了很大的困难。令人难以置信但又确定无疑的是，开头的两卷几乎全都是用上述方法写成的，没有预先拟定的提纲，甚至未曾料到有一天我会利用这些材料写成一部正式的作品。因此，大家可以看到，这两卷都是用一些有欠斟酌的材料在事后拼凑而成的，里面充满了冗长的废话，而这在其他卷是见不到的。

正当我沉醉于幻想之中的时候，乌德托夫人前来拜访。这是她生平头一次来看我，但不幸的是，正如大家在后面会看到的，这并不是最后一次。乌德托伯爵夫人是已故包税人贝尔加尔德先生的女儿，是埃皮奈先生、拉利夫先生和拉伯里什先生的姐妹。拉利夫和拉伯里什后来都当过礼宾官。我在前面提到过，我在她未嫁时就和她相识了。在她出嫁之后，我只在舍弗莱特她嫂子埃皮奈夫人家的宴会上见过她。我经常和埃皮奈与舍弗莱特与她一连相处好几天，我发现她不仅始终非常亲切，而且我觉得她对我似乎也颇有好感。她很喜欢和我一同散步；我俩都挺能走路，而且有聊不完的话题。不过，我从未到巴黎去拜访过她，尽管她邀请我去，甚至敦促我去。她跟我在那时刚开始交好的圣朗拜尔的关系让我对她越发感兴趣起来。我记得圣朗拜尔那时还在马洪，而她到退隐庐来拜访我就是为了告诉我有关她和圣朗拜尔的关系。

她的这次拜访和传奇小说的开头很相似。她迷了路。她的车夫在岔路口选错了路，本想抄近路从克莱佛磨房直达退隐庐，结果马车在山谷底部陷入了淤泥之中。她打算下车，步行走完剩下的路程，可是她的鞋子太薄了，很快就浸透了水，她的人也掉进了泥坑之中，仆人们费了老大的劲才把她扯了出来。最后，她穿着长筒靴来到退隐庐，笑声不绝于耳。我看到她来，也跟着哈哈大笑起来。她全身的衣服都得换一遍，戴莱丝就把自己的衣服拿给她，我则请她委屈一点，将就着吃点乡下饭菜，她吃得挺满意。当时天色已晚，她只呆了一小会儿就走了。不过这次会面相当愉快，她觉得很有趣，似乎有以后还要来的意思。不过，她的这个意愿直到第二年才实现。但是，唉！她的这种姗姗来迟，并没有对我起到保护作用。

这年秋天，我忙于一件大家可能猜不出来的事情——为埃皮奈先生看守果园。退隐庐是舍弗莱特园林里的蓄水池的所在处。这儿有一个围着围墙的园子，园中种有果树和其他树木。这儿产的水果尽管被偷去了四分之三，但是供应给埃皮奈先生的水果还是比他那舍弗莱特园所能提供的多。为了避免白住别人的房子，啥事也不干，我便承担了管理果园的工作和监督园丁的工作。果子成熟之前，一切都很顺利。但是一到成熟季节，我就发现果子越来越少，不知上哪儿去了。园丁一口咬定它们全都被睡鼠吃了，于是我就向睡鼠开战，打死了很多，但是果子仍在减少。我暗中仔细侦查了一下，最后发现园丁本人就是最大的睡鼠。他家住在蒙莫朗西，经常一到晚上就带着老婆孩子从那儿出发，到果园里来把白天摘下放好的水果运走，拿到巴黎的集市上去公开出售，就好像他自家有个果园似的。这个无赖，我不知道给了他多少好处，戴莱丝也送衣服给他的孩子穿，而他的那个讨饭的父亲也几乎是由我养活的。现在他竟然如此恬不知耻，毫不费力地偷盗我们。这只怪我们三人谁都没有提高警惕，堵上漏洞。有一次，他居然在一夜之间搬空了整个地窖，第二天早上，我就什么也看不到了。假如他只是瞟上了我的东西，那我还可以容忍，可他竟然偷果子，而我总得就果子向别人报账啊，所以我不得不揭发这个家贼了。埃皮奈夫人让我付清工钱，让他卷铺盖走人，同时另找一个园丁。我照做了。这个恶棍每晚都在退隐庐四周徘徊，手里提一根状如狼牙棒的带铁尖的大棍子，身边还跟着几个像他一样的流氓。为了给被他们吓得够呛的两位女总督壮胆，我让新来的园丁晚上睡在退隐庐，当这样做还不能为她们压惊时，我就找人向埃皮奈夫人要了一杆枪。我把枪交给园丁保管，并告诫他，除非万不得已，比如有人想破门而入或翻墙进来时，才能开枪，但只能填充火药，不许装上子弹，这完全是为了吓唬那些盗贼。对于我这样一个身体不适，又独自和两个胆小如鼠的女人一起在树林里面过冬的人来说，这绝对是我所能采取的最起码的安全保卫措施了。最后，我弄来一只小狗，给我们放哨。这时，德莱尔来看我，我给他讲了我的情况，还和他一起笑着谈论了我的军事装备。他一回到巴黎，就拿这事来逗狄德罗高兴，就这样，霍尔巴赫那伙人知道了我果真打算在退隐庐过冬。我的这种执着是他们万万没有想到的，一时间他们十分惊慌，不知如何是好。他们一面想方设法找我的麻烦，让我住不安生，一面通过狄德罗将德莱尔从我的身边拉走。这个德莱尔先前认为我的安全措施很有必要，后来却说它跟我的原则相悖，这简直可笑之至。他在一些信中对我极近讽刺挖苦之能事，如果我当时脾气不好的话，一定会觉得这是奇耻大辱。但在那时，我的心中充满了温柔缠绵的情感，绝不会受到任何其他情感的影响，因此，我只把他那些尖刻的讽刺当成是玩笑话，认为他太愚蠢，如果换作别人，肯定会觉得他是个疯子。如此一来，那些在这件事上怂恿他的人可就泄了气，于是我安静地度过了这个冬天，没有受到任何骚扰。

由于我提高警惕，精心看护，结果把园子看管得很好，尽管这一年水果的收成很差，但产量却是往年的三倍。在水果的收藏方面，我也是不辞辛劳的，甚至亲自护送水果到舍弗莱特和埃皮奈去，当时我自己还提了几个果篮过去。记得有一次，“姨妈”和我两个人抬着一个沉甸甸的篮子，为避免压坏了腰，我们只得走上十几步就停下来休息一下，等走到目的地时，已经浑身是汗了。

【1757】

寒冬降临，我只能困居室内，我想重新捡起我的室内工作，却发现完全不可能。不管在哪儿，我都只看见那两个迷人的女友，只看到她们的男友、她们周围的环境、她们居住的乡村，以及我在幻想中为她们创造或美化过的东西。

我感到最困难的就是耻于如此公开、明显地揭露自身的矛盾。我刚刚那么大张旗鼓地确立了自己的那些严格的原则，那么旗帜鲜明地鼓吹过我的那些严厉的信条，那么尖酸刻薄地痛斥过那些专写爱情的香艳小说，那么猛烈地抨击写这些书的作者，如果人们发现我在突然之间加入了这些作者的行列，他们一定会感到多么意外，多么震惊啊！我深感前后太不一致了。我为此而自我谴责，感到羞愧难当，感到万分苦恼，但是所有这一切都没能将我拉回到理智的轨道上来。我被彻底地征服了，甘愿冒一切危险来接受它的束缚，并决计不去理睬公众的舆论。至于我是不是打算将我的这部作品公之于众，那就放到以后再考虑了，因为当时我还没有想过要将它发表出来。

打定主意以后，我就一头钻进了我的幻想王国中去了。在经过千百遍翻来覆去的构思之后，最后我粗略地形成了一个方案，现在人们已经知道这个方案实施后的结果了。这绝对是让我的那些疯狂的念头派上用场的最佳方式。对善的喜爱始终萦绕在我的心中，这就把我的那些想法引向了有益的目标，这些目标甚至有助于敦风化俗。如果缺乏天真无邪的温柔色彩，那么我的那些勾魂摄魄、能激起情欲的图景就将失去其全部的优雅风致。柔弱的女子惹人怜爱，爱情则使这种怜爱变得饶有情趣，而在通常情况下柔弱会使人显得更加可爱。但是，谁能忍受那些流行的丑恶风尚而不愤慨呢？一个不贞的妻子公然践踏自己的一切义务，还大言不惭地宣称只要没让丈夫捉奸在床就已经给他莫大的恩惠了，他丈夫应该对此感激涕零——世上还有比这种女人的狂妄劲儿更令人作呕的吗？世上没有完人，完人的教诲离我们实在太远了。但是，假设有一个年轻女子，生有一颗温柔多情而又贞洁善良的心，在婚前为爱情所俘获，婚后获得力量战胜了爱情，重新成为一个有道德的人，要是有谁告诉你说，这幅图景从整体上看是伤风败俗和无益于世道人心的，那这个人就是个说谎者和伪君子，他的话绝不可听。

除了这个完全跟整个社会秩序有关的道德与夫妻忠诚的目标之外，我还锁定了一个更深层次的目标，那就是和谐与社会和平，这个目标更为宏大，同时也可能更为重要，在当时来说，尤其如此。百科全书引发的那场风暴还远未平息，当时正处于高潮阶段。对立的双方相互间大肆攻讦，陷入歇斯底里的疯狂之中。与其说他们像基督徒和哲学家在相互启发和辩难，以便共同回到真理的道路上来，毋宁说他们像两群处于狂怒之中的豺狼，恨不得将对方撕得粉碎。也许可以这样说，双方什么都不缺，就只差一位能将这场争论变成内战的富有才干、深孚众望的领袖了。只有上帝才知道，如果在誓不两立而且都怀着刻骨仇恨的双方之间爆发一场以宗教名义发起的战争，将会发生怎样的后果。我生性讨厌党同伐异，所以对双方都坦率地陈述了一些严酷的真理，可惜他们都听不进去。我便又想出了一个权宜之策，还傻乎乎地自以为得计。这个计策就是通过驳倒双方的偏见，以及向双方都指出其对立一方的值得全人类尊重和敬仰的优点和美德，以此来缓解相互间的仇恨。这个极不明智的方案以人皆向善为前提，将我引到了我先前批评过的圣皮埃尔神父的错误上面，因此其结果就可想而知了。我不但没有协调双方的关系，反而引火烧身，遭到双方的一致攻击。这番经历终于让我看清了自己是多么傻。不过，在此之前，我是满腔热情地投入其中，而且我敢说我的热情无愧于促使我这么干的动机。我描绘了沃尔马和朱丽两人的性格，心中的狂喜使我希望能把这两个人都写得很可爱，而且还要让她俩相映生辉。

我很满意自己已经确定了大致的提纲，于是又回到我已经拟就的那些具体的细节上面，我整理了一下这些细节，形成了《朱丽》的前两卷。我怀着难以言表的喜悦，在冬日里将它写了出来，又誊抄了一遍，用的是最漂亮的金边纸，并用蓝色和银灰色的粉末吸干墨迹，还用蓝色丝带装订我的手稿。总而言之，我就像皮格马利翁一样，深深地迷恋着这两个女孩，觉得她们是世上最优雅和精致的尤物，没有什么东西能与她们相配。每天晚上，我傍着火炉，一遍一遍地将这两部分读给我的两位“女总督”听。女儿沉默无语，只是伴着我一起伤心地啜泣；而母亲却根本听不懂，又不知道如何说恭维的话，只能安安静静地呆着，只是在我停顿的间歇，反复地对我说：“先生，太美了。”

埃皮奈夫人不放心我冬天单独住在树林中间一座孤零零的房子里，于是时常派人来问候我。她对我的友情从未表现得这么真挚过。而我回报给她的情意也从未如此热烈过。在这些情意之中，有一件事情不得不提一下，那就是她派人给我送来了她的画像，并要求我回赠我的画像，也就是由拉都尔所画、在沙龙里展出过的那幅画像。她的另外一次好意也不应漏掉，尽管它看起来有些好笑，但却是我的性格变迁历程中的一幕，因为它留给我的印象实在太深了。有一天，天寒地冻，我在打开她让人送来的一个包裹时，在她为我置办的几样东西中发现了一条用英国法兰绒做的短裙，她说这件短裙她先前穿过，想送给我改一件马甲穿。她的短笺写得很感人，充满了柔情与纯真。这份心意超过了朋友之情，让我感到十分温馨，仿佛她脱下衣服给我穿上一样，我激动不已，含着眼泪亲吻了短裙和短笺无数遍。戴莱丝以为我发了疯。奇怪的是，在埃皮奈夫人给予我的诸多好意之中，惟一这一次让我如此地感动。甚至在我们决裂之后，每次回忆起这件事都不能不为之动情。她的这张短笺我保留了很长时间，如果它不是和我同一时期的其他信件遭到同样的命运的话，我也许至今还保留着呢。

尽管在冬天尿潴留老给我添麻烦，而且有时还不得不动用探条，但总的来说，这是我自住到法国以来感觉最甜美最安宁的一段时光。在恶劣天气为我挡住不速之客的骚扰的那四五个月里，我比此前和此后更充分地品味了这种独立、安稳和简朴的生活，而越是享受这种生活，就越能体会出其中的真意。我没有其他的伴侣，只有真实生活中的两位“女总督”和幻想世界里的两个表姐妹。尤其是在这个时候，我日益为我的明智的决定而庆幸，因为它使我不用理睬那些因我逃脱了他们的控制而气愤不已的朋友们的咆哮。当我听说有个疯子谋杀案时，当德莱尔和埃皮奈夫人在信中向我讲述巴黎的混乱和骚动时，我是多么感谢老天爷让我远离这些恐怖和罪恶的场景啊！否则，这些场景只会激发和加深那种混乱局面早已让我养成的暴躁脾气。而现在呢，我在退隐庐周围见到的只是一些赏心悦目、甜蜜美好的事物，于是我的心灵就完全沉浸于温柔亲切的情感之中去了。在随着这个宁静的冬季而来的春天里，我即将会写到的那些苦难的幼芽开始萌发了，在这些纷至沓来的不幸当中，大家将再也看不到我有类似的能让我喘息一下的时间了。

然而，我隐约记得，在这一段宁静的日子里，甚至在我这儿最为孤寂冷清的时候，我还是不能完全避开霍尔巴赫一伙人的干扰。狄德罗就给我添了一些麻烦，如果我没有弄错的话，我想《私生子》一书就是在这个冬天出版的，这本书我马上就会谈到。由于大家将在后面知道的种种原因，我这儿剩下来的有关这段时期的可靠文件已经不多了，即便那些留下来的文件，在日期上也不很准确。狄德罗写信从不注明日期，埃皮奈夫人和乌德托夫人的信中只写是星期几，德莱尔也差不多和她俩一样。当我想把这些信依时间顺序编排起来的时候，就不得不连蒙带猜地补上一些我并无十足把握的日期。因此，既然我不能确定这些争吵的起始日期，那我干脆就把我所能回忆起来的一切都放在一起来加以叙述。

春回大地，我那温柔缠绵的狂热之情也高涨起来。在欲火焚身之际，我为《朱丽》的后几卷写了好几封信，信中洋溢着我写信时的那种欣喜若狂的心情。尤其是写极乐园和沿着湖岸散步的那两封信，如果我没记错的话，它们是在第四卷的末尾。如果有人读到我的这两封信而没有被感动，没有融化在驱使我写出这些信的那种柔情之中，那他就应该合上书本，因为他没有能力评判感情的事。

正在这个时候，乌德托夫人第二次不期而至。她的丈夫是近卫队军官，不在家，而她的情人也在服役，于是她就来到蒙莫朗西山谷中的奥博纳，在那儿租了一座漂亮的宅子。她正是从那儿出发，进行第二次前往退隐庐的短途旅行的。这回她骑马而来，还女扮男装。虽然我不大喜欢这种假面舞式的乔装打扮，但彼时彼刻她的那种传奇风度却让我心旌摇荡，这一次是真正的爱情。因为这份爱情是我平生第一次，也是惟一的一次，而且它的后果在我的记忆中留下了难以磨灭的可怕的印迹。所以，请允许我对此事说得稍微详细一点。

乌德托伯爵夫人快三十岁了，一点也不美，她的脸上有小麻子，皮肤也有点粗糙，眼睛又近视，眼型也太圆。但是，尽管如此，她却显得很年轻，既活泼又温柔，很有吸引力。她有一头乌黑浓密的长发，发丝自然卷曲，垂及膝部。她身材小巧，举手投足都显得既年轻又有风韵。她的心智十分质朴，惹人喜爱，快乐、无忧无虑和天真在她身上有着完美的结合。她的那种讨人喜欢的妙语层出不穷，经常是不假思索地脱口而出。她多才多艺，会弹钢琴，舞跳得很棒，还能写几首优美的短诗。她的性格就像天使一样，善良的心地是它的基础。除去谨慎和坚强以外，她具备了一切可能有的美德。尤其是她在为人方面是那么地忠实可靠，对待朋友是那么的忠诚，甚至她的敌人也没有必要向她隐瞒什么。所谓的敌人，我指的是那些仇恨她的男男女女，因为她自己是绝没有恨人之心的，我认为正是这一性情上的共同点点燃了我对她的感情之火。在我俩最亲密的倾心交谈中，我从未听见她说过别人的坏话，甚至连她嫂子的坏话她也没有说过。无论是对谁，她都既不能掩饰自己的内心想法，也不能抑制自己的任何感情。我敢肯定，她即便在丈夫面前也会谈起她的情人，就像她在朋友、熟人以及所有人面前都会谈到情人一样，毫无区别。最后，有一点能无可置疑地证明她那美好性情的纯洁和真诚，那就是她草率粗心到无以复加的地步，经常做出一些荒唐可笑的草率之举，这对她来说可谓非常不谨慎，不过，她从来没有冒犯过别人。

她在很年轻的时候就被迫违心地嫁给了乌德托伯爵。乌德托伯爵很有地位，同时也是一位勇敢的军人，但是他嗜赌成性，又喜欢惹是生非，一点也不和蔼可亲，因此乌德托夫人从来没有爱过他。她在圣朗拜尔先生身上找到了她丈夫的所有长处，另外又发现了许多可爱的品质，如聪明睿智，道德高尚，才华出众等。如果说，在我们这个时代有什么风尚值得谅解的话，那它毫无疑问就是这种依恋之情，它的持久让它变得精纯，它的效果让它荣耀，而且只有在双方相互尊重的情况下，它才坚如磐石。

在我看来，她之所以来看我，一小部分是出于她个人的兴趣，而更多的是为了取悦圣朗拜尔。圣朗拜尔曾经劝她来看我，他相信，我们之间刚刚建立起来的友谊会使我们三个人都对这种交往感到愉快，他的这种看法很对。她知道我很清楚他俩的关系，因此她在我面前就可以无拘无束地谈论圣朗拜尔。如此一来，她觉得和我相处很愉快就是顺理成章的事情了。她来了，我见到她了。我当时正陶醉于一种没有对象的爱情之中，这种陶醉迷住了我的眼睛，于是我将目光集中到了她的身上。我在乌德托夫人身上看见了我的朱丽，很快，我的眼里就只有乌德托夫人，但是她的身上带有我刚刚用来装扮我心中之偶像的所有美德。她用热恋中的情侣的语言跟我谈起了圣朗拜尔，完全让我如痴如狂。多么巨大的爱情魔力啊！我听着她的讲述，又发觉自己就在她的身边，竟幸福得浑身颤抖起来，这是我在其他人身边从未体验过的感受。当她讲话的时候，我就没入了情感的洪流之中。我还以为自己只是对她的情感有兴趣呢，其实我已经产生了与她类似的情感。我大口大口地吞下这毒酒，可当时只觉得它甘甜之极。最后，在我和她都没有觉察的情况下，她对她的情人所表现出来的全部感情，激起了我对她的爱。唉！对一个心中已有所属的女人产生这样一种既不幸又强烈的爱情，真是太迟了，也太令人痛苦了。

尽管我在她身边时已经感受到了一些不寻常的情感，但一开始我还不明白我的心里发生了什么变化。只是在她离开以后，当我打算想朱丽的时候，我才惊奇地发现自己满脑子都是乌德托夫人，根本容不下别的东西。这时候我才擦亮了自己的双眼，觉察到了自己的不幸。我为此而叹息，但是我没有料到它的种种后果。今后如何与她交往？我犹豫了很长时间，仿佛真正的爱情能容许人们按理智思考的结果进行操作似的。当我正举棋不定时，她又一次出乎意料地来找我。这样一来，我的心里就豁然开朗了。与邪念相伴而来的羞愧让我哑口无语，在她面前颤抖不止，不敢开口，也不敢抬头。我心中慌乱得难以形容，她肯定也看出来了。我决心向她承认我的心慌意乱，而原因则让她自己去猜。这等于已经把实情明明白白地告诉她了。

如果我年轻可爱，而乌德托夫人又软弱了，那我在这儿就应该责备她的行为。但事实并非如此，所以我只能赞美她，敬仰她。她采取的措施既大方又慎重。她不可能突然与我断交，而不将其原因告诉圣朗拜尔先生，因为是由于他的劝说，她才来拜访我的。如果那样的话，就很可能导致两个朋友绝交，也许还会闹得满城风雨，而这正是她不想看到的。她对我既尊敬又友善。她可怜我痴狂，但不是鼓励我，而是表示叹息，并竭力要根治我的痴情病。她很乐于为自己和自己的情人保留一个她瞧得起的朋友。她总是非常愉快地对我说，等我恢复了理智，在我们三人之间，可以形成一个异常亲密和幸福的关系。不过，她并不只是限于进行这种友好的劝诫，在必要时她也毫不吝惜对我的严厉训斥，而这也是我应得的。

我对自己的责备比她对我的责备还要多一些。当我孤身一人时，我就清醒了。倾诉过后，我平静了许多。一般来说，如果能让激起爱情的女方知道你对她的爱，那么你的心里就好受多了。要是有可能的话，我用来进行自我谴责的那种力量本来是可以治愈我的爱情的。为了能抑止这份爱，我搬出了所有我能想到的有很强说服力的理由：我的道德感、我的情感、我的原则、羞耻、不忠、罪恶、滥用朋友的信任，最后是荒唐，以我这把年纪，竟然狂热地爱上了一位已经心有所属的女子，既不能得到任何回报，又不容许我保留最渺小的希望，岂不让人耻笑，而且这份爱情并不会因坚持而获得任何好处，反而会变得越来越难以忍受——这一切我都考虑过了。

谁会相信，这最后一点考虑本该为其他的理由添加分量的，却反而削弱了它们的说服力？我想："既然我的这种痴狂只对我自己有害，那我又何必有什么顾忌呢？难道我对乌德托夫人来说，是一个值得警惕的轻浮少年？人们见我这样煞有介事地悔恨，会不会说我的献殷勤、我的举止和我的容貌是在把她引入歧途？啊，可怜的让雅克！你无拘无束地去爱吧，你心安理得地去爱吧，别担心你的叹息会伤害圣朗拜尔。"

读者已经看到，我从来没有自命不凡过，即便在年轻的时候也是如此。上述这种思维方式正与我一贯的心理倾向相吻合，它让我对自己的激情洋洋自得，而且足以让我毫不保留地沉湎于其中，并嘲笑自己那不恰当的顾忌是虚荣心作怪，而不是理智使然。对于诚实正直的人来说，这是多么重大的一个教训！邪恶在攻击正直人士的时候，从来不是明目张胆，而是千方百计地搞突然袭击，总是以某种诡辩作掩护，通常是拿某种道德将自己伪装起来。

我感到愧疚但不知悔恨，于是很快就变得肆无忌惮起来。我请读者们留意一下，看看我的激情是如何循着我的天性的轨道，最终将我拖进深渊的。起初，为了让我放心，它假装态度谦卑，接下来为了鼓励我放开手脚，它的态度由谦卑转为怀疑。乌德托夫人一刻也没有放松对我的提醒，叫我要守本分，要理智，从未对我的痴狂有片刻的逢迎，但是她在其他方面却待我极其温柔，把我当成她最亲密的朋友来对待。我敢断定，如果乌德托夫人是真心实意地把我当成一个朋友的话，那么这段友谊就足以让我感到满足了。但是我觉得这友谊过于热情，不像是真的，于是我便产生了以下的一些想法。我以为这种跟我的年纪和仪表不相称的爱情，让我在乌德托夫人眼里变得有些猥琐了，以为这个轻佻的少妇只是想戏弄我一把，拿我的过时的激情找点乐子，她一定把这些都当作知心话说给圣朗拜尔听了，而圣朗拜尔则因恨我如此对待他的朋友而赞同了她的主意，他俩私下串通一气，要将我弄得晕头转向，然后让人看我的笑话。在我二十六岁时，我的这种愚蠢的想法就曾让我在我根本不了解的拉尔纳热夫人面前说了很多傻话。现在我四十五岁了，又和乌德托夫人在一起，如果我先前不知道她和她的情人都是那种不会开这种残酷的玩笑的正派人，那么这种愚蠢的想法倒也是情有可原的。

乌德托夫人一如既往地常来看我，我也及时地回访她。她跟我一样，都喜欢步行，我们常在乡间一处迷人的地方长时间的散步，我很满意自己既爱她，又敢说出口来，如果不是我的那些既放肆又愚蠢的言行毁掉了其中的全部情趣的话，我当时的处境实在是再美妙不过了。起初，她压根儿不理解我在接受她的柔情蜜意时为什么那么傻乎乎的。但是我的心从来都不能隐瞒自己的感情，于是我很快就将我的猜疑告诉了她。她想一笑了之，但这个办法并不管用。其结果可能是让我怒火中烧，于是她换了一种口气。她的那种怜悯人的温存真是战无不胜的。她责备我的话拨动了我的心弦；对于我的那些不正确的忧虑，她表示了她的不安，而这不安被我滥用了。我要求她提供她并没有嘲笑我的证据。她看出，没有任何其他的方法能让我安下心来。我开始逼她，现在的情况已经十分微妙。但令人吃惊的是，一个已经被逼到了讨价还价地步的女人，竟还能那么轻松地全身而退，这也许是绝无仅有的。凡是最亲密的友谊所能给予的，她都不拒绝；同时任何她不忠的东西，她都不会给我。而且我很惭愧地看到，她的最微小的思想都能在我的心上点燃熊熊烈焰，而这烈焰在她自己身上反而引不起半点火星。

我在别处曾经说过，如果你不想让感官受到刺激的话，就绝不要让它尝到半点甜头。要想知道这句箴言在乌德托夫人是多么地不适用，要想知道她是多么地庄重自持，就必须弄清我俩的那些长时间的、频繁的私下谈话的细节，并将它们鲜活生动地描述出来。我俩相处的那四个月是以一种在两个异性朋友之间几乎没有先例的亲密方式度过的，我俩都自我约束，从未越轨。啊！如果说我很迟才感受到真正的爱情的话，可是我的心灵与感官却没少为偿还这笔长期拖欠的情债而付出代价啊！连单相思都能引起如此狂热的激情，那么，当你依偎在一个你爱而且爱你的情人身边时，你所感受的狂喜该是多么激烈啊！

但如果要说我对她的爱是单相思，那也错了。在一定程度上，我的爱是有回报的。尽管它不是相互间的爱，却是双方都有的爱。我俩都陶醉于爱情之中，她在想她情人，我在想她。我俩的叹息，我俩的幸福的泪水都融汇在一起。我俩是多情的知己，我们的情感彼此紧密相连，不可能不在某一点上交融在一起。不过，在这种危险的心醉神迷之中，她一刻也没有忘乎所以，而我呢，我敢公开声明，我敢发誓，虽然有时候受到感官诱惑，想让她失贞，但是我从未真正想过要占有她。我那激情本身的激烈就足以约束这种激情了。自我克制的义务提升了我的灵魂。所有美德的光辉在我眼中将我心里的偶像装饰起来，玷污其圣洁的形象等于将其完全毁掉。我本来可能会犯这个罪，而我在心中已经无数次地犯过这个罪，但是，要玷污我的索菲么？这怎么可能？不，不！我这样对她谈过千百次。即便我有让自己得到满足的权力，即便她甘愿由我自由支配，除了在极少数非常短暂的狂热时刻之外，我都会拒绝以此为代价来获得快乐的。因为我太爱她了，所以才不愿占有她。

从退隐庐到奥博纳将近一法里。我常去那儿看她，有时晚上就住在那儿。一天晚上，月光皎洁，用过晚饭之后，我俩一起到花园中散步。这个花园的深处有一片很大的小灌木林，我们穿过灌木林，找到一处漂亮的树丛，其间点缀着一挂瀑布。这个瀑布的创意还是我提供给她的呢。永生难忘的天真与惬意的回忆啊！就是在这片树丛里，我和她坐在一片草地上，头上是一棵繁花盛开的槐树。为了能表达我内心的情感，我找到了真正一种能与这种情感相匹配的语言。这是我一生中的第一次，也是惟一一次达到了崇高的境界，如果人们可以把最缠绵、最炽热的爱情所能输进一个男人心中的那种亲切而又迷人的东西称作崇高的话，我在她的膝上倾洒了多少令人心醉的眼泪啊！我让她也不由自主地洒下了多少泪水啊！最后，在一阵情不自禁的激动之中，她高声叫道："不，从来没有一个像你这样和蔼可亲的人，从来没有一个情人像你这样去爱。但你的朋友圣朗拜尔正在听着我们，我的心是不能爱两次的。"我长叹一声，就默然无语了。我拥抱了她，这是多么美妙的一次拥抱啊！但仅此而已。六个月来，她一直独自一人生活，也就是说，远离了她的情人和丈夫。其中有三个月的时间，我几乎每天都见到她，爱神始终陪伴在我的左右。我俩时常单独在一起吃晚饭，然后钻进树丛深处，沐浴在月光之中，无比热烈、缠绵地聊上两个钟头，之后她就在夜深人静之时，离开这片树丛和朋友的怀抱，心与身都和来时一样纯洁无瑕。请读者们去衡量一下这些情景吧，我将不再多说什么了。

大家可别以为在此时此刻，在这种情景下，我的情感能让我泰然自若，不受干扰，就像我在戴莱丝和妈妈身边那样。我已经说过，这一次是爱情，是全部力量和全部狂热都爆发出来了的爱情。我将不去描写我持续不断地感到的那些骚动、战栗、心悸、痉挛、昏厥，关于这一点，大家只凭她的形象在我的心上产生的效果就可以判断出来了。前面提过，奥博纳离退隐庐很远，我去的时候要从景色宜人的昂蒂里山坡经过。我一边步行，一边梦想着我要去见的那个女人，想象着她对我的亲切接待，想象着我到达时正等着我的那一吻。但是这个吻，这个致命的一吻，在没有尝到之前，就已经让我热血沸腾了，以致我头脑发晕、两眼发花、两膝发抖、站立不稳，我不得不停下来，坐到地上，感觉全身各个部位都不听使唤了，我几乎晕了过去。意识到这种危险之后，当我再次上路时，我就试着转移自己的注意力，想点别的事情。但往往是走不到二十步，那相同的回忆以及随之而来的那一切结果便又开始向我袭来，我觉得很难摆脱，不管我采取什么办法，我都不相信自己能安然无恙地走完这段路程。等我走到奥博纳时，常常是软弱乏力、精疲力竭、有气无力，连站都站不稳。可是我一见到她，马上就恢复如初了。在她身边时，我只感到一种虽然精力无穷但是却没有用武之地的苦恼。在我来奥博纳的路上，在可以望见奥博纳的地方，有一处景色优美的台地，名叫奥林匹斯山，有时我俩在那儿相会。如果我先到，我就得在那儿等她来。这个等待是多么痛苦啊！为了分心，我试着用铅笔写点情书。这些情书本该是用我最纯洁的鲜血书写的啊！但我从未写完过一封可以清楚地辨认字迹的情书来。因此当她在我俩约定好的石缝里找出这样一封情书时，她所能看到的就是我写情书时那副可怜兮兮的样子了。这种状况，它一直持续不断，在经历了三个月的连续刺激和自我克制之后，让我疲惫不堪，好几年都没有恢复过来，最后还让我得上了那种我将把它或者它将把我带进坟墓的疝气病。这也是我在人世间度过的最后一段幸福时光。下面将要开始讲述的是我一生中一连串几乎从未间断的灾难。

大家可以看到在我的整个人生旅程中，我的心都如水晶一般透明，从来不能把藏在心中的稍微强烈一点的感情隐瞒一小会儿。所以，可以想见，我能将对乌德托夫人的爱长久地隐瞒起来吗？对我们的亲密关系，所有的人都看得一清二楚。我们既不鬼鬼祟祟，也不故作神秘，我们的关系根本无须保密。乌德托夫人对我有着最亲密的友谊，她自认对此事问心无愧，而我则对她满怀敬佩，并且没有人能比我更了解这种敬佩的正当性。她坦率直白、漫不经心、鲁莽冒失，而我则真诚、笨拙、自尊、狂躁、冲动。我们自以为相安无事，但这却比我们真有什么越轨之举，给人们留下的口实还要多。我俩常去舍弗莱特，常在那儿相会，有时甚至还是事先约好了的，我们在那儿像往常一样生活，每天都在正对埃皮奈夫人居所窗前的那片园林里一起散步，畅谈我们的爱情，我们的义务，我们的朋友，我们的天真无邪的计划。埃皮奈夫人老是在窗口注视我们，以为我们是在公然蔑视她，因而眼里冒火，心中满是恼怒和愤恨。

所有的女人都有遮掩自己的愤怒的技艺，特别是在怒火万丈的时候更是如此。埃皮奈夫人尽管脾气火爆，但却工于心计，她将这门技艺掌握得炉火纯青。她装作什么都没有看见，什么也不怀疑，并对我加倍地关心和爱护，有时几近于向我调情；她同时还故意对她的小姑子不客气，鄙视她，似乎还希望用这种方式也激起我对乌德托夫人的鄙视。可以想见，她的这种企图是不会成功的，不过，我却受到了痛苦的折磨。我被这两种完全对立的情感所撕裂，既为埃皮奈夫人对我的好意所感动，又因看到她如此地不尊重乌德托夫人而怒不可遏。乌德托夫人那种天使般的温柔性情让她能对一切都安之若素，毫不抱怨，甚至对嫂子不生任何怨恨之心。此外，她总是那样漫不经心，对这类事情毫不在意，所以有一半时间，她根本就没有注意到这件事情。

我太专注于自己的激情了，以至除了索菲（这是乌德托夫人的名字之一）之外，就什么也看不见了，我甚至没有注意到我已经成为了埃皮奈全家及其访客说长道短的谈资。据我所知，之前从未到过舍弗莱特的霍尔巴赫男爵就是访客之一。如果我当时能像后来那样多长几个心眼的话，一定会看出这是埃皮奈夫人一手操办的，目的是为了让他来看看日内瓦公民谈恋爱的好戏。但是我当时实在笨得可以，居然连大家一望而知的事情都没有看出来。不过，我虽然愚蠢之极，却还是能看出霍尔巴赫那比以前更得意、更快活的样儿。他不像往常那样皱着眉头看我，而是冲着我说了一大堆让我完全莫名奇妙的打趣的话，我目瞪口呆，而埃皮奈夫人则忍不住地捧腹大笑，我还是搞不懂这些人是怎么了。由于这一切都还没有超出开玩笑的范围，因此即便我知道了实情，我所能做的事情，顶多只是跟他们一起打个哈哈罢了。不过，透过男爵的那种嘲讽时的快活劲儿，人们确实能够看到他的眼里流露出一种恶意的快慰。如果我当时就能像后来回忆时一样，觉察到他的这种幸灾乐祸的话，那么这种眼神在当时就会让我坐立不安的。

乌德托夫人常去巴黎。有一次，当她刚从巴黎回到奥博纳时，我去看她。我发现她很忧伤，还看出她曾经哭过。当时有她丈夫的姐妹伯兰维尔夫人在场，我不得不克制住自己。但是，当我一找到机会，我就向她表达了我的不安。她叹息着对我说："唉，恐怕您的痴狂将毁掉我的余生中的所有安宁。有人把这事告诉了圣朗拜尔，但说的不是实情。他倒是为我主持公道的，但是也很恼火。更糟的是，他没有把心里的话全都讲出来。不过，幸好我没有向他隐瞒我们之间的友谊，这本来就是他给促成的。我在给他的信中老提到您，就像我的心里总装着您一样。我只瞒下了您的那种失去了理智的痴情，我原本是想将它矫正过来的。尽管他没有提到这种痴情，但我能看出，他认为这全是由我的罪过造成的。有人在做损害我们的事情，在中伤我，但我们不必在意。我们要么一刀两断，要么该干嘛就干嘛。我不想再对我的情人隐瞒点什么了。"

这时，在这位我本该充当其导师的少妇面前，我第一次感到羞愧难当，无地自容。我清醒地认识到自己的过错，认为她的责备无比的公正。这种羞愧让我格外痛恨自己，要不是受害者使我产生怜悯之情，又让我的心软了下来的话，这种痛恨也许是足以克服我的脆弱的。唉，此时此刻，我的心已被从四面八方渗进来的泪水浸透了，怎么可能硬得起来呢？这种柔情很快就化作了对无耻的告密者的愤怒，这帮人只看到了一种罪恶的，但却又是情不自禁的感情的坏的一面，却根本不相信，甚至想象不出世上还存在着能对这坏的一面加以补偿的真诚而正直的心灵。没过多久，我们就知道了是谁在暗中作梗。

我俩都知道，埃皮奈夫人和圣朗拜尔一直有通信联系。这已经不是她第一次给乌德托夫人挑起风波了。她曾经想方设法地要离间圣朗拜尔和乌德托夫人，甚至还得逞了几次，令乌德托夫人心惊胆战。此外还有格里姆，我记得他好像是跟加斯特列利先生去军队了，与圣朗拜尔一样，都在维斯特法伦，他们在那儿有时能见到面。格里姆曾经对乌德托夫人示过爱，却没能如愿，因此他大为光火，以后再也没去找她。格里姆一向装得很“谦逊”，他既然推断乌德托夫人不爱他而爱一个比他年纪大的人，而且自从他和权贵交往以来，张口闭口都只把此人当成自己的受保护人，那么他的内心此时能否平静得了，就不难想见了。

在我得知我家里所发生的事情以后，我先前对埃皮奈夫人的猜疑完全就得到了证实。当我在舍弗莱特的时候，戴莱丝也经常过来，或是带信给我或是给我的病体以必要的护理。埃皮奈夫人曾问她，我和乌德托夫人之间是否有通信往来。一听戴莱丝说有，埃皮奈夫人便强迫她把乌德托夫人的信交给她，并保证说，她会把信重新封好，使之显不出被拆过的痕迹。戴莱丝没有让人看出她对这个建议有多震惊，甚至也没有将此事告诉给我，只是将她带给我的信藏得严实一些而已。真是防范得好啊！因为她一到，埃皮奈夫人就派人监视她，有时在半路上截查她，有几次甚至胆大包天地搜她的围裙。更有甚者，有一天埃皮奈夫人主动提议要和马尔让西先生一起到退隐庐来吃午饭，这还是自我住进退隐庐来的第一次。她利用我和马尔让西先生散步的机会，跟母女二人一起进了我的书房，并央求她们把乌德托夫人的信拿出来给她看。要是母亲知道信放在何处的话，那这些信就交出去了。幸好只有女儿一人知道，她一口咬定我一封信也没有留。这个谎言无可置疑地充满了正直、忠诚与慷慨，要是说出真话，反倒是背信弃义之举了。埃皮奈夫人见无法说服她，便试图激起她的醋意，责骂她太老实，太糊涂。她对戴莱丝说：“你怎么能看不出他俩之间有奸情呢？如果你对那些明摆着的事情都不相信，还想寻找进一步的证据的话，那你就来帮我搜寻证据吧，你说他一读完乌德托夫人的信，就把信撕了，那好，你把碎片捡起来，然后交给我，我会把碎片拼贴起来的。”这就是我的女友交给我的伴侣的教诲。

戴莱丝将这些阴谋小心翼翼地瞒了我好长时间。但是到了最后，她见我一副困窘不堪的样子，便觉得不能不对我道破实情，好让我知道要对付的是谁，以便采取措施，防范别人的背叛。我怒火中烧，愤慨之情溢于言表。我不去学埃皮奈夫人对我做的那一套，也不设反计来对付她的诡计，我完全听任我的天生的急躁脾气的驱使，加上一贯的轻率鲁莽，就这样公开地闹了起来。下面的几封信足以表明我俩在处理这一事情时的不同风格，同时人们可以从中看出我是多么地不审慎。

埃皮奈夫人的信（信函集 A，第四十四号）

我亲爱的朋友，我怎么老看不到您？我为您感到不安。您曾经多次答应会在退隐庐和我这儿两头跑跑的啊！在这方面，我一直是给您绝对自由的。但一个星期都过去了，您却没来露个面。要不是有人告诉我您的身体还不错的话，我还以为您生病了呢。我前天、昨天就等着您，可连个人影都没有见着。我的上帝啊！您怎么啦？您手头又没有什么事情要做，您又没有什么值得苦恼的，因为，我敢说，如果有的话，您早就会跑来向我倾诉了。您难道真的病了不成？快来解除我的焦虑吧，我求您了。再见，我的亲爱的朋友；愿这个“再见”能换得您的一个“早上好”。

回信

我现在不能对您说点什么。我在等着把事情了解更清楚一些，我迟早会做到这一点的。在此期间，请您稍安勿躁，要相信，被冤枉的无辜者将会找到一个热情的保护者来让那些造谣中伤者感到后悔的，不管他们是谁。

埃皮奈夫人的第二封信（信函集 A，第四十五号）

您知道吗，您的信让我惊慌不已？它写的是什么意思？我反复读了不少于二十五次。老实说，我一点儿也不明白。我只看出您的不安和苦恼，以及您要等自己平静下来之后再来和我谈谈。我亲爱的朋友，我们过去难道是这样约定的吗？我们的友谊、我们的信任都怎么了？我是怎样失掉这份信任的呢？您是冲着我生气，还是为我而生气？不管怎样，请您今天晚上就来，求求您了。您还记得吗，不到一个星期之前，您承诺过，要在心里不藏任何事情，一有心事就立刻告诉我。我亲爱的朋友，我是信赖这份信任的……我刚才又把您的信读了一遍，我还是看不出个所以然来，但它却让我直发抖。我觉得您的心里极度的焦虑不安。但愿我能让您平静下来，但是又不清楚您为何如此，所以不知道该和您说点什么。我只知道，在见到您之前，我和您同样痛苦。如果您今晚六点不到的话，明天我会到退隐庐去，不管是刮风还是下雨，也不管我的身体情况如何，我都会去的，因为我忍受不了这样的焦虑。再见，我亲爱的好朋友，我不知道应不应该，但无论如何，我还是要斗胆劝您一句，您得尽量当心，要制止不安的心情在孤独中不断滋长。一只苍蝇也会变成一个大怪物的。对此我深有体会。

回信

星期三晚

只要我现在的焦虑不安的心情还在持续下去，我就既不能去看您，也无法接受您的来访。您说的那种信任现在已经不复存在了，而且您要重新获得它也是不容易的。现在，我在您的那份殷勤当中看到的只是您想从他人的倾诉中获得某种合您的目的的好处。对于开诚相见的人，我向其敞开心扉，而对于玩诡计和耍狡猾的人，我则是紧闭心门。您说您读不懂我的信，可我却从中看到了您那惯有的机智。您真的以为我会蠢到相信您果真没有读懂那封信吗？绝不是。但是我将以我的坦诚来战胜您的狡诈。为了让您更加不明白我的意思，我就进一步明说吧。

有两个紧密结合的，彼此都无愧于对方爱情的人，都是我的亲密朋友，我料定您不知道我指的是谁，除非我将他们的名字告诉给您。我猜想，有人企图拆散他俩，并拿我作为工具，想让他们中的一位生出嫉妒之心。这种选择不太高明，但对实现那个恶毒的目标来说，似乎十分方便。而策划这一切的人，我怀疑就是您。我希望这就使事情清楚一些了。

如此一来，那个我最尊敬的女人就会在我完全知晓的情况下，无耻地把自己的心灵与肉体分给了两个情人，而我也就不光彩地成为了这两个无耻之徒中的一个。如果我知道你在一生之中哪怕只有一小会儿对她和我抱有这种想法的话，我都会恨你一直到死的。可是，我要责备的是您曾经这样说过，而不是您是否这样想过，在这种情况下，我就会弄不明白您究竟想加害于我们三人中的哪一个。不过，如果您喜爱宁静的话，您可要当心您的成功会带来不幸。我认为某些交往是很不好的，我既没有向您也没有向她隐瞒我的这个看法。但这些交往的起因是光明正大的，我想用跟起因同样光明正大的方式来将其结束，让不正当的爱情变成永久的友谊。像我这样一个从未害过人的人，难道能无辜地被人利用来害我的朋友吗？绝对不行，我将永远不会原谅您，我将成为您的不可和解的仇人。只有您的隐私还会受到我的尊重。因为我绝不会做一个不忠之人。

我想我目前的这种困惑是不会延续很长时间的。我很快就会弄清楚我是不是搞错了。到那时，我也许会有一些大的过错需要补救，但那将是我生平所做的最大的快事。不过，您可知道我将会在剩余不多的呆在您身边的这段日子里，怎样来补救我的过失吗？我将做只有我才能做的事，我将坦白地告诉您社交界的人是如何看待您，以及您在名声方面还有哪些缺陷需要修补。尽管您的身边围绕着一大群所谓的朋友，但当我离开您之后，您可就可以向真理告别了，您将再也找不到一个向您说真话的人了。

埃皮奈夫人的第三封信（信函集 A，第四十六号）

我不明白您今天早上的信是什么意思，这一点我已经说过了，因为事实如此。您今晚的信我倒是读懂了，但您别担心我会回复您，因为我正急于将它忘掉。尽管我觉得您很可怜，但我还是不能不觉得这封信让我的灵魂里充满了苦涩。竟然说我对您玩诡计，要狡猾！我竟然被指责干了最卑鄙无耻的事！再见了，我很遗憾您竟然……再见了；我不知道我在说些什么……再见了。我非常愿意原谅您。您想来的话，就来吧。您将受到比您所猜想的要好得多的接待。您大可不必为我的名声费心，我对它毫不在意。我品性端正，这就足矣。此外，我根本不知道那两个跟我和你一样亲爱的人究竟出了什么事情。

这最后一封信让我摆脱了一个可怕的窘境，但又将抛入了一个几乎同样可怕的窘境之中。尽管这些信件往返神速，都在一天之内，但是其间的短暂间隔已足以中断我的狂怒，让我有时间想到自己是多么地不慎重。乌德托夫人再三叮嘱我要保持冷静，让她负责处理此事，尤其是在那个时候，要避免说气话、闹决裂。可是我呢，却对一个处于盛怒之中的女人给以最明显、最恶毒的侮辱，而这个女人天生就喜欢发怒，我的这种做法无疑是火上浇油。很显然，我只能指望从她那儿收到一封极其高傲、极其轻蔑、极其鄙夷的回信，而我也会别无选择，只能立刻离开退隐庐，否则就成了最无耻的懦夫。幸好她的机敏胜过了我的狂怒，通过对回信的语气的调弄，她避免了将我推入绝境。但对我来说，要么选择离开，要么去见她，二者必居其一。我选了后者。我对与她见面时采用何种态度向她解释颇感为难，而我预料这种解释是免不了的。怎样才能让我摆脱困难而不累及乌德托夫人和戴莱丝呢？但是说出她们的名字又会让她们遭殃。一个翻脸无情而又阴险狡猾的女人，她对撞上其枪口的人的报复肯定相当残酷，因此我不能不为被报复者感到担忧。正是为了防止这种不幸的发生，我才在自己的信中只说是怀疑，从而避免了出示证据。确实，我的这种说法让我的暴怒显得更加不可原谅了，因为我不能仅凭一点怀疑，就去像我刚才对待埃皮奈夫人那样，对待一个女人，特别是对待一个女朋友。但是就在这儿，我开始做一件我办得十分得体，既伟大又高贵的工作，就是通过承担一些严重错误的责任来为我的那些隐秘的过错和软弱赎罪，而这些严重错误是我不可能犯而且从未犯过的。

我不用经历那场我很害怕的交锋，我不过是受了一点虚惊而已。我一到，埃皮奈夫人就过来一把搂住了我的脖子，同时泪如雨下。这种出乎意料的，而且是来自于老朋友的接待让我深受感动，我也跟着泪流不止。我对她说了几句无意义的废话，她也对我说了几句更无意义的话，仅此而已。饭菜已经摆好，我们就去入了席。在席上，我一直惶惶不安地等着那场解释。以为它被推迟到了晚餐以后。我的脸色十分难看，因为只要我的心里稍微有点不安，我就会显得六神无主，连最不善于观察的人都瞒不住。我的那副尴尬相原本可以让她鼓起勇气的，但是她却没有冒这个险。晚餐后和晚餐前一样，都没有什么解释。接下来的一天也没有任何解释。我们只是默然无语地相对而坐，顶多谈些无关紧要的事，或者我说点礼节性的话，以表明我的怀疑目前还没有真凭实据，并诚心诚意地向她保证，如果怀疑果真是没有根据的话，那么我会一生一世都向她赔罪。她没有表现出任何的好奇心，既不想知道我的怀疑具体何指，也不想知道我的怀疑因何而生。因此，我们之间的和好无论是对她而言还是对我而言，都仅限于我们刚一相会时的那个拥抱。因为她是惟一受到伤害的人，至少形式上是如此，所以在我看来，如果她自己不作要求的话，我又何必多此一举向她解释呢？因此我是怎么来的，也就怎么回去了。我继续和她像从前那样相处，很快就把这场口角差不多忘得一干二净了，而且还愚蠢地认为她也已经将这件事抛诸脑后，因为她似乎已不再回想这件事了。

大家很快就会看到，这并不是我的软弱给我招来的惟一烦恼，我还承受过一些同样痛苦的烦恼，但那并不是我自找的，而是有人想用它们来折磨我，将我从孤独生活中硬拽出来。这些烦恼都是由狄德罗和霍尔巴赫那伙人制造的。自打我住进退隐庐以来，狄德罗就不断地骚扰我，他要么是亲自出马，要么是假德莱尔之手。而且，我很快就从德莱尔拿我的林中散步为题所开的那些玩笑中，看出他们在把一位隐士说成是风流情种时多么的兴高采烈啊！但是，我之所以和狄德罗发生冲突，问题并不在此，而是另有一些更重要的原因。在他的《私生子》出版以后，他寄了一本给我，我便以一种在面对朋友的作品时通常会很自然地产生的兴趣和注意力读完了这本书。在读到他附加进去的那一段用对话写成的诗论时，我很惊讶，甚至有点伤心地发现，里面有好多话都在抨击离群索居者，这些话虽令人不悦但还可以忍受，可是其中有这么一句实在是太尖酸、太刻薄、太露骨了："只有恶人才是孤独的。"在我看来，这个论断模棱两可，可以有两种解释，一个正确，一个错误；对于一个已经是孤独的或想变得孤独的人来说，他不可能，也不想去伤害任何人，因此，他也不可能是个恶人。这个论断本身就需要解释一番，尤其是在作者写下这个句子的同时，正有朋友过着离群索居的生活，因此就更有解释的必要了。我觉得，要么是他在发表这一论断时忘了我这个独居的朋友，要么是虽然记起了这个朋友，却还是没有把他的这个朋友，以及如此之多的古今皆有的在隐逸生活中寻求安宁与平静的受人尊敬的贤哲，至少在提出这个空泛的论断时，看作是可敬而正确的例外，而竟然以一个作家的身份，大笔一挥，将这些人不加区分地全都斥之为恶棍。他的这种做法太不光彩了，也太让人感到震惊了。我真心实意地爱狄德罗，由衷地尊敬他，而且我以绝对的信任，指望着他对我怀有相同的感情。但是让我极其恼火的是，他在我的兴趣、志向、生活方式以及只和我一个人有关的事情上，老是乐此不疲地跟我对着干。看到一个比我年轻的人把我当小孩子一样摆布，我感到很恶心，他的那种轻易下承诺，却又不积极履行诺言的习惯，我也很讨厌。他老是约而不至，接着又心血来潮地再约，然后再不至，使我疲于奔命。我已经厌倦了每个月都要白等他三四回，而且每一回都是他自己定的时间。而且，我还一直跑到圣德尼去迎接他，我等了他一整天，最后，到了晚上我还是只能一个人独自进餐。总之，我的心里装满了他的这些对人不够尊重的事情。刚才提到的那个事例尤为严重，对我的伤害最大。于是我写信向他抱怨，不过我的措辞极其温柔感人，我写着写着，泪水就淋湿了信纸，我的这封信应该是足以让他感动得流下泪水的。大家肯定猜不到他是怎样回复我的，我将这封回信一字不漏地照抄如下（原件见信函集 A，第三十三号）：

> 我很高兴您喜欢我的作品，并为之感动。您不同意我关于隐士的意见，那么您想为他们说多少好话，就尽管去说吧，您将是世上惟一一位我要为之说好话的隐士。如果我说的话能不惹您生气的话，那我就还有好多话要说给您听呢。一个八十岁的老太太呀！如此等等。有人告诉我埃皮奈夫人的儿子曾在信中写过一句话，这句话肯定让您大大地难受过，否则就是我太不了解您这个人了。

这封信的最后两句很有必要解释一下。

在我刚住进退隐庐的时候，勒·瓦瑟太太似乎不太满意这个地方，觉得这儿太孤单了。她的抱怨传到了我的耳朵里，我就提议，如果她觉得她更喜欢巴黎的话，我就将她送回巴黎，并为她支付房租，就像她还在身边时那样照顾她。她拒绝了，并声称她在退隐庐过得非常满意，说乡下的空气有益她的健康。大家可以看到，这倒是实话，因为她看起来似乎年轻了些，也比在巴黎时健康多了。她的女儿甚至还竭力要我相信，如果我们离开退隐庐，她一定会恋恋不舍，感到十分遗憾的，因为她最喜欢在园子里随便干点活，侍弄一下果树什么的，现在正好是如愿以偿。戴莱丝还说，她母亲以前说的全是别人授意她说的，目的是把我劝回巴黎去。

他们见这条诡计不奏效，便想用让我良心不安的办法来获得殷勤美意所未能产生的效果，说我不该把老太太留在乡下，让她远离在她这个年纪可能需要的救护，说这简直是在犯罪。他们根本没有考虑到，不但她，还有其他许多老人都会因乡下的新鲜空气而延年益寿，而且他们所说的救护在我家门口的蒙莫朗西就有。他们的意思仿佛是说老人们只能呆在巴黎，住到其他地方就会活不成。勒·瓦瑟太太吃得多，吃起来狼吞虎咽，常吐酸水，又经常腹泻不止，一泻就是好几天，不过泻过之后肠胃就好了。她在巴黎时对此毫不在意，顺其自然；来到退隐庐之后，她沿用了这个办法，深知没有比顺其自然更好的办法了。可是他们却不管这些，只是认定，既然乡下没有医生和药剂师，那么留她在乡下就是想置她于死地，尽管她在乡下非常健康。狄德罗应该明确一下，我们应该在老人超过多大岁数时就不许他们住到巴黎以外的地方去，否则就对我们以谋杀罪论处。

这就是他指控我所犯的两条大罪之一，正因为这两条罪，他才没有在下那个“只有恶人才是孤独的”论断时，将我排除在外；而且，这也是他那哀婉动人的惊呼以及他善意地加上的“如此等等”的意义：“一个八十岁的老太太呀！如此等等。”

我认为如果要回击这种指责，最好是直接让勒·瓦瑟太太本人来为我作证。我请她把自己的感觉简单明了地、如实地写信告诉埃皮奈夫人。为了能让她完全放松心情，我甚至没有请求看她的信，还把下面这封我写给埃皮奈夫人的信拿给她看，信里谈到我想对狄德罗的一封更为尖刻的信作出答复，不过埃皮奈夫人阻止我把这封复信寄出去。

星期四

勒·瓦瑟太太还要给您写信，我的好朋友；我请她把自己的想法如实地告诉您。为了能让她更无拘无束地写，我已经跟她说过我不会看她的信。我也请您不要告诉她那封信的内容。

既然您反对，那我就不把我的复信寄出去了。我感到自己受了极大的侮辱，要是我承认自己错了，那简直是卑鄙无耻和公然说谎，福音书教导我们，左脸挨了耳光，就把右脸伸出去，但是并没有让我们去求饶。您还记得那个喜剧当中的那个人吗？他一边拿棍子打人，一边叫嚷着“救命”？哲学家扮演的就是这个角色。

您别以为当前的这种坏天气会挡住他窜到我们这儿来的脚步。他的怒气会给他提供他的友谊所不能提供的时间和精力，这也将是他生平头一回按时赴约。他拼死也要来把他在信里面对我的辱骂再亲口重复一边，而我只能耐心地洗耳恭听。到时候他可能一回巴黎就病倒了，而我则一如既往地仍然是个极其可恨的人。但我又能怎么着？只能忍着。

但是，你怎能不佩服此人的聪明？他曾想坐马车来接我到圣德尼吃午餐，然后再把我送回来；而在一个星期之后（见信函集A，第三十四号），同样是他，说自己财力不够，雇不起车，顶多只能步行来退隐庐。用他的话来说，这是他的真心话。这种情况也不是绝对不可能的，不过，要是果真如此的话，那么在一个星期之内，他的经济状况就发生了离奇的变化。

令堂大人贵体欠安，我对您的悲伤深表同情。不过，您也看到了，您的苦恼还比不上我的苦恼呢。在看到所爱之人生病时我们所感到的痛苦，总比看到他们受到粗暴的和不公正的对待时我们所感到的痛苦要轻一些。

再见了，我的好朋友，这将是我最后一次向您提这件不幸的事情。您劝我心平气和地到巴黎去，还说这将让我在今后感到高兴的。

根据埃皮奈夫人本人的建议，我写信给狄德罗，告诉了他我对勒·瓦瑟太太都干了些什么。正如大家所想的那样，勒·瓦瑟太太选择了留在退隐庐，说她过得很舒服，总有人陪伴，生活得很愉快。这样一来，狄德罗就不知道该给我强加些什么罪名了，于是便把我的警惕和提防也算成了一条罪状，而且依旧把勒·瓦瑟太太继续住在退隐庐也当成我的另一个罪状，尽管她是自愿选择留下来的，而且只要她愿意，无论是过去还是现在，她随时都可以抬脚就走，返回巴黎生活，并且仍然可以得到我的帮助，就和住在我们身边时一样。

以上就是我对狄德罗第三十三号信上的第一个谴责所作的解释。而对第二个谴责的解释，就包含在他自己的第三十四号信里面：

"文人"大概已经写信告诉您，说城墙根有二十个可怜的穷人快要冻饿而死了，正等着您像以往那样给他们施舍几个小钱呢，这就是我们经常闲聊的一类话题。如果您听到其余的那些话，您会像听了这类话一样乐开怀的。

下面就是我对这个狄德罗似乎颇为得意的，同时又是可怕的论据的回复：

我记得我已回答过"文人"，也就是一个包税人的儿子了。我说，我并不可怜他在城墙根看到的那些等待我布施的穷人，说他显然已经对大家施舍过；我已经请他替代了我，而且巴黎的穷人绝不会对这种替代有任何怨言；我很难为蒙莫朗西的穷人们找一个同样好的替代者，尽管他们的需求更为迫切。这儿有一位善良而可敬的老人，在辛苦地劳作一辈子之后，现在做不动了，将在老年饿死。每个星期一给他们两个苏，与布施给城墙根那儿所有的乞丐一百个里亚尔相比，前者让我觉得更加舒坦。你们这些哲学家们真会开玩笑，你们把每个城市居民都当成和你们的职责有关联的人，只有到了乡下，人们才学会爱人类和服务人类，而在城市里面，人们只能学会鄙视人类而已。

这就是那种离奇的道德顾虑，一个聪明人竟然糊涂到根据这个道德顾虑，来义正词严地把我离开巴黎说成是我的一大罪状，声称我自己的所作所为已经向我证明了人不能离开首都生活，否则就是恶人。今天回想起来，我就不明白自己当时为什么就那么傻，竟然答复他，还跟他怄气，而不是以当面嘲笑他作为惟一的答复。然而，埃皮奈夫人的决定和霍尔巴赫一伙人的吵闹蒙蔽了人们的理智，使舆论偏向了她那一边，以至于人们普遍认为在这件事情上是我不对。乌德托夫人一直很赞美狄德罗，她让我到巴黎去看他，主动跟他和解。但是尽管我很诚恳，也确实是真心实意的，这个和解还是没有维持多久。乌德托夫人提出的使我折服的理由是，此刻狄德罗正遭遇不幸。除去《百科全书》所掀起的风暴之外，他这时还被卷入了另一场风暴之中。尽管他已在剧本前面加了一篇题记，但是他的那个剧本还是被人指控全盘抄袭哥尔多尼的作品。狄德罗比伏尔泰更经不起别人批评，一下子就被说懵了。格拉菲尼夫人甚至还别有用心地散步流言，说我为这事跟他断绝了关系。我觉得公开作出与之相反的声明是既公平又仗义的事情，因此我就去巴黎和他一起呆了两天，而且就住在他家里。这是我在住进退隐庐之后第二次到巴黎。第一次是赶去看望果弗古尔，当时他中风了，后来也一直没有痊愈，在他得病时，我一直守在他的身边，直到他脱离危险为止。

狄德罗很热情地接待了我。一个朋友的拥抱能消除多少是是非非啊！在这之后，还有什么恩怨能存留心间呢？我们没作什么解释，因为互相对骂是无需解释的。只有一件事情可做，就是将这一切都忘掉。他并没有在暗地里耍什么花招，至少据我所知是如此，这跟埃皮奈夫人大不一样。在他把《一家之长》的提纲拿给我看之后，我就对他说：“这个剧本就是对《私生子》的绝佳辩护。您要沉下心来，把这个剧本写好，然后，出其不意地抛到您的敌人们的面前，作为您全部的答复。”他按我说的做了，效果奇佳。差不多六个月以前，我就把《朱丽》的头两卷寄给他了，想征求一下他的意见。但他居然还没有看过。于是我俩就一起读了其中一章，他觉得通篇都很“芜杂”，这是他的用语，就是说废话连篇，冗词太多。我自己也感觉出来了，但这是高烧当中的胡言乱语。这一点，我后来一直都没能改过来。后面的几卷就不是这样，特别是第四卷和第六卷，都是字斟句酌的杰作。

我到巴黎之后的第二天，他一定要带我到霍尔巴赫先生家去吃晚餐。我和霍尔巴赫完全是两条道上的人，我俩的想法根本不可能达成一致。我甚至想取消那份与化学手稿有关的合同，因为我痛恨为了这份合同而向他这样的人感恩。但是狄德罗获得了全胜。他向我发誓，说霍尔巴赫先生发自内心地喜欢我，说他就是那副德行，对谁都一样，而且越是朋友，他的脾气越大，我应该原谅他。狄德罗又跟我解释说，那部稿子的稿费早在两年前就已经收下了，现在又来加以拒绝，这完全是在侮辱付稿费的人，而他又没有什么错，而且，这种拒绝可能会被他误解，以为是在暗地里责怪他不该拖这么长的时间才来清账似的。他说：“我跟霍尔巴赫每天都见面，我比你更了解他的内心想法。如果你真有理由对他不满的话，难道你以为你的朋友会让你做卑鄙无耻的事情吗？”总之，由于我的一贯的软弱，我又被人说服了，于是我们就去男爵家里吃了晚饭，男爵像往常一样地接待了我，但是他的妻子待我很冷漠，甚至可以说是有点无礼。我再也认不出那个可爱的迦罗琳了，而她在未出嫁时，对我是那样的友善。在很久以前我就感觉到了，自从格里姆常上埃纳家去以后，这家人就看我不那么顺眼了。

当我在巴黎的时候，圣朗拜尔休假回来了。我对此一无所知，所以我是在回到乡下以后，才先后在舍弗莱特和退隐庐见到他的。他同意和乌德托夫人一起到退隐庐来，让我请他俩吃饭。可想而知，我是多么愉快地接待了他们。当我看到他俩如此恩爱时，我就更加欣喜若狂了。我为自己没有破坏他俩的幸福而感到高兴，感到自己也很幸福。而且，我可以发誓，在我为爱痴狂的那段时间里，尤其是此时此刻，即便我能把乌德托夫人从他手中夺过来，我也不会去破坏他们的幸福的，甚至连想都没有朝这方面想过。我看到她对圣朗拜尔如此亲切，如此眷恋，以至我想象不出，如果她爱我的话，是否对我有同样的眷恋。我并不想拆散他俩，在我意乱情迷的时候，我真正希望于她的，只是她能允许我爱她而已。总之，不管我对她怀有多么强烈的痴情，我总是觉得做她的知心朋友和做她的情郎一样的甜蜜，我从来没有把她的情人看成是我的情敌，而总是把他当成我的朋友。有人会说，这还不算是真正的爱情，不过没关系，它已经胜过爱情了。

至于圣朗拜尔，他表现得十分正直无私，审慎得体。因为只有我一个人是有罪的，所以也只有我一个人受到了处罚，不过是相当仁慈的处罚。他对待我虽然严厉，却也很友好；我看出，他对我的尊敬稍有减少，但对我的友情却原封未动。我感到很欣慰，因为我知道恢复尊敬比恢复友谊更容易，而且，他十分明白事理，不会把一时的情不自禁的软弱与彻底的邪恶混为一谈的。如果说在过去所发生的一切中我有过错的话，那么我的错也微不足道。是我主动去追他的情人吗？难道不是他把她给我送上门来的吗？难道不是她跑来找我的吗？我能对她避而不见吗？我又能怎么办？坏就坏在他俩身上，可吃苦头的却是我。如果他处于我这个位置，他会做得和我一样的，甚至会更坏，因为，不管乌德托夫人多么忠贞，多么令人尊敬，她毕竟是个女人。他经常不在她身边；他走之后，这样的机会多的是，诱惑又是那样的强大，如果面对一个比我更有胆量的求爱者，那她就很难始终抵制住这种诱惑了。在这样的情况之下，她和我能成功地做到不越轨，已经算是难能可贵了。

尽管我能在心灵深处为自己作着种种有力的辩解，但驳斥我的表面现象却又如此之多，以至那种经常左右我而我又很难克服的羞耻感竟使我在他面前表现得活像个罪人，而他也常常借此对我大加羞辱。我只举一个例子就足以说明我们彼此之间的这种关系了。午饭后，我把去年写给伏尔泰的一封信念给他听，这封信是他早就听说的。在我念的时候，他竟然睡着了，而我呢，从前是那样的高傲，今天却是如此的愚蠢，竟不敢中断我的朗读，而他对我的报复也达到了这种程度。但是，他的宽容大度只允许他在我们三人都在场的时候才对我进行这种报复。

在圣朗拜尔走了之后，我发现乌德托夫人对我的态度发生了很大的转变，我很惊讶，其实我早就该料到这一点了。我的感动超过了应有的程度，这让我大为苦恼，似乎我期待着能治愈我的狂热症的一切做法，都只不过把那支我没有拔出来而是折断了的箭往我的心里插得更深了。

我决心彻底战胜自我，并且要不遗余力地把我的可笑的痴情变成一种纯洁而持久的友情，为了实现这个目标，我制定了一些最美好的计划，而为了执行这些计划，我需要乌德托夫人的帮助。当我试图跟她谈这件事的时候，我发现她心不在焉，一副很为难的样子。我感到她已经不再喜欢和我呆在一起了，我还清楚地看到，一定有什么事情发生过，只是她不愿意告诉我而已，而我后来也一直没能知晓，我无法从她那儿得到任何解释，这让我万分苦恼。她向我索回她的信件，我就老老实实地悉数归还了，而她竟然还一度对我的老实态度表示怀疑。这真是对我莫大的羞辱。这种怀疑简直是又一次出乎意料地在我的心口上捅了一刀，而她本应是非常了解我的心的。不过，她在这一点上还是给了我公道，但不是立刻就给的。她是在把我还给她的那一包信仔细检查过以后，才意识到她的怀疑是不公正的。我甚至看出她为此而有些自责，这让我的心里好受了些。既然她要回了她的信，那她就应该把我的信归还给我。但是她说这些信全被她烧了。这一次轮到我来怀疑她了，而且，我承认，我至今仍在怀疑。不，像这样的信，人们是不会扔掉的。人们认为《朱丽》里面的信就像火一般的灼热。上帝啊！看过我的这些信，该有些什么样的想法呢？不，不，能激起这种激情的女人是不会有勇气把这激情的证据烧掉的。不过，我也并不害怕她滥用这种证据，我认为她不可能做这种事情，再说，我早就采取了防范措施。我那愚蠢可强烈的怕人耻笑的想法让我在刚开始通信时，就采用了一种使我的信不能拿给人看的语气。我的那种亲昵态度甚至发展到了以“卿”“侬”来称呼她，但是，我称呼得是那样的甜蜜，她肯定不会感到不高兴的。当然，她也向我抱怨过几次，但是没有收到成效。她的抱怨只能激起我的疑虑之心，可是我又舍不得向后退。如果这些信还在世上，并且有一天能重见天日的话，大家就会知道我曾经怎样地爱过了。

乌德托夫人的冷漠给我造成的痛苦，以及我觉得不该受此冷遇的心情，使我采取了一个奇怪的举措：向圣朗拜尔本人写信诉苦。我一边等待这封信的效果，一边沉醉于我早就该求助的各种消遣之中。当时舍弗莱特正在举办一些庆祝活动，我负责为它们谱写音乐。一想到能在喜爱音乐的乌德托夫人面前一显身手，我就乐不可支，劲头十足。还有一个原因也有助于激发我的这个兴致，那就是我想向人们展示一下《乡村占卜者》的作者是懂音乐的，因为我早就觉得有人在暗中作梗，想让大家怀疑我不懂音乐，至少是怀疑我不会谱曲。其实，我刚到巴黎时的那些作品，我在杜宾先生家和波普利尼埃尔先生家里经受的种种不同情况下的考验，这十四年来，我在最著名的艺术家中间，甚至是当着他们的面谱写的大量的乐曲，最后，还有歌剧《风流诗神》，歌剧《乡村占卜者》，我专门为菲尔小姐而写，并由她在宗教音乐会上演唱的一首经文歌，以及我就这门美妙的艺术与那些最著名的大师进行过多次讨论，这一切证据本应能完全防止和消除人们的这种怀疑。甚至在舍弗莱特，持这种怀疑观点的也不乏其人，而且我发现连埃皮奈先生也未能免俗。我故意装作对此毫不知情，答应为他写一首经文歌，以供舍弗莱特小教堂命名典礼之用，由他随意挑选歌词，然后提供给我。他将写歌词的任务交给了他儿子的老师里南。在里南把他写好的的那些符合主题要求的歌词交给我之后，只过了一个星期，经文歌就谱写好了。这一次，我简直能把艺术之神阿波罗气坏，我还从未写过比这更加富丽堂皇的音乐。歌词以“Ecce sedes hic tonantis”开头，而乐曲开头部分的华丽正好与歌词相呼应。整首曲子都极其美妙，让大家赞叹不已。我是为大型乐队谱曲的，于是埃皮奈夫人就召集了最好的合奏乐师。意大利歌手白鲁娜夫人演唱这首经文歌，伴奏也非常好。这首经文歌获得了如此大的成功，以至后来还被拿到宗教音乐会上去演奏，尽管那一回有人在暗中捣鬼，而且演奏得很糟，不过它还是赢得了两次热烈的掌声。我又为埃皮奈先生的生日构思了一部剧作，该剧半是正剧半是哑剧，由埃皮奈夫人根据我的创意写成剧本，然后同样由我谱曲。格里姆一到，就听见了我在配乐方面的成功；在一个小时以后，人们便不再谈论这件事了。不过，据我所知，人们至少不再怀疑我是否会作曲了。

我本来就在舍弗莱特呆得不大舒服，而格里姆一来，就更加觉得难以忍受了。因为我还从未见过谁摆出过他那样一副神态，甚至连想都没想到过。在他到达的前一天，我就被从我住的那间最好的、紧邻埃皮奈夫人房间的客房里请了出来，人们要将它整理一下，以便格里姆入住，而让我住到了一个较远的房间里。我笑着对埃皮奈夫人说：“看，真是一代新人换旧人啊！”她显得很尴尬。到了晚上，我对换房间的缘由了解得更清楚了。我得知，在她的房间与我搬离的那个房间之间，有一扇打通两个房间的暗门，她以前认为没有必要指给我看。不管是在她家里，还是在社会上，她和格里姆的关系都是尽人皆知的，甚至连她的丈夫也心知肚明。然而，尽管她向我透漏过一些更重要的秘密，并且知道我这个人守口如瓶，她却坚决不承认这件事，反而矢口否认。我很清楚，她的这种保留态度来自于格里姆的授意，他知道我的所有秘密，却不愿让我得知他的任何秘密。

尽管我对格里姆的旧情还没有消失殆尽，而且此人也确有一些优点，让我对他仍然抱有好感，但是这些却都经不起他的大力摧残。他对待我的方式就像蒂非埃尔伯爵，从来不愿屈尊俯就地回应一下我的问候，我跟他说话，他连理也懒得理。久而久之，我也就不再和他说话了。他到处都要争优先权，占首位，从来不把我放在眼里。如果他不故意装出一副让人难受的样子的话，这倒也还罢了。我只从他那数不胜数的例子里面挑一个出来，人们就会明白我刚才说的这句话是什么意思。有一天晚上，埃皮奈夫人感到有点不舒服，就让仆人给她送点吃的到楼上的房间去，她准备坐在炉火旁吃晚餐，她邀我一同上楼，我同意了。接着格里姆也上来了。小餐桌已经摆好，只有两套餐具。饭菜端上来之后，埃皮奈夫人坐在炉火的一边，格里姆搬起一把扶手椅，放在炉火的另一边，然后将小餐桌子拉到他俩的中间，打开餐巾，就开始吃饭了，中间一句话也没跟我说。埃皮奈夫人的脸红了，为了能促使他为自己的无礼向我道歉，便要把她自己的位置让给我。可是格里姆还是一句话也不说，甚至连看都不看我一眼。由于我无法靠近炉火，就决定在房间里踱步，等仆人给我再上一套餐具。最后，他就让我在离火很远的桌子的另一端吃了晚饭，连起码的客气都没有。我比他年长，身体不好，与这家人的交往比他早，并且还是我介绍他到这家来的，他现在成了女主人的宠儿，本该对我表示尊敬才对呀。他在其他情况下对待我的态度都和这次如出一辙。他不光是认为我比他低一等，而且把我看得几乎一钱不值，可有可无。我发现，我很难再认出当年在萨克森哥特家以得我一顾为荣的那个学究了。他一面目中无人，对我爱理不理，板着脸侮辱我，一面又在他所知道的那些和我交好的人中间大肆吹嘘他与我之间真挚的友谊，我真不知道他是如何将这两个方面协调起来的。说他曾对我有过一点友好的表示，这不假，不过那只是同情我的穷困潦倒和怜悯我的悲惨命运而已。可我自己却并不觉得穷，也不觉得苦。他还哀叹我无情地拒绝了他好心地提供给我的善意帮助。他就是通过这一类的手腕来让大家赞美他的多情和慷慨，而谴责我的忘恩负义和愤世嫉俗，同时让人们在不知不觉中相信，在像他这样的保护者和我这样的倒霉鬼之间，只能有一种这边施舍恩惠而那边感恩戴德的关系，却全然想不到，即便这种关系是有可能有的，也还应有一种平等的友谊关系存在于其中。就我而言，我怎么也想不出我在哪方面欠了这位新保护人的情。我借过钱给他，而他却从未借过钱给我；他生病时我去看护过他，而我生病时，他却难得来看我一回；我介绍他认识了我所有的朋友，而他却从未介绍我认识他的任何一个朋友；我曾经竭力地宣扬过他，而他……如果说他也宣扬过我，那也很少是在大庭广众之下，而且采取的方式也极不相同。他从来没有给过我或提出过要给我任何的帮助。他怎么就成了我的麦西那斯呢？我怎么就成了他的受保护人呢？这一点我过去没有弄明白，现在还是没搞懂。

诚然，他对每个人都程度不同地有些傲慢，但是他对任何其他人都不像对我这样傲慢到了粗暴的地步。记得有一回，圣朗拜尔差一点就要拿起盘子朝他的头砸过去，因为格里姆竟敢当着整桌人的面说他撒谎，粗鲁地对他说："这不是真话。"除了天生的喜欢挖苦人的习气之外，他还有一种暴发户式的自高自大，无礼到了一种很可笑的程度。他跟阔人们的交往让他忘乎所以，竟摆出一副只有在最没有头脑的阔人们身上才看得见的臭架子来。他在叫仆人过来时，从来只喊一声"喂"，仿佛仆人太多，他这位大老爷不知道是谁在当班似的；他在让仆人去买东西的时候，总是把钱往地上一扔，而从不把钱交到仆人手中。总之，他完全忘了仆人也是人，无论是在什么事情上，都对仆人给以令人作呕的轻蔑和粗暴的鄙视，以至埃皮奈夫人介绍过来的那个可怜的好孩子最后终于辞工不干了。他并没有抱怨别的，只是说他忍受不了这样的对待；他成了这个新"自命不凡者"的拉·弗勒尔。格里姆既爱慕虚荣，又浮华不实，他虽然长着两只大而无神的眼睛，一张松弛多皱的脸，却幻想着能赢得女人们的喜欢。自从跟菲尔小姐闹过那场笑话之后，他竟在好多女人眼里成了一个风流情种。这就使他赶起时髦来，让他养成了女人式的洁癖。他开始像花花公子一样打扮起来，梳洗化妆成了他的一件大事。大家都知道他化过妆，而我一开始还不信呢，后来也信了，这不仅是因为看见他的肤色变好了，并在他的梳妆台上看到过一瓶一瓶的化妆品，而且是因为，有一天早上，我走进他的房间，发现他正拿着一把特制的小刷子在刷着指甲，见我来了，他仍然颇为自得地刷着。我推断，一个每天早晨要花两个小时的时间刷指甲的人，完全有可能花点时间用化妆品涂平皮肤上的皱纹。善良的果弗古尔并不是一个刻薄成性的人，却挺幽默地给他取了一个"粉面魔王"的绰号。

所有这些都只不过是一些可笑的小事而已，却与我的本性格格不入。这些事情最终让我对他的性格产生了怀疑。我很难相信，一个如此晕头转向的人会心术端正。他老是吹嘘自己的心灵是多么的敏感，自己的感情是多么的强烈。可是他的那些缺点却是只有最卑贱的人才具有的，这又怎能与他所吹嘘的那一切相一致呢？一颗对身外之物始终充满激情的敏感的心，怎么能让他老是为自己的那些不足挂齿的小事而忙个不停呢？我的上帝啊！但凡感到自己的心被那神圣之火点燃的人，总是想方设法要把自己的心思表露出来，把自己的内心世界展现出来，恨不得把心都掏出来给人看，而根本不会去想什么化妆或打扮。

我想起了他的道德纲领，是由埃皮奈夫人告诉我的，她自己也采纳了这一纲领。整个纲领只有一条，那就是：人的惟一义务就是在所有事情上都随心所欲。当我听到这种道德准则时，曾经感慨万千，不过我当时还是只把它当成了一句玩笑话。但是，很快我就看到，这果然是他的行为准则，后来让我深受其害的那些事都在证明着这一点。这也就是狄德罗曾对我说过无数遍，但从来没有对我作过解释的那种内心信条。

我又想起，在好几年以前，就有人再三地警告我，说他很虚伪，虚情假意，尤其是他根本就不喜欢我。我还回忆起了几桩小事，都是弗兰格耶先生和舍农索夫人讲给我听的。他俩都看不起他，而且都应该很了解他的为人，因为舍农索夫人是已故弗里森伯爵的密友罗什苏阿尔夫人的女儿，而弗兰格耶先生当时与波立尼亚克子爵过从甚密，当格里姆刚开始在王宫区落脚时，他已经在那儿住了很久了。巴黎人都知道，在弗里森伯爵死后，格里姆悲痛欲绝。他这样做，是为了维持他在遭到菲尔小姐断然拒绝之后所博取到的那点名声。如果我当时心明眼亮的话，本来是能比其他人更清楚地看出其中有诈的。他被人拉到加斯特利公馆，在那儿装出一副痛不欲生的样子，就跟真的一样。他每天早上都跑到花园去痛哭一场，只要公馆的人一出现，他便用一条浸透了泪水的手帕遮住自己的眼睛。但是，当他一转身进了一条小巷之后，有些他没有注意到的人就发现他立即把手帕装进口袋，拿出一本书来。人们不止一次地看见他这样做。这件事很快传遍了整个巴黎，不过也很快就被人遗忘了。我自己也忘了这件事，但是有一件跟我有关的事情让我把它记了起来。当我住在格勒尔路的时候，有一回躺在床上病得要死，而他当时正在乡下。有一天早晨他气喘吁吁地跑来看我，说他刚从乡下赶回来。过了一会儿，我就得知他头一天就回来了，有人还看到他在看戏呢。

这一类的小事情我还想起过好多好多，但有一件事情留给我的印象更深，同时我自己也觉得很奇怪，为什么我没能早点发现这一点。我把我所有的朋友无一例外地介绍给了格里姆，他们也都成了格里姆的朋友。我与格里姆难舍难分，几乎不愿意看到有哪一家我能进去而他不能进去的。只有克雷基夫人拒绝接待他，而我也就从此不再登她的门了。格里姆自己也交了一些朋友，有的是他自己主动找的，有的是靠弗里森伯爵的关系。在他的这些朋友中，没有一个成为我的朋友的。而且他从来就没有发过一句话，让我至少和他们认识一下。我有时候去他家里，会碰到他的一些朋友，在这些人当中，从来没有一个对我表示过丝毫的善意。就连弗里森伯爵也是如此，而他是住在伯爵家中的，若能因此而与伯爵攀点交情，我会很高兴的。弗里森伯爵的亲戚旭姆堡伯爵也没有对我表示过好感，而格里姆与他的关系更加亲密。

不仅如此，由我介绍给他的我的那些朋友，在和他认识之前都与我亲密无间，待到认识他以后，他们对我的感情和态度都发生了明显的改变。他从没有把他的任何一个朋友介绍给我，而我却把我的朋友都介绍给了他。最后，他把我的朋友全都夺走了。如果这就是友谊的结果，那么仇恨的结果又将是什么呢？

就连狄德罗在一开始也曾经屡次告诫我，说虽然我对格里姆那么信任，可他却并不是我的朋友。后来等到他自己也不再是我的朋友时，便改变了腔调。

我以前处理我的几个小孩的办法是用不着别人帮忙的，可我还是把这件事告诉了我的几个朋友，其目的仅仅是为了让他们知道这件事，以便让他们不要把我看得比实际上的我更好。这几个朋友是狄德罗、格里姆和埃皮奈夫人。杜克洛本来是最配得知我的隐私的人，可我偏偏没有告诉过他。然而他还是知道了这个秘密。是谁告诉他的呢？我不知道。不大可能是埃皮奈夫人泄密的，因为她很清楚，如果我依样画葫芦，也把她的很多秘密抖出去，我是可以狠狠地报复她的。那就只剩下格里姆和狄德罗了。他俩当时在很多事情上都是一个鼻孔出气，特别是在反对我的时候。因此，极有可能是他俩合伙干的这件事。按说，我没有把秘密告诉过杜克洛，因此他拥有泄漏这个秘密的自由。可是，我敢打赌，他反而是惟一保守这个秘密的人。

格里姆和狄德罗在密谋把“女总督”们从我身边夺走时，曾竭力想拉杜克洛入伙，却被他很鄙夷地拒绝了。我后来才从他那儿得知这件事的始末，但是，当时我从戴莱丝那儿已经知道了不少情况，看出其中有些不可告人的阴谋，看出他们是想摆布我，即使不违背我自己的意愿，至少也要将我蒙在鼓里；再不然，他们就是想拿这两个女人作为工具，以实现某种阴谋。这一切肯定不是正大光明的。杜克洛的反对就无可争辩地证明了这一点。谁要是相信这是友谊，那就让他相信好了。

这种所谓的友谊给我在家里和家外带来了同样的灾难。几年来，他们和勒·瓦瑟太太频繁地进行着长时间的谈话，已经明显地改变了她对我的看法，而且这些改变肯定是对我不利的。那么，他们在这种奇怪的私下会谈中究竟讨论了些什么呢？为什么搞得这样神秘？难道这个老太婆的谈话就那么有趣，以至他们如此珍视？或者说是那么重要，以至生怕走漏了风声？三四年来，他们的这种密谈一直没有中断过。起初我觉得很可笑，但转念一想，又开始感到惊奇。如果我当时知道这个老太婆在跟我捣什么鬼的话，这种惊奇肯定会发展成为焦虑不安的。

尽管格里姆在外面夸耀他对我如何热情，可是从有我在场时他对我的态度中却很难看出他那所谓的热情来。无论从什么角度看，我都没有从他那儿得到任何好处；而他假装出来的对我的怜悯，与其说是在帮我，不如说是在羞辱我。他甚至无所不用其极地断了我所选择的那个工作的财路，说我誊抄乐谱的水平太差。我承认这是实情，但不应该由他的嘴里说出来啊。他为了证明自己并不是在开玩笑，就另外雇了一个抄谱人，把凡是能从我这儿挖走的客户都挖走了。可以说，他的目的就是要逼得我走投无路，从而只得去依靠他本人和他的影响来养家糊口。

在我前思后想，把这一切都考虑到以后，我的理智终于压倒了还在为他说话的那种先入之见。我得到的结论是，他的性格至少是很可疑的，而他的友谊则是虚假的。基于此，我决定不再见他。我把这个决定通知了埃皮奈夫人，并向她说明了我这么做的一些不容置辩的理由，我现在都忘记我说的是哪些理由了。

她强烈反对我的这个决定，但又不知该如何回应我提出的这些理由。当时她还没有同他统一口径。但到了第二天，她没有亲口向我解释，却交给我一封措辞巧妙的信，这封信由两人一起写成。在信中，她以他喜不外露的性情来为他辩解，却又不提具体的细节，并且指责我不该怀疑他背叛朋友，认为我的怀疑是一种罪过，还劝我跟他重新和好。这封信让我动摇了。在随后进行的我和她之间的谈话中，我发现她比上一次准备得充分多了，我被完全说服了。我甚至相信我判断错了，如果真是这样的话，那我就太冤枉我的朋友了，我应该赔礼道歉。总之，就像我也对狄德罗和霍尔巴赫男爵已经多次做过的那样，一半是出于自愿，一半是出于软弱，我怕又做了我本来有权要求对方做的友好表示，我就像另一个乔治·唐丹一样跑到格里姆那儿去，为他对我的冒犯而请求他原谅我。我经常怀抱着这样一种错误的信念，以为只要态度温和，行为得体，天下就没有解不开的冤仇，这个错误的信念让我一辈子都在那些所谓的朋友面前卑躬屈膝。其实，恰恰相反，恶人越是找不出仇恨的理由，他们的仇恨就越强烈；他们越是觉得自己不对，他们施加给受害人的痛苦就越深。我从亲身经历中就可以为这个论断找出有力的证据，那就是格里姆和特龙桑两人的所作所为。他俩之所以成了我的两个最不共戴天的敌人，完全是由他们的爱好、兴趣、任性所造成的。他们根本找不出我有任何对不起他们的地方。他们的恼恨日甚一日，就像老虎一样，越容易出气，它就越是要发虎威。

我本来期待着格里姆会因看到我这样委曲求全和主动表达善意而感动不已，并张开双臂，以最真诚的友情来迎接我。哪知在接待我的时候，他竟然像个罗马皇帝似的，态度无比傲慢。我完全没有料到他会这样待我。我只好尴尬无比地扮演着这样不恰当的角色，怯生生地用几句话说明了我的来意。在开恩赦免我之前，他堂而皇之地宣读了一段他事先准备好的长篇训斥，列举了他的一大堆罕见的美德，特别是关于友谊方面的。他花很长时间着重讲了一条他自己总结出来的规律，这规律起初让我大为震惊，那就是：他的朋友是绝不会与他分手的。他在那里说着，我就在这边暗暗地想：要是我成了他这个规律的惟一例外，那可就惨了。他在这一点上装腔作势地说个没完，最后让我想到，如果他果真只是听凭内心情感行事的话，那他就绝不会如此关注这条规律。因此，他不过是利用这条规律来往上爬而已。其实，直到那时为止，我也和他一样，保住了所有的朋友。从儿童时代起，我就从未丢掉过一个朋友，除非是因为死亡。不过，我从没拿它当回事，也不拿它作为我的自律原则。既然我俩有个共同的优点，除非他已经想好了要剥夺我的这个优点，否则他哪里有资格吹嘘这是他独有的优点呢？接着，他故意地羞辱我，他举出很多例子来说明我们共同的朋友都更喜欢他，而不是我。这一点我和他一样清楚，朋友们确实对他有些偏爱。但问题是，他是怎样获得这种偏爱的呢？是他有过人之处，还是谈吐不凡？是通过自我夸耀，还是通过对我的极力贬损？最后，当他在尽情地拉开我俩之间的距离，使我感到他准备给予我的宽大实属难得之后，他就吻了我一下，以示和解，并轻轻地拥抱了我一下，就像是国王在拥抱新受封的骑士一样。我仿佛从云端跌落下来，惊得目瞪口呆，一句话也说不出来。整个场景就好像教师之训斥学生，并免了他一顿鞭子一样。每当我回想起这幕场景，总觉得根据表面现象来作判断是多么容易受骗，而那些庸众又是多么看重这种由表面现象得来的判断啊！我还觉得，有罪的人总是胆大妄为、骄傲自大，而无辜的人却总是满面羞愧、窘迫不安。

我俩就这样和好了。这对于我那颗任何争吵都会使之痛苦不堪的心来说，总算是减轻了一点压力。大家可以猜到，这种和好是绝不会改变他的态度的，他只不过是剥夺了我向他申诉的权力而已。因此，我决定忍受一切，什么都不再说了。

这么多烦恼接踵而至，压得我无比沮丧，让我再也无力控制住自己。我收不到圣朗拜尔的任何回信，又被乌德托夫人疏远，而且不敢再向任何人敞开心扉，这一切都使我开始害怕起来，担心在将友谊当作心中的偶像的同时，把自己的一生都白白浪费在了追寻那些虚幻的东西上面。在这次考验之后，在我所有的朋友之中，只剩下两个人能让我对其怀有全部的敬意，值得我给予绝对的信赖：一个是杜克洛，自从我住进退隐庐以后，我就再也没有见过他的人；另一个是圣朗拜尔，我认为只有把我的心事毫无保留地向他倾诉出来，才能弥补我对他犯下的过错。我决定在绝不连累其情妇的情况下，向他作一个全面而彻底的忏悔。我毫不怀疑这仍是我的激情设下的又一个圈套，目的是使我和她更接近一些。但是，另一方面，我也确实想毫无保留地扑到她的情人的怀中，彻底地接受他的指引，把心都掏出来给他看。我正准备给他写第二封信，并相信准能收到他的回复时，我突然得知了一个悲惨的消息，明白了他为什么没能回复我的第一封信。原来这场战争太艰苦了，他没能在它结束之前经受住疲劳的折磨，埃皮奈夫人告诉我他刚刚瘫痪了。而乌德托夫人也忧伤成疾，不能立即给我写信。两三天之后，她从巴黎——她当时在巴黎——写信告诉我，她打算让人送他到亚琛去洗矿泉浴。我不敢说这个悲惨的消息带给我的苦恼和折磨与她一样多，但我毫不怀疑它让我产生的忧伤会比不上她的痛苦和眼泪。我见他病得这样厉害，又担心他的病情可能受到焦虑不安的心情的影响，因此我感到非常难过。这比此前我所遭受的一切都更加能触动我的心弦。我十分痛苦地感到，我还是没有足够的力量来承受如此之多的悲伤。令人高兴的是，不久我就从他那儿得知，我把他的心情和病况都估计得太严重了。不过，现在到了该讲述我的命运大转折的时候了，这次转折是那样的剧烈而又突然；也到了该讲那个把我的一生划分为两个截然不同的部分的大灾难的时候了，这个灾难的起因是那么的微不足道，却产生了如此可怕的后果。

有一天，在我根本没有料到的情况下，埃皮奈夫人派人来找我。我一进她的房间，就发现她的眼神与行为举止中透出一种慌乱的神色，这是很不寻常的，引起了我的注意，因为世上没有谁比她更善于控制自己的面部表情和身体动作了。她对我说："我的朋友，我马上要到日内瓦去。我的胸部不舒服，身体垮得很厉害，因此我必须丢开一切事情去找特龙桑，让他给我看看。"这个决定如此突然，而当时又正是入冬时节，所以我感到非常惊讶，特别是我离开她才三十六个小时，当时她根本没提这事。我问她想带谁一起去，她告诉我说要带上她的儿子和里南先生，然后，她又漫不经心地补充了一句："您呢，我亲爱的熊，您不一块儿去吗？"我没有当真，以为她是随便说说而已，因为她很清楚，我在冬天几乎出不了门，于是我就开玩笑地说，这是一个病人去陪伴另一个病人。她看上去没有坚持这个建议的意思，所以我们就换了个话题，谈了谈她此次旅行的准备工作。她已经决定半个月后就动身，因此正在抓紧准备。

不需要很敏锐的洞察力，我就看出此次旅行有个秘密的动机。这个秘密她家里所有的人都知道，惟独瞒着我一个。第二天，戴莱丝也发现了这个秘密，是总管家台歇透漏给她的，而他又是从贴身女仆那儿得知的。既然不是埃皮奈夫人本人把这个秘密告诉我的，那么我就不必非得替她保守这个秘密不可。但是这个秘密同她亲口说给我听过的那些秘密的关系太密切了。我根本无法将它们截然分开，所以我将对这件事避而不谈。不过，这些秘密虽说从来没有，将来也永远不会从我的嘴里或从我的笔下泄漏出去，但是知道它们的人实在太多了，所以不可能不被埃皮奈夫人圈子中的所有人都知道。

我得知她此次旅行的真正动机之后，便看出一定有一个仇家在暗中煽动此事，想让我做埃皮奈夫人的护送人。不过，她并没有坚持要我陪她，所以我就没有把这事太当真。我想，要是我真的傻乎乎地接受了这个任务，那我所充当的角色就真是太好笑了。此外，我的拒绝反倒让她占了大便宜，因为她竟然能说服她的丈夫陪她一同前往。

几天以后，我收到了狄德罗的一张短笺，我将它转录于后，这张短笺只是对折了一下，里面的内容任何人都可以轻易地看到。它是送到埃皮奈夫人家，由埃皮奈夫人之子的家庭教师，也是她的亲信里南先生转交给我的。

狄德罗的便条（信函集 A，第五十二号）

我天生就是爱您并让您苦恼的人。我听说埃皮奈夫人要去日内瓦，却没有听说您要陪她去。我的朋友，如果您对埃皮奈夫人感到满意的话，您就应该陪她一起去，如果是不满意的话，您就更应该陪她去。您不是觉得欠她的恩情实在太多了吗？现在正是一个大好的机会，您可以部分地偿还所欠之情，让您稍感安慰。在您的一生之中，还能再找到一次这样的机会来对她表达感激之意吗？她到一个陌生的国家去，就好像从云端跌落尘埃一样。她有病在身，需要娱乐和消遣。而且这是冬天呀！您想一想，我的朋友。您以身体不好为由来进行推脱，虽说这理由比我所想象的要有力得多，但是您今天的身体是不是比一个月之前或初春要差一些呢？您三个月以后去旅行，难道会比今天去要舒服一些吗？要是换了我，我可以坦白地跟您讲，如果我受不了马车的颠簸，我一定会拄着棍子跟着走。再说，难道您不怕人家会误解您的行为吗？别人会怀疑您不是忘恩负义就是别有用心的。我很清楚，无论您作什么事情，都可以拿您的良心来为您作证，但是只凭良心的证明就够了吗？您难道可以把别人的证明忽视到如此地步吗？此外，我的朋友，我写这张短笺，是为了对得起您，也为了对得起我自己。如果它让您觉得不舒服，您就将它烧掉好了，以后也别再去想它，就当我没写过一样。我问候您，爱您，拥抱您。

我一边读着，一边气得发抖，感到非常震惊，几乎不能读完。但这并未妨碍我注意到狄德罗又在耍花招，他在信中装出一种比他其他所有的信都更温柔、更亲切、更有礼貌的口吻，在那些信中，他至多称呼我为“亲爱的”，几乎从来都不屑于叫我“朋友”。我一眼就看出这个便条是兜了很大的一个圈子才传到我手上的，它上面注明的收信地址、折叠的方式等相当愚蠢地泄了密，因为我们相互间的通信一般是通过邮局，或是通过蒙莫朗西的信使转交，而他眼下采用的这种途径是第一次，也是惟一的一次。

当我的怒气稍微平息一点，可以执笔的时候，我就匆忙地草就了下面这封回信，并立即把它从我当时所在的退隐庐，带到舍弗莱特去给埃皮奈夫人看。我当时气昏了头，想把它和狄德罗的信一起亲口读给埃皮奈夫人听。下面是我的回信：

我亲爱的朋友，您既不知道我对埃皮奈夫人的感激之情是多么强烈，也不知道我多么想向她表达我的这种感激；您既不知道她的这次旅行是否真的需要我，也不知道她是否真的希望我陪她去；既不知道我是否能去，也不知道我拒绝前往的种种理由。我并不反对同您讨论这些问题，但是，在讨论之前，您得承认，您这样事先不作一下判断，就如此肯定地规定我应该干什么事情，我的亲爱的哲学家，这就等于是在胡说八道。我觉得其中最坏的是，这个意见并非出自您本人。我绝不愿意有第三者或第四者以您的名义来牵着我的鼻子走。此外，我在这些拐弯抹角的行为中，看出了许多诡秘的花招，而这与您的坦率是不相称的。为您着想，也为我着想，您今后还是少耍这种花招为好。

您担心有人会误解我的行为，但是，我敢说，像您那样的一颗心是不敢把我往坏处想的。如果我跟别人没什么两样，也许他们会把我说得好一点。愿上帝保佑，别让我得到他们的赞扬！让那些恶人去窥探我，揣测我好了。我卢梭从来就不怕他们，您狄德罗也从来不会听信他们的。

您说，如果您的便条让我觉得不舒服，就让我把它扔进火里，以后也别再去想它。您以为我会如此轻易地忘掉从您那儿来的东西吗？我的亲爱的朋友，您在让我痛苦的时候，太不顾惜我的眼泪了，就像您在劝我关爱身体时太不顾惜我的生命和健康一样。如果您能改掉这一点的话，您的友谊就会让我感到更加甜蜜，而我也就不会那么让人可怜了。

我一走进埃皮奈夫人的房间，就发现格里姆和她在一起，我高兴极了，便把这两封信读给他们听。我的声音既宏亮又清晰，英勇无畏得令我自己也不敢相信。念完之后，我又说了一句，也一样地咄咄逼人。我发现他俩看到一个平时那么懦弱的人竟然如此大胆，都惊愕万分，一句话也答不上来。我还特别看到那个傲慢的人低下了头，不敢正视我那愤怒的目光。但与此同时，他肯定在内心深处发誓要置我于死地，而且，我坚信，他俩一定是就此达成一致意见之后才分开的。

大约就在这个时候，我终于从乌德托夫人那儿接到了圣朗拜尔的回信(见信函集 A，第五十七号)，信上注明写于沃尔芬毕台尔，日期是在他病倒后不几天。我写给他的信在路上耽搁了好长一段时间，所以他的回信日期也很晚。这封回信给了我一些此时此刻极度需要的安慰，它里面充满尊敬和友爱之意，因而给了我做不辜负他们这番盛情之事的勇气和力量。从这个时候起，我就开始严守本分了。不过，话又说回来，要不是圣朗拜尔那么通情达理、那么宽宏大量、那么正直坦荡，我一定早就死无葬身之地了。

严冬将至，人们开始纷纷离开乡下。乌德托夫人通知了我她打算来山谷向我告别的日期，并约我去奥博纳和她相见。这一天正好也是埃皮奈夫人离开舍弗莱特到巴黎去为她的旅行作最后准备工作的日子。幸好她是早上动身的，因此在送走她之后，我还来得及和她的小姑子一起共进午餐。我的口袋里装着圣朗拜尔的信，我一边走，一边读了好几遍。它就像一面盾牌，挡住了我的软弱。我下定决心，从此以后，只把乌德托夫人看作是自己的朋友和自己朋友的情妇，我果真做到了这一点。我和她单独呆了四五个钟头，心里感到一种无比美妙的平静，即便就享乐而言，这种平静也比我以前在她身边所感受到的那种不时袭来的狂热之情要更加妙不可言。因为她很清楚我仍然痴心不改，所以她非常感激我为克制住自己的感情而作出的种种努力，因而也对我更为尊敬，而我也就很欣慰地看到，她对我的友谊并没有消逝。她告诉我，圣朗拜尔很快就会回来，他虽然差不多快康复了，却再也无法承受战争的辛劳，正准备退役，以便回到她的身边，过一种安安静静地生活。我俩商定了一个我们三人亲密相处的美好计划，而且我们有理由相信这个计划能长期执行下去，因为它的基础是所有那些能把几颗正直而多情的心合为一体的感情，这种感情我们并不缺乏，而且我们三人都拥有足够的才能和知识，可以自给自足，无须外人帮助。唉!当我沉浸于对这样一种甜蜜生活的憧憬之中时，竟没去考虑那正等候着我的现实生活。

我们随后就谈起了我当时与埃皮奈夫人的关系问题。我请她看了狄德罗写给我的信以及我的回信，并详细讲述了这件事情的来龙去脉，还告诉她我决心离开退隐庐。她极力反对我，所列举的理由在我的心中都极有分量。乌德托夫人向我表示她是多么希望我陪埃皮奈夫人去日内瓦旅行，因为她预料，如果我拒绝去，那她自己就会无可避免地卷入这件事情之中；

事实上，狄德罗的信似乎就是在预告这一点。不过，因为她跟我一样十分清楚我的理由，所以她没有坚持己见。但是，她恳求我要不惜任何代价避免引起公愤，要我为自己拒绝前往日内瓦找一些非常合情合理的理由，免得别人无端猜疑，说这与她有关系。我对她说，她交给我的这个任务是很难完成的，但是我已经决定不惜以名誉为代价来弥补我的过错。只要我的名誉还能让我忍受，我可以优先考虑她的名誉。大家很快就会看到我是否履行了这个诺言。

我可以发誓，我那不幸的痴情当时丝毫没有减弱它的力量，我从来没有像那天一样，那么亲切，那么温柔地爱着我的索菲。但是，圣朗拜尔的信、责任感和对背信弃义的痛恨，给我留下的印象是如此之深，以至于在这次相会的整个过程中，尽管她就坐在我的身边，但我的理智却让我始终保持着彻底的平静，我甚至没有想到要吻一下她的手。临别时，她当着仆人的面，吻了我一下。这个吻，同我以前有时在树阴下偷着给她的吻不大一样，但对我来说却是一个证明，证明我又恢复了自我控制的能力。我几乎可以肯定，如果我的心有时间在不受干扰的情况下变得坚强起来，那么用不了三个月，我就能彻底地治愈我的痴情病了。

我与乌德托夫人的私人关系到此就结束了。每个人都可以按照各自的心性就其表象对这种关系作出判断。但是在这种关系中，这位可爱的女子在我身上激发出来的那种感情，也许是任何男人都未曾体验过的最狂热的激情；由于双方都为义务、荣誉、爱情和友谊作出了罕见而又痛苦的牺牲，这种感情将人神共鉴，永远值得尊敬。我俩彼此都把对方看得太高，不可能轻易地就堕落下去。如果我们决心抛却如此宝贵的相互间的尊敬，那么我们自己就绝对不配受人尊敬。我们的强烈感情是有可能驱使我们去犯罪的，但也正是这强烈的感情阻止了我们去犯罪。

就这样，在和一个女人保持了那么长久的友谊，而对另一个女人有过那么强烈的爱恋之后，我在一天之内先后和她们告别了。其中一个此生未再相见，而另一个只见过两次。我将在后面叙述这两次见面的情形。

她们走了以后，我陷入了极为窘迫的境地，不知道如何去完成那么多紧迫而又相互矛盾的义务，它们都是由我过去的愚蠢之举造成的。依我的天性，如果有人在我面前提出日内瓦之行的建议，只要我予以回绝，之后自己就可以安安静静地呆着，不用再多说什么了。但是，我却非常愚蠢地将这事弄得不可开交，只有搬离退隐庐才能避免对其作进一步的解释。但是我又跟乌德托夫人保证过，我不会搬出退隐庐，至少眼下不搬。而且，她曾要求我向我的那些所谓的朋友解释一下，为何我要拒绝这次旅行，以避免有人归咎于她。不过，我无法做到既说出真相而又不伤害到埃皮奈夫人；而就她对我所做的一切而言，我是应该感谢她的。我思来想去，发现自己面临着一个残酷而又无法避免的选择：要么对不起埃皮奈夫人，要么对不起乌德托夫人，要么就是对不起我自己。我选择了对不起我自己。我大胆地、毫无保留绝不逃避地做出了这一选择。我怀着一种慷慨激昂的情绪，一定要洗刷干净那些把我逼到这种绝境的过错。这种自我牺牲，我的仇家们是懂得如何利用的，也许他们正等着我这样做呢，它使我名声扫地，而且由于他们的努力，它将公众对我的尊敬剥夺干净了。但是它却使我恢复了对自己的尊敬，并给了处于重重磨难中的我以安慰。大家将会看到，这不是我第一次作出类似的自我牺牲，也不是人们最后一次利用它来攻击我。

格里姆是惟一看上去与此事没有任何瓜葛的人，因此我决定向他申述。我给他写了一封长信。在信中我说明，把这次去日内瓦的旅行当作是我的义务，实在是有些荒唐可笑。我还说，如果我陪她去，不光起不到什么作用，还会平添麻烦，而且也会给我自己带来不便。我抵不住诱惑，在信中流露出我知道真相的意思，而且让他知道，我对一件事觉得很奇怪，那就是人们都希望我陪同前往，而他却可以不去，甚至别人连提也不提他。在这封信里，因为我不能直接说出我的理由，就不得不常常在那儿东扯西拉，因此，在社会上一般人看来，是我做得不对。但是，这封信对于像格里姆这样的人而言，却是含蓄与审慎的典范，因为他们是了解我没有说出来的事实真相，并深知我的做法之正确的。在假定我的朋友们都抱有和狄德罗一样的意见，以便暗示乌德托夫人也曾有此想法时，我甚至不怕引起人们对我的又一个偏见。乌德托夫人确实曾经这样想过，这不假。但是我没有提到她后来在听过我的理由之后就改变了看法。为了让她不被人怀疑曾与我串通一气，最好的办法莫过于在这一点上对她表示不满。

在这封信的结尾处，对收信人表示了极大的信任，这种信任，换了其他任何人都会为之而感动的。我敦请格里姆仔细考虑我的理由，并把他的意见告诉我。我同时还明确地向他说明，不管他的意见如何，我都会听从的。我的心里的确是这么想的。哪怕他的意思是要我去；因为既然埃皮奈先生会在旅行中陪伴他的妻子，那么我再陪着去的话，情况就不一样了；

而在此之前，他们首先是想把这个差使交给我，在我拒绝之后，才找到了他。

格里姆过了很久才给我回信。他的信写得很离奇，我把它转录在下面（见信函集 A，第五十九号）：

> 埃皮奈夫人出发的日期推迟了。她的儿子生病了，必须等他痊愈。我会仔细考虑您的来信。您安静地呆在您的退隐庐吧，我会及时把我的意见告诉您的。由于她近几天肯定不会动身，因此不用着急。在此期间，如果您觉得有必要的话，您可以向她提出您愿意为她效劳，不过在我看来提不提都一样，因为我同您本人一样了解您的处境，我敢肯定她一定会对您的提议作出恰当的答复的。我觉得您这样做的惟一好处就是您可以对那些敦促您去的朋友们说，您之所以没有去，并不是因为您没有主动提议过。此外，我实在不明白，您为什么一定要说“哲学家”是大家的代言人，为什么因为他建议您去，您就觉得您所有的朋友都是这样想的。如果您写信给埃皮奈夫人，她的答复就可以作为您对所有那些朋友的反驳，因为您心里老想着要反驳他们。再见了，问候勒·瓦瑟太太和刑事犯。

读了这封信，我大为震惊，焦虑不安地想搞清楚它究竟是什么意思，却百思不得其解。怎么？他不直截了当地回复我的信，反而花时间去仔细考虑，仿佛他以前花在那上面的时间还不够多似的。他甚至还通知我，让我耐心地等待。仿佛有什么难题需要解决似的，又仿佛他在刻意阻止我们猜透他的意图，直到他本人愿意告诉我们为止。所有这些提防、拖延和神秘，究竟是什么意思呢？就是这样来报答别人的信赖吗？这像是正大光明的行为吗？我竭力想找一个对他有利的解释，却徒劳无功，怎么也找不到，不管他有什么意图，他的地位都让他很容易将其实现；如果这个意图与我相反的话，我所处的地位却使我无法对其加以阻止。他是一位声势显赫的亲王家里的红人，在上流社会中广交朋友，在我们共同的交际圈里说话一言九鼎，以他惯常的机巧，很容易就能使他的所有机器开动起来。而我呢，一个人独自呆在退隐庐，远离一切，没有人给我出主意，不跟外界打交道，因此我别无他法，只能等待，只能安安静静地呆着。我只不过给埃皮奈夫人写过一封信，问候她儿子的病情，信写得极其客气，但是并没有上人家的圈套，没有提议陪她一起走。

这个残忍的人把我推入那种令人痛苦不堪的焦虑之中。仿佛等了有好几百年，在过了八九天之后，我终于得知埃皮奈夫人已经启程了，并收到了他的第二封信。这封信只有七八行，我竟没有读完……信中宣布与我绝交，但是所用的措辞，只有怀着刻骨仇恨的人才写得出来，但因为他一心只想侮辱对方，反而显出自身愚蠢之至。格里姆声称，凡是他所到之处，都不许我露面，仿佛那是他的私人产业，禁止我入内似的。他的这封信要是看的时候平心静气一点，就一定会觉得它太可笑了。我没有抄录这封信，甚至没有读完，就立刻把它退了回去，并附上下面这张短笺：

> 我一直不愿意怀疑您，尽管这怀疑完全正确。我真恨自己这么晚才把您看透。
>
> 原来这就是您的那封经过仔细思考的回信，我把它退给您，它不是写给我的。您可以把我的信拿给全天下的人看，并且公开地恨我，这样您反倒会少一点虚伪。

我在这儿允许他把我的前一封信拿给别人看，是顶着他的回信中的一段话而来的。从这段话中大家可以看出，他在这件事上是多么的老谋深算。

我曾经说过，对于不知底细的人来说，我的信可能提供了很多可以让人抓住把柄的地方。他看出这一点后肯定非常高兴，但是怎样才能既利用好这一点而又不累及自身呢？他若是把我的那封信拿给人看，就一定会遭人指责，说他滥用了朋友的信任。

为了摆脱这一困境，他决定采用一种极尽尖酸刻薄之能事的方式来和我绝交，并在信中说他如何地顾全我的颜面，说他从来不把我的信拿给人看。他料定，我在一怒之下，肯定会拒绝他这种伪装出来的审慎举动，允许他把我的信拿给所有的人看的。这可就正中了他的下怀，一切都按照他所期待的那样按部就班地发生了。他把我的信传遍了巴黎，并附上了自己的说明。不过，这些说明并没有取得他所预期的那种效果。他用诡计让我允许他把我的信拿给人看。但是，这并不能让他免遭非议，大家还是认为他不地道，说他很不严肃地抓住我的一句话，然后用它来坑害我。人们总是在问我跟他有什么私人恩怨，竟然使得他对我如此仇恨。最后，大家还是认为，即便他有充分的理由和我绝交，但是，尽管友谊不复存在了，我却还是保有友谊所赋予的若干权力。可不幸的是，巴黎人太轻浮了，当时的这些看法很快就被人忘记了，不在场的倒霉者被人忽视，而得势之徒则由于在场而受人尊敬。阴谋与恶毒的活动继续进行，而且花样不断翻新，很快，它那不断更新的效果就将此前的一切全都给抹去了。

这个把我欺骗了那么久的人，就是用这种方式在最后摘下了他的假面具，因为他深信，他已经把事情处理到了无须再戴面具的程度。我去除了先前担心对这个恶棍不大公平的顾虑，让他去扪心自问，并再也不去想他了。在收到这封信之后过了八天，我又收到一封埃皮奈夫人寄自日内瓦的信，是对我上一封信的回复（见信函集 B，第十号）。我从她在这封信中生平第一次采用的那种强调中看出，他俩是在互相配合，并自以为他们的计谋必然成功；他俩认为我已经穷途末路，今后可以放心大胆地享受将我彻底碾碎的快乐了。

我的处境确实相当悲惨。我看到我所有的朋友都离我而去，而我却不知道他们是如何离开我的，也不知道他们为何要离开我。狄德罗自吹还是我的朋友，而且是惟一剩下的朋友。可他虽然在三个月前就答应来看我了，却一直没有来过。冬天已经降临，随之而来的是我的旧病复发了。我的体质虽然强壮，但毕竟无法经受住那么多喜怒哀乐的折磨。我已经精疲力竭，既没有力量也没有勇气去抵抗任何事物。就算我早已承诺过要搬走，就算狄德罗和乌德托夫人同意我在此刻搬出退隐庐，可这时我既不知道搬往何处，也不知道如何才能一步一挪地走到那个地方去。我一动不动地发着呆，丧失了行动和思考的力量。只要一想到要走一步路，要写一封信，或者要说一句话，我都会不寒而栗。然而，我又不能不回复埃皮奈夫人的信，除非我承认自己理应受到她和她的朋友施加给我的种种虐待。我决定写信把我的心情和决心告诉给她，我毫不怀疑她会出于人道、出于大度、出于礼节、出于我在她身上看到的那些优秀品质——虽然她也有很多恶劣的品质——而赶忙对之予以认可的。下面就是我的这封信：

1757 年 11 月 23 日，于退隐庐

如果人能悲痛而亡的话，我可能早已不在人世了。可是，我最终还是下定了决心。我俩之间的友谊已经彻底结束了，夫人。不过，不复存在的友谊仍然保有一些权力，我是知道该如何尊重它们的。我绝

没有忘记您给予我的那些恩惠，因此您尽可以放心，我对您还是抱有一个不再被人爱的人所可能有的感激之情。再多的解释也于事无补；我有自己的良心，请您也问问自己的良心吧。

我曾想过要离开退隐庐，而且早该这么做了，可是有人认为我必须在这儿呆到来年春天。既然我的朋友要我这样做，那我就呆到春天吧，如果您同意的话。

在把这封信写好并发出之后，我便只想着安安静静地呆在退隐庐，养养身体，尽量恢复一下元气，并安排布置一下，以便来年春天能无声无息地迁走，而不显出决裂的架势。可是，格里姆和埃皮奈夫人却不是这样打算的，过一会儿大家就知道了。

几天以后，我终于有幸等到了狄德罗的那一次屡约屡爽的来访了。这次来访再及时不过，他是我最早的朋友，而且差不多也是我所剩下的惟一的朋友了。我在这种情况下见到他时的那种喜悦之情，大家可想而知。我将满腹的心思都说给了他听。有好多别人在他面前隐瞒着的，掩饰了的，或者捏造出来的事情，我都向他作了澄清。对过去发生的一切，凡是觉得适合告诉他的，我都告诉了他。我绝没有假装向他隐瞒那件他已经知道得很清楚的事情，也就是那既不幸又愚蠢的爱导致我身败名裂这件事。但是，我始终没有承认乌德托夫人知道我对她的爱，或者，至少我没有承认我向她表白过。我对狄德罗讲了埃皮奈夫人为了截查她的小姑子写给我的那些纯洁无瑕的信而使用了一些极不光彩的手段。我想让他从埃皮奈夫人企图收买的那两个女人的嘴里直接听到这件事的详细情形。戴莱丝一五一十地对他说了，但是轮到她母亲说时，她却一口咬定对此事一无所知，这让我大感震惊。她就是这样说的，而且绝不改口。但就在四天之前，她还把那件事详细地对我重述过一遍，可是现在当着朋友的面，她却矢口否认了。她的这种态度在我看来具有决定性的意义，我开始痛切地感到，把这样一个老太婆长期留在身边，实在是太不明智了。不过我并没有对她破口大骂，甚至不屑于说点鄙视她的话。我觉得我对她女儿欠下的情实在太多；女儿的坚贞不渝的正直和母亲的卑鄙怯懦正好形成了鲜明的比照。但是，从那一刻起，我已经拿定了如何处置这个老太婆的主意，只等时机一到就付诸实行。

这个时机比我预想的要来得早。12 月 10 日，我收到了埃皮奈夫人对我的上一封信的回信（见信函集B，第十一号）。内容如下：

1757年12月1日，于日内瓦

我给予您一切可能的友谊与关爱，已经有好几年了，可我现在能做的，只有可怜您了。您真是不幸。但愿您能和我一样问心无愧。这对您未来的生活之安宁可能是必不可少的。

既然您想离开退隐庐，而且本来就应该这么做，我就很奇怪您的朋友竟然能把您给留住。要是我的话，我就根本不会就自己的义务去向我的朋友们请教的，因此，关于您的义务，我就再也没有什么可说的了。

如此出乎意料而又如此清楚明白地下达的逐客令，不容我有片刻的迟疑。无论天气怎样，无论我的健康状况如何，哪怕是得在树林中或是在白雪皑皑的大地上过夜，也不管乌德托夫人会说什么和做什么，我都必须立即搬出退隐庐。因为，尽管我事事都想讨乌德托夫人的欢心，但我却不想让我自己丢脸。

我陷入了有生以来最可怕的困境之中，但是我的决心已定：我发誓，不管发生什么事，一个星期之后，我就绝不会再在退隐庐过夜了。我开始清理自己的衣物，决心宁可把它们丢在露天里，也要在第八天之前把钥匙交出去，因为我急切地想在人们能为我写信到日内瓦并收到那边的回信之前，将一切事情都处理完毕。我的心中充满了一种以前从未体验过的勇气，我又恢复了全身的精力。可以说，是埃皮奈夫人未曾料到的荣誉感和愤怒让我恢复了这种精力，好运也助长了我的大胆。孔代先生的财务总管马达斯先生听说我处境艰难，就提供了一座小房子让我住，这座房子位于他在蒙莫朗西路易山的花园中。我急切而又无限感激地接受了他的好意。条件很快就谈妥了。我匆忙地买了几件家具，加上我们原有的，供戴莱丝和我住宿之用。我费了老大的劲，花了好多钱，才让人把我的东西用车拉了过去。尽管是冰天雪地，我还是在两天之内就搬完了家。这样，我在12月15日就退还了钥匙，之前还付了园丁的工资，而房租我是付不起的。

至于勒·瓦瑟太太，我告诉她我们必须分开；她的女儿起初还想动摇我的决定，我却不为所动。我让她带着她和她女儿共有的那些衣物和家具坐邮车到巴黎去了。我还给了她一点钱，并答应替她付房租，无论她是住在她儿女的家里，还是住在别处，并承诺尽我之所能为她提供生活费用，只要我有一口饭吃，就绝不让她饿着。

最后，在我到达路易山的第三天，我给埃皮奈夫人写了下面这封信：

1757年12月27日，于蒙莫朗西

夫人，当您不同意我再住下去的时候，没有比搬出您家的房子更简单和更必要的事了。当我一知道您拒绝我在退隐庐过完这个冬天之后，我就在十二月十五日离开了退隐庐。住进来不由我，搬出去也不由我，这是我命中注定的事情。我感谢您邀请我到这儿来居住，如果我付出的代价不是那么惨重的话，我还会更加感谢您呢。您觉得我很不幸，这一点也没错，天底下没有谁比您更清楚我是多么的不幸了。如果说选错了朋友是个不幸的话，那么从一个如此甜蜜的错误中醒悟过来，则是更为残酷的不幸。

以上是我寓居退隐庐以及促使我从里面搬出来的种种原由的忠实记录。我不能中断这段叙述，而且，将它相当精确地记录下来是十分重要的，因为我一生中的这段时期对我以后的生活产生了影响，而且这影响将一直波及我生命中的最后一刻。

第十章

一时的愤怒使我有着非凡的精力，从而离开了退隐庐；但我一搬出去，这份精力就无影无踪了。刚在新居安顿下来，我的尿潴留的毛病就加重了，并且频繁发作，一个新的疝气的毛病又使病情复杂化了。疝气已经折磨了我好长时间，但我不知道这是一种病。不久我就受到了这种最痛苦的病患的折磨。我的老朋友蒂埃里来看望我，并给我讲了我目前的病情。探条、捻子、绷带，所有为老年人看病的准备工具齐集在我身边，这让我突然感到，当一个人不再年轻的时候，他若还有一颗年轻的心的话，就会为此而吃尽苦头。温暖和煦的天气并没有使我恢复精力，整个 1758 年，我是在极度虚弱中度过的，这使我相信我大去之期不远矣。我热切地等待着死神的临近。我从友谊的幻梦中苏醒过来了，所有使我热爱生活的东西都离我远去，我再也看不到有任何东西可以使生命变得美好了。我只看到悲惨和病痛，它们妨碍着我享受各种生活乐趣。我盼望逃开我的仇敌的魔爪从而获得自由的那一时刻早日到来。不过，让我们还是重新来理一理事情发展的线索吧。

我退隐到蒙莫朗西似乎使埃皮奈夫人很尴尬；她很可能根本没有料到我会这么做。我的健康状况一塌糊涂，天气又如此恶劣，又举目无亲，这都使她和格里姆相信，只要把我逼到绝路上去，他们就可以逼我求饶，并自降身份做出卑鄙的事情来，以便住在那个我的尊严迫使我离开的避难所。我搬家之事太突然了，以至于他们根本无法提前防范；他们别无选择了，只剩下两个极端——要么整个把我毁掉，要么试图让我回去。格里姆倾向于采取前一种；但是我相信，埃皮奈夫人宁愿采取后一种方法。她的最后一封信让我相信她倾向于后者，在这封信中她的语气缓和多了，并且似乎敞开了和解的大门。她的这封信让我等了整整一个月，这足以证明，她发觉选择适当的措辞是很困难的，并且在写信过程中斟酌再三。她把话说过头了就会连累自己；但是在她写完前几封信之后，在我突然从她的房子里搬走以后，人们只会注意到，她竭尽全力不让一个失礼的词在这封信中出现。为了让读者自己来判断，我将全信抄录如下（见信函集B，第二十三号）：

> 1758年1月17日，于日内瓦
>
> 先生，昨天我才收到您12月17号的来信。它送过来时是装在一个大箱子里面的，里面装满了各种各样的东西，这段时间它都在路上。我只能回答您的附注，因为信的正文部分我不是很明白。如果我可以向您解释一下的话，我非常乐意把过去的所有事情看作是一个误会。回到附注上来。您可能记得我们有约在先，园丁的工资经由您手付给他，以使他感到他是依靠您的，免得像他的前任一样，出现那种令人啼笑皆非、很不得当的场景。这是有证据的，比如他第一个季度的工资都交给您了，而且在我离开前的几天，我们已经商量好了，我会把您已经垫付的工资还给您的。我知道起先您曾阻止我这么干；但这是我请您垫付这些工资的；我只是履行义务，而且我们已经就此约定过了。卡乌埃已经告诉我说，您拒绝接受这笔钱。在这件事情上，肯定有一些误会。我再命人把这笔钱给您送过去。我不明白，既然我们有约在先，为什么您还要为我的园丁付工资，而且您付的工资甚至超过了您住在退隐庐的时间。因此，先生，我相信，一想到我是非常荣幸地告诉您以上这些话，您是不会拒绝收回您出于好心提前为我支付的那笔钱的。

过去发生的所有事情，使我不再信任埃皮奈夫人了，我也不希望和她和好。我根本没有回复她的这封信，而且我们的通信也就此结束了。看到我心意已决、不再和她和好，她也做出了决定，加入了格里姆和霍尔巴赫的小集团，她和他们沆瀣一气，为的是彻底把我毁掉。当他们在巴黎搞阴谋活动的时候，她就在日内瓦活动。格里姆此后到日内瓦与她会面了，接着完成了她已经开始了的工作。特龙桑很轻易就被他们拉过去了，他不遗余力地帮助他们，成了我最为强劲的一个迫害者，他没有任何可以抱怨我的理由，这一点和格里姆一样。他们三个，合起伙来，暗中在日内瓦播下了坏的种子，四年之后这些种子眼见着在日内瓦发出了芽。

他们发现，在巴黎捣鬼比较困难。因为我在巴黎更为知名，而且巴黎人不那么记仇，也不那么容易受到仇恨的影响。为了把他们给我的打击处理得更加巧妙，他们开始散布消息说是我离开了他们（见德莱尔的信，信函集 B，第三十号）。由那时起，他们装作仍然是我的朋友，他们不乏聪明地散布着对我的蓄意谴责，却打着抱怨他们朋友的不义之举的旗号。他们这样做的结果就是，听众放松了警惕，更倾向于听信他们的话而责备我的不义。他们对我背叛朋友和忘恩负义的谴责之词传播得如此小心谨慎，正因为如此，结果就越显著。我知道他们指责我犯了十恶不赦的罪行，但他们指的这些罪行究竟是什么，我却不得而知。我从流言蜚语中推测出，我主要有如下的四大罪状：一是退隐乡间，二是对乌德托夫人的爱情，三是我拒绝陪埃皮奈夫人去日内瓦，四是我离开了退隐庐。如果他们还加上了别的牢骚，那么他们的行动就实在是太令人钦佩了，以至于我根本不可能知道他们有什么牢骚可发的。

因此，我认为就是从这次开始，他们炮制出了一套方案，随后那帮掌握着我的命运的人就用它来迫害我。这套方案获得了快速而巨大的成功，这一定会让那些不知道为虎作伥是一件多么容易的事的人叹为观止。我现在应该尽可能简短地说明一下，这个秘密而又阴险的计划中我能看清楚的部分。

虽然我已经蜚声欧洲了，但我还是保留我早年简单朴素的生活趣味。我对一切所谓的党、团或者小团体深恶痛绝，这使我保持了自由和独立，除了我心灵中的一些依恋之外，我就没有任何其他羁绊了。我独身一人，又背井离乡、孤立无援，也没有家庭，除了我的处世信条和人生职责外，我没有任何依靠，我责无旁贷、毫无惧色地踏上了正直之途，从不以牺牲正义和真理为代价去阿谀他人、巴结他人。而且，这两年来我在孤独和退隐中度过，消息闭塞、不问世事，对外界任何事情都不知晓、也不好奇，这样一来，虽然我住的地方距巴黎只有四法里，但因我的粗疏，就仿佛我住在提尼安岛上，远离繁华之岸一样。

而另一方面，格里姆、狄德罗和霍尔巴赫则处于漩涡的中心，生活在上流社会圈子里，上流社会所有的社交圈子几乎都被他们几个人掌握，形成割据之势了。一旦他们三人步调一致的时候，名流显贵、才子佳人、文学家和律师们，都听从他们三个人的。不难看出，这样一种地位给了他们三人一体多大的优势，尤其是对于我这个置身于如此处境的第四者来说，更是如此。说句实话，狄德罗和霍尔巴赫并不是——至少，我不相信——背后下黑手的人。其中一个不够邪恶，另一个则不够精明；但是正是由于这个原因，他们反而合作得更好。格里姆一个人想出方案，在需要另外两个人配合执行计划的时候，才如此这般地对他俩面授机宜。他那居于两人之上的地位，使这种合作变得很容易，而且整个计划实施起来的效果与他高超的能力也是相符合的。

有了这种高超的能力，并感到他可以利用由我们双方所处的不同地位而产生的比较优势，他设计想要彻底毁掉我的名声，让我背上一个完全与此相反的名声，而且并不牵连到他本人。他一开始就在我周围造起了一座阴暗的大厦，我根本无力穿透这座大厦来洞穿他的诡计，揭开他的真面目。

这项计划执行起来是很困难的，因为他必须向那些协作者掩饰他的不义之处。他必须欺骗那些正直的人，必须让所有人都远离我，不给我留下一个朋友，不管他是名流显贵还是无名小卒。那话怎么说来着：不能让我听到一句真话。只要有一个宽容大义的人来对我说："你还假装什么美德加身的人呢？可是你看看他们这样对待你，这样评判你——你有什么可说的吗?"这样一来，真理就胜利了，格里姆就输了。他深知这一点，但是他检视过自己的心灵，看人也看得很准。我为人类的荣誉而感到遗憾的是，他算计得太准确了。

在这些地道中行走，他的脚步肯定很缓慢，也不得不很缓慢。十二年来他一直坚持实施这个计划，最困难的事情仍然需要他去做——欺骗整个社会公众。这里有许多眼睛在监视着他，比他想象得还要仔细，他对此感到害怕，也不敢把他的阴谋暴露在光天化日之下。但是他发现了困难最小的方法，即把他的阴谋和掌控着我的那股力量结合起来。有了这股力量的支持，他的阴谋执行起来要冒的风险就小得多。因为这股势力的党羽们通常很少顾及正直，也更少考虑坦诚，所以他不用害怕任何一个正派的人说漏了嘴。对他来说，最重要的事情就是必须把我围困在无法穿透的黑暗之中，并且一直向我隐瞒他的阴谋，因为他知道得很清楚，不管他把他的计划制定得多么巧妙，都禁不起我的火眼金睛。他最大的狡猾之处就在于，他表面上看来是在挽救我，实际上是在诋毁我，却还要给他的背信弃义之举穿上宽大为怀的外衣。

从霍尔巴赫小集团的暗中谴责中，我感觉到了这一计划的初步效果，但我不可能知道，甚至也推测不出来这些林林总总的指控是由什么构成的。德莱尔在几次来信中告诉我，人们用最不光彩的罪状来指责我。狄德罗，则更为神秘地告诉了我同样的事情。当我请他们二位解释的时候，全部的罪状也只有我先前提到的那四条。我开始觉察到，乌德托夫人给我的来信态度越来越冷淡。我不能把这种冷淡怪罪于圣朗拜尔，他继续和我保持着同样友好的通信往来，他在回来以后甚至还来看过我。我也不能怪罪于我自己，因为我们是非常友好地分手的，而且就我来说，自从分手以后，我除了搬出退隐庐之外没有做过任何事情；我这样做她自己也感到是很有必要的。因此，我不知道是什么原因导致了她对我的冷淡——尽管她不承认，但是这欺骗不了我的心——总的来说，使我感到忐忑不安。我知道，在她的嫂子和格里姆面前，她是谨言慎行的，因为他们俩跟圣朗拜尔有关系。我害怕他们居心叵测。这种焦虑又重新揭开了我的伤疤，使得我们的通信往来言辞激烈，以至她非常讨厌与我通信了。我瞥见了千百种残酷的场景，却什么都看不分明。对于一个想象力极其容易被激发起来的人来说，我的处境是最难以忍受的。如果我完全与世隔绝，如果我对事情一无所知，我应该会平静一些。但是我的心依然紧紧抓住这些依恋不放，这也给了仇敌千百个攻击我的把柄。微弱的光线射到我的避难所来，只能让我看到他们向我隐瞒的那片充满阴谋诡计的黑暗。

我毫不怀疑，我抵抗不了这种残酷的折磨，这对我真诚而又坦率的天性来说，是一种巨大的折磨。这种性格使我根本无法隐瞒我和我的感情，也使我害怕那些对我隐瞒感情的人。但是，幸运的是，又有其他的事情发生了，它们转移了我的注意力，我的心灵对它们产生了足够的兴趣，因而它们就成为了有益健康的排遣物。狄德罗在最后一次来退隐庐拜访我期间，向我提到了达朗贝在《百科全书》中写的有关日内瓦的文章。他告诉我这篇文章是与一些日内瓦名流协商好了的，打算在日内瓦建造一座剧院；而且该准备的已经动手准备了，不久剧院就会破土动工。当时狄德罗似乎认为这个计划很可行，并且毫不怀疑它会成功实施，又由于我有太多其他的事情要和他讨论，根本没有时间就这个计划和他进行详谈，因此我对此什么都没有说。但是，这一切败坏我的祖国的阴谋诡计使我感到义愤填膺，我便焦急地等待着《百科全书》中印有《日内瓦》一文的那一卷的出版。我也许可以从中找到答复该文的一些方法，以此来回应他们这一击。我到路易山住下后不久，就收到了这卷书。这篇文章写得非常有技巧，也格外精妙，果然名不虚传，确实是达朗贝的文风。然而，这并不能使我放弃撰文回击这篇文章的打算。尽管我情绪低迷，尽管我正遭受着病痛的折磨，尽管天气寒冷，尽管我的新居有诸多不便——因为我还没来得及安顿好，但是我还是以极大的热忱，克服了一切不利因素，着手撰文了。

在这个非常寒冷的冬天里，时值二月，在我刚才已经描述过的那种状况下，我每天早晨和下午都花两个小时，呆在我房子所在花园尽头的塔楼里。这个塔楼四面通透，坐落在一段坡路的尽头，俯瞰蒙莫朗西的山谷和鱼塘，要是极目远眺的话，在目力所及的地方可以看到简朴而庄严的圣格拉田府，此处正是美德加身的加狄拿退隐的地方。在这样一个刺骨的寒冬里，在这个无法遮风挡雨的地方，除了我心中的火焰外没有其他温暖的东西，我用三个星期的时间，写成了《致达朗贝有关戏剧问题的信》。这是我的写作中第一部让我乐在其中的作品——因为当时《朱丽》连一半都没有写完。在此之前，富有道德感的愤怒之情成为了我的阿波罗；而这一次，温厚和柔情充当了我的阿波罗。从旁观者的角度看到的一些不义之举激怒了我：因为在那种情况下，我受到的打击会令我很悲伤；而此次不含怨恨和苦楚的悲哀，不外是一颗多愁善感的心的悲伤，它被原以为和它类型相同的心给欺骗了，只得被迫退回到自己的蜗居里去。我的心中装满了刚刚在我身上发生的事情，激荡着这么多大开大阖的情感，混合着痛苦的感觉和冥思我的主题时激发的思想：我的作品正是这种混合轨迹的显现。不知不觉地，我把自己当时的处境描绘出来了：我描绘出了格里姆、埃皮奈夫人、乌德托夫人、圣朗拜尔和我自己。写作过程中，我流下了多么欢欣的眼泪啊。啊！很明显，在作品中我写到的爱情，我竭尽全力去疗治的那个致命的爱情，还没有从我心中驱逐出去。和这些混杂在一起的，还有我的某种柔情，因为我感到，我已经垂垂老矣，我相信这是我最后一次向公众道别。我并没有被死亡弄得惶惶不可终日，我满怀喜悦地看着死亡一天天临近。但是我感到很遗憾，因为我走了，而我的同伴们还没有正确地认识我，如果他们更好地了解了我以后，一定会感到我是多么值得他们付出感情啊。这就是这部作品中俯拾即是的那种奇特笔调的秘密缘由。这与我的前一部作品形成了惊人的对比。

我修改了这封信，并把它誊抄了一下，准备印出来。就在长时间杳无音信以后，我收到了乌德托夫人的信，于是一种新的折磨占据了我的心，这是我迄今为止遭到的最痛苦的一次折磨。她在来信中说（见信函集 B，第三十四号），我对她的爱恋在巴黎已经闹得满城风雨了；我把这份爱意告诉了别人，而别人又把此事宣扬了出去。这些流言蜚语传到她情人的耳朵里了，几乎要了他的命；最后他总算办了件公道事，两人又和好如初了。但是为了对他尽责，也为了她和她的名誉着想，她想和我断绝一切往来。同时，她向我保证，他们永远都不会中止对我的关心；他们将会在公众面前为我辩护。她会时不时派人来打探我的消息。

“你也是，狄德罗！”我惊叫起来，简直不配做我的朋友！然而，我尚未打定主意要谴责他。我的弱点别的人也知道，可能是这些人故意引导狄德罗说出来的。我想去怀疑，但是很快我就无法再这样怀疑下去了。不久以后圣朗拜尔采取了与其宽容大度相称的行动。他非常了解我的心，猜到了我当时的心理状况，因为那时一批朋友出卖了我，其余的人又抛弃了我。他跑来看我。他第一次来的时候，根本没有什么空闲和我呆在一起。他就又来了。但是很不巧的是，因为我没有料到他会来，所以那天不在家。戴莱丝连着和他聊了两个小时，谈话过程中，他们交流了很多事情，这些事情对我和他来说都是很有必要知道的。人们毫不怀疑，我跟埃皮奈夫人同居过，而当时，格里姆正跟埃皮奈夫人同居着呢。听到这个消息的时候我是如此的惊讶，恐怕只有他听到这个消息竟然是虚假消息时的惊讶能够与之相比。圣朗拜尔曾经使这位夫人感到不快，因此和我一样处在相同的境况中。在这次谈话中所交换的对事情来龙去脉的所有解释，使我对和她毅然决裂产生的那点遗憾一扫而光了。关于乌德托夫人，他也向戴莱丝说明了许多情况，有些是戴莱丝不知道的，甚至乌德托夫人本人也不知道——这些事情只有我知道，当时我把狄德罗当作最体己的朋友而告诉了他；而狄德罗又选择了圣朗拜尔，把这些事情透露给他了。这使我最后下定了决心，要和狄德罗永远断交，除了考虑怎样和他断交之外，我就没有什么好考虑的了。因为我已经觉察到，暗中断交始终是对我不利的，因为这样一来，就把友谊的面具，留给了我最阴险的仇人。

在这个世界上，关于绝交的既有的有教养的原则，似乎都是由虚伪和背叛的精神组成的。当一个人已经和别人断交了，却还装作是别人的朋友，这是为了有所保留，通过欺骗正派的人们来损害那个和他断交的人。回想当年，当那位声名显赫的孟德斯鸠和杜尔纳明神父绝交的时候，当即就公开声明，并且对所有人都说："我和杜尔纳明神父已经不是朋友了。无论我谈论他，还是他谈论我的时候，大家都不要听。"他的行为曾受到高度赞誉，这一行为何其坦率何其大度，因而广受赞赏。在与狄德罗绝交一事上，我决定以孟德斯鸠为榜样。但是怎样才能从我的隐居之地把我同他绝交的消息真实可信地公布出去，又不会让人说闲话呢？我决定在我的作品中以注释的方式插入《教士书》里的一段话。这段注释宣布了绝交的事情，甚至交代了绝交的背景情况。这样一来，这件事情对任何了解事情原委的人来说，是非常清楚明白的，而对其他人却没有任何意义。我还特别留心，在提到这位朋友的时候，总是出于友谊采用充满敬意的字眼，即使是我们之间已经没有友谊可言的时候，也是如此。这一切，人们都可以在作品中看到。

世上之事，命中注定，你要么走运，要么倒霉。你若遇事不顺的话，无论什么勇敢举动都会成为罪名。同一件事情，孟德斯鸠做了就备受好评，我这么干却只给我招来了埋怨和谴责。我的作品印出来了，一收到样本，我就寄了一本给圣朗拜尔，就在前一天，他还以乌德托夫人和他的名义写来了一封洋溢着友情的信（见信函集B，第三十七号）。他把样书还给我了，还附了如下这封信（见信函集B，第三十八号）：

1758年10月10号，于奥博纳

说实话，先生，我不能接受您送给我的这份礼物。在您的序言中提到狄德罗的那一段，您引用了一段《传道书》（他错了，我引用的是《教士书》），看到这里，书从我手里掉下去了。在我们今年夏天的谈话之后，在我看来，您好像已经确信狄德罗是无辜的，您不应该指责他有所谓的不谨慎言行。他可能有对不住您的地方，具体情况我不了解。但是我知道，即便他真的对不起您，您也没有权利公开地侮辱他。您不是不知道他将要遭受什么样的迫害，然而现在您却要把这个老朋友的声音加入到嫉妒者的叫喊中去。不瞒您说，先生，您这蛮横无理的行为让我感到多么震惊啊！对狄德罗的行为，我也不是全盘认可，但是我尊敬他。我感觉到，您给他造成了多么大的痛苦啊，以前，至少在我面前，您只是责备他有一点软弱而已的。先生，我们俩的人生信条简直是迥然相异，所以我们根本就不投契。就当我这个人不存在吧，这对您来说也不是什么难事。我从来没有对别人做过什么让他们永难忘怀的善举或者恶行。先生，我向您保证，我会忘掉您的人，而只记住您的才华。

读到这封信的时候，比起心中的悲痛来，我感到更加愤怒。在难受到极点的时候，我又重拾了自尊心，提笔写下的回信是这样的：

1758年10月11日，于蒙莫朗西

先生，当我读到您的来信的时候，我为自己对它的惊讶而向您致敬。而且我愚蠢之极，竟然还被它打动了。但是我现在觉得，您的信根本不配我回复。

我不想继续为乌德托夫人誊抄了。如果她觉得她手头的副本保存不便，可以把它还给我，我会把钱还给她。如果她要保存已经誊好的副本的话，请她派人来拿她余下的纸张和钱款。同时我恳请她把她留存的简介也还给我。再见了，先生。

在灾祸面前的勇气，激怒了怯懦的心灵，但是却能够使高尚正直的心灵欢欣不已。这封信似乎让圣朗拜尔思考，并对自己的所作所为感到追悔。但是他的自尊心太强了，根本不愿公开承认这一点。因此他抓住了，也许是故意预备了这样一个机会，来减轻他给我造成的打击。两个星期之后，我收到了埃皮奈先生的一封信（见信函集B，第十号），内容如下：

先生，我收到了您惠赠的书；读着您的书我非常高兴，只要是出自您的手笔的作品，我读起来总是有种欢欣之感。请接受我对您的感谢。如果我的诸多事务允许我有时间住在您附近的话，我早就亲自到贵处向您致谢了。但是今年我很少在舍弗莱特住。下个星期，杜宾先生和杜宾夫人会过来和我吃饭。我希望弗兰格耶先生、圣朗拜尔先生和乌德托夫人可以一起聚一聚。如蒙不弃、应允前来参加我们的聚餐，我真是感激不尽。所有我邀请的这些客人都非常渴盼您能来，若能和您在一起待一段时间，他们也将和我一样高兴。致以最崇高的敬意。

这封信让我的心跳得格外厉害。这一年来，我和乌德托夫人的事已经在巴黎传得沸沸扬扬，一想到要见到乌德托夫人，我就浑身颤抖，简直鼓不起足够的勇气去经受这场严峻的考验。然而，既然她和圣朗拜尔希望我去，既然埃皮奈先生代表所有宾客说话，既然他没有提到一个我不想见的人，我最后觉得，接受一次晚餐邀请不会对我有什么伤害，因为这是以所有宾客的名义邀请的。因此我答应前去赴约。星期日那天，天气很糟糕，埃皮奈先生派他的马车来接我，我就过去了。

我的到来在宾客中引起了一阵轰动。我从来没有受到过如此热诚的接待。你可以看出，所有的宾客都觉得我是多么地需要鼓励啊。只有法国人知道如何表达这种绵绵的情意。然而，我发现，宾客比我预想得要多。其中有我从未见过的乌德托伯爵，有他的妹妹伯兰维尔夫人，我不想见到她。去年她到奥博纳来玩过好几次。在和她嫂子单独散步的时候，我们俩总是让她等得精疲力竭，她因而对我怀恨在心，这次午餐时，她就可以随心所欲地伺机报复我了。你们可以猜想一下，有乌德托伯爵和圣朗拜尔在场，人们是不会不嘲笑我的。而且对一个在平常的谈话中都会不知所措的人，在这种场合下，肯定表现得不会很好。我从来没有遭过这种罪，从来没有像今天这样出尽洋相，从来没有受到如此出人意料的打击。最后，好不容易等到大家离席了，我终于离开了这个泼妇，并且很高兴地看到圣朗拜尔和乌德托夫人向我走了过来。我们一起聊了一下，以打发下午的一点时间，当然谈的都是一些无关紧要的事情，但是却和我干出那些傻事来之前一样无拘无束。这种友好的举动不可能不让我的心灵为之触动。如果圣朗拜尔懂我的心思的话，肯定会为此而感到满意的。我可以发誓，尽管我刚到的时候，一看见乌德托夫人，我就心跳加速差点儿晕倒；而当我走的时候，我几乎根本就不想她了，我的心全让圣朗拜尔给占满了。

尽管伯兰维尔夫人对我进行了一番恶意挖苦，这次晚宴对我还是很有好处的，我心里暗自庆幸自己当初没有拒绝这一邀请。这次晚宴不仅让我明白，格里姆和霍尔巴赫的阴谋诡计并没有使老朋友们离我而去，更让我欣喜的是，乌德托夫人和圣朗拜尔对我感情的变化，并没有像我料想的那么大。最后我明白，他让乌德托夫人远离我，与其说是因为不尊重我，还不如说是因为嫉妒我。这一点给了我安慰，也让我的心平静了下来。我确信，我不会成为我尊敬的人所蔑视的对象，所以我就更有勇气、更为成功地控制住了我心中的感情。即使我没有成功地把心中这份有罪的、不幸的激情完全驱逐掉，我至少将这剩下的激情控制得很好。这样一来，从那以后，这种残余的激情就没有犯过一次错误了。乌德托夫人说服我继续誊抄稿件，我的作品一出版我就给她寄过去——这些稿件和作品也不时地从她那里给我带来一些消息和短笺，虽然说的都是一些无关紧要的事，但是措辞非常温厚有礼。她甚至做得更多，这一点读者可以在我以后的叙述中看到。而且在我们绝交之后，我们三个人之间的相处，足可以成为正人君子在不便继续交往的时候采取何种分手方式的楷模。

我从这次晚宴得到的另一个好处就是，人们在巴黎提到了这次宴会，它对那些流言蜚语进行了无懈可击的驳斥。我的敌人到处散播谣言，说我和当天所有到场的宾客，特别是和埃皮奈先生势不两立。当初一离开退隐庐，我就给埃皮奈先生写了一封非常有礼貌的感谢信，他的回复也极有礼貌。我们之间的问候一直持续不断，他的哥哥拉利夫先生甚至还到蒙莫朗西来看过我，并且还送了我一些他的版画作品。除了乌德托夫人家的两个女眷外，我和他们家的所有成员都相处得很融洽。

我的《致达朗贝的信》获得了巨大成功。其实我的所有著作都很成功，但此次成功对我来说更为有利。它让大众知道，不应对霍尔巴赫集团误听误信。当我搬到退隐庐去住的时候，他们以那惯有的自信预言，我在那儿呆不满三个月。当他们看到我在那儿呆了十二个月，并不得不搬出退隐庐后，我仍然住在乡间，于是就断言，我这样做纯粹是由于顽固不化，说我隐居期间烦闷得要死，但碍于自尊心，我宁愿死在乡下，吃我自己顽固不化的亏，也不愿让步一下，回到巴黎来住。《致达朗贝的信》流露出一股温柔之情，你很容易看出这是真情流露，而绝不是假装出来的，我在巴黎写的所有作品都充满了忧愁，而住在乡间以后，在我写的第一部作品中，这种忧虑就荡然无存了。对那些善于观察的人来说，这种迹象是有着决定性意义的，他们看到，我的隐居生活真是得其所哉。

然而，就是这篇作品，尽管它本身充满温和之气，但由于我的笨拙和我一贯的坏运气，它又给我在文坛上树了一个敌人。我在波普利尼埃尔先生家里时就认识了马蒙泰尔，后来在男爵家里我们有了更进一步的交往。那个时候，马蒙泰尔是《法兰西信使》杂志的编辑。因为我太高傲了，所以不愿意把自己的作品送给报刊撰稿人。但是我仍然想把这篇作品送给他，又不想让他认为我把他当作期刊编辑，也不希望他在《信使》杂志上提到这篇作品。因此我在文章抄件上写道：此书不是赠给《信使》的执笔人，而是赠给马蒙泰尔先生。我认为，我这样做是给了他礼貌而又周到的赞美；但是他却觉得这简直是奇耻大辱，所以他就成了我不可调和的敌人了。他针对我的那封信写了一篇貌似很有礼貌的文章，个中怨愤之气却一望而知。从那以后，他就抓住一切机会在社会上贬损我，或者在他的作品中间接地攻击我。唉，应付文人们易怒的自尊心是多么困难的一件事啊。还有就是在夸奖他们的时候，必须非常小心，不要采用可能会被他们误以为有双重意思的字眼。

【1759】

在没有什么事情可以担忧以后，我就利用闲暇时光和当时这段独立生活，更加有序地重新开始了我的文学创作生涯。那个冬天，我完成了《朱丽》一书，并将此书寄给雷伊，他第二年就把它印出来了。然而，我的工作又被虽则微不足道却非常不愉快的一个插曲打断了。我听说，歌剧院正在作些必要的安排，准备重新上演《乡村占卜者》。一想到他们如此傲慢无礼地越权使用我的财产，我就愤慨难当。于是，我又把当初寄给达让森先生的备忘录拿了出来（当时，我没有收到过他的任何答复）。将此文修改了一下，我就请惠然为我代劳的赛龙先生将改好的备忘录加上我新写的一封信交给了圣佛罗兰丹伯爵——这位伯爵先生继达让森先生之后接管了歌剧院。我告诉了杜克洛我的所作所为，他就把这件事向“小小提琴手”说了。他们愿意把我的长期免费入场券还给我（而不是把我的歌剧还给我），但是这入场券对我来说已经没有什么用处了。我发现自己无论想从哪一方面得到公正待遇都希望渺茫，因此我只好作罢。尽管我据理力争，但是歌剧院的负责人既不肯回复，也不愿听从，而是继续随心所欲地利用《乡村占卜者》一剧来牟利——本来这部作品是无可争辩地属于我一个人的，但是他们却弄得好像这是他们自己的财产似的。

自从我摆脱了暴君们的奴役之后，我就过着一种相当平安静谧的生活。我无法享受那过于强烈的依恋之情的魅力，但是这样一来，我也减少了因这些眷恋而产生的负担。有些纡尊降贵的朋友，妄想全权支配我的命运，希望我在他们的恩惠面前沦为他们的奴隶。这一切真让我感到厌倦，所以在今后我决计只和别人保持出于单纯的善意而形成的朋友关系，这种关系不对绝对的自由构成任何妨碍，却是人生乐趣的构成元素，并以完全平等为基础建立起来。当时，我和很多人保持着这种朋友关系，它们足以让我品尝到交际的乐趣而不用担心受到这种关系的掌控。一旦我尝试用这种生活方式生活以后，我感到它最适合我的年纪，宜于我安度余生，并且可以远离最近一段时间以来几乎把我压垮的风暴、争吵和烦忧。

我在退隐庐居住期间，以及到蒙莫朗西住下来以后，就在附近结识了好些和我很投合、但又不让我感到有任何义务羁绊的人。这些人中首先要提及的就是年轻的洛瓦索·德·莫勒翁，他当时刚刚做律师，但是不知道他会干到什么程度。我却没有他那样的疑问，并向他描绘了他的职业蓝图，认为他一定会在现在的职位上大展宏图。我向他预言，如果他严格而又仔细地选择所办案件、坚持捍卫正义和美德，他的天才将会因这些崇高的情感而得到提升，使他可以和最伟大的演说家平分秋色。他听取了我的建议，并且已经体会了我这一建议的助益。他为波尔特先生所作的辩护词简直堪与德摩斯梯尼相媲美。他已经养成每年到离退隐庐四分之一法里的圣伯利斯村度假的习惯。该村位于莫勒翁封地，是属于他母亲的，这就是那伟大的博叙埃曾经生活的地方。这片封地上英才辈出，使它难以维持自己既有的高贵。

就在这个村子里，我还认识了另一个朋友盖兰，他是一个书商，机智聪明、学识渊博、性格温和，是他所在行业的佼佼者。通过他的关系，我又认识了让·内奥姆。他是阿姆斯特丹的书商，是盖兰的朋友，与盖兰保持着通信往来，后来为我印刷了《爱弥儿》。

在比圣伯利斯村还近一点的地方，我认识了马尔陶先生，他是格罗斯来村的司铎。如果以才能论地位的话，他完全有能力去做政治家和大臣，而不是做一个乡村司铎，最起码也可以去掌管一个教区。他曾经当过吕克伯爵的秘书，和让巴蒂斯特·卢梭关系很密切。他对这位著名的放逐者充满着敬重和怀念，对曾对其下毒手的骗子梭朗深恶痛绝。马尔陶先生知道关于以上两位先生的奇闻逸事，而这些还没有收进尚未出版的卢梭传记里。他向我保证，吕克伯爵对他根本没有什么可以抱怨的，直至生命的最后一刻都对他保持着最热烈的友情。在马尔陶先生的资助人去世以后，凡蒂米尔先生将这个舒适的隐退之地赠给了他。马尔陶先生以前曾经处理过一些事务，尽管他年事已高，但是他仍然记得很清楚，并且对这些事务的评价也很中肯。他的谈话，可以说是寓教于乐，完全让我忘记了他是一个乡村司铎：因为他把凡俗人士的口吻和一个学者的博学多才融合到了一起。在我所有的固定邻居中，和他交往最合我意，离开他我也感到最为惋惜。

在蒙莫朗西，我还结识了奥拉托利会的几位教士，其中就有贝蒂埃神父。他是位物理学教授，尽管他身上透着些微的学究味道，但因为他很有亲和力，我还是很依恋他的。然而，我发现自己很难将他这种极端的朴素和他争为人先的渴盼与手腕调和起来——他在显贵、女人、信徒和哲学家那里，都爱争强好胜，他知道察言观色随机应变。和他交往给我增添了不少乐趣。我到处跟人提起他的好，我所说的话显然被他知道了。有一天他微笑着感谢我发现了他是一个好人。在我看来，他的微笑里仿佛透着一股嘲讽的意味，这种嘲讽意味把他在我眼中的形象完全改变了。从那以后，我就时常想起这种嘲讽的笑。他的微笑恰如巴努奇买丹诺德的绵羊时的那种不怀好意的微笑。我们的相识是从我搬进退隐庐之后不久就开始了，他经常到退隐庐来看望我。而我在蒙莫朗西安顿下来以后，他就离开那儿回到了巴黎。在巴黎他经常见到勒·瓦瑟太太。我根本没有料到，有一天，贝蒂埃神父替她写了一封信给我，告诉我说格里姆愿意为她提供资助，并请求我准许她接受这份资助。我听说格里姆给勒·瓦瑟太太提供三百利勿儿的津贴，条件是她要住到德耶去，此地位于舍弗莱特和蒙莫朗西之间。我不愿描述这个消息给了我怎样的印象。如果格里姆有一万利勿儿的收入或者和这个女人有着任何易于理解的关系，如果我把她带到乡间之举不被视为莫大的罪行，他这样做就不足为奇了。现在格里姆居然要把她送回乡间，仿佛她自那以后就返老还童了似的。我知道，这个有心计的老太婆写信来想得到我的允许——如果我不允许，她也可以不顾我的"不允许"，轻而易举地接受格里姆的资助——无非是为了不想冒失去我对她的资助的风险。尽管格里姆的这种慈善的表示极为反常，但当时这一行为并没有像后来那样让我震惊。不过，即便我当时就已经知悉了一切真相，我还是会像那时一样同意勒·瓦瑟太太接受资助，我也的确被迫这么干了，否则的话，就显得我好像故意嫌格里姆出钱太少一样。从那以后，贝蒂埃神父就改变了他在我眼中富有亲和力的形象。在他看来，"富有亲和力"一语是如此的可笑，而我又是如此欠考虑地以为他真的很有亲和力。

就是这个贝蒂埃神父，他认识的两个人，不知道出于什么原因都不约而同地想和我交朋友。但他们的兴趣爱好和我的兴趣爱好简直没有共同点。他们是麦尔基色代克的孩子，没有人知道他们来自何方、家世背景如何——说不定连他们的真实姓名都不知道。他们是冉森教派教士，人们认为他们是化了装的教士——可能是因为他们以一种非常可笑的方式佩带着一柄长剑，并且剑不离身。他们两个人当中，其中一个名叫费朗先生的，身材颀长、慈眉善目、巧言令色；另外一个叫密拿尔，又矮又胖，一脸哂笑，办事一丝不苟。他俩以表兄弟相称。他们和达朗贝一起住在巴黎，住在他奶妈家里。两人在蒙莫朗西租了一个小房子，在那里度夏。他们什么事情都要自己动手，没有仆人，也没有人给他们送信。他们两人每个星期轮流去市场购物、烧火做饭、打扫房间。他们过得相当舒心，有时候，我们也一起吃吃饭。我不知道是什么让他们对我产生了兴趣：我惟一对他们感兴趣的是，他们喜欢下棋。而为了去下盘可怜的棋过过手瘾，我不得不坐四个小时，直到精疲力竭。由于他们到了哪儿都喜欢多管闲事，因此，戴莱丝把他们叫做“长舌妇”，并且这个绰号在蒙莫朗西流传开了。

这些人，加上我的房东马达斯先生（他是一个名副其实的好人），就是我在乡间的主要朋友。当然，我在文坛之外也有许多朋友，无论什么时候，只要我愿意，我可以在巴黎呆得很舒服。文人圈子里，除了杜克洛我再也想不起有其他什么朋友了。而德莱尔呢，他还太年轻了，而且尽管他亲眼目睹了那个哲学小集团对我使的阴谋诡计之后，就完全脱离了那个哲学小集团——我认为至少是这样——我还是无法忘记他随时准备在我面前充当小集团传声筒的那副模样。

首先，我拥有名副其实的老朋友罗甘先生。他是我在黄金时代的好朋友，我和他的友谊并非从我的作品开始，而是从我个人的品德开始的。正是由于这个原因，我一直保持着和罗甘先生的这份友谊。我还有可敬的同乡勒涅普和他的女儿朗拜尔夫人，那个时候她还活着。还有一个叫库安德的日内瓦年轻小伙子，在我看来，他是个好小伙儿，谨慎细心、乐于助人、充满热情，但是他却无知轻信、贪吃贪喝、自高自大。我一到退隐庐来，他就过来看我，不久他就不由分说地跑到我家里住下不走了。他对绘画有点感兴趣，也认识了一些艺术家，在给《朱丽》作插图方面，他给我帮了点忙。他负责料理《朱丽》的插图和制版事宜，并成功地完成了他的使命。

杜宾先生家的门也对我敞开着。尽管杜宾先生家的情况比不上杜宾夫人极盛时期那么光彩夺目，但由于杜宾先生家主人特有的素质和云集在此的宾客皆非等闲之辈，因此，他家依然是巴黎数一数二的。因而我一直都很喜欢他们，而且离开他们只是为了能够独立自由的生活，所以他们从来都没有停止过对我的友好表示，我一直相信自己会受到杜宾夫人的欢迎。我甚至可以把她当作我的一个乡间邻居，因为他们在克利什造了一座别墅，我有时候还去他们的别墅呆上一两天。如果杜宾夫人和舍农索夫人关系更融洽一些的话，我会去得更勤的。同一个屋檐下的两个女人彼此都没有什么好感，如果要让她们俩都很开心，这对我来说简直是太困难了，这就使得我在克利什很受拘束。因为我和舍农索夫人的关系更加平等而又熟稔，因此我很乐意没有什么拘束地在德耶看到她——德耶离我家很近，她在那里租了一座小房子——甚至在我家里，她也经常来我家看望我。

我还有一个朋友就是克雷基夫人，她笃信宗教，因此跟达朗贝、马蒙泰尔和大多数文坛人士断绝了往来。我相信特吕布莱神父是个例外。他那时是一个伪善的人，克雷基夫人也比较讨厌他。他是主动来结交我的，并始终关心着我，我们一直保持着通信往来。她曾经派人给我送来几只肥美的母鸡作为新年礼物，并计划好了来年过来看我。但是卢森堡公爵夫人同期的一次旅行打乱了她的计划。我欠他一个人情。当我回忆往事的时候，他将永远占据着一个显著的位置。

如果罗甘先生放在第一位的话，我还有一个朋友是完全值得放在第二位的，这就是我的老同事卡利约。他曾任西班牙驻威尼斯大使馆秘书，后来又到了瑞典，宫廷派他去处理外交事务，并从那时起成了实际上的驻巴黎大使馆的秘书。有一天，他突然出人意料地到蒙莫朗西来看我。他身上缀着某个西班牙勋章，勋章的名字我忘记了，上面有一个珍贵宝石镶嵌而成的光彩夺目的十字架。在他的家世证明文件中，他不得不在他的名字上加了一个字母，现在名为卡利荣骑士。我发现他还是老样子——心地顶好，心态也越来越温和。如果不是库安德又像往常那样硬插到我们中间来，利用我住得离巴黎远这一点，僭越权利，以我的名义获取了他的信任的话，我和卡利荣又会像以前一样亲密的。然而，出于为我服务的过分的热望，库安德取代了我的位置。

关于卡利荣的这段回忆，让我想起了我的另一个乡间邻居。如果我漏掉他不谈，那就太对不起他了，因为我必须承认我对他做了一件不可原谅的事情，我感到自己是不可饶恕的。这就是尊敬的勒·布隆先生，他曾在威尼斯给我帮了大忙。他们全家来法国旅行之后，他在离蒙莫朗西不远的拉布利什租了一座乡间别墅。一听说他做了我的邻居，我就满心欢喜地去看望他，这样做与其说是一种义务，不如说更多的是一种快乐。我第二天就动身了。路上遇到一些人来看望我，因此我又不得不和这些人原路返回我家。两天以后，我又动身了，谁知道那天他们全家到巴黎赴宴去了。我第三次去看他的时候，他在家里，但是我听到了一些女人的声音，停在门口的一辆马车更是让我吃了一惊。我希望见到他，不管怎么说，时隔这么久首次见面，我们可以不受任何干扰地好好叙叙旧。简而言之，我把拜访他的时间一天一天往后推，到最后我觉得，这么晚才履行这个义务使我颇感惭愧，竟至不想尽这个义务了：我敢把这次拜访推迟这么久，却不敢再见他了。勒·布隆先生对于这一疏忽当然感到很愤怒，也为我的疏懒扣上了忘恩负义的帽子。然而，在我心里，我感到自己没有什么可指摘的。如果我能为勒·布隆先生做点能给他带来真正欢乐的事情（即使他不知道也罢），我敢肯定他一定不会怪我办事拖拉的。但是在一些微不足道的小事上面的懒惰粗心、拖拖拉拉，比起那些大的陋习来，更加对我不利。最严重的错误就是这些方面的疏忽：我很少做过我不该做的事情，但是不幸的是，很多我原本该做的事情，我往往都没有做。

既然话头转到我在威尼斯的朋友们身上来了，我就不该忘记一个与他们相关的一个人，我与他的交往，与其他人的交往比起来，持续的时间要长得多。我说的是戎维尔先生。他从热那亚回来以后，继续通过各种方式向我表达他的情谊。他非常喜欢和我相处，喜欢听我谈意大利的事情以及蒙太居先生的疯狂蠢笨之举。因为他和外交部有些联系，所以也听说了很多蒙太居先生的独家逸闻。我也非常乐意在他家里见到我的老同事杜邦，他在他所在的省买了个官做，有时候会因公出差到巴黎来。戎维尔先生对我越来越热情，而我也开始对他有点厌烦了。尽管我们两家住得很遥远，但是只要我有一个星期漏了到他们家去吃饭，他就会对我不满。而他每次到戎维尔领地去的时候，他总是要我和他一起去。但是自从有一次在那儿住了漫长得仿佛看不到尽头的一个星期以后，我就再也不愿意到那儿去了。当然，他是一个正派而又易于相处的好人，甚至从某些方面来说，还比较可爱，但是他没有什么头脑。他仪表堂堂，多少为自己的潇洒外表而得意洋洋，这一点很让人生厌。他有一套很独特的收藏，很可能是这类收藏中独一无二的。他在其中投注了极大的心血，他也希望他的朋友们能够对此感兴趣。但有时候，朋友们对他的这个收藏却提不起兴致来。这是近五十年来非常完整的一套宫廷和巴黎综艺节目集锦。其中有很多逸闻趣事可供发掘，而在其他地方，你却看不到这样的逸闻趣事。这是法兰西历史的一个集中记录，在任何其他国家人们都不会想到这一点。

在我们正打得火热的时候，有一天我去他家，他却很冷漠地接待了我，根本不像他平常的样子。因此，在给了他一个机会解释、甚至请求他给我解释之后，我走出了他的家门，决计再也不踏进他的家门半步。这么多年来，我保持住了这个决心。因为在曾经受到过冷遇的地方，我是很少再次露面的，而且这儿也没有狄德罗为他辩护了。我绞尽脑汁想知道，我到底什么地方得罪了他，但是左思右想怎么也找不出我有什么地方冒犯了他。我相信，我每每谈及他和他的家人，无不用最为尊敬的字眼，因为我真诚地依恋着他。而且，我除了说他的好话以外，从来没有数落过他的不是，我一直恪守不移的法则就是，凡是在谈到我到访过的人家的时候，措辞方面一定要尊敬别人。

最后，经过长时间的冥思苦想以后，我有了如下的猜测：在我们最后一次见面的时候，戎维尔先生邀请我到他认识的几个女孩子那儿吃饭，在座的还有两三个外交部的职员。他们都是很正派的人物，外表看起来不像浪荡子，举止也全然不像浪荡子。我敢发誓，我这方面，我整个晚上，都在悲戚地思索着他们这些可怜家伙的不幸命运。因为是戎维尔先生请的客，所以我没有凑份子出饭钱；又因为我没有给机会让她们获得我支付报酬的机会，所以我没有给那些女孩子任何东西。我们一起离开了，每个人都兴高采烈，气氛好得不得了。自那以后，我就没有再拜访过那些女孩子了。那次晚餐之后，我也没有见过戎维尔先生。过了三四天的样子，我到戎维尔先生家去吃饭。就是在这个时候，我受到了上文我提到的那种冷遇。我找不出其他原因，只能把他对我的冷遇归因于与这次晚餐相关的一些误会。加上我发现他不愿意向我解释其缘由，因此我打定主意，再也不去看他了。但是我依然把我的作品寄给他，他也时常给我捎来他的问候。有一天晚上，我在戏剧院的休息厅遇见了他，他很客气地责备我没有去看他，但是这也没有使我再回到他的身边。因此整个事情看起来，与其说是分道扬镳的绝交，倒不如说是两人在生闷气。然而，从那以后，我就再也没有见到过他了，也从未听到过任何有关他的消息。好几年没有来往，而事隔多年想再去重修旧好，实在是太晚了。这就是我没有把戎维尔先生列入知己名单的原因，尽管有很长一段时间，我是他们家的常客。

我不想再把其他半生不熟的朋友也加进来了，否则这个名单就臃肿不堪了。这些熟人同我的关系并不亲密，或者由于我不在他们的圈子里，渐渐地也就变得不那么亲密了。虽然有时候我仍然可以在乡下我的家里或者我邻居家里看到他们，比方说像孔狄亚克神父和马布利神父，像梅朗先生、拉利夫先生、波瓦热鲁、瓦特莱先生、安斯莱先生以及其他一些人，一个一个列出来就太冗长了。下面我只顺便提一下马尔让西先生。他是国王的内侍，以前是霍尔巴赫小集团的成员，后来像我一样退出了这个小集团。他还曾是埃皮奈夫人的一个老朋友，在这个方面他也像我一样和埃皮奈夫人没有往来了。再就是他的朋友德马西，他是喜剧《冒失鬼》的作者，曾经因此剧暴得大名，但是很快就被人们遗忘了。前者，也就是马尔让西先生是我在乡间的邻居，他在马尔让西的产业离蒙莫朗西很近。我们是老相识了，但是由于住得较近，加上和我在经历上有某种相似之处，于是我们的关系就更加密切了。后者，也就是德马西先生，不久以后就去世了。他是个有才华有能力的人，但是在某些方面有点像他喜剧里面的那个生活原型，是个在女人面前有点自命不凡的蠢家伙，他的去世并没有让女人们感到特别惋惜。

然而我不能漏掉这一时期和我开始通信往来的一个人，他对我后来生活的影响实在是太大了，所以我一定要交代一下我们交往之初的情况。我说到的是拉穆瓦尼翁·德·马勒赛尔卜先生，他是税务部的一把手，那个时候负责出版物的审查工作，他在任期间智慧与温和兼具，使文坛人士对他非常满意。在巴黎，我一次都没有去拜访过他，但是在审查我作品的时候，我总是感到他对我非常礼貌。而且我知道，他不止一次地严厉斥责过那些习惯于写东西反对我的人。在《朱丽》的印刷事宜上，他又向我表示了新一轮的热情友好。因为像《朱丽》这样一部长篇巨制，要从阿姆斯特丹把校样邮寄回来，邮费是相当贵的。因为他可以免费寄发邮件，所以就要别人从阿姆斯特丹先把校样寄给他，盖上他做大法官的父亲的“免费邮寄”的印章以后，他再转给我。作品印刷的时候，他直到一版销售完毕了，才让第二版上市，而且不管我怎么反对，他都坚持要我收下所有的盈利款。因为我已经将手稿卖给了雷伊，所以我如果接受这些盈利款的话，对雷伊来说就是一种欺诈。所以，没有经过雷伊的同意，我是不能接受这笔专门给我的盈利款的，结果他很慷慨地同意了。不仅如此，我还希望和他分享多达一百个皮斯托尔的书款，但是他也没有接受。就是这一百个皮斯托尔，还给我带来了一件令我大伤脑筋的事——马勒赛尔卜先生在我不知情的情况下，眼见着我的作品被人删改得面目全非，并且直到删节本卖完了才允许那个好版本上市销售。

我一直认为，马勒赛尔卜先生是个不折不扣的正直汉子。我从来没有遇到过什么事情，使我对他的诚实有过片刻的怀疑。但是，只要他的节操有多么高尚，那他的弱点就有多么大，因此，虽然有时候他想通过自己的势力来极力保护他关心的人，却想不到，这样反而伤害了对方。他下令将巴黎版的《朱丽》一书压缩了一百多页。他送给蓬巴杜尔夫人的那本倒是好版本，但是也经过了删节，这种删节简直可以称作“有违忠实”。我在《朱丽》一书的某一章说过这样一句话：一个烧炭人的妻子比一个王爷的情妇更值得人们的尊敬。这句话完全是在创作中热情喷涌的状态下发诸笔端的，我发誓自己绝对没有故意影射的意思。读完这部作品以后，别人可能觉得这句话有影射之嫌。然而，我不想删掉这句话，以保持我一种“不删任何东西”的不恰当的原则。既然我可以用我的良心，保证我写此话时绝不是意在影射，但如果别人认为此句有影射之嫌，我就必须删除吗？我不愿意改，只答应把开始用的“国王”一词换成了“王爷”。这一改动，马勒赛尔卜先生并不满意，他最终还是删掉了这句话，他特意将这一页重新印了一下，尽可能不留痕迹地贴在送给蓬巴杜尔夫人的那本《朱丽》里。这个小把戏还是被蓬巴杜尔夫人知道了：有些人好心地将这件事告诉她了。我则是在很久以后、直到我感受到了此事的后果的时候，才知道事情的内幕的。

另一位夫人的情形也与此类似，她是否也在暗暗地然而不可遏制地恨着我，我对此根本不知情，甚至在我写下那段话之前，我根本不认识这位夫人。书出版以后，我认识了这位夫人，但我感到非常的不自在。我把此事说给罗伦齐骑士听，他嘲笑了我一番，并说那位夫人毫无疑问没有觉得受到了冒犯，她甚至根本没有注意到这句话。我轻信了罗伦齐骑士的话，在心情不该平静的时候恢复了平静。

冬日刚至，我收到了马勒赛尔卜先生更进一步的友好表示。虽然我认为利用他的盛情是不可取的，但我还是十分感谢他。马尔让西先生写信给我说，《学者报》有一个空缺，他以自己的名义希望我去那儿补这个缺。但是从他信中的语调来判断（见信函集C，第四十七号），他是奉命让我去那儿补这个缺的。工作很清闲，一个月写两篇摘要就行了，用来摘选的书会有人给我送过来。这样一来，我就根本不用到巴黎去了，甚至也不必向主管官员登门道谢。这无疑可以使我挤进文坛高手的行列，这中间有梅朗、克莱罗、德·几尼等几位先生以及巴泰勒米神父。我本来就认识前面两位，后面两位我也非常渴望能够与他们结交。而且，这个工作对我来说简直是轻而易举，我毫不费力就可以做得很好，只要完成这个工作，我就可以得到八百法郎的酬金。在作决定之前我考虑了好几个小时。我敢发誓，我之所以犹豫不决是怕马尔让西先生为难，也怕马勒赛尔卜先生不高兴。但是这样一来，我不能想什么时候工作就什么时候工作了，我被时间拖累住了，更重要的是，我无法高效地履行这项我不得不去履行的职责，这种束缚让人无法忍受——这是所有理由中最重要的。因此，我决定拒绝这个我并不合适的职位。我知道我的天才完全来自于我对将要谈论的主题的浓厚兴趣，除了对伟大的热爱、对真理的热爱、对美的热爱，没有什么东西可以激发起我的天才。这些我必须从中作一些摘选的各式各样的书包括什么内容，或者这些书本身，对我来说有什么意义呢？我对整个事件兴味索然、漠不关心，这必将使我的文笔冷涩，文思也没有以前那么流畅了。别人认为我像其他所有文人一样，是为了混口饭吃才写作的，实际上，离开了激情的鼓动，我根本就无法写作，我是为激情而写作的。这当然不是《学者报》所需要的。因此我给马尔让西先生写了一封感谢信，措辞尽可能的礼貌委婉。由于信中我非常充分地阐述了我拒绝的理由，不管是他还是马勒赛尔卜先生都认为我谢绝他们的好意不是因为脾气不好或者骄傲自大。他们都同意了我的谢绝，此事也没有使他们对我的友谊有丝毫改变。这件事一直是一个秘密，关于此事，人们根本连一点儿风声都没有听到。

此时，对于我来说，接受这个建议有点不太合适。因为这一段时间以来，我一直都在打算放弃文学，尤其是不再从事作家这个职业。我刚刚遇到的那些事情都使我对文人彻彻底底地感到厌倦。我有理由感到，如果要从事和他们一样的行业，除非和这些文人保持关系，否则是办不到的。我也同样讨厌那些社交圈里的人，总而言之，讨厌我最近过着的这种混杂的生活——一半属于自己，一半则用于与人交际，而我又是极不适应这种交际应酬的。一次又一次的经验使我比以往更强烈地感觉到，任何在不平等的基础上建立起来的关系都是不利于较为弱势的那一方的。我和那些富人们住在一起，而这些富人的生活状态和我选定的生活状态却迥然相异。我虽然不用像他们那样张罗家务，但不得不在很多方面都效法他们的做法。而有些琐屑的开支，对于他们来说，是必不可少的，因而也算不了什么，但是对我来说却耗费颇多。别人到朋友家的乡间别墅去拜访，无论是在餐桌上还是在卧室里，都有自己带的仆人伺候着，不管他要什么都可以差遣仆人为他效力。他可能不和主人家的仆人们直接打交道，甚至见不到他们，只要他高兴，想什么时候给小费就什么时候给小费。而我呢，独自前来访友，没有自己的仆人，什么事情都由主人家的仆人来给我安排。如果我不想惹晦气的话，就必须讨得他们的欢心。这些仆人像服侍他们的主人那样服侍我，我当然也必须相应地对待这些仆人，甚至比自带仆役的拜访者对他们还要好些。实际上，因为我没有自己的仆人可供使唤，凡事更需要主人家的仆人来帮忙。如果主人家的仆人很少，那还不要紧；但是我去拜访的人家，仆役众多，无一不盛气凌人，无一不奸诈无赖，无一不敏感机警，只为个人私利着想。这些无赖们深谙该怎么使坏，使得我不得不要每个仆人轮流来服侍我。巴黎的这些女人们固然很机智聪明，但是在这一点上的想法却是完全错误的。她们竭尽全力想让我少花点儿钱，但实际上却让我花得更多。如果我到离家稍微远一点的客人家里去吃饭，我回家时，女主人肯定不会让我去叫马车，而是请自己的车夫备马送我回家。她当然非常高兴，因为她可以给我省下二十四个苏的车费；但是她却不知道，我赏给了男仆和车夫一个埃居。如果有位夫人从巴黎写信到退隐庐或蒙莫朗西，她为了省我那四个苏的邮费，就派她的一个仆人一路步行，汗流浃背地把信送过来。我得赏他一个埃居，还得管他一顿饭。当然，这也是他辛苦一场应得的报酬。如若她邀请我到她的乡间别墅去住上个十天半个月，她心里准会想："不管怎么样，这对这个可怜的家伙来说都是一种节省；住在这儿的这段时间他就不用出伙食费了。"但是，她忘了，在此期间，我无法工作，我的房租、家庭开支、衣物费用都是必须支付的，连刮胡子的费用都比我在家刮要贵一倍。总而言之，住在她家里花的钱比在自己家里花的要多得多。尽管我只在习惯呆的那几家给仆人小费，但这却足以使我倾家荡产。我相信，我只在奥博纳的乌德托夫人家里住了四五次，花费却超过了二十五个埃居。而在五六年的时间里我经常去的埃皮奈和舍弗莱特，我花了一百多个皮斯托尔。这些花费对于我这样性情的人来说是不可避免的——我自己什么事情都不会干，我不会动脑筋投机取巧，我无法忍受哪个仆人牢骚满腹、侍候我的时候闷闷不乐的嘴脸。即使在杜宾夫人家里，我已经融入她家、俨然她家一员了，我给她家的仆人帮过很多忙，但是要让他们服侍我的话，除非我给他们小费，而且是现款。最后，我不得不完全断了这些琐碎的小费开支，因为我的经济状况已经不容许我这样大把大把地赏赐了。这样一来，我就越发鲜明地感受到，同与自己地位悬殊的富人们来往，我是多么地吃亏啊。

话说回来，如果这种生活很合我的口味的话，为了找乐子一掷千金，我还是会比较欣慰的，但是为图一时快活弄得疲惫不堪、倾家荡产，这是我无法忍受的。我非常强烈地感到这种生活方式是一种沉重的负担。为了好好利用一下当时拥有的自由生活的间隙，我决定使它持续下去，决定完全不再和上层社会以及文坛人士往来，不再写书，在我的余生中，把自己关在我仿佛为此而生的、有限而又平静的生活空间里。

《致达朗贝的信》和《新爱洛伊丝》这两部作品的收入多多少少改善了一下我的经济状况。而在退隐庐的时候，我的钱几乎就快花光了。我有望得到一笔一千埃居的进账。我写完《新爱洛伊丝》之后就全力以赴写作《爱弥儿》，进展也相当顺利，我希望《爱弥儿》的收入至少会让我的总收入比一千埃居还翻一番。我已经下定决心将这笔钱作为我的一笔小小的年金，加上我抄写书稿的收入，已经足够我生活，而不用再去写作了。但我手头仍然有两部作品要完成。第一本是《政治制度论》，我衡量了一下我的写作进度，发现还需要好几年才能完成。在执行我的决定之前，我没有勇气继续写下去并一直等到它完工。因此我放弃了继续写作此书的计划。可能的话，我决定把某些章节抽取出来，余下的部分就只有烧掉了。我满怀激情地推进着这项工作，其间《爱弥儿》的写作也在持续，不到两年的时间，我就把《社会契约论》最后修改润色完毕了。

还剩《音乐辞典》没有写完。这纯粹是个机动性的工作，什么时候编写都可以的，我编这部辞典无非是为了赚点钱而已。我有权利放弃写这本书，也可以在闲暇时候完成它，主要是看我的收入加起来有多少，若不够我生活，那靠《音乐辞典》来赚钱就是必须的了，反之，《音乐辞典》的收入就显得多余了。说到《感性伦理学》，我也只列了一个提纲，所以就完全放弃了该书的写作。

如果我能够完全摆脱靠誊抄文稿过活的日子，我还有最后一个打算，那就是搬得离巴黎远远的。接二连三登门的访客使我的日常开销非常大，也剥夺了我用来赚钱的时间。我保留着这样一项工作以填补我孤独生活的空虚和苦闷——因为别人说，一个作家如若放下了手中的笔，就会感到很苦闷——但这绝不至于诱使我在自己生前出版任何作品。我不知道雷伊是怎么心血来潮一直以来催着我写回忆录的。因为就那时的情况看，没有什么特别令人感兴趣的事情，但是，我感觉到，正是我谈论问题时的那种坦率直白使这些事情变得有趣了。因此我决定用一种史无前例的诚实，使这部回忆录在同类作品中显得独一无二，至少让外界有一次能够看到一个人真实的内心、真实的自我。我总是嘲笑蒙田的那种矫饰的坦率，他假装承认自己的缺点，但实际上他处心积虑地只把那些看起来温和可爱的缺点安在自己身上。而我呢，一直相信，也仍然相信，综合考虑各方面的事情，我是最好的人，而且我觉得人心不管多么纯洁，都多多少少会有些可恨的陋习。我知道，在人们眼中，我的形象已经与我的本来面目大相径庭了，有时候甚至歪曲我的形象。虽然我有很多缺点，但是我将情不自禁地把自己的真实性情展示出来。这样做我并没有什么损失。此外，要做到这一点，不把其他一些人的真面目展示出来的话，是不可能的事情，因此这部作品直到我和其他一些相关的人死后才会出版。这更增添了我写作《忏悔录》的勇气了，因为在任何人面前，我都不会因为写作《忏悔录》而羞赧不已。因此，我决定把自己的所有闲暇都倾注到这部作品中来，还开始收集那些可以引导和帮助我回忆往事的信件和文稿。我也非常痛惜以前撕掉、烧毁或者遗失了的信件和文稿。

完全隐居的计划，是我一生所有计划中最合情合理的一个，它使我一直念念不忘。我也开始实施这个计划了。就在这个时候，上天给我安排了一个与隐居完全相悖的计划，不由分说地把我抛进了一个新的骚动的漩涡。

蒙莫朗西家族的那些古老而堂皇的祖传地产被没收以后，就不再属于以此地地名为姓的这个家族了。通过亨利公爵的妹妹，这份产业传到了孔代家族的名下，孔代家族把蒙莫朗西的名字改成了昂吉安。现在这片公爵领地没有什么府第了，只有一座古旧的塔，里面保存着一些案卷，很多人都来此塔凭吊。但是在蒙莫朗西或称昂吉安，可以看到一座私宅，此宅是被称作穷人的克鲁瓦泽建造的，其壮观之气象简直可以和最顶级的府第比肩，完全可以被称作府第，人们也把它叫做府第。这座华宅雄伟的外观，它所矗立的那片平台，它周围那举世无双的美丽景色，它那名家绘就的宽敞客厅，它那由大名鼎鼎的勒·诺特尔设计的花园——所有这些都浑然一体，然而它那引人注目的庄严中透出一种朴素的味道，这无疑也使人们叹为观止。卢森堡公爵元帅那个时候就住在这个房子里，一年两次到这个以前属于他先辈的地方来，像当地普通居民一样在这里住上五六个星期。但是排场仍然很气派，豪华高雅之状并不减当年他家之奢华。我在蒙莫朗西住下来之后元帅夫妇就派一个仆人送来了他们对我的问候，并且邀请我无论什么时候高兴都可以去和他们共进晚餐。他们每一次来蒙莫朗西小住，都会一遍遍地派人送来他们对我的问候和邀请。这使我想起伯瓦藏尔夫人要我和仆人同席吃饭的事情来了。时代发生了变化，但是我依然是老样子。我不希望被打发到仆人席吃饭，但也没想过和大人物同席进餐。我宁愿他们让我做我自己，既不奉承我，也不侮辱我。我非常礼貌而又满怀敬意地回复了卢森堡夫妇的一片热情，但是我并没有接受他们的邀请。我身体不好，生性害羞，笨嘴拙舌，只是想一下自己要和一群王公大臣相处，就使我浑身颤抖不已。我甚至没有到府第去表示感谢，尽管我知道这正是他们想要的，也知道他们渴望我前去，与其说是出于情真意切，不如说是对我充满好奇。

然而，他们继续向我表示问候和邀请，甚至更加殷勤不懈。和元帅夫人交往密切的布弗莱夫人也到蒙莫朗西来了。她派人打探我的消息，并询问可不可以来看我。我回复得很有礼貌，但还是不为她的这份热情所动。在次年（1759 年）复活节期间，罗伦齐骑士（他是孔蒂亲王的随员，也是卢森堡夫人圈子里的人）来看了我好几次。我们就这样认识了，他催着我到卢森堡夫人的府上去，但是我拒绝去。最后，有一天下午，我万万料不到的事情发生了：我看见卢森堡元帅先生走进我家了，后面还有五六个随员。我再也无处可逃了，为了不让他觉得我傲慢无礼、毫无教养，我就不可避免地要去回访他，并向元帅夫人表达我的敬意，她通过元帅先生转来的问候深深地打动了我。在应允和他们交往之前，我就有一种并非完全空穴来风的不祥预感。

我非常害怕卢森堡夫人。我知道她很平易近人。我曾在剧院看到过她很多次，在杜宾夫人家里也见过她，那大概是十年或者十二年前，她还是布弗莱公爵夫人的时候，她那个时候青春年少、面貌姣好。但是她却有个心地恶毒的坏名声。这位显赫的贵妇人有这样一个坏名声，简直让我浑身颤抖。但是一见到她，我就被她征服了。我发现她是那么迷人，这种迷人的魅力足以和时光抗衡，也打动了我的心。我本来以为她的谈话会语带讽刺、妙语连珠。但是，事实并非如此，情况要好得多。她的谈话并不是充满机趣，也不是异想天开，或者更恰当地说，甚至没有什么花言巧语。她的话以细腻、精妙为特色，语不惊人却总是让人满心欢悦。她的奉承话简单质朴到什么程度，就令人陶醉到什么程度，仿佛这些话只是她顺口而出，并未经过仔细思考，是她心中满溢着的赞赏之语的自然流露。第一次去拜访她时，我发觉尽管我举止别扭、语笨词拙，但是她还是很乐意我去的。其实，所有的宫廷贵妇都懂得为客人制造出这种感觉，全凭自己乐意，也不管这种感觉是真是假。但不是所有的人都能像卢森堡夫人这样，用一种异常迷人的方式给你制造出这种感觉，以至于你根本就不会想到要对此有所怀疑。从第一天开始，我应该就会对卢森堡夫人完全信任了，但可惜她的媳妇，那个心眼坏、脾气急、像个年轻的小傻瓜的蒙莫朗西公爵夫人，心血来潮地捉弄我。面对她婆婆的客气和她的卖弄风情，我开始怀疑她们只是在笑话我。

如果不是元帅先生的一番盛情使我确信卢森堡和蒙莫朗西两位夫人是真心实意对我好的，那我可能很难在这两位夫人面前解除这种（她们是否在嘲笑我呢?）担心，也无法自在从容地和她俩相处。我的性情是如此的羞怯，当卢森堡先生说他愿意平等地对待我时，我竟然立即就相信了他，这简直是太让我惊奇了。我这么轻信还不算奇怪，更奇怪的是，他也相信了我愿意过完全独立的生活的那番话。他们确信我对自己的处境感到满足并且不愿意这种生活遭到任何改变的想法是完全正确的，他和卢森堡夫人似乎没有哪怕半分钟为我的花销和谋生方式担过忧。尽管我并不怀疑他们对我倾注了热切的关注，但是他们从来没有用自己的权力为我提供过任何肥缺，或者给予过我任何帮助。只有一次例外，那时卢森堡夫人非常希望我进入法兰西学士院，我则以宗教信仰为由谢绝了。她说宗教信仰根本不是什么障碍，就算真的是障碍的话，她也可以着手为我排除。我回答她说，尽管成为如此声名显赫的一个组织的成员，对我来说，固然是个莫大的荣誉，但是我已经拒绝了特莱桑先生要我进南锡学院的邀请，在某种程度上说，就是拒绝了波兰国王的邀请，如果我再接受别的学院的邀请，那就很失体统了。见我如此，卢森堡夫人也没有进一步地敦促我，后来我们就没有提到这件事了。卢森堡先生地位显赫，他是、并且也的确值得成为国王的心腹朋友，他可以为我办到很多事情。但在与他交往时，我们之间的关系却非常朴实。而我刚刚离开那帮高人一等的朋友们，他们过分为我操心，既让人心烦，又多管闲事，但他们与其说是为我好，不如说是在羞辱我。这两种交往关系形成了多么奇特的对比啊。

当元帅先生到路易山来看我的时候，我在自己惟一的一间小屋里接待了他和他的随侍，感到很是难堪。我说难堪，倒不是因为我不得不请他坐在我的那些脏盘子破罐子中间，而是因为我的地板已经烂了，快成碎片了。我非常担心，他的随从太重了会使我的地板整个报废。我对自己的安危考虑得较少，倒是怕这位尊贵先生的彬彬有礼给他带来危险。我赶快把他请了出来，不顾天气严寒把他带到了我的塔楼，那儿可以说完全是露天的，根本没有壁炉。到了塔楼，我告诉了他我带他到那儿去的原因，他回去把此话转述给卢森堡夫人听了。他们俩都催促我到他们府里去住，直到地板完全修好，或者是在园子中央的一座独立的屋子里（此屋被称为“小府第”）居住，如果我愿意的话。这个令人心醉的住处值得专门提一下。

蒙莫朗西的园子或曰花园和舍弗莱特的花园比起来，其建筑风格是迥然不同的。这儿地势并不平坦，山多坡多，沟壑起伏。而这心灵手巧的艺术家就因地制宜，把树丛、流水、装饰和各种景色设计得变化多端，可以说在天才和艺术的帮助下，一个多多少少有些局限性的花园成倍地扩大了。这个园子地势最高处是一个平台和府第；而在底部则形成了一个既深且狭的山口，朝着山谷的方向开着口，越走越宽敞，拐角的地方是一片广阔的水塘。山口开阔一点的地方是一个橘园，那片水塘周围环绕着绿树覆盖的高地。这橘园和那水塘中间，就坐落着我刚才提到的那个“小府第”。这个小府第和周围的土地以前归著名的勒·布伦所有。这位伟大的画家，用对建筑和装饰方面的独特鉴赏力，亲手建造并装饰好了这座房子。从那以后，这个府第虽经重建，但还是沿用了首位主人的设计。这个房子很小，很简朴，但是却很雅致。因为它处于橘园和水塘之间的洼地上，故而很容易受潮。设计者在两排高柱子之间打开了一个开放式的柱廊中庭。这样一来，虽然它地势较低，但空气还是可以在整座屋子流通，使屋子保持干燥。当你从远处的高地看这座房子的时候，它仿佛完全被水环绕着一样，就像一个迷人的小岛，或者说是马约尔湖内三个波罗美岛中风景最为秀丽的 Isola Bella。

这座房子颇为幽僻。他们请我在四个套间中挑一间。这座房子除了四个套间外，一楼还有一间舞厅、一间台球室和一个厨房。我选择了最小最简朴的一间，就在厨房的上面，厨房也归我使用。这儿非常整洁，家居布置采用了蓝白两种颜色。在这幽远愉悦的环境里，林木流水环绕，百鸟啁啾，周围弥漫着橘子花开的香氛。在心醉神迷的姿态下，我一气呵成地写完了《爱弥儿》的第五卷。这卷书色彩清新，很大程度上缘于我的写作环境给予我的鲜活印象。

我多么渴望每天早晨沐浴着晨曦呼吸那柱廊中庭芬芳的空气啊。啊！我和我的戴莱丝一起吃的牛奶咖啡是多么美味啊！还有我的猫和狗给我做伴。我若一辈子过着这样的日子，那我就心满意足了；我永远都不会对此感到厌倦的。这儿简直就像一个人间天堂。我住在这儿就像在天堂里一样纯真无邪，享受着宛若天堂的幸福。

在七月份来蒙莫朗西小住期间，卢森堡先生和夫人对我的关怀无微不至，对我非常殷勤。我住着他们的房子，又被他们的热情好客深深感动，就只好经常去看他们。我几乎没有离开过他们：早晨，我去给元帅夫人问安；午餐过后，我下午就和元帅先生去散会儿步；但是我不等吃晚餐就离开了，因为席上有头有脸的人太多，而且开饭时间对我来说也太晚了一点。直到那个时候，如果我知道见好就收的话，那么一切很会很顺利，就没有什么坏处了。但是我从来都无法在友谊问题上保持中庸，无法做到仅仅履行自己的交友职责。在友谊问题上，我总是容易走极端，要么亲密无间，要么分道扬镳。我发现自己被这些权贵奉承着、宠爱着，我越过了“适可而止”的那条界限，对他们怀着一种只有和他们地位相当的人才允许有的友谊。我用行动表示了这种友谊的亲昵不拘，他们对我也从不丢下那份我已经习惯了的礼貌和友好。但是和元帅夫人在一起，我总是感觉到不自在。尽管我对她的性格并不完全放心，但是我更加害怕的，是她那令我尤为敬畏的智慧。我清楚，在谈话中，她总是对客人不满，当然她也有权利这样做。我知道在女人们，尤其是贵妇们面前，你必须取悦她们，宁可冒犯她们，也不能让她们厌烦你。通过卢森堡夫人对刚刚离开的客人谈话内容的评价，我就可以判断出她对我那愚蠢的行为会作何评价了。我想到了一个权宜之计，可以避免和她讲话的尴尬：这就是给她朗读作品。她听别人说起《朱丽》，也知道该书已经付印了，并表示非常渴望这部书。我自告奋勇将此书念给她听，她欣然同意。我每天早上十点钟去她那里。卢森堡先生也来了，关上房门后我就开始在她床边朗读。我将朗读内容安排得如此的好，以至即便没有事情来打断，这些朗读材料也足以占满她呆在蒙莫朗西的这一整段时间。这个权宜之计的成功超过了我的预期。卢森堡夫人疯狂地迷上了《朱丽》和它的作者：她只要一开谈就说我，心里也只想着我，整天都奉承我，一天拥抱我十来次。她吃饭时坚持要我坐在她身边，当别的显贵想要坐这个位置的时候，她总是说那个位子是属于我的，而把他们安排到别的位子去坐。不难想象，这样迷人的举动会对我造成什么样的影响，因为别人哪怕一点点的热情表示就会把我征服的。我对她产生了真诚的依恋，而她对我也越来越依恋。当我发觉这种痴迷的时候，我惟一担心的是，由于我感到自己魅力不够大，不足以使这种痴迷永远保持鲜活，到头来痴迷恐怕会转化成厌恶。然而，不幸的是，我的这种担心并非空穴来风。

她的思想和我的思想一定存在着一种天然的对立关系，不光是在我与她的谈话中甚至在我的信件中，随处可见的那些不合时宜的语句，即便在我和她相处得最融洽的时候，也有很多事情让她不高兴，但是我根本不知道原因何在。她不高兴的次数太多了，我只举一个例子。事情是这样的：她知道我在为乌德托夫人抄写《新爱洛伊丝》，按页计价；她也要我为她抄写一份，给出的价钱也和乌德托夫人给的一样。我应允了，这样一来，她就是我的顾客了。我给她写了一封信表达谢忱的短信——至少我的出发点是这样的。我收到了她如下的回信，着实吓了一跳（见信函集C，第四十三号）：

> 星期二，于凡尔赛
>
> 我很高兴，也很满意。您的感谢信给了我无上的快乐。我赶紧写信告诉您，并且要因此而感谢您。您的信中就是这样写的："尽管您毫无疑问是一个很好的客人，但是我还是很难接受您的钱。严格说来，能够为您工作乐趣十足，我应该为此而付钱。"我不会再提这个问题了。我很遗憾，您没有告诉我您的健康状况。没有什么事情比您的健康更让我关心的了。我发自内心地爱您，而且我向您保证，给您写这封信时我心中充满哀伤，因为如果我能够亲口告诉您这些话，我该有多么开心啊。卢森堡先生爱您，并且真诚地拥抱您。

收到这封信后，还来不及仔细阅读，我就赶紧给卢森堡夫人写了一封回信，反对她对我的话作出的任何不恰当的解释。在怀着不安的心情绞尽脑汁想了好几天以后，我还是无法弄清楚究竟是怎么一回事。于是我写了以下这封短信，作为对这个问题的最后回答：

1759 年 12 月 8 日，于蒙莫朗西

自从我写了那封信以后，我又把那段您摘引的话揣摩了千百遍。我按它本来的意思去理解，又按别人可能赋予它的所有意义去揣摩。我承认，元帅夫人，我自己也糊涂了，到底是我应该向您道歉，还是应该您向我道歉。

那些信距今已经有十年时间了。我自那以后还时常想起它们；即便在今天，我在这一点上也愚笨之极，根本不知道她指的那段话中有什么地方冒犯了她（根本谈不上冒犯了她），甚至什么地方会引起她的不快。

说到卢森堡夫人希望拥有的《新爱洛伊丝》的手稿，我应该在这里提一下，我用了什么方法使它具有超出其他手抄本的独特之处。我曾经写过一个单篇《新爱德华骑士奇遇记》。我一直犹豫不决不知道要不要把它们整篇或者节选式地插到《新爱洛伊丝》这本著作中去。因为这个故事看起来不那么合适。最后我决定把它整个删除，因为这个故事与《新爱洛伊丝》一书的其他部分叙述风格不一致，硬放在里面，只会破坏该书那动人的朴素风格。我还有一个更重要的理由，那就是我认识了卢森堡夫人。在这个奇遇记中，有一位性格非常可恨的罗马侯爵夫人，当然不是针对卢森堡夫人的，但是其他人听闻了她的名声，可能会觉得这个罗马侯爵夫人说的就是卢森堡夫人。因此，我庆幸自己决定删除这个奇遇记，并且也这么做了。但是我非常渴望在为她抄写的这一本里加入其他抄本里所没有的内容，但是我竟然愚蠢到这个地步，还是念念不忘这些奇遇记，并计划从中摘选一下，把它们添加到《新爱洛伊丝》中去——这是一个疯狂的计划，使我可笑之极。原因何在？无它，是那将我拖向毁灭的盲目的命运。Quos vult perdere Jupiter dementat.

我傻得要命，费了很大心思和精力将这个摘要写好了。我把此文寄给卢森堡夫人，仿佛这份摘要是世上最美丽的东西。我如实告诉她，我把原稿烧了，这份摘要是专门为她写的，其他任何人都不会看到它，除非她自己拿出来给别人看。但是我的这一举动，并未像我预想的那样，向她证明我的审慎和明智。反而让她感觉到，我本身就认为书中侯爵夫人的角色有对号入座之嫌，并且这样会使她感到不快。我简直笨到家了，竟然深信不疑地认为，她会为我的所作所为心醉神迷。但是她并没有像我期待的那样衷心地赞美我，让我颇为吃惊的是，她以后就再也没有提到过我曾经寄给

她的那些手稿了。我则沾沾自喜于自己在这件事情上的出色表现；直到很久以后，通过其他的迹象，我才意识到这一举动所产生的后果。

关于她的这个抄本，我还有另外一个更为合理的想法。但是就其远期的后果而言，对我也是极为不利的。祸不单行，一个人倒霉的时候，其他所有的事情也都合起伙来和他作对。我想用《朱丽》一书里面的版画来装饰卢森堡夫人要的手稿。这些版画的尺寸和手稿是一样大小的。我向库安德要版画，不管怎么说我都有权要回这些画，因为我把销量很大的版画的收入给了他。库安德非常狡猾，而我则与他正好相反。最后，我三番五次向他索要的举动，使他明白了我要这些版画的意图。于是，他以这些版画尚需改进为借口，诱使我将版画留在了他那里，说等到完工以后他再亲自拿来。Ego versiculos feci；tulit alter honores.

就这样，他进入了卢森堡公馆，并在府内有了一定的地位。我搬到小府第去之后，库安德经常来看我，时间总是在早晨，尤以卢森堡先生和夫人在蒙莫朗西小住的时候居多。他这样干的后果就是，为了陪他一天，我根本没有时间到元帅府里去。他们责备我老不去府里，我向他们解释了一下原因。他们就叫我带库安德一起去，我照他们的话办了。这正是那个无赖一直梦寐以求的事情。就这样，泰吕松先生的职员，在没有其他客人的时候，时不时也被邀请同主人一起共进晚餐；现在倒好，由于人家对我过分友好，连带着也对他好起来，竟然突然之间请他也与法兰西元帅共进晚餐，在座的还有很多亲王、公爵夫人和宫廷里最显贵的人物。我永远也不会忘记那一天，元帅先生不得不提前返回巴黎，饭后他对宾客们说："让我们沿着去圣德尼的那条路走走吧，这样我们可以陪伴一下库安德先生。"这个可怜的家伙有点承受不起，他完全已经张惶无措了。而我呢，则是如此之感动，以至一句话都说不出来。我跟在他们身后，像个小孩一样啜泣着，渴望着亲吻这位尊贵元帅的足印。但是手稿故事的延续，让我把一些事情提前说出来了。让我好好来把这些事情顺序理一下，如果我的记忆允许我这么干的话。

在圣·路易山的小房子一安排妥当，我就把它收拾得干干净净朴朴素素，又回到那儿去住了。因为我无法改变在离开退隐庐的时候就下定的决心，即住在我自己的房子里。但是我也无法打定主意不住小府第里的那个套间，所以，我留着房门钥匙。因为我非常喜欢在那个柱廊中庭吃可口的早餐，所以，我常常到那里去睡，有时候过个两三天，仿佛这是我的乡间别墅一样。我住的房间恐怕比那时所有的欧洲平民住的都要舒适得多、宜人得多。我的房东马达斯先生简直是世间最好的人了，他叫我全权负责路易山那栋房子的维修，并且要我凭自己的意愿调用他的工人，修房子的事情他不插手。这样我就有办法把二楼单独的一个大房间改成一个完整的套间了，其中有卧室、前厅和一间壁橱，楼下则是厨房和戴莱丝的房间。那座塔楼则在镶嵌好板壁、安装好壁炉以后，做了我的书房。当我住进去之后，又自娱自乐地装饰了一下平台，其实平台上已经覆盖了两排小椴树了，在此基础上，我又植了两排树，想让它们形成一个规则的凉亭。我在平台上放了一个桌子和一些石凳，又在四周种上了丁香、山梅花和忍冬。我还布置了一个可爱的花坛，与那两排树平行。这个平台比元帅府第的平台要高，极目远眺，景色并不比元帅府第周围的逊色。这里还住着许多我驯养的鸟儿，有宾客来的时候，这里可以用作客厅——这些宾客有卢森堡先生、卢森堡夫人、维尔罗瓦公爵先生、唐格利亲王先生、阿尔曼蒂尔侯爵先生、蒙莫朗西公爵夫人、布弗莱公爵夫人、瓦兰蒂诺瓦伯爵夫人、布弗莱伯爵夫人，以及和他们地位相当的显贵人物。他们屈尊俯就经过非常累人的一段攀爬以后，由府第到路易山来朝拜。我把所有这些宾客对我的拜访归功于卢森堡先生和卢森堡夫人。我感觉到了这一点，我心中对他们充满了感恩的敬意。有一天，我情不自禁地对卢森堡先生说："啊！元帅先生，在认识你之前，我是很讨厌大人物的。自从你让我感觉到他们其实很容易就可以让自己受到人们的敬仰之后，我就更加讨厌他们了。"不仅如此，我要拿这个问题来问所有这一时期认识我的人：这种显赫大气是否曾经有那么一刻使我眼花缭乱，这种香火的烟气是否让我冲昏了头脑？他们是否看见我的行为不像以前那样前后一致，是否我的为人没有以前纯朴了，是否对人们没有以前那么谦恭有礼了，是否对我的邻居没有以前亲昵不拘了，是否曾经被人们频繁而又不可胜数的不合理的强求所惹怒，在我有能力的时候也不助人为乐了？出于对蒙莫朗西府主人的真诚依恋，我的心常常把我吸引到府里去，同样，这种真诚的依恋，又把我带回到我的街坊邻里中来了。品尝着平和简单生活的甘美，除此以外，世界上再没有什么幸福可言了。戴莱丝和我一个邻居的女儿成了好朋友。这位邻居是一个砖瓦匠，名叫皮约。我和这位邻居也成了朋友。为了取悦元帅夫人，上午我只得不情愿地在元帅的府第里吃午饭。饭后，我是多么想回去和可敬的皮约及其家人共进晚餐啊，无论在他家也好，在我家也好。

除了这两个住处外，我很快有了第三个住处——卢森堡公馆。卢森堡公馆主人如此真诚地催促我时不时前去看他们。尽管我非常痛恨巴黎，但是我还是答应了。至于巴黎，在我隐居到退隐庐以后，只到那儿去过两次，在上文我已经提及了此事。即使到这时，我也只按事先约好的日子前去，去了也只是用一顿晚餐，次日清晨便回。但是，我是经由毗邻林阴道的花园往返于巴黎的，所以从严格意义上说，我根本没有踏上巴黎的人行大道。

就在这暂时的繁华背后，预示着这繁华之景行将结束的灾难正在远处酝酿着。就在我从路易山回来不久，我又像平常一样身不由己地结识了一个人，这也是我一生中转折的标志：这是福是祸，以后就会见分晓。我指的是我的邻居韦尔德兰侯爵夫人，她的丈夫刚刚在蒙莫朗西附近的索瓦西买了一栋乡间别墅。亚斯小姐是亚斯伯爵的女儿——这个伯爵倒是有地位，但是很穷——和韦尔德兰先生结婚了。那个男人又老又丑，粗心残忍、又好嫉妒，是个满脸疤痕的聋子，还瞎着一只眼睛。但在别的方面他是一个好家伙，因为他知道怎么塑造自己，并拥有一万五千至两万利勿儿的年收入。亚斯小姐的父母就是看中了他的钱，才把女儿嫁给他的。这个和蔼可亲的典范人物，总是咒骂叫喊、牢骚满腹、大发雷霆，弄得他的妻子整天都哭哭啼啼的，但最后总是以答应他妻子的要求收场。因为他意识到自己让妻子发怒了，而且她知道如何让他明白，犯错误的是他，而不是她。我先前提到过的马尔让西先生是韦尔德兰夫人的朋友，也和她丈夫成了朋友。几年以前，他把自己靠近奥博纳和阿迪利的马尔让西府第租给了韦尔德兰夫妇。就在我和乌德托夫人恋爱的时候，他们住进来了。由于乌德托夫人非常喜欢散步，而马尔让西花园是她到奥林匹斯山去散步的必经之路，于是韦尔德兰夫人就给了她一把钥匙，使她可以穿过花园。多亏了这把钥匙，我才得以经常和她一起去散步。但是，我不喜欢在路上不期然地遇到别的人。当韦尔德兰夫人偶然碰到我们的时候，我总是让她们在一起交谈，而自己则一言不发地继续往前走。这种冷淡的态度也不会给她留下什么好印象。然而，当她到索瓦西来了之后，还是和我套起近乎来了。她到路易山来看过我好多次，我都不在家。因为我没有回访她，她就派人给我的平台送来了几盆花，想逼我去回访她。我不得不去向她表示了感谢。这就是全部的过程，我们开始交往了。

我们的交往一开始就很动荡不平，和我身不由己的所有交往一样，冲突都很激烈。这段交往甚至从来就没有平静过。韦尔德兰夫人的气质和我的气质相去甚远，故而互生嫌隙。她不经意就会说出满怀恶意的话，或者是妙语连珠的话，我必须格外小心，才会知道她又在嘲笑谁，这让我感到很累。我想起来一件有关她的荒唐事来了，这事足以让读者对她的行为有一个清楚的了解。她的哥哥被任命为即将前往英国巡航的一艘护卫舰的舰长。我谈论了一下护卫舰应该如何武装起来而又不影响它的速度。“是的，”她语调平平地说，“尽可能多地装上战斗所需的大炮吧。”我很少听到她背地里谈论朋友的优点时不夹杂一点微词的。对于任何事情，只要她没有找出点坏的端倪，她就要拼命找出可笑的地方来，就连对她的朋友马尔让西也不例外。另外一件我无法忍受的事情就是她不断地惹你烦，捎什么消息呀，送礼物呀，便条呀，我不得不绞尽脑汁想着如何回答她，想着我是否该写一封感谢信或者谢绝函。这总是成为一个我颇感棘手的问题。然而，由于不断地见到她，我对她产生了一种依恋之情。她像我一样，也有自己的痛楚。推心置腹地说私房话，使我们觉得密谈是非常有趣的事情。没有什么事情比一起泫然泪下的畅快感觉，更能把两颗心连接在一起的了。我们需要对方的陪伴，以便安慰对方，这种需要使我对很多事情都不计较了。因为我对她坦率无忌，所以难免粗鲁无礼，有时候我对她的人格极不尊重，但是我的确感觉到，只有对她人格的极大尊重，才能使我相信她会真诚地原谅我。我有时候写信给她，值得注意的是，在她任何一封回信中，她从来没有表示出哪怕丝毫的厌烦。其中有一封是这样的：

1760 年 11 月 5 日，于蒙莫朗西

夫人，您告诉我说，您没有把意思表达清楚，您无非是为了要让我知道我自己的表达也很差劲。您提到了您所谓的愚笨，目的无非也是让我意识到自己很笨。您自夸自己是个地地道道的“好女人”，仿佛您害怕别人听了您的话就会把您当作“好女人”；您向我道歉无非是为了让我感到，应该道歉的人是我。是的，夫人，我知道得很清楚，我是个蠢货，“好心人”，如果可能的话，还会有更糟糕的称谓。我措辞不够恰当，不足以取悦像您这样一个十分注意别人措辞、自己口才又很好的法国贵妇人。但是您可能会认为，我是按语言的常用意义来使用它们的，而不熟悉巴黎上流社会有时候赋予这些词语的礼貌用法。如果我的表达时有模棱两可之处，我会努力用我的行动来给它

一个确定的意思，等等。

信的余下部分也是同样的语调。她的回信（见信函集 D，第四十一号）将会告诉大家这个女人的心有着多么不可思议的自制力啊。她竟然在她的回信中没有对我的去信表示出任何怨怼，她和我相处时也是如此。库安德冒失大胆到了厚颜无耻的地步，他对我的朋友们来说，简直是守株待兔的猎人。他很快就以我的名义跑到韦尔德兰夫人家里，不久他就背着我和她家往来得比我还熟络。这个库安德真是个古怪的家伙。他以我的名义跟我所有的熟人结交，就像在自己家里一样，并且毫不客气地和他们一起吃饭。他对我一片赤诚，每每谈及我总是热泪盈眶。但是当他来看我的时候，他对这些交往以及明知我感兴趣的一切都缄口不言。他并不告诉我他听到的、说过的和见过的与我相关的事情，却来听我说，甚至向我提问题。除了我告诉他的那些事情以外，对于巴黎，他一无所知。简而言之，虽然每个人都跟我提起他，他却从来不跟我提起任何人。只有对朋友，他才是守口如瓶、神秘兮兮的。但是让我们暂且搁下库安德和韦尔德兰夫人吧。我将在稍后谈到他们。

在我回到路易山一段时间后，画家拉都尔过来看我，给我带来了我的蜡笔肖像。多年前他曾在沙龙展览过此画。他以前曾经想把此画作为礼物送给我，我拒绝了。埃皮奈夫人把她的画像赠给我了，也希望我送一张自己的画像给她，并且让我答应她向拉都尔把画要回来。他花了点时间将此画润色了一下。就在此时，我和埃皮奈夫人断交了。我把她的肖像还给了她。因为反正我不会再想把我的画像给她了，就在小府第里我的卧室里将这幅画挂了起来。卢森堡先生看到了我的画像，很是喜欢。我就提出将此画送给他，他答应收下，我就派人把画送给他了。元帅和元帅夫人明白，若我能拥有他们的画像，将会非常高兴。他们就请一个能工巧匠给他们画了袖珍肖像画，将它们嵌入镶金的水晶糖果盒。他们将这份礼物慷慨地送给了我，我非常开心。卢森堡夫人不赞成自己的肖像嵌在盒子的上部。并且她好几次都责怪我喜欢元帅先生胜过喜欢她。我也没有否认这一点，因为事实的确如此。通过放置肖像的方式，她很礼貌同时也很精明地向我证明了这一点：她没有忘记我的这种偏爱。

就在这个时候，我干了一件蠢事，毋庸讳言，此事无法帮助我保有她对我的恩宠。尽管我不认识西鲁埃特先生，也谈不上喜欢他。但是我对他的管理手腕很是佩服。当时，他正要给金融家以狠狠的打击，我觉得现在开始改革的时机还未成熟，然而我还是非常希望他能够成功。听说他离职以后，我冒冒失失地给他写了如下的信，毫无疑问，我并不想证明自己有理由写这封信：

1759年12月2日，于蒙莫朗西

先生，请您屈尊接受一个隐居者的敬意。您不认识他，但是他佩服您的才华，敬仰您的管理举措，您让他相信，您在这个职位上不会干得很长久。除非您牺牲巴黎这个败坏国家的首都，您就无法拯救整个国家。您以大无畏的精神面对着这些敛财者公开强烈的反对。当我看到您重创这些卑鄙无耻的家伙们时，我真钦羡您手中的权力。我见您离职了，并且毫不掩饰自己，我因此而尊敬您。以您自己为骄傲吧，先生，您将从中获得您长久得享、无人匹敌的荣誉。那些无赖们的咒骂正是一个正直的人的光荣。

【1760】

卢森堡夫人知道我写了这封信，复活节她来的时候，向我提起这件事，我就把信给她看了。她想要一份抄件，我就给了她一份。我这样做的时候，根本不知道，她就是从土地转租中受益并且迫使西鲁埃特离职的敛财者中的一员。从我做的数不清的傻事来看，似乎我是想故意激起那位和蔼可亲的贵妇人的仇恨。实际上，我越发真诚地依恋起她来，我根本不想使她对我感到不满；然而，我不断的蠢言拙行，却的确招致了这样的恶果。我认为，我根本没有必要提及此事——我在《忏悔录》第一部里提到的特龙桑先生的鸦片制剂的故事，就与她有关，另外一位女士是米尔普瓦夫人。她俩再也没有向我提起过这件事，好像根本就把这件事情忘记了一样。但是即便对随后发生的事情一无所知，我也很难相信，卢森堡夫人真的会将这件事忘得一干二净。而我呢，我做的那么多蠢事产生了恶劣的后果，我却还拼命为自己找借口。我试图使自己相信，我这些蠢事并不是存心冒犯她的，好像一个女人会原谅这样的蠢事的，但事实并非如此，即便她深信这些蠢事绝对不是你有意干出来的。

然而，虽然她好像什么也没有看到，什么也没有感觉到，虽然我发现她对我的热情并未减退，对我的态度也没有什么变化，但是一种持之有据的不祥预感越来越强烈，总是让我不寒而栗，害怕她对我的痴迷会被厌恶取代。我能指望这位如此高贵的妇人长久地善待我这个不善言辞的人吗？我甚至不知道该怎样在她面前掩饰这种模糊的预感，它使我忐忑不安，让我感到更加闷闷不乐、更加尴尬。这一点你们可以从下面的一封信里看出来，其中包含着一个非常奇特的预言。

我在这封信的草稿上没有附上日期，它最晚写于1760年10月：

> 你们的好意是多么残忍啊！你们为什么要搅乱一个隐居者平静的生活，他已经自愿放弃了人生的乐趣，以便再也不用感受到乐趣背后的烦恼。我终其一生都在徒劳地努力追求持久的眷恋之情。在我唾手可得的社会地位中，我没能够找到这种眷恋之情。难道我要到你们这样社会地位的人中间去找吗？利益与报复对我没有任何诱惑力，我几乎没有什么虚荣心，我非常腼腆，我可以抵抗一切，却无法抵抗对我的疼爱。既然人情冷漠将我们分开了，既然充满柔情的心也无法使我的心靠近你们，为什么你们俩要不约而同从我有待克服的弱点来对我发起进攻呢？难道感恩对于一颗不知道有两种交心方式而只能感知到友谊的心灵来说已经足够了吗？友谊啊，元帅夫人！这就是我的不幸的原因之所在。你和元帅先生大大方方地使用这个字眼，但是我真是个傻瓜，居然还信以为真。你们与人结交无非是消遣找乐子，但是我却对你们有了眷恋之情。这个游戏结束以后，等待我的将是新的苦涩。我多么痛恨你们所有的头衔啊，我多么遗憾你们居然拥有如此多的头衔。对我来说，你们太配品尝私人生活的魅力了。你们为什么不在克拉兰斯生活呢？我将去克拉兰斯寻找我生命中的幸福，而不是在蒙莫朗西府，卢森堡公馆！这就是人们可以看到让—雅克的地方吗？这就是一个素爱平等、将心比心的朋友——对尊重他的人，他也报以尊重，并且相信他得到了多少就回报了多少——放置心中柔情的地方？你们是好心的，也是多愁善感的。我知道这一点，并且看到了。我遗憾自己没有尽早相信这一点。但是因为你们的地位和你们的生活方式，没有什么事情可以给你们留下恒久的印象。况且，新鲜有趣的事层出不穷，互相抵消，没有什么能够永久不朽。夫人，在你们使我

无法仿效你们之后就会忘掉我，你们做了太多让我不快的事情，你们无法理解我。

我是将卢森堡先生的名字和她的名字放在一起说的，以免使我的话对她而言太过无情。此外，我太相信卢森堡先生了，因此我没有哪怕半刻的时间担心过卢森堡先生对我的友谊的持久性。我对他妻子的诸多忧虑，没有哪一个曾经延伸到他身上的。我从未对他的品性有过一丝半毫的不信任，我知道他虽则软弱，但是值得信赖。我不担心他会对我冷淡，也不期望他有英雄式的情谊。我们之间交往的简单纯朴和亲昵不拘显示出我们俩多么地依赖对方。我们俩都是对的：只要我活着，我将尊重和珍爱有关这位可敬先生的回忆。而且，不管发生什么事情企图把他和我分开，我都相信，他至死都是我的朋友，仿佛我感应到了他最后一声喟叹。

1760年在他们第二次来蒙莫朗西期间，《朱丽》已经读完了，我希望借助朗读《爱弥儿》来巴结卢森堡夫人。但是这次并不是很成功，也不知是因为这部书的内容不大合她的口味，还是因为她对接二连三的朗读感到了厌倦。然而，因为她责备我忍气吞声受书商的骗，所以她要我把该书的印行出版工作交给她来处理。这样，她就可以要个好价钱。我接受了她的建议，但是明文规定，不许在法国印行该书。关于这一点我们争论了很久：我坚持认为不可能得到默许，甚至前去请求默许都是不谨慎的。而我又不同意该书以其他条件在王国内印行。但是她却坚持说在政府采取的制度下，通过审查一点问题都没有。她居然想办法让马勒赛尔卜先生改变想法转而同意了她的观点。他亲笔给我写了一封长信，为了向我表明《萨瓦助理司铎的信仰自白》在世界上任何地方都会受到称赞，在这种情形下，甚至可以获得宫廷的称赞。我非常吃惊地发现虽然这位官员向来胆小，但在这个问题上居然这么温和宽厚。因为获得他的许可我就可以合法地印行该书，我也不再反对该书在法国印刷了。然而，因为一种奇怪的顾虑，我仍然坚持该书由内奥姆在荷兰印刷，点名要内奥姆印刷还不满足，我还告诉了他我的意图。我同意将这个版本的利润给一个法国出版商。等到书印刷好以后，可以在巴黎或者其他任何地方销售，因为销售的事情与我无关。以上就是卢森堡夫人和我约定的具体条款。此后，我将手稿交给了她。

卢森堡夫人这次把她的孙女布弗莱小姐带过来了，她现在是洛赞公爵夫人。她的名字叫阿美丽，是个非常迷人的女孩。她的面庞、她的温柔、她的腼腆，散发着一股纯真的少女气息。没有什么比她的音容笑貌更亲切、有趣的了，也没有什么比它们激起的感情更加温柔、更加纯真的了。而且，她当时还是一个孩子，还不满十一岁。元帅夫人发现她太害羞了，就想尽办法激励她。她好几次允许我吻她，我就带着我惯有的那种难堪劲吻了她。这个时候换了其他人定会说出很多奉承话，但我却哑口无言地站在那儿，一头雾水。我不知道我们俩谁更害羞，是这个可怜的小姑娘呢，还是我自己。有一天，我和她在小府第的楼梯上相遇了。她是来看戴莱丝的，那时戴莱丝仍然和她的家庭教师在一起。因为不知道该对她说什么，我就请她给我一个吻，出于天真纯洁的心地，她没有拒绝。因为那天早晨，她在祖母的要求下，当着祖母的面也吻过我一次。第二天，在元帅夫人身旁阅读《爱弥儿》的时候，我正好读到了一段，里面义正词严地谴责了我自己头一天所做的事情。她觉得我对自己的审视很对，并且对此作了几句合情合理的评论，使我不禁脸红起来。我是多么咒骂自己这种令人难以置信的愚蠢行为啊，这种愚蠢行径，经常使我的蠢笨尴尬看起来像是邪恶有罪。对一个颇有头脑的人来说，他在这种情况下的愚蠢只会被看作是一种虚伪的辩解。我敢发誓，在这个极有可能招致责难的亲吻中，和其他所有的亲吻一样，我的心地和感情是和阿美丽小姐的一样纯洁无瑕的。我甚至可以发誓，如果那一刻我可以避开她的话，我肯定就这么干了。但是因为我见到她时心里太高兴了，以至于手足无措，一时间根本不知道对她说什么话才合适。一个小孩子就可以吓倒他吗？国王的权力都没有把他吓倒啊！这是怎么回事呢？这该如何是好？他该怎么办呢？因为他根本就缺乏镇定自若的气度。假若我强迫自己和遇到的人说话，我毫无例外地会说出傻话来；而我要是不说话，那我就是个愤世嫉俗的人，是一头野兽，是一头熊。假若我是个彻头彻尾的白痴，对我来说还更加有利一些；然而我所缺乏的交际才能，使我业已拥有的才能变成毁掉我的工具了。

在卢森堡夫人此次度假要结束的时候，她干了一件好事，这事儿我也有份。狄德罗鲁莽轻率，冒犯了卢森堡先生的女儿罗拜克王妃。她的保护者巴利索就用喜剧《哲学家们》来给她出气。该剧把我嘲笑了一番，狄德罗也被狠狠地揶揄了一番。作者对我更加仁慈宽厚一些，我相信不是因为他欠了我的人情想还，而是因为他知道他保护的人的父亲厚待我，害怕引起他的不快。书出版时，那时我还不认识的那个书商迪舍纳寄了一本给我。我怀疑此举是受了巴利索的指使，他们可能以为看到一个和我已经断交的人被吹毛求疵地揶揄一番，我一定会很高兴。他完全想错了。我和狄德罗断交了，但是我相信他只是软弱了一点、轻率了一点，而不是什么大奸大恶之人，故而我仍然对他怀有依恋甚至敬重之情，对我们的旧日情谊还有着一种尊敬。我相信，这份旧日情谊很长一段时间都会是很诚挚的。格里姆就完全不同了，他这个虚伪的人，从来没有爱过我，也不可能爱我。他“快意恩仇”，没有什么可以抱怨的理由，仅仅为了满足那恶毒的嫉妒，就暗中成了我最残酷的诽谤者。对我来说，他什么都不是。狄德罗将永远是我的老朋友。我的心灵多愁善感，看到这个可恨的剧本，我简直不忍卒读，还没有看完就将它还给了迪舍纳，并且附上了下面这封信：

1760 年 5 月 21 日，于蒙莫朗西

先生，浏览了您寄给我的剧本之后，发现自己被夸奖了一番，心里很是忐忑。我拒绝接受这个可怕的礼物。我坚信，您把它送给我并无意侮辱我。但是您也知道，要么就是您忘记了，我曾经很荣幸地和一个值得尊敬的人交过朋友，但在这个毁谤性的作品里，他遭到了不应有的诋毁和诬蔑。

迪舍纳把这封信拿给周围的人看。本来应该被我的这封信打动的狄德罗，居然非常生气。他的自尊心无法原谅我这种高人一等的慷慨之举，而且我听说他的妻子无论走到哪里都愤怒地攻击我，她的盛怒我一点也不生气，因为我知道，大家都把她当作一个彻头彻尾的泼妇。

这回，狄德罗发现莫莱尔神父可以为他报仇了。莫莱尔神父仿造《小先知书》，写了一个名为《梦呓》的小册子，反击巴利索。在这个小册子里，他极不谨慎地侮辱了罗拜克夫人。她的朋友们就把他关押到巴士底狱去了。她生性不爱记仇——更不用说她那个时候已经奄奄一息了——应该不会插手这件事。

达朗贝和莫莱尔关系很好，他写信让我请求卢森堡夫人设法释放他，并承诺，作为感恩，他将在《百科全书》里赞美卢森堡夫人。我的回复是这样的：

先生，没等到您给我写信，我就向卢森堡元帅夫人表达了莫莱尔

神父入狱一事给我带来的痛苦。她知道我对这件事很关心，也知道您对此事很关心。而且为了让她也对此事关注起来，其实只要让她觉得莫莱尔神父是一个有价值的人就已经足够了。再说，虽然她和元帅先生对我盛情以待，这是我一生的安慰，虽然在他们看来，您的朋友的名字就可以引导卢森堡夫妇对他额外关切了，但是我不知道在这件事情上，他们是认为怎样利用他们的地位和个人魅力所产生的影响才更合适。我甚至无法确信，您谈到的这个报复行为会像您认为的那样和罗拜克夫人有这么大的关系。即便您是对的，而当哲学家成了女人，女人成了哲学家的时候，人们也不会认为，复仇的乐趣是专属于哲学家的。

我会把您的信给卢森堡夫人看，然后把她看完信后说的话告诉您。我相信自己很了解她，因此可以提前向您保证，即使她非常乐意为释放莫莱尔神父效劳，也肯定不会接受您允诺在《百科全书》卷册里对她感恩的表示的。虽然她会以此为荣，但是她做好事，不是为了得到赞美，而是为了满足她行善的心愿。

我不遗余力地激起卢森堡夫人的热忱和怜悯，请她给那个可怜的囚犯求情，我成功地办到了这一点。她专门去了一次凡尔赛，去见圣佛罗兰丹伯爵先生。这样一来，她在蒙莫朗西呆的时间就变少了。元帅先生也不得不同时动身去卢昂，国王派他去做诺曼底总督，他必须去那里平息议会的某些骚动。下面的这封信就是卢森堡夫人动身后的第二天给我写来的（见信函集 D，第二十三号）：

星期三，于凡尔赛

卢森堡先生是昨天早晨，六点钟走的。我还不知道自己要不要随后也去。我在等待他的来信，因为他自己也不知道自己要在那儿呆多久。我已经见过圣佛罗兰丹先生，他很愿意帮助莫莱尔神父。但是他发现有一些困难，他希望下周去见国王的时候排除这些困难，我也求他们开恩不要将他流放，人们正在谈论此事：意欲将他押往南锡。先生，我目前所能做的就是这些，但是我答应你，如果事情没有按照你预期的那样安排好，我就会一直让圣佛罗兰丹先生不得安生的。现在让我告诉你吧，我不得不这么早就离开你，这真让我万分难过，但是我很高兴你对此毫不怀疑。我衷心地爱你，直到我生命的最后一刻。

几天以后，我从达朗贝处收到了以下这封信，着实让我高兴了一回（见信函集 D，第二十六号）：

> 感谢你的努力，我亲爱的哲学家，神父已经离开了巴士底狱，他的监禁不会有什么后果。他已经动身去乡间了，并和我一起向你致以深切的感谢与问候。Vale et me ama.（珍重并爱我。）

过了几天，神父也给我写来了感谢信（见信函集 D，第二十九号）。我觉得他的谢忱并非出自真心实意，这样一来，在某种程度上他似乎贬低了我给他帮忙的价值。而且过了一段时间，我发现他和达朗贝在某种程度上——我不说取代——继承了我在卢森堡夫人面前的位置。而且我失去了的恩宠和他们得到的恩宠一样多。然而我并没有把我失宠的原因怪罪到莫莱尔神父头上，我对他万分崇敬，根本不会怀疑他。至于达朗贝呢，这里我将不作评论，稍后我再谈他。

那个时候，我手头还有其他事情要处理，此事就是我给伏尔泰写最后一封信的原因——他觉得这封信对他是奇耻大辱，并对此大声叫嚷，但是他从来没有把这封信给任何人看过。我将在这里查漏补缺。

特吕布莱神父和我有一点交往，但是我很少见到他。他在 1760 年 6 月 13 日来信（见信函集 D，第十一号）告诉我，他的朋友兼通信者福尔梅先生已经在其报纸上刊出了我致伏尔泰有关里斯本灾难的信。特吕布莱神父想知道这封信怎么可能被刊登出来，并且用他诡诈的狡猾问我对于重印此信的看法，但又不表露他自己的看法。因为我极为憎恶这种奸猾之人，所以我向他表示了感谢，仿佛这感谢是他应得的。但是我的谢忱多少有点生硬。他感觉到了这一点，然而这并不妨碍他又接连给我写了几封信试图讲明情况，直到他弄清了所有他想知道的事情。

不管特吕布莱神父说什么，我完全明白，福尔梅拿到手时，这封信还没有印刷，第一个印刷此信的人就是他。我知道他是个不知廉耻的小偷，毫不客气地用别人的作品来为自己牟利。虽然他还没有胆大包天到令人震惊的程度，还没有冒冒失失地把出版了的著作上的名字换成自己的名字，转而卖书牟利。

但是，这封信的底稿是怎么到他手里去了的呢？这就是问题所在。这并不是一个难以解决的问题。但是我的头脑太简单了，居然被它难住了。尽管这封信对伏尔泰颇多溢美之词，尽管伏尔泰的行为粗鲁失礼，但如果我未经他同意就将此信印出来的话，他仍然有抱怨的理由的。所以我决定就此事给他写信。这里是我的第二封信，他没有回复，为了更加自由地发泄他那冷酷暴躁的性情，他就装作怒发冲冠、竟至被此信气疯了的样子：

1760年6月17日，于蒙莫朗西

先生，我从来没有想到自己会再次提笔给你写信。但是得知我1756年写给你的那封信在柏林出版以后，我觉得自己有责任向你解释一下我在此事上的做法，并且我将诚实无欺地履行这一义务。

这封信我确实是写给你的，我从来没有想到过将它印出来。我将信件内容有条件地给三个人每人抄了一份，他们手中的友谊的权利不允许我拒绝这类事情。而同样的权利也更不允许他们违反自己的誓言滥用我对他们的信任。这三个人，是舍农索夫人即杜宾夫人的儿媳、乌德托伯爵夫人和一个叫格里姆的德国人。舍农索夫人曾经非常希望这封信能够付印，就来征求我的同意。我告诉她说，这件事应该由你来决定。她征求你的同意，你拒绝了，这件事就再也没有被提及了。

然而，特吕布莱神父与我交情甚浅，最近却写信给我，以极为友好关切的姿态告诉我，说他收到了福尔梅先生所编报纸的样报，就是在这份报纸上他读到了那封信，上面还附有一则编者按，时间是1759年10月23日，按语说几个星期以前编者在柏林书商那儿发现了这封信，既然这个小册子不久就会遗失，根本无法恢复，他认为自己有义务在自己的报纸上为这封信开辟一个可供刊载的地方。

先生，关于此事，我就知道这么多。可以肯定的是，迄今为止，在巴黎的人们还从来没有听说过这封信。还有一件可以肯定的事情是，落入福尔梅手中的那个抄件，手稿也好，印刷稿也好，要么来自于你手里（这不大可能），或者来自我刚才提到的那三个人之一。最后，还有一件可以肯定的事情是，那两位女士不可能泄漏秘密。从我的隐居之地，不可能获得更多关于此事的消息了。如果你觉得值得的话，可以利用你的通信圈子追查到它的来源，并弄清事实真相。有了这一通信网络的帮助，追查此事对你来说并非难事。

就在这封信中，特吕布莱神父告诉我，他保留着那一期的报纸，没有经过我的同意，他绝对不会借给别人；毫无疑问，我是不会同意借出的。但是这报纸在巴黎也不是独此一份。我所希望的是，这封信不要在巴黎印刷，而且我将尽全力阻止这件事情的发生。但是假若我无法成功做到这一点，假若我能够及时得知消息并保有优先权的话，我会毫不犹豫地自己把它印刷出来的，这在我看来是一件公平而又自然的事情。

至于你对我那封信的答复呢，我没有给任何人看过。你尽可以放心，没有你的同意，我决不会把它印出来。而我也不会冒冒失失地去请求你的同意，因为我很清楚，一个人给另一个人的信，并不是为公众写的。但是如果你愿意给我写复信以供发表的话，我答应你，我会将它忠实地加在我的信后，我对此也绝对不置一词。

我不爱你，先生，你已经伤害了我，我深深地体会到了这些伤害——而我，是你的门徒和最热情的追随者。你在日内瓦找到了避难所，但是作为报答，你却毁掉了日内瓦；我在我的同胞中间从来不吝对你的赞颂，作为报答，你离间了我和我同胞的关系。就是你，使在祖国的生活对我而言简直无法忍受；就是你，使我客死他乡，剥夺了我这个垂死之人所有的慰藉，作为对我的尊敬而把我扔到了阴沟里。而你，所有你期待得到的荣誉都会终其一生跟随着你。实际上，我恨你，既然你也曾经想让我恨你。我恨你，然而我像一个更配爱你的人那样爱你，如果你希望我爱你的话。我的心中充满了对你的所有感情，现在仅存的只有无法拒绝的对你的卓越天才和诸多作品的敬仰了。我能够敬仰的，只有你的天才，而错却不在我。我永远都会对你的天才表示出它们应得的尊敬，永远都会保有这种尊敬所要求的恰当态度。再见，先生。

陷身于所有这些琐碎无谓的文学争吵中，只能使我越来越下定决心。我领受到了文学这一职业曾经给我的最大荣誉，它也让我引以为豪。孔蒂亲王先生屈尊来看了我两次，一次是在小府第，一次是在路易山。这两次来访，他都选了卢森堡夫人不在蒙莫朗西的时候，以更明显地表示，他是专程来看我一个人的。我从来没有怀疑过这一点。我把亲王的友好来访首先归功于卢森堡夫人和布弗莱夫人。但是我也从来没有怀疑过，我把他的盛情——从那以后，他从来没有中断过对我的友好表示——归因于他对我的感情，以及我本人。

因为我在路易山的房子非常小，而塔楼所处的位置很好，所以我就把亲王带到了那里。而亲王呢，对我极尽恩宠，希望我能够和他下棋。我知道他可以战胜罗伦齐骑士，而骑士的棋下得比我好多了。然而，尽管罗伦齐骑士和在场的人对我打手势、作鬼脸，但我还是假装没有看见，和亲王下了两盘，我就赢了两盘。下完棋以后，我用恭敬而不失严肃的语气说道："我的大人，我太尊敬阁下你了，以至于不能不总赢你的棋。"这位英明博学、不喜受人恭维的尊贵亲王感到——至少我是这么认为的——我是在场的惟一一个把他当作普通人看待的人，我有充分的理由相信，我这么做使他感到非常愉快。

即便他为此而感到不悦，我也不会因为意欲欺骗他而自责，也不会因为存心不领他的情而自责。当然，有时候我虽然也回报了他的盛情，但是却极不情愿，然而他却仍然向我表示盛情，表达方式也极尽风雅。过了几天，他派人给我送来一篮野味，我极为恭敬周到地接受了这份礼物。过了一段时间，他又派人给我送来了第二篮，并附上了他的一个狩猎侍官奉命写的便笺。便笺上说那篮东西是亲王殿下亲自打的。我接受了这第二篮子的野味，但是我还是给布弗莱夫人写信说，我不想再接受这样的礼物了。这封信受到了大家一致的谴责。其实，这封信的确应该受到谴责。我竟然拒绝了皇室亲王赠送给我的作为礼物的野味，而且他派人送这些东西给我时，又极为细心周到。我这样做，只表明了这是一个得意忘形、没有教养的人的粗笨无礼，而不是一个想要保持个人独立的骄傲之士的细腻感受。每当读到这封信的时候，我都会为此而羞赧不已，都会自责，为什么会写这样一封信。然而，我写《忏悔录》不是为了掩盖自己的蠢言拙行。现在这个事情使我对自己是如此的嫌恶，容不得我隐瞒。

即便我没有再发一次傻气，成为孔蒂亲王的情敌的话，我也差不多这么做了。因为那个时候，布弗莱夫人仍然是孔蒂亲王的情人，而我对此则一无所知。她经常和罗伦齐骑士来看我。那时候，她仍然年轻标致，身上洋溢着一股矫揉造作的罗马味儿；那个时候我的想法总是很浪漫，这样我们之间就有很多共同语言了。我几乎被她迷住了；我想她也看出来了。罗伦齐骑士也看出来了。至少，他对我谈到了这件事，而且从他的态度上来看，他也不打算阻止我。但这一次我是有先见之明的。而且现在是变得审慎的时候了。因为我已经五十多岁了。在《致达朗贝的信》中，我给那些胡子一大把的人开出了一系列忠告，但是我自己却没有从自己的这封信中吸取教训，因此甚为惭愧。此外，在了解了以前我所不知道的事情以后，我已经完全惊慌失措了，否则就不会胆敢冒犯我的情敌了。最后，可能因为我还没有完全摆脱对乌德托夫人的痴恋，我感觉到从那以后，没有什么东西可以代替她在我心中的位置了。我将在余生中告别爱情。写这些话的时候，一个年轻女人企图拥有我的爱情，而且刚刚已经明眸善睐向我示爱了，这种示爱却相当危险。即便她假装对我五十多岁的年纪视而不见的话，我也会有自知之明，记住自己已经年过半百了。在从这个陷阱中脱身以后，我再也不担心自己会落入这样的陷阱了，并且感到在我的余生中，我可以为自己负责。

布弗莱夫人已经觉察到了她出现时我情绪的波动，并且也看到我已经战胜了这种感情。我既不会愚蠢到、也不会自视甚高到相信，以我的年纪，还能激起她对我任何的垂爱，但是，从她与戴莱丝谈话时用到的一些措词中，我相信，我曾经在她的心中激起过一种好奇的感觉。假若事情是这样，而且假若她因为我没有满足她的好奇心而无法原谅我的话，我必须承认，我天生就软弱，并且深受其害。因为对我来说，胜利了的爱情是灾难性的，而征服式的爱情则具有更大的灾难性。

作为我这两卷书的线索的信函集就说到这里。从此以后，我只有循着我回忆的足迹前行了；然而，与我的生命中残酷时期相关的回忆是如此的生动逼真，并使我产生了如此深刻的印象，以至于当我沉浸在我灾难的海洋中的时候，我总是无法忘记我第一次触礁的细节，尽管这次走霉运的后果让我的回忆变得混乱起来了。因此，在下一卷中，我有相当的把握继续写下去。假若我继续写的话，我将不得不在黑暗中摸索着前行。

第十一章

尽管《朱丽》这本书付印很长时间了，但它直到1760年底还没有出版面世，不过已经引起了非常大的轰动。卢森堡夫人曾经在宫廷里谈论过《朱丽》，而乌德托夫人在巴黎也提起过它。后面一位女士已经获得了我的许可，请圣朗拜尔将《朱丽》按原稿朗诵给波兰国王听，国王非常乐意倾听。我也曾经将此书念给杜克洛听，他已经向法兰西学院举荐了这本书。整个巴黎都急不可待地希望这本书早日面世，以便一睹为快。圣雅克路和王宫广场的书商被频频询问该书的人弄得应接不暇。千呼万唤始出来，书终于面世了，与众不同的是，此书的成功正好契合了人们曾经寄予该书的热切期望。最早一批阅读此书的读者中有太子妃，她对卢森堡先生说这是一部令人愉悦的作品。文人们对此书褒贬不一，但是普通民众的意见是一致的，尤其是女士们，对该书及其作者如痴如醉，以至于即便是在上流社会，只要我愿意，没有人不拜倒在我的脚下。我并非信口开河，我有这方面的物证，但是这些我不愿付诸笔端的物证，无须接受任何检验就能更加坚定我的想法。令人颇感意外的是，比起在其他欧洲国家，这部作品在法国更受追捧，尽管这部书把法国人，不论男女，都写得不那么好。非常出乎我的意料，此书在瑞士乏人问津，在法国却最为成功。难道那时在法国，友谊、爱情和真理比在其他国家更受世人推崇？可以肯定的说，不是的。然而这一点是永恒不变的，即这微妙细腻的感情是情感的放逐地，一旦这些素质遭到背叛，将会促使我们珍爱我们业已失去而他人身上仍然拥有的纯洁、敏感和善良的情感。当今世界世风日下，每到一处莫不如是；道德和伦理在欧洲已经不复存在；但是如果说世界上还有一个地方存在着对道德和伦理的钟爱的话，那么巴黎就是我们一直寻找的这样一个地方。

置身于如此庞杂的偏见和做作的狂热之中，你应该明白如何才能恰当而又透彻地剖析人的内心世界，以便清理真情实感的本质特征。感受心灵的微妙需要精妙的触觉，这触觉只能从与上流社会的交流中获得，以便感受（我敢冒昧地说）这部作品中俯拾皆是的心灵的复杂多变。我毫不犹豫地将此书的第四部分与《克莱夫王妃》相提并论，并断言：倘若这两部作品仅仅在外省传阅，人们将永远认识不到其真正价值之所在。因此，这本书在宫廷最受追捧就不足为奇了。此书充满了虽然妙趣横生但却隐晦曲折的隐喻，这些隐喻无疑是会招人喜欢的，因为宫廷人士更有经验，更易于体会这些隐喻的言外之意。然而，在这里应该做进一步的区分。有一类充满机智的人不适宜阅读这类书籍。他们的精明和手腕全用在揣摩邪恶的事物上去了，而对善却视而不见。譬如说，《朱丽》是在某个我心中的国家发表的话，我敢肯定没有人会把它读完，它一问世就会夭折。

我收集了大部分与这部作品有关的来信，这些来信由那达雅克为我保管着。如果这些信件公诸于众，将会揭示很多稀奇古怪的事情和各不相同的观点，这将会显示与公众打交道是怎么一回事。这部作品最为人所忽视的特点，同时也是使它在同类作品中显得独一无二的特点，就是其主题的简单性和趣味的持久性。这种趣味集中体现在三个人物和六个章节之中，没有借助任何穿插事件、浪漫冒险或者不正当行为，不管是在人物或者情节方面都没有。狄德罗曾经盛赞理查生的作品社会情境丰富多样，人物塑造推陈出新。诚然，理查生生动地描摹出了所有场景和人物的独到特点，功勋卓著；但是说到场景和人物的数量，他和最乏味的小说家一样无法不落窠臼，即只能通过人物和奇遇来弥补他们思想的贫乏。接踵而至闻所未闻的奇遇和走马灯一样变换的新面孔，是很容易激起读者的阅读兴致的；但是不借助于奇谲的历险而想将这种兴致持续投射到相同的对象身上，无疑是非常困难的事情。而且如果说在其他条件相同的情况下，主题的单纯性更能给作品增色的话，那么理查生的小说尽管在其他很多方面都胜我一筹，但是在这一方面却是难以与我这部小说媲美的。尽管它死了——我知道它销声匿迹的原因之所在，但是它将来肯定会复活的。

我惟一的顾虑就是由于这部作品过分推崇单纯性，因而故事情节的发展可能会变得沉闷乏味，我可能无法将一种活力充盈的趣味维持到底。有一件事情打消了我的这种顾虑，这件事情本身比小说带给我的赞誉更使我高兴。

这本书是在狂欢节开始时面世的。一天，一个书贩子将这本书带给了达尔蒙王妃，那天歌剧院有一场舞会。晚饭后，王妃打扮好了，她一边等待舞会开始，一边读起这本小说来。夜半她命令备好马车，同时继续阅读。在被告知马车已经备好正等候她上车时，她没有作答。她的仆人看到她手不释卷读得忘了形，便上前告诉她已经深夜两点了。她答道："不急，不急"，然后接着阅读。过了一段时间，王妃的表停了，便揿铃询问是几点钟了。得知时间已经到了四点，她便说："现在去舞会已经太迟了，卸下车马吧。"卸妆以后，她一直阅读至天明。

自打听说这件事以后，我一直想见见达尔蒙夫人，不仅是想让她亲口告诉我此事千真万确并非谣传，而且也是因为我认为，如果有人对《朱丽》发生如此浓厚的兴趣，那么没有第六感、没有那种道德感是不可能的。现在有这种道德感的心灵太少见了。而缺乏这种道德感，任何人都不可能理解我的心灵。

使女士们对我颇有好感的原因在于她们深信：我写了我自己的历史，我是小说的英雄。这种信念是如此坚定，以至于波立尼亚克夫人致信韦尔德兰夫人，请求韦尔德兰夫人说服我让她亲睹一下朱丽的相片。所有人都深信，若非身临其境，不可能将感情表达得如此淋漓尽致；若非发自肺腑，无法将爱的激情描绘得如此光彩夺目。不必讳言，事实正如人们所料，我是在极度兴奋狂热的状态下写作这部小说的，但如果认为需要真实的对象才能产生如此心醉神迷的情境，那他们就错了。他们更想不到我为想象中的人物心驰神游到了什么地步。如果不是青年时代的一些往事和乌德托夫人的话，我所感受和描写到的爱情，就只能以神话中的仙女为对象了。我既不愿肯定也不准备驳斥一个对我而言有利的错误。从我单独排印出来的对话形式的序言中，人们就可以看出，在这一点上我把悬念留给了公众。古板的道德家们可能会说我应该毫无保留地把真相说出来。但是我认为，我没有义务非这样做不可，而且我认为如果没有必要却执意作出声明，与其说是坦率，不如说是愚蠢。

几乎与此同时，《永久和平》出版了，我在前年将该书手稿交给《世界报》一个叫巴斯提德先生的编辑。不管我愿不愿意，他总是乐此不疲地将我所有的手稿都拿到这家报纸予以刊登。巴斯提德先生和杜克洛很熟，就以杜克洛先生的名义来力图劝说我帮他充实一下《世界报》。他曾经听人提起过《朱丽》，希望我在《世界报》上连载《朱丽》和《爱弥儿》。如果他对《社会契约论》有所耳闻的话，肯定也会要我拿去发表在他的报纸上的。最后，我被他的纠缠不休弄得疲惫不堪，干脆决定将《永久和平》的摘要以十二个金路易的价格出让给了他。我们有约在先，摘要只能在他的报纸发表，但是一旦他成了手稿的主人，却觉得出版单行本更合适，这样就必须删除某些章节，以满足出版审查的要求。如果单行本附有我对这部作品的评论，那么审查时会有什么结果呢？庆幸的是，我没有向巴斯提德先生提及这篇评论，而这也不在我们的合约范围之内。这些评论至今还是尚未付印的手稿，和我的其他手稿放在一起。如果有朝一日这些评论得以出版，人们将会看到，伏尔泰在这个问题上的妙语连珠和自鸣得意，怎能不让我哑然失笑——这个可怜的人在他试图干预的政治事务上见地如何，我了解得简直是太清楚了。

正当我在社会上崭露头角、赢得女人们的宠幸的时候，我感到我在卢森堡公馆的地位大不如以前了，这不是在卢森堡先生面前——他对我的殷勤和友谊似乎还在与日俱增——而是在卢森堡夫人面前。自从我没有什么作品读给她听以后，她的房间也不再对我自由开放了；她到蒙莫朗西小住期间，虽然我经常去探访她，但除在餐桌上我几乎见不到她的身影。她甚至也不像以前那样为我预留靠她身边的座位了。既然她不再给我留位置，既然她很少和我说话，要说也只有寥寥几句，既然我也没有什么话对她说，那我就非常乐意找到另一个位子落座，这样我更加放松一些，尤其是在晚上的时候。就这样，我不知不觉地养成了坐得离元帅先生更近的习惯了。

说到“晚上”，我记得我已经说过我不在府里面用餐，这在我们交往之初的确是事实；但是因为卢森堡先生不吃午饭，他甚至没有来餐桌前坐过，其结果是，几个月以后，我对这个家已经很熟悉很随便了，但是却从来没有和他一起吃过饭。他非常友善地谈论到了这一点。这使我决定在客人不多的时候偶尔在那里用晚餐；我非常惬意地享受这一切，因为他们几乎就在露天吃午饭，并且就像俗话说的那样“屁股不沾椅子”。然而晚餐则吃得时间很长，因为客人们走了很长一段时间以后希望休息一下，舒缓一下身心；又因为卢森堡先生是个有模有样的美食家，所以晚餐很精美；还因为卢森堡夫人尽主人之谊殷勤招待，让晚餐非常愉快。如果不这样解释，人们很难理解卢森堡先生的一封来信（见信函集C，第三十六号）的结尾部分，在这封信中他告诉我，他总是怀着喜悦回想我们散步的情形，他补充道，特别是晚间一回到院子里，我们就看不到马车轮的辙痕了，因为每天早晨有人会用耙子把沙地上的车辙耙平，我想，从沙地上的辙印，就可以看出下午来了多少客人。

1761年祸不单行。自从我有幸认识了这位尊贵的先生以来，他接二连三遭遇了几次丧事的折磨。仿佛命中注定一样，灾祸要从我最亲密、同时也是我最值得亲近的人开始。第一年，他失去了妹妹，维尔罗瓦夫人；第二年，失去了女儿，罗拜克夫人；第三年，失去了他的独子蒙莫朗西公爵和孙子卢森堡伯爵，也就失去了宗族最后和惟一的继承人。表面上，他以刚强的态度忍受着所有这些丧亡所带来的痛苦；但是在他的余生中，他的内心一直在暗暗地淌血，于是身体也就一天天地垮了下来。他儿子的意外惨死使他痛彻心肺，因为当时国王刚刚恩准他的儿子并且允诺让他的孙子世袭他近卫军司令的职位。亲眼看到自己寄寓厚望的儿子生命逐渐凋谢，他怎能不悲痛欲绝。这也怪做母亲的盲目信任医生，使得这可怜的孩子把药当饭吃，最终营养不良而夭折。唉！如果他们照我说的话去做，祖孙二人一定能活到现在。我什么话没有说尽，什么话没有在给元帅的信中写尽呀。我不止一次地劝谏蒙莫朗西夫人放弃她深信不疑的医生给她儿子开具的近乎苛刻的食谱。卢森堡夫人的意见虽然和我一致，却不想侵犯她的母亲的权威。卢森堡先生软弱温和，从不想忤逆别人的意愿。波尔德被蒙莫朗西夫人奉若神明，最终断送了她的儿子的性命。当这可怜的孩子得到允许和布弗莱夫人到路易山向戴莱丝要点东西吃，将食品放进他那挨饿已久的胃里时，他是多么欢欣雀跃啊。我从心里哀叹，富贵荣华就如过眼烟云，因为我看到富甲一方、门第高贵、头衔官位加身的惟一继承人竟然像乞丐一样狼吞虎咽地吃着一小块面包。不管我再说什么或再做什么，都已经于事无补了，医生胜利了，孩子饿死了。同样是对江湖郎中的信任，既断送了孙子的性命，也为祖父掘好了坟墓，除此之外，还要加上他畏惧年老多病的暮年心境。卢森堡先生偶尔会感到他的大脚趾有点儿痛，这个毛病在蒙莫朗西犯过一次，弄得他失眠并且有点儿发烧。我斗胆说了“痛风”这个词，卢森堡夫人就呵斥了我一番。元帅先生的侍从外科医生说不是痛风，并且用止痛软膏将患处敷起来了。不幸的是，疼痛虽然减轻了，可脚痛再犯时还是无一例外地得求助于以前止过痛的老方子，如此一来，身体变虚了，病痛加重了，药量也相应增加了。卢森堡夫人最后明白过来这的确是痛风，就反对这种治标不治本的治疗方法。但是其后他们向她瞒住了病情，几年以后，卢森堡先生死于自己的过失和想要治好自己的不懈努力。但是让我们不要把这不幸预言得太早吧，在说这个不幸之前，我还有多少不幸的事情需要讲述啊！

说来奇怪，我的一言一行仿佛注定要招致卢森堡夫人的不快似的，即使是在我最诚惶诚恐地想要保有她的好感的时候也是如此。卢森堡先生一而再再而三地遭受的那些灾祸只能使我更加依恋他，因而也更依恋卢森堡夫人，因为对我而言，他们始终是如此真诚地结合在一起的，以至我对一个人的感情会自然而然地扩展到另一个人身上。元帅先生日渐衰老下去了。他经常到宫廷去，在其位就得谋其职，他要不断地狩猎，尤其是他在职三个月期间劳神费力在办公室处理公务，这一切都需要有着青年人的精力才能够办得到。我从他身上再也看不到继续维持他职位的任何力量了。既然他的官位将会分散到别人名下，他死后他的宗族就要绝后，而他辛勤劳苦了一辈子，主要目的就是为了在君王前保有恩宠以期泽被子孙，那现在已经没有什么继续下去的必要了。有一天，只有我们三个在一起，卢森堡先生抱怨起宫廷职责的劳苦，一副历尽沧桑心灰意冷的模样。我大胆地和他说起退休的事情，并向他提出当初西尼阿斯给皮洛斯的忠告。他叹了一口气，对我的忠告不置可否。但是一到单独见我的时候，卢森堡夫人就毫不留情地驳斥了我的这个忠告，可见我的这个建议让她感到惊恐。她又加上了一段我感到理由非常充分的长篇大论，这使我放弃了重提这个话题的念头：她说长期以来的宫廷生活习惯已经成为一种真正的生活需要；她说即便是现在，那也是卢森堡先生消磨时光找乐子的一个好方法；她还说，我所建议的退休对他而言，与其说是休息，不如说是放逐，在那无所事事的放逐里面，无聊厌倦、悲伤失望将会很快使他的生命萎顿下去。尽管她应该看出她已经使我心悦诚服了，尽管她相信我会信守诺言绝口不提退休的事情，但她似乎始终放不下这件事情；我记得就是从那个时候，我同元帅先生私人谈话的机会少了，即便我们有过谈话，也几乎总是被打断。

一方面，我的愚笨和霉运结合起来贬损了我在她心目中的位置，她见得最多的人们，也是她投注感情最多的人们，在这方面对我也没有什么助益。尤其是那个布弗莱神父先生，这个年轻人才华横溢，但是从未对我表示出什么好感；他不但是元帅夫人圈子里惟一对我不表示丝毫关注的人，而且我认为自己觉察到了这一点，那就是，每当他来蒙莫朗西拜访一次，我在元帅夫人心中的分量就减轻一分。当然，这一点是千真万确的，即使他本来无意排挤我，但他只要在场，就对我构成了实质性的排挤，他的优雅举止和机智谈吐足以衬托出我是如此的 spropositi，不禁自惭形秽。起初两年，他几乎没有到蒙莫朗西来过，元帅夫人对我恩宠有加，我在元帅府的地位还差强人意；但是一旦他来得频繁点儿，我就无可避免地被他抢了风头。

我很乐意钻到他的羽翼下寻求庇护，讨好他；但是我越是讨他的欢心，我的笨拙愚蠢就越妨碍我这样做。我在这方面愚笨讨好的努力以在元帅夫人面前的名誉扫地而告终，这对我博得他的欢心一点用处都没有。以他的聪明，本来可以干什么成什么，但是他无论干什么都缺乏一股全力以赴的钻劲，又喜欢消遣娱乐，因此他涉猎的形形色色的才艺颇多，但多是半生不熟一知半解。不过，正是他这些广博的艺术造诣帮助了他，如果想在上流社会出头露角，这些皮毛知识已经够用了。他会作怡情悦性的诗，信也写得不错，又能弹几下西斯特尔琴，还会涂几笔彩色蜡笔画。他曾经为卢森堡夫人画过肖像画，可想而知画得比较吓人。卢森堡夫人说那画根本不像她，事实也是如此。这个奸诈的神父问我画得像不像，我扮演了傻瓜和撒谎者的角色，违心地说画得像。我说画得像，本来是想讨好神父，这样一来，就无法讨元帅夫人的欢心了，这就让元帅夫人记在心怀。我们之间的芥蒂就更深了；至于神父，在这个小把戏得逞以后，就嘲笑我。自从经历过这件拍错马屁的事情之后，我就懂得了，若是力不从心，就不要做谄媚拍马之人。

我的才能就在于颇为勇敢而有力地向人们揭示一些不无裨益然却又不太中听的真理，我本该就此打住的。我天生不会、也学不会阿谀奉承，连说句赞叹别人的话都不会。我试图慷慨赞美别人，结果总是笨嘴拙舌弄巧成拙。但我抨击他人时，则是尖酸刻薄。两者相较，笨嘴拙舌比尖酸刻薄给我带来的麻烦更多。我会举出一个可怕的例子，这件事例的后果不仅影响了我后半生的命运，可能还将决定我身后的名誉。

卢森堡夫妇在来蒙莫朗西小住期间，舒瓦瑟尔先生有时候也到府里来吃晚餐。有一天他来时，我正好要离开元帅府。他们谈起了我，卢森堡先生告诉了他我和蒙太居先生共事的故事。舒瓦瑟尔先生为我丢开外交生涯而感到可惜，他说如果我愿意回去工作的话，他非常乐意为我打点一下。卢森堡先生把这层意思转达给我听了，我甚为感动，因为我尚未习惯接受大臣的恩宠；尽管我心意已决，但是即便我的健康状况允许我仔细考虑这件事情，我也不敢完全确定，我是不是又干了一件傻事。当其他所有激情弃我而去的时候，雄心和抱负也只是偶尔占据我的心灵，但只是这短暂的一瞬，就已经足以引起我的共鸣。舒瓦瑟尔先生的热心快肠使我对他产生了感情，也强化了我对他的敬仰，其实，他当大臣以来的一些措施早就已经赢得了我对他才华的敬重，特别是《家族协定》，我觉得这表明他是个一流的政治家。他备受我的敬重，因为我对他的前任大臣都瞧不上眼，连蓬巴杜尔夫人也不例外，我向来是把她当作首相来看待的。当我听说，有小道消息称他们两个人一山不容二虎，一个势必要排挤掉另一个时，我深信当我祈愿舒瓦瑟尔先生胜利的时候，就是在祈愿法国的光荣。我一向对蓬巴杜尔夫人怀着反感，即便是早在她掌权之前，当我在波普利尼埃尔夫人家里见到她，而且她仍被称作埃迪奥尔夫人的那个时候，也是如此。自打那时候起，我就不满她在狄德罗问题上的沉默以及她在《拉米尔的庆祝会》、《风流诗神》和《乡村占卜者》等问题上对我的态度。《乡村占卜者》根本没有为我带来与其成功相应的好处。无论在什么场合，她都绝少愿意帮我的忙。即便如此，罗伦齐骑士仍然建议我写点儿文章赞扬这位贵妇人，并且苦口婆心地告诉我这样可能对我有利。这个建议让我愤怒不已，因为他提的这个建议并不是他想出来的，我了解这个人，他本人没有什么分量，除非别人怂恿才会想点儿什么做点儿什么。我不懂得克制自己，对他这个建议的鄙夷溢于言表，因此没能瞒得过他，我对那位宫廷宠妃的反感也瞒不过任何人，我相信她知道我讨厌她。在我为舒瓦瑟尔先生的祈祷中，所有这些顾虑将我的切身利益和个人气质结合起来了。我早先对他的才能就颇感钦慕，我对他的了解仅限于他才干超群；我对他的好意心怀感激；加上在我退隐期间，对他的兴趣爱好和生活方式又完全不了解，因此我先入为主地把他看作公众和我自己的报仇者了。当时，我正在对《社会契约论》进行最后的修改润色工作，在此书中我用一个单独的章节，表达了我对几位前任大臣的看法和对才干超群光彩日渐盖过前任的现任大臣的看法。这样一来，我就违反了我信守不移的原则了。而且我没有想到的是，当你想在同一篇文章里猛烈地称颂或者斥责，又不提及对方姓名的时候，就很有必要赋予对象以合乎称颂意图的词句。这样，即使最为敏感自尊的人也不会误解这些赞颂之词的真正含义。在这个方面，我是如此愚钝地盲目自信，认为任何人都不可能产生误解。大家一会儿就知道我所言非虚了。

我的一个坏运气就是老与女作家打交道。我曾经以为在大人物圈子里，我至少可以避免这一点。事实恰恰相反，我的霉运始终如影随形。据我所知，卢森堡夫人从来没有害过这个毛病。但是布弗莱伯爵夫人却有这个毛病。她写了一个散文体悲剧，起先在孔蒂亲王的圈子里朗诵、传阅和吹捧过；博取了这么多的赞颂还不够，她还是要问我对她作品的看法，想获得我的认可和赞许。我给了作品赞许之言，但那赞许是应得的有节制的，也切合了她那出悲剧所达到的艺术水准。我也告诉她（因为我认为这样做是非常正确的），她那个题为《豪迈的奴隶》的剧本和一个名不见经传的英国剧本很相似，这个剧本已经有法文译本了，名为《奥罗诺哥》。布弗莱夫人对我的看法表示感谢，但是她向我保证，她的剧本和我所说的那个英国剧本没有丝毫相似之处。除了她一个人，我从来没有对任何人提起过她的剽窃之举，我不过是尽了一下她拉着我尽的义务罢了。但是从那时起，我就老是想到吉尔·布拉斯在布道的大主教前履行自己的义务时的情景和后果。

不用说布弗莱神父（他不喜欢我）和布弗莱夫人（我冒犯了她，这是女人们和作家们永远都无法原谅的），元帅夫人的其他朋友，也似乎没有一个人愿意和我交朋友的。这里我不得不提埃诺议长，他既是作家队伍的一员，当然免不了有作家身上固有的恶习；还有迪芳德夫人和莱斯彼纳斯小姐，她们俩和伏尔泰、达朗贝交情甚笃，后者最后与达朗贝同居了——当然，他们的"同居"是非常正派体面的，任何人都不会认为我别有所指。一开始，我曾经对迪芳德夫人非常关心，她双目失明，因此我很同情她；但是她的生活方式与我的大相径庭，她起床的时间差不多恰好就是我就寝的时间；她过分热爱那些显示出少许机趣的作品，对之或吹捧或责骂，她对最不齿于人的作品都给予了很高的重视；她专横粗暴的发言仿如圣谕；她对事物怀着先入为主的偏见，不管是偏爱有加还是比较反感，她谈起来总是歇斯底里；她那令人难以置信的偏见，无法克制的固执，她被偏激满溢的论断的顽冥不化激起了毫无理性的热情——所有这些很快就让我感到沮丧，我不想再关心她了。我怠慢了她，她也觉察到了这一点，这足以让她火冒三丈；而且，尽管我强烈地感受到，一个女人具有这种性格是多么地令人望而却步，然而比较起来，与其遭受她的友谊的祸害，我宁愿挨她憎恶的鞭子。

仿佛我在卢森堡夫人的圈子里朋友少得可怜还不够似的，我在她家也树了敌——当然仇敌只有一个，但是就我现在所处的情形来看，一个敌人就等于一百个。这个仇敌当然不是她的兄弟维尔罗瓦公爵先生，他不光来看过我，还多次邀请我前往维尔罗瓦；由于我极为礼貌委婉地回答了他的邀请，他就把这一模棱两可的回答看作是我答应了，他邀请卢森堡夫妇去小住半个月，并提出让我随他们夫妇一同前往。因为那时我的健康状况要求特别的照顾，到别处去住对我的健康来说比较危险，因此我请卢森堡先生向维尔罗瓦公爵先生转达了我的歉意。从他的复信（见信函集D，第三号）就可以看出，他是非常仁厚殷勤地在张罗这件事情，维尔罗瓦公爵先生对我的厚待丝毫没有改变。他的侄子兼继承人——年轻的维尔罗瓦侯爵待我就没有他伯父的那份殷勤劲儿了。当然我必须承认，我也没有像敬仰他伯父那样来敬仰他。我受不了他身上那股子轻浮劲儿，而且我对他的冷淡也招致了他的反感。一天晚上，他在用餐时不怀好意地侮辱了我一回；我表现得很糟糕，因为我是一个愚钝之极的人，面对如此羞辱根本无法镇定自若泰然处之，相反，当我生气时，我拥有的那些机智非但没有强化，反而被愤怒掷到九霄云外去了。我有一条狗，别人在狗很小的时候将它送给了我，那时候，也几乎就是我刚住进退隐庐的时候，我给它起名叫“公爵”。这条狗尽管长得不好看，但是这个品种比较少见，我把它当作我的朋友和伙伴，而且它比大部分以朋友自居的人更值得称作朋友。因为它颇通人性、颇有爱心，我和它又彼此依恋，所以它在蒙莫朗西府里颇受欢迎；但是由于我一时愚蠢的胆怯，我把狗改名为“土耳其”了，其实当时有很多狗都取名为“公爵”，没见一个公爵因为忌讳其名而大发雷霆的。维尔罗瓦侯爵知道我把狗名改了，便接着追问我改名的原委，我不得不当众把我所做的事情讲述了一番。在这个事情里，“公爵”这个称呼之所以有不恭之意，不是因为我给狗起名叫“公爵”，而是因为后来我把这个名字改了。更为糟糕的是，在座的有好几位公爵，其中，卢森堡先生是公爵，他的儿子是公爵，维尔罗瓦侯爵先生当时是准公爵，而且现在已经是公爵了，他居心叵测地享受着他给我造成的难堪境地以及这种境地的后果。第二天有人告诉我，他的伯母严厉斥责了他。可想而知，假如他真的为此挨了伯母一顿训斥，我和他之间会产生更深的芥蒂。

无论是在卢森堡公馆还是在老圣堂区，只有罗伦齐骑士庇护着我，帮我对付这所有的敌人。他自称是我的朋友，但是与达朗贝的关系更为密切，正是由于有达朗贝的保护，他才得以在女士们面前充起了大几何学家。此外，与其说他向布弗莱夫人大献殷勤，不如说他是布弗莱夫人掌中驯服的小猫，甘愿受她的摆布，而布弗莱夫人本身也与达朗贝相交甚笃；罗伦齐骑士靠她生存，事事投她所好。因此，在外界没有什么人和事来给我的笨拙作一个平衡，使我在卢森堡夫人面前不失宠，而且所有接近她的人都仿佛联合起来贬损我在她心目中的形象。然而，除了表示乐意张罗《爱弥儿》的出版一事，她还对我表示出了一种额外的喜爱和关切，这使我相信，即使她已经对我感到厌倦，但她仍然保有着，而且将永远保有着她曾向我保证过的那份友谊，直到我生命的最后一刻。

一旦我认为可以确认她对我的友谊之后，我便开始向她敞开心扉，向她忏悔我所有的过错。这是我在结交朋友方面不可亵渎的原则，即向朋友们展示真实的自我，既不显得比实际更好些，也不显得更坏些。我向她坦白了自己和戴莱丝的关系以及这关系所产生的一系列后果，连我如何处理我的那几个孩子的情况，我都一五一十地告诉了她。她友好地倾听了我的这些忏悔，甚至过分友好了，免去了我本应受到的谴责。使我尤为感动的是，她对戴莱丝关怀备至：送她一些小礼物，邀请她来玩，请她去看她，对她极尽厚爱，并经常当着宾客的面亲吻她。这个可怜的女子喜不自胜，对卢森堡夫人充满了欢欣与感恩的情感，我当然和戴莱丝有着同样的感受。卢森堡先生和夫人通过对戴莱丝的厚爱，折射出了他们对我的深情厚谊，这比他们直接施与我的关怀还更让我深受感动。

在相当长一段时间里，情况都是如前所述的那样，但是最后元帅夫人将这份厚爱发展到无以复加的地步，那就是希望领养我的一个孩子。知道我在老大的襁褓里放过一个字母组合图案，她就找我要那图案，我告诉了她。为了找到我的孩子，她派了自己的心腹仆人拉·罗什去多方调查寻访，尽管时间才过去了十二年或者十四年而已，拉·罗什的调查却一无所获；如果育婴堂的记录保存得好，或者调查进行得足够严格细致的话，发现那个认子标记应该是比较容易的一件事情。不管怎么样，拉·罗什调查领养失败一事固然使我比较恼火，但假如我从这个孩子的出生之日起就关注着他（她）的成长历程，我会更加不快的。如果有好事者知晓寻儿一事的线索，随便拉来一个小孩说是我的，我就会怀疑，这孩子果真是我的吗，他（她）是不是冒名顶替的，那我的心灵就会因为充满疑虑而备受折磨，我也就无法领略到真情实感自然流露的全部美妙之处了，而要维系这种美好感情并让它鲜活真实，就必须使两代人朝夕相处、日久生情，至少在孩子的孩提时代应该如此。孩子长期不在膝下，而且这孩子你又不认识，这会削弱并将最终破坏为人父的情感；你不可能像疼爱在你身边长大的孩子那样去疼爱一个自小就寄养在外的孩子。上面这番前思后想，可能会减轻我所犯错误的后果，但是就其错误发生的根源而言，我的过错无疑是罪加一等。

对这件事情评说一下也许是有所助益的：通过戴莱丝的引见，那个拉·罗什认识了勒·瓦瑟太太。格里姆还把她养在德耶，与舍弗莱特毗邻，离蒙莫朗西只有几步路。离开蒙莫朗西以后，我就是通过拉·罗什先生继续给这个女人送钱去的，我对她的资助从来就没有中断过，而且我相信他也经常受元帅夫人之托送些小礼物给她。因此尽管她老是抱怨这抱怨那，但还不至于穷到遭人怜悯的境地。至于格里姆，由于我讨厌谈到我自觉应当痛恨的人，我只有在实在绕不过去这个名字的时候才同卢森堡夫人谈起他，但是她有好几次都主动提到了格里姆的名字，却不告诉我她对他的看法，而且始终不让我知道她是否认识这个男人。当你对你所爱的人持保留态度，而他们却对你非常坦白毫无保留的时候，我觉得这种状态不对我的口味，尤其是在与他们相关的事情上面，因而我有时候也会想起她对我所持有的保留态度，当然这种念头也只是在有其他事情发生的时候自然引发的附带的思考而已。

把《爱弥儿》交给卢森堡夫人以后，我等待了很长一段时间，都没有听闻关于该书的任何消息，最后我听说该书出版事宜已经与书商迪舍纳在巴黎谈妥，并通过他同阿姆斯特丹书商谈妥了。卢森堡夫人将我要跟书商迪舍纳签的一式两份出版合同寄给我请我签字。我认出那笔迹是马勒赛尔卜先生不亲笔写信时请来替他代笔的那个人的笔迹。我深信不疑地认为我的合同通过了这位地方官员的核准，因而满怀信心地签好了合同。我交手稿，迪舍纳出六千法郎，首付一半，而且我记得，好像有一百或两百部书。签好了那两份合同，我按照卢森堡夫人的意思将两份合同书寄给了她，她给了迪舍纳一份，另一份自己留着，并未寄还给我，自那以后我再也没有见过这纸合约了。

尽管和卢森堡夫妇的结识打搅了我的一系列退隐计划，但这却并未使我完全放弃他们。即使当我在元帅夫人面前最得宠的时候，我也始终感到，只有我对元帅夫人和她丈夫的那份真情，才使得我得以忍受他们夫妇的社交圈子；我全部的困难，就是将这种感情与更合适我口味并较少损害我身体健康的生活方式结合起来，然而长久的拘束和冗长的晚餐还是持续损害着我的健康，尽管他们使出浑身解数来照顾我的身体；在这方面，正像在其他所有事情上一样，他们给予了我无微不至的关怀。譬如，每天晚上，晚餐之后，习惯于早睡的元帅先生，总是早早就叫我就寝，不管我乐意不乐意，这样我也可以和他一样早点睡了。由于不为我所知的原因，就在灾祸降临到我头上之前，元帅先生不再对我表示出他的关心了。

其实，早在我觉察到元帅夫人对我冷淡下来之前，我就忧心忡忡地想执行我既定的计划，以免我受到冷落。但是我却一筹莫展，我不得不等到《爱弥儿》的合同签订好，与此同时我对《社会契约论》作了最后的修改润色，然后把书稿作价一千法郎寄给了雷伊，他如数付给了我书款。也许我不应该漏掉一个与该手稿有关的一个小细节。我将书稿仔细封好寄给迪瓦赞，他是伏沃地区的牧师兼荷兰教堂的神父。他有时候来看我，也和雷伊相熟，便将书稿转给了雷伊。这部书稿写得非常小，还塞不满他的口袋。可是当他过关卡时，书稿不知怎么落到了官员手中，他们打开书稿并检查了一番，当雷伊以大使的身份索要书稿时，他们便把书稿还给了他。这给了他亲自阅读此书的机会。他一派真诚地告诉了我这件事情，并对我的书稿大加赞赏，并无责备或者批判之词。但毫无疑问，他在等待有朝一日这本书正式出版，他好趁机行使为基督教报仇雪恨的权利。他给我写信说明的情况主要就是如上所述的那些，关于此事我所知道的情况也就这么多。

除了这两本书和我时不时提笔写写的《音乐辞典》以外，我还有其他几部次要一点的作品，都已经收尾了，随时可以出版，我准备把它们印出来，出单行本或者放在全集里面都无不可，如果我有一天出全集的话。这些作品大部分还是手稿，放在贝鲁手里，其中最重要的一本是《语言起源论》，这部书稿我请马勒赛尔卜先生和罗伦齐骑士看过，骑士先生说此书写得不错。我算了一下，所有这些作品的收入加起来，再扣除必需的开支，我应该还有一笔八千到一万法郎的进账，我打算把这笔钱存起来作为我和戴莱丝的终身年金。然后，我们俩一同到外省的某个角落过着安宁的生活，不再让公众为我劳神，而且我也不为别的什么事情劳神，只需平静地安度余生就行了，这样，我就可以一边在我生活的周遭力所能及地行善，一边在闲暇时写我酝酿已久的回忆录。

这就是我的计划，对我来说，这个计划实施起来之所以比较容易，得归功于雷伊的慷慨大方，这是我不应该避而不谈的。这个书商，在巴黎我听到过许多关于他的不利传言，但是在所有与我发生文事关系的书商中，他是有充足理由让我感到满意的一位。当然我们常常为我著作的出版问题发生争吵；他粗心大意，我也莽撞草率。但是在金钱问题和与金钱相关的问题上，尽管我同他从来没有签订过什么正式的合同，但是我总觉得他办事严肃认真值得信赖。他也是惟一一个公开承认因我而致富的人；他常常跟我说，他能发财，全是靠我，他愿意和我分享他的财富。由于不能直接向我报恩，他就希望至少通过我的“女总督”来证明他对我的感激，为她提供了一笔三百法郎的年金，并在证书上面写明此举是为了报答我给他带来的好处。这件事情只有他和我知道，绝对没有虚张声势的成分，也不含半点矫揉造作。而且如果不是我首先向外人说起，他们永远都不可能知道这件事。他的这番举动使我深受感动，自打这件事情以后，我对他产生了真诚而深厚的感情。这件事过去后不久，他请我做他的一个孩子的教父，我同意了；然而我仍然存有一个遗憾，那就是我被迫陷入这种状况中，我被剥夺了使自己的情感对我的教女及其父母有所助益的机会。我这是怎么了？为什么对这位书商的微不足道的慷慨之举感激不尽，而面对那么多名流显贵大张旗鼓的主动施恩无动于衷呢？他们这些有权有势的家伙们四处宣扬他们对我如何厚爱有加，但是我却从来没有感觉到他们的“深情厚意”。造成这样一副局面，到底是他们的错，还是我的错？是因为他们只开空头支票虚荣矜夸呢，还是我忘恩负义不知好歹呢？旁观者清，我要请明眼的读者来帮我考虑和决断一下这件事孰是孰非。我就不作评论了。

这份年金对于戴莱丝来说是一个很大的帮助，也大大减轻了我的经济负担。但是我自己从来没有想过要从中得到什么直接的好处，更不用说别人送给她的任何别的礼物了，她总是自己全权处理所收到的礼物，我从来不干涉。我为她保管钱财，总是一五一十地将收入支出记下明细账，从来不把她的私房钱充作我俩的公共开支，即使在她比我富有的时候也是如此。我曾对她说：“我的就是你的，你的还是你的。”在钱财问题上，我总是奉行着这个我屡次向她提到的准则。有些人竟然卑鄙无耻到这样的地步，指责我借戴莱丝之手变相接受我曾亲自拒绝了的东西，他们无异于以小人之心度君子之腹，而且他们根本就不了解我的真正为人。我很乐意和她一起吃她挣回来的面包，但是绝不吃别人给她的面包。在这一点上，我可以请她作证，不仅是现在还是将来都如此，而且有朝一日我按自然规律寿终正寝了，她还是可以为我作证的。不幸的是，她在生活的各个方面都不知节俭行事，疏于理财，大手大脚，这倒不是由于爱慕虚荣或者讲究吃穿，而仅仅是纯粹的大大咧咧、没有经济头脑使然。在这个世界上没有完美无缺的人，既然她卓越的素质必须要有所抵消，那么我倒宁愿她有一些缺点，而不愿她身染陋习，尽管这些缺点有时候对我们俩造成的损害要更大一些。我为她的生活操够了心，就像当年为妈妈操心一样，我想为她攒点钱，以便作为她以后的生活来源。但是我赚多少她们就花多少。尽管戴莱丝不甚讲究穿戴，总是一副朴素打扮，但是雷伊的年金总是不够花，每年我都不得不拿钱补贴她的用度。她和我天生都做不了有钱人，而我当然并未把这一点看作我们的种种不幸之一。

《社会契约论》印行得很迅速。《爱弥儿》的进展却比较缓慢。我只得等待《爱弥儿》的出版，以便执行我的退隐计划。迪舍纳时不时就会寄给我一些样本来供我选择；但当我选好了样本，他也不照本印刷，而是继续给我寄新的样本来。当我们最后就尺寸和字样达成一致意见后，而且他已经印出几页的时候，只要我在样张上作一点点改动，他立即就将所有的印刷过程推倒重新来过。这种情形持续了六个月之久，出版一事跟第一天比较起来简直毫无进展。就在试印不断进行的过程中，我发现该书不止在法国印刷，也在荷兰同步印刷，而且将会是两个不同的版本。对此，我又有什么办法呢？这部手稿已经不是我的了。我根本没有插手出版法国版的事，而且一直对此事持反对态度。但是，最后话又说回来，既然书的出版已是既成事实，不管我喜欢不喜欢，它还是做了别的版本的模子，我就迫不得已要看看此书和此书的校样，免得我的书被人删来改去的，失去了原有的韵味。此外，这本书的印行是得到地方官员完全认可的，印行工作也几乎可以说是在他的引导下进行的；他常常写信给我，并且曾经为此亲自来看望我。他是在哪种情况下来看我的呢，我接下来就要谈到这件事。

当迪舍纳的进展慢得跟乌龟差不多的时候，受到他牵制的内奥姆进展得就更慢了。样张陆续印出来以后，并没有及时送到他的手中。他认为迪舍纳——也就是替他干活的居伊——行为不轨别有用心；而且眼见着合同没有履行，他便一封接一封地写信给我，信中充满抱怨和牢骚之词，我对此也束手无策，因为我也不轻松。内奥姆的朋友盖兰那个时候经常来看我，也常常和我聊起这本书，但是始终采取很大的保留态度。他听说此书正在法国印行，并且地方官员对此书的印行产生了浓厚的兴趣，但是具体情况他是不甚了解的。他对我深表同情，因为这部书可能会给我带来麻烦，同时他也似乎在责备我的掉以轻心疏忽大意，但是却从来没有告诉过我，不说我的不谨慎表现在什么地方。他说话总是模棱两可、闪烁其辞；他似乎总是在套我的话。那个时候，我问心无愧坦坦荡荡，而且还嘲笑他谈到这个问题时所使用的谨小慎微、神秘兮兮的语调，我把这看作是他因常常和中央及地方官员打交道而染上的习惯。我确信，此书的思想内容都合乎规定，并且深信此书不仅受到地方官员的认可和保护，甚至值得并且也获得了政府部门的厚爱。我庆幸自己有勇气把事情安排得妥妥帖帖，而且笑话那些似乎为我担忧的胆小怯懦的朋友们，杜克洛就是其中之一。我承认，如果我对这部作品的有益性和它的赞助人的节操缺乏应有的信任的话，那么我对他的正直诚实和真知灼见的信任可能早就把我吓倒了。当《爱弥儿》付印时，他受巴伊之托跑来看我，跟我谈起这本书。我给他读了《萨瓦助理司铎的信仰自白》。他一言不发地听着我朗读，而且在我看来，他听得乐此不疲。我读完以后，他对我说："什么？公民！这就是正在巴黎出版的那本书的一部分。""是的，"我回答，"这部书本应遵照国王之令在卢浮宫里印刷的。""我承认这一点，"他说，"但请您高抬贵手不要对任何人说您对我朗读过这个段落。"他那令人奇怪的表达方式使我颇感意外，但是并没有吓到我。我知道杜克洛经常和马勒赛尔卜先生见面。我难以理解他们在同一件事情上的态度怎么会如此大相径庭。

我在蒙莫朗西住了四年，但我的身体却一天都没有好过。尽管空气很新鲜，但水质很差，而且这极有可能就是加剧我的痼疾的原因之一。大约在 1761 年深秋时节，我大病了一场，整个冬天，我都是在无休止的病痛中度过的。无数的心理上的忧患加剧了我肉体上的痛苦。一段时间以来，莫可名状的忧愁苦闷的不祥预感一直困扰着我，尽管我不知道这些愁闷从何而来。我收到过一些奇怪的匿名信，甚至一些署了名的奇奇怪怪的信。一封是巴黎议会的一名议员写来的，他不满当前的政治体制，并认为今后不会有什么改观，想向我咨询如果想逃避现实的话，是选择日内瓦好还是瑞士好，以便他和家人可以一起去隐居。另一封出自某议院主席某先生之手，他建议我为这个议院起草一份备忘录和一些进谏忠言，该议院当时与宫廷闹僵了。他同时会提供我可能会用到的所有材料和文件。

当我生病的时候，我总是非常容易就大发脾气。恰好此时我收到了这些莫名其妙的来信，我的回信应验了"病中火气大"这句话，我断然拒绝了他们要求我做的所有事情。我当然不会因为拒绝了他们而自责，因为这些信很有可能是我的仇敌们给我设的圈套，而且他们叫我做的事情与我做人处世的原则背道而驰，这些原则我永远都不愿违背。本来我可以拒绝得委婉一点礼貌一点的，但是我的决断十分鲁莽，这就是我的错了。

以上提到的两封信收入了我的信函集里面。那位参议员的来信并未使我感到非常诧异，因为和他以及其他很多人都一样，我认为腐朽的体制正在威胁着法国，体制正在迅速解体。那场不幸的战争灾难全是政府的过错；令人难以置信的财政方面的混乱；行政管理上两三个大臣掌权，他们公开对抗，长期政见不一，尔虞我诈，正严重败坏着整个王国；人民和各个阶层普遍的不满情绪；一个顽冥不化的女人的执拗，根本没有头脑，就算有点儿头脑的话，也出于自己的个人好恶，几乎总是排除最有才干的异己分子，在重要的官位上安插投其所好的庸才——所有这些，都使那位议员、使公众和我的预感植根于现实的土壤，所以我们的忧虑是事出有因的。这些不祥的预感很多时候都让我左右为难，不知道究竟该不该在似乎威胁着国家的种种动乱爆发之前跑到国外为自己寻找一个避难所。但是因为我凡事不喜出头，加上性格恬淡，我相信，在我隐居期间，没有什么风暴会席卷到我。我惟一的遗憾是，当事情发展到这个地步的时候，卢森堡先生却临危受命，接受了使他与政府产生龃龉的任务。我本来希望他能够为自己准备一条后路，以便应对紧急情况，以防这个庞大的机器有朝一日突然轰然倒塌摔得粉碎。在当时的情形下人们的这种担心是情有可原的，现在对于我来说，这一点仍然是毫无疑问的，如果执政权没有完全落到一个人手里的话，法国专制王朝现在将会陷入绝境。

当我的身体状况越来越糟糕的时候，《爱弥儿》的出版进展得更慢了，到最后几乎停滞下来了。我无从知晓出版事宜搁浅的原因之所在。居伊既不屈尊给我写信，也不回复我的信。我无法从任何人那里得到一丁点儿消息，也不知道发生了什么事情，因为当时马勒赛尔卜先生呆在乡下。从来没有什么不幸能够让我一蹶不振、惊慌失措，只要我知道具体发生了什么事情。我生来就憎恨黑暗，我讨厌黑暗的阴森面孔，神秘总是让我忐忑不安，它与我坦率到粗鲁放肆的性情格格不入。我觉得，在白天，最丑陋邪恶的怪物都不会让我感到特别害怕；但是如果在晚上让我看一个蒙着白色布单的人形，我却会非常害怕。因此，我的想象力被这冗长的沉寂煽动，它们不停地在我面前变幻出各种各样的幻影来。我心里越是想着自己的最后一本书应是最好的一部著作，就越是钻牛角尖，想弄清楚是什么让出版事宜一拖再拖；而且因为我凡事爱走极端，明明只是出版受阻，但我竟以为该书被取消了。同时，因为我又想象不出出版不顺的真正原因或者事情的原委，所以我被心中残酷的忐忑不安折磨得痛苦不堪。我一封接一封地写信给居伊，给马勒赛尔卜先生，给卢森堡夫人；因为我的信都石沉大海，或者说我越是盼信心切，信就越是不来，因此我过得浑浑噩噩、失魂落魄。不幸的是，几乎就在这个时候，我听说格里非神父曾经谈到《爱弥儿》，并且曾经引用过里面的一些段落。听闻此事，我的脑子里面如同划过了一道闪电，揭开了整个邪恶的面纱。我非常清楚地满有把握地看见了那神秘兮兮的过程，仿佛上天已经告诉我了真相。我想象着，那些耶稣会教士们在我谈论他们的学院时的那种轻蔑语气面前勃然大怒，于是抢走了我的作品；正是他们阻碍了这部书的出版；他们通过朋友盖兰知道了我目前的病情，认为我大去之期不远矣，我也深信我命不久矣，他们想要拖到我死后再出版《爱弥儿》，这样就可以删改我的作品，将一些他们所持的观点强加到我的头上，从而达到其不可告人的目的。令人惊奇的是，接踵而来的事实和数不清的情景一齐涌进我的脑海，我的这一疯狂想象竟被这些事实和情景证实了，极有可能是真的——事情何止如此，它们在向我证明并显示，我的想象竟然是真的、实有其事的。我知道盖兰已经完全投身于耶稣会教士了。我将盖兰所有对我友好的表示看作是耶稣会教士的阴谋。我相信，正是有了他们的教唆，盖兰才来催着我与内奥姆签订出版协约的；我认为正是通过内奥姆，他们才得到了我作品的头几页，随后他们千方百计地阻止迪舍纳印刷该书，并且很有可能抢走了我的书稿，以便随心所欲地大肆修改，等我死后按照他们的意思来出版此书。我总有这样的一种感觉，尽管贝蒂埃神父对我频频示好，但是耶稣会教士们对我是一丁点儿都不喜欢的。这不仅仅因为我是百科全书派，而且还因为我的观点，和我的同行不信上帝的观点比较起来，更加与他们的教义准则和控制力相左，既然无神论和有神论的狂热分子，都有着相同的不宽容的特点，那么他们是有可能和睦相处的，就像他们过去在中国问题上的态度一样，也如同他们现在反对我时一样。而合乎理性的有道德感的宗教，让人类远离是非感的纠缠，因而剥夺了那些渴望得到这一力量的人的力量根源。我知道，大臣同耶稣会教士们交往十分密切；我害怕其子被父亲吓得胆小如鼠，被迫把在自己手中得到保存和保护的手稿交给他们。我甚至想象，我可以看到，由于看了头两卷，他们对我不满意，因而用欺骗手段促成了马勒赛尔卜先生对该书撒手不管，其后果就是出于微不足道的原因要对开头两卷进行修改。而剩下的两卷，大家都知道的，充满了激烈言辞和敏感言论，如果依照开头两卷那样来审查，剩下的两卷也必须完全重写才行。除此之外，我也清楚——这一点马勒赛尔卜先生也亲口告诉过我——格拉夫神父被指定负责这个版本的检查，格拉夫神父本身也是耶稣会教士们的拥护者。我看到，耶稣会教士无孔不入，到处都是他们的人，但是令我想不到的是，他们的死期已经不远了；为了保护自己、作垂死挣扎，他们完全可以干点儿别的事情，而不是苦苦设计阻挠一本与他们没有什么关系的书的出版。然而，我说“令我想不到”是不符合实际情况的，我当然想到了这一点。马勒赛尔卜先生本人听说了我的狂热想法，甚至也专门来驳斥我反对我。但是，由于倾向于相信另一个突如其来的念头，且对事态发展根本不清楚，从而对秘密和重要事件的判断自然不够准确，因此我拒绝相信耶稣会教士们身处绝境，我把这类流言看作是一种稳住对手的骗术。他们在过去的日子里，干什么成什么，他们的力量大得令人恐惧，因此我为议会的堕落衰退而叹息不已。我知道，舒瓦瑟尔先生曾经向耶稣会教士们学习过，我也知道，蓬巴杜尔夫人跟耶稣会教士们的关系也不赖，我也知道他们跟宠臣和高官勾结在一起，这样一来，对付他们共同的敌人就方便得多了。宫廷似乎也是睁一只眼闭一只眼，我相信，如果有一天耶稣会遭到严重挫折的话，议会也不会强大到足以给予耶稣会什么打击。我从宫廷方面的按兵不动袖手旁观中，看出了他们胜利的根据和胜利的征兆。简而言之，从当时所有的传言中，我看到的只是他们的佯装和奸猾，我相信他们处于一种安全的情状之下，他们有时间去把事情处理好，我深信他们不久就会冲击冉森教派，威胁议会，粉碎百科全书派，粉碎所有不臣服于他们的人。我也相信这一点，只有当他们将我的书变成了他们手中的武器、利用我的名字去欺骗我的读者的时候，才会允许我的那本书出版。

我已经感到我在死亡线上挣扎。我搞不懂我汪洋恣肆的模糊念头怎么没有给予我致命的打击，一想到我最好最有价值的一部书会玷污我身后的名声，我就惊惶不已。我从来没有如此地恐惧过死亡的到来；而且我相信，如果我那时就一命呜呼了，我简直是死不瞑目呀。即使在今天这个时候，当我目睹最阴险、最奸诈的阴谋正在毫无遮拦地付诸实施，我也会比先前死得平静得多，因为我相信我在作品中留下了对我有利的证据，这证据迟早都将戳穿那些人的阴谋。

【1762】

马勒赛尔卜先生亲眼目睹了我的焦虑不安，倾听了我的倾诉宣泄之词，尽力地安慰我，这证明了他的确是宅心仁厚。卢森堡夫人也加入了这一工作中来，她多次去看迪舍纳，打探出版的事情进展到哪一步了。最后书又恢复印刷，并且进展得格外顺利；我还是不明白当初此书的印刷停滞不前的原因。马勒赛尔卜先生不辞劳苦到蒙莫朗西来，想平息我的焦虑，他成功地做到了这一点。我对他的正直非常信任，他帮我克服了我那可怜脑袋的惊慌失措，用他独有的方式使我的心绪有效地平静了下来。他在见了我忧心如焚、疯疯癫癫的样子之后，自然而然会觉得我的境况非常值得同情。他周围那帮哲学家的谈话在他的耳际一遍遍回旋，一次次重复。当我到退隐庐去住的时候，他们公开宣称，就像我已经说过的那样，我在那里是不会常住的。当他们看到我坚持住在那里，他们又说我这样做是出于固执、自尊和羞于屈服于外界舆论，又说我在那里烦闷得要死，过得非常不开心。马勒赛尔卜先生相信了这种谣传，给我写来信件。我如此尊敬的一个人竟然会有这样的错误想法，我喟叹不已，一连给马勒赛尔卜先生写了四封信，信中向他解释我这样做的真正原因；同时我真实地向他描述了我的志趣、我的性格以及我内心的所有真实想法。这四封信我没有打草稿，写得畅快急切，想到哪里写到哪里，甚至写完以后都没有通读过一遍，这四封信可能是我一生中写得最为轻松的“作品”了，同时令人惊奇的是，那是我人生中生理上遭受病痛折磨、心理上极为沮丧的时期。我感到疲惫不堪，一想到我在那些正直的值得尊敬的人们心中留下的竟是如此不公正的看法，我就感叹不已；我试图用在这四封信中勾勒出的轮廓在某种程度上代替我已经计划动笔的那本回忆录。这些来信令马勒赛尔卜先生非常高兴，并把这些信在巴黎拿给别人看。它们在某种程度上可以说是我在此要详细叙述的东西的概要，而且正是因为这个原因，它们才值得保留下来。这几封信的抄件，他应我的请求在几年之后寄给了我，这些信也在我的信函集里面保存着。

从那以后，在我一步一步接近死神的时候，惟一一个困扰着我的问题就是我非常需要一个我可以信赖的懂文学的朋友，让我可以把我的手稿托付给他，在我死后，他也可以甄别和整理我的手稿。到日内瓦旅行之后，我跟穆尔杜交上了朋友；我非常喜欢这个年轻人，我很希望他能陪我走完人生最后一程。我告诉了他我的愿望，我相信如果他并非事务缠身，而他的家庭也允许他来的话，出于人道主义他会很乐意为我效劳的。被剥夺了这种慰藉，我希望至少向他表示出我对他的信任，就把尚未出版的《萨瓦助理司铎的信仰自白》这本书寄给了他。他读了之后非常高兴；但是从他回信里的语气看，他似乎并没有感受到我对他的信任，而那个时候我一直等待的就是这份信任。他表示自己很希望得到别人手中没有的我的几篇东西。我把《悼奥尔良公爵》寄给了他，这篇悼词是我替达尔蒂神父写的，但是他并没有宣读这份悼词，因为出人意料的是，那天受委托前往宣读悼词的人不是他。

印刷工作一旦恢复以后，就一直平静地继续着，直到全部印完；我注意到一个奇怪的现象，那就是人们对头两卷的要求非常苛刻，对后两卷，没有挑一个字的毛病就通过了，没有任何反对意见是针对后两卷的内容的。然而，我仍然感到了一种不安，我不得不提一下。被耶稣会教士们吓了一顿之后，我又对冉森派和哲学家们产生了恐惧。我憎恨所有与党、派、集团有关的东西，也不希望从任何“党内人士”那里获得什么好评。那些“长舌妇”们前段时间离开了他们的住所，搬到离我很近的地方来住。从他们的房间里，可以很容易地爬上隔开他们的花园和我的塔楼的那堵矮墙。我把这个塔楼当作了我的书房，里面有一个书桌，堆满了《爱弥儿》和《社会契约论》的校样和清样。清样寄过来时我一边收一边装订，因此在它们印刷出来很久以前，我就有了全套的成书。我的考虑不周、粗心大意和我对马达斯先生的信任，使得我总是在晚上的时候忘记了把塔楼的门锁住。我住的地方是他花园里的一部分。早晨的时候，我发现塔楼的门大开着。这些倒没有使我怎么不安，假如我没有发现我的稿件被翻动的话。这样的情况发生过几次以后，我就更加注意晚上锁门的事情了。但门锁不好使，钥匙在锁孔里只能转半个圈。我仔细一检查，发现桌上的稿件比我把门大开着时翻动得还更多一些。最后，我的一卷书稿找了一天两夜都没有找到，也不知道弄到什么地方去了，直到第二天早晨才在桌上找到。那时我既没有怀疑马达斯先生，也没有怀疑他的外甥迪穆朗先生，因为我知道他们对我有着一种真诚的喜欢，我也非常信任他们。我开始觉得那两个“长舌妇”比较可疑。我知道虽然他们是冉森派，但是和达朗贝也有些关系，并且住在同一所房子里。这引起了我的不安，使我更加谨慎了。我将手稿拿进自己的房间，完全终止了和这些人往来，因为我知道他们曾经拿着《爱弥儿》的第一卷在好几户人家显摆，那是我不小心借给他们的。尽管直到我离开那里时，他们一直是我的邻居，但是自从那以后，我和他们再也没有什么更深的交往了。

《社会契约论》在《爱弥儿》之前的一两个月出版了。我一直请雷伊向我保证不将我的作品秘密引入到法国。有鉴于此，他就向地方官员申请允许他由卢昂，通过海上托运完成该作品的引进。雷伊没有收到任何批复，当包裹最终退还给他时，那些包裹已经在卢昂滞留了好几个月了。本来包裹是要被没收的，但是他大闹了一场，他们最后还是把包裹退给了他。有些人出于好奇，从阿姆斯特丹弄到了几个抄本，于是此书就在法国不声不响地流传开来了。莫勒翁听说了这件事情，甚至曾经读过此书，便用一种神秘兮兮的令我惊讶的语气和我谈起这本书。如果不是确信我的言行各方面都中规中矩，如果不是我扪心自问觉得自己无可厚非，如果不是我用伟大的信条让我恢复了信心的话，他的这种谈话的口气是会使我感到浑身不自在的。我毫不怀疑，舒瓦瑟尔先生已经对我不无赞同，而且觉察到了我在这部作品中由出自内心的敬仰而对他发出的颂扬之词。他应该会在这种场合下支持我，以对抗蓬巴杜尔夫人的恶意。

那个时候，我比任何时候都更有理由指望卢森堡先生的好意，和在我需要时他及时给予我的支持；因为他从来没有给过我如此频繁和如此令人感动的友好表示。他在复活节期间来看我时，我糟糕的身体状况使我无法去他那里拜会他，他就每天每日不间断地来看我。见我的病痛持续不见好转，他最后说服我让他去请科姆修士来为我看病。他亲自把科姆带到我的住所，并且有勇气呆在我家里陪我度过漫长而痛苦的手术——这种勇气在达官贵人身上是非常罕见和值得称赞的。然而，这个手术只是用探针探测一下而已。但是我从来就没有接受过探测，即便是莫朗，尝试了几次，也没有对我的疾病进行成功的探测。科姆修士的技巧和轻柔是无与伦比的，最后在我忍受了两个小时的剧痛之后他成功地伸入了一个非常小的探针，我在这两个小时之中极力地忍住了自己的喊叫，以免使这位好心的元帅感到痛心。第一次检查时，科姆修士说他发现了一块大的石头，并且告诉我实有其事；到第二次探测时，他却说找不到石头了。做了第二次和第三次检查之后，我明显感觉到他探测得更加细致而准确了，时间也似乎长了一些，他宣布这一次完全没有探测到结石，只是前列腺上有个硬块，而且呈异常肿大状。他发现膀胱很大，情况良好，最后他说了他对我健康状况的看法：我会遭不少病痛，但是会很长寿。如果他预言的第二点和第一点一样完全都能实现的话，那我的痛苦何时是个尽头啊。

因此，在接二连三被以各种我从来没有得过的病的名目诊治了这么多年以后，我最终明白我的疾病是不治之症，但也不致命，这病恐怕要跟着我一辈子，直到我入土为止。我的想象力被这个想法给钳制住了，于是不再等待着结石的残忍痛苦来了结我的生命。我不再害怕多年前断在尿道里的小探条成为结石的核了。从比真实的病痛更加残酷的假想的痛苦中脱离出来以后，我就能比较有耐心地忍受这实际的病痛了。我可以确信，自从那以后，我比以前要更少地感受到我的疾病，而且这一解脱全亏了卢森堡先生，我没有哪一次想起他时心里不涌动着一股别样的情愫。

因此，我获得了重生，也就是说更加念念不忘那个我赖以安度余生的计划了，我只等着《爱弥儿》的出版，然后去执行我的计划。我想去都兰，我到过这个地方，我很喜欢那里，气候很温和，居民也彬彬有礼。

La terra molle lieta e dilettosa
Simili a segli abitator produce.

我早就已经向卢森堡先生提到了我的计划，他曾经极力劝阻我实施这个计划。我又向他说起这件事情，因为我心意已决不吐不快。于是他建议我住到美尔鲁府去，那儿离巴黎有十五法里，对我来说可能是个比较合适的住所，他和卢森堡夫人将会很乐意把我安顿到那里去。这个建议令我很感动，也触动了我的心扉。首先，我必须先去看看那个地方，我们约好，他在约定的日子派他的仆人和车子来接我去。那一天，我的身体却非常不适，看房的计划只好推迟了，而且各种不愉快的事情接踵而至，使得我的这一计划始终未能实现。随后我听说美尔鲁府是卢森堡夫人的，而不是卢森堡先生本人的，我就更加庆幸自己没有去成那里了。

《爱弥儿》最终出版了。我再也没有听说什么新的版本，也没有听说其他的困难。在它出版之前，卢森堡先生向我要走了所有马勒赛尔卜先生写给我的与该书有关的信件。我对他们两个都非常信任，对他们我感到分外放心，所以没有仔细考虑这个请求有什么不同寻常甚至是令人惶恐的地方。我交出了所有的信件，只有一两封无意之中夹在书里面，故而没有交给卢森堡先生。在前一段时间，马勒赛尔卜先生说他要收回我在害怕耶稣会教士的那段时间里，因惶恐不安而写给迪舍纳的信；我必须承认，这些信是不会为我的理智带来荣誉的。但是，我告诉他我希望做真实的自己，无意让自己看起来更好，并且他可以把那些信留给迪舍纳。我也不知道到底他有没有这么做。

这部书的出版并没有像我其他的书一样引起好评。从来没有见过一部作品在私人圈子里面褒扬甚多，而公众却少有认可的。最有能力评论它的人，向我口头说起信中谈起《爱弥儿》时所说的话，让我坚信这一点，即它是我最好的也是我最重要的一部作品。但是他们告诉我这些的时候都令人惊奇地谨小慎微，仿佛把对我作品的好评加以保密是一件非常重要的事情。布弗莱夫人宣称，该书的作者值得去立一尊塑像、受万人景仰，在她的短笺的末尾，她却毫不客气地要我把她的信寄还给她。达朗贝写信给我，说这部作品决定了我高人一筹，必将使我在文人的行列中独占鳌头，此信没有签章，而以前他给我写信都签了章的。杜克洛是我可以信赖的朋友，他是一个正直而谨慎的人，对该书评价也很高，但是他也尽量避免对该书发表评论。拉·孔达米纳只就《萨瓦助理司铎的信仰自白》敲边鼓，根本没有说到点子上来。克莱罗在信中也只谈该书的《助理司铎的信仰自白》部分，但是他敢于宣布他被这部作品深深地打动了；他不厌其烦地告诉我，说这部作品细细品读下来，他老迈的灵魂都为之而沸腾了。我赠过书的所有人中，只有他一个人公开地毫无保留地说出了他对该书的好评。

在《爱弥儿》上市销售之前，我也送了一本给马达斯先生，他把它借给了斯特拉斯堡总督的父亲、参议员布莱尔先生。布莱尔先生在圣格拉田有座乡间别墅。马达斯先生和他是老相识，有时间的时候就去看他。马达斯先生使得他在该书出版之前就读到了它。布莱尔一把这本书还给他，就对此书作了如下评价：“马达斯先生，这是一部非常好的书；但是不久人们谈到这部书就会众说纷纭，超出作者的预期。”当天马达斯先生就把这番话转述给我听了，听闻此言，我只是笑笑，在他身上我只看到一个官员的自高自大，他总是把所有事情都弄得神神秘秘的。种种劳心劳神的传言相继传到我的耳朵里来，但是只有布莱尔先生说的这番话使我印象深刻，我远远没有料到即将降临到我头上的灾难，还以为我的书文笔优美、对他人也颇有助益，相信我在各个方面都中规中矩，就像我认为的那样，卢森堡夫人支持我，主管部门也对我厚爱有加，我庆幸自己能够痛下决心——在功成名就的时候，在击败了所有嫉妒我的人的时候激流勇退、选择退隐。

说到这部书的出版，只有一件事情使我担心，这不是出于我自己的人生安全考虑，而是出于使我的良心得到安宁的一种愿望。在退隐庐和蒙莫朗西，就在我的居所附近，令人义愤填膺的是，我看到，出于维护王公们享乐的需要，农民们饱受着忧虑的折磨。他们迫于无奈，只好听任王爷们狩猎给他们土地造成的损害，他们不敢采用其他方式来自卫，只得在夜间在他们的大豆和豌豆田里，敲着铁锅、捶着鼓、摇着铃，制造出各种声音，不让野猪靠近他们的田地。我亲眼目睹了夏洛伊瓦伯爵是如何野蛮苛刻地对待这些农民的，我便在《爱弥儿》的结尾处把他的暴行予以了抨击，为农民们说了几句公道话。这又违背了我为人处世的原则，并使我为此而遭到了报复。我听说孔蒂亲王先生的随从在亲王的封地上，对农民也非常残暴。我对亲王先生怀着深深的尊敬和感激，我很担心，害怕这位亲王把我出于具有反叛性质的人道主义而对他叔父所作的评论，揽到他自己身上去，从而迁怒于我。然而，因为我的良心告诉我我的做法是完全有道理的，我的心里便平静了下来，我的做法是对的。至少，我从未听说这位尊贵的亲王对书中这一段落有哪怕一丁点儿的注意，其实我是在有幸认识亲王先生很久以前就写下了这个段落的。

在我的书出版之前的几天，或者是出版后的几天——具体时间我已经记不清楚了——另外一部题材相同的作品出版了，除了摘要中多了几句老生常谈的话之外，全部是抄自我的作品的第一卷。这本书上署的是一个日内瓦人的名字，叫做巴勒克赛尔；而且从标题来看，该书曾经获得哈莱姆学院的奖励。我很清楚，这个学院和这个奖项是新近才炮制出来的，不过是为了混淆公众视听，掩盖其剽窃他人原创的卑劣行径。但是我也看出这件事情已经预谋很久了，然而我也完全搞不清楚，我的手稿是怎么传出去的，如果手稿没有外传，剽窃就不可能发生；我不明白他们炮制出这个奖项来的目的何在，既然炮制出来了，总得有点根据才说得通。事隔多年以后，我才参透其中的奥妙之所在，因为狄维尔诺瓦说漏了嘴，我从他的言谈之间听出了弦外之音，对事情的原委有了一点了解，知道了巴勒克赛尔先生究竟是谁炮制出来的了。

暴风雨前沉闷的雷声在耳边渐渐响起。目光敏锐一点的人都会很清楚地看到，关于我的书和我本人，正在酝酿着一场马上就要露出真相的阴谋。至于我，仍然自我感觉良好，愚蠢到了极点，以至于完全不清楚自己就要倒霉了，而且即便是在感受到霉运的恶果之后，我还是不知道其原因何在。我的对手何其聪明，他们到处散布这个观点：在打击耶稣会教士的同时，不能对攻击宗教的书刊和作者持偏袒的态度。人们谴责我在《爱弥儿》这本书上署了我的名字，仿佛我没有在所有其他作品上署名似的，可当时他们什么也没有说呀。人们似乎很害怕由于情势所迫、势在必行而不得不采取一些行动，而我的不谨慎又给了他们以可乘之机。我听了这些传言，却一点也没有感到不自在。我根本想不到在整个事件当中我会有什么问题。我觉得自己完全无可厚非，我的靠山很有权势，而且我在各个方面都中规中矩，我也不害怕卢森堡夫人因为一个完全由她造成的错误而使我陷入尴尬的境地，如果她的确犯有这样的错误的话。但是，据我所知，在遇到类似的事情的时候，按惯例，通常的处理结果是对书商毫不留情，而对作者则是手下留情。我为可怜的迪舍纳先生感到不安，如果马勒赛尔卜先生丢下他不管的话。

我依旧平心静气地过着。谣言有增无减，但是不久就改头换面了。普通民众，尤其是议院，被我的处变不惊惹恼了。几天以后，群情激愤的情形越来越可怕了；威胁改变了目标，矛头直指我而来。议院们公开地说，焚书根本不管用，必须把作者和书一起烧掉才行。至于书商，人们一个字都没有提到。这些观点表述与其说是出自于一个参议员之口，不如说更像一个果阿的宗教判官的话。当这些话第一次传到我的耳朵里时，我深信这些是霍尔巴赫那一撮人蓄意炮制出来吓唬我的，想把我逐出这个国家。我嘲笑他们的这种孩子气的小把戏，并且对自己说，如果他们知道事实真相的话，可能就会想出别的方法来吓唬我。然而，流言最终越传越厉害，很明显，事情不止轻描淡写这么简单。卢森堡夫妇比往年提早了一点来到蒙莫朗西暂住，他们六月初就来了。我很少听人提起过我的新书，尽管它们在巴黎闹得满城风雨；在和我谈话的时候，卢森堡也夫妇对此事只字未提。

但是，有一天晚上，我和卢森堡先生单独呆在一起的时候，他问我："你在《社会契约论》里面说了冒犯舒瓦塞尔先生的话了吗？"我惊奇得倒退了一步，回答说："我？没有，绝对没有，我可以向你保证这一点。相反的是，尽管我文笔不佳，天生不会夸奖人，但我还是给了他一个大臣所能得到的最美好的赞誉。"说完这些话，我将那段话引述给他听了。"那么，在《爱弥儿》里面呢？"他继续发问。"也没有一个字，"我回答道，"没有一个字提到了他。""啊！"他说，"您应该在另外一本书里也这么做，或者说得更加明白一些。”他的语气比平常要更爽朗一些。“我想正如你说的那样，我已经说得很明白了，”我回答道，“在这一点上我已经很尊重他了。”他还想说些什么，一副欲言又止的样子，我看见他正要敞开胸怀说点什么，但是他克制住了自己，什么也没有说。唉！这真是王室侍臣外交手腕的不幸，即使满怀着万般善意，也得压制住心中的友情。

这次谈话虽然很简短，但至少在某些事情上，让我认清了自己所处的境况，并且让我明白了，备受舆论打击的人正是我。我为这从未听闻过的命运而喟叹不已，这使得我所说的好话和做的好事都显得对我不利。然而，由于坚信卢森堡夫人和马勒赛尔卜先生会在此事上出面保护我，我并未看出，我的敌人们怎么可能将他们置之一旁而直接将矛头对准我。另外，因为从那一刻起，我就知道这件事情不再是有关什么公平和正义的问题，而且也没有人会自找麻烦去查明我究竟是对还是错。然而，风暴的怒吼声也越来越大。甚至是内奥姆本人，也在他让令人生厌的闲聊中向我表示，他非常后悔卷入与该部作品有关的事情中来，他确信威胁该书和作者的命运是不可避免的。然而，有一件事情仍然给了我慰藉。我发现卢森堡夫人是如此的平静，如此的满足，甚至有些兴高采烈。她应该已经意识到她在忙活什么，既然她没有因为我的事情而表现出丝毫的焦虑，也没有说一句表示同情和道歉的话，她静观冷察事态的发展演变，仿佛这些与她根本无关似的，而且对我一点儿都不关心。惟一让我感到奇怪的是，她什么话也没有对我说过。我觉得她本应该对我说点什么才对。布弗莱夫人显得很不安。我一会儿瞧瞧这、一会儿弄弄那，焦虑不已，一副忙忙碌碌的样子。她向我保证，孔蒂亲王也忙得不可开交，想挡开针对我的打击，而且她认为这是为当前情势所迫，不给耶稣会教士们以机会让他们斥责议院不关心宗教事务，这对议院来说显得很重要。然而，尽管卢森堡夫人和孔蒂亲王努力地奔波，她对这一番奔波能否成功还是没有足够的信心。她的几次谈话——与其说让我安心，不如说让我更加惊慌失措了——内容都是一致的：劝我离开法国到英国去隐居，她将负责为我介绍一些在英国的朋友，其中就有她多年的老相识即著名的休谟。看到我坚持保持平静、按兵不动，她采用了一个更能动摇我决心的做法。她让我明白，如果我被捕和受到稽查，我将迫不得已将卢森堡夫人给供出来，而卢森堡夫人对我的深情厚意绝对值得我临危不惧，以免把她牵连进去。我回答说她完全可以放心，如果出现那种情况，我绝对不会出卖她的。她回答，下决心容易，真正做起来却很困难。在这一点上她说得没错，尤其是我，因为我绝对不会作伪证或者在法官面前说谎，不管说真话要冒多大的风险。

虽然她的言语给我留下了深刻的印象，但是看到我还是拿不定主意逃跑，她提议我到巴士底狱去关几个星期，作为逃避议会管辖的一种手段。因为议会不会干预国事罪犯的。只要这恩惠不是以我的名义请求得来的，我是不会反对这种不同寻常的恩惠的。因为这事她也没有再多说什么，我后来想想，觉得她当初只是向我提出这个建议来试探一下我。这个权宜之计无法让所有的恩怨烟消云散，而且这也是他们不愿意看到的。

几天以后，元帅先生从德耶的神父——他是格里姆和埃皮奈夫人的朋友——那儿收到一封信，信中说，据从消息可靠人士那里得来的消息，议会准备义正辞严地起诉我，并且他提到有关方面将会签署拘捕令，在某一天逮捕我。我猜想，我知道这是霍尔巴赫他们那伙人炮制出来的，因为议会是很注重办事程序的，在这种情况下，在依法认定我承认这本书并且确认我是该书作者之前，就发拘捕令逮捕我，这完全违反了正常的司法程序。我对布弗莱夫人说："只有在罪行危害了公共安全的情况下，才可以根据一点简单的犯罪迹象就下达拘捕令逮捕被告，以防罪犯逃脱法律的制裁。但是若要惩治我这本应该受到尊敬和奖赏的'违法行为'，一般的惯例是针对书起诉，而尽量避免攻击作者。"听了我的这番话，她向我指出了一个细微的差别（可我现在已经记不起来是什么差别了），以向我证明，不先行传讯就下令逮捕对我是一种恩典。第二天，我收到了居伊写给我的信，他告诉我，在他去检察长家里的那天，他在检察长的写字台上看到了针对《爱弥儿》及其作者的起诉书草稿。注意，这个居伊是迪舍纳的搭档，书是他印刷的，他对关涉到自己的事情一点儿也不担心，后来还大发慈悲把这个消息告诉作者。你们可以想象一下，我怎么能够相信这样的事情呢。一个书商在接受检察长的接见的时候，居然可以在他的写字台上轻松地读到手稿和草稿原件，那岂不是太容易、太简单了！布弗莱夫人和其他人也向我证实了这件事。一连串的荒谬事情不停地充斥着我的耳朵，我简直以为所有的人都发疯了。

我确信，一定有什么秘密我还不知道，于是我就静静地等待着世态一步步地发展，因为我完全相信自己在整个事件中是正直的、无辜的，而且不管什么样的迫害等着我，有幸为真理而受到迫害，也是一件令人庆幸的事情啊。我不但不怕，也并不躲藏，而是每天去元帅府里，并且每天下午都照常散步。六月八号，逮捕令下达的前一天，我和奥拉托利会的两名教授阿拉曼尼神父和曼达尔神父一起散步。我们带了点心去尚波，吃得非常开心。那天我们忘记带酒杯了，就用麦秆来代替放在酒瓶里去吸酒喝。我们争先恐后挑选最粗的麦秆，看哪个吸得最多。我一辈子也没有这么开心过。

我已经提到过，在我年轻的时候，我是怎么饱受失眠之苦的。从那以后，我就养成了每天晚上在床上看书的习惯，一直到眼皮都抬不起来为止。然后我吹灭蜡烛，试着打一下盹，但睡的时间总是不怎么长。我晚间常读的是《圣经》，就这样我至少从头到尾把它读了五六遍。在这个不平常的夜晚，我发觉自己比以往更加难以入眠，读书的时间就更长了。我通读全书，把以法莲山的利未人作结的那一卷读完了——如果我没有记错的话，这就是《士师记》，因为自那以后我再也没有看过那卷书了。这段历史给了我极大的影响。我正在恍若梦幻的情状中思考的时候，突然被一阵响声和一道亮光惊醒了。戴莱丝拿着灯，给拉·罗什先生引路。看到我突然坐了起来，拉·罗什说："不要害怕，是元帅夫人派我来的，她给你写了一封亲笔信，还叫我把孔蒂亲王先生的信带过来了。"果然，在卢森堡夫人的信中，还有孔蒂亲王专门派信使送给她的另外一封信。信中说道，尽管他已经尽了全力，但是上级主管部门还是决定用最严厉的方式依法起诉我。他写道："群情激愤，形势严峻——明天早上七点就会下达逮捕令，而且会马上执行抓捕。我已经得到有关方面的保证，如果他逃跑了，就不会受到追捕；但是他若执意不想逃走而让别人来拘捕他的话，那么他必将被捕。"拉·罗什以卢森堡夫人的名义，恳求我起床去同她商量。当时已经凌晨两点了，她刚刚睡下了。"她在等着你，"拉·罗什补充道，"见不到你，她是不会睡觉的。"我匆匆忙忙穿好衣服就去了。

她显得焦躁不安，这还是我头一次看到她这样呢。她的焦虑打动了我。在这惊慌失措的时候，又是夜半时分，我自己也免不了有些激动，但是当我看到她的时候，就忘记了自己，只想着她，想到万一我听任自己被捕，那她就要扮演一个悲惨的角色。因为，我感到自己有足够的勇气只说真话，尽管说真话会伤害到我甚至毁掉我，但我却感到，自己缺乏足够的头脑或者说是足够的机智；如果我被逼急了的话，可能我也缺乏足够的定力，以避免牵连到她。这使我下定决心牺牲我的名誉以求得她心头的宁静，而且决计在这种场合下，为她做出我为自己怎么也不会做出的事情。我一打定主意，就告诉她，我不希望要她付出代价而降低了我的牺牲的价值。我确信她对我的动机应该没有什么误解，但是她居然没有说半个字来表明她感激我的所作所为。她的这种冷淡态度让我颇为震惊，使得我甚至犹豫着要不要收回我说过的话。但是，卢森堡先生闻讯赶到了，布弗莱夫人稍后也从巴黎赶到了。他们做了卢森堡夫人本应该做的事情。我任凭自己被恭维了一番，也不好意思再改口了。惟一的问题就是，应该逃往哪里以及何时动身。卢森堡先生建议我在他家里隐姓埋名待一段时间。这样我就会有更多时间考虑和决定该如何实施出逃的行动。我不同意这么干，更不会采纳让我秘密逃到老圣堂区去的建议。我执意要求当天就动身走，而不愿在任何地方躲藏。

尽管我非常留恋法兰西，但我感觉到，在法兰西王国我有许多隐秘而又强大的敌人，我必须离开这片土地以保证我的安宁。我首先考虑的是隐居到日内瓦，但考虑片刻以后我就放弃了这个极其愚蠢的想法。我知道法国内阁在日内瓦的势力比在巴黎甚至还要强大一些，如果他们决计要迫害我的话，他们是不会让我在日内瓦呆得比在巴黎时还要宁静一些的。我知道，我写的那篇《论人类不平等的起源》曾在日内瓦议会引起了一股仇恨的心理，这种仇恨心理越是不敢公开表现出来就越是危险。最后，我知道，在《新爱洛伊丝》出版的时候，在特龙桑医生的强烈要求下，日内瓦议会迫不及待地禁止了该书发行；但是一旦发现即便在巴黎也没有人照着日内瓦的样子做，就又羞于冒失而撤回了禁令。我毫不怀疑，既然当前的机会会更加有利，它就会竭尽全力来利用它的。我知道，尽管所有的日内瓦人表面上不说什么，但他们心中对我有一种隐秘的嫉妒心理，他们只等着有那么一个机会可以将这股怨愤发泄出来。然而，爱国主义的激情召唤着我回到祖国的怀抱，而且如果我能够指望在祖国平平安安地生活的话，我会毫不犹豫地这么做的。但是，不管是荣誉或者理智都不允许我像个难民似的跑到那里去避难，我只是决定在邻国隐居起来，在瑞士等着看在日内瓦我将会有什么样的命运。你们马上就会看到，这种不安不会持续很长时间的。

布弗莱夫人强烈反对我的这个决定，再次努力说服我渡海去英国。她的劝说并未动摇我的决心。我一向不喜欢英国，也不喜欢英国人。布弗莱夫人的雄辩滔滔苦口婆心也没有战胜我的厌恶之情，反倒加深了我的厌恶，我也不知道这是为什么。

既然决定当天就出发，大家都认为天一破晓我就该动身了。我派拉·

罗什去取我的文稿，他甚至没有告诉戴莱丝我是已经走了还是没走。自从我打定主意有朝一日要写我一生的回忆录，我就收集了大量的信件和文稿，所以他不得不跑好几趟去拿。那些文稿已经整理好了放在一边，我上午剩余的时间就是整理其他文稿，准备只带走以后可能用得着的，其他带不走的就烧掉。卢森堡先生非常热心地帮我整理，此事耗时良多，以至于我们一个早晨根本无法整理完毕，也没有时间烧什么文稿。他自告奋勇帮我整理余下的文稿，由他来焚烧掉用不着的文稿，不托给任何人办理这件事，而且把整理好的文稿寄给我。我接受了他的这番美意，很庆幸自己能够不为这件事情伤脑筋。这样一来，我就得以在这最后仅剩的几个小时里，和我最亲爱的、即将永别的朋友们一起度过。卢森堡先生拿上我存放文稿的房间的钥匙，并在我真诚的恳求下派人将我那可怜的“姨妈”找了来——她的心被焦虑给占满了，急切地想要知道现在我究竟怎么样了，以及我以后会怎么样。她随时等待着法院来人，不知道该怎么应付他们，也不知道该对他们说些什么。拉·罗什把她带到府里来了，什么话也没对她说；她以为我已经远走他乡了。一看到我，她就尖叫着扑到了我的怀里。啊！友情，心有灵犀，碰撞，亲密。在这甜蜜而又惨痛的时刻，我们一起度过的幸福、温情和安宁的日子一齐涌上心头，使我感到我们的第一次离别是这么的撕心裂肺，要知道在将近十年的日子里，我们没有哪一天不是朝夕相处的。卢森堡先生看到我们的拥抱也不禁潸然泪下，便把时间留给了我们。戴莱丝不愿意离开我。我向她讲明了这个时候她跟着我走使我很为难，告诉她她留下来是非常必要的——可以为我打理我的个人财产，收回我的钱款。当下令逮捕某人时，按惯例会没收他的文稿，查封他的个人物件，或者开具物件清单并指定专人保管。她留下来是非常必要的，可以看看发生了什么事，并尽她的全力处理好这些事情。我允诺不久就会和她会面，元帅先生也向她保证我所言非虚。但是我拒绝告诉她我将去往何地，这样一来，如果被前来逮捕我的人问到我的去向，她也可以实话实说她对此事一无所知。当我临走时拥抱她时，心中涌起一股奇妙的激动，我心中热血沸腾，唉，话一出口，却多么地具有预言性啊：“我的孩子，你必须充满勇气地来面对这一切。你已经和我共享了荣华富贵的日子；既然你愿意，今后你就得和我共患难。你跟着我注定将要忍受侮辱和折磨。我的悲惨命运从这悲惨的一天开始，将会追随我到生命的最后一刻。”

我惟一需要做的就是考虑动身走的事情了。法院的人本来应该是十点钟就到的。当我动身的时候已经是下午四点了，但还是不见他们的身影。事先已经安排好我从驿站走，因为我没有车。元帅先生送给了我一辆马车，并借给了我几匹马和一个车夫，把我送到第一个驿站。到了驿站，多亏有他事先安排，他们很爽快地给我提供了驿马。

因为我没有在席上用餐，也没有在府里露面，女士们便到我呆了一整天的底楼来和我道别。卢森堡夫人拥抱了我好几次，面色一片凄然，但是在她的拥抱里，我再也感觉不到两三年前她频频拥抱我时的那种亲密劲了。布弗莱夫人也拥抱了我，并且和我友好地交谈。米尔普瓦夫人当时也在场，她的拥抱让我颇有些惊讶。这位夫人非常冷峻、典雅而矜持，我觉得她身上还没有完全摆脱洛林家族与生俱来的那种高傲。她一向对我就不怎么关注。我认为自己之所以受到了这不期然的宠爱，也许是因为我抬高了这次礼遇的价值，也许是因为她将高贵的心灵和与生俱来的怜悯之心融入了她的拥抱。在她的举动和表情中，我发现了一种莫可名状的真诚，这深深地打动了我。以后的日子，每当想起这件事情，我常常这样猜测，她一定是知道我命途多舛，所以在那一瞬间，对我的命运动了恻隐之心。

元帅先生始终没有开口，他脸色苍白得仿佛就要死去。他坚持要陪我到饮水槽边，送我到马车上去。我俩一同穿过花园，一句话也没有说。我有一把公园的钥匙，我用它打开了门，在这之后我没有把它放回口袋，而是一言不发地把钥匙交给了卢森堡先生。他拿过钥匙时的那种激动的神情令我很吃惊，从那以后，我就时常情不自禁地想起他那时的神情。我一生之中再也没有经历过如此肝胆俱裂的离别了。我们长长地、默默无语地拥抱在一起，我们都感觉到这次拥抱就是我们此生的诀别。

在巴黎和蒙莫朗西之间的路上，在一辆租用的马车里，我遇到四个一袭黑衣的人微笑着冲我打招呼。从戴莱丝后来向我描述的法院办事人员的面貌、到达时刻和他们的行为举止看，我一直相信那四个人就是他们。特别是后来我又听说逮捕令并不是像人家预告的那样在凌晨七点下达，而是在中午时分才下达的。按计划，我必须穿过巴黎。坐在敞篷马车里面，没有什么东西可供遮挡的。车行至街道时，我看见几个跟我打招呼的人好像认得我似的，但我对他们却一个都不认得。就在那天晚上，我绕道从维尔罗瓦领地经过。在里昂，旅客们必须去见城防司令。这对一个既不愿撒谎也不愿改名换姓的人来说，是一件非常尴尬的事情。我带着卢森堡夫人给我的一封信去找维尔罗瓦先生，请他设法让我不用去见城防司令或者改名换姓。维尔罗瓦先生给了我一封信，可是后来没有派上用场，因为我没有取道里昂，现在这封信被封好了放在我的文件里。公爵先生苦口婆心地留我在维尔罗瓦领地过夜，但是我一心想继续赶路，就婉言谢绝了。于是当天晚上，我又多走了两个驿站的路程。

我的马车坐起来不大舒服，而我的身体也不大好，经不起长途跋涉。此外，我的样子又不威严，没有人会给我提供好的服务。而且大家都知道，在巴黎，驿马是否跑得快，完全看车夫如何操纵。我以为多给车夫塞钱，就可以弥补我的笨嘴拙舌和其貌不扬了。但这样一来，反而把事情弄得更糟了。车夫们竟然把我当作跑腿的，以为这是我生平头一次坐驿车出门执行任务。此后，他们给我的马都是一些脚力不济的驽马，而我则成了车夫们的笑柄。我终于耐住了性子，什么怨言都没有，他们怎么高兴就让他们怎么干。其实我一开始就该这么干了。

我沉浸在最近一段时间以来在我身上发生的一系列事情当中，思忖良久。我得以排遣旅途烦闷的方法多得很。可是我既不擅长、也没有心思来思考这个问题。令人惊讶的是，我是多么地容易忘记过去的不幸啊，尽管它们是最近才发生的事情。如果灾祸已经发生了，回头想起来，它们的影响竟然慢慢地变得如此的微弱，最后我总是把它们忘得一干二净；但如果灾祸尚未降临，那么一想起即将有祸事临头，总会使我心惊胆战、忐忑不安。我那令人大伤脑筋的想象力总是自寻烦恼，左思右想即将有什么灾难要降临，这扰乱了我的记忆，使我回想不起已经发生过的灾难。对于已经发生过的事情就不需要严加防范了，而且再去为它劳神也是于事无补的。从某种意义上说，我被尚未到来的灾难弄得心力交瘁。在我担忧灾难会降临时吃的苦头越大，事后就越容易忘记它们。与此相反的是，我不断地耽于对往日幸福的回忆，我不停地回味着它，这样，只要当我渴望这份幸福的时候，我都可以再次享受它。我相信，多亏了这种中庸的秉性，我才从来没有养成记仇的脾性，而这种仇恨将会让一个爱报复的人的心灵怎样地骚动不安啊！人一旦有了这种脾性，就会对曾经遭受的侮辱耿耿于怀，并想方设法要对自己的仇敌进行报复，而自己也会深受这份仇恨煎熬之苦。我性情暴躁，一激动就会很生气，甚至勃然大怒，但是仇恨的念头从未在我心中扎过根。我很少在意自己遭受到的侵犯，所以也不大会在意冒犯我的人。我之所以想到他曾经给过我的伤害，是因为我担心我可能会继续受到他的坑害；如果我确信他不会再伤害我，那么我就会立刻忘掉他业已对我造成的伤害。人们常常训导我们要宽恕他人。这当然是一种美德，但是对我来说却并非如此。我不知道自己是否能够克服心中的仇恨，因为我的心从未感到过一丝的仇恨。我极少在意我的仇敌，也无需什么美德来饶恕他们。我不知道，他们为了折磨我而作茧自缚到了什么程度。我被他们玩弄于股掌之间，他们有权有势，并且利用了他们的权势。但是，有一种事情是超出了他们的权力的，我谅他们也做不到这一点：尽管他们为折磨我而绞尽脑汁，但是他们无法强迫我为了迫害他们而焦头烂额。

就在我离开后的第二天，我就完全忘了最近发生的事情——除了我不得不提防的事情以外，议会、蓬巴杜尔夫人、舒瓦瑟尔先生、格里姆、达朗贝，以及他们的阴谋诡计、他们的同伙，全部被我丢到九霄云外去了。相反，我记起了我动身前夕读的最后一本书了。我也回想起了格斯耐尔的《牧歌》。此书是他的译者于贝尔前段时间寄给我的。有两个念头紧紧地攫住了我，它们在我头脑里交织互现，所以我决定试着把二者结合起来，用格斯耐尔的诗体写“以法莲山的利未人”这个题材。这种田园牧歌式的简约风格是不太适合这样一个可怖的题材的，同时也很难想象，我当前的处境会让我产生一些欢快的思想，来减轻这个故事的惨淡气氛。然而我还是大胆试了一把，只为了在车中寻找一点乐子供自己消遣，心中也并没有报什么成功的希望。但是从我落笔的那一刻开始，我惊奇地发现，我思想的转变是那么地柔和，我的表达是如此的自如。我花了三天时间把这首小诗的头三章写好了，其余部分我随后在莫蒂埃完成了。我相信，这辈子我也没有写过什么作品，比这首诗有着更为柔情动人的特征、更为鲜明的色彩、更为朴素的描写、更为贴切的性格塑造、更为古雅传统的质朴——尽管这个题材有着可憎的恐怖的特点。因此，除了以上说的优点，我还具有克服写作中固有困难的优点。《以法莲山的利未人》如果不是我最好的一部作品，也会永远是我最喜爱的一部作品。重读这首诗，我每次都会而且永远都会感到一种心灵得以从苦难中解脱的欢乐。远离了不幸的折磨，我的这颗心为自己找到了安慰，从自身为自己找到了一种补偿。有些大哲学家在他们的作品里对从来没有经历过的厄运显得豁达宽容。试把这些哲学家们都集中起来，放在和我相似的处境中去——让他们在尊严受到侮辱的那个时候，去写这样一个题材相似的作品吧，你会马上看出来，他们的表现会是什么样子的了。

当我离开蒙莫朗西前往瑞士的时候，我就打定主意要到依弗东去，在我多年的挚友罗甘先生家里住下来。他退休住到那儿已经有几年时间了，曾经邀请我去看他。在路上，我听说去里昂很麻烦，就没有取道里昂。但是话说回来，不路过里昂我就不得不路过贝藏松，那是一个要塞。如果要通过那里，就有同样的不便之处。因此我决定朝左走，路过萨兰，以看杜宾先生的侄子梅朗先生为掩护向前走。梅朗先生在盐场工作，以前曾经多次邀请我去看他。这个权宜之计成功了。我没有找到梅朗先生，心中一面窃喜路上没有耽搁，一面继续赶路，路上也没有人盘问我什么，一切都非常顺利。

一进入伯尔尼境内，我就让车子停下来。我走出马车，人整个地扑到地面上，亲吻着大地，高兴地大叫道："哦，天哪，你是美德的保护者，我赞美你！我踏上了自由的土地！"就这样，一有希望，我就盲目地乐观，甚至对注定要让我遭殃的东西有一种狂热的喜爱。车夫十分惊讶，以为我疯了。我又上了车，几个小时以后，我就在可敬的罗甘的怀抱里享受着纯粹而真切的满足了。啊！让我在这位称职的主人家里喘息片刻吧。我要恢复一下我的勇气和精力，我马上就会用到它们的。

在这段叙述里面，我把凡是我能回想起来的场景都非常详尽地描述了一遍，我这样做并不是毫无道理的。虽然这些场景本身并不很清楚，但是一旦读者抓住了阴谋的线索，就会清楚阴谋的整个过程。比方说，尽管它们不能解决我即将提出的问题，但是却有助于解决这个问题。

假设一下，为了执行针对我的这个阴谋，我非走不可，那么为了让我走开，所有事情就都应该和实际发生的那样差不多。但是，如果我不是被卢森堡夫人半夜派人前来吓倒，如果我不为她的焦虑不安扰乱心绪，我就会像先前那样镇定自若；如果我不呆在元帅府里，而是回到床上一睡到天亮，逮捕令就会像先前那样付诸执行吗？这是一个很重要的问题，要回答许多别的问题，就得先搞清这个问题；而要研究这个问题，留意一下那份具有威吓性质的逮捕令下达的时间和实际的逮捕令下达的时间是很有必要的。这是一个简单却又非常明显的例子，说明在对事实的解释过程中，最微不足道的细节都很重要，当你试图探寻事情的隐秘原因时，这些细节可以帮助你用归纳法来发掘出这些原因。

第十二章

黑暗从此笼罩着我，我浑浑噩噩地过了几年，无论我怎么努力，都被其深深埋葬，根本无力穿透黑夜那可怕的阴晦。我身陷在不幸的深渊中，我能够感觉到别人给我的打击都针对着我而来。我觉出了他们打击我的直接的工具，但看不清楚操纵这些工具的手以及那只手使用的方法。羞耻和不幸自动降临到我身上来，但我表面上看来却是若无其事。当我这颗被悲伤撕咬着的心发出悲叹的时候，我却像一个无病呻吟的人在无理取闹。毁掉我一生的那拨人发现了那种不可思议的伎俩，使公众成为了他们这一阴谋的同伙，而并未觉察到这一点以及由此而产生的后果。因此，在叙述与我相关的事情、我所遭受的虐待以及发生在我身上的一切的时候，我都无法追溯到发动这些阴谋的背后主使，或者说，无法一面陈述事实，一面认定其原因。这些最初的原因都在前面三章中指出来了；所有与我利益相关的事和所有秘密的动机都在这里面揭示出来了。但要我解释（即便是猜测性地解释）这些不同的原因是如何结合到一起造成了我生活中的离奇事件的，则是不可能的。倘若我的读者中有人愿意探究这些神秘之事并发现真理，就应让他们重新仔细阅读前面三章，让他们利用手头掌握的信息对所读到的事实进行考察，让他们从一个阴谋追查到另一个阴谋，由一个施动者追查到另一个施动者，直到元凶浮出水面。我很清楚他们的调查将会有什么结果，但是引导他们得知真相的那些地道是蜿蜒曲折的，我自己都在这黑暗中迷失了。

在依弗东居住期间，我跟罗甘一家认识了，其中有他的外甥女以及她的女儿们。我记得我曾经说过，我在里昂就认得了孩子们的父亲。波瓦·德·拉·杜尔夫人曾经到依弗东来看望她的舅舅和姐姐们。她的长女，大约十五岁，聪明伶俐、性格又好，我十分喜欢，我对这母女俩都十分依恋。罗甘先生想把自己的女儿嫁给他当上校的侄子，他侄子年纪有些大了，对我也十分尊敬；但是尽管他的伯父极力促成这门亲事，而我也希望他们能够如愿结婚，但是他们年龄的悬殊和那小女孩的强烈反对，使得我也支持她妈妈来反对这桩婚事，这婚事最后也泡汤了。上校后来和他的亲戚狄安小姐结婚了，我个人觉得这位小姐相貌姣好、性情温和，使上校成了最幸福的丈夫和父亲。尽管这样，罗甘先生总是不能忘记在这件事情上我没有讨得他的欢心。我心里却很宽慰，因为我坚信我对他和他的家庭都尽了最神圣的友谊之责，这并不总是意味着让自己八面玲珑讨人喜欢，而是给予他们最好的忠告。

如果我回到日内瓦去，等待我的将是什么遭遇？我对这个问题将信将疑的时间并不久。我的书在日内瓦被焚毁了，6 月 18 号日内瓦也对我下了通缉令，此时离我在巴黎被通缉正好已经 9 天了。在第二道通缉令里，荒谬透顶的辞藻堆砌在一起，明显违反了教会法，所以刚刚听说这个信息的时候，我还不相信是真的。等到消息真的被证实之后，我担心起来，生怕这样明白清楚、耸人听闻地践踏肇始于良知的一切法律，会把日内瓦闹得天翻地覆。但我没有必要庸人自扰，因为一切都很平静。如果民众中有一些什么吵嚷，也是针对我的，我被这些村氓和学究们公开地骂着，就像一个小学生没有流利地说出教义问答，就会受到鞭笞一样。

这两个通缉令就是信号，整个欧洲都对我一片骂声，其暴怒之状，前所未有。所有的报纸、杂志和小册子都敲起了最可怕的警钟。特别是法国人——这个温和、彬彬有礼、慷慨豪迈的民族，以其良好的教养和对不幸者的尊重而引以为豪——突然间忘掉了他们最看重的美德，都争先恐后地来打击我，用辱骂我的次数的多寡和猛烈的程度来显示他们的与众不同。我被当作一个没有正统宗教信仰的人、一个无神论者、一个极端分子、一个疯子、一头野兽、一匹恶狼了。《特勒夫日报》的下一个管理者攻击我说我具有伪装的狼性，其言词之偏颇恰好证明他有伪装的狼性。简而言之，似乎在巴黎，人们随便出版什么书籍，如果不插话对我辱骂一番，就好像怕拂了警察的意志似的。我想找出这种愤恨的原因来，却徒劳无功。我简直要怀疑整个世界是不是都一起疯掉了。这到底是怎么回事呀？《永久和平》的编纂者会挑起纷争！《萨瓦助理司铎的信仰自由》的编者竟然是反宗教分子！《新爱洛伊丝》的作者竟然被称作恶狼！《爱弥儿》的作者竟然是一个疯子！我的天啊！如果我发表了《精神论》或者类似的著作，又会被扣上什么样的帽子呢？然而，在反对《精神论》的作者的风暴中，社会大众并没有和迫害者众口一词，而是用对他的颂词为他伸冤了。把他的书和我的书比较一下吧，比较一下两本书的不同遭遇，以及两个作者在欧洲各国所受的不同待遇；然后有可能的话，找出这些不同之中蕴含的能使一个通情达理的人满意的理由来吧。这就是我的要求，对此我也不再说什么了。

我在依弗东过得颇为舒适，在罗甘先生和他家人的盛情要求下我决定继续住下去。本城法官莫瓦利·德让先生也盛情鼓励我在他的辖区安居下来。上校家的花园和法院之间有座独立的小楼，他恳请我在那里住下来，我同意了；于是他就立即开始布置家具，为我准备必需的家庭用品。罗甘是对我最殷勤的人，整天围着我转。我对他的厚爱非常感激，但是有时也感到相当的厌烦。搬新居的日子已经定了，我就写了信给戴莱丝来与我相会。我突然听说，在伯尔尼邦，那些极端热情的教徒们掀起了一股反对我的风暴，我始终没有弄明白它的根源。参议院不知受到什么人的煽动，似乎打定主意不让我安度自己的隐居岁月了。法官先生听说了这股动向的信息，就专门为了我给几位政府官员写信，谴责他们不该这么毫无理性的采取不宽容态度，说既然他们已经收容了那么多的匪徒，却拒绝收容一个受迫害的才子，这实在是一种羞耻。据消息灵通人士猜测，他的谴责措辞激烈，不但没有起到安抚作用，反而激怒了他们。不管怎样，反正无论法官的声望还是口才都无法为我挡住这一击。他一听说有针对我的命令要下达，就提前通知了我。我决定赶在命令到达之前，也就是次日动身。我苦恼的是，不知我将何去何从。日内瓦和巴黎都不欢迎我，我清楚地预料到每个国家看到邻国排斥我，都会群起而攻之的。

波瓦·德·拉·杜尔夫人建议我到一座配备了家具的空房子里安顿下来，那房子是她儿子的，在特拉维尔山谷中的莫蒂埃村，位于讷沙泰尔邦。我只需要翻一座山就可以到达那里。她的这份盛情来得真是时候。因为在普鲁士国王的疆域内，我将会自然而然地免受迫害；至少宗教不会成为一个借口。但我有一个不愿说出口的隐情，使我犹豫不决。我生来就热爱公正，这种热爱吞噬着我的心灵，加上我又暗中对法国青睐有加，这使得我对普鲁士国王有一种反感，他的处事法则和所作所为，践踏了所有自然法则和人类义务的尊严。在我装饰蒙莫朗西塔楼的那些带框的版画中，有这位国王的一幅肖像，肖像下面我写了一首双行诗，结尾是这样的：

Il pense en philosophe，et se conduit en roi.

这行诗，任何别的人写来，都会有着褒扬之意，而我写来，却又是另一种意思，毫不含糊，上一句已经把这句话解释得再清楚不过了。很多来见我的人都见过这首双行诗。罗伦齐骑士还把这首诗抄给了达朗贝，我毫不怀疑达朗贝会将此诗当作我的献礼呈给国王。我用《爱弥儿》中的一段将我最初的不悦加重了，在多尼安人的国王阿德拉斯特身上，我已经清楚地指明了我指的是谁。我知道我的评论逃不过批评者的眼睛，布弗莱夫人就曾在多种场合下提到过这一点。我因此而非常肯定，我的名字被普鲁士国王在记录簿上用红墨水勾出来了。而且，假设他的处事原则正像我在想象中赋予他的那样，那我的作品连同我本人就一定会招致他的反感。因为众所周知恶人和暴君无一例外地会对我恨之入骨，即使他们并不认识我，但只要读到我的作品就足以激起他们的憎恨了。

然而，我还是听任自己去接受他的摆布。而且我相信自己冒的风险并不大。我知道，他那卑鄙的狂热之情只能支配软弱的人，对性格强悍的人并不起作用，我认为他就是这样的一个人，在这样的时刻他会故意显示出自己的宽宏大量。而事实上依他的性格，确实也能够做到宽宏大量。我觉得，对卑鄙而轻易的报复的渴望，在他心中从来没有超过对光荣的热爱；而且站在他的角度想一想，我相信，他利用这个机会拿他的慷慨宽宏来征服我这样一个胆敢对他持恶评的人，这也不是不可能的事情。稍后后我就随着这种信任住到了莫蒂埃，我认为他能够觉察到这种信任的价值。我对自己说，既然让雅克将自己抬高到高力奥兰的地位，难道腓特烈会容许自己连弗尔斯克人的将领都不如吗？

罗甘上校坚持陪我翻过那座山，亲眼看到我在莫蒂埃安顿下来。波瓦·德·拉杜尔夫人有个小姑子名叫吉拉尔迭夫人，我发现我即将入住的房子对她是很方便的。她看见我去并不是很高兴。然而她还是很有礼貌地让我住了下来。戴莱丝到来之前，我和这位夫人一起用餐，随后我的生活进入了正轨。

自打我离开蒙莫朗西开始，我就料到我以后将是这茫茫大地上的一个游荡者。因此我很犹豫要不要让戴莱丝来和我相会，和我共度这注定是飘零四方居无定所的日子。我感到，由于这次灾难，我们的关系将会发生改变，迄今为止我对她的恩惠和厚爱，今后将会变成她对我的恩惠和厚爱了。如果她的真情能够经得起我的厄运的考验的话，她将会为我的厄运而伤心难过的，而且她的悲伤只会加深我的痛苦。另一方面，如果我的不幸让她对我的爱恋冷却下来，她就会把对我的忠贞不渝当作是一种牺牲，而且她不会感到我与她分享最后一块面包时的那种愉悦，而只感到她愿意一路跟随着我接受命运的拨弄，我到哪里她就跟到哪里的那种美德。

我应该毫无保留地把话全部说出来。我从来没有遮掩我那可怜的妈妈和我的缺点。我也不应该对戴莱丝格外厚爱；尽管我对这位亲密爱人的优点津津乐道，但是我也不愿意掩饰她的过错，如果内心情感上不由自主的变化也可以算作一种过错的话。很长一段时间以来，我觉察到她对我的感情慢慢冷却了。我感觉到，她对我的态度大不如以前完美的黄金时期了。当我对她像以前一样好的时候，越发感觉到了她的冷淡。我又感觉到了一种不快，这种后果我以前和妈妈在一起的时候感受过，现在这个后果在戴莱丝身上也同样如此。我们不要去追寻自然界中根本就不存在的完美了，在世间任何一个女人身上都无一例外地会出现这样一种情况。我对我那几个孩子所采取的行动，尽管在我看来非常合理，却总是无法让我的内心真正的平静下来。在构思我的《论教育》时，我感觉自己逃避了很多无法推辞的责任。最后我心中的懊悔变得如此强烈，以至于这种懊悔迫使我在《爱弥儿》开篇对自己的过错公开进行了忏悔。这段故事在那段文章中说得非常明白清楚，如果谁读了那段文章还有勇气谴责我，那就是咄咄怪事了。尽管那个时候我的境遇和过去相同，甚至由于故意找我茬的仇敌的憎恶而更加恶化了。我怕再犯那样的错误，而且也不想冒此危险，我宁愿自己遭受禁欲之苦，也不想冒险让戴莱丝再遭遇相同的情况。此外，我已经发现和女人性交使我的健康明显每况愈下；我从来没有彻底地矫正自己的这个坏毛病，但这又对我有伤害。双重的原因使我下定了决心，虽然有时候没能够坚持下来，但这三四年以来我比以前有定力多了。从那时候起，我觉得戴莱丝对我变冷淡了。她出于职责对我仍然有和以前一样的感情，但已经不是爱情了。这自然使我和戴莱丝的房事了无乐趣，而且我认为，她相信不管她在哪里，我都会照顾她的，所以也许她更愿意留在巴黎，而不愿跟着我飘零四方。然而，她在我们分离的时候显得那么悲伤，她让我给出我们会重逢的承诺。我们分别后她还向孔蒂亲王和卢森堡先生表达了想和我别后重逢的愿望，以致我根本没有勇气向她提分手的事情，连自己想一想这件事情的勇气都没有了。当我感到自己不可能失去她的时候，我惟一的想法就是召唤她立即回到我的身边。我随后写信给她催她动身；一接到信她就来了。我离开她几乎两个月了，但这是这么多年共同生活之后我们的第一次离别。我们都感到，这次离别是多么痛彻心肺呀。我们彼此拥抱对方时，心情是多么激动呀！柔情与欢乐的眼泪是多么的甜蜜呀！我的心在这眼泪中是多么的沉醉呀！人们为什么让我的眼泪流得这么少呢？

一到莫蒂埃，我就写信给苏格兰元帅、讷沙泰尔总督吉斯勋爵先生，告诉他我到他王国的领土上来避难了，想寻求他的帮助。他以我所期待的众所周知的慷慨答复了我。他邀请我去看他。于是我跟马蒂内先生——特拉维尔谷地的领主，很受总督阁下的器重——一起去看他。这位德高望重的苏格兰人那让人肃然起敬的外表强烈地撞击着我的心扉。也就是那一刻，我们之间开始产生了一种强烈的感情。我对他的这种感情是始终如一的，他对我也会始终如一的，如果不是那些将我一生中聊以自慰的东西通通抢走的叛徒们利用我不在他身边的时机欺骗他年事已高，拼命诋毁我在他眼中的形象的话。

乔治·吉斯是苏格兰的世袭元帅，也是生得光荣、死得壮烈的一代名将吉斯的兄弟。他年轻时就离开了祖国，因为他依附过斯图亚特王朝故而被流放了。但他发现了斯图亚特王室的不公正而又暴虐无度的精神，而这种精神就是其统治风格之所在，所以斯图亚特王朝不久就让他感到厌倦了。他在西班牙住了一段时间，那里的气候非常适合他，最后他像他的兄弟一样，依附了普鲁士国王。普鲁士国王看人很准，给了他们应得的礼遇。国王的礼遇得到了丰厚的报答，吉斯元帅给他立了大功，更为可贵的是，两人建立起了真诚的友谊。这位值得尊敬的人物的伟大灵魂，完全是高傲自负的、共和主义的，只会接受友谊的羁绊，不过他接受得如此彻底，以至于虽然他们的处世思想完全不同，但是自从他依附了腓特烈之后，他的眼里就只有腓特烈了。国王对他委以重任，派他到巴黎和西班牙；最后见他年事已高，需要休息，就让他做了讷沙泰尔总督，让他安度余生，并且让这个小城邦的人民安居乐业。

讷沙泰尔的居民只爱好琐事和虚荣，根本不能识别真才，他们认为天才必定夸夸其谈，看到冷峻和不矫揉造作的人，便将其质朴无华看作高傲自负，将他的坦率直白当成粗鲁无礼，把他的言简意赅视为笨嘴拙舌。他的臣民们拒绝他造福人民的举措，因为他一心为民谋福利，不擅长欺骗臣子，不愿意奉承那些他并不尊敬的人。珀蒂皮埃尔牧师被他的牧师同行们驱逐出去了，因为他拒绝相信人会永远在地狱里被上帝惩罚。元帅反对牧师们僭越权力，却发现他日思夜想为之谋福利的城邦的人民对他群起而攻之。当我到达这个城邦的时候，这种愚蠢的骚动还没有缓和。人们认为他仍然是个容易招致偏见的人，在所有对他的责难中，这或许是最公正的一个。当我看到这位令人尊敬的老人的时候，我的第一个反应是感叹他的清瘦，岁月的磨蚀使他分外憔悴。但当我抬眼看到他那生动、爽朗而又高贵的仪容时，心中不禁涌出一种尊敬和信任交织的情感，这战胜了其他一切情感。我向他简短地问候了几句之后，他接口谈起了其他的事情，仿佛我已经在那儿过了一个星期了。他甚至没有招呼我们坐下。那位刻板的领主马蒂内先生就一直站在那儿，但我在元帅灵活敏锐的眼睛里发现了友好亲切的东西，马上感到十分自如，于是不等他的招呼，就在他的身边坐了下来。他立刻用更为亲切的口吻对我说话，我感到我的自来熟很合他的口味，他似乎在说："这绝不是个讷沙泰尔的人。"

这就是性格投契所产生的奇特效果呀。在这样的年岁上，他这颗心本来已经失去了自然的热力了，可现在这位和蔼的老人对我燃起了热情，这让大家甚为惊讶。他到莫蒂埃来看我，借口说是要打鹌鹑，可住了两天连枪杆都不曾摸过。我们变得如此融洽——这个词是非常恰如其分的——以致我俩谁离了谁都不行。他夏天住在科隆比埃府，离莫蒂埃有六法里远，我至少每两周就去那里住上一天，然后像个朝圣者一样走回来，心里想的全都是他。这种感情和我当初从退隐庐去奥博纳去的时候显然大不相同，但是它并不比我走近科隆比埃府时所怀的感情更为甘美。一想到这位可敬的老人那父亲般的慈爱，那可爱的美德和仁厚的处世哲学，我就时常在路上流下感动的泪水。我称他为父亲，他叫我孩子。这两个甜蜜的称呼在某种程度上表达了我们之间的依恋之情，但是还不足以表达我们感觉彼此需要和希望在一起的愿望，他坚持要我到科隆比埃府去住。很长一段时间，他都催促我在暂住的那个套间里定居下来。最后我告诉他，我还是在自己的住处比较自由，而且我宁愿花时间跑来跑去看他。他很欣赏我的坦诚，就再也没有提起过这件事情了。啊，我善良的勋爵！啊，我可敬的父亲啊！每当我想起你的时候，我的心里涌动着一股怎样的激动啊！那帮野蛮人，他们为了将我们拆散，给了我怎样的打击啊！但是，不，不，伟大的人啊，你对于我是、而且将永远是一样的，我对你也始终不变。他们欺骗了你，但是他们并没有改变你。

我心中的元帅勋爵也不是完全没有缺点的人。他是一个英明的人，但他也只是一个人。尽管他有着过人的智慧和世间人所能够拥有的最精明的策略，很善于分辨忠奸，但他却免不了受到欺骗。他的脾气很古怪，他思考问题有点儿异想天开、荒诞不经。他可以忘记他每天都见到的人，却在他们最料想不及的时候记起他们来。他的关心似乎不合时宜地乱了套。他总是一时兴起给别人送礼物，而不考虑礼物合不合适。他总是想起什么来就马上把礼物寄给或者送给别人，也不区分一下这礼物是过分昂贵了呢，还是毫无价值。一个日内瓦青年想为普鲁士国王效力，前来找他帮忙推荐一下。勋爵给他的不是推荐信，而是一个小口袋，里面装满了蚕豆。他就带着这个口袋去见国王。国王见了这个奇特的"推荐信"，立即给这个青年安排了一个工作。这些天分极高的天才有一种他们自己的语言，是平庸之辈永远也懂不了的。这些琐细的怪癖，就如美人突然间搔首弄姿一样，只会使勋爵大人显得更有趣味。我非常确信，并且我后来也发现，这些怪癖并不影响他的感情，也不影响在重大问题上他对朋友的关注。但是这一点是事实，即在别人在向他求助的时候，他的态度同样很奇特。我只举一件微不足道的琐事来说明他态度的奇特。因为莫蒂埃到科隆比埃府的距离对我来说太远了，用一天时间走到身体实在受不了。我一般分两天走，午饭后出发，半路上在布洛特睡一晚。店主名叫桑托兹，他想到柏林恳请一个对他而言非常重要的恩典，并托我请勋爵阁下为他请求这个恩典。我欣然应允，带他一起去科隆比埃府，把他留在前厅。我单独对元帅提了这件事，元帅什么话都没有说。一个上午就这么过去了，我在穿过大厅去吃午餐的时候，看到了可怜的桑托兹。他已经等得焦头烂额了。我以为勋爵元帅已经忘记了桑托兹，因而在我们坐下来就餐之前，我又提了一下他的事情。但是勋爵仍旧是一言不发，一如刚才那样。我发现这是元帅先生对我的某种暗示，怪我多事，所以我只好缄口不言，暗暗为可怜的桑托兹叫起苦来。我从科隆比埃府回到家的第二天，桑托兹的道谢使我大为吃惊。原来，他在总督阁下家里受到了很好的接待，并且吃了一顿丰盛的午餐，总督阁下还接受了他的呈文。三个星期以后，勋爵就派人把桑托兹所请求的诏令送给他了，该诏令是由大臣开具、国王签署的。他把事情办好了，却一直没有给我和桑托兹回话提到这件事情，我还以为他不愿意帮忙了呢。

对乔治·吉斯元帅，我真是百谈不厌。我最后的快乐回忆都是他给予我的，而我的余生所剩的将只是痛苦和折磨。一想起这些事情我心里就非常难过，它们不断浮现在我的脑海，使我心绪烦乱。因而我叙述起来就不可能有什么条理了。从今以后，我不得不使我叙述的事实杂乱无章，就像它们呈现在我脑海中的那样。

我来此避难的不安心情很快就被国王给元帅勋爵的复信给化解了。我想象着他仿佛是我强有力的庇护者。国王陛下不仅对我已经做过的事表示赞同，而且——我不该隐瞒任何事情——还派他送给我十二个路易。这位可敬的勋爵，被这个使命弄得左右为难，不知道该如何圆满地完成它。他努力地把这个带有侮辱性的资助由金钱改为了实物，他告诉我他奉国王之命，给我一些木料和煤，以供我应付自己的家庭开支。他甚至补充道，这也许是他自己的本意——国王很乐意照我喜欢的风格为我建造一座小屋，只要我选个地点造房子就可以了。这最后的提议使我深受感动，使我忘记了他的另一项资助的吝啬。这两个资助我都没有接受，然而我仍把腓特烈看成是我的恩人和保护者，并且对他产生了真诚的感情。从那以后我对他的名望就格外感兴趣，就像我以前认为他的成功不正义一样。在不久以后签订和平条约时，我用一个很好看的彩灯表达了我的欢欣。这是一排花环，我用它们来装饰我住的房子，而且的确，我怀着一种报复的心态，花的钱足足有他预备送给我的那么多。和平条约签订以后，我想道，既然他的军事政治成就已经达到了顶峰，他应该会开辟一个新的领域来获得成就感。那就是通过振兴商业和农牧业使他的国家经济繁荣起来；开垦荒地，迁徙人民到那儿定居；同他的所有邻邦保持和平状态，由欧洲的魔王摇身变为欧洲事务的仲裁者。他可以不冒任何风险地放下征战四方的宝剑，因为他完全相信，没有什么人可以迫使他再次把宝剑拿起。看到他没有解除武装，我担心他不知道如何正确利用他自身的优势，担心他只能成为半个伟人。我斗胆以此为内容给他写了一封信，并使用了那种最投他这类人所好的家常口吻，以使真理之声能够让他听到，并不是所有的国王都能听到这种真理之声的。这件事是我和国王两个人之间的秘密，信也是我自作主张写的。我甚至没有把这个秘密告诉元帅。我把信封好，请元帅勋爵带给国王，勋爵没有过问信中是什么内容就把信交给了国王。国王没有答复我。过了一段时间，元帅到柏林去，国王只告诉元帅，我措词激烈地将他斥责了一番。我由此知道这封信并不受欢迎，我那坦率的激情被当作了书呆子气的蠢笨。其实这很有可能是事实。可能在那封信中，该说的话我没有说，也没有采用我本该采用的那种口吻。我只能为促使我提起笔写信的那种感觉承担责任了。

在莫蒂埃—特拉维尔住下来不久，在得到我可以安心呆下去的各方面的保证以后，我穿上了亚美尼亚服装。这不是我想出来的新点子，在我一生之中我曾经多次想到过这个问题。在蒙莫朗西的时候，我经常要使用探条，这就使我不得不呆在卧室里。就在那时，我觉出了穿长衣服的好处。当时，恰好有个亚美尼亚裁缝经常到蒙莫朗西来看他的一个亲戚，这又诱使我很想趁这个机会穿上这种新的服装，不管人家怎么说，反正别人说什么闲话我也不在乎。但是在穿这种衣服之前，我很愿意听取一下卢森堡夫人的意见，她也极力建议我这么做。随后我就置办了一套亚美尼亚服装。但是席卷而来的风暴迫使我不得不推后时间，等时局平静一些了再穿这些衣服。几个月以后我旧病复发不得不重新使用探条，我才觉得我可以在莫蒂埃穿这些衣服而不冒什么风险了。尤其是事先我还咨询过当地的牧师，他说，即使我穿这种衣服去教堂也不会有什么不敬之处。于是我就穿上了短上衣，披上了长袍，戴上了皮帽子，系上了腰带。而且在穿着这套服装参加了圣事之后，我觉得穿着它到元帅勋爵家里应该也没有什么不妥。总督阁下看到我如此打扮，只打了个招呼说“萨拉姆阿勒基”——算是为这事划上了一个完满的句号。从此，我就不穿别的衣服了。

完全远离了文学之后，我惟一的念头就是过一种安宁静谧的生活，这完全由我自己来决定。每当我一个人的时候，我从来没有感到过厌烦，就算是我完全无事可干的时候也是如此。我的想象力可以将每个空白都填满，单是这就够我忙的了。我无法忍受的情景是这样的：一屋子人无聊了就闲扯，面对面地坐着，啥都不动只动他们的嘴皮子。散散步，走走路，我还能够忍受，起码腿脚和眼睛还在活动着；但是抱着胳膊谈论着天气和正在飞舞的苍蝇，或者更糟糕一些，互相恭维，这对于我来说简直是无法忍受的折磨。为了不过野人那样的生活，我就想着要去学习怎么样编带子。我到别人家去玩的时候就带上座垫，或者像那些女人一样，在门口干点儿活，顺便和路过的人聊几句天。这就使我觉得空洞的闲聊变得不那么令人难以忍受了，也使得我和我的邻居们一起度过的时光不那么令人厌烦了。其中几个邻居是很不错的，也不缺乏才智。其中一个叫伊萨贝尔·狄维尔诺瓦的姑娘，是讷沙泰尔检察长的女儿，我觉得她和我做朋友是值得的，她也没有什么好抱怨的。我给了她很多忠告，也在紧要关头帮过她的忙，所以现在她成了一个受人尊敬的、贤惠贞德的母亲。她那样的眼光、那样的丈夫、那样的生活和那样的幸福，也许应该归功于我。而我呢，则从她那里得到了温柔的慰藉，尤其是在一个凄清的冬季。那个时候，我的疾病和痛苦已经到达了顶点，她来同我的戴莱丝作伴。那漫长的夜晚，仿佛因为有了她的推心置腹互诉衷肠、我们相互的信任，才变得不那么难熬了。她喊我爸爸，我喊她女儿。这两个称呼我们到现在仍在使用，我希望以后对我和她来说，听起来都一样亲切。为了让我编的带子发挥出作用，我在年轻朋友结婚的时候送带子给他们，条件是他们亲手把自己的孩子带大。伊萨贝尔的姐姐就收到了这样的一份结婚礼物，她值得拥有这份礼物。伊萨贝尔本人也收到了一条带子，至少从主观意愿看，她也没有辜负我送她带子的初衷。她并没有享受到那份幸福。当我送给她们这些带子的时候，我给每个人都写了一封信，第一封信曾经传诵一时；第二封信就没见怎么传诵了。当然，友谊是不需要宣扬的。

和我邻居们的往来，我不想细说，但不能不提的，是我跟皮利上校的交往。他在山上有一座房子，他习惯夏天的时候来这里避暑。我并不着急想和他结交，因为我知道他在朝廷里不受欢迎，和元帅勋爵的交情也不好，他也从来不去拜见元帅勋爵。然而，由于他来看我，对我非常客气，我不得不礼节性地回访。我们把这种交往持续了下去，有时候也一起吃饭。在他家里，我认识了贝鲁先生，后来我跟贝鲁先生相交甚笃，我不可避免地会谈到他。

贝鲁先生是个美洲人，一个苏里南司令的儿子，司令官死后，他的继任者讷沙泰尔人尚伯里埃先生和司令的遗孀结婚了。这位遗孀第二次失去丈夫以后就带着儿子到丈夫的故乡来定居了。贝鲁是独子，非常富有，备受母亲疼爱，由母亲精心养育成人，受到过很好的教育。他掌握了大量不求甚解的知识，对艺术有一定的鉴赏力，尤以自己的推理思辩能力而颇感自豪。他举止宁静，像个哲学家似的，这跟荷兰人很像。他那黄褐色的皮肤，他那沉默而又保守的性格，更让人相信这一点。他年纪轻轻就聋了，还得了痛风，这使得他的所有动作都很审慎和严肃；而他虽然喜好辩论，在很多时候都论辩不休，但一般情况下他很少说话，因为他听不见别人在说什么。他的整个形象让我肃然起敬。我心想："他是一个思想家，一个英明的人，和这样一个人做朋友应该是很快乐的事情。"为了彻底地征服我，他常常同我讲话，不用任何恭维我的字眼。他很少同我谈他自己、我或者我出的书。他并非没有主见，他说的每句话都相当正确。这正确和准确吸引了我。他的思想既不如元帅勋爵的那么高尚，也不如元帅勋爵的那么缜密，但是同样具有简单质朴的特点。因此，在这一方面，贝鲁代表着元帅先生。我并没有迷上他，但是他吸引了我，我对他产生了一种敬佩之情，这种敬佩之情逐渐发展成了友谊。在和他的交往中，我完全忘了当初我不愿和霍尔巴赫男爵交朋友时说的话——我说，他太富有了。我相信那个时候我错了。我怀疑，一个人拥有巨额的财富，无论他是谁，都会真诚地喜欢我的原则和这些原则的奉行者吗？

在很长一段时间里，我都很少见到贝鲁先生，因为我从来不到讷沙泰尔去，而他一年也只到山里来看皮利上校一次。我为什么从来不到讷沙泰尔去呢？这是由于一个孩子气的原因，我索性把它说出来好了。

尽管在普鲁士国王和元帅勋爵的保护下，我避免了在逃难时遇到迫害，但是我逃脱不了公众、市政官员和牧师们对我的敌意。法国给了我打击以后，人们觉得不给我一点侮辱，就好像是没有品位似的：这些人害怕他们如果不照着迫害者的样子做，就会拂逆了迫害者的意志。讷沙泰尔的上层，也就是说这个镇上的牧师集团，推波助澜，首先发动邦议会来反对我。这次图谋失败以后，牧师们转而求助于市政当局，市政当局当即就下令禁了我的书，并且待我极不客气。他们想让我明白，就像他们所说的：如果我当初想要住在城里，人们也不会允许的。他们办的《信使》杂志，专栏中充斥着荒谬透顶和无聊伪善的话。尽管他们这种做法招致了头脑清醒人们的嘲笑，但还是煽动了民众起来反对我。听了这些话，我还是禁不住要感激他们让我住在莫蒂埃，那里不是他们的辖区。他们就差用品脱量空气给我呼吸了，还要我用高价来买。他们巴不得我感激他们对我的保护，实际上这保护是国王不顾他们的反对给予我的，也是他们不断从中作梗想要从我手中剥夺走的。后来，他们发现无法得逞，就尽力损害我，尽其所能诋毁我，最后竟把他们的无能当作美德，吹嘘他们如何仁慈，容忍我住在他们的国土上。对此，我本来应该一笑而过的。但是我没有这么做，而是感到很生气，而且蠢到了打定主意不去讷沙泰尔的地步：我还把这个决心坚持了下来，将近两年没有到讷沙泰尔去。要是我介意他们的行动，简直是太瞧得起他们了。然而实际上，无论他们的行动或好或坏，他们都无须为此而负责，因为假如没有了幕后主使，他们就寸步难行了。此外，他们这些人缺乏教养、心胸狭窄，根本不知道尊重为何物，他们的眼睛只盯着地位、权力和金钱，根本不知道应该尊重人才，也根本不懂侮辱人才是不光彩的事情。

有个村长，因为徇私舞弊而撤职，曾经对特拉维尔谷地的警官、我的伊萨贝尔的丈夫说："听说那个卢梭天资过人。把他给我带来，我要看看是不是真的如此。"当然，用这种口吻表示不满的人，是不会让他抱怨的对象感到苦恼的。

从我在巴黎、日内瓦、柏林和讷沙泰尔的遭遇来判断，我不指望此地的牧师能给我什么更周到的照顾。尽管我是由波瓦·德·拉·杜尔夫人介绍给他的，而他也友好地接待了我；但是在这个地方，奉承之语随处可见，礼貌客气也代表不了什么。但是在我重新信奉新教，并在一个新教国家生活之后，如果我不参加我所信奉宗教的公开活动，就会违背我的誓言和我作为公民的职责，所以我要去领圣餐。另一方面，我担心自己走到圣体台，会招致侮辱性的拒绝；在我的事情被日内瓦议会和讷沙泰尔宗教界闹得沸沸扬扬之后，这些牧师们几乎不可能让我安静地去领圣餐了。领圣餐的时间临近了，我决定写信给蒙莫朗先生——这是那位牧师的名字——以此证明我的善意，并告诉他，我从心底里一直以来都是信仰新教的。同时我告诉他为了避免对于信条的争辩，我拒绝再听对这些教义作的任何专门的解释。这样办妥之后，我心里很平静，毫不怀疑蒙莫朗先生会拒绝我去，如果我拒绝做任何解释的话。这样一来事情就解决了，也没有人会来责备我。但是事情并不像我想象的那样。我万万想不到的是，蒙莫朗先生亲自上门来告诉我，在我提出的那个前提下，他允许我去领圣餐，并且他和他的老教友都感到非常荣幸有我这样一个教友。我一生之中从来没有如此惊讶，也从来没有感到如此的欣慰。一个人孤独地生活在世上，命运对于我来说是如此的悲惨，尤其是我身处逆境的时候。面对这么多的通缉和迫害，我可以满怀欣慰地对我说："至少我是和教友们在一起的。"我去领了圣餐，内心非常激动，不禁潸然泪下。这也许是教徒去领圣餐时上帝最喜欢的状态了。

过了一段时间，元帅勋爵派人给我送来了一封布弗莱夫人的信，我猜这封信至少是通过达朗贝转来的，因为他认识元帅勋爵。这是自从我离开蒙莫朗西以后布弗莱夫人给我写的第一封信。在这封信里，她严厉地斥责了我给蒙莫朗先生写信的事情，最重要的是，我居然去领了圣餐。我简直不知道她在斥责谁。因为自从我去了日内瓦以后，我就一直对外宣称自己是个新教徒，而且还公开地到过荷兰教堂，这世上也没有什么人觉得我这样做有什么不妥。布弗莱伯爵夫人居然想在宗教问题上左右我的良心所向，这实在是太可笑了。然而，我并不怀疑她的用意是好的，但我实在不知道她真正的用意何在。我对她这不同寻常的斥责并不感到生气，我给她回了一封相当平和的信，同时给她解释了我那一系列做法的原因。

在这个时候，攻击我的书刊还是和以前一样甚嚣尘上，而且那些善良的作者们责备政府当局对我太宽大了。幕后主使仍未现身，但他导演的这场嗥叫的大合唱，的确有点不祥，并且扰乱人心。而我则任他们去嚎叫，并不庸人自扰。我得到确切消息说，索尔朋神学院发出过一个谴责书。我不相信有这回事。索邦神学院怎么会干涉这件事呢？难道他们想证明我不是天主教徒吗？这已经是众所周知的事情了啊。他们想证明我不是一个虔诚的加尔文派教徒吗？这件事与他们又有什么关系呢？他们把这件事情揽到自己身上来，真是太奇怪了，简直快成我们的牧师了。在我看到文件之前，我相信这文件是以索邦神学院的名义传播出去的，并以此来辱没它的。读了那份文件，我对自己先前的猜测更是确信不疑。最后，当我无法再怀疑这份文件的真实性的时候，我什么都没有想，脑袋里面只有一个念头：如果索尔朋神学院的人全都呆在精神病院里，可能会更好一些。

【1763】

另外一份文件对我的触动更大，因为它出自一个我一直非常敬重的人之手，我佩服他的坚毅，却痛心于他的盲目举动。我说的就是巴黎大主教反对我的信。

我认为自己有义务回复这封信。我可以这样做而并不让我丢面子；当年我答复波兰国王的情形和这次差不多。我从来不喜欢伏尔泰式的野蛮争吵。我只能在保持尊严的情况下与人战斗，而且在我屈尊自卫之前，我要确信我的对手不会使我的打击蒙羞。我毫不怀疑这封信出自耶稣会教士之手，尽管他们当时处境也不妙，但是我从中还是看出了他们一直以来的信条——痛打落水狗。因此，我得以奉行我坚持已久的处世原则——尊重作者，同时将该作品驳得体无完肤。我成功地做到了这一点。

我发现在莫蒂埃住得非常舒心，我想在此度过一生中最后的一段日子，我所缺少的，只是一个可靠的生计手段。在这里生活，花销很大。我先前的安排被打乱了，因为我的旧家拆散了，又建了一个新家，我的家什要么卖了，要么丢了；还有就是，我从蒙莫朗西离开以后一路上必不可少的开销也是一笔不小的费用。我看到自己手头的资金一天天地变少，两到三年的时间我准会把剩下的钱也花光的。而我发现，自己再也没有办法攒起那么多的钱了，除非我再操写书之业——这是一个不祥的职业，我早已经放弃了。

我相信，局势不久就会发生扭转，社会大众将从疯狂中清醒过来，市政当局也会无地自容。我现在惟一的念头就是好好规划手头的钱，撑到时来运转的那一天。到那个时候，我就能自如地在投怀送抱的各种生活资源中加以选择了。怀着这个目标，我重新拿起了我的《音乐辞典》，在耗时十年之后，它已经快完工了，就差最后的修改和誊写了。再说，别人寄给我的书为我提供了完善这部词典的资料；而那些寄来的文稿使我得以开始写我的回忆录，以后我想倾注全力来写回忆录。我开始把一些信誊在一个集子里，标好事件和事发日期，以引导我的记忆。我已经将为此而保存的信件一一挑拣出来了，它们衔接得很好，几乎十年都没有断过。然而在誊抄的时候，我发现了一个令我惊讶的缺口，即 1756 年 10 月到次年 3 月，这几乎有六个月那么久。我记得很清楚，这个集子里面有狄德罗、德莱尔、埃皮奈夫人、舍农索夫人和其他人的许多信，这些信刚好可以使这个断档连接起来，现在却怎么也找不到了。它们到哪里去了呢？我的稿件放在卢森堡公馆的那几个月里有人动过我的文稿吗？这简直令人难以置信。由于有好几封女士的信和狄德罗的信都没有写日期，又由于我曾经不得不凭着记忆、仿佛在黑暗中摸索似的补上了日期，以便把这些信按来信日期进行有序的排列。我起先以为我把日期弄错了，于是我把所有无日期和以后加上日期的信全部找了一遍，想看看能不能找到那些填补这一断档的信。我的努力并没有成功，我发现这一断档的确存在，而且那些信的确被人拿走了。被谁拿走了呢？又是出于什么目的呢？这简直让我无法理解。这些信，写于我的几次大吵之前，那时我刚刚为《朱丽》而痴迷着，与任何人都是没有什么利害关系的。这些信中，至多是狄德罗的一些争吵、德莱尔的一些揶揄、舍农索夫人和埃皮奈夫人一些友谊的表示，当时我跟她们的关系相当好。这些信对谁有什么用处吗？拿去干什么用呢？七年之后我才猜到这次盗窃的可怕用意。

这个缺漏查明了，我继续查我的草稿，看有没有其他的错漏。我又发现了几个缺损，由于我记性不好，这使我怀疑我那大批文件里还有类似的缺损。其中丢的有《感性伦理学》的草稿，《爱德华爵士奇遇记》的草稿提要也没有了。后面这一草稿的丢失，我承认，我怀疑是卢森堡夫人干的。这些文件是她的仆人拉·罗什寄给我的。我再也想不起什么人会对我的这些破纸感兴趣了。但是《爱德华爵士奇遇记》或者那些偷去的信，即使他们恶意要害我，拿去又有什么用呢？除非这些信被掩人耳目地涂改过了。至于卢森堡先生，他一向为人正直，对我的友谊也十分真诚，我简直一点也不愿怀疑他。我甚至也不能把怀疑的目标锁定到元帅夫人身上去。在长时间绞尽脑汁排查凶手以后，我能想到的最有可能嫌疑人就是达朗贝。达朗贝已经讨得了卢森堡夫人的欢心，完全有可能翻找这些信件，抽走他中意的手稿或者信件，要么是为了给我制造麻烦，要么是将对他有用的东西据为己有。我猜想，他被《感性伦理学》这个标题误导了，以为这是一部唯物主义论文的提纲。不难想象，他会怎样利用这本书来反对我。我确信他一读完该书的草稿，就会发现自己上当了。而且我打定主意不再从事文学事业了，这次丢文稿并没有怎样使我烦恼，这已经不是他第一次偷窃我的东西了，我已经毫无怨言地忍受很久了。不久，我就不再想这件手脚不干净的事了，就仿佛这件事情根本没有发生过一样，我开始着手整理手头的文稿，以便专心致志写我的《忏悔录》。

我一直都相信，日内瓦宗教界，或者至少是公民和市民，一定会抗议通缉我的那道禁令对教会法的触犯。但是所有的人都一如既往的平静得很，至少表面上如此。因为一种普遍的不满情绪已经弥漫开来，只要机会合适就会表现出来。我的朋友，或者那些自称为我朋友的人，一封接一封的写信，催促着我去做他们的首领，并向我保证议会将会公开道歉。我担心我的出现会引起混乱和躁动，就没有接受他们的请求；同时也为了严守我以前许下的誓言，即不让自己卷入本国的内乱，所以我宁愿让这不公正的侮辱继续下去，永远在国外流亡，也不愿通过暴力而又危险的手段重返祖国。我当然期望市民们对与他们紧密相关的违法行为有着合法而和平的抗议，但是事实并非如此。市民阶层的头目并不急着真正地纠正不公现象，而是急于找机会显示自己的不可或缺。他们从中作梗，却缄口不言，让那些嚼舌根的人、让那些伪君子胡说八道，这些人有议会做靠山，使我在民众心中显得面目可憎，并把这种胡作非为归结于宗教热忱使然。

在徒劳无功地等了一年多以后，我发现根本没有人抗议非法的程序，最后我打定了注意。我发现自己被我的同胞抛弃了，我决定放弃我那忘恩负义的祖国。我从未在祖国生活过，亦从来没有得到过祖国的任何好处和帮助。一直以来，我都努力地为它增光添彩，作为报答，到头来，我居然发现自己被举国上下这样不正义地对待了，并眼见着那些本应为我伸张正义的人一个字也不说。因此，我写信给那一年的首席执行官——我想是法弗尔先生，严正地放弃我的市民权，同时在信中很注意适当地克制自己，并采用了恰当的措辞——对于这一点，我是非常注意的，当我经常被迫在灾难中、在敌人的淫威下，做出与我的尊严相符的举动时，这些举动都是非常礼貌而又克制的。

我的这种做法最终让公民们睁开了眼睛。他们感到放弃对我的保护，就与他们自身的利益背道而驰。他们起而保护我了，然而已经太迟了。他们还有其他的一些牢骚，加上关于我的这项不满，这些东西构成了多次提出的合理化抗议的内容。因为国会自恃有法国政府撑腰，便粗暴而令人失望地拒绝了他们，他们对生在一个图谋奴役民众的国家里感到强烈的愤慨，于是就扩大了抗议的范围和强度。这些拉锯式的争辩催生了各种各样的小册子，可是没有起到什么决定性的作用。就在此时，《乡间来信》出炉了。《乡间来信》是支持议会的作品，技巧十分精妙，一时之间，国民代表无言以对，被议会一派打垮了。这篇作品是一位罕见才俊的足以几世流芳的佳作，出自检察长特龙桑之手，他头脑灵活、才华横溢，又精通共和国的法律和政体。Siluit terra .

【1764】

国民代表派从第一役的战败中振作起来，最后表现得还不错。但是大家都希望我能出马，因为我是惟一一个足以与对手抗衡并战胜对手的人。我承认我也是这么想的。我的老同胞们催促着我，他们认为这番困境是因我而起的，我有责任拿起笔帮他们的忙。我开始着手驳斥《乡间来信》的工作；我把它的名称戏仿为《山中来信》，并以此作为我的作品的名称。我秘密地筹划和执行着这项工作，以至于当我和国民代表一起在托农开会时，为了讨论他们的问题，他们把答复提纲给我看，而我对自己的答辩却只字未提，其实我已经写好了。因为我担心，如果当地官员或我的私敌听到什么风声的话，会为它的印行设置一些阻碍。然而我却无法阻止它在出版之前就在法国流传开来。但是人们认为，与其让我一五一十地弄清楚他们是如何发现我的秘密的，不如让它顺利出版。我将我知道的有关此事的情况说出来，虽然知无不言，但我所知道的却很有限。然而，有关我心中对此事的揣度，我将只字不提。

在莫蒂埃，我的来访客人几乎和我在退隐庐和蒙莫朗西的时候一样多，但是绝大多数来访的情形很不相同。在此之前，那些来拜访我的人，都在才能、趣味和处世信条上与我有些关联，他们以此为由头来找我，而且一见面话题就转到我们有共同语言的问题上去了。在莫蒂埃，事情就不是这样了，从法国人的角度来看尤其如此。我的访客都是些官员或者其他人，他们并不擅长鉴赏文学作品，其中大多数人从来没有读过我的作品，但他们，用他们自己的话说，却跋涉了三十、四十、六十或者一百法里来看我，来瞻仰我这个大腕、名人、大名人、大伟人，如此等等。从那以后，人们就不断给予我最粗俗和最无耻的奉承，而在此之前，来访者对我的尊重使我避免了这些尴尬。由于这些访客不肯屈尊报上他们的姓名或者职业，由于他们的知识储备和我的没有什么共同点，又由于他们既没有读过也没有翻过我的作品，所以我简直不知道该和他们谈点儿什么才好。我等着他们先开口说话，因为只有他们才知道来访的目的，也只有他们才能告诉我他们来访的目的。你可以想象，这样的谈话不会使我特别感兴趣，尽管他们可能对谈话感兴趣，这要看他们想知道什么了。我从来没有什么戒心，他们向我提出他们认为比较适合向我提出的问题，我都一五一十毫无保留地表达我的看法；他们走后，通常会把我当时处境的细节掌握得和我自己一样清楚。

比如，有这样一位叫范斯先生的访客，他是皇后的侍从兼皇后卫兵团的骑兵队长。他如此有耐心，在莫蒂埃住了好几天，甚至牵着他的马和我一起步行到了拉·费里埃尔，我们俩除了都认识菲尔小姐并且都会玩小转球外，没有任何共同之处。在范斯先生来之前，我接受了另一次更非同一般的来访。有两个人步行而来，一人牵着一头骡子，驮着他们小小的行李。他们住在客栈里，自己把骡子刷干净以后就要求见我。从这两个赶骡人的装束来看，村民们把他们当作了走私犯。消息立刻传了出去，说有走私犯来看我了。但是他们与我搭讪的方式告诉我，他们绝对不是那种人。但是，他们虽然不是走私犯，但却很可能是冒险家，这一猜测使我一时不禁起了戒备之心。然而，他们不久就打消了我的疑虑。他们一个是蒙多邦先生，人称杜尔·迪·班伯爵，是多斐内省的一个绅士；另一个是从卡尔帮特拉来的达斯蒂埃先生，一个老兵，他把圣路易勋章放在口袋里，以免露出来让人看见。这两位先生都很亲切，是很好的伙伴，他们谈起话来幽默风趣，和我很投契。他们的旅行方式非常适合我的口味，但是与法国绅士的又截然不同，这使我对他们产生了好感，和他们的交往加强了这种感情。我们的相识并未到此结束，而且现在还在继续。从那以后，他们又几次跑来看我，不过不是步行来的，但是以步行作为我们初次相识的起点是很不错的。不过和他们见得越多，我就越发现他们的兴趣爱好和我鲜少有共同之处，他们的处世信条也与我的很不相同。我越来越发觉他们不熟悉我的作品，和我也没有什么真正的共鸣可言。那么，他们对我有什么希求吗？他们为什么这副打扮来看我呢？他们为什么待了好几天了？为什么他们这么渴盼我去他们那里作客呢？当时，我根本没有想过这些问题。从那以后，我就经常问自己这些问题。

被他们友好的套近乎的表示感动了，我的心不假思索就被他们征服了，尤其是被达斯蒂埃先生，他更为坦率开朗一些，所以更让我喜欢。我甚至还继续和他通信；而且当我想把《山中来信》印出来时，我还想到要找他帮忙，以此误导那些在去荷兰路上等着看我包裹的人，让他们摸不到线索。他曾经多次跟我提到，而且可能是故意提到，在阿维尼翁出版业非常自由，如果我要印什么东西的话，他很愿意为我效劳。我接受了他的好意，将自己文稿的前几册陆陆续续寄给了他。他将这些文稿保留了相当长一段时间后又把它们寄还给我了，同时告诉我说，没有哪个出版商敢冒险出版我的作品。我不得不又回头去找雷伊，小心翼翼地把我的文稿分成一册一册陆续寄给了他，而且一定是在确保上一册收妥以后才寄出下一册。在这部作品没有出版之前，我得知有人在大臣的办公室里见过该书；讷沙泰尔人埃斯什尔尼跟我谈起一本叫《山中人》的书，说霍尔巴赫告诉他这书是我写的。我向他保证，我从来没有写过有着这样书名的一本书，因为事实也就是这样的。当那些来信出版的时候，他大为光火，说我撒谎，虽然我告诉他的都是真的。从这件事上来看，我确信我的手稿被人看过了。我深信雷伊的诚实，因此我不得不将我的怀疑转移到其他地方。我倾向于相信的最合理的猜测是，我装文稿的包裹在邮路上被人打开过了。

另外一个人，差不多就是我在那个时候认识的，起先我们只是通过信函往来，这人就是拉利奥先生，一个尼姆人。他从巴黎写信给我，请我把我的侧面剪影像寄给他，他好请勒·穆瓦纳用大理石给我雕一个半身像，雕好以后陈列在他的图书室里。如果这是一种奉承的方法，以此解除我的疑虑的话，那么这一招实在是太奏效了。我相信一个人希望在他的图书室里放上我的半身雕像，那他肯定熟读过我的作品，也拥护我的处世信条的。我相信他爱我，因为他的灵魂和我的灵魂是相通的。这个想法当然吸引了我。我随后见了拉利奥先生，我发现他很渴望为我排除一下小纷扰，想干预我的一些琐事。但是，除此以外，我怀疑他这一辈子读过的书中，究竟有没有一本是我的作品。我不知道他是否有个图书室，以及这图书室是否在使用；至于那个半身像，只是一个粗陋的用黏土制成的塑像，是勒·穆瓦纳自己操刀的，但是雕了一个丑陋不堪的人像。他用我的名字四处宣扬这雕像，仿佛这玩意儿真的和我有些相似之处。

惟一一个出于对我的观点和文章的偏爱来看我的法国人，是利穆赞步兵团的一个青年军官，名叫塞吉埃·德·圣布里松先生。他曾经凭着令人羡慕的才华和恃才放犷在巴黎和上流社会很出过一阵风头，可能现在仍然是这样。在我灾祸降临前的那个冬天，他曾经到蒙莫朗西去看过我。我发现他精力充沛，很活跃。这让我十分喜欢。后来我到莫蒂埃来了，他又写信给我。并且，不知他是想奉承我，还是被《爱弥儿》弄得晕头转向了，他告诉我他想离开军队，去过独立的生活，并说他正在学习木匠手艺。他有一个哥哥是同一个兵团的上尉，是他母亲的掌上明珠。他母亲是个狂热的信徒，受某个伪善的神父的影响，对她的小儿子非常不好，斥责他不信宗教，尤其不可饶恕的是，这个小儿子和我的关系居然很密切。这种种抱怨和不满，致使他想与母亲决裂，也促使他采纳了我刚才谈到的那个决定——那就是，做一个小“爱弥儿”。

我被他这莽撞的渴望吓着了，我赶紧写信给他，试图说服他放弃原有的计划，我竭尽全力规劝他。他听进去了，重新回去履行儿子的职责，并且，从他的上校手里把他递交的辞呈收了回来。他当时辞职以后，上校谨慎地拒绝了，给了他一段时间想清楚到底要不要辞职。圣布里松放弃了这些傻念头后，又生出了另一个不太耸人听闻但是很不合我口味的想法，想去当作家。他陆续出了两三本小册子，显示出作者是有点才华的，我也将无需有如下的自责：“我本来应该给他鼓舞人心的夸奖，让他在这条路上继续走下去的。”

过了一段时间，他来看我，我们一起到圣皮埃尔岛远足。在这次旅程中，我发现他与我在蒙莫朗西见到时的样子有点儿不同。他表现出一种矫揉造作的神情，开始我也不怎么觉得特别碍眼，但从那以后我就常常想起来。当我途经巴黎到伦敦去的时候，他又到圣西门旅馆来看我。在那里我听说——他以前并未告诉过我——他进入了上流社会，并且频繁地去看卢森堡夫人。当我在特利时，他就音信全无，也没有通过我的邻居他的亲戚塞吉埃小姐给我任何消息。塞吉埃小姐对我从未有过什么好感。总之，圣布里松先生对我的迷恋，就像那次我跟范斯先生的交往一样，突然之间就结束了。但是，范斯先生不欠我什么，圣布里松却欠了我的情，除非我阻止他干的那些傻事只是他开的一个玩笑而已。实际情况很可能就是这样。

从日内瓦来看我的人也一样多，甚至更多。德吕克父子相继选中我做他们的护士。他们父子两个，父亲在路上病了，儿子则在从日内瓦动身的时候就病了，他们就都住到我家里来了。一些牧师、亲戚、偏执的教徒，各种各样的人，都从日内瓦和瑞士来了。他们不像那些法国人，是为崇拜我或者取笑我而来的，而是为了责备我和为难我而来的。惟一让我高兴的是穆尔杜，他来跟我住了三四天，我本想留他多住几天的。在所有人中，最顽固、最有耐心、最终用他那没完没了的要求把我驯服了的，是一位狄维尔诺瓦先生。他是个日内瓦商人，法国难民，是讷沙泰尔检察长的亲戚。这位狄维尔诺瓦先生每年专门从日内瓦到莫蒂埃来看我两次，一连几天，从早到晚都和我呆在一起，陪我散步、给我带不计其数的小礼物，想获得我对他的信任，凡是我的事情他都要插手管一管，尽管我和他在思想、爱好、观念或者知识上没有任何共同点。我怀疑在他的整个一生中，他根本没有从头到尾看完过任何一本书，甚至不知道我的作品谈论了什么话题。当我开始收集植物标本时，他也陪我长途跋涉去收集。但他对这一活动并不热衷，一路上我们一句话也没有说。他甚至有勇气在古穆安的一个小酒馆和我面对面地呆上三整天。我本来希望通过让他自己觉得百无聊赖或者让他觉察到他使我非常厌烦，就会让他走开，但是，无论我怎么做都挫败不了他那不可思议的恒心。然而，我也无法参透其原因之所在。

和所有这些人的相识，都是在被迫中开始并在被迫中维持下去的。其中，也有惟一一个我不能遗漏的、令我感到愉悦并激起了我由衷关心的人，我说的是一个匈牙利青年。这个青年先到讷沙泰尔住下，在我住到莫蒂埃几个月以后，他搬到莫蒂埃来住了。在莫蒂埃，人们称他为索特恩男爵，他从苏黎世过来的时候，就是以这个名字为人所知的。他身材高大、魁梧有力、面貌可亲，并且彬彬有礼。他告诉别人，也让我知道，他是专门为了看我才来讷沙泰尔的，好与我结交，以趁年轻时提高品德修养。我觉得他的神情、语气和举止，和他所说的话很一致。如此可爱的一个青年，他来看我的动机又是如此值得尊敬，我如果拒绝见他的话，那我就没有成功履行最重要的天职了。我与人交心总是毫无保留，交一半留一半不是我所擅长的。他很快就和我建立起了亲密无间的友谊，取得了我完全的信任，我们变得难舍难分。每次我徒步旅行，他都陪伴着我，他也很喜欢徒步旅行。我把他带到元帅勋爵家里去，元帅先生也对他盛情以待。他还不会说法语，因此他说话和写信给我用的是拉丁语，我用法语回信。然而，这两种语言混合的交流，也使我们的谈话非常流畅和生动。他向我谈起他的家庭、他的琐事、他的经历和维也纳的宫廷，他似乎很熟悉宫廷里的一些事情。总之，有将近两年的时间，我们关系极其亲密，我自始至终都觉得他性格温和、宠辱不惊，举止不仅礼貌而且高雅，个人仪容十分整洁，并且语言得体。总之，他有着富家子弟有的一切特征，这使我十分尊敬他，因此也十分喜欢他。

在我和他交往最密切的时候，狄维尔诺瓦从日内瓦写信给我，提醒我提防与我为邻的那个匈牙利青年，并补充说道，有人告诉他，这个青年是个密探，是法国政府派来监视我的。这个警告可能会使我更加不安。因为在我住的这个地方，每个人都叫我小心行事，说有人在监视我。他们蓄谋把我诱骗到法国境内，然后突袭我。

为了让这些愚蠢的警告者们闭嘴，我向索特恩建议，到蓬达里埃去作一次远足。我事先并没有告诉他远足的缘起。他应约前往。到了蓬达里埃，我就将狄维尔诺瓦的信拿给他看，然后热情地拥抱他，说："索特恩无需我证明我对他的信任，但是社会大众却需要我证明：我知道谁值得信任。"这个拥抱非常甜蜜。这是那些迫害者们永远无法了解的灵魂的一种欢悦，而这种欢悦，他们永远无法从被压迫者手中夺走。

我永远都不相信索特恩是个密探，也不相信他会背叛我，但是他却欺骗了我。当我毫无保留地向他敞开心扉的时候，他却坚定地紧闭他的心门，用他编织的谎言来欺骗我。他编了一个故事，让我相信他不得不回到自己的祖国。事不宜迟，我劝他赶快动身。他就动身了，当我以为他已经在匈牙利的时候，却听说他在斯特拉斯堡。这不是他第一次去斯特拉斯堡了。他引发了那里的一个家庭纠纷，那个家里的丈夫知道我经常见索特恩，就写信给我。我不遗余力地想使那个妻子恪守妇道，劝索特恩恪尽职守。当我以为他俩已经彻底分手了的时候，他们又鬼混到一块儿去了。从那以后，我简直无话可说。我发现这个假男爵编了一大堆谎言来骗我。他的名字根本不叫索特恩，而叫索特斯海姆。至于男爵的头衔，是在瑞士时人们赠与他的。这一点我不能责怪他，因为他自己从来没有使用过这个头衔。但我从不怀疑他是一个真正的贵族。很善于识人而且到过匈牙利的元帅勋爵一直以为他是贵族，并以贵族之礼待他。

索特恩一离开，他经常去用餐的那家客栈的女仆就宣称怀孕了，孩子是他的。她是这么一个邋遢放荡的女人，而索特恩在这里广受尊敬，人们认为他是一个行为端正、值得尊敬的年轻人，而且大家知道他特别爱干净，因此女仆这放肆的断言，让大家很反感。这一地区最有魅力的女人曾经大肆挑逗过他都徒劳无功，闻听此言，这些女人们不禁大为光火。我也非常气愤，便竭尽全力想让这个无耻的荡妇收敛一点。我提出愿意为她承担由此而产生的一切费用，并且愿意为索特斯海姆作保。我写信给他，坚信那个女人的肚子不是他搞大的，而且根本上只是假装的，整个事件只不过是他的仇人和我的仇人的伎俩而已。我要他回到这里来，挫败这个糟女人和教唆她的人。让我吃惊的是，他的回复非常软弱无力。他写信给那个女仆所在教区的牧师，请他设法不让这件丑事张扬出去。我随后也不想为这件事而操心了。但我觉得非常奇怪，一个品位低俗的男人，居然有足够的自制力，在我们交往最密切的时候，以其矜持寡言赢得了我的欢心。

索特斯海姆由斯特拉斯堡到巴黎去寻找机会，结果找到的只有痛苦。他写信给我，忏悔他的种种罪恶。回想起我们旧日的友谊，我的心被触动了。我给他寄了一点钱。第二年，我路过巴黎时，又去见了他一面。他几乎还是那样窘迫，但和拉利奥先生交情甚笃。我无从知道他是怎么认识拉利奥先生的，也无从知道他们是新近认识的呢还是老交情。两年以后，索特斯海姆回到了斯特拉斯堡，他还从那里给我写过信，后来死在那里。简而言之，这就是我和他交往的过程以及他的一些奇遇。但是我悲叹这个不幸青年的悲惨命运，却仍然相信他生于富贵之家，他那曲折的人生遭际是他所处的环境造成的。

这就是我在莫蒂埃通过熟人和友谊关系结识的人。可这样的友情即便有再多，也无法补偿我在那个时候所遭受的惨痛损失啊！

首先，卢森堡先生去世了。他遭受了医生的巨大折磨，最后死于医生之手。他们拒绝承认卢森堡先生患的是痛风，而把痛风当作一种他们有能力治愈的另一种疾病来治疗。

如果我们可以相信卢森堡夫人的心腹仆人拉·罗什所写的病情报告的话，卢森堡先生的事例的确是一件惨痛而又难忘的例子，这位大人物的苦难真让人唏嘘不已。

这位值得尊敬的人物的离去，使我十分伤心。因为他是我在法国惟一一个真正的朋友。他的性格格外温和可亲，这让人完全忘记了他的官位，而把他当作平等的人去交往。我们的交情并未因我的退隐而结束，他还是像以前一样，继续给我写信。然而，我觉察到，我不在她身边或我的不幸在某种程度上冷却了他对我的感情。一个朝臣在知道一个人在政府当局面前失宠的时候，仍然对这个人保有同样的感情，这是非常不容易做到的事情。而且，我认定，卢森堡夫人给了他很大的影响，这肯定是有损于我的，而且她还利用我不在他身边的契机，在卢森堡先生面前贬损我。至于她自己，虽然也有一些矫揉造作的友谊表示，但却越来越少，她也比过去更不掩饰自己对我的感情的变化。她给在瑞士的我写过四五封信，也只是偶尔写一写。从那以后就再也没有给我写过信了。这全拜我的先入为主之见、我对她的信任和我的盲目所赐，这使我看不出，她对我的感情已经不是冷淡那么简单了。

迪舍纳的合伙人、书商居伊在我之后成了卢森堡公馆的常客。他写信告诉我说，我的名字写到了元帅先生的遗嘱里。对于这件事情，我觉得不足为奇，是比较可信的，所以我相信他所言非虚。这使我思考起该如何对待这笔遗赠的财产来。经过仔细考虑以后，我决定无论这份遗赠是什么我都接受，并向这位值得尊敬的人报以应得的尊敬。尽管他地位显赫，但还是对我表现出了真诚的友谊，而像他这样地位的人们，是鲜有真诚的友谊的。后来我再也没有听别人提到过这份遗赠了，不管这个遗赠是实有其事或者仅仅是谣传，但我却因此而免除了接受遗赠的义务。而且，说实话，如果利用我亲密的人的死来获利，这是肯定会违反我奉为圭臬的道德信条的。在我们的朋友缪沙尔弥留之际，勒涅普曾经向我建议，我们应该利用他对我们给予他照料的感激之情，委婉地向他提出在遗嘱中给我们馈赠一点财产。“啊！亲爱的勒涅普，”我对他说，“不要用自私自利的想法，玷污了我们对这位垂死的朋友应尽的悲伤而又神圣的责任吧。”我不希望我被写进任何人的遗嘱，至少不愿意被写进朋友的遗嘱。大概就是这个时候，元帅勋爵跟我谈到了他的遗嘱，以及他愿意对我有所表示，我对此的回答，在第一部里已经说过了。

我的第二个损失更痛苦更无法弥补，那就是世界上最好的女人、最好的妈妈的离去。她老迈不已，又深受经济拮据和体弱多病之苦，终于离开了人间血泪的深谷，到那圣徒所在的天堂去了。在那儿，我们在人间所做的所有善事的美好回忆，就是对善事永恒的报偿。去吧，温柔而慈悲的灵魂，和费讷隆、贝尔奈、加狄拿那些人站到一起去吧。他们对真正的慈悲敞开了心扉。去吧，去品尝你慈悲的果实吧，并为被你养育的人预留一个他某一天希望在你身边占有的位置吧！这是诸多不幸中的幸福，因为上天结束了你的痛苦，也就免得你看见我的惨淡人生。我害怕把自己先前的灾难告诉她会让她伤心，所以到瑞士以后，我一封信都没有给她写过。但是我给孔济埃先生写过信，询问她的近况，就是从他那里，我得知妈妈已经停止了救助受苦受难的人们，而她自己的痛苦也结束了。我不久也会不再受苦了。但是，如果我不相信我会在另一个世界里再次和她相见，那么我微弱的想象力，也无法相信我所期望的另一个世界的完美的幸福。

我的第三个也是最后一个损失——因为我再也没有什么朋友可以失去的了——就是失去了元帅勋爵。我说“失去他”，并不是说他死了。他没有死，但是他厌倦了为忘恩负义的主顾们服务，他离开了讷沙泰尔，从那以后，我就再也没有见过他了。他还活着，我希望他活得比我长；他还活着，多亏了他，我才没有断绝对尘世的留恋撒手而去。世上还剩一个人值得拥有我的友谊，友谊的真正价值不仅在于激发他人的友情，更在于亲身体会这份友情。但是我已经失去他的友谊给予我的那份愉悦了，而且我现在只能把他看作那种我仍然爱着却已经没有任何关系的人了。他到英格兰去接受国王的赦免，要去收回他先前被没收的家产。我们分别时并不是没有约定以后再次相见。这件事情给他带来的愉悦，和给我带来的愉悦一样多。他打算到阿伯丁附近的吉斯府里住下来，而且约好我到那里去看望他。但是这个打算对我来说实在是大快人心，以至它无法变为现实。他并未在苏格兰停下来。普鲁士国王的一番恳切要求又把他召回了柏林。你们马上就可以看到，我是怎样没能到柏林和他重聚的。

他离开之前，就预计到人们即将掀起反对我的风暴，便主动送给我了一份入籍证书。这似乎是一种非常安全的预防措施，以防止别人把我驱逐出这个国家。特拉维尔谷地的古维教会团体效仿总督的样子，准予我享受当地居民的权利，而且是免费的，和入籍证书一样。这样一来，我在各方面都成了一个完完全全的本土公民，这可以使我免受任何合法的驱逐，即使国王也无权驱逐我。但是迫害一个比任何人都更加尊重法律的人，我的敌人们是从来不会使用合法手段的。

在我这一时期遭受的损失中，我相信我不能把马布利神父的去世算作我的损失。我在他哥哥家里住过，我和他有点粗浅的往来，但是远远谈不上亲密。我有理由相信，他对我的感情变化始于我获得了比他更大的声誉之后。但是在《山中来信》出版之后，我看到他第一次对我表现出了恶意。据说是由他写给萨拉丹夫人的一封信在日内瓦流传开来，信中他把《山中来信》称作一个蛊惑人心的政客煽动性的言论。我对马布利神父的尊敬和我对他的才干的欣赏使我连一刻都不敢相信那封言辞放肆的信出自于他之手。我坦率的性格催促着我采取行动，我真的就照此采取行动了。我把那封信抄了一份寄给他，告诉他那封信是他写的。他没有答复我。他的沉默令我很诧异。但是舍农索夫人告诉我，马布利神父的确写了那封信，并且说我写给他的信让他感到非常尴尬。听了舍农索夫人的话，我的惊奇是可想而知的。因为即使马布利神父是对的，他也没有道理采取这样注定要引起骚乱的行动。他做得如此公开和轻巧，根本无人强制也无此必要。他惟一的目的就是要将一个他一向颇有好感而又从未伤害过他的人，在他最落魄的时候，让他更加不堪一击。过了一段时间，《弗基昂谈话集》出版了，我觉得这本书厚颜无耻，是拿我的作品七拼八凑弄成的一个汇编。当我读着这本书的时候，我感到该书作者是打定主意要针对我了，而且我相信，从此以后，自己不可能有比他更阴险的仇敌了。我深信，他无法原谅我写出了《社会契约论》这样他力所不逮的作品，也无法原谅我写了《永久和平》，他只希望我去做做给圣皮埃尔神父的作品编选集之类的工作，因为他认为那样一来，我就不会这么成功了。

我越往下写，就越难保持事情发生的有序性和连续性了。在余生中，我所处的境况变动不拘，根本没有时间在我头脑里将这些事件有顺序地排列一下。这些事件数量太多、太盘根错节、太不愉快了，以至于我无法将它有条不紊地叙述出来。它们给我印象最深刻的就是掩盖事件原因的那种令人恐怖的神秘，以及那些事件把我逼到的这种令人悲叹的境地。我的叙述只能这样无序地进行下去，想到什么就写什么。我记得，就在我谈到的这个时期，我正埋头于写作《忏悔录》，我很不谨慎地不管见了谁都说起这件事，根本不曾想到谁会有兴趣、有意愿、（更不用说）有能力在我的写作道路上设置障碍。而且即使我这样认为，我也不会表现得更加审慎，因为我的性格使得我完全不可能将我的任何想法和感受隐藏起来。据我判断，我写作《忏悔录》一事弄得尽人皆知，是以驱逐我出瑞士为目标的这场风暴兴起的真正原因。他们想把我交到那些能够阻止我写作《忏悔录》的人手里。

我还有另外一项工作要做，这是那些惧怕我做第一项工作（写作《忏悔录》）的人们同样反感的事，就是做一个我的作品全编。这样一个作品集对我来说是很必要的，因为这样一来就可以在那些冠有我名字的作品中，确认哪些作品真的出自于我之手，让社会大众能够从我的敌人强加于我的那些旨在破坏我的声誉、贬损我的作品中把我的作品区分出来。除此以外，出全集也是保证我生活来源的一个简单可行而又光明正大的方法。实际上，这是惟一的方法，因为我已经放弃了写书，我的回忆录无法在我生前出版，我也无法通过其他渠道赚到一分钱，而开销却总还是有的。所以，我知道一旦我最后几本书的收入耗尽以后，我就会弹尽粮绝了。这些顾虑已经很明显要促使我将《音乐辞典》拿出来交印了。它当时还没有编辑完毕。这给我带来了一百个金路易的现钱和一百个埃居年金的进账。但是显而易见，对于一个一年花六十个金路易的人来说，一百个金路易也是杯水车薪，根本支撑不了多久。而那一百个埃居的收入，对于一个被乞丐和其他穷鬼像椋鸟一样不断扑上来劫夺的人来说，简直就等于是没有。

一群讷沙泰尔商人自告奋勇要印刷我的全集，一个叫雷基亚的里昂印刷商或者是书商，不知什么缘故也闻风而来，要加入到那帮讷沙泰尔商人中来分一杯羹。考虑到我事先的目标，这份合同是在很合理并且令人满意的基础上签订的。我已经出版的和目前尚为手稿的书，加在一起够出四开六卷本。我们还达成了协议，由我来统筹监管该套书的出版。作为回报，我将有望得到一笔一千六百法国利勿儿的年金以及一次付清的一千埃居。

【1765】

合同订好了，只差签字了。就在这个时候，《山中来信》出版了。针对这可恶的作品和它招人憎恨的作者的骚乱，令人恐怖地爆发了，这使那些书商颇为震惊。出版全集的事就此搁浅了。我将这最后的作品的效果与

《论法国音乐的信》相提并论，只是这封信在给我招致仇恨并让我冒了风险的同时，至少还让我赢得了爱戴和尊敬。但是《山中来信》发表以后，在日内瓦和凡尔赛，人们都很惊讶，为什么容忍像我这样的人在世上偷生。小议会在法国办事处的怂恿下，受了检察长的指使，针对我的作品发表了一个宣言。这个宣言在用最蛮横无理的语言将其指责一番后宣称，该作品连被刽子手拿去烧毁都不值得，还以接近于讽刺的腔调说，任何人答复、甚至提到这部作品时不感到羞辱都是不可能的事情。我很希望自己手头有一份令人惊羡的《山中来信》，但是很不巧，我手头没有。而且我一个字都记不起来了。我真诚地期望，我的读者中有人在追寻真理和正义的愿望的激发下，重新通读一遍《山中来信》。我敢说，透过人们强加于作者身上的一个接一个的粗暴而残酷的侮辱，他将看到整部作品标志性的斯多葛派式的隐忍克制。但是，我的敌人无法就我的辱骂作出回复（因为《山中来信》中根本就没有辱骂），也无法反驳我的论点（因为我的论点都是无懈可击的），于是他们就故意装作义愤填膺，以至于不作回应。但是这一点是肯定的，如果他们把无可辩驳的论点当作辱骂，他们也可能会觉得遭到强烈侮辱了！

国民议会派不仅没有抗议这个可恨的宣言，而且循着宣言给他们指出来的路走了下去。他们没有把《山中来信》誉为胜利的标志，却把它掩藏起来当作盾牌。他们是如此的怯懦，对这部在他们的恳求下写的旨在保护他们的作品，竟然没有表示丝毫敬意或者说半句公道话，甚至也没有引用或者提及它——尽管他们私底下学习了《山中来信》所有的论点，而且他们谨慎遵循的在文末提出的那个忠告，是他们获得解脱与安全的惟一原因。他们曾经把这个责任交给我。我已经尽到责任了。我曾经为这个国家和它的事业呕心沥血地服务过。我恳求他们在争吵中不要管我，只为他们自己着想就可以了。他们照我的话行事了，而且我不想再干预他们的事，只为规劝他们息事宁人，因为我深信不疑，如果他们一意孤行的话，肯定会被法国击垮。他们并没有被法国击垮。我明了其原因之所在，只是在这里不方便说出来罢了。

《山中来信》在讷沙泰尔的反响最初很微弱。我送了一份给蒙莫朗先生，他欣然接受了，读完并没有说其中有任何不对的地方。他当时和我一样生了病。病好以后，他很友好地来看我，关于那本书他什么都没有说。然而就在那个时候，骚动开始了。这本书不知道在什么地方被公开焚毁了。骚乱的中心很快就从日内瓦、伯尔尼，也可能从凡尔赛转移到讷沙泰尔来了，尤其是转移到特拉维尔谷地来了。在这里，甚至在宗教界没有任何行动迹象前，他们已经开始在暗中使手段怂恿起当地民众了。我敢说，我会受到此地居民的喜爱，就像我住在其他地方也颇受当地人欢迎一样。因为我慷慨掏钱救济穷人，不让一个我周围的穷人得不到帮助，绝不拒绝提供任何我力所能及的正义公道的帮助，甚至努力使自己和当地民众打成一片，尽可能地拒绝别人给我的特殊照顾，以免引起当地民众的嫉妒。所有这些都阻止不了他们被我所不知的人暗中煽动起来，逐渐对我愤怒不已。大白天的，不管是在乡间的小路上，还是在大街上，他们都公开地辱骂我。那些我给予帮助最多的人态度也是最恶毒的。甚至那些仍然在接受我帮助的人，尽管他们不敢公开地站出来反对我，但是他们似乎也很急于用这种方法，来洗刷他们有义务向我感恩的耻辱。蒙莫朗好像什么事情都没有看见似的，暂时也没有抛头露面。但是当圣餐礼临近的时候，他上门来看我，建议我在那天不要露面，同时保证他对我一点儿都不生气，也不会打搅我的生活。我认为他的这番问候显得十分蹊跷，这让我想起了布弗莱夫人的来信。我搞不清楚，我领不领圣餐究竟和谁有什么关系。因为我相信为了向他让步而不领圣餐是懦夫之举，此外，我也不想给当地民众提供新的借口，以反对我“不信宗教”。所以我断然拒绝了蒙莫朗的要求，他极为不悦地回了家，同时留下一句话说：你会为此而后悔的。

他一个人的阻挠并不能拒绝我去领圣餐：以前接受我领圣餐的教务会议的意见也是必不可少的。只要教务会议不表态，我完全可以大胆地前去领圣餐，不用害怕遭到拒绝。蒙莫朗从宗教界手中接过一个任务，传唤我去教务会议坦白交待我的宗教信仰。如果我拒绝的话，就将我逐出教会。将教徒驱逐出教也需要教务会议多数票通过才行。但是以老教友名义组成教务会议的那些乡民，是以牧师为主席的，因此显而易见是受牧师调配的，跟他的意见无一例外地一致，尤其是在神学问题上，这些人比牧师知道得更少。因此我被传唤了，而且我决定应召前往。

如果我口才很好，如果我的笔长在嘴里，这会是多么好的一个机会啊，这对我来说是多么大的一个胜利啊。我会以压倒优势、多么轻松地在那六个乡民之间将那个可怜的牧师击败啊。对权力的贪欲，使得新教牧师们忘记了宗教改革的所有原则。为了提醒他们这一点，也为了让他们闭嘴，我需要做的事，就是将《山中来信》的头一部分解释一下，他们居然愚蠢到拿这一部分来责难我。我的文章已经准备好了，我只需要扩展一下，就可以让我的敌人哑口无言。我不会这么傻只采取守势：对我来说，采取攻势而不让他们发觉或者让他们无法防备我的进攻，是非常容易的一件事。宗教界的那些卑鄙的家伙们，既自私又无知，他们自己把我放到了我想取得的最有利的位置，我可以随我所愿地把他们打垮。但是——我不得不说话，还得即兴发言，而且在我一时冲动的时候，还要搜罗思想、找到合适的表达方式和合适的词语，并永远不失我的镇定和清醒，一刻都不要慌张。我不能对自己有什么期望——我强烈地感觉到我太不善于随机应变了。那时在日内瓦，在一个完全支持我、并在事先已经决定同意我说的一切的大会上，我都被弄得哑口无言、颜面扫地。这次情况恰恰相反：我需要对付的是一个吹毛求疵的人——他不学无术却又老奸巨猾，他会布下一百个圈套等着我来钻，我却一个都发觉不了，他打定主意不惜一切代价陷我于不义。我越是考虑我的处境，就越觉得很危险。而且直觉让我相信，自己不可能成功脱身，于是我就想出了一个权宜之计。我想好了一篇演讲词准备到教务会议上去宣讲一番，以否认它的权力，使我不必回答他们的问题。这事儿非常简单：我把演讲词写好，然后以无与伦比的热情将它背熟。听到我咕咕哝哝不停地重复那几句相同的话，极力想把它们塞进我的脑袋里，戴莱丝就取笑起我来。我希望自己最后能够脱稿宣讲。我知道，当地领主作为国王的官员，肯定会出席教务会议。而且我知道尽管蒙莫朗把老教友们宴请了一番，尽管他阴谋算尽，但绝大多数老教友还是倾向于我的。就我这方面来说，理由、真理和正义都倒向我这一边。我还拥有国王的保护，邦议会的权威以及与宗教裁判制度之建立有利害关系的所有热忱爱国者的愿望作为支撑。实际上，所有这些事情都在给我鼓劲。

在约定开会时间的头一天，我将演讲词背熟了，并且背得一字不差。整个晚上我的脑子里翻来覆去都在背诵演讲词。第二天早晨，我又全忘了。每背一个字我都要顿一下，我以为自己已经在会议席上了，因此心绪混乱、结结巴巴、惊慌失措。到最后，临出发前，我一点勇气都没有了，就呆在家里。我决定给教务会议写一封信，匆忙给出我不参加了会议的原因，并将其归为我的身体欠佳，考虑到我的身体状况，我也确实不大可能坚持开完会。

那个牧师被我的信弄得左右为难，就将我这事推迟到下次会议。同时，他和他的党羽处心积虑地想诱惑老教友中的那些不照他意志而凭良心办事的人们——他们的观点和这位牧师以及宗教界并不相同。不管他从酒窖里得出的论述对这类人来说是多么的强大，但除了已经投靠他的两三个教友外，他不可能将其他所有人都用迷魂汤给灌倒。那位国王的官员和皮利上校，在这件事情中颇为活跃，使得其他教友都恪守职责。当蒙莫朗打算开除我的教籍的时候，教务会议用多数票断然否决了他。他被逼无奈，就只有伙同他的同事和其他一些人煽动民众，公开来反对我。他做得那么成功，尽管国王三令五申多次下诏，我最后还是不得不离开这儿，以免那位国王的官员因为要保护我而冒被暗杀的危险。

对这整件事情的印象，我回想起来还是很模糊，以至于我根本无法将记起的事情有序排列并连缀起来。我只能按照它们浮现在我脑海中的样子把它们记录下来，显得零散而又孤立。我记得我跟宗教界举行过一次谈判，蒙莫朗是调解人。他装腔作势地说，人们害怕我的写作会扰乱当地的安静，并且我应该为此而承担责任。他让我明白只要我愿意放下手中的笔，过去的一切都可以一笔勾销。本来我就打定主意放弃写作了，所以我毫不犹豫地向宗教界许下了这个诺言，但条件是，我只是不写与宗教相关的问题而已。在要求我作了一些改动以后，蒙莫朗要我立据为证，一式两份。但是我的条件被宗教界拒绝了。我就找他索回字据，他归还了其中一份给我，另一份自己留着，却装作是弄丢了。从这以后，当地人受到牧师们的公开怂恿，嘲笑蔑视国王的诏书和邦议会的命令，变得完全无法控制了。我在宗教讲坛上被称作反基督教的人，在当地被当作狼精一样被人驱赶。我的亚美尼亚服装已经足以让人们认出我来：我感到这样太不方便了，但是在这种情况下换下它又显得我太懦弱了。我下不了决心更换着装，就仍旧穿着我的长袍、戴着毛帽子在乡间安静地散步，追逐我的是暴民的抗议和叫骂，有时候他们还用石头砸我。有几次，我从他们屋前走过，我听到屋里有人说："把我的枪拿来，让我给他一枪。"我并没有加快脚步，这就让他们更加愤怒了。但是他们只限于威胁威胁而已，至少是不会使用枪支的。

然而，在这场骚乱的全过程中，还是有两件值得我高兴的事情，这两件事给了我真正的快乐。第一件事情是通过元帅勋爵，我受到了让我感恩戴德的对待。讷沙泰尔所有正派的人们都为我受到的虐待和那拨人对我的陷害而义愤填膺。他们对牧师们非常憎恶，清楚地意识到他们是受了别人的教唆，只是幕后指使者的工具而已。他们开始害怕，我的这件事情成为一个先例，会导致名副其实的宗教裁判制度的建立。当地的官员们，尤其是在狄维尔诺瓦先生之后继任检察长的默龙先生，尽他们的所能来保护我。皮利上校，尽管只是一个平民，为我做得甚至更多，而且更为成功。就是他想办法让老教友恪尽职守，让蒙莫朗在教务会议上栽了跟头。因为皮利上校在当地颇有声望，他就充分利用他的声望设法阻止暴乱的发生。但是他只能利用法律、正义和公理的威力来反抗金钱和美酒的势力。情况对他极为不利，在这个方面蒙莫朗占了上风。然而，我对他的热忱和努力还是心怀感激，我非常渴望在可能的情况下给他做点什么，多少给他一点儿报答。我知道他非常希望成为一名邦议员，但是因为在珀蒂皮埃尔牧师的事情上他得罪了宫廷，国王和总督都不怎么喜欢他和看重他。然而，为了皮利上校，我还是斗胆给元帅勋爵写了一封信，我甚至提到了他渴望的那个议员之职。我的努力是如此的成功，简直出乎我的意料，国王很快就授予了他议员的资格。这就是命运，在同一时刻，我可能高高在上，也可能对命运俯首称臣，它继续拨弄着我，从一个极端走到另一个极端。当人们败坏我的名声的时候，我让皮利上校当上了邦议员。

另一件让我大为高兴的事情，是韦尔德兰夫人和她的女儿来看望我。她带女儿去布尔朋矿泉疗养了，疗养完她们特地到莫蒂埃来，和我一起待了两三天。她对我的不断关注和不辞劳苦，终于使我克服了长期以来对她的反感。我的心被她的柔情征服了，我充分回报了她长久以来对我表示的真诚友谊。这次来访深深地感动了我，尤其是在处于那种境况的时候，我非常需要友谊的安慰，以鼓舞我的勇气。我害怕她会感觉到人们对我的侮辱。我本应该避免让她看到我受辱的这些场景的，以免让她难过，但这是不可能的事情。尽管在我们散步期间，她的出现使那些刁民们有所收敛，但她还是足以判断她不在的时候会发生什么事情。实际上，就在她住在我家期间，夜里我开始在自己屋里遭到袭击了。一天早晨，韦尔德兰夫人的侍女发现窗台前落满了头天晚上扔过来的石头。一个大而笨重的椅子，本来是牢牢地安在我家门前的街边的，被拆了下来，搬过来靠在了我家门上。如果不是被发现了，早晨第一个开门出去的人，肯定会被砸倒在地的。韦尔德兰夫人知道所有这些事情，因为除了她自己耳闻目睹之外，她的一个近侍在村里人缘很好，跟很多人都搭讪，甚至有人看到她和蒙莫朗谈话。但是，她好像对我的遭遇毫不理会，从来不提蒙莫朗或别的什么人。我有时候谈到对蒙莫朗的看法，她也只是简短地回答几句。她似乎深信只有英国是最适合我待的地方。她频繁地谈到当时身在巴黎的休谟，谈休谟盼望和我做朋友，希望我到英国以后能够为我效劳。现在是该谈谈休谟的时候了。

休谟在法国的声望不错，尤其是在百科全书派成员之间，因为他写了一系列商业和政治论文，后来他又写了《斯图亚特家族史》，这是我由普列伏神父的翻译读到的他惟一的作品。虽然没有读过他的其他作品，也只能从道听途说的消息来间接了解他，但是我相信，他将真正的共和主义精神和英国式的对奢华的偏爱矛盾地结合到了一起。有了这种想法以后，我将他为查尔斯一世所作的辩护看作是不偏不倚的奇迹。我欣赏他的道德，正如我钦佩他的天才。结识这位奇人并和他成为好朋友的愿望，使得渡海去英国变得更加诱人。休谟先生的密友布弗莱夫人也真诚邀请我去英国。当时我一到瑞士，就收到休谟通过布弗莱夫人转过来的信，对我大加恭维。他在夸奖了我的天才以后，又极力邀请我去英国，并答应动用他的影响力和他的朋友圈子，保证我在英国呆得开心。我立即去找元帅勋爵，他是休谟的朋友兼同乡。他肯定了我对休谟的正面评价，接着告诉我关于休谟的一则文学逸闻，这则逸闻给了我们俩很深的印象。华莱士曾经以古代人口问题为题撰文抨击休谟。当这本书要印行时，他却不在。休谟就着手帮他修改校样，并监督该书的出版。这种做法很合我的心意。我以前也是这样的，有人写了一首歌来反对我，我还帮他以六个苏的价格卖这首歌。因此，当韦尔德兰夫人来跟我说起休谟，说他对我非常友好并以主人身份极力邀请我去英国的时候，我就对休谟怀有一种美好的先入为主之见。她极力催促我顺水推舟接受休谟的热情邀请，叫我马上写信给他。因为我对英国没有好感，不到迫不得已的时候绝对不去英国，所以我既没有写信，也没有允诺去的问题。但是我叫韦尔德兰夫人以她认为恰当的方式处理这件事情，以保持休谟对我的好感。当她离开莫蒂埃的时候，已经把关于休谟这位名人的一切告诉我了。她让我深信，休谟是我的朋友，而她也是休谟的朋友。

在韦尔德兰夫人离开以后，蒙莫朗加快了策动阴谋的步伐，那些民众也变得无法无天起来。然而，我还是平静地散步，丝毫不受他们抗议和叫骂的影响。对植物的爱好是经狄维尔诺瓦博士熏陶养成的，这给我的散步平添了新的乐趣，让我走遍乡野收集植物标本，而不受那些暴民的叫嚷干扰。而我的冷漠淡然又只能让他们更加愤怒。使我最为悲伤的一件事情，是看到我的众多朋友，或者自称我朋友的人们的家属，也公开地加入了我的迫害者的行列，比如狄维尔诺瓦一家，连我的伊萨贝尔的父亲和兄弟也不例外；还有波瓦·德·拉·杜尔，她是我的一位女性朋友（我寄宿在她家）的亲戚，再就是她的小姑子吉拉尔迭夫人。这个皮埃尔·波瓦简直是个笨蛋，愚蠢之极，行事极其粗暴无礼，为了避免暴怒，我只得决定嘲弄他一下。我仿照《小先知书》的文体，写了一本题为《号称通天眼的山中皮埃尔梦呓录》的小册子。在这本只有几页的小册子里，我得以颇具幽默地对形成迫害我的理由的那些奇奇怪怪的事情加以抨击。贝鲁把这个小册子在日内瓦出版了，但在当地反响平平。如果幽默稍微含蓄精妙一点，讷沙泰尔人即使用尽心智，也无法欣赏这种雅典式的诙谐和幽默。

这一时期，我更加不辞劳苦写作的是另一部作品，此文手稿放在我的文稿中。我应该说明一下我以这个题材为文的原因。

当通缉令和迫害的风波气势汹汹的时候，日内瓦人竭尽所能加入了叫骂的队伍，显得格外突出。我的朋友凡尔纳夹杂在这群人中间，他以货真价实的神学式的高尚，选择在这个当口发表反对我的一些信件，他想通过这些信件证明我不是一个基督徒。这些信写得极为自负，但并不好，虽然有消息称博物学家博内也参与了炮制这些信。那个所谓的博内，尽管是个唯物主义者，但是一谈到与我有关的事情，就全然是一副不容异说的正教嘴脸。我当然是不打算回复这些信的。但是因为有机会对此评说两句，我就在《山中来信》中插入了一个多少有点鄙夷的注，这让凡尔纳大为光火。他狂怒的叫喊响彻日内瓦，狄维尔诺瓦已经气晕了头。过了一段时间，出版了一本匿名的小册子，它似乎不是用墨水写的，而是用沸勒热腾河的水写就的。在这个小册子里，我被斥责为把自己的几个孩子丢到大街上去了，带着一个被士兵们糟蹋过的邋遢女人，放荡淫逸的生活使我的身体完全垮了，长着梅毒烂疮，册子里还有其他一些诸如此类的客气话。我不难看出抨击我的人是谁。读了这个诽谤性的小册子，我的第一个念头就是想知道，人世间所谓的名誉、声望所有这些东西到底其真正价值何在——我看到一个从来没有逛过妓院的人被描述成一个色情狂，而实际上他最大的缺点就是像个处女一样胆怯害羞；我看到自己被说成要被梅毒折磨而死，而我从来没有染上一丁点性病，而且医生还告诉我，我不易感染性病。仔细考虑之后，我得出这样一个结论：要驳倒此书对我的诽谤，最好的办法就是将它在我住得最久的城市印刷出来。我把它寄给迪舍纳照原样印了出来，加上了按语。在按语里提到了凡尔纳先生，我还加了几条简短的注释，目的是说明真相。我觉得把这个小册子印出来还不能使我满足，又把它寄给了好几个人，其中有符腾堡邦的路易亲王，他对我非常客气，当时我和他保持着书信往来。路易亲王、贝鲁和其他人，似乎都怀疑凡尔纳是否是那个诽谤书的作者，而且责备我没有经过调查就指名道姓地怀疑他。他们这一番责备，让我很后悔自己的所作所为，就写信给迪舍纳，叫他把这个小册子压后，不要出版。居伊写信告诉我说，他已经照我说的做了。我不知道这是不是真的。我发现他无数次对我撒了无数次的谎。再多撒一个也不足为奇。而且那个时候，我被深重的黑暗包围，我不可能穿透黑暗发现任何真相。

凡尔纳先生镇定地忍受了这番罪责，如果他不该受到这样的归罪之责，那么在他先前的狂怒之后，这回竟然能够如此镇定，这简直是太令人吃惊了。他给我写了两三封措辞严谨的信，我觉得他的目的好像是企图从我的回信中弄清楚我究竟知道多少，手头是否有反对他的证据。我给他回了两封短信，满纸都是冷淡、严峻，但措辞却非常有礼貌，他也一点都没有生气。我看出他希望和我保持通信往来，就没有回复他的第三封信。他就请了狄维尔诺瓦来跟我说。克拉美夫人写信给贝鲁说，她相信那个诽谤我的小册子不是凡尔纳的手笔。但是这些都不能动摇我业已坚定的想法。然而我弄错了也是可能的事情，如果真是这样的话，那我就得向凡尔纳道歉，因此我请狄维尔诺瓦给他带口信说，如果他能够告诉我那本书的真正作者，或者至少向我证明这书不是他写的，我定会真诚地向他道歉。除此以外，我感到，归根结底，如果他是无辜的，我也没有权力要求他证明给我看。我决定用一长页备忘录来解释我坚信他是该书作者的原因，并把它交给凡尔纳无法拒绝的一个仲裁人来决断。没有人能猜得出我选的仲裁人是谁——它就是日内瓦议会。我在备忘录的最后宣称，如果议会审查了备忘录，作了他们认为有必要而且是简便易行卓有成效的调查之后，认为凡尔纳不是诽谤书的作者，我会立即真诚地抛弃我原有的想法，我会跑去扑倒在他脚下请求他原谅我，直到他愿意原谅我为止。我敢说，我对正义的热切向往、我灵魂的正直和高尚、我对人与生俱来的追求正义的信心，从来没有比在这份备忘录里显示得更充分、更彻底、更审慎、更打动人心的了。我毫不犹豫地请了我最势不两立的仇敌来为我的诽谤者和我作仲裁人。我把这个备忘录读给贝鲁听，贝鲁建议我不发表它，我就没有发表它。他建议我等凡尔纳拿出他允诺的证据来。我就等着，我至今还在等着他的证据呢。贝鲁建议我在等候证据期间保持沉默，我沉默了。在我的余生中，我将继续沉默，人们责备我将一个严重的、虚妄的、未经证明的罪名推给了凡尔纳。但是在我心目中，我仍然坚定不移地相信，他就是那个诽谤书的作者，就像我相信我自身的存在一样。我的备忘录现在放在贝鲁手里。如果它有一天得以公诸于世，我之所以这么想的理由就会一目了然，让雅克的灵魂也会被世人所理解，这正是我所希望的，也是我的同时代人拒绝去理解的。

现在该说到莫蒂埃的最后一场灾难了，该说我从特拉维尔谷地离开的事情了，那是我在此地住了两年半，并坚定不移地忍受了最非人的待遇之后的事了。我无法清楚地回想起我一生中这段不愉快时光的具体细节。这些细节可以在贝鲁出版的这一时期的记事中看到，我稍后将谈到贝鲁的记事。

韦尔德兰夫人走后，骚乱变本加厉。尽管国王多次下诏，尽管邦议会频发禁令，尽管当地领主和地方官员多方努力，当地民众还是当真把我看作反基督教的人。发现他们所有的叫嚷抗议派不上用场之后，他们最后似乎打算要付诸武力。在街上，石头已经追着我跑了，只是从很远的地方扔过来，砸不到我罢了。最后，九月初的一天晚上，莫蒂埃集市散了之后，我在住的房子里遭到了袭击。这样一来，和我同住的人都有生命危险了。

到了半夜，我听到一声巨响从屋里后面的走廊传出来。乱石像雨一样飞过来，扔到通往走廊的那扇门和窗。石头落地时，动静太大了，我的狗本来睡在走廊里，开始还汪汪地叫几声，后来被吓得不敢叫了，跑到一个角落里，抓住板子不停地咬，想要逃出去。听到嘈杂声，我起床了。正当我准备离开房间走进厨房的时候，一个石头狠命地扔了过来，将厨房的窗户打破了，穿过厨房，破门而入，落在了我的床脚下。如果我走快一点儿，这石头就会打中我的肚子。我认定这声音是为了吸引我的注意，扔那块石头也是为了在我离开房间的时候打到我。我冲进厨房，发现戴莱丝也在厨房，她也起来了，她一看到我就浑身哆嗦着向我扑来。我们紧紧地背靠着墙站着，不敢正对着窗户，以免被破窗而入的石块砸到，一边想着我们该怎么办，因为出去找救兵的话肯定会被砸死。令人庆幸的是，我楼下住着一位值得尊敬的老先生，他的仆人被响声惊醒了，跑去喊住在隔壁的领主。领主赶忙披上睡衣，带着警卫队就跑过来了。由于莫蒂埃集市的缘故，警卫队就在附近巡逻。当领主看到现场一片狼藉的样子，吓得面色如纸。一看到满走廊的石头，他叫道："噢，天啊！这简直成了一个采石场呀！"往下走的时候，我们发现楼下一个小院子的门被人撞开了，可以看出有人想通过走廊摸进我的屋里。对此事进行调查时，人们直奇怪为什么警卫队既没有觉察也没有阻止这次袭击的发生。结果显示，当天本来已经安排了另外一个村子巡逻，而莫蒂埃的巡逻队仍然坚持把别人的活揽过来，自己去巡逻。第二天，领主就向邦议会递交了报告。两天之后，邦议会要求他彻查此事，并悬赏检举乱党的人，并承诺为检举者保密。同时，他将用国王的开支为我的房子和相邻的他家的房子设置卫兵，以保护我们。第二天，皮利上校、默龙检察长、领主马蒂内、税务官居约内、财务主管狄维尔诺瓦和他的父亲——总之，这一地区所有显要人物都来看我，他们纷纷劝我向这次暴乱低头，至少暂时离开这个我再也无法安全而体面地住下去的教区。我甚至注意到，领主先生被疯狂民众的暴怒吓住了，他惊慌失措，生怕暴乱波及到他本人，因此他很希望我马上离开此地。那他也可以摆脱掉保护我的义务，这样他也可以离开此地，我走了以后，他真的就这么干了。于是我让步了，甚至多多少少有点不情愿；因为看到民众对我如此憎恨，我简直肝胆俱裂，再也无法忍受下去了。

离开此地，我可去的地方不止一个。韦尔德兰夫人回到巴黎以后，给我写了好几封信，都提到了她称作爵士的一位华尔蒲尔先生，说他对我很关心，愿意在他的一份田产上为我提供住处。韦尔德兰夫人把此地的饮食起居情况描述得详细也非常诱人，让我觉得华尔蒲尔爵士和她都早就对这个计划感兴趣了。元帅勋爵也一直力荐我去英格兰或者苏格兰，说他可以在自己的领地上为我提供住处，但是他向我提供了另外一个更加诱惑我的地方，就在与他毗邻的波茨坦。他最近还告诉了我国王和他的一番谈话，是与我有关的，这就相当于是对我发出了邀请。萨克森哥特公爵夫人相信我会应邀前往，所以她写信给我，催促我去时顺道看看她，在她那儿住上几天。但是我对瑞士有着如此强烈的依恋，以至于只要我还能够住在那儿，就无法打定主意离开。而且我利用这个机会执行了一项已经思虑了好几个月的计划，为了怕打断我的叙述线索，我迄今为止还没有提到它。

这个计划就是到圣皮埃尔岛去住下来，该岛是伯尔尼医院的产业，在比埃纳湖湖心。去年我和贝鲁徒步旅行时到过这个岛，我当时就很喜欢那个岛，一直打算上岛去安家。这个计划的主要障碍是，这个岛是属于伯尔尼人的，三年前他们毫不客气地把我从他们的土地上赶走了。若回去和这些曾经对我如此凶恶的人一起生活，不用说我的自尊会受到多么大的伤害了。我也担心，在这个小岛上，他们不会让我过得比在依弗东更加安生。我就此事咨询了元帅勋爵，他和我想的一样，认为伯尔尼人一定很乐意看到我流放到圣皮埃尔岛，把我作为我即将要写的作品的人质扣押在岛上。他还向他以前在科隆比埃府的邻居，一位斯图尔勒先生探了探消息。这位先生征询了该邦几位主要官员的意见。因为他得到了几位主要官员的肯定答复，就向元帅勋爵保证，伯尔尼人对他们先前的无礼举动感到很羞愧，他们热忱欢迎我去圣皮埃尔岛定居，并会让我在那里安居乐业，不受打扰。为了谨慎起见，在冒险前往该岛居住之前，我请托夏耶上校进一步打探一下，他也给了我相同的保证。由于圣皮埃尔岛医院的会计已经从其上司那里获准让我住在他那里，这样，有了伯尔尼邦最高当局和该局所有者的默许，我认为住在那里不会冒什么风险了。因为我不指望伯尔尼邦的最高当局会公开承认他们过去给予我的不公正待遇，也不妄想他们会违反所有最高权力机关最不可亵渎的原则了。

圣皮埃尔岛在讷沙泰尔被称作土块岛，坐落在比埃纳湖中心，边缘线大约只有半法里。但是在这个小小的空间里，所有主要的生活必需品一应俱全。岛上有田野、牧场、果园、树林和葡萄园。由于多样化的地形和多山的自然地貌，整个岛看起来更加令人心旷神怡，因为横看成岭侧成峰，每个侧面都相互辉映，使得这座小岛看起来似乎比实际要大。岛的西部正对格勒莱丝和包纳维尔，有一个地势很高的平台。平台上栽了长长的一排树，中间是一片空地，是一个大的“沙龙”。每到葡萄采收季节，每逢星期天居民们就从临近的湖岸聚到“沙龙”来，跳舞消遣。岛上只有一座房子，会计就住在里面；但是房子很宽敞，坐落在一个洼地里，风无法吹到。

圣皮埃尔岛往南五六百码的地方是另外一座岛，这个岛比圣皮埃尔岛还小得多，未经耕种，也无人居住。它看上去就像是什么时候由于风暴大作而从那座大岛分离出去的一样。它的砂土地，除了柳树和春蓼外什么都不长，但是也有地势高的地方，被草皮覆盖，真让人动心。湖的形状几乎是一个绝佳的椭圆，它的湖岸不像日内瓦和讷沙泰尔的湖岸那么肥沃，但是却形成了一幅极为优美的风景。尤其是在西岸，人口稠密，串珠般的山脚，是一溜儿的葡萄园，有点像科特罗蒂，只是不出产那么好的酒罢了。

由南至北而去，依次是圣约翰司法区、包纳维尔市、比埃纳和湖尽头的尼多。整个湖岸上还点缀着许多风光旖旎的小村庄。

这就是我为自己选定的家，我打定主意一离开特拉维尔谷地就去岛上安家。这个选择是如此地切合我对平静的追求，以及我那孤僻懒惰的性情，以至我把它当作我怀着最狂热情感的美丽梦想之一。对我来说，似乎在这座岛上，我就可以更加与人群疏离，更加远离他们的侮辱，更加彻底地被他们忘掉。总之，让我更加自由地沉浸在无所事事的欢乐中，享受沉思生活的乐趣。我很希望自己在岛上深居简出，完全断绝与尘世间的人来往。毫无疑问我采取了一切可能的措施，使我尽可能长时间地不必与人接触。

但你必须活下去。因为岛上食物和饮料都很贵，运输起来也困难，在岛上生活花销很大。除此之外，凡事我都得听会计的。这个困难被贝鲁给我作的一番安排给排除了。他非常好心，代替了打算印行我的全集后来又中途放弃的那拨商人。我把出版全集必需的材料都交给了他。我负责统筹安排。我们还约定把我的回忆录也交给他，我还选定他做我所有文稿的总的委托人，并明确规定，只有在我死后他才可以动用这些文稿。因为我已经下定决心要平静地终了此生，以免让人们想到我的存在。他打算付给我作为回报的那笔年金，足以满足我的生活需求了。元帅勋爵收回了他的所有财产，也提出给我一笔一千两百法郎的年金，我只答应接受一半。他打算把年金的本钱给我，我拒绝了，因为我不知道如何处理这些钱。因此他就把这笔钱给了贝鲁，现在也还在贝鲁手中，他按照他和馈赠年金给我的人约定的标准给我支付年金的利息。包括我和贝鲁的合同、元帅勋爵给我的养老金（其中三分之二的份额在我死了之后归戴莱丝所有），再加上我从迪舍纳那里获得的三百法郎的年金，我的收入加起来是相当可观的。对我来说如此，我死后对戴莱丝来说也是如此，我从雷伊的年金和元帅的年金里面给她留了七百法郎；所以我再也不用为基本的生活发愁，戴莱丝以后也不用为基本的生活发愁了。但是命中注定，荣誉会逼着我拒绝由好运或我自己的劳动放在我面前的所有资源，并且我将死于贫穷，正如我生来贫穷一样。读者可以判断，我并没有把自己降格到卑鄙无耻、丑事做尽的地步，我又怎么能够遵循别人给我作的这种安排呢？他们千方百计想羞辱我，同时剥夺了我的所有资源，迫使我同意去做不光彩的事情。面临着这样的抉择，我会采取什么样的行动，对此他们怎么会有丝毫的怀疑呢？他们总是以己度人的。

生活来源问题解决了，我脑子里紧绷的弦就松下来了，因为我也没有其他事情好担忧的了。尽管在这个世界上，我把空间都留给了我的敌人们，但我还是为自己的灵魂留下了一份证词。这体现在我所有作品的高贵激情中，体现在我始终如一的人生信条中，这份证词与我发自真性情的行为是相符合的。我用不着别的辩护来回击我的诽谤者，他们可以假我之名，捏造出一个完全不同于我的人。但是他们只能欺骗那些甘愿被欺骗的人。我可以把我的一生都拿给他们去从头到尾地批判一番。我深信，在我所有的过错和软弱中，在我不向任何束缚屈服的不合时宜中，他们会发现一个正直、善良，弃绝了伤感、憎恶和嫉妒的人。他随时准备承认自己的不义之处，也更容易忘记别人的不义之举。他在体贴而温柔的感情中寻找他全部的幸福，他对任何事情都表现得极为真诚，甚至到了轻率的程度，到了最不可思议的不计个人得失的程度。

因此，从某种程度上说，我告别了我的同时代人和我的时代，向这个世界说再见，在这个小岛上度过我的余生；因为我的决心就是这样。只有在这个岛上，我才能实施我过闲散生活的伟大计划，以前我把上天赋予给我的所有能力全部倾注进去了都一无所成。这个岛将会成为我的巴比玛尼岛——在那幸福之乡你可以安眠：

这里你可以做得更多，也可以无所事事。

这个“做得更多”对我来说很重要，因为我从不怎么遗憾无法入眠；无所事事对我来说足够了。假如我无事可干，我更喜欢醒着做梦而不愿睡着做梦。因为浪漫幻想的年纪已经过去了，虚荣自负的烟云与其说奉承了我，不如说让我头晕目眩，什么都没有留下，我只有最后一个希望，过一种永远清闲的无拘无束的生活。这就是天国里的圣徒们的生活，从今往后，我要把它当作我此生最大的幸福。

那些斥责我如此反复无常的人，一定会在这儿责怪我又一次反复无常了。我已经说过，社交场合中的悠闲，使我觉得社交场合令人无法忍受，然而，现在我却一心想过孤独悠闲的生活。然而这就是我的性情；如果这其中有任何矛盾的话，那么也不是我的错，错在自然。但是这种矛盾小到可以忽略，以至于正因为有了这种小的矛盾，才使得我成其为我并始终如一。社交场合的悠闲令人厌弃，因为它是被迫的；孤独的悠闲是愉悦的，因为它是自由的、自愿的。在客人众多的时候，悠闲对我来说是一件苦差事，因为我是被迫的。我不得不呆在那儿，把自己钉在椅子上，或者直挺挺地站着，像个哨兵，手脚僵硬，不敢跑、不敢跳、不敢唱歌、不敢喊叫，心里有想法时也不敢指手画脚甚至连梦都不敢做。我感到无所事事的无聊和备受限制的折磨，不得不留心去听所有的傻话和他们彼此之间的恭维，并且一刻不停地绞尽脑汁，以便轮到我的时候我能够说说我的笑话和谎话。难道这就叫悠闲！这简直是奴隶才做的苦工呀！

我钟情的不是游手好闲者的那种悠闲，他们抱着胳膊，一动不动，既不思考也不行动。我钟情的是儿童式的悠闲，他一刻也没有闲着，但什么事也没干；我钟情的是胡思乱想者的悠闲，他思绪飞扬，一会儿想到这个，一会儿想到那个，却抱着胳膊一动不动。我喜欢自己忙于各种琐事，干一百件事情，却一件也做不完，来去全凭一时心血来潮，喜欢随时改变计划，喜欢留意一只苍蝇的举动。总想翻开一块石头看石下为何物，喜欢一时兴起着手干一件历时十年才能完成的工作却在上手十分钟后不无遗憾地将它放弃——总之，在琐碎中度过一天，没有秩序，也不讲连贯性，一天之中啥事都干，全凭心中突如其来的冲动行事。

我所认为的植物学，正成为我的一种爱好，它是一项消遣性的研究，刚好可以填满我悠闲生活的空缺，既不让人的想象汪洋恣肆天马行空，也不会让人陷入无所事事心生烦闷。无意识地时不时在这儿掐一朵花，在那儿折一节树枝，把无论什么果子都当作食物，遇到了就嚼一嚼，千百遍地观察同样的事物而且总怀着同样的兴趣，因为我总是会忘掉它们——这样一来，我就可以度过漫漫时光而丝毫不感到烦厌。无论植物的结构是如何精巧，如何优美，如何迥然不同，它从来都不足以吸引一双视而不见的眼睛来对它产生兴趣。植物组织所特有的一贯的相似和与此同时巨大的差异，只会让那些对植物组织有了解的人兴奋不已。而其他一些人，看到大自然的所有这些宝藏时只会产生一种愚蠢而乏味的敬意。他们仔细看的时候什么都看不到，因为他们甚至都不知道要看些什么：他们视整体为无物，因为他们根本不知道使观察者被其奇迹所征服的那些关系和组合为何物。我自己以及我的健忘命中注定让我处于一种幸运的境界之中，对每一种事情都只知道一点点，然而这却足以让我理解所有的事物。尽管圣埃尔岛面积较小，但全岛分布有各种土质，这使我余下的生命有足够多的植物可供研究和消遣。我不愿意放过任何一片未经研究的草叶，而且我已经决定将大量不寻常的观察材料加以整理，写成一本《圣皮埃尔岛植物志》。

我叫戴莱丝把我的书籍和私人用品带了过来。我们和岛上的会计住在一起。他妻子的几个姊妹住在尼多，轮流来看他，正好给戴莱丝作伴。在这里，我首次体验到这种生活的乐趣，我希望这种生活可以维持一生；但是我对这种生活的热衷只让我更清晰地感到了不久将随之而来的生活的痛苦。

我总是非常狂热地喜欢水的，一看到水我就陷入一种欣欣然的梦想状态，尽管常常没有什么明确的目标。每当天气晴好的时候，我总是一起床就跑到平台上去，呼吸早晨清新而利于健康的空气，极目远眺湖天一色的地方，湖岸山峦围绕，形成一道迷人的风景。我想不起来，在对神表示敬仰的时候，还有什么比因沉思他的杰作而激起的那种默默的赞赏更为恰如其分的了，而且这种赞赏是无法用外在的行动来表达的。我明白为什么城市居民的宗教信仰观念很淡薄，因为他们看到的只有墙壁、街道和犯罪；但是我弄不懂居住在乡村，尤其是那些独居的人，为什么也没有任何宗教信仰。他们的灵魂怎么能够不振奋起来，每天上百次地为造物主心醉神迷呢？而我呢，尤其是在起床以后，因为一晚没睡，已经很是疲倦，我被长期以来的习惯引领到心灵振奋的境界，这几乎不需要我作任何思考。但是，要做到这一点，我的眼睛就必须深深地浸染那自然的迷人景象。在我的房间里，我的祷告就做得比较少，也不那么热烈；但是一看到美丽的风景，我就不知何故万分感动。我记得以前读过一本书，说到一个英明的主教在巡视他所辖教区时看到一个老妪，祷告时什么都不说，只说："啊！""亲爱的老妈妈，"这位主教听了之后对她说，"继续这样祷告吧，你的祷告做得比我们的都要好。"我的祷告也比别人的要好。

吃过早餐，我就生着闷气匆匆忙忙写了几封令人不快的信，同时内心非常渴望我无需写信的那种快乐时光的来临。我又为我的书和文稿忙活了一阵子，与其说是为了阅读它们，不如说是为了打开包裹，做点整理工作；这对我来说几乎成了珀涅罗珀手中的布了，一度带给了我打发时间的乐趣。在这以后我厌倦了这项工作，就把早上余下的三四个小时花在了研究植物学上，尤其是对林内乌斯系统的研究。我对这个系统是如此地热爱，以致我根本无法完全戒掉这个爱好，即便在发现这个系统的缺陷以后也无法戒除。这个伟大的观察家（据我看，路德维希也是如此），是迄今为止惟一一个从博物学家和哲学家的角度看待植物学的人。但是他在风干的植物标本上投入了太多的研究精力，而少有投身于自然本身的怀抱之中的研究。而我的植物园就是整个岛屿，一旦需要进行或者证实某项观察，我就夹着一本书到树林或者草场上去：在那儿，我扑倒在即将要观察的植物旁的土地上，不紧不慢地观察它挺立在那儿的样子。这种方法极大地帮助了我，使我能够在植物受到人工培育和损毁之前了解它们处于自然状态的样子。据说，路易十四的首席医生法贡对御花园的植物了如指掌，对植物名也能脱口而出，但到了野外，他就显得很无知，再也认不出这些植物来了。这同我恰恰相反：我对大自然所造之物有所了解，对园丁培育的植物则完全无法辨识。

到了下午，我将自己整个地交给了我那悠闲懒散的个性，我总是听凭一时的冲动来行事，毫无规则可循，想到什么就干什么。很多时候，碧空如洗，一吃完饭我就跳上一只小船（岛上的会计教过我怎样用一只桨划船），一直划到湖心。一离开湖岸，我就感到莫名的欢欣。我无法解释或者理解自己怎么会有这种感觉，或许这是在暗自庆幸从此以后就可以逃脱恶人之手吧。我就这样一个人在湖上乱转，有时候离岸很近，但从来不上岸。很多时候小船听凭水流和风势的摆布，任意东西，而我则沉入一种漫无目的幻想之中，尽管傻傻的，却感到心旷神怡。有时候我冲动地大声嚷嚷：“啊，大自然！啊，我的母亲！我在您的单独庇护之下！这儿没有什么狡猾奸诈的人夹在我和你之间了。”就这样，我飘出陆地足有半法里了。我真希望这个湖是一个海洋。然而，我的狗不像我这么喜欢在水上作长途旅行，为了讨好这只可怜的狗，通常我还是遵循着一个明确的计划的。登上小岛，在那里闲逛上一两个小时，或者在高地的草皮上舒展四肢，畅享欣赏湖光山色的乐趣，观察和解剖我够得着的所有植物，如同鲁滨逊一样，为自己在这个小岛上建造一个幻想的栖居之地。我对这个小区非常依恋。当我能把戴莱丝、会计的妻子和她的姊妹们带到那里散步的时候，我为能做她们的领航员和向导而感到多么的自豪啊。我们郑重地带了一些兔子到岛上来繁衍生息。这是让雅克的又一次盛会。从那以后我来这里的次数更多了，心中的愉悦也更多了，因为我想探访一下这些新居民们此后的发展迹象。

除了这些消遣，我还有另外一个可供消遣的方法，就是乡村生活的消遣，它让我想起在沙尔麦特的那段幸福时光，而这个季节也特别适合这种消遣。我们收获水果和蔬菜，戴莱丝和我都非常开心地同会计及其一家分享采摘果实的乐趣。我记得有一个叫基什贝尔格的伯尔尼人前来看我，发现我坐在一棵高大的树上，腰上围着一个口袋，装了满满一口袋苹果，以至于我根本无法动弹了。我并不为此感到丢脸，以后的几次也是这样。我希望这些伯尔尼人，再看到我是如何度过我的闲暇时光，就不再想着打扰这份宁静了，这样我就会平静地、与世隔绝地生活下去。我自己主动选择这种幽居生活，我宁愿被他们关在岛上。因为这样一来，我就更加可以肯定，我以后的生活不会受到打扰了。

我想，我现在作的忏悔，读者肯定不愿意轻信，他们总是以自己的标准来揣度我，虽然通过我的整个生命历程，他们已经看到了我的内心情感几乎与他们的完全不同。最为反常的是，他们没有这样的情感，就否认我会有所有美好的或无所谓的感情，他们总是把坏到不可能在人的心里面产生的感情强加给我。他们非常容易把我放到与自然矛盾的地位，使我成为一个根本就不可能存在的怪物。对他们来说，只要可以给我抹黑，没有什么荒谬的事情是难以置信的；而任何能给我带来荣誉的不同寻常的事，都是不可能的。

但是，不管他们会怎么认识或怎么说，我将继续如实地展示让雅克·卢梭是个什么样的人，他的所作所为，他的所思所想，既不解释或者证明他的情感和思想的独特性的合理之处，也不去追究别人和他的想法是否一样。我对圣皮埃尔夫人太喜欢了，在岛上也过得很舒服，我不断地把自己所有的愿望都寄托在这个岛上，我决计永远也不离开它。被迫到邻近的讷沙泰尔、比埃纳、依弗东和尼多进行的拜访，已经让我厌倦了。在岛外度过一天，仿佛就把我的幸福削减了一点；出了湖的范围，对我来说，简直是受罪。另外，我过去的经历已经使我如惊弓之鸟。我只需要一点东西来愉悦和安抚我的心，同时也随时准备失去这些。我想在这座岛上终了此生的热切愿望，同我害怕被从这座岛上赶走的担忧是紧密联系在一起的。我习惯于每天晚间到湖岸坐坐，特别是湖上不那么安静的时候。浪花在我脚下飞溅，让我感到一种奇特的乐趣。对我来说，它们就代表了世界的纷争和我居所的安宁。有时候，我被这种愉快的想法深深打动，不禁潸然泪下。我热爱并享受着这种安静，惟恐失去这份宁静的担忧困扰着我，这种不安的感觉破坏了这如此美妙的平静。我感到自己的处境不太稳定，我实在是担心朝不保夕啊。啊！我对自己说，如果我能够用准予我离开小岛的许可——我一点也不在乎这个许可——来换取永远滞留岛上的保证，我会多么高兴啊！我为什么不能被迫留在这个岛上呢，而不是人们勉强容忍我住在这里？那些容忍留我在岛上的人随时可以把我撵走；我能指望我的迫害者看到我在这儿过得很开心，就继续让我在这儿开心地过下去吗？我被允许住在这儿是远远不够的；我真希望可以被判决或者被迫留在这座岛上，这样我就不用担心被别人撵走了。我满怀钦羡地看着快乐的米舍利·杜克莱，他安安静静地待在阿尔贝的城堡里，他只要想快乐就能够变得快乐。我不停地让自己陷入在这些思虑当中，陷在新的风景即将临头的恐惧不安中，最后我开始怀着不可思议的热切心情希望，我的迫害者判我在这个岛上终身监禁，而不仅仅是容忍我住在该岛。我可以发誓，如果我可以决定让自己得到这个判决结果的话，我会非常乐意这么做的，因为我千百次地期望在那里度过余生，而不希望被撵出小岛。

一语成谶，我的担忧不久就变成事实了。就在我万万想不到的时候，我收到一封来自尼多法官的信，圣皮埃尔岛属他的辖区。在这封信中，他代表他的上司向我传达了离开该岛，并离开该邦的命令。读到这封信的时候，我简直以为自己是在做梦。没有什么比这道命令更加不自然、更加不合理、更加出人意料的了。因为我宁愿把我的忧虑看作是一个受到不幸惊扰的男人的不安，而不是什么基于一丝一毫蛛丝马迹的预感。我曾经采取了一系列步骤以让最高权力机关默许我；他们也允许我在岛上安心地住下来；几个伯尔尼邦人和法官本人都来看过我，他们表现出的友谊和关注曾经让我深受感动。然而，天气这么糟糕，此时将一个体弱多病的人驱逐出去，毫无疑问是太野蛮了——所有这些因素都让我和其他许多人认为，这道命令一定是弄错了，那些不喜欢我的人一定是故意要选在葡萄收获的季节和参议院休会的时机，给我一个出其不意的打击。

如果我因当时一时气愤而冲动行事，我可能马上就走了。但是我能够走到哪里去呢？在这冬天将至的时候，我没有任何计划，没有做任何准备，没有向导也没有马车，我到底该怎么办呢？除非我准备把我的文稿、私人物品、所有物件都扔下不管，我需要时间来打点一下，但是驱逐令中既没有说给我时间，又没有说不给我时间。祸事连连的日子已经开始软化我的勇气了。这是我这一生中第一次感到我天赋的自尊心成了被迫要做的事的奴隶；尽管我心中颇有微词，但我还是不得不厚着脸皮请求准许我推迟离开。这道命令是格拉芬列先生给我送过来的，我向他解释了一下我之所以这样请求的原因。在他的信中，他对这道因公下达给我的命令的不满溢于言表，并深表遗憾。他的信中满纸都表示出痛心和尊敬，似乎是在友好地邀请我和他推心置腹地谈一谈，我的确也这么做了。我毫不怀疑，我的信可以让这些不义之人睁开他们的眼睛，认识到他们的野蛮行径，即使不撤销如此残酷的一个命令，至少也可以给我一个合理的推延时间，或许会准许我滞留整个冬天，给我时间准备一下退路，以找到另一个藏身的地方。

在等候他们回信的时候，我开始思考我的处境，思考着我应该采取什么样的行动。我感到各个方面都困难重重，懊丧使我尤为伤心，而此刻我的身体又是这样虚弱，我整个人都要崩溃了。而我的绝望造成的后果，就是把我脑中仅有的一点机智聪明都剥夺走了，我成功脱离这样的悲惨处境就是不大可能的了。不管我将到哪里去避难，很明显，我怎么都免不了遭到他们用于驱赶我出去的两种可能的手段的算计：一种是暗中耍手段策动当地民众起来反对我；另一种是不给出任何理由就公开地使用强制手段把我驱逐出境。因此，除非天气允许我到力所不及的远方去寻找，我是无法找到一个可以让我安然避免打击的藏身之所的。所有这些顾虑使我的思维回到了刚才我正酝酿的念头上来了。我指望着，也建议我应该被判终身监禁，而不是驱赶着我不断地在大地上流浪，不断地把我从自己选定的避难所中驱逐出来。第一封信发出后两天，我又给格拉芬列先生写了第二封信，请他向当局提出建议。伯尔尼邦对这两封信的答复是一道命令，措辞相当严厉也相当庄重，命令内容如下：限我在二十四小时之内离开圣皮埃尔岛，离开一切或直接或间接属于该共和国的领土，永远不得再次入境，否则将会遭到最严厉的惩罚。

这是一个可怕的时刻。迄今为止，我曾多次遇到过更加深重的痛苦，却从来没有过如此大的困窘。但是最折磨我的，莫过于不得不放弃我期望已久的在岛上过冬的计划。现在是时候叙述一下这个命中注定的灾难性事件了。此事让我的灾难达到了顶峰，并且使一个不幸的民族也同我一起崩溃了，而这一民族的很多发展中的美德，原本有希望使它在某一日与斯巴达和罗马媲美的。在《社会契约论》中，我认为科西嘉人是一个新兴的民族，他们是欧洲惟一一个没有被立法断送的民族；我还指出，如果科西嘉人能够有幸找到一个英明的导师的话，世人应该对这个民族寄予巨大的期望。一些科西嘉人读到了我的作品，对我谈到他们时的那种敬仰的口吻十分欣赏。他们正全副身心地忙于建立共和国，有几个主要领导人主动来向我征询对这项重要工作的看法。有位叫布塔弗哥的先生，是当地一个大家族的后代，在法国的皇家意大利团任上尉一职。他曾经写信给我，并向我提供了许多文件，这些文件是我要求他给我以便了解这个民族的历史和当地情况的；保利先生也给我写了几次信。虽然我感到这样一项工作非我所能及，但是我认为我在弄到了掌握基本情况所需的材料之后，就不应该拒绝为这项伟大而又高尚的工作尽绵薄之力。我给他俩的答复大意就是以上这些，并且这种通信往来一直持续到我从圣皮埃尔岛离开的时候为止。

几乎就在这个时候，我听说法国要向科西嘉岛派兵，而且已经同热那亚人签订了一个条约。这个条约和此次派兵让我感到忐忑不安，我没有想到我会跟这件事情有任何关系，我认为要我为这项工作——为一个民族建制立法——投注精力是不可能的事情，甚至是荒谬可笑的。因为这项工作需要非常安静的环境和心态，而此时，这个民族已经快要被征服了。我并没有向布塔弗哥先生隐瞒我的这种不安，但他却叫我不要担心，并向我保证，如果这个条约中有任何条款有害于他所属民族的自由，像他这样的好公民是不会继续为法国尽职的。实际上，他对科西嘉立法工作的热忱以及他同保利先生的亲密联系，使我对他没有任何怀疑。而且当我听说他经常到凡尔赛和枫丹白露去，和舒瓦瑟尔先生有些往来，这样我就只能相信他的确掌握了法国宫廷的真正意图，但他让我自己去参透这一点，不肯在信中公开地表露这一点。

这一切让我有点儿放心了。然而，我不明白法国向科西嘉派兵用意何在，也找不出任何理由来相信他们此次派兵是为了保卫科西嘉人的自由。因为他们以一己之力就可以很好地反击热那亚人、保卫自己的自由了。我无法完全安下心来，真正投身于立法草拟工作，直到我可以掌握令人信服的证据证明他们不是拿我开玩笑。我非常渴望和布塔弗哥先生交谈一下，这是我能从他那里得到我想要的解释的惟一方法。他给了我希望，觉得面谈是很有可能的，所以我就极度焦虑地等待着。我不知道他是否真的打算和我面谈，但是即便真的打算和我面谈，我的不幸遭遇也会妨碍我利用这次面谈的。

考虑这项草创性质的工作越久，对我手中的材料研究得越深入，我就越觉得有必要立即实地研究为之立法的这个民族，研究他们居住的地方，研究法制的作用与它们之间的关系，以便立法。我一天比一天明白，我不可能从远离这块土地的地方获得所有我必需的引导信息。我照这个意思给布塔弗哥写信，他很赞同我的说法，即使我还没有打定主意到科西嘉去，我也对如何去该岛旅行很盘算了一阵子。我跟达斯蒂埃先生谈起这件事，他曾在这个岛上在马耶布瓦先生手下做过事，应该对这个岛的情况非常了解，但是他极力劝我打消这个念头。我承认，他描绘的那一幅科西嘉人和他们生活的那块土地的可怕景象，给我想要在他们中间生活的那种狂热泼了一盆冷水。

但是，当我在莫蒂埃受到迫害想要离开瑞士的时候，这个愿望又复活了，我希望最后能在那些岛民中找到其他地方的人不愿给我的那种安宁。有一件事情让我对此次旅行感到有些许不安——我将注定无可奈何地要过一种喧嚣的生活，但我又感到自己总是无法适应并有些厌倦这种生活。我天生就只适合一个人自由自在地冥想，而不适合在大庭广众下说话、行动和处事。大自然赋予了我前一种能力，却拒绝给予我后一种能力。然而，我感觉到，就算我不直接参与公共事务，但是我一到科西嘉，就将不得不投身于民众热火朝天的活动，不得不频繁地同该岛的主要领导开会。我此次旅程本身所要求的目的，不是隐居，而是为了在这个民族中寻找我所需要的信息。很明显，我再也不是自己的主人了，但是我还是身不由己地为我天生就无法适应的各种事务忙得团团转，我将过着一种与我的爱好完全相反的生活，这也只会对我产生不利影响。我可以预料，科西嘉人从我的著作中形成的卢梭很有能力的想法，会被我的出现而破坏，科西嘉人就会因此而失去对我的信任；并且他们对我不再信任了，对我来说是损失，对他们来说也是损失。而且如果没有了这种信任，我也无法成功地开展他们希望我为之效力的工作。我深信，这样一来就超过我的兴趣范围了，这样只会对他们毫无益处，也会让我不快乐。

这么多年来，我被各种风暴折磨着、打击着，到处流徙和多次迫害使我精疲力竭，我深切地感受到自己需要安顿下来休息。但是我那野蛮的敌人，为了取乐居然剥夺了我休息的机会。我比以前任何时候都渴望那种令人欢欣的悠闲生活，渴望那种我非常向往的身心的静谧。现在我从爱情和友情的幻梦中苏醒过来之后，我把这种静谧看成了自己心灵仅有的至高无上的幸福。我只有惊恐地注视着我即将要进行的这项工作，注视着我即将投身的如风暴一般的生活。虽然目标的伟大、美妙和有益性激发了我的勇气，但是我冒险去做这个工作而成功的希望却相当渺茫，这使那份勇气也荡然无存了。二十年劳神而孤独的冥思苦想，六个月围绕着人事和公众事务的生活喧嚣，两者相较，后者肯定会一无所获，也更让我感到痛苦不堪。

我想到了可以很恰当地处理所有事情的一个权宜之计。不管我逃到哪里，都会受到我的隐秘迫害者的暗中使坏的折磨，而且我的晚年除了科西嘉，我也找不到什么地方可以为我提供其他所有地方都拒绝给我的那份安宁，因此我决定一有可能就按照布塔弗哥先生的指引，到岛上去。但是为了在那里安静地生活，我打定主意放弃（至少是在表面上）立法的工作，我只需就地为科西嘉人撰写历史，以报答他们的热情好客。如果我看到任何成功的希望的话，我就有所保留、悄无声息地获得我所需的材料，以更好地利用这些材料为他们造福。这样的话，不受任何约束，我希望可以独自而又从容地想出一个合适的规划，既不用放弃我一直珍视的孤独生活，也不用过那种我无法忍受又无力忍受的生活。

但是，就我的处境看，完成这次旅行并不是一件很容易的事情。从达斯蒂埃先生告诉我的科西嘉岛的情况看，我别想在岛上找到最简单的生活设施，除非我自己带：床单、衣服、餐具、厨具、纸张和书籍——所有这些我都必须随身携带。为了和戴莱丝迁居到那里去，必须穿过阿尔卑斯山，拖着足足有一屋子的行李走两百法里；必须穿过几个国王的领地。而且，考虑到整个欧洲对我的态度，经历过这么多灾难以后，我自然而然地应该准备应对随处可见的障碍。我已经发现了，每个人都以用新的灾难打倒我为豪，在我身上践踏一切国家规定给予公民的权利和人权。一路上巨大的花费、劳累和此行所冒的风险，迫使我提前就仔细考虑并衡量全程可能出现的各种困难。想到我孤身一人、没有寄托、行将就木、举目无亲，还要受控于像达斯蒂埃先生给我描述的那样一个野蛮而又残暴的民族，这使我在执行决定之前作了慎重的考虑。我热切地盼望着布塔弗哥先生应允的面谈，因为我想等待这次面谈的结果，再来最后下定决心是否启程。

正当我犹豫不决的时候，莫蒂埃的迫害者突然袭来，这让我只有被迫逃走。我没有准备好长途旅行，尤其是到科西嘉去；我还在等待布塔弗哥先生的消息。我到圣皮埃尔岛避难，而在入冬之际，我又如前所述的那样被赶走了。此时的阿尔卑斯山冰雪覆盖，我根本不可能按照这个路线离开圣皮埃尔岛，尤其是在这么短的期限内。说句实话，这样一道命令太过分了，根本无法遵守。因为，要从这四面环水的偏僻小岛中心离开，从命令下达那一刻开始，我只有二十四小时的时间，收拾行李准备离开、去雇船找车以离开该岛和这个地区——即便我生出翅膀来，也很难按时离开。我在给尼多法官先生的复信中告诉了他以上情形，然后就赶紧离开了这个不义之地。这样一来，我被迫放弃了我心爱的计划，在垂头丧气之际，无法说服我的仇敌以他们认为恰当的方式来处理我。我决定应元帅勋爵之邀到柏林去，留下戴莱丝和我的书籍以及一些物什在岛上过冬，我则把自己的一些文稿交到了贝鲁手中。我走得那么匆忙，第二天早晨我离开了圣皮埃尔岛并在中午之前到达了比埃纳。我的旅程差一点就因为一件小事而就此中止了，这件事我不应该略过不提。

我被勒令离开避难所的消息一传开，就有好多人从邻近地区来看我，尤其是伯尔尼邦人，他们用最惹人讨厌的虚情假意来奉承我安慰我，向我保证是有人利用了放假和参议院成员缺席的时机，出台并向我下达了这道命令；他们说所有“两百名参议员”都愤慨不已。在这群安慰者中间，有一些是来自比埃纳市的，该市是伯尔尼邦中的一个小自由邦。其中有一个叫韦尔得勒迈的年轻人，他家是当地首屈一指的望族，在那个城市享有最高的声望。韦尔得勒迈代表他的同胞，真诚地劝我到他们中间去避难，向我保证他们非常渴望能够接待我；而且说他们把帮助我忘记过去我曾受到的迫害当作一种光荣和责任，在比埃纳市，我根本无需害怕伯尔尼人的势力。他还说，比埃纳是一个自由之城，不受任何人的管辖；而且他们全邦上下都万众一心，是不会听从任何对我不利的请求的。

韦尔得勒迈见他无法动摇我的决心，就请求比埃纳和邻邦的其他人来作我的说客，甚至有伯尔尼邦的人，其中还有我已经提到过的基什贝尔格。他在我隐退瑞士以后就一直想和我交朋友，他的才学和人生信条让我颇感兴趣。但是更出乎我意料、更有分量的，是法国大使馆秘书巴尔泰斯先生的请求。他和韦尔得勒迈一起来看我，力劝我接受后者的邀请，他对我热切温厚的关心让我惊讶。我根本不认识巴尔泰斯先生；然而从他的言语中透露着朋友般的温暖和热切，我知道他真的非常希望能说服我在比埃纳市落脚。他用最言过其实的语言把这个城市和它的居民夸奖了一番，他似乎和他们关系太亲密了，以至于好几次在我面前，他都把他们称作自己的恩人和父亲。

巴尔泰斯先生的这番举动扰乱了我所有的猜测。我一直怀疑舒瓦瑟尔先生是我在瑞士所遭受的一切迫害的幕后主使。驻日内瓦法国代办以及驻索勒尔大使的举动，只能让我更加坚信自己的这种怀疑。我看得出我在伯尔尼、日内瓦和讷沙泰尔的遭遇，都是受到法国的暗中影响，而且我认为我在法国惟一一个最有力的敌人就是舒瓦瑟尔公爵。那么，对巴尔泰斯先生的来访和对我命运的那份温厚的关心，我将如何看待呢？接二连三的灾难并没有摧垮我与生俱来的那种轻信，经验并没有教会我透过表面的关心去识别圈套。我感到非常惊奇，因此试图弄明白巴尔泰斯先生对我盛情有加的原因。我不会傻到去相信，他此举是出于自己的意愿。我从他的言行举止中看到了一种夸示，甚至是矫揉造作，这正表明他包藏祸心。我从来没有在这些小官吏身上发现当初我在类似的岗位上时，时常令我热血沸腾的那种兴高采烈的无惧无畏。

我在卢森堡先生家里的时候，对波特维尔骑士略微有一点了解，他也对我很友好。他做大使以后，也向我表示他并没有忘记我，还曾邀请我到索勒尔去看望他。尽管我没有接受他的邀请，但我还是深为感动，因为我不大习惯身居高位的人对我如此礼遇。因此我推测，尽管波特维尔先生在与日内瓦有关的问题上不得不奉命行事，但他仍然同情我的不幸遭遇，并通过他的私人努力，使我能在比埃纳避难，在他的帮助下，我可以在那里清清静静地过日子。我感谢这种关爱，尽管我无意于利用这种关爱。而且我已经打定主意要去柏林了，非常热切地等待着我和元帅勋爵重逢的那一刻的到来。只有和他在一起，我才有可能找到真正的安宁和恒久的幸福。

当我离开圣皮埃尔岛的时候，基什贝尔格一直陪我到了比埃纳。我发现韦尔得勒迈和其他一些比埃纳人正在那儿等着我们。我们一起在一家客栈吃了午饭，我到达那里的第一件事情就是雇了一辆车，因为我打算次日早晨就动身。餐桌上这些先生们再次表达了他们要我留下来的请求。他们的请求是那么温暖，信誓旦旦颇为动人，以致我本来的决定和本来就无力抗拒温情的心灵被他们感动了。他们看到我开始犹豫不决了，就乘胜追击加倍努力说服我，最后我成功地被他们征服了，同意留在比埃纳市，无论如何也要住到次年春天。

韦尔得勒迈立即忙着为我找住处，他们像发现新大陆一样向我隆重推荐的竟然是一个很糟糕的小房间。这间房子在一个四层楼的后面，对着一个院子，院子里展览着一个皮货商人令人讨厌的各种皮毛，以飨我目。我的房东是一个矮小的、一脸下流相的男人，是个十足的无赖。第二天我就听说，他是一个浪子，还是一个赌棍，在这个地方臭名昭著。他既没有妻小，也没有仆人。我将自己悲悲戚戚地关在这座孤独的小房间里，虽说是在世界上最美丽的城市，我却在这样一个呆上几天就会忧愤而死的房间里住着。最让我痛心的是，尽管他们告诉我，当地居民很渴望我到他们中间去，但是我从街上走过的时候，并不见他们有什么礼貌的行动和友好的神情。然而，我已经决计留在这儿了，就在此时，甚至就在第二天，我听说、看到，而且自己也觉察到，该市正要爆发一场针对我的可怕骚乱。有几个人“助人为乐”地跑来告诉我，第二天我就将被通知尽快离开该邦，也就是说，要立即离开该市。我没有一个可以相信的人了，所有那些敦劝我住下来的人已经作鸟兽散了。韦尔得勒迈消失了，我再也没有听到关于巴尔泰斯先生的消息了，而且似乎他向我吹嘘的那些恩人和父亲，并没有因为他的劝告而对我有半点厚待。有位叫伏·特拉维尔的先生，在比埃纳市邻近有一座相当不错的房子，虽然他是伯尔尼人，但他请我在此期间到那里去避难，他希望如他所说的那样，待在那所房子里可以防止我被乱石砸死。这个建议似乎不足以诱人到让我想继续留在这群好客之民中间。

我经过这个波折就耽误了三天，我已经大大超过了伯尔尼人给我的二十四小时离境时间了。我已经知道他们是粗暴无礼的，因为我总在担心他们会怎样让我穿过城邦。就在这个时候，尼多的法官先生及时为我排解了困难。他公开表示了自己对当局采取的粗暴措施的不满，他相信自己宽容大方，有责任公开证明他与那些暴行没有任何瓜葛，并且他有勇气离开他的辖区到比埃纳来拜访我。他是在我离开的头一天来看我的，不仅不是乔装来访，甚至还有些郑重其事——他盛装出行，乘着马车，秘书随行，给了我一张以他的名义签发的护照，这样我就可以在伯尔尼邦畅行无阻，不怕遭到拦截了。他的拜访比那护照还令我感动良深。即便他拜访的不是我而是别的什么人，我也会为此而感动不已的。我不知道还有什么比这更能在我心头产生强烈影响的事情了——这是急人所难，是为帮助遭受压迫的弱者的英勇之举。

最后，我历经艰难终于找到了一辆车，次日早晨我就动身离开了这块凶残的土地，在那个预备给我致敬的代表团到来之前就离开了，甚至没能见到戴莱丝。那个时候我以为自己会在伯尔尼长驻，就给她写信，请她来与我团圆，我几乎没有时间写几行字叫她别来，并告知她我遇到了新的灾难。如果我还有精力写出第三部的话，人们将会看到，尽管我本来想去柏林，实际上却到了英国；也将会看到那两位夫人怎样想尽办法控制我的行动，在将我用一连串阴谋诡计赶出瑞士之后——在瑞士，我并不在她们的完全掌控中——最后成功地把我送到了她们的朋友手中。

我把《忏悔录》读给埃格蒙伯爵夫妇、皮尼亚泰利亲王、梅姆侯爵夫人和朱伊涅侯爵先生听了之后，又说了这样一段话：

> “我说的是真话，如果有人发现事情和我刚才叙述的相抵触，即使那些事情被千百次地证明了，那他所知道的也只是虚假的，只是冒名顶替。如果他拒绝在我还健在的时候和我一起来调查和探究这些事情，就表明他既不热爱正义也不热爱真理。而我，则公开地、勇敢无畏地宣称：不管是谁，即便没有读过我的著作，在用他的眼睛验看了我的性情、我的人格、我的举止规范、我的兴趣、我的爱好、我的习惯之后，如果还认为我是一个可耻的人，那么他自己就应该被掐死。”

就这样，我结束了我的朗读，读毕四座俱寂。埃格蒙夫人似乎是惟一一个受到感染的人，她明显地颤抖着，但是很快就恢复了镇定，又重新和在座的宾客一样沉默了。以上就是我这次阅读和所作的声明的结果。